U0437386

[美]大卫·丹穆若什 著　宋明炜等 译

AROUND
八十本书
THE
WORLD
环游地球
IN
80 BOOKS

上海译文出版社

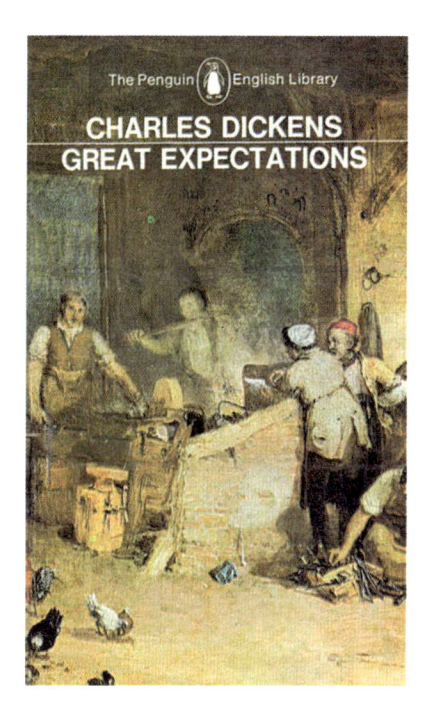

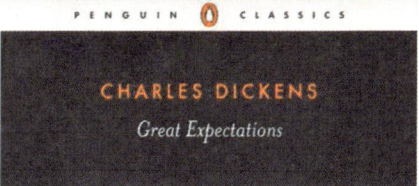

图 2　不同版本的《远大前程》

（接正文第 27 页）

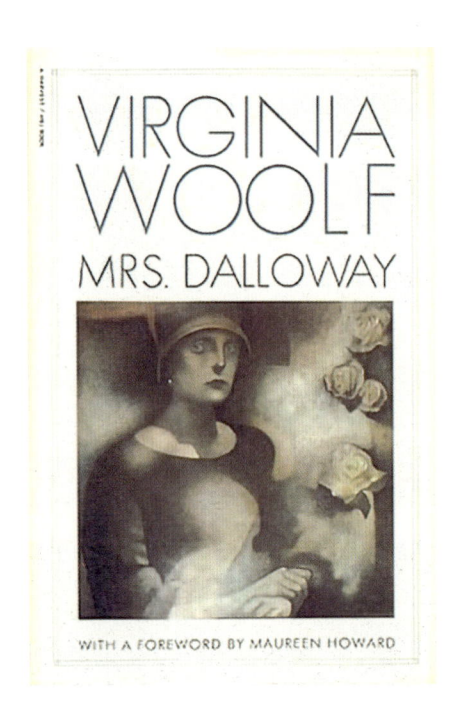

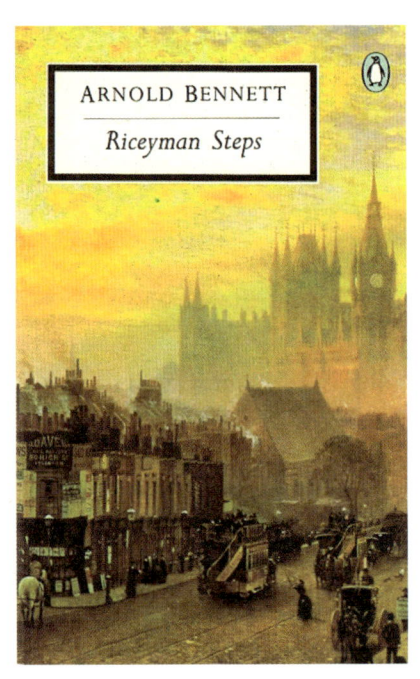

图 3　象征主义者伍尔夫，现实主义者贝内特

(接正文第 40 页)

图 4 巴黎重现

(接正文第 47 页)

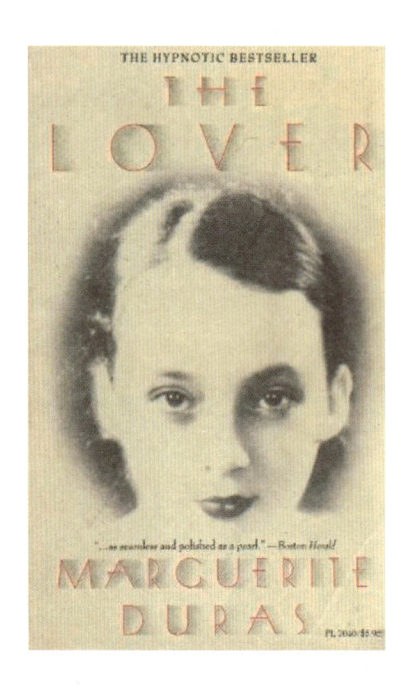

图 6　杜拉斯变成了她自己笔下的主人公

(接正文第 58 页)

图 8 《波克》杂志刊登的利奥波德肖像（一八八五年）

（接正文第 76 页）

图11　安塞姆·基弗《致保罗·策兰：灰烬之花》（二〇〇六年，局部）

（接正文第 88 页）

图 13 但丁正在阐明佛罗伦萨（一四五六年）

(接正文第 110 页)

图 15　卡琳娜·普恩特·弗兰岑所作插画《瓦尔德拉达城》

(接正文第 127 页)

图 17　埃及乐师

（接正文第 136 页）

图 19　艾米莉·贾西尔《一部电影（一场演出）的素材》（装置艺术）

（接正文第 143 页）

图 20　帕慕克在纯真博物馆

（接正文第 150 页）

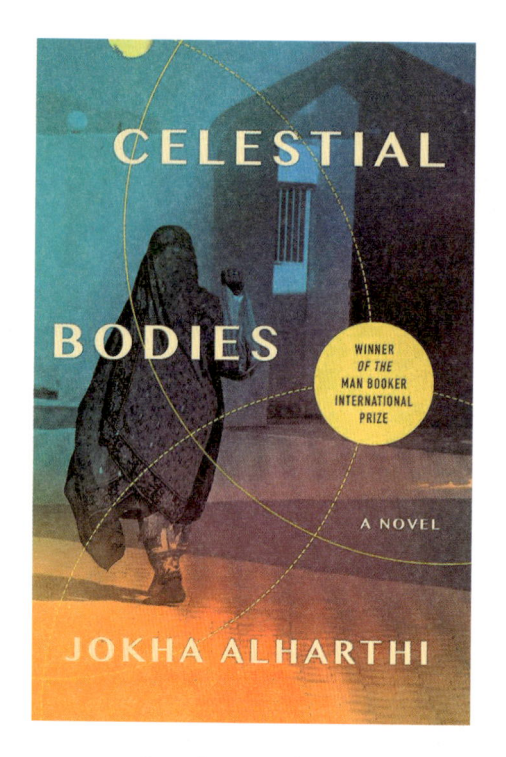

图 21　美国版《天体》封面

（接正文第 154 页）

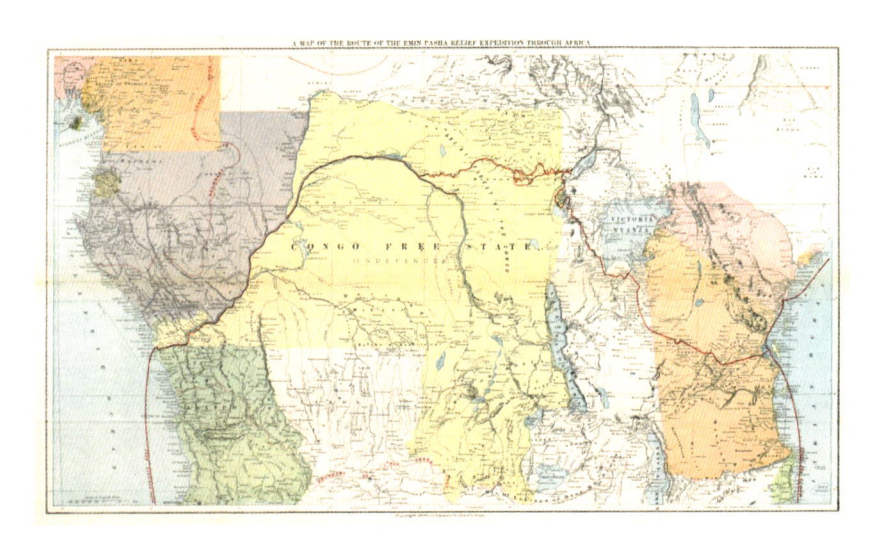

图 23 "我要去的地方是黄色的。"

(接正文第 163 页)

图 26　埃冈冈服装

（接正文第 177 页）

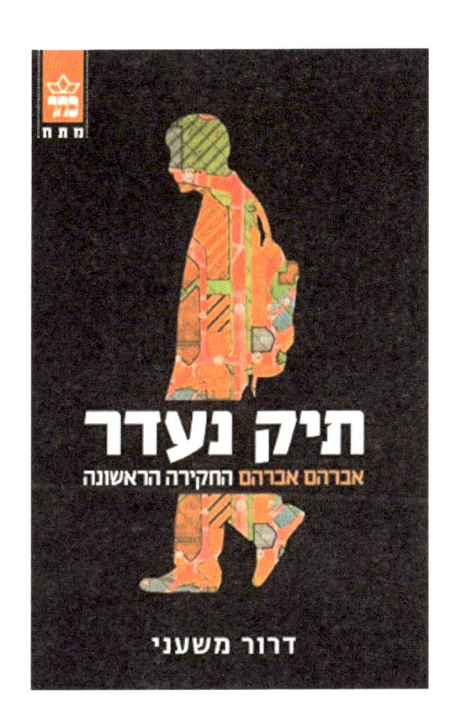

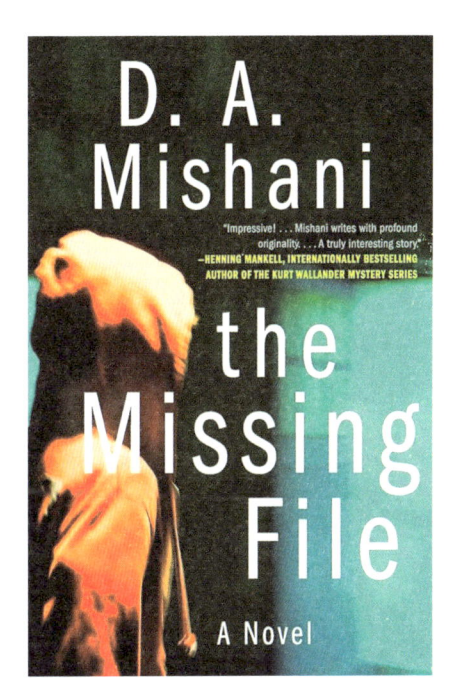

图 29　希伯来语版及英语版的米沙尼作品

(接正文第 209 页)

Where should we go after the last frontiers?

Where should the birds fly after the last sky?

Where should the plants sleep after the last breath of air?

The earth is closing in on us pushing us through the last passage, and we tear off our limbs to pass through.

图 30　弗雷达·格特曼拼贴作品《大地正向我们关闭》（二〇〇八年）

（接正文第 218 页）

图 35　波斯神鸟西莫格

（接正文第 239 页）

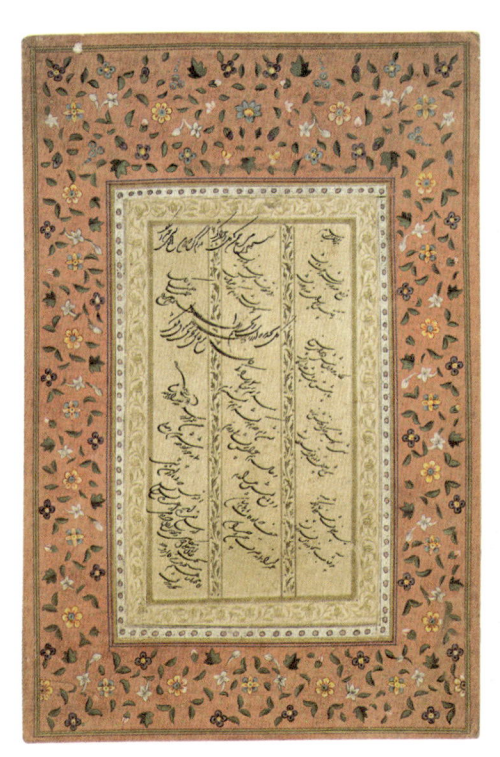

图 36　哈菲兹作品手抄本

（接正文第 242 页）

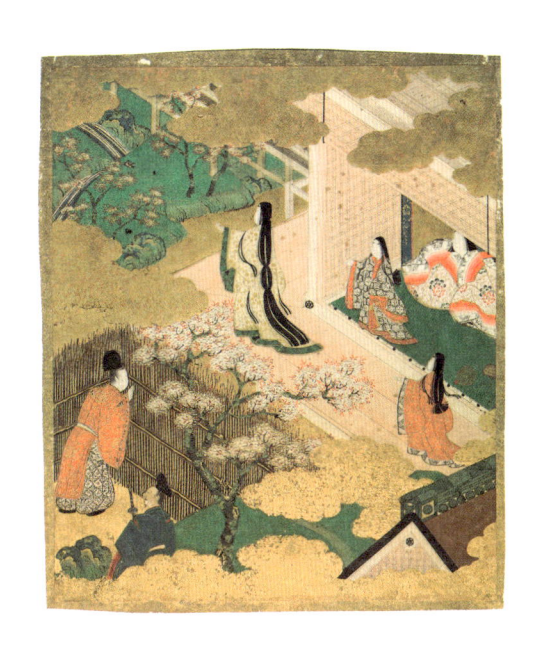

图 45　喜好窥视的源氏

（接正文第 334 页）

图 46　宁静的瀑布

（接正文第 337 页）

图 53　海边的李斯佩克朵

(接正文第 380 页)

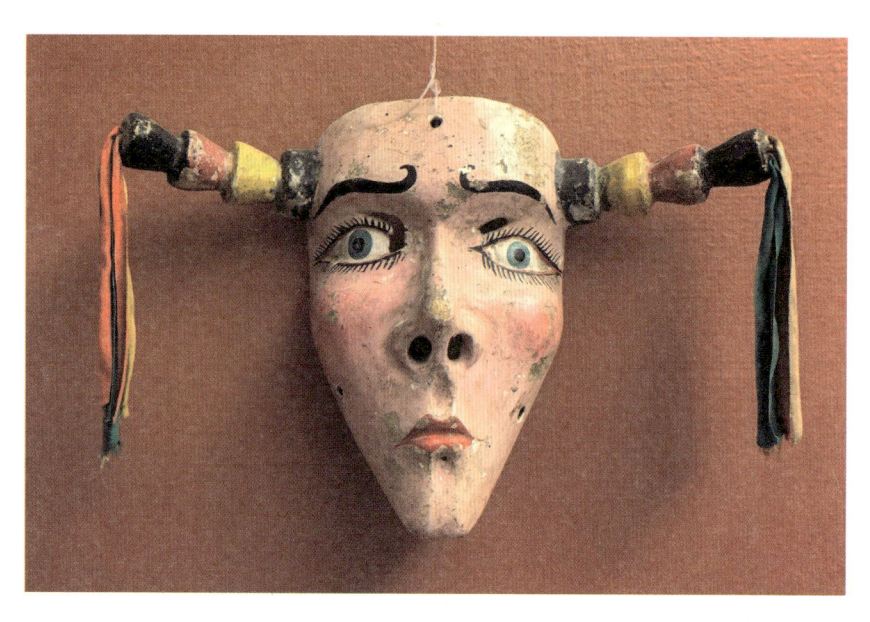

图 54　马林切面具（一九八〇年）

（接正文第 393 页）

图 55 特拉斯卡拉画作（约一五五〇年，重绘）

（接正文第 397 页）

图 57　胡安娜·伊内斯修女，米格尔·卡布雷拉绘（一七五〇年）

（接正文第 408 页）

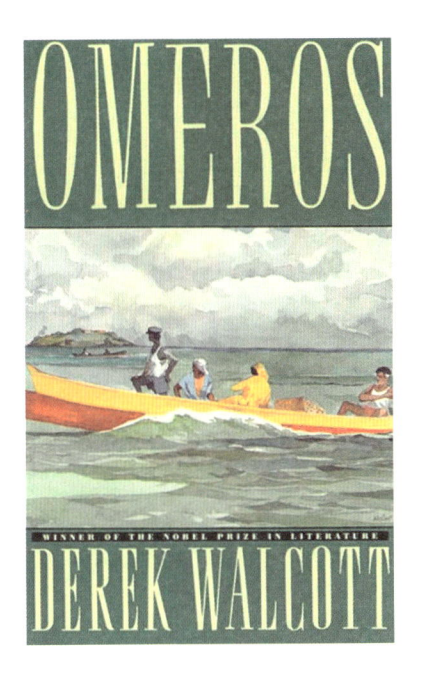

图 59　沃尔科特作品封面

（接正文第 430 页）

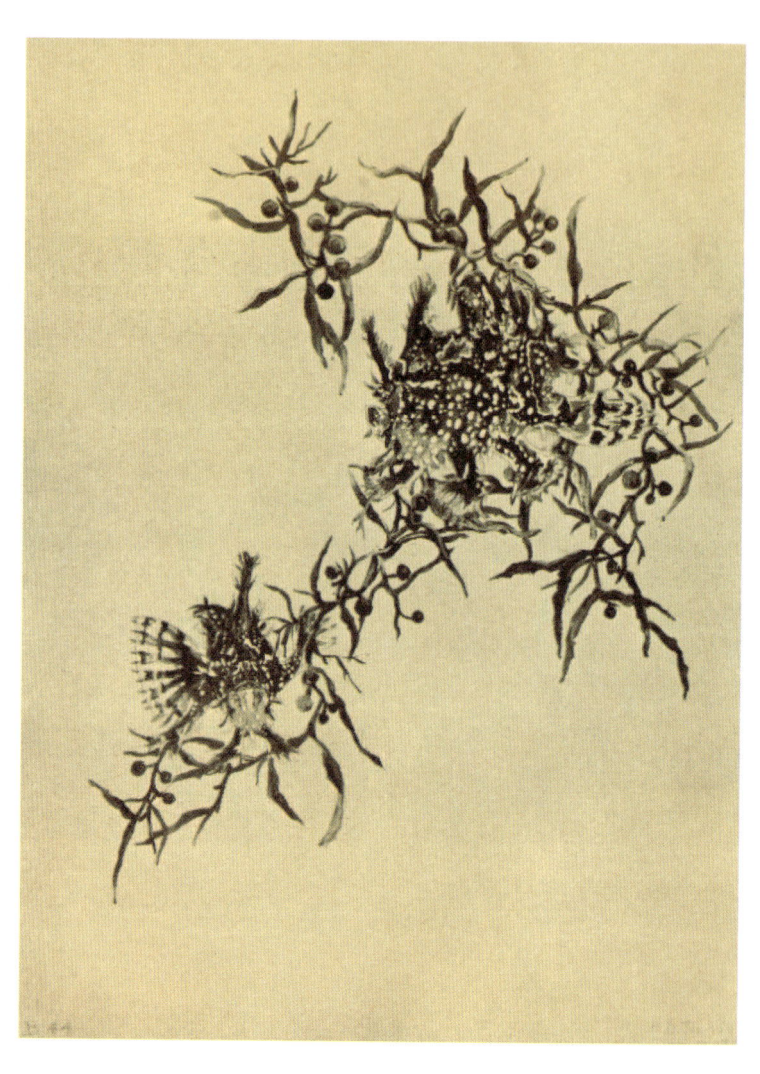

图 61　海伦·丹穆若什·蒂文所绘插画，裸躄鱼隐藏在海藻中

（接正文第 447 页）

图 67　尤瑟纳尔在"小乐园"家中

(接正文第 476 页)

图 69 《杜立特医生历险记》的扉页插画（一九二二年）

（接正文第 483 页）

图74 索尔·斯坦伯格《布里克街》(一九七〇年),
纸面、墨水、铅笔、彩色铅笔和蜡笔,29×22,私人收藏。
一九七一年一月十六日《纽约客》封面插画。

(接正文第501页)

图 76 索尔·斯坦伯格《繁荣（追求幸福）》（一九五八至一九五九年），
纸面，铅笔、彩色铅笔、墨水和蜡笔，22½×15，克雷姆斯漫画博物馆。
一九五九年一月十九日《纽约客》封面插画，《迷宫》（一九六〇年）前环衬。

（接正文第 504 页）

图 77　索尔·斯坦伯格《国家之船》(一九五九年)，纸面，铅笔、彩色铅笔、墨水和蜡笔，22½×15，一九六〇年九月十七日《纽约客》封面插画，《迷宫》(一九六〇年) 后环衬。

(接正文第 504 页)

图 80　乔治·德·基里科《尤利西斯的归来》(一九六八年)

(接正文第 530 页)

目　录

中文版序　　I

导言：起航　　1

第一章
伦敦：发明一座城市

1.	弗吉尼亚·伍尔夫《达洛卫夫人》	15
2.	查尔斯·狄更斯《远大前程》	24
3.	阿瑟·柯南·道尔《福尔摩斯探案全集》	29
4.	伍德豪斯《新鲜事儿》	34
5.	阿诺德·贝内特《莱斯曼台阶》	40

第二章
巴黎：作家的乐园

6.	马塞尔·普鲁斯特《追忆逝水年华》	47
7.	朱娜·巴恩斯《夜林》	52
8.	玛格丽特·杜拉斯《情人》	57
9.	胡里奥·科塔萨尔《游戏的终结》	62
10.	乔治·佩雷克《W或童年回忆》	68

第三章
克拉科夫：奥斯维辛之后

11.	普里莫·莱维《元素周期表》	75
12.	弗朗茨·卡夫卡《变形记及其他故事》	81
13.	保罗·策兰《诗选》	86
14.	切斯瓦夫·米沃什《米沃什诗选和晚年诗集，1931—2004》	91
15.	奥尔加·托卡尔丘克《云游》	97

第四章
威尼斯—佛罗伦萨：看不见的城市

16.	《马可·波罗游记》	105
17.	但丁《神曲》	110
18.	乔万尼·薄伽丘《十日谈》	115
19.	唐娜·莱昂《从封面来看》	121
20.	卡尔维诺《看不见的城市》	126

第五章
开罗—伊斯坦布尔—马斯喀特：故事里的故事

21.	古埃及的情诗	133
22.	《一千零一夜》	138
23.	纳吉布·马哈福兹《千夜之夜》	144
24.	奥尔罕·帕慕克《我的名字叫红》	149

25.	约哈·阿尔哈西《天体》	154

第六章
刚果—尼日利亚：（后）殖民相遇

26.	约瑟夫·康拉德《黑暗之心》	161
27.	钦努阿·阿契贝《瓦解》	167
28.	沃莱·索因卡《死亡与国王的侍从》	173
29.	乔治·恩加尔《詹巴蒂斯塔·维科：对非洲话语的强暴》	179
30.	奇玛曼达·恩戈兹·阿迪契《绕颈之物》	185

第七章
以色列／巴勒斯坦：异乡异客

31.	《摩西五经》	193
32.	《新约全书》	200
33.	D. A. 米沙尼《失踪的档案》	207
34.	埃米尔·哈比比《悲观的乐观主义者赛义德的秘密生活》	213
35.	马哈茂德·达尔维什《蝴蝶的重负》	218

第八章
德黑兰—设拉子：荒漠玫瑰

36.	玛赞·莎塔碧《我在伊朗长大》	229
37.	法里德·丁·阿塔尔《鸟儿大会》	235

38.	《爱的面孔：哈菲兹与设拉子诗人》	241
39.	迦利布《荒漠玫瑰》	248
40.	阿迦·沙希德·阿里《今夜请叫我以实玛利》	254

第九章
加尔各答：重写帝国

41.	拉迪亚德·吉卜林《吉姆》	263
42.	罗宾德拉纳特·泰戈尔《家庭与世界》	270
43.	萨尔曼·拉什迪《东方，西方》	276
44.	迦梨陀娑《沙恭达罗》	282
45.	茱帕·拉希里《疾病解说者》	288

第十章
上海—北京：西行旅途

46.	吴承恩《西游记》	297
47.	鲁迅《阿Q正传》及其他小说	301
48.	张爱玲《倾城之恋》	306
49.	莫言《生死疲劳》	311
50.	北岛《时间的玫瑰》	316

第十一章
东京—京都：东方之西方

51.	樋口一叶《春叶影下》	325
52.	紫式部《源氏物语》	331
53.	松尾芭蕉《奥之细道》	337
54.	三岛由纪夫《丰饶之海》	343
55.	詹姆斯·梅里尔《离别之思》	349

第十二章
巴西—哥伦比亚：乌托邦，恶托邦，异托邦

56.	托马斯·莫尔《乌托邦》	359
57.	伏尔泰《老实人，或乐观主义》	366
58.	马查多·德·阿西斯《布拉斯·库巴斯死后的回忆》	372
59.	克拉丽丝·李斯佩克朵《家庭纽带》	379
60.	加夫列尔·加西亚·马尔克斯《百年孤独》	384

第十三章
墨西哥—危地马拉：教皇的吹箭筒

61.	阿兹特克贵族诗歌	393
62.	《波波尔·乌》：玛雅人的创世之书	400
63.	胡安娜·伊内斯修女《作品选》	406
64.	米盖尔·安赫尔·阿斯图里亚斯《总统先生》	413

| 65. | 罗萨里奥·卡斯特利亚诺斯《哀歌》 | 419 |

第十四章
安的列斯群岛：史诗记忆的断片

66.	德里克·沃尔科特《奥麦罗斯》	427
67.	詹姆斯·乔伊斯《尤利西斯》	435
68.	简·里斯《藻海无边》	442
69.	玛格丽特·阿特伍德《珀涅罗珀记》	448
70.	朱迪丝·莎兰斯基《岛屿书》	454

第十五章
巴尔港：荒漠山岛的世界

71.	罗伯特·麦克洛斯基《缅因的早晨》	463
72.	萨拉·奥恩·朱厄特《尖枞之乡》	469
73.	玛格丽特·尤瑟纳尔《哈德良回忆录》	475
74.	休·洛夫廷《杜立特医生历险记》	481
75.	E.B.怀特《精灵鼠小弟》	487

第十六章
纽约：移民的大都市

| 76. | 马德琳·英格《时间的折皱》 | 495 |
| 77. | 索尔·斯坦伯格《迷宫》 | 501 |

78.	詹姆斯·鲍德温《土生子札记》	506
79.	索尔·贝娄《雨王汉德森》	512
80.	J.R.R. 托尔金《魔戒》	518

尾声　第八十一本书　　526

致谢　531

插图　535

授权使用文献　540

注释　542

中文版序

二〇二〇年春天，美国疫情暴发，哈佛大学自创始以来第一次在学期中间停课，比较文学学者丹穆若什教授在三月初取消了年内所有的旅行。他回到布鲁克林家中，像许多在美国东岸居家隔离的民众一样，已经很久没有出门了。从二〇二〇年五月十日开始，他在哈佛大学网页上开始每天发布一篇文章，每天讨论一篇世界文学经典，到八月二十八日，丹穆若什教授在十六个星期内完成了一次环球文学之旅，如同凡尔纳《八十天环游地球》中的福格与路路通那样，他的旅程从伦敦出发，途经巴黎、开罗、耶路撒冷、加尔各答、上海、南北美洲，直到再回到伦敦。这个环游地球计划的世界性，还体现在从第一周开始，已经有多种语言的翻译也同步进行，这包括阿拉伯语、土耳其语、罗马尼亚语、德语以及中文的翻译。中文版从五月二十五日开始在《上海书评》连载，与英文版保持十四天的稳定时差，到九月十二日完成旅行。

土耳其作家、诺贝尔文学奖得主帕慕克曾说，丹穆若什是世界上读书最多的那个人。丹穆若什或许就像老欧洲的文艺复兴人,当文明晦暗不明的时候,他会通过自己思想的燃烧,让思想和艺术的光明延续下去。八十本书环游地球,既是重构世界文学的版图,也是为人类文化建立一个纸上的记忆宫殿。这记忆既是丹穆若什个人的,也属于近五个世纪以来世界的共同文化记忆。这个独特的写作计划,体现了在危机时刻不退缩的人文力量,当病毒流行的时候,有人依旧在自己的书桌前读书、写作,为黑暗的天地燃灯,给予人间一种希望。

丹穆若什教授曾在我攻读博士学位期间,作为我的导师之一,引导我阅读欧洲小说和文学理论,他的睿智与幽默,渊博与洞见,思维的清晰和语言的犀利,都令我佩服不已。我曾在二〇〇三年《上海文学》的西风专栏,撰文介绍他写的一部形如小说的理论著作《思想聚合》,那是丹穆若什教授的名字第一次出现在中文书刊里。此后我主持翻译了他最重要的一本书《什么是世界文学?》。如今我很乐意担任召集人来组织《八十本书环游地球》的同步翻译计划,既是让自己重温当年读书的快乐,也是与广大中文读者共享这一场美妙的旅行。在几乎所有的跨国旅行都被取消的时刻,这样的文学行旅让我们有机会反思自身,并看清世界的形状,理解文明的来龙去脉,或许也在心理上做好准备,在疫情结束后去面对一个很可能不同以往的新世界,而在此之前,则有必要重温和清理属于个人与人类整体的记忆。

我们随着丹穆若什在文学版图上的脚步,一起畅游世界文化的天地,以八十天而言,也是一个恰到好处的长度。在丰盛的夏日到来之际,我们一起加入这场文学的美妙旅途。在此我要感谢丹穆若什教授的信任,感谢所有热情参与翻译工作的译者朋友,感谢在计划最初阶段为我提供帮助的师友,尤其是严锋、宋炳辉、王宏图、张业松，感谢《上海书评》主编郑诗亮，感谢中文版连载时给予我们热烈回应的读者们，感谢上海译文出版社的陈飞雪女士和邹滢女士。现在呈现在大家手中的，是由作者、十八位译者和编者共同完成的这第八十一本书。丹穆若什在连载结束后，对全文又做了多次修订，全部译者又根据修订稿做了修改。宋景云协助我对照译文与企鹅出版公司推出的最后版本，译文的最后版本由我确定，如有错讹，理应由我承担。

　　我特别感动的是，在翻译过程中，我们十八位译者——其中多位我至今未曾谋面——共同享受了这个文学旅途的全过程。我们的翻译，也是一次交流之旅。让因为疫情停滞的世界重新流动起来，是丹穆若什教授和译者们的共同愿望。我早就知道丹穆若什老师是《魔戒》的骨灰级粉丝，所以我们也把自己这支中文翻译团队，命名为"护书使者团"（The Fellowship of the Book）。现在，我们把这本书呈现给你，亲爱的读者。

宋明炜

2020 年 5 月 18 日

2022 年 11 月 22 日　定稿

中文版编译团队

策划人、总校对
宋明炜

译者
南治国　宋明炜　肖一之
陈婧裬　朱生坚　杜先菊
陈广兴　康　凌　金雪妮
禹　磊　傅　越　周　思
周　敏　陈　红　刘　云
毛蒙莎　张燕萍　高卫泉

校对助理
宋景云

导言：起航

一九六八年春天，我的九年级英文老师斯塔兹小姐送给我一本书，从而改变了我的人生：这本书就是劳伦斯·斯特恩的喜剧小说杰作《绅士特里斯舛·项狄的生平与见解》（中文简称《项狄传》）。我放下那时已经读了五六遍的《魔戒》，投入到一个崭新的世界：那里不仅有十八世纪英格兰生动的风景，鼻烟壶，马车，纨绔子弟，绿女红男，半掩在花边扇子之后的窥视，还有一个我从未想象过的虚构领域。斯特恩陶醉于现代小说无限的可能性中，这个形式如此之新，小说这个名字（novel）就宣示了它的新奇（novelty）。他爱用黑色和大理石纹的页面来打断叙事，在小说进展了八章之后，他插入一篇献词，打算把它卖给出价最高的人。斯特恩把整个世界都灌注在项狄家族那多灾多难的故事中，其中巧妙杂糅社会讽刺与哲学玄想，又有词语的恶作剧和狡猾的性暗示使之充满生气。我完全被迷住了。在我到那时为止——足足十五年——的人生中，这样的小说在哪里？我到哪儿能找到更多像这样的书？

项狄成了我的向导。在他人生叙事中表达的密密麻麻的各种观点之中,某次提到"我亲爱的拉伯雷和我更亲爱的塞万提斯"。[1]我那时对这两位绅士知之甚少,但既然特里斯舛·项狄认为他们足够好,他们一定对我来说也足够好。在校车停靠站点旁边的书店里,我找到了黑色封面的厚厚的企鹅版《巨人传》和《堂吉诃德》,两本书的严谨翻译都出自 J.M. 柯恩之手。这两位作家都不负所望,到仲夏时节,我渴望阅读更多。但下一本在哪里呢?如今有亚马逊算法会推荐你阅读什么,而早年间,企鹅版在封底上,也会根据读者所阅读的书开出一系列预期会吸引读者的相似书目。我渴望找到另一本令人欣喜、拉伯雷式的讽刺,于是我决定读一本标题有着这类暗示的书《神曲》(英文 The Divine Comedy,神圣的喜剧)。我很快就发现,但丁那充满想象力的史诗不是我渴求的让人发笑的书,但他的宇宙景观、忧郁的言说把我吸引住了。随着夏天即将结束,十年级的重任即将来临,我决定要读一本深刻严肃、描写尘世之外世界的作品。我告别但丁有着惊人感官享受的天堂中心那朵韵动中的神圣玫瑰,在企鹅版《天堂》封底看到一个完美的标题:尼古拉·果戈理的《死魂灵》——我很快发现这本书才是我曾经渴求在但丁那里找到的精彩讽刺小说。正如华兹华斯说的那样,"活在黎明时光是多么幸福",作为年轻的读者,这就是天堂。

文学的快乐也可以收获现实的利益,在个人和政治的意义上都有效。我在越战进入尾声的阶段长大成人,但那时十八岁的青年仍在大量应召入伍。当轮到我,一个高中三年级学生,要被注册入伍之际,我打算把自己设定为一个有良知的反战人士,我用自己写的一个故事加强了这个效果,在那个故事里,我描述枪炮会反过来伤害使用枪炮的人。这个设计成功了，很可能仅仅是因为缅因当地的征兵局有足够多的有为青年来填充配额，但我感到我可以借助文学的力量来实现自己的诉求。第二年，我作为一个大学新生，找到了验证阅读价值的更确切的证据。秋季学期刚开始没多久，我在一天晚上看到一张招贴画，有人在当晚招募演员来出演吉尔伯特和苏利文的轻喜剧《陪审团的裁决》。我想试试能否加入合唱团，但我当时还没读完第二天上课的阅读材料，柏拉图的《理想国》。我在两年前就读过《理想国》了，我认为对那本书有限的记忆就足够应付上课了。于是我去加入《陪审团的裁决》的合唱团。事后证明这是一个在多重意义上的非柏拉图决定，因为我在合唱团里遇到一个女中音，她的微笑非常可爱。如今，当我讲授那些伟大的文学著作的时候，我会告诉我的学生们，我有真实证据可以证明，阅读柏拉图可以改变你的一生：我给他们看我和我的妻子洛里的照片，在那个难忘的秋天过去三十五年后，我们带着三个孩子，参加女儿的大学毕业典礼。这一切都归功于阅读柏拉图，或更确切地说，归功于已经读过柏拉图；我们永远不知道，一本书在什么时候会改变你的一生。

从那时起，我致力于探究英国文学、欧洲文学和更广大的世界文学，在这些年间，世界文学研究的范围大幅扩张。这门学科过去仅集中于少量欧洲作品，如今涵盖一大批经典作品，从《吉尔伽美什》到《源氏物语》到玛雅史诗《波波尔·乌》，这些书目过去只出现在特别的地域研究课程之中。如今，诺贝尔文学奖和布克奖颁发给了背景更多元的当代作家，如中国的莫言，土耳其的奥尔罕·帕慕克，波兰的奥尔加·托卡尔丘克，阿曼的约哈·阿尔哈西。我在过去二十年中曾经写过这些变化，但除了一本关于《吉尔伽美什》的书之外，我主要的读者是学生和同行学者。然而几年前，由于企鹅出版公司问询我的意向，我开始思考该如何在欧洲和更多的地区，向更广泛的读者介绍今天文学已经扩展的版图。我该讲述一个什么样的故事？我该如何塑造这个故事？

文学作品是两个不同世界的产物——作家切身经验的世界和书的世界。它们为作家提供可以利用的资源，将作家们经常是混乱、痛苦的经验转化成持久的、让人愉悦的形式。当前这个计划也不例外：它取材于我在世界上五十多个国家演讲的经历，从多种多样的文学探索和小说冒险中得以成形。在我三岁那年，在缅因州波特兰市，我看了也许是平生第一场电影，那是根据凡尔纳《八十天环游地球》改编的美国版本，大卫·尼文扮演超级准时的菲莱亚斯·福格，墨西哥喜剧演员坎廷弗拉斯扮演他的仆从路路通。我心里也想着哈罗德·布鲁姆的《西方正典》，他对伟大的作品那雄辩、富有个人魅力的颂歌。但在今天对全球文学进行叙述，我需要的人物比他选择的二十六位作家要更多。凡尔纳的"八十"看起来正好合适，这个数目的文学作品，既有足够的空间，也恰好能讨论得过来。根据我自己国外旅行的经验，我决定大致根据菲莱亚斯·福格的路线设计行程，从伦敦出发，向东到亚洲，跨越太平洋到美洲，然后回到伦敦。我会回想一些特别有纪念意义的地点和与之有关联的书，我也有很多计划要重访这些地方，重读这些书籍，既可以看到文学如何与世界相遇，亦可思考世界如何为文学注入生气。

二〇二〇年一月，我围绕即将要参加的会议和演讲邀请，做了一些旅行计划。然后新冠病毒来了。我只来得及在二月去了马斯喀特，但接下来很快就陆续取消了去东京、芝加哥、贝尔格莱德、哥本哈根和海德堡的行程。短时间内，环游世界的旅行大概都得取消。但我究竟想要做什么？菲莱亚斯·福格环游地球时乘坐了汽船、火车、热气球、大象和马车，但凡尔纳没有环游地球。在他漫长的一生中，他从未离开过欧洲，在他于一八七二年写作这部小说的时间里，他没有离开巴黎半步。他不需要去旅行，因为他可以在他的大都会也即世界之都遇到整个世界。他在巴黎咖啡馆里有了这部小说的构思，因为他读到报上的一篇文章，铁路线和汽船航道能够让人在八十天内环游地球。

在疫情期间，连咖啡馆也去不了。我于是想到了另一个文学模式：萨米耶·德梅斯特的小经典《在自己房间里的旅行》（*Voyage autour de ma chambre*）[2]。德梅斯特是一个年轻的法国贵族，他曾效力于皮埃蒙特的军队，在一七九〇年，他因为卷入一起决斗事件而被惩罚：法官判决他在租住的房间里软禁四十二天——真正意义上的隔离（quarantine），在词根上就是指四十天的禁闭。因为不能像往常那样在夜晚与朋友饮酒赌牌、和意大利女郎调情，德梅斯特决定把自己的房间当成一个微缩世界。他模仿同时代富家子弟漫游欧洲的"壮游"（Grand Tour）——十八世纪相当于今天的间隔年（gap year）那样的安排，他根据房间里一切事物，从书籍到绘画到家具，写了一系列生动的随笔和小说。我也可以这样做，于是我邀请读者和我一起在万维网上旅行十六个星期，从二〇二〇年五月到八月，我们每周一起通过阅读五本书来探索一个尘世中的地点。每周从周一到周五，我挑选不同的书来和大家分享，周末则休息，由此在新冠疫情导致时间序列近乎瘫痪的状态下，我们仍可保持有工作日和周末之分的虚构。这本书就是这一探索的产物。

菲莱亚斯·福格的旅程路线是由大英帝国的商贸路线和东方幻想决定的，但今天我们的网可以撒得更大一些，于是我们除了福格的目的地之外，还可以去东欧、非洲和拉丁美洲。凡尔纳在巴黎一家报纸上连载他的小说，他的热心读者在地图上追随菲莱亚斯·福格每一步的行程，争相打赌看他下一步去哪里，或者他是否能够及时回到伦敦的俱乐部，他正是在那里把自己的全部财富都押上，赌自己能在八十天内回来。福格的成功取决于他计划的极度精准。他所有的钟表都需要在同一个瞬间报时，他的仆从路路通必须在每天早晨八点二十三分给他端来茶和吐司；如果他给福格的剃须水加热比"法定"温度低了哪怕两度，他就会被开除。总而言之，他们主仆二人必须在八十天，一天都不多，跑完全球，福格分秒不差地成功完成了这个任务。这本书也追随我们通过八十本书去往十六个地点，但与福格不同，我们的交通工具中没有热气球和大象，我们的旅行借助的路径是"企鹅"和其他版本的八十本书。

《八十本书环游地球》探索的那些书籍，本身也回应了灾难时刻与伤痛的深层记忆。这并不意味着我选择的作品都是关于末日和阴郁的书。虽然《十日谈》里的年轻男女不得不逃离瘟疫蔓延的佛罗伦萨，在城外避难，但他们讲述的那一百个故事大多有着幽默和讽刺的性质。我们在这人心惟危的时期也需要文学的避难所，当我们外部的活动受到限制，阅读小说和诗歌让我们有一个特殊的机会——免于那些碳排量巨大的长途飞行——来反省自己的生活,既是为了纯粹的乐趣,也是为了思考我们周围的社会和政治斗争,同时借助文学想象的时间与地点,在世界乱流之中寻找航向。

我们将要遇到的作家,都从他们的本国文化和域外传统中汲取营养。弗吉尼亚·伍尔夫既与之竞争又与之对话的作家包括约瑟夫·康拉德、阿诺德·贝内特,也有她的英国前辈——从狄更斯到简·奥斯丁,并上溯到理查森、菲尔丁、斯特恩。然而她也(用俄语)阅读契诃夫,(用法语和英语)阅读普鲁斯特,(用希腊语)阅读索福克勒斯,在日记里说自己"带着阿瑟·韦利上床"——不是指人,而是他翻译的《源氏物语》。我们的民族传统中珍视的许多作家都广泛地从外国源流中汲取养料来开拓自己的创作。即便某一作品是在纯粹局部的语境中所写,只要它越过自己的疆界,它便进入了新的文学关系。我们也经常看到经典文本被后世作家在不同的情境中用各种方式重访、重写。

虽然是疫情为这个写作项目提供了特殊的机缘,但有一种或将更为持久的现象更让人担心,这就是世界各地民族国家主义和孤立主义的兴起,对边境之外的人们和思想的恐惧。更为广泛的是政治话语和文化或宗教观点的偏狭;我们都发现自己越来越听不进异见。在这种时候,文学给了我们宝贵的机会去抵抗奇玛曼达·阿迪契所说的"只有一种故事的危险"。并不是说作家们只会简单反映纯粹的民族或国家身份,而是我们能从他们那里学习将他们的经验折射成看世界的新视点。

近些年有很多争论,关于导致我们不能真正理解外国作品的那些障碍，包括作家们如何进入世界文学这个空间的高度具有选择性的过程，而我们所谓世界文学的这一文化景观相当不平等，其根基有几个世纪的国族与帝国冲突，这在今天又被世界市场的全球化和国际英文的新帝国主义主导地位加强了。我们所有人，如果想要跨出自己国家的文化边界，都要警惕受制于简化的文化偏见，无论这种偏见是出于具有反思性的否定还是具有宠幸心态的肯定。我们需要抵抗那些约束了我们可以阅读的作品多样性的市场机制。写这本书就是为了介入这个过程。我希望我选择的作品的范围，以及对待它们的多样化阅读方式，可以表明有许多机会将文学经典扩大化，让我们打开自己的世界。

今日世界文学的完整图景应该既包括引人瞩目的当代作品，也有耳熟能详的经典作品，包括诗歌、戏剧和小说，包括硬汉犯罪小说，以及令人魂牵梦绕的幻想世界，既有哲学和宗教文本，也有引导儿童进入世界之中的成长小说。这八十本书合在一起，能帮助我们认识当前面对的许多难题，无论是托马斯·莫尔在《乌托邦》中加以鞭挞的经济不平等，还是萨尔曼·拉什迪在他的小说中解析的宗教政治热情，或是许多作品中女主人公生活在其中、不得不与之斗争不息的父权社会制度，这些作品的作者包罗至广，从一千年前的紫式部，直到今天的玛格丽特·阿特伍德和约哈·阿尔哈西。

文学存在于语言中，当我们越过边境远眺世界的时候，翻译的问题就不请自来。当读一部用我们不通晓的语言写作的作品时，这阅读本身是否值得？除了自己与生俱来就会的一两种语言之外，我们当然都应该多学几门语言，但即使我们有限地学了几种确实可以阅读的语言，我们在今天的世界上也走不了多远。这是我每天都要面对的问题：希望自己学会很多语言，但竭尽全力也不过只通晓其中一小部分而已。与此同时，翻译确实会强烈地引发兴趣去学习新的语言。每当我讲授世界文学时，我的乌托邦愿景就是每个学生都可能在不期然中意识到，他们如果不学会一种他们从未想过要学的新语言，他们将连一天都过不下去。阅读但丁和卡尔维诺的翻译，启发我去学习意大利语；阅读阿兹特克诗歌——从西班牙语译到英文的二手翻译——促使我去学习纳瓦特尔语。

在本书中，我们将会遭遇许多时刻，面对翻译和不可译性之间的纠结问题，从《一千零一夜》到波斯抒情诗，到保罗·策兰有关奥斯维辛的诗歌。但即使我们知晓翻译的有限性，我们也应该自觉意识到，我们正生活在一个翻译的黄金时代，有比以往任何时候都更多、更好的译本正在不断出版。我们的八十位作者，事实上很多是重要的翻译家，有些翻译了这本书中其他作者的作品：策兰翻译了卡夫卡，科塔萨尔翻译了尤瑟纳尔，尤瑟纳尔翻译了鲍德温。我挑选这八十本书的原则之一就是需有精彩的译本。有了多种译本，我们就有机会思考某个特定译作的优质之处。

一部成功的译作为新的时代和新的读者重塑作品，技艺精湛的译者会从自己的语言中借用资源来表达原作的力量和美感，有影响的翻译甚至会在译文的语言中引发创新。在英语中阅读但丁，肯定和在意大利语中阅读他不一样，但在今天用意大利语阅读《神曲》也和薄伽丘在十四世纪中期阅读《神曲》的经验不同。今天很少有读者会在意但丁与普罗旺斯诗人之间的对话，或是他与其佛罗伦萨政敌之间的争吵；我们如今在一些新的关联中阅读但丁：从普里莫·莱维在奥斯维辛集中营诵读但丁，到沃尔科特借用抑扬格三行体来描绘加勒比海上说克里奥尔语的渔民们的生活。

如同菲莱亚斯·福格的旅行，这个计划的行程表是非常个人化的，或许仅有一部分会和其他文学旅行者的意图重合。我本人也随时可以再编一组作品和地点，从墨西哥城到曼谷，等等。我定下来的这个行程表，只是提供了世界文学的版本之一，并不是某种全球化的"同一世界"文学的统一秩序。每一章都集中于一个城市或地域，那里诞生过相当可观的文学作品，而我的篇章更集中在一个特定主题上：作家如何书写城市，以及城市如何书写作家；战争在欧洲留下的影响，以及帝国在其他地方的遗迹；移民和离散的问题；那些诗歌和讲故事的传统，从《荷马史诗》到日本和歌再到《一千零一夜》如网密织的叙事，在今天如何被鲜活地传承。

在每一个篇章共同的布局和主题内部，我们探索作家们创作的多样性，他们如何理解自己的故乡和他们的文化遗产，这些多样性往往引发惊人的不同效果。我们作为读者，也用他们的作品来理解自身，我不时从自己的亲身经验中举例，以此说明文学能构造我们对自身和世界的理解，这在艰难岁月中尤其重要。我选出这八十部作品，不是意在列出——若借用哈罗德·布鲁姆《西方正典》的副标题——"跨越所有时代的作品和学派"。我所选择的是尤其具有"世界性"的作品，这些作品的写作，源于作者在反思自己所身处的世界，以及种种边界之外的更宽广的世界——或许是通过笔下人物的海外历险，又或许是经由外部世界的冲击。一路上会有不期而遇，有时则是意料之外的变动、转向和并行，我希望你们由此可以对长久熟悉的作品产生新的感受，并收获令人兴奋的新发现。

话尽于此。八十本书在等待我们。就像马道拉的阿普列尤斯在他的杰作《金驴记》开篇所说，Lector, intende: laetaberis：倾心吧，读者，你将心生喜悦。[3]

宋明炜 译

第一章

伦敦：发明一座城市

1
弗吉尼亚·伍尔夫《达洛卫夫人》

在改良俱乐部和友人就进行环球旅行打赌之后,菲莱亚斯·福格大步走回他几条街外、位于萨维尔街七号的家,取些衣服,也捎上他刚雇的侍从路路通。半道上,他穿过半个世纪后克拉丽莎·达洛卫将要走过的路线(要是她,抑或他,真的存在),那天早上,她去附近的邦德街为傍晚的聚会买花。伍尔夫的小说开始于克拉丽莎的散步,她边走边想,这散步成了某种赞歌,致意伦敦的种种愉悦:

> 我们都是些大傻瓜。只有老天才知道人为何如此热爱生活,又如此看待生活,在自己周围构造空中楼阁,又把它推翻,每时每刻创造新花样;甚至那些衣衫褴褛的老古董,坐在街头台阶上懊丧之极的可怜虫(酗酒使他们潦倒不堪)也这样对待生活。人们都热爱生活——正因为如此,议会法令也无能为力;这一点,她是深信不疑的。人们的

目光,轻快的步履,沉重的脚步,跋涉的步态,轰鸣与喧嚣;川流不息的马车、汽车、公共汽车和运货车;胸前背上挂着广告牌的人们(时而蹒跚,时而大摇大摆);铜管乐队、手摇风琴的乐声;一片喜洋洋的气氛,叮当的铃声,头顶上飞机发出奇异的尖啸声——这一切便是她热爱的:生活、伦敦、此时此刻的六月。① [1]

《达洛卫夫人》(一九二五年)是最为局部化的作品之一,无论在时间还是空间上,故事发生在一九二三年六月的一天里,位于伦敦中心几个时尚街区的范围内。我们的旅行也许应该从伍尔夫离奇的流浪汉小说《奥兰多》开始,看起来这更有道理,那本书的男主角先是和一位俄国公主有段瓜葛,而后在君士坦丁堡变性成为书中的女主角。或者,我们也可以从横跨全球的约瑟夫·康拉德开始,他的小说把故事设置在马来西亚和拉丁美洲,《黑暗之心》则带我们来回于伦敦和比属刚果之间。但是,我更想从一部故事切切实实发生在伦敦的小说开始,不仅因为伦敦是我们的出发点,还因为《达洛卫夫人》显示出,伦敦当时已成为一个和它今天一样的世界城市。克拉丽莎过去的追求者彼得·沃尔什为了离婚的事情从印度回来;她女儿的家庭教师,还可能是恋人,基尔曼小姐,在英格兰觉得浑身不对劲,英格兰刚和她的祖国德国扯在一场生死对决中;还有那个来自意大利的战争新娘雷西娅,挣扎着适应伦敦的生活,要把

---

① 本节中《达洛卫夫人》引文参照孙梁、苏美译《达洛卫夫人》,上海译文出版社 2011 年版。略有改动。

她被吓懵了的丈夫塞普蒂默斯·史密斯从自杀边缘挽救回来。

世界的确回到了伦敦的家中，却带着第一次世界大战不祥的外表。战争的余波回荡在整个城市，也贯穿小说终始。即使如克拉丽莎陶醉于"生活、伦敦、此时此刻的六月"，她也听到了"头顶上飞机发出奇异的尖啸声"。这其实是一架双翼飞机在空中写字，地上的人试图搞明白这是在做什么产品广告（太妃糖？葛兰素制药？）。然而，飞机逼近，效果诡异，如同取人性命的空袭：

> 忽然，科茨太太抬头向天上眺望。飞机的隆隆声钻入人群的耳鼓，预示某种不祥之兆。飞机就在树木上空飞翔，后面冒出白烟，袅袅回旋……飞机猛地俯冲，随机直上云霄，在高空翻了个身，迅疾飞行，时而下降，时而上升……又在另一片太空中描出一个K，一个E，兴许是Y吧？
>
> "Glaxo（葛兰素）。"科茨太太凝视天空，带着紧张而敬畏的口吻说。她那白嫩的婴孩，静静地躺在她的怀中，也睁开眼睛望着天空。

在空中写字，刚在这一年由杰克·萨维齐少校发明，萨维齐少校人如其名（savage，意为"野人"），最近刚从皇家空军退伍，他使用战后从皇家空军退役的飞机在空中比划他的广告。[2]

克拉丽莎的上流社会景况宜人，其界限之外的混乱却笼罩着《达洛卫夫人》。什么事情都可以震动战后世界仍然脆弱的基础。当双翼飞机飞过头顶的时候，一辆拉上窗帘的豪华轿车也沿着邦德街穿梭而过，引起一阵兴奋，尽管没人看清这辆开往白金汉宫的车里坐的是谁。这种含着克制的光鲜亮丽，在有钱的绅士、没钱的卖花人身上，都激起了爱国之情，但激起的还有失落感，甚至也近乎制造了一场骚乱：

> 邦德街两侧的手套、帽子和成衣店里……素不相识的人互相注视，他们想起了死者，想起了国旗，想起了帝国。在后街一家小酒馆里，由于一个殖民地移民在提到温莎王室时出言不逊而激起一场大骚动，人们争吵着，还摔破了啤酒杯。奇怪的是，它竟会穿过街道，传到小姐们的耳中，引起她们的共鸣。当时她们正在选购配上洁白丝带的白内衣，以备婚礼之用。那辆汽车经过时引起的表面上的激动逐渐冲淡了，骨子里却触动了某种极为深沉的情感。

几条街外的摄政公园，雷西娅对她丈夫的怪异行为担心得要命，她感到英格兰整个文明在滴滴流失，留下她在一片原始的荒原上：

> "你该去看看米兰的公园嘛。"她大声说。不过说给谁听呢？
>
> 四周了无人迹。她的话音消逝了，仿佛火箭消逝一般。它射出的火花掠过夜空，淹没在夜色之中，黑暗降临，笼罩了房屋、尖塔的轮廓；荒山两边的线条渐趋朦胧，只留下漆黑一团……也许好似在夜半时分，黑暗笼罩大地，一切界线都不复存在，整个国土恢复到洪荒时期的形态，宛

> 如古罗马人登陆时见到的那样,宇宙一片混沌,山川无名,河水自流,不知流向何方——这便是她内心的黑暗。

《黑暗之心》里,康拉德受尽磨难的主人公马洛,已经把欧洲对非洲的争抢,相提并论于罗马对一个黑暗、原始的英格兰的征服:"沼泽,森林,野人,难得有适合文明人的食物,喝的也只有泰晤士河水。"[3]这个比较,伍尔夫直接带进了家门口。围绕着克拉丽莎所处上流社会的种种惬意——鸢尾花和飞燕草,鸽子灰的手套,晚会上大驾光临的首相,她的伦敦却有着和康拉德的黑暗之心相比,不能忽略的类似之处。甚或库尔兹先生著名的临终之言"恐怖!恐怖!",也在小说开篇徐徐升起的新月获得回响。起初是克拉丽莎想起那个"恐怖的时刻",她那时听说彼得·沃尔什要结婚了;而后,被吓懵的塞普蒂默斯感到"仿佛有什么可怕的事情就要发生,立刻就会燃烧,喷出火焰";最后,十九岁的梅齐·约翰逊,刚从苏格兰来找工作,被塞普蒂默斯的行为惊到了,希望自己从来就没来城里:"恐怖!恐怖!她想要大喊大叫(她离开了自己的家人,他们警告过她会发生些什么的)。为什么她不留在家乡呢?她拧着铁栏杆上的圆把手,喊道。"

弗吉尼亚·伍尔夫一辈子都是伦敦人,但她也是一个更广阔的文学世界的公民。在开始写这本小说时,她正在学俄语,完成之时,则有索福克勒斯和欧里庇得斯,她读的是希腊文。她还对那些出生在国外而活跃于英国文坛的作家们兴趣浓厚,充满好奇,包括康拉德、亨利·詹姆斯和她的朋友托·斯·艾略特。在散文集《普通读者》(与《达洛卫夫人》同年出版)中,她写道:"有很多的例子,几乎每个美国作家,尤其是那些写作时对我们文学和我们本身都带着偏见的;还有一生都生活在我们中间的,最后又通过合法的步骤成为乔治国王的臣民。如此种种,他们是否就理解了我们,他们难道不是终其一生仍然是外国人吗?"[4]

作为女性主义者、社会主义者、和平主义者,却生活在一个父权主义、资本主义、帝国主义的英格兰,伍尔夫本人常常觉得她在家里也是一个异乡人。她对反帝国主义和平运动的尽心投入里,快闪过一场刻意捣乱的恶作剧。一九一〇年,她乔装打扮,和她弟弟阿德里昂,还有几个朋友,对停锚在朴茨茅斯的"无畏号"战列舰进行了一次"国事访问"。这些访问者受到仪仗队的欢迎,参观了战舰。期间他们呼喊"倍儿佳,倍儿佳"(bunga, bunga)以示崇敬,操一口用拉丁文和希腊文编排的鸟语,向毫无察觉的军官们授莫须有勋,而后神不知鬼不觉回到伦敦。当这群朋友在伦敦《每日镜报》上讲述这场闹剧,皇家海军深为尴尬。报道里还附有一张代表团的正式照片(伍尔夫是左手那位大胡子绅士)。

陌生之事与熟悉之物,在伍尔夫的作品中参差交织。《普通读者》描述契诃夫、陀思妥耶夫斯基和托尔斯泰让人难以捉摸的异质,然而她也从他们的作品中寻找无法在维多利亚时代小说中寻得的资源。她关于契诃夫小说的描述,可以是对《达洛卫夫人》的自述:"一旦眼睛习惯了阴影,关于小说的'结论',一半都消失不见了,它们就像在背光照耀下的幻灯片,俗艳,刺眼,浅薄……继而,当我们读这些细琐的故事,故事空若无物,我们的视野却扩大了;灵魂在惊颤中获得自由的感受。"《达洛卫

图1 "无畏号"战列舰上的恶作剧者们

夫人》也渗透了伍尔夫对普鲁斯特的崇拜("我的大冒险就真是普鲁斯特。是啊——那之后还有什么能写的?"[5]),还有对乔伊斯《尤利西斯》的暧昧反应,她在发表的文字里说这是"值得铭记的一个灾难"[6],私下表示这作品是"大学生挤痘痘"[7]。乔伊斯的意识流技巧,伍尔夫致力于做出自己的版本,也像他一样,为自己的小说改编古希腊的时空组合,这个过程里,她孜孜求取于索福克勒斯和欧里庇得斯,以及契诃夫、康拉德、艾略特、乔伊斯和普鲁斯特。

但她的伦敦不是艾略特《荒原》里"不真实的城市",而是一个强烈的在场的世界。伍尔夫变幻不定、轻盈浮动的句子,强调幽微精细之别,强调面对经验的开放,而不是她的男性对手强加的收束。如她在伟大的散文《一间自己的房间》里所写,男性写作中字母"I"（即"我"）的阴影，太过经常落于纸上。[8]当克拉丽莎走在邦德街上去买花，她想到"她唯一的天赋是，几乎能凭直觉一眼识透别人"。她爱伦敦的"一大帮子人，彻夜欢舞。运货马车缓缓地朝着市场方向驰去……她喜欢的是此时、此地、眼前的现实，譬如坐在出租马车里的那个胖女人"。没有人能像伍尔夫那样有能力创造这些情境，从"此时、此地、眼前的现实"中引出最严肃的关怀——世界大战、疯狂、男人和女人之间不可跨越的鸿沟。

同时，伍尔夫让我们看到，此时此地，是生死之间，她几乎以考古学家的眼睛看着她的伦敦。当窗帘垂下的豪华轿车穿驰在邦德街：

> 毫无疑问，车中坐的是位大人物……他们国家永恒的象征……多少年后，伦敦将变成野草蔓生的荒野，在这星期三早晨匆匆经过此地的人们也都只剩下一堆白骨，唯有几只结婚戒指混杂在尸体的灰烬之中，此外便是无数腐败了的牙齿上的金粉填料。到那时，好奇的考古学家将追溯昔日的遗迹，会考证出汽车里那个人究竟是谁。

伍尔夫把局部化的景象架构于全景之下，为这本书在世界的流通提供了动力，让全球读者都心爱不已，就算他们也许不能在地图上认出邦德街，甚至伦敦。一九九八年，迈克尔·坎宁安根据这部小说写成的畅销书《时时刻刻》——这是伍尔夫原本的标题——把故事设置在了洛杉矶和纽约的格林尼治村。在另一块大陆，面对新一代的读者，坎宁安扩展了有关同性间欲望的主题,而伍尔夫原本对此仅仅点到为止,比如基尔曼小姐的形象,以及克拉丽莎早年对随性自由的萨利·赛顿的心动,她炙热的吻几十年后在她记忆里仍鲜明如昔。而回到当时,伍尔夫颠覆性的作品从未囿于其时其地。《达洛卫夫人》作为最局部化的小说,也是至今为止最世界性的作品,人生中漫长一日的旅程,伦敦,此时此刻的六月。

陈婧祾 译

2

查尔斯·狄更斯《远大前程》

弗吉尼亚·伍尔夫在出版《达洛卫夫人》那一年,还写过一篇散文《大卫·科波菲尔》,她试图理顺自己平生对狄更斯作品的纠结心理。其他伟大作家给我们展示人类情感的精妙之处,但伍尔夫认为从狄更斯的小说中,我们记起的:

> 是热情,兴奋,幽默,畸零的人物性格;是伦敦的臭气、味道和煤灰;是把距离最遥远的人生联结在一起的难以置信的巧合;城市,法庭,这个人的鼻子,那个人的肢体;拱门下或大路上的景色;在这一切之上,某个高大、宏伟的形象,其中胀满了生命力,以至于他不能作为个人而存在,而是需要一群他人来成全自我。[9]

她认为"很可能没有人会记得第一次读到《大卫·科波菲尔》的情景"。她说,狄更斯已经不再是一个作者,而是"一个机构,一个纪念碑,一个被千万人踏过的通衢大道"——踏过这条大道的,同时还有他笔下的一众人物和他成千上万的热情读者。

很少有作家和他们的城市有狄更斯和伦敦这样紧紧相连的关系。直到今天,有一大堆旅游书和网站会邀请你去步行游览"狄更斯的伦敦"。沿途可以看到不少狄更斯小说中的"景观",其中就有那间"老古玩店"——它是狄更斯同名小说《老古玩店》里的主要场景,是狄更斯使之不朽,如今门面招牌用仿哥特字体骄傲地这样宣称。就我自己而言,我早年想象中的伦敦,大体上是狄更斯的造物。这正是从文学上体现了奥斯卡·王尔德的观点,他认为印象派画家发明了伦敦雾。他在那篇卓越的文章《谎言的衰朽》中问道:"如果不是从印象派画家笔下,我们又从哪里得到那奇妙的棕黄色的雾,它们在我们的街市上匐匐前进,把煤气灯变得朦胧,将房子们变成怪物似的阴影。"他承认"伦敦几个世纪以来一直有雾。我敢说有。但没人见过它们……直到艺术发明了它们,它们才存在"。[10]但王尔德不会去参加狄更斯观光团,因为他受不了狄更斯的感伤。他曾有一句名言,形容他对《老古玩店》悲情女主人公的想法:"一个人需有石头做的心,才会在读到小耐儿的死时,不会发出笑声。"[11]

弗吉尼亚·伍尔夫也不满足于生活在狄更斯的伦敦,她和朋友们有意发明另一个伦敦,以及另一种写作方式,两者皆需是他们自己喜欢的。在《大卫·科波菲尔》这篇文章中,她不无苛刻地说:"他的同情确实有限,大致说来,只要某男或者某女的年收入超过两千英镑,或上过大学,或能数得出三代先祖,他对他们就没有同情了。"她更喜欢乔治·艾略特和亨利·詹姆斯作品中凸显的情感复杂性。同时,她也看到狄更斯作品中已经埋下的读者主动介入的种子,这也是她期望以自己的方式来创造的。她说,狄更斯"笔下的世界丰饶,缺少反思,这却产生一种奇妙的效果。它们使我们成为创造者,而不仅仅是读者和旁观者……细腻与复杂性都在那儿,只要我们知道去哪儿寻找它们,只要我们不会大惊失色——因为对我们这些有另一套成规的人来说——它们在错误的地方出现"。

事实上,狄更斯的后期作品,比起他的早期作品如《尼古拉斯·尼克尔贝》和《大卫·科波菲尔》更有心理的复杂性,也更有艺术的建构。伍尔夫只讨论早期的狄更斯,而不是他更成熟的杰作,如《荒凉山庄》和《远大前程》,这是一个有意思的选择,这些后期作品或许距离她自己的写作太近了,近到让她不舒服。正是这些后期小说,我发现值得不断重读,从中所获得的远非他早期作品可比。

过去这些年里,我得到的《远大前程》不少于五个版本,每一本都体现了一种不同的阅读方式,这无疑反映了出版商自己的期待,即获得读者、提升销量。一个比较早的版本是多卷本《狄更斯作品集》其中一卷。正确阅读这本书的方式,是将其作为阅读作者全集的一个部分。维多利亚时代的人们热衷购买这样的文集,在没有网络电视或奈飞剧集的时代,他们可以在漫长的冬夜里一气儿读上好几本。一八六七年,狄更斯亲自监督编订他的第一部选集,但他的读者们首先读到的,是他通过连载形式刊登的小说。他在自己主编的杂志《一年四季》上刊登《远大前程》,每周一次,从一八六〇年到一八六一年连载了九个月,他每周遵循时间表勤恳写作,正如菲莱亚斯·福格十年后遵守时间表来环游世界。

狄更斯去世后的几十年中，他的小说被视作通俗娱乐读物，特别适合青少年读者。我收藏的《远大前程》版本中的一种，是二十世纪初在纽约印行的（书上没有交代具体日期），它属于"男孩文库"丛书。在书的封底上，出版商罗列了这套丛书中二十多本其他书目，书的标题都很诱人，如《擦鞋仔汤姆》《报童丹尼》《落难蜘蛛岛》。我在缅因州长大，我猜我一定会喜欢读《驼背杰克》，这本书"讲述住在缅因州岸边、伊丽莎白角的一个驼背小子的故事，他的磨难与成功无比有趣"。

狄更斯在二十世纪中期重新流行起来，当时整整一代新批评家开始更深入地探索他的小说艺术。我手上拥有的另一个版本出版于一九六三年，属于"图章经典"丛书，封面是一幅鬼气森森的画面，描绘的正是小说开头，狄更斯的主人公匹普遇到藏身公墓的逃犯马格韦契。这个版本包含一篇英国小说家安格斯·威尔逊撰写的后记，印在封底上的一句话强调"《远大前程》既是一部谜案重重、结构精妙的小说，也是对道德价值的深刻检视"。不同的出版商历年来贡献于世的，是各不相同的《远大前程》。即便是同一个出版商，也会随着时过境迁，发行有所变化的版本。如下是我的两本企鹅版，第一本是我在一九七一年读大学一年级时阅读的版本，第二本则是我在一九九〇年代末教书时所用的 [见彩页图2]。

这两个版本都既面向学术市场，也吸引普通读者。书中有详细的注释，并有著名学者撰写的序言，以及延伸阅读书目。虽然有这些相似点，书的封面却大异其趣。早期版本采用的是透纳在一八六〇年绘制的作品《乡下铁匠为蹄铁价格吵翻天，让屠夫为他的小马蹄铁照单付账》的一处细节。这个画面让人联想到匹普的好朋友兼监护人乔伊·葛吉瑞的铁匠铺,很显然把小说置于英国维多利亚时期"一页生活"的写实传统之中。相比之下,更新的这个封面呈现鬼气森森的景色,画面取自德国浪漫派画家卡斯帕·大卫·弗里德里希的作品《公墓入口》(一八二五年)。弗里德里希的充满迷雾的"死亡景象"(一位艺术史学者这样说)在时空上远离狄更斯的小说,令人联想到郝薇香小姐那鬼影幢幢的沙提斯庄园,而不是少年匹普在其中通过研究墓碑来揣测其父母性格的那座简朴的教堂墓地。("我父亲墓碑上的字母的形状,给我一个古怪的念头,觉得他应该是一个宽肩膀、结实、皮肤黝黑、有一头乌黑鬈发的男人。"[12])

这部小说的多种包装,从少年冒险小说,到古老英格兰的一页生活,到类似于象征派风景,这过程与我自己的生活阅历纠缠在一起。我最早是在小说开头匹普的年龄,第一次遇到《远大前程》;我上大学后研读这本小说,正处在匹普前往伦敦时的年龄,他那时继承了一笔财富,误以为那是行为乖张的郝薇香小姐馈赠给他的。然后我在三十多岁时讲授这本小书,那正是匹普写下自己人生故事的年龄。又过了三十年,我比卡斯帕·大卫·弗里德里希画下德累斯顿公墓时年长一旬(事实上是他设计了那高耸的墓园大门),比狄更斯写作这部小说时年长两旬。但每一次当我打开这本书,我又回到匹普幼小的时候,他"领略世面最初、最生动的印象似乎得自一个令人难以忘怀的下午,而且正是向晚时分",当时马格韦契令人惊悚的身影从教堂门廊一边的坟堆里冒了出来。匹普和我都准备好又一次开始人生的旅途。

宋明炜 译

3

阿瑟·柯南·道尔《福尔摩斯探案全集》

世上难得有夏洛克·福尔摩斯这么成功的文学人物。根据《吉尼斯世界纪录》，他在影视剧中出现的次数胜过文学史上其他任何人物。不计其数的作者借用过他和忠心耿耿的搭档华生医生的形象，或者照搬他们的本名，或者选个一望而知的化名，就像在翁贝托·埃科销量惊人的小说《玫瑰的名字》里，他们是中世纪侦探巴斯克维尔的威廉，还有天真的梅勒克的阿德索充当华生。除了在文艺作品中不断重获新生，在伦敦当地，夏洛克甚至得获实形。英国广播公司近期对英国青少年的一项调查中，超过一半的受访者相信福尔摩斯是真实人物，而且，即使确切来说他从未存在过，你却可以访问他位于贝克街221B的客厅，那个地方装修一新，令人喜爱，现为夏洛克·福尔摩斯博物馆，入口上方还有块牌子注明了它闻名遐迩的住客的身份，尽管受过夏洛克训练的游客会敏锐地注意到，日期并不是他不存在的生卒年，而是那些故事发生的年代：

> 221B
>
> 夏洛克　福尔摩斯
>
> 私人咨询侦探
>
> 一八八一至一九〇四年

福尔摩斯和华生的影响力虽然遍及现今世界，但是，他们持久的生命力却并不源自心理上的复杂性，这种复杂性让乔伊斯的利奥波德·布卢姆或者伍尔夫的克拉丽莎·达洛卫给我们的心灵带来回响。弗吉尼亚·伍尔夫也确实不能忍受柯南·道尔的故事。她有一篇散文，关于她的劲敌阿诺德·贝内特，其中写道："一个人物可能对贝内特先生是真实的，对我却完全不真实……他说，夏洛克·福尔摩斯里的华生对他是真实的；而对我，华生医生是一个草包，一个傀儡，一个蠢人。"[13]

更缺乏说服力的是福尔摩斯和华生的世界，那个描述入微、令人怀想的伦敦。起始那篇《血字的研究》中，福尔摩斯和华生做了一个关键的决定，一起搬进贝克街221B，而我们被告知，他们的公寓"包括几个舒适的卧室和一间宽敞透气的客厅，两扇宽大的窗子使得光照充足，一切看上去都令人愉悦"[14]。实际情况是，这一切并不怎么"令人愉悦"，窗外的风景之阴郁，甚至到了逼得夏洛克去吸毒的地步。《四签名》中，福尔摩斯说自己无案可破感到无聊时会去吸食可卡因，他对华生说："活着还有什么劲头？站在这窗边看看，还有比现在更阴郁、惨淡、无益的世界吗？看看这黄色的雾霾如何在下头的街上旋转，飘过暗褐色的房子。还有什么比这更加单调、庸俗、令人绝望呢？"

柯南·道尔的文学世界，仅有部分建基于单调、庸常的现实碎片之上，这些碎片通常都被用做线索；更多的，是一个层层堆叠的故事的世界。早在《血字的研究》第二章，福尔摩斯就批评过他之前的侦探故事，埃德加·爱伦·坡所写的杜邦侦探"和坡想象中那种现象级的人物毫不沾边"，埃米尔·加博里奥笔下的勒考克先生则"是一个可怜的笨蛋"。让福尔摩斯与众不同的是，无论如何寻常的人或事，他都有能力推断出背后的故事。在《四签名》开篇不久，他拿来华生的怀表检视一番，随即露了一手。这块看上去平凡无奇的表，到了福尔摩斯手上，被挖掘出一个完整的故事：一位兄长如何浪费了一生，最终因酗酒而去世。华生从未提及这位与自己失和的兄长，福尔摩斯却能推断出这么多细节，华生深感沮丧，而夏洛克也一时尴尬。"我亲爱的医生"，他温言说道，"请接受我的道歉。我把这件事当成了一个抽象的问题，忘记了它对你有多么私密、多么难堪。"

作家常常提及作品范围之外的事件，以此暗示故事并不仅仅发生在纸板搭建的舞台布景之中。在《福尔摩斯案件簿》(*The Case-Book of Sherlock Holmes*，又译《福尔摩斯新探案》)中，夏洛克提到了一系列没有被发表的案子，有个案子涉及"苏门答腊的巨鼠，世人还没准备好迎接这个故事"(《苏塞克斯的吸血鬼》)。这里，福尔摩斯指向了故事情节之外更丰富的生活，或者，更精确地说，一本在《苏塞克斯的吸血鬼》的故事之外，记载着各种故事的案件簿。他翻阅这本案件簿，想要得到启发，因为有人求他调查如下案件，而他不知自己是否能够解决：一位年轻的母亲被发现从她的宝宝脖子上吸血。"但对吸血鬼我们知道些什么？"他问华生，"真的，看上去我们要换到（switched）格林童话上了。"这里的"换到"是一个来自铁路的比喻，而不是电器开关：福尔摩斯担心他被引到恐怖小说的轨道上，远离他所习惯的那类以理性解决的犯罪。幸运的是，正如他在故事最后告诉华生的，他几乎立刻就发现了案件真相，因为早在他们登上维多利亚车站两点钟那班火车赶赴苏塞克斯之前，"人在贝克街的我已于脑中形成了推理"。

柯南·道尔通过元小说提到了一个并不存在的故事——该故事涉及地球另一端的一个虚构物种，从而令自己的小说更贴近世俗生活。世人也许没做好准备去读一个比吸血鬼母亲更匪夷所思的福尔摩斯探案故事；但柯南·道尔让世人做好了充分准备去读关于"苏门答腊的巨鼠"的故事——他成功之极，事实上，后世多位作家都为他写了这个故事。更有甚者：2007年，巴布亚新几内亚发现了一种新的大型鼠类，《纽约时报》上关于这一消息的报道，标题就是"苏门答腊巨鼠，活蹦乱跳"[15]，尽管记者不得不承认巴布亚新几内亚位于苏门答腊"右方几个岛之遥"——事实上，近乎三千英里。

巨鼠也许有一天会在苏门答腊本岛出现——如果需要，那些虔诚的"福学家"还会将之走私进去——但我们知道，不会有吸血鬼真的出现在苏塞克斯。尽管那个母亲宣称福尔摩斯"似乎拥有魔力"，这个伟大的侦探却为她的诡异行为找到了一个现实解释（婴儿的异母哥哥想要毒害这个小小的对手，她要把孩子中的箭毒吸出来）。正如福尔摩斯对华生所说，"这位经纪人是两脚站在地球上的，那就一直站在地球上。这个世界对我们来说足够大了，没必要再去寻找鬼怪"。贝克街各种奇事在世界范围内织就的这张网内，足以证明柯南·道尔的忠实读者一直以来都渴望着要把他笔下的世界嵌入我们自己所处的现实之中，尽管私下里他们都知道，除了已成经典的四部长篇和五十六个中短篇，这世上并不存在一个藏有已散佚的案件簿的行李箱。

夏洛克是世上仅此一位的"私家咨询侦探",独门绝技是将其他侦探无法揭示的故事厘清。要达成这样的成就,他甚至不需要走出他那些与外界隔绝的居室。夏洛克在大学里几乎没有朋友,入学两年后就退学;他从未做过警察,谢绝了爵位,也缺乏稳定收入。唯一能够将他从难以自拔的毒瘾之中拯救出来的,就是故事。

至于华生,他步入福尔摩斯的人生轨迹之时,刚刚结束服役,在第二次英国—阿富汗战争中受了重伤,几乎丧生。正如他在《血字的研究》开头告诉我们的,"这场战役给很多人带去荣耀和升迁,对我却只是不幸和灾祸"。他是在迈万德战役中受的伤,以致军医生涯告终。这场发生于一八八〇年七月二十七日的战役是一场可耻的失败,英国失去了将近一千名士兵。带着受伤导致的残疾、伤寒引发的病弱,用华生自己的话说,他回到了"伦敦,那个大污水坑,全欧洲的闲杂人等都不加抗拒被冲了进去"。尽管柯南·道尔写作时恰逢不列颠帝国扩张的高峰,华生的伦敦听上去却像一个衰败帝国远处的一潭死水。但他在夏洛克那里找到了新的生活;夏洛克也迫切地需要他——不是作为同性爱人(就如后来某些作家所想象的),而是一个讲故事的人。在《波希米亚丑闻》中,波希米亚国王出现在他们的住处,要求私下咨询,华生正要避让,福尔摩斯却坚持要这个由受伤的医生转行的作家留下来,"你就待在这里,我要是没有自己的鲍斯威尔陪伴,会感到怅然若失"。在一个医疗、社会和政治秩序都岌岌可危的世界,如果没有一个讲故事的人陪伴,我们都会感到怅然若失。

陈婧裱 译

4

伍德豪斯《新鲜事儿》

佩勒姆·格伦威尔·伍德豪斯是二十世纪最受读者青睐的小说家之一,在七十五年的写作生涯中,他革新了现代喜剧小说,运用狂野放肆、层次丰富的散文风格,创造出一个充满糊里糊涂的贵族、有主子气概的仆役、厉害的年轻女性、威震一方的疯癫医生、慷慨大方或心怀鬼胎的姑姨的文学世界。为了发明出那充满闹剧色彩的伦敦及其周边县镇,伍德豪斯首先要发明出他自己。他于一八八一年出生于英格兰萨里郡,随后被家人带去香港,他父亲在那里担任殖民官。伍德豪斯两岁时被带回英国,在那里由叔叔伯伯大姑小姑舅舅姨妈养育成人——他总共有三四十个叔叔伯伯大姑小姑舅舅姨妈,他们的形象在他小说里比疏远的父母还要突出。一九〇〇年,在他即将跟随一位长兄去牛津读书前夕,他的父亲中风病倒,不得不退休,只拿到很少的残疾抚恤金。像托·斯·艾略特几年后做的那样,伍德豪斯找到一份银行职员的差事,利用晚上的时间勤奋创作。

一九〇二年，由于一位专栏作家休假，他得以短暂地为一家幽默报纸写专栏。他被迫在银行和这份五星期的专栏工作之间选择。伍德豪斯选择离开银行，再也没有回来。

他从一九〇九年起开始访问纽约，想要在庞大的美国出版市场觅得一席之地，也希望能把自己的剧本推销给百老汇的舞台。一九一四年一战爆发时，他正在纽约，此后在那里度过整个战争时期，到一九一七年，他已经变成百老汇最活跃的剧作家，最辉煌的成绩是百老汇同时上演他的五个剧目——这个记录前无古人，后无来者。伍德豪斯厕身戏剧界的经历，对他的小说有至关重要的影响，使他从写实的校园故事和浪漫情节转而描写越来越搞笑的闹剧。伍德豪斯后来说："我相信只有两种写小说的方式。一种是我自己的，写作没有音乐的音乐喜剧，彻底忽视现实生活；另一种是直接深入生活，却什么都不关心。"[16]

这种自嘲的说法并没充分表述出，他的故事其实植根于现实，他对舞台艺术的关注——真实身体的行动和舞台上道具的处理——加强了这一点，并且经济需求和家庭压力的根本现实始终如影随形。伍德豪斯后期小说中只是偶尔写到当代世界，然而他的小说继续描写经济需求和家庭压力的根本现实。他的作品中充满了愚蠢的小儿子，他们的父亲为不得不照顾他们而心怀怨恨，这些小儿子也隐约意识到自己的幼稚无能——伯蒂·伍斯特和他的朋友们属于一个叫做"懒汉们"的俱乐部。在小说中用以平衡这些被动的青年人的，是好斗争雄的女主角们，她们在闯荡世界的同时，接手了这些小儿子，这样做正符合她们白手起家、追求进取的现代精神。

和戏剧一样，侦探小说成为伍德豪斯一生中灵感的又一源泉。一九七五年，九十四岁的他为柯南·道尔的《四签名》撰写导言。他这样表达对前辈大师的敬意："当我开始写作的时候——那个时代看起来好像卡斯顿刚刚发明印刷术，柯南·道尔是我的英雄。其他人可能更尊敬哈代、梅瑞狄斯。我是柯南·道尔的粉丝，至今仍是。"[17] 一战以前，他跟他的英雄成为朋友，经常一起打板球。伍德豪斯笔下最有名的角色，年轻、无所事事的伯蒂·伍斯特和他那聪明的"绅士的绅士"吉夫斯，经常让人想到福尔摩斯和华生，吉夫斯能破解谜案，解决人生中的困境，这让伯蒂为之惊叹，并记述这些故事。与此相应，对于伯蒂来说，最幸福的事情莫过于待在家里读上一本惊险小说，比如《少了一只脚趾的人》。吉夫斯却坦言："我的个人品味更多是在陀思妥耶夫斯基和那些伟大的俄国作家身上。"此外，[18] 他还劝诫伯蒂要提防未婚妻的建议，后者试图提高他的思想境界："你不会喜欢读尼采的，先生。他完全不可理喻。"[19]

伍德豪斯的笑剧写实主义，在他早期畅销书《新鲜事儿》（*Something Fresh*，一九一五年出版，美国版是《新奇事儿》，*Something New*）中得到最饱满的体现。这本小说取材于他本人作为一个苦苦挣扎的作家的亲身经历。伍德豪斯讲述阿什·马森的故事，阿什正在为猛犸象出版公司马不停蹄地写作每月一篇的《大侦探格里德利·奎尔冒险故事》：

不神圣的同盟现在已经演进了超过两年，阿什感觉每个月下来，格里德利越来越没有人性。他如此骄傲自满、如此疯狂地无视于事实，事实是只有惊人的运气才让他能侦测到什么。把自己的收入完全押宝在格里德利·奎尔身上，就像把自己捆绑在恐怖的巨兽身上。[20]

当阿什应邀访问埃姆斯沃思伯爵克拉伦斯的乡下大宅时，他转运的机会来了。伯爵唯一的爱恋对象——是他获奖的猪，布兰丁皇后。在布兰丁，阿什遇到另一个在苦苦挣扎中的雇佣文人，琼·瓦伦丁，琼为一家妇女杂志爆料爵爷和贵妇的私人故事。阿什和琼成功地把他们的天赋——以及他们的文类——结合在一起，在克拉伦斯的大宅里破解了一桩滑稽的谜案。他们自己的财富，以及他们的爱情，都有了保障。

伍德豪斯历时多年，发展出一个长长的故事和小说系列，他心爱的人物和地点背景始终是这系列的出彩之处，特别是埃姆斯沃思伯爵的布兰丁城堡和伯蒂、吉夫斯的伦敦公寓。早在一九二八年，一位评论家就指责伍德豪斯自我剽窃，对这个指控，伍德豪斯兴高采烈地在下一本小说中加以回应："有一位批评家——我很遗憾地说，这种人真的存在——对我上一本小说作出讨厌的评价，说该书中'所有伍德豪斯的旧人物都换了名字出场'。凭借我卓越的智慧，我这次做得比这个人更胜一筹——把所有伍德豪斯的旧人物都放进去，并且不改名字。这会让他觉得傻透了，我还挺喜欢。"[21]

伍德豪斯持续写作，直到九十多岁，他以不减的热情、不断推陈出新的语言，继续重新改写他笔下所有的旧人物和情景。他的小说越来越公开地戏仿它们自己的成规。令人战栗的心理医生罗德里克·格洛索普爵爷，在许多年间的好几部小说中吓坏了伯蒂·伍斯特之后，在一九六〇年又一次让伯蒂震惊，这一次他装扮成一个名叫剑鱼的管家。然而,伯蒂不应该感到吃惊,因为二十五年前他就和罗德里克·格洛索普爵爷一起涂黑了脸,冒充行吟歌手(《谢谢你,吉夫斯》)。另一个相反的例子是,在《春光里的弗雷德叔叔》(一九三九年)中,伊奇卡姆伯爵冒充罗德里克·格洛索普爵爷,住在布兰丁城堡里。

正如卡夫卡《城堡》里维斯特维斯特伯爵的领地一样,布兰丁城堡的故事像民族志一样令人着迷。两者都是神秘、自我封闭的社会,其中的规矩都常常是通过不请自来的闯入者或冒名顶替者的努力,才逐渐被揭示出来。在一九七二年《新鲜事儿》的新版序言中,九十一岁的伍德豪斯解释说:"布兰丁有许多冒名顶替者,就像其他的房子有老鼠一样。"他补充说,"是时候又来一个冒名顶替者了;在领地上如果连一个冒名顶替者也没有,布兰丁城堡就不会是布兰丁城堡了。"[22] 就像卡夫卡笔下象征性的地点一样,伍德豪斯的闹剧背景处于幻想和写实的世界之间,以此提供了一个中间地带,使得小说中的世界既能够按照内在逻辑演化,也会持续地间接指涉我们所知道的世界。

伍德豪斯的九十八本书被翻译成三十几种文字,销售量达到几千万册。他是一位超级畅销的作家,但他并非出身工人阶级,也不涉及这样的题材;他在写作上是反现代主义者,而他精心打磨、众声喧哗的文体,幽默地杂糅高雅和低俗的风格,兼容了音乐剧歌词和莎士比亚。伍德豪斯很享受这种居于两者之间的游戏。在一九二六年的一篇小说《卡斯伯特的敲击声》中,一位忧郁的名叫布鲁西洛夫的俄国作家在美国作巡回演讲。

虽然他自己的小说是"对于无望的悲惨人生的灰色研究",其中"什么都没发生,直到第三百八十页有一个农民自杀身亡",布鲁西洛夫拒绝把他的作品与同时期社会主义现实主义作家苏维斯基、讨厌科夫之类相提并论。"没有小说家比我写得好,"布鲁西洛夫坚持认为,词语从他那茂密的络腮胡子里蹦出来,"苏维斯基——哼!讨厌科夫——呸!我对他们才看不上。没有小说家比我更好。伍德豪斯和托尔斯泰还不坏。不好,也不坏。没有小说家写得比我好。"[23]弗拉基米尔·布鲁西洛夫对自己的创造者给予礼遇,让他的地位等同于托尔斯泰,由此在世界文学的中心将伍德豪斯封圣。

宋明炜 译

5
阿诺德·贝内特《莱斯曼台阶》

一九二三年六月十三日，当克拉丽莎·达洛卫走向邦德街，为当晚的聚会买花，她走过的伦敦，截然不同于阿诺德·贝内特在同一年的杰作《莱斯曼台阶》里描绘的伦敦。贝内特的小说赢得了詹姆斯·泰特·布莱克纪念奖，这一重要奖项下一年的获奖者会是伍尔夫的朋友爱·摩·福斯特和他的《印度之行》。但广受欢迎的贝内特在布卢姆茨伯里阳春白雪的圣域里却难有销量。当伍尔夫开始写《达洛卫夫人》，她反观贝内特的小说，在一封信里向友人抱怨："为了强化我不得不做的一场演讲，我不得不去读《莱斯曼台阶》，我已经快绝望死了。这什么洗锅水！清汤寡水，就意思意思羊腿肉曾经在里头游过（也许、可能，不过我怀疑）。"[24]

伍尔夫反感的，不仅是贝内特平铺直叙的描述风格，而且是他在对工人阶级的描述中发展起来的阶级主题。两本书的差别，从我手上的两本平装本的封面就一目了然［见彩页图3］。哈考特版的《达洛卫夫人》封面上，是一个沉思中的克拉丽莎，心绪丰富，拿着她的玫瑰，胸前是一个隐隐可见的鬼影，暗示她早年几乎爱上的萨利·赛顿。相反，企鹅版的《莱斯曼台阶》展示的是故事发生的街区上一派熙熙攘攘的景象，近处是普普通通的住房和商店，而圣潘克拉斯车站巍耸的钟楼在地平线上微微透出光亮。

伍尔夫在写的那篇演讲词，后来成了散文《贝内特先生与布朗夫人》，她在其中批驳了老对手贝内特、赫伯特·乔治·威尔斯和约翰·高尔斯华绥。她视他们为平庸的商业小说的领军代表，专事供应社会冲突的故事，却罔顾人物的深度或风格的完善。她的火气尤其针对贝内特，他一九二三年有篇评论文章《小说正在腐化吗》让她怒火中烧，文中他挑出伍尔夫以示褒奖，却一股屈尊降贵的味道：

> 我很少读到比弗吉尼亚·伍尔夫的《雅各布的房间》更聪明的作品，她的小说在一个小世界发生大影响。作品处处爆发原创力，文笔优雅。但是里面的人物并不能给读者留下深刻印象，因为作者太关注那些有原创精神又显得聪明的细枝末节。我把这部作品看作近来颇引人警惕又好奇的新秀小说家的典型表现，但我承认，我本人还看不出从中会有一位大作家脱颖而出。[25]

伍尔夫在她的散文里，发动了现代文学史上最摧枯拉朽的一场扫荡。她讲述，有一次，她搭火车旅行，其间注意到一位工人阶级的瘦小妇人，平平常常，她称之为"布朗夫人"，旋即开始为我们想象她的内在生活和生命经历，细致入微（考虑到她对柯南·道尔的指责，不乏讽刺的是，对布朗夫人生命故事的展开，完全是通过夏洛克式的注意力，关注有意义的细节）。她的主旨是，贝内特、威尔斯和高尔斯华绥对社会问题传道式的过分操心，使得他们难以提供对一个人物的三维描绘，"来具象化她的形象，让人沉浸于她的氛围之中"。还有更糟的，他们的一部小说闭卷之时，"好像必得做点什么——参加一个社会组织，或者更紧迫的，写一张支票。这么做了，不安忐忑也平息了，书也完了。它可以被放回书架上，也不用再读了"。相反，如《项狄传》和《傲慢与偏见》这样伟大的作品，"本身是完整的，是自足的，不会让人有冲动要做什么，除了再次阅读，并更好地理解它"。[26]

　　伍尔夫大获全胜！在她的攻击下，贝内特这只股票在评论市场上一跌千里，甚至在图书市场上也一样。今天如果你要买一本品相良好的《达洛卫夫人》初版本，且套有她姐姐瓦妮莎设计的带艺术感的护封，你得准备好支付超过三万美元。这会儿我写这篇文章时，二手书网站 abebooks.com 上的最高价是五万六千美元。《莱斯曼台阶》呢？最高价：七百六十三美元，几乎只有伍尔夫作品的百分之一。或者若你想要另一本在我看来他最好的作品《克莱汉格》，初版要价最高多少？二十五美元。它出版于一九一〇年——这个时间，根据伍尔夫文中那句著名的宣言，"一九一〇年十二月或前后，人性变了"，它不幸恰恰挤在了这之前——这本书，就我所知，是第一本写到当时尚未命名的阿尔茨海默症的小说。而且，它不仅涉及医学上的问题，还有着入木三分的心理刻画，当小克莱汉格的父亲陷落于疾病不可阻挡的过程，父子之间的权力关系也随之转变。

《莱斯曼台阶》的故事发生在一九一九年，写了吝啬如何在一对中下阶层的夫妇身上产生腐蚀性的影响，小说对这种腐蚀效果的探讨，让人深为动容。这对夫妇的反面是他们的忠仆艾尔斯，她尽力应付，同时也要关照她的丈夫，他刚从大战中归来，吓破了胆。这当然就是伍尔夫在《达洛卫夫人》中要处理的主题，她那个吓懵了的塞普蒂默斯·沃伦·史密斯和来自意大利的战争新娘雷西娅，其实与贝内特的人物很相近，远远近于我们根据她的散文猜想的距离。

伍尔夫的世界充塞着艺术家和美学家，从《到灯塔去》的抽象画家莉丽·布里斯科，到《奥兰多》里变性的奥兰多，要花三百年的时间来写他/她的杰作。贝内特的小说写的则是循规蹈矩、一板一眼，他的世界不是伟大的被误解的艺术家的世界，而是围绕他们的商业世界。克莱汉格的父亲在他的小镇上建立了第一家蒸汽驱动的印刷所；《莱斯曼台阶》的主人公亨利·俄尔福德是一家布满灰尘的二手书店的老板，书店位于伦敦的克勒肯维尔街区，这个街区是小工业作坊、酒坊和印刷所的一个中心。物质上的种种限制支配着这部小说，从二手书交易的锱铢必较，到折磨他妻子维奥莱特的子宫肌瘤。

我们探索文学伦敦之时，实际上进入了一系列的伦敦，它们各自建筑于不同的法则和材料。这些伦敦有时彼此交战，有时敌对中却有它们不愿承认的一致性。我们需要各种各样的伦敦，面对当下的疾病、战争和敌意，它们会帮助我们应对我们遭遇的惊恐。我们也需要各种各样的城市、国家、语言。下一站会是巴黎，不过其实我们早就到了。贝内特从一九〇三年起断断续续居住在巴黎。《莱斯曼台阶》故事核心里那段问题重重的婚姻，有可能反映的是他一九二一年和法国妻子之间婚姻的破裂。他长久以来都是法国文学的信徒；早在一八九八年，他就写道："在我看来，仅仅这几年我们才从法国吸取了对真实给予艺术性的恰当呈现的热情，以及对文字本身的感受，正是这些为福楼拜、龚古尔兄弟和莫泊桑激发了活力。"[27] 对真实、虚构和赤裸裸的谎言赋予体式匀停的呈现，再没有比马塞尔·普鲁斯特的作品传达得更为精彩的了。普鲁斯特将是我们的巴黎之旅的入口。

陈婧裬 译

第二章

巴黎：作家的乐园

6

马塞尔·普鲁斯特《追忆逝水年华》

无数作家使巴黎不朽,或者说,巴黎使无数作家不朽,因此也没有任何一位作家能够对巴黎影响至深,如狄更斯之于伦敦,乔伊斯之于都柏林,或紫式部之于京都。但对我而言,巴黎就是普鲁斯特,而我远非唯一这么想的人。数不清的书籍都想把我们带回普鲁斯特的世界,或用当时的街景照片,或用普鲁斯特笔下人物背后的"真人"画像。在《普鲁斯特的巴黎》这一类书籍里,我最喜欢的是一本相册,封面是青春阳光的马塞尔,是本人,而非小说里的马塞尔。他把网球拍当吉他,正假装为一位年轻女友演唱〔见彩页图4〕。

如果说普鲁斯特的伟大小说为他自己找回了流逝的年华,这本书现在也能为我们再现普鲁斯特的生活和时代。我们可以买一本那种摆在咖啡桌上的书,里面是普鲁斯特的句子,配以巴黎漫游者尤金·阿杰特的照片,然后想象自己身临其境。大家都迫切地想找出普鲁斯特所描述的场景的"原型",以至于他的家人夏天度假的小镇伊利埃——也即小说里的贡布雷镇的原型——真的易名了。但我们不应该忘记,这些场景,以及这里曾经的人和事,早就转化成了比原有滋味更丰富、更值得回味的种种。一战爆发后,普鲁斯特把贡布雷从伊利埃搬走了,好把它放到战途中。或以著名的"小玛德莱娜"点心为例,正是它的滋味激发了普鲁斯特去寻找过去的时光:

> 已经过去很多很多年了,贡布雷的往事早已消失殆尽,除了构成我上床睡觉这个舞台与戏剧的内容之外。某个冬季的一天,我刚回到家,母亲见我很冷,问我要不要喝点茶。我一般不喝茶,就马上回绝了,然后,不知为何,又改变了主意。她就让人去买点心,那种短短的、圆鼓鼓的小点心,叫"小玛德莱娜",看起来像是用朝圣者扇贝那样的贝壳模子做的。刚刚熬过了沉闷的一天,眼见抑郁的明天又会接踵而至,我疲惫不堪。我掰了一小块"小玛德莱娜"浸在茶里,然后,机械地舀了一口茶送到唇边。那勺泡有点心渣的热茶刚一触及上颚,我就全身一震。我停下来,专心致志地感受这非同寻常的、正在发生的变化。一种美妙的快感传遍了我所有的感官,但各不相干,无法溯源。突然间,我就对人世之无常无动于衷了,世间的灾难无足轻重,人生苦短也只是幻觉而已。这种全新的快感造成的效果如同恋爱,赋予我某种珍贵的实质。应该说,这种实质并不在我的心里,而就是我自己。我不再感到平庸、偶然、凡俗。但它源自何处呢,这强烈的喜悦之情?[1]

最近，这个情景恰如其分地出现在一个关于新冠疫情的播客节目中。这个节目叫做《隔离中的鹅毛笔：我们这个大瘟疫时代的每日写作提示》，主持人是巴黎批判性思维学院的安娜·波洛尼（Anna Polonyi）。第二十六集名为"重新开拓物理世界与普鲁斯特的茶浸玛德莱娜"。[2] 波洛尼朗读了这个著名段落，谈到了维系我们与物理世界的关联的重要性，然后敦促她的听众描写各种东西的滋味。

然而，普鲁斯特本人并没有经历过那个在回味中产生快感的象征性瞬间。这个瞬间确切的现实版出现在他的早期散文《驳圣伯夫》的开头。他在那篇文章中强调，作家对社会的观察不能流于表面，要深入其中。在这个启示性瞬间的第一个版本里，普鲁斯特的厨师（而不是母亲）递给他一杯普通的茶，而不是椴花茶，而他浸进去的是……一片面包：

> 当我把那片面包放入口中，当我的上颚感受到茶味浸入后的松软时，我有一种惹上了麻烦的感觉，天竺葵的景象，橘子的景象，强光的快感，喜悦的快感……[3]

从干巴巴的面包片转化为晶莹滋润、女性化的"小玛德莱娜"，再围绕其形状、味道和历史，编织出一整套联想的网络，我们从中看到了普鲁斯特艺术的精髓。

但是，普鲁斯特的生活经历与他的小说的艺术性之间的巨大间距，并不意味着我们不应该将普鲁斯特虚构的巴黎与真实的巴黎，或把贡布雷与伊利埃相提并论，而是说我们不必坚持字面意义的一一对应。在《在斯旺家那边》的最后几段里，上了年纪的马塞尔返回布洛涅森林。他沮丧地发现，他年轻时常在那里散步的奥黛特·德·克雷西，以及别的优雅女郎都已杳无踪影。"唉！"他叹息道，"现在这里什么都没有了，只有一辆辆汽车，由胡子拉碴的机械师开着，旁边站着居高临下的高个子步兵。"在本卷的结尾处，他总结道：

> 我们曾经知道的地方，如今只属于一个小小的空间世界，我们为了方便起见，把它们布置在那里。每一处只是一块小薄片，夹在我们当时生活的连续印象之中；对某个形体的记忆无非是对某一瞬间的遗憾之情；而房舍、小巷、大街，唉！也如岁月一般，易逝难追！

然而，马塞尔错了，虽然他还要再写两千五百页才能意识到自己的错误。但我们已经能瞥见他的失误，如果我们知道普鲁斯特一生最终爱的是他的司机兼秘书阿尔弗雷德·阿戈斯蒂内利。一九一三年，阿戈斯蒂内利把《在斯旺家那边》的手稿打印好出版，但不久之后，他就逼着自己离开，去了法国南部。他开始学开飞机，但死于一场不幸的事故——如果那是意外事故的话。他上课注册的名字是"马塞尔·斯旺"。

在布洛涅森林伤心留连时，就在渴望看一眼自己第一个爱恋对象的那一瞬间，小说人物马塞尔并不知道，他的作者失去的恋人就站在他面前，准备把他带走。

马塞尔在《追忆逝水年华》的最后一卷《重现的时光》中说："真正的天堂唯有我们失去的那些。"[4]巴黎一直是一代代作家的天堂，虽然它往往在他们失去了早期的幻觉或真正的家园之后，才能得到。但我们在接下来的章节中会看到，他们还可以沿着马塞尔·普鲁斯特和普鲁斯特笔下的马塞尔的双重足迹，在重现的巴黎中再一次找到自己。

陈红 译

7

朱娜·巴恩斯《夜林》

阿诺德·贝内特移居巴黎,是在一九○三年。他住在蒙帕纳斯,前卫诗人、画家和小说家扎堆的地方。也在一九○三年,格特鲁德·施泰因到了巴黎,住左岸。毕加索则早他们三年就把家从巴塞罗那搬到了巴黎。随后几年中,从世界各地移居巴黎的文学艺术家举不胜举,一九二○年有詹姆斯·乔伊斯,一九二一年有朱娜·巴恩斯和海明威,一九二三年有危地马拉超现实主义作家米格尔·安赫尔·阿斯图里亚斯(后来获得诺贝尔文学奖),一九二八年则是塞内加尔诗人利奥波德·塞达尔·桑戈尔,他后来出任塞内加尔总统——名单还在不断增加。他们来到巴黎,有的是为了政治避难,有的是来寻求艺术灵感,也有的是为了逃避乡村的沉闷,抑或仅仅因为巴黎租金便宜。还有一些人,如格特鲁德·施泰因和剧作家娜塔莉·巴尼,是冲着无拘无束的波希米亚生活方式。很长一段时间,她们在巴黎甚至维持着名气不小的艺术沙龙。

在一九二〇年代或稍后移居巴黎的众多文学艺术家中，朱娜·巴恩斯是一个特殊的存在。她对性的开放，在文学艺术上的前卫，鲜有人及。朱娜·巴恩斯一八九二年出生于纽约北部，早年在纽约的格林尼治村，她已是小有名气的作家、插画家和记者。朱娜·巴恩斯采访方式独特，提问深刻，采访对象也五花八门，其中就有可可·香奈儿、福音传教士比利·桑代，甚至布朗克斯动物园的一只母猩猩。在一九二〇年代的巴黎外来文艺家圈子里，朱娜·巴恩斯令人侧目。她曾给詹姆斯·乔伊斯和格特鲁德·施泰因画像，相当前卫。

图 5　格特鲁德·施泰因及詹姆斯·乔伊斯肖像（朱娜·巴恩斯作）

和普鲁斯特的《追忆逝水年华》一样，《夜林》有极强的自传色彩，小说以巴恩斯和特尔玛·伍德之间痛苦的恋情为主线。伍德是一位雕塑家，也是从美国来巴黎，能用银尖笔作画。她是《夜林》中罗宾·沃特的原型，巴恩斯则是福尔特的情人诺拉·弗勒德的原型。诺拉之前在美国组织了一个"乞丐沙龙"（paupers' salon），沙龙参与者有"诗人、艺术家、激进人士，也有乞丐和热恋的情人们"。[5] 她希望能在巴黎复制"乞丐沙龙"。对诺拉和罗宾之间的关系，巴恩斯在小说中的陈述也相当艺术："诺拉的心里有一尊罗宾的化石，上面刻着她的身份，这尊化石能够完好如初，是因为它里面一直流着诺拉的血。"

与海明威《流动的盛宴》的怀旧情结大相径庭，巴恩斯的笔调沉重绝望，不乏嘲讽。《夜林》里，巴黎左岸住着一群疯子般的人物，多数是因为之前在别处情感受伤才流落巴黎。罗宾和诺拉结识了费利克斯·沃尔克拜因男爵，他从维也纳移居巴黎，自认很有美学情趣，于时尚能独具一格，却常光顾一家并不入流的马戏团，马戏团的主人曼恩夫人性向不明。小说的核心人物马修·奥康纳医生是个爱尔兰裔美国人，整天喋喋不休，有偷窃癖，干着非法堕胎的勾当，还是变装者。一些在爱情上一再触礁的人会去找马修医生寻求帮助和建议。小说中马修大段大段地发表宏论，譬如"爱尔兰人也许像鲸鱼，不怎么起眼——真他妈的——对不起——在海底——请原谅我，但他们就是有想象力"。但正如他后来正告他的一位听众："我有的是故事，但你大概很难听出个所以然来。"

巴恩斯努力多年，一再调试和修改自己的写作范式，期冀找到一种叙事方式来呈现自己在巴黎焦灼不安又茫然无措的生活。她通过阅读和重写向比她稍早的同代人学习，特别借鉴了普鲁斯特和乔伊斯的文学技巧，渐渐形成了自己的表达方式和叙事风格，譬如《夜林》里的费利克斯·沃尔克拜因男爵——那位永远漂泊的犹太人、艺术收藏家，就是介乎乔伊斯小说里的利奥波德·布卢姆和普鲁斯特小说里的夏尔·斯旺之间的人物形象，而喋喋不休的年长"医科学生"马修·奥康纳身上则有巴克·穆利根和夏吕斯男爵的影子。

普鲁斯特小说中的人物试图找回各自的记忆，巴恩斯则大异其趣：她小说中的人物深陷困境，很难忘却那些吞噬过他们的创痛。经历了太多的不忠，罗宾最终决然离诺拉而去。诺拉非常绝望，她认为她和罗宾不可能"忘怀支离破碎的记忆中过去的生活，也不可能像蜡像馆里的人物那样按照角色的故事重塑新像——我们只能是为爱变得支离破碎"。

巴恩斯通过引用作品的英语标题，直接让我们想到了普鲁斯特的小说。马修说：

> 智者说，追寻逝去的时光才是我们将来的所有；如果我这次出现得不合时宜，那该怪我吗？我想要的是女高音，玉米深深地卷到我的屁股，子宫有国王的水壶那么大，胸脯像捕鱼帆船的桅杆那么挺。而我得到的是压在我身上的一张脸，像老顽童的屁股——你觉得这是幸福吗？

珍妮·佩西布里奇是被罗宾抛弃的另一位情人，马修这样评论她：

> 看着她住的地方，惨叫，粗俗叫骂；从两头埋到腰，满世界找一条路，可以让她回到她想要的从前，很久以前！过去的记忆，仅仅是一个巧合，一阵风，一片叶子的颤动，回忆的巨浪掠过了她，晕眩中，她知道一切皆不复存在。

普鲁斯特笔下的马塞尔通过重构回忆的巨型网络，成功地追溯了逝去的时光。巴恩斯的小说世界则格外碎片化，其故事也单薄飘渺。巴恩斯的小说里没有普鲁斯特流丽的光学隐喻（譬如魔幻灯笼、万花筒、能看透我们内心的放大镜等），有的只是小说人物"用心灵巨大而盲目的探照灯"打捞夜的秘密。正如费利克斯·沃尔克拜因男爵在极度不安定的婚姻终于破裂、罗宾即将离他而去时所言："对一个人我们知道得越多，这个人就越难捉摸。"巴恩斯的巴黎满是遍体鳞伤的灵魂，但他们永远学不会自我疗伤。

　　从另一角度看，如果他们能直面自我，拥抱原本就不完美的世界，这又何尝不是他们极大的优点呢？费利克斯和罗宾这段恋情的唯一果实是吉多——一个有自闭症的孩子，马修医生说这孩子是婚姻失调的结晶。但他补充："听我讲完，我用失调这个词并无一丝贬义：事实上，我最大的长处就是我所用之词从来都没有你们常自以为有的贬义。"后来，他还总结道："所以，我，奥康纳医生说，爬过去，轻轻地，轻轻地，不要因为总是可以在一个人的身体上学到什么而去学习什么。"巴黎是"失落一代"的失落灵魂的暂栖地，是记忆之地，也是遗忘之地，永远地缠扰着那些讲故事的人。

南治国 译

8
玛格丽特·杜拉斯《情人》

巴黎作家中，少有人能像玛格丽特·杜拉斯那样对早年的创伤挥之不去却又妙笔生花，因为她重新创作了自己十五岁时在殖民地时期越南的一段惊世骇俗的情爱故事。杜拉斯本名玛格丽特·多纳迪厄，她于一九一四年出生在当时的法属印度支那，在底层侨民家庭长大。她守寡的妈妈费力养活自己和三个孩子，一次失败的稻谷种植园投资使得他们的状况雪上加霜。一九三一年，玛格丽特逃到巴黎上大学，从此踏上持续一生的重塑自我的旅程。她把专业从数学转为法律，把自己的名字改成已故父亲所住村庄的名字，并开始投身写作。战争爆发后，她在巴黎为维希政府工作，但与丈夫罗伯特·安泰尔姆秘密加入了共产党，支持抵抗运动。安泰尔姆于一九四四年被捕，在布痕瓦尔德和达豪集中营受尽折磨，险些丧命。这段婚姻未能幸存。

战争岁月中，杜拉斯开始回忆她成长过程中饱受虐待的家庭环境。她的妈妈和大哥经常在家里恶意打骂她，靠着与一位年长的东方男人的情事，杜拉斯才感受到一点生命的微光。在她一九九六年去世以后，人们在她的手稿中找到一本战时笔记本，上面大约有七十页关于她少女和青年时代的记载。这些笔记显然与普鲁斯特《驳圣伯夫》中所记泡在椴花茶里的小玛德琳娜蛋糕一样都是实录，使得我们能够追溯引向她最著名的作品、荣获一九八四年龚古尔奖的《情人》中间的转变过程。这本书具有强烈的自传性，从此书封面上不断使用的一张她早期的照片上就可以看出来［见彩页图6］。这张照片后来也成为一九九二年让-雅克·阿诺拍摄的同名电影版本中无名女主人公的形象模版，由简·马奇饰演，她的母亲有越南和中国的血统。

然而，《情人》是一部虚构作品，这也并非杜拉斯第一次把自己的早年经历写成小说。一九五〇年她就已出版了《抵挡太平洋的堤坝》，其中讲述她十五岁时一场离经叛道的情爱经历，以及她妈妈如何努力保护稻田不被海水淹没毁坏。《情人》一书也不是这段经历的最终版本。成为知名的电影编剧和导演之后（最为知名的电影剧本当属阿伦·雷乃执导的《广岛之恋》），杜拉斯曾为电影《情人》撰写剧本，但因为与阿诺意见不合，她最后退出了电影计划。不满于浪漫化的电影版本，她随后将其重写为《中国北方的情人》（一九九一年）。因此，《情人》是持续了几十年的重写过程的一部分，从中我们可以追寻一个十五岁的女孩，一个书写战时笔记的三十岁女人，一个中年以及老年的小说家的人生命运。《情人》的开头段落就聚焦于时光流逝在叙述者身体上刻下的痕迹："我已经老了，有一天，在一处公共场所的大厅里，有一个男人向我走来。他主动介绍自己,他对我说:'我认识你,永远记得你。那时候,你还很年轻,人人都说你美,现在,我是特为来告诉你,对我来说,我觉得现在你比年轻的时候更美,那时你是年轻女人,与你那时的面貌相比,我更爱你现在备受摧残的面容。'"①[6]

战时回忆的重点主要是杜拉斯的母亲,她患有抑郁症,每天晚上与已故的丈夫进行交流,丈夫告诉她如何建造无望的堤坝。杜拉斯在描述妈妈的暴力行为时毫不留情:"由于我是她最小的孩子,也是最容易控制的那个,就成了被妈妈打得次数最多的人。她常用棍子揍我,轻易就把我揍得转圈。"接下来是她的大哥:"通过一些奇怪的竞争,他也养成了揍我的习惯。唯一的问题就是他们谁会先开始揍我。"[7]即便如此,杜拉斯对她的妈妈还是怀有美好的记忆,甚至是敬佩:"她揍得很重,折磨得很厉害,她非常善良,她是为狂暴的命运而生的,要在情感世界中探索自己的道路……我的妈妈善于梦想,我从未见过任何人像她那样有梦想。"

至于那个东方情人雷奥,是一位越南富裕地主的儿子,在她还只有十四岁时开始接近她。她的妈妈对这种关系表示欢迎,因为这能给他们带来经济利益,但她有个条件,玛格丽特不能跟他睡觉。杜拉斯对雷奥的形容是他很善良,但又丑又不聪明。"雷奥非常可笑,这让我深受痛苦。"她还顺便提到:"我只和他睡了一次,在他求了我两年之后。"这个故事的梗概保留在《抵挡太平洋的堤坝》中,但雷奥已经变成了"若先生",一位富有的白人种植园主的儿子。在《情人》中,故事进一步

---

① 本节中部分引文参照王道乾译《情人》,上海译文出版社 2005 年版。

变化：这位情人现在没有了名字，是个中国人，她将他的社会地位放在比历史上真实的情人李云泰更高的位置，但也在浪漫化的若先生之下。两人陷入热烈的情爱关系，每天都在她的情人工作用的一处僻静工作室缠绵。恋母善妒的哥哥，而不是妈妈，成了虐待的主体。

杜拉斯在《情人》中好几个地方明确地纠正了她在《抵挡太平洋的堤坝》中的描写："你看，我遇到坐在黑色小汽车里的那个有钱的男人，不是像我过去写的那样在云壤的餐厅里，而是在我们放弃那块租地之后，在两或三年之后，我是说在那一天，是在轮渡上，是在烟雾蒙蒙、炎热无比的光线下。"随着年迈的作者把这个印度支那的故事与战争时代及战后的巴黎混在一起，这段叙述才公然变成对历史的重写：

> 战争我亲眼看见过，那色调和我童年的色调是一样的。我把战时同我大哥的统治混淆不清……我看战争，就像他那个人，到处扩张，渗透，掠夺，囚禁，无所不在，混杂在一切之中，侵入肉体、思想、不眠之夜、睡眠，每时每刻，都在疯狂地渴求侵占孩子的身体、弱者、被征服的人民的身躯——占领这最可爱的领地，就因为那里有恶的统治，它就在门前，在威胁着生命。

令人惊讶的是，她如今发现，自己年轻时代的创伤与战争之间存在着深刻的联系。"我的生命的历史并不存在。"杜拉斯笔下的叙述者一开始就告诉我们，"并没有什么中心。也没有什么道路、线索。"但我们也可以说这个故事永远不会停止存在，它总是以新的形式复活。比朱娜·巴恩斯的《夜林》更为碎片化，更为含混，杜拉斯的抒情再创作与其说是对逝去时光的重新发现，不如说是一种重新书写。当杜拉斯在纳粹占领时期的巴黎重新发现自己作为女儿、情人和作家的身份，她将政治和离经叛道的情事交织在这部梦幻般的小说之中。

周敏 译

9
胡里奥·科塔萨尔《游戏的终结》

如果说巴黎为玛格丽特·杜拉斯提供了一再重写自己人生故事的机会，那么对于胡里奥·科塔萨尔而言，他则在巴黎改写了每个人的人生。科塔萨尔和杜拉斯一样生于一九一四年，在家乡布宜诺斯艾利斯尝试过以爵士音乐家和作家身份出道，后于一九五一年移居巴黎。他发表了许多作品，包括长篇小说、短篇小说集、诗歌、游记和两卷散文及评论集，后者的题目会让我们引起共鸣：《八十个世界一日游》（*La vuelta al día enochentamundos*）。他还为西班牙语翻译做出卓越贡献，翻译了《鲁滨孙漂流记》、埃德加·爱伦·坡的小说和尤瑟纳尔的《哈德良回忆录》。在这里，我想主要谈一谈他的成名作《美西螈》，即他首部作品集《游戏的终结》的开篇之作。这篇小说中，科塔萨尔描述了他踏上创作之路的过程，并选择了一个非常详细的时空点作为舞台：一九五一年春，巴黎第五区，植物园的某个展厅。

想要在时空中精准地定位《美西螈》的创作背景,并不是说我们要用寥寥数笔把科塔萨尔定义为一位法国作家,更非把他当作一位"几乎够格"的法国作家——一位心怀感激与憧憬的移民,其唯一的价值就是再度证明光之城的辉煌。二〇一三年,法国《世界报》的一位作者在撰文纪念科塔萨尔的巨著《跳房子》出版五十周年时,就是这么描述的:"《跳房子》……是一个阿根廷人能献给法国首都最美丽的致敬之礼。"即便如此,倘若要在巴黎街头寻找镌刻着科塔萨尔名字的路标也是徒劳的,除非去拜访他的某个故居:"巴黎市政厅似乎全然不知有多少《跳房子》的忠实读者每日穿梭于城市的大街小巷,脑中酝酿着一张密布着书中人物与故事情节的文学地图。"[8]

我们不禁遐想,有多少旅游者来到巴黎,是像某些"西班牙版"的艾玛·包法利一样,希望将他们脑中《跳房子》所绘制的文学地图与现实——对应?而书中描写的那群生活在社会下层的人,究竟能否为巴黎这座城市带来所谓美丽的致敬,我们尚未可知。不过,虽然巴黎在《跳房子》这本"跳跃过"大西洋的小说中只占据一隅,但在《美西螈》中,巴黎位于故事的核心。小说中的叙述者与科塔萨尔本人极其相似,他喜爱骑自行车去著名的巴黎植物园,与饲养在动物观赏区的狮子豹子聊天。有一天,他意外发现狮子都情绪恹恹,他最爱的那只豹子也睡着了。于是他一时兴起,决定去水族馆逛逛。在那里,他遇见了一只身形纤小的美西螈——火蜥蜴的墨西哥变种。美西螈的眼睛直勾勾地凝视着他,令他既惊讶又震撼。他屡次回到水族馆,和他口中的"阿兹特克"小美西螈进行交流,最后发现自己有一天与美西螈融为一体,被困在水族馆中。在故事结尾，叙述者——抑或那只美西螈——安慰自己说，那个正生活在外面世界的"他"有一天或许会"写下关于美西螈的一切"。[9]

《美西螈》与奥维德的《变形记》、卡夫卡的《变形记》乃至但丁都有共鸣之处：美西螈在"液体地狱"中载浮载沉，直至永恒。这篇小说还指涉了莱纳·马利亚·里尔克的诗歌《豹》，《豹》也是取景于巴黎植物园，诗人从豹原始的力量中汲取灵感，尤其是这只笼中猛兽的目光：

> 他的目光，在无尽流转的铁栏后面，
> 已经变得疲倦不堪，无法盛下
> 任何东西。似乎对他而言
> 只有千万根铁栏；而在铁栏之外一片空茫。

在里尔克构建的宏大意象中，那只不断来回踱步的豹子的灵魂力量是如此强大，几乎显得像是铁栏在围着它流动一样，而不是相反。诗歌的最后四句让豹子成为现代诗人的化身，当他抬起眼帘时，他凝视的目光也随之变得戏剧化：

> 有些时候，眼帘会
> 悄然抬起——一幅画面便从中侵入，
> 在紧绷静止的肌肉间流泻而下，
> 汇入心中化作虚无。[10]

美西螈没有里尔克的豹那样雄伟；相对于卡夫卡笔下变成甲虫的格里高尔而言，它更小巧，却也更强大，足以将观察者彻底吸进水族馆所形成的液体地狱之中。科塔萨尔,这位来自文化边缘的作者,是否也被吸进欧洲文学那强大而不可抗拒的力量之中,从此不得不周而复始地不断改写那生活在大都市里的前辈们的故事?

改写一位欧洲先辈的文学作品所引发的焦虑,同样笼罩在另一位阿根廷作家的成名作中:豪尔赫·路易斯·博尔赫斯的《〈吉诃德〉的作者皮埃尔·梅纳尔》,写于《美西螈》问世十几年前,是博尔赫斯那部伟大的《虚构集》中第一篇小说。籍籍无名的皮埃尔·梅纳尔怀抱着成为现代法国的塞万提斯的梦想,考虑要皈依天主教,学习熟练掌握十六世纪卡斯蒂利亚语,并遗忘了发生在塞万提斯年代与他自己生活年代之间的全部欧洲历史——简言之,他想"成为米格尔·德·塞万提斯"。[11] 然而,他很快就抛弃了这个计划,认为它太过简单。取而代之的是新的宏伟蓝图,他要从自己的视角、以自己的身份去重写一遍《堂吉诃德》。于是,他写下一些和《堂吉诃德》全然相同的残章片段,然而这些文字既然出自他的笔下,它们的意义就也迥然不同。跨越了三百年的距离,博尔赫斯笔下的叙述者宣称:"塞万提斯和梅纳尔的文本逐字逐句都相同,但后者无限丰富。"

科塔萨尔亦化用海量欧洲传统,从奥维德到卡夫卡信手拈来,以使自己能自由地摆脱那位对他的艺术创作影响至深、他所欠最多的文学先辈:博尔赫斯本人。随着《美西螈》的故事逐渐推进,神秘的美西螈身上博尔赫斯式的特质也逐渐尽显:"我似乎模模糊糊地理解了它们的秘密意志,它们想要以一种全然淡漠的静止状态来废除空间和时间。"美西螈的目光让他动弹不得,而那目光竟被科塔萨尔描述成"盲的":"最重要的是，它们的眼睛深深吸引了我……它们盲者般的目光——宛如小小的金盘，尽管其中不包含丝毫感情，却依然光芒闪耀——像一个启示般穿透了我。"

科塔萨尔居住在布宜诺斯艾利斯时，已经写了许多年小说，却从未出版过。他不想在建立自己的写作文风之前，过早暴露在公众目光之下。一九四九年，他终于出版了第一部成熟的作品：一部名为"国王"的书斋剧（closet drama），专门供人阅读而非表演，通篇充满对克里特迷宫中的牛头人弥诺陶洛斯的思考。帮助他将这部作品呈现给世人的引路人正是博尔赫斯，他促使这篇作品发表于布宜诺斯艾利斯的一家刊物。同一年，博尔赫斯出版作品集《阿莱夫》，其中收录小说《阿斯特里昂的家》，包含了博尔赫斯自己对弥诺陶洛斯与迷宫的思考，恰恰夺去了科塔萨尔的风头。两年后，科塔萨尔移居巴黎。从《美西螈》而始，他逐渐在博尔赫斯的迷宫中开辟了属于自己的一条通途。在故事结尾处，叙述者说："我如今永远是一只美西螈了……他不会再来了，在这终极的孤独之中，我安慰自己道，或许他会写一篇关于我们的小说，也就是说，如果他要编一个故事的话，他会写下关于美西螈的一切。"

这些语句堪比博尔赫斯著名的短篇寓言故事、写于四年后的《博尔赫斯与我》的结尾。博尔赫斯在文中表示他并不确定写下故事的人究竟是他自己，还是那个名为"博尔赫斯"的角色："我不知道这两者中的哪一位正在执笔写下这一页的内容。"[12] 在讨论作者身份的同时，博尔赫斯或许也在表达另一种形式上的矛盾心理：他对年轻作家的影响力日益强大，但与此同时，到了一九五五年，这些年轻人"美丽的致敬"也威胁着博尔赫斯的文坛地位。正是那一年，博尔赫斯的眼疾转重，他彻底失明了。两位作家，到底是谁在改写谁？或许两篇小说都应该拥有同一个题目：《美西螈与我》。

图7 "它们的眼睛深深吸引了我。"

总体而言，吞噬者与被吞噬者之间成倍激增的互逆关系——叙述者与美西螈，卡夫卡与里尔克，巴黎与布宜诺斯艾利斯，博尔赫斯与科塔萨尔——都在展现如格式塔理论中图形／背景原理般在家园与世界之间不断的切换。尽管当下今天隔离在家的我们，无法像跳格子那样在巴黎和布宜诺斯艾利斯之间反复跨跳，我们依然能够效仿科塔萨尔，在足以被一篇精炼的短篇小说囊括的三千世界之间穿梭，丢失自我又重获自我。正如威廉·布莱克所说，"一沙一世界"；抑或"一水族馆一世界"，在一九五一年春天的巴黎植物园中。

金雪妮 译

10

乔治·佩雷克《W 或童年回忆》

一九二〇年代，波兰的反犹主义浪潮日盛一日，佩雷克祖父那一辈携家带口到了巴黎。他们生活在一个以中产犹太人为主的社区，佩雷克的父亲艾希克和妻子茜拉就在那儿相识并结婚。婚后茜拉开了一间理发店，艾希克则是一名铸造工人。一九三六年儿子乔治·佩雷克出世。但好景不长，不久二战爆发，艾希克当时还是波兰公民，被征入法国军队中的"外国军团"，一九四〇年不幸阵亡。茜拉被送往奥斯维辛集中营，在那里被杀害。所幸她在被遣送之前，通过红十字会把佩雷克藏匿了起来。战争期间，佩雷克居无定所，从一个避难处躲到另一个避难处。二战结束后，他被姑姑和姑父领养。佩雷克读书成绩优异，在索邦大学获得社会学学士学位后，他在一家科学图书馆做档案员，并开始利用周末闲暇写作。

佩雷克的文学创作一起步就为他赢得了国际声誉：第一本小说《物》获得文学奖。这部小说里的人物都热衷于周遭的各种物什，佩雷克认为他的创作只不过描述了人们"如常生活中的社会学趣味"。其后他开始创作《沉睡的人》——书名借自普鲁斯特——佩雷克比胡里奥·科塔萨尔走得更远：要以非博尔赫斯的方式重写博尔赫斯。在一次访谈中，他这样表述：

> 显然，我不想像博尔赫斯小说中的皮埃尔·梅纳尔那样重写堂吉诃德，但我又真有意愿去重写点什么，譬如去重写我最爱读的麦尔维尔的《抄写员巴特比》，也就是说，要造就一个我笔下的"巴特比"……他们在很多方面近似，但也有不同。我的"巴特比"就像是我的一个发明。[13]

佩雷克的确写完了《沉睡的人》，通篇充斥着对普鲁斯特、博尔赫斯、麦尔维尔、但丁及其他很多作家的引用。创作接近尾声时，佩雷克似乎有点绝望："只有绝对的断裂——无关联的碎片——才能救我！但这让我烦透了！真的烦透了！"[14]

"乌力波"（Oulipo）是潜在文学工场（Ouvroir de littérature potentielle）的简称，该组织于一九六〇年由前超现实主义者雷蒙德·奎诺创立，成员多为思维前卫的作家和数学家，他们聚在一起，试图在数学和游戏中找到不同的互通兼容的创作模型。佩雷克是乌力波早期会员，他开始用严格的限制来使得"绝对的断裂"变得可控。一九七八年他完成了另一杰作《人生拼图版》，小说用预设的装置精心构造一个体系，而我们则像棋局里的骑士，在巴黎一栋公寓楼的九十九个房间走来走去。佩雷克的另一部小说《消失》让读者见证了英语字母表中最常见的字母"e"在整本书的缺席。法国有一个以"佩雷克"命名的广场，广场上这块招牌表达了对佩雷克的敬意：

PLAC
G　ORG　S
P　R　C[①]
CRIVAIN FRANÇAIS　1936–1982

《消失》成功后，佩雷克再显神技，创作了中篇小说《重现》，这一次，小说里的每个词都必须有字母"e"。

佩雷克绝大多数作品取材于巴黎，视角独特。发表于一九七五年的小说《穷尽巴黎某地的尝试》记叙了他连续数天坐在圣叙尔皮斯教堂和市政厅咖啡馆之间的小广场的所见所闻（恰巧，朱娜·巴恩斯《夜林》中的马修·奥康纳医生最常光顾的也正是这间咖啡馆）。佩雷克不厌其烦地描写他坐在广场上看到的一切：鸽子、路人、天气，等等。他说，他要记下所有作家、艺术家错过的关于巴黎的一切。同年佩雷克还出版了他的重要著作《W或童年回忆》。整部小说包含两条看似迥异的叙述线索：其一是用斜体文字呈现的章节，讲述一个叫"W"的乌托邦社区，W是火地岛附近的一个岛屿，岛上整个社会体制建立在层出不穷的奥林匹克运动竞赛规则之上。而穿插在W的各种竞赛中的其他章节，则围绕着佩雷克对父母的回忆以及他在二战时期的童年展开，文风冷峻，自传色彩浓郁。

---

① 完整名称应为"Place Gorges Perec"（乔治·佩雷克广场），招牌中所有的字母 e 也都消失了。

W 的奥林匹亚式乌托邦是典型的"乌力波模式",岛上四个小城之间的竞赛,组织谨严,其后的逻辑基础是数学原理。相形之下,W 之外那些自传性的章节则如佩雷克在一篇序言中指出的,是"战争时期童年生活的故事碎片,没有也毋须任何渲染,甚至缺失真实的记忆,只有零碎的记忆的点滴、经不起推敲的传闻,充满猜测、疑点,包含很多错置、缺失"。[15] 普鲁斯特的创作一直在试图找回完整的过去,佩雷克反其道而行之,声称"我并无儿时记忆"。书中散落着诸如"模糊的记忆""我记不起自己是否见过"之类的语句。这样对记忆的处理方式,佩雷克和杜拉斯倒是比较近似——他们都试图用那些有幸存留下来的早年的照片来唤醒回忆,但作为读者,我们并没有看到那些存照,因此,那些照片,还有与照片相关的回忆,并无确定的关联。

即便如此,《W 或童年回忆》还是充满意蕴——我们必须强势介入文本,努力去填补那些文本间的空白,同时也要对小说中的两条线索(W 和童年回忆)之间的互动互构多作省思。佩雷克说,二战结束后他突发奇想,有了 W 的雏形——一开始是个充满希望的童稚故事,但不久就变得沉重黑暗。在 W,只有胜利者才得到认可和回报("一切荣耀归于胜利者!灾殃降临于失败者"),而失败者所受到的惩处则越来越令人发指。所有人的命运都受制于一种卡夫卡式的法律体系:"法律如山,严酷无情,但法律不可预测。每个人都必须知晓法律,而法律又无法被知晓。"小孩在被带电的铁丝网围住的公共宿舍里长大,多数女婴生下来就被处死,留下来的女婴长大后只能参加一种叫"亚特兰蒂斯"的竞赛,在这种竞赛中,男性可以追逐女性，之后强奸她们。

　　在小说的倒数第二个自传性章节，巴黎解放了，九岁的佩雷克被人带回巴黎。他现在已记不起巴黎解放那回事，但他能清楚地记得自己当时被带去一个纳粹集中营，去看那里举办的展览——他也终于有了清晰的记忆，不是一个事件，而是关于一张照片的记忆："我记起了关于毒气室的照片，在毒气室的墙上，满是被毒死者用指甲留下的划痕；我还记得有一套棋子，是用面包片做的。"

　　佩雷克曾调侃说，自己只是一个"玩弄字母的人"；言下之意，就是他喜欢在创作中用字母来做游戏。小说里有一段关于W的有趣表述：他可以把W分解为两个V，这样W就是一个表示双重的标识（法语读为双V），而后稍作冥思，将字母V上下对称摆在一起就变形为字母X，将V平行并置就是字母W。如果再将X做些延伸或叠加，它还可以变成纳粹标志和大卫之星。在佩雷克看来，W包含着双重的V（double-vé），我们不妨解读它预示着一种双面生活（double-vie）——《W或童年回忆》有幻想，也有自传；有欢乐时光，也有大屠杀；有巴黎，也有奥斯维辛；有佩雷克此刻拥有的生活，也有他母亲失去的岁月此刻。佩雷克的结论是："母亲死之前再次见到了她出生的国家，但她至死也没明白她为什么得去死。"

　　真巧，佩雷克母亲出生的国家也是我高祖父利奥波德的出生地。但这是另一天的故事了——让我们进入下一段旅程。

南治国　译

第三章

克拉科夫：奥斯维辛之后

11

普里莫·莱维《元素周期表》

几年前,我前往克拉科夫,在那儿一年一度的康拉德节上作一个发言。接到邀请时,我以为康拉德肯定是克拉科夫本地人。其实,他并不是在克拉科夫出生的,从来没有写过这个城市,只是青少年时期在那儿住过几年,然后就登上一艘法国商船远走高飞了;很久以后,他才成为一个以他的第三或第四语言——英语写作的作家。他从来都不是波兰公民,因为他出生在沙俄,最后又成了一名英国公民。不过,就像作家可以创作想象中的故乡,城市也能创造想象中的文学遗产,康拉德作为一名世界性作家的声望,也使他成为克拉科夫国际文学节的最好选择。

来到波兰,对我而言,就像是回归故里。我的高祖父利奥波德·丹穆若什一八三二年出生在克拉科夫西北部三百英里的波兹南。他也从来不是波兰公民,甚至不是波兰人;他是当时仍在普鲁士属地内的德国犹太人。德国人管波兹南叫波森,他在波森住到一八五〇年,然后离开那里到了柏林。他成为李斯特的第一小提琴手,后来又回到位于波兹南和克拉科夫中间的弗罗茨瓦夫,指挥这个城市的交响乐团,之后因为他心仪的维也纳乐团的指挥职位被任命给了鲁宾斯坦,他又移民到纽约,继续他的音乐指挥生涯。他把美国称为"未来之地",这次迁徙对他的家人是好事,对他自己却不然:他五十二岁就英年早逝,因为他在新成立的市立歌剧院指挥了整整一个季节,劳累过度。他指挥的是他朋友理查德·瓦格纳的作品,有意思的是,他同时还指挥弗罗芒塔尔·阿莱维的歌剧《犹太女》。他去世时,他的一幅肖像被刊登出来,画中有一个伤心的缪斯怀抱他的小提琴,而琴弦已断 [见彩页图8]。

在波兰期间,我不由自主地想象,假如他从来不曾离去,一切会是什么样子。假如我是在战后的波兹南长大,吃的是香肠而不是巨无霸汉堡,读的是翻译成波兰语的康拉德,那会是

图9 波兹南老城区(二〇一三年)

什么样？当然，我知道，如果利奥波德没有离开，他会有一批完全不同的子嗣，但我父亲是以他命名的，所以，当我走过利奥波德曾经生活的街区，我还是忍不住要想象一下另外一种可能发生的故事。

我的接待人开车带我前往克拉科夫，半路上我们经过了一个小镇的路标：Oświęcim。奥斯维辛。如果丹穆若什家族没有离开，我们的去处就是那里。

图10 奥斯维辛大门（一九四八年）

战争甫一结束，回忆录、诗歌和小说就如潮水般纷纷涌现，写作的模式通常介于回忆录和小说之间。普里莫·莱维一九七五年的《元素周期表》就是这样一部作品。就像玛格丽特·杜拉斯反复重写她在印度支那的岁月，莱维一生中也不断回溯到他一九四四年至一九四五年被囚禁的时期，寻找新的方式，记录他的记忆，并且试图寻找这些记忆的意义。一九四七年，他发表了《这是不是个人》（*Se questo è un uomo*，又译《奥斯维辛幸存者》），一九五八年改写了一次。之后，他又于一九六五年写了《苏醒》，记录了他回到意大利的曲折和痛苦的历程，然后是《元素周期表》、两部小说、一系列诗歌和短篇小说。最后一本是《被淹没和被拯救的》，出版于他去世前一年。一九八七年，他从住处的楼梯间摔下身亡，可能是意外，也可能是自杀。

莱维是个化学家，《这是不是个人》却已显示出高度的文学敏感性。在这本书最著名的《尤利西斯之歌》一章中，他在去为他们营房打菜汤的途中碰到一个朋友，莱维开始朗诵他能够背下来的《地狱》的第二十六段诗篇。诗篇中，但丁和维吉尔遇见尤利西斯，尤利西斯描述他到已知世界之外去寻求知识的命运，还有他在自己的船只越过直布罗陀海峡后溺亡的经过。莱维感到欣慰的是，他还能记住这部诗篇的关键部分，而且，他的朋友愿意倾听，令他十分感激：

> 他能够倾听，他懂得及时"令他人愉悦"，否则便为时太晚，这一点非常必要，也非常紧迫；明天，或者他，或者我，或许就将不久于人世，或许我们再也不能彼此相见，我必须告诉他，我必须给他解释中世纪，告诉他这种如此人性、如此必要却完全出乎意料的时空倒错，但是，还有更多的，还有我自己才刚刚瞥见、在直觉突然闪现的一刹那间窥见的某种巨大的东西，或许是我们深陷厄运的原因，我们今天身在此时此处的原因……[1]

文学为他们湮没的人性提供了一种记忆。就像他之前说过的，"恰恰因为拉格集中营是一个使我们沦为野兽的巨大机器，我们便万万不能沦为野兽；即使在这样一个地方，人也可以生存下来，因而，人必须要生存下来，要讲述他的经历，要作见证；为了生存下来，我们必须强迫我们自己，至少要保留骨骸，保留那行刑的绞架，保留文明"。

对莱维来说，但丁《神曲》的重要性远远超过阅读经验本身：它还激励他去写作，讲述他的故事，作出见证。但是，在《被淹没和被拯救的》一书中，四十年后，莱维重读自己写尤利西斯那一章时，给了一种平稳的、甚至有些忧郁的叙述："文化对我来说十分有用。不是总有用，有时候可能是通过隐秘的或不曾预见的路径，但是，它一直对我青眼有加，可能还拯救了我。"短短一个段落里，多次使用"可能"，是大有深意的。值得注意的是，他接着又说，在奥斯维辛同样有价值的是"我从自己化学家这个职业里得到的帮助"。他说，他的科学训练给了他一种"难以定义的精神习惯遗产"，其中首要的是"对机遇带到我面前的所有个人，永远不要漠视。他们是人，但也是密封的信封中的样品、样本，等着被辨认、分析、衡量"。[2]

莱维那最独特的道德热忱与缜密的观察和描述之间的组合，在《元素周期表》中达到了高峰。书中每一篇论文—小说，都以他在职业生涯中打过交道的化学元素为中心。莱维以某种拟人化的人情味，精确地描述着每一个元素，并将它们和他在奥斯维辛之前、之中、之后的生活情节联系起来。数学对佩雷克意味着什么，化学就对莱维意味着什么，是一种方法，用以编排几乎无法表达之物。在重读这本书之前，我已经忘记它和佩雷克的《W 或童年回忆》是多么惊人地相似，《W 或童年回忆》碰巧也是同一年出版的。在《元素周期表》中那如回忆录般的散文的核心，有两篇短篇小说，像佩雷克描述那座对奥林匹克着迷的岛屿的故事一样，也是斜体印刷的。这些故事的第二篇，《汞》，实际上描写的是一座想象中的岛屿，还配着一张素描的地图。"世界上最孤独的岛屿"[3]，荒凉岛成为一部抛弃和不忠、而后新生活复苏、男人和女人组合再分配的戏剧场景，其风格犹如佩雷克的岛屿上那种由纳粹派生而出的性政治的修订版。

在随后那一章《铬》中，莱维讲述他从奥斯维辛回来后那几个月，开始记录自己的战时经历，与此同时，他还要厘清一家德国公司伪造的关于他的公司装运掺假化学物品的记录。他通过"描绘杰出的无机化学，那座偏远的笛卡尔式的岛屿，我们有机化学家失去了的乐园"来应对这个问题。在书的最后一章《碳》中，莱维还是像佩雷克重访自己童年对 W 的幻想那样，回溯到他更早的过去。他说，他的"第一个文学梦想"，就是写出一部关于碳原子变化的详尽故事，碳原子将从地球向空中航行，环绕全世界不止一圈，而是三圈——最后在作家自己的脑海里落脚。莱维现在重新讲述他这本没有写出来的故事，在全书的结句中，碳分子"引导着我这只手，在纸上按出这个点，这儿，这一个"。碳分子，构成地球上所有生命的模块，被文学赋予生命，最后转变成了结束《元素周期表》全书的那个句号。

杜先菊 译

12

弗朗茨·卡夫卡《变形记及其他故事》

佩雷克基于奥斯维辛集中营创作的"W",被卡夫卡式法则主宰着——冷酷无情又任意独断。和但丁一样,卡夫卡也是影响了佩雷克和莱维的主要作家,因为他的创作似乎是一种对生命的回顾,同他们自身的经历有千般牵绊。当奥斯维辛集中营已经走进历史,我们再读卡夫卡的作品,又会是怎样一种意味呢?我们前面聊到好几位作家,如玛格丽特·杜拉斯、乔治·佩雷克和普里莫·莱维等,他们的早年生活经历在其作品里一再被重写。今天我们聊一聊弗朗茨·卡夫卡——一位常常在作品中想象自己死亡的作家。在卡夫卡所有作品里,以他为原型的人物无一例外都在故事结局时死去:《判决》中的格奥尔格·本德曼被他父亲判了死刑;《变形记》的结局是格里高尔·萨姆沙死了,终于让他的家人得以解脱;卡夫卡自己死于一九二四年六月,就在他去世前不久创作的小说《女歌手约瑟芬》里,以他为原型的人物还是难逃厄运。如果把卡夫卡的全部创作视为谋杀悬疑系列作品，我们唯一的疑惑大概只能是：谁，还不是凶手？

这些人物的死和纳粹并无干系，卡夫卡辞世之时，纳粹上台掌权还不过是希特勒的一闪念。毕其一生，卡夫卡的文学创作一直受日益高涨的反犹太主义的影响，同时交织着他的家人和他自己心智状态的诸多关联。"我和犹太人能有什么共同之处？我连和我自己都没什么共同点。"[4]这是卡夫卡在日记里的告白，言辞相当尖刻。然而，有了后来奥斯维辛集中营的人寰惨剧，我们回过头来读卡夫卡的作品，就能强烈感受到他作品中所预示的欧洲文化与政治之风向，甚至从卡夫卡家人的遭遇就能领略一二：他的两个妹妹埃丽和瓦丽被驱逐至罗兹犹太区，并在那里死去；他最喜欢的妹妹奥特拉被送到特雷津集中营，一九四三年十月德军要将一批儿童送到奥斯维辛集中营，奥特拉自愿护送儿童，在他们抵达奥斯维辛集中营的第三天，全部被纳粹屠杀。

瓦尔特·本雅明在其论文《讲故事的人》中说："是死亡给了讲故事的人讲述世间万物的可能……只有死亡才能凸显小说人物生命之意义，这也是如何能最好呈现小说人物本质之关键。"[5]本雅明认为，让读者在阅读中遭遇小说人物之死是件好事："吸引读者去读一本小说的，正是读者内在的对阅读死亡的诉求——小说人物之死可以抚慰读者生活中的不幸。"然而，当奥特拉和一百三十万与她一样无辜的人都在奥斯维辛惨遭屠杀，我们再读卡夫卡，他小说中那么多人物的死去又到底能给我们多少抚慰呢？

和普里莫·莱维的创作类似，卡夫卡的作品也有对那些足以撕裂一个家庭、国家，甚至一种文明的破坏力的多重和多面的描述，但他的作品中还有与这种破坏力迥异的因素——清晰的理想，充满人性，且不乏讽刺幽默——这些因素让人即使在最暗黑的时候也能变得坚韧，直面苦难。一九一〇年卡夫卡完成小说《判决》，小说里的父亲是一个压迫者，卡夫卡对其刻画是平面的，缺乏深度；但他很快就能深度地刻画小说人物，对人物的理解也变得多元。在创作于一九一五年的《变形记》里，格里高尔·萨姆沙需要苦苦支撑，负起养家的重担，但他也同时掌控了全家人。格里高尔打心底不愿意揽上替父还债的义务——德语中，"债务"（Schuld）兼有"罪过"的意思。格里高尔突然变为一只"巨大的甲虫"，这既是他想逃避家庭责任的心理的外化，也是他加强对家人掌控的一种方式：家人都不敢直面他，每个人都小心翼翼地避让他。

诚然，人变甲虫反映了格里高尔精神的崩溃，但是，只要我们留意这个形变过程中做梦般扭曲的时间，它何尝不是一个夙愿的圆满呢？格里高尔言之凿凿地说"这不是一个梦"[6]，卡夫卡以他特有的讽刺笔调记下这句话，我们更有理由相信，这是格里高尔梦想的实现：格里高尔与其说是无辜的牺牲品，不如说是一位沮丧的暴君。早在变成甲虫前，他已然是不可一世的"救世主"——明知妹妹绝无演奏小提琴的天分，他仍不容置辩，把妹妹送去音乐学校学习小提琴：借助古典音乐进入上层社会，几乎是我高祖父这样的犹太人融入主流社会的必经之路。现在我们都知道奥斯维辛集中营的残暴，但我们也不要忘了，当卡夫卡把他的故事大声念给他的朋友们听时，中间有好几次，因为他忍不住发笑，不得不停了下来。狄更斯是卡夫卡最喜欢的作家之一。王尔德对狄更斯的那句有名的评论也可以套用在卡夫卡身上：也许得有铁石心肠，一个人才可能在读到可怜的格里高尔死去时而不大笑。

在象征意味极强的小说《在流放地》（一九一四年）里，流放地负责的军官非常骄傲地给一位到访的游客（也是故事的叙述者）讲解：犯人是由机器来处决的。机器会先用文身的手法在犯人的背上精心文下他的罪名，犯人也在临死前得以大彻大悟。最后机器处死犯人，把他的尸首扔进近旁早已挖好的坑里。不少评论家把卡夫卡的这架可怖的杀人机器视为后来普里莫·莱维小说中的"屠杀集中营"得以运行的"复杂机制"之先声，这是不无道理的。但《在流放地》并非一个简单的杀人者和被杀者的故事：在不公和暴政的淫威下，倒霉的死囚正是卡夫卡半自传小说里的人物，是格奥尔格、格里高尔、约瑟夫·K等人物形象的翻版。而"到访的调查者"犹如小说作者的替身，凭借外来者的身份，可以不被指责地讲述一切，也可置身事外，所有的无动于衷皆能被原谅。还有那位流放地的军官——杀人机器骄傲的设计者和操作者——他全然痴迷于自己设计出来的完美复杂（可以雕出美丽文身）的杀人机器，虽然故事的结局正如很多现代派的叙述让普通读者难以理解，这位军官的确是一位真正的杀人艺术家：最终他自愿扮演了犯人的角色，让自己设计的机器杀死了自己。这样的结局，一定程度上消解了杀人者、犯人和游客的角色边界，营造了更深远也更能引发共鸣的反讽效果。而我们这些读者，身上是否也有故事中人物的影子？我们会选择做受害者，共犯，还是逃兵？

《女歌手约瑟芬，或耗子民族》是卡夫卡的绝笔之作，那时他的肺结核已经非常严重，离死期不远了。这篇小说体现了卡夫卡在世界变得越来越危难的时刻对艺术最深的思考。约瑟芬把国人召集到身边，用歌声激励他们，但是聚在一起的耗子（盲众）也更容易成为被捕猎（攻击）的目标。她以为她在用美妙的歌喉来抚慰她的民众，但实际情况可能是民众对她可怜的高音心生烦躁。约瑟芬最后无影无踪；是死了吗，还是她抛弃了她的民众？这让我们想到哈姆雷特死前那句名言："唯余沉默"。约瑟芬会不会重又弄出什么声音来，我们不得而知。故事的叙述者——不知是出于善意还是恶意——这样结束了故事：

> 毕竟我们不会有太大的损失，至于约瑟芬，她终于也超离了所有她认为只有出类拔萃的担大任者才会有的尘世痛苦，快乐地泯没于我们民族的众多英雄群像之中；我们不是历史学家，用不了多久，约瑟芬会和跟她一样的许许多多担大任者一起被遗忘，更彻底地从尘世解脱。

在一九二〇年代，卡夫卡这些看似巴洛克式的文艺寓言在接下来的战争年代获得了新的文本意义，再之后，更是引发了全球关注。在卡夫卡及其身后越来越多步武其文学风格的作家的作品里，有着记忆和遗忘的交织，也有言说与静默的共振，如普里莫·莱维对但丁的模仿，还有保罗·策兰对卡夫卡的继承。

南治国 译

13

保罗·策兰《诗选》

———•▶◁•———

像卡夫卡一样,保罗·策兰出生在一个双重少数族群之中,切尔诺维茨的德语犹太人社区。此地位于短命的罗马尼亚王国东端。这个王国是第一次世界大战结束时奥匈帝国解体后分离出来的一部分。像卡夫卡一样,策兰对格外陌生的希伯来和意第绪文化传统有着浓厚的兴趣。也和卡夫卡一样,他使用德语写作,归属于德国文学传统,尽管他还会其他族群的语言:卡夫卡会捷克语,策兰会俄语和罗马尼亚语。

一九三〇年代,当策兰还是一名学生、渴望着成为诗人的时候,他发现了卡夫卡,那是一九三八年他动身前往法国学医之前。一九三九年,学医失败后,他回到切尔诺维茨,开始学习文学,直到纳粹入侵完全改变了他所在社群的生活。他的父母从一九四二年六月开始流亡。父亲在集中营里死于斑疹伤寒,母亲被枪杀。他们的死让策兰极其悲痛,他长久地被愧疚感折磨,认为这都是由于自己未能劝说父母一起躲藏。不久策兰自己也被捕,他在集中营里度过了一年半,直到俄国人于一九四四年赶走了纳粹。一九四五年至一九四七年,策兰住在布加勒斯特。在此期间,他把卡夫卡的一些小说和寓言翻译成罗马尼亚文,那时卡夫卡才刚刚开始为人所知。一九四七年,罗马尼亚共产党夺取政权,策兰搬往巴黎,在那里度过了最后的人生。他以翻译为业,并很快让自己的诗歌有了更大的影响力。

正如策兰的英译者约翰·费尔斯蒂纳所言,他的创作恰合于卡夫卡对自身写作困境的表述。卡夫卡曾对友人马克斯·布罗德说:"德语犹太裔作家,持续地挣扎于三种不可能之中:不去写作之不可能,用德语写作之不可能,用不同方式写作之不可能,而我们还能加上第四种不可能:去写作之全然不可能。"[7] 在战争年代,策兰写下了《死亡赋格》。这是以诗歌形式来回应大屠杀的最早作品,也始终是最著名的一首。翻译过卡夫卡的普里莫·莱维说:"我把这首诗带在我的身体里,就像一种病毒。"[8]

> 清晨的黑牛奶我们晚上喝
> 我们中午喝早上喝我们夜里喝
> 我们喝呀喝呀
> 我们在空中掘个坟墓躺下不拥挤……①

这首诗以死亡结尾:"来自德国的大师"射杀一个女人——

---

① 本节中所引诗歌参照孟明译《保罗·策兰诗选》,华东师范大学出版社2010年版。

他用铅弹打你打得可准了
有个人住那屋里你的金发哟玛格丽特
他放狼狗扑向我们他送我们一座空中坟墓
他玩蛇他做梦死亡是来自德国的大师

你的金发哟玛格丽特
你的灰发呀书拉密[9]

在这里，策兰被杀害的母亲弗里茨获得了两次重生，一次作为歌德《浮士德》中被背叛的女主人公，一次作为《雅歌》中的新娘。《雅歌》是萦绕许多犹太艺术家耳畔的《圣经》诗篇，我的高祖父利奥波德就在它的基础上写过一首圣诗。伟大的当代艺术家安塞姆·基弗把《死亡赋格》的结束句作为两幅荒凉画作的题目。画里的金发与带刺铁丝相缠绕。他时常回到策兰那里寻找灵感，比如六英尺高、十五英尺宽的巨幅绘画《致保罗·策兰：灰烬之花》，被烧焦的书的尸体躺在一片荒凉土地上的残茬之间［见彩页图11］。

在策兰后期的作品中，他不断削减诗句，接近沉默的境界。这些诗好比萨缪尔·贝克特的晚期作品，又更接近他的朋友奈莉·萨克斯那被痛苦缠绕的诗歌。纳粹掌权后，萨克斯与母亲一起逃往瑞典，她写作有关战时创伤的诗歌，获得了一九六六年的诺贝尔奖。在一九五九年给策兰的信中，她写道："在巴黎与斯德哥尔摩之间划过痛苦与平静的子午线。"[10]第二年，策兰接受另一个重要文学荣誉毕希纳奖，发表了题为《子午线》的获奖演说。他把诗歌形容为"一个反词（counter-word），一个切断了那根'线'的词，一个拒绝向'历史'的闲荡者和游行的骏马卑躬屈膝的词，它是一个自由的行为。它是踏出一步"。[11]在一首献给萨克斯的诗《苏黎世，鹳屋》（一九六三年）中，策兰回忆起两人通信多年后，终于在苏黎世相遇，一起聊天：

> 说到你的上帝，我
> 反对它，我
> 让我曾经有过的一颗心
> 去期待：
> 期待
> 它那至高无上，发出垂死声音的
> 怨尤之语——

策兰晚期的诗，就像萨克斯那样，剥离了一切，赤裸着，又有无尽的回声：

> 那羊角号之地
> 在闪光的深处
> 空经文，
> 火炬那么高
> 在时间洞中：
>
> 听深处
> 用你的嘴。

策兰在德语中创造了"空经文"（*Leertext*）一词，从"教经文"（*Lehrtext*）变换而来，特指学习《圣经》。

策兰越来越被抑郁症折磨，数次住院。一九七〇年，五十岁的策兰自沉于塞纳河。然而直到最后，他的诗依旧明亮。策兰于一九五八年获得不莱梅文学奖时曾说，经过战争的恐怖之后——

> 在所有丧失之中，唯有一样东西仍可触及，仍然亲近，仍没有失去：语言。它，语言，留下了，没有丢失，是的，尽管发生了所有的事。但它必须穿越自身的无可作答，穿越可怖的宁静，穿越那带来死亡的演讲中的千种黑暗。它穿越了，没有留下关于这些事的只言片语；但它已经穿越了那正在发生的事。穿越了并能重新闪光，因这一切而变得更加丰盈。

周思 译

14

切斯瓦夫·米沃什《米沃什诗选和晚年诗集，1931—2004》

一九四五年一月，纳粹军队急于从克拉科夫撤离，一场大规模的破坏正在准备中。直到最终一刻，指挥的将军发布了相反的命令。因此，旧城区中心地带在今天看来还是和十九世纪末类似。这座城市的内质同时具有限时性和永恒性，非常适合晚年定居此地的切斯瓦夫·米沃什，那时他漫长的一生即将结束。对于这一生中个人的经验和时代的变迁，他的诗歌既是映照，也是超越。米沃什一九一一年出生于立陶宛，一九三一年开始发表诗歌，而在七十年之后，直到二〇〇四年以九十三岁高龄去世前，他仍有力作发表。这种文学上超乎寻常的长寿，在我们的八十位作者中，大概只有伍德豪斯可以匹敌——把他俩相提并论并非完全生搬硬套，因为两位作家一生中大部分时间都在重建一个已经消失的世界。

米沃什成长的岁月正值两次世界大战之间问题重重的年

代,他成为维尔纽斯一个诗人群体的成员,这个群体自称"在劫难逃者"(Catastrophists)。如同卡夫卡,他们可以预见将要发生的事。在《诗的六篇演讲辞》(又译《诗的见证》,一九八五年)中,米沃什回忆年轻时的自己"与众不同,格格不入……是一个审判者、观察者",而后说:"于是,少年的病弱/兆示时代的病症/永无善终。"[12]"在劫难逃者"的导师是一位悲观主义哲学家马里安·兹杰霍夫斯基(Marian Zdziechowski),他当时搬到了维尔纽斯,之前则在克拉科夫的雅盖隆大学教了二十年书。在后期的一首诗《兹杰霍夫斯基》中,米沃什想象他在那些久已远去的年月里:

> 这里,他走去上课,在克拉科夫的街道上。
> 随他一起,是同时代的人:薄纱,丝绒,缎子
> 碰触女人的身体,纤细如茎秆,
> 上有新艺术的癫狂之花。
> 眼神,呼唤,来自夜幕中。

他接着回忆,一九三八年兹杰霍夫斯基去世前,和他见面:"在波兰骑兵夺自布尔什维克的一座城市里,你等待着,明白'逼近的结局'/……你死得正当其时,你的朋友喃喃低语。"[13]

米沃什本人在华沙大轰炸中九死一生,但在漫长的徒步向南跋涉之后,他和妻子得以在克拉科夫附近的一个村子里避难。战后,他在华沙工作,服务于波兰外交部门,直到他的世界主义以及他对事业不够投入令越来越趋向高压统治的政权心

生疑虑。一九五一年,他流亡到了巴黎,在那里写成《被禁锢的头脑》,这部作品是对极权主义的解剖和摒弃。从一九五〇年代到一九七〇年代,米沃什的作品在波兰被禁,在其他地方也只有一小撮热情的崇拜者知道。一九六〇年,他移居加州伯克利,并在那里教了近三十年的斯拉夫文学。一九八〇年他获得诺贝尔奖时,他的一些同事才第一次了解,除了上课,他还写诗。回到波兰,他则成了国际名流、公众人物,会见波兰出生的教宗约翰·保罗二世和莱赫·瓦文萨,并开始在伯克利和克拉科夫之间往返,最终于二〇〇〇年长久定居克拉科夫。

流亡的几十年里,回不去波兰,也回不去立陶宛,记忆问题就成为他关注的核心。一九八六年妻子去世之时,他写了一首动人的诗《和妻子雅妮娜诀别》,问道:

> 如何抗拒空虚?什么力量
> 保存初始,如果记忆不可长久?
> 我记得很少,记得如此之少。[14]

一九五七年的《诗论》中,他回顾克拉科夫的文人们,指出那些消失的名字,甚至是他也记不起来了:

> 圣玛丽教堂的塔楼下,打瞌睡的出租车司机。
> 克拉科夫,小得像个彩蛋
> 刚从复活节的染料盆中取出。
> 穿着黑色的斗篷,诗人们在街上闲逛。

> 没人今天记得他们的名字
> 他们的双手一度却是真实的，
> 还有咖啡桌上袖口的链扣。[15]

四分之一世纪之后，在《诗的六篇演讲辞》中，他写下华沙大屠杀中一位普通受难者的名字：

> 仍在心里想要救下雅戈维嘉小姐，
> 她稍有驼背，职业是图书管理员，
> 在一所公寓房子的掩体中死去，
> 那里据说安全，却完全塌了。
> 也没人能挖开墙壁的厚板，
> 尽管敲击声还有人声，听到了好些天。
> 这样，一个名字消失了，几十年，永远
> 没人会知道她最后的时刻。

他用记忆来抵御对历史和命运的粗略概括：

> 历史并不反自然，不是如马克思告诉我们，
> 也不是一位女神，女神司掌盲目的命运。
> 雅戈维嘉小姐的小小骷髅，其间
> 她的心脏曾经跳动。也就是这
> 我用来抵御必要性、法律、理论。[16]

米沃什最后的诗歌，是从墓畔回望世界。《九十岁的诗人在他

的书上签名》（二〇〇二年）的开头，记下一个喜剧性的胜利：
"所以，最终，我活得比你们长，我的敌人们！"但诗人意识到，
他无法把躲过了奥斯维辛和古拉格当作自己的功劳：

> 不过是那些奇迹事件中的一件，
> 如同那些曾经救过我的，免我于
> 奥斯维辛，也免我于（这有证据）
> 沃尔库塔某处古尔德营中挖煤人的命运
> 上天给傻瓜和艺术家避祸。

他意识到，"如今，风烛残年，我站在目击者面前／那些人早已为生者所不见"。[17]

不同于大多数现代作家，米沃什对宗教有着深入思考。他与天主教之间的关联，虽暧昧却很强劲，同样的关联也存在于他和那些宗教性的诗人前辈之间，从但丁到威廉·布莱克。在他晚年的诗歌里，向前瞻望临近的死亡，带着冷静的反讽，也带着对来世的犹疑的希望。"即使是虚妄／对永世的信念使我们联合。／我们，作为尘土，致谢信仰忠诚的尘土的奇迹。"[18]米沃什不相信这个世界是由公正的上帝统治的，而不是由某种更邪恶的力量统治的，但他仍然坚信，这个神一定是诗歌爱好者。在写于九十二岁的《天堂》一诗中，他希望在天堂，像苏格拉底一样——

> 可以继续做我在地上开始做的事。
> 也就是，不停努力，为努力本身而努力，

永远不要让我想要去触碰

世界这台织机上闪亮的织物。[19]

陈婧棱 译

15

奥尔加·托卡尔丘克《云游》

值得一提的是,有足足六位诺贝尔文学奖得主都来自波兰。从一九〇五年的获奖者亨利克·显克维支起,六位作者中有四位都与克拉科夫有着极其紧密的联系。这并非巧合:长久以来,克拉科夫一直与华沙平分秋色,甚至是凌驾于其上的文化中心。一九九六年的获奖者维斯瓦娃·辛波斯卡从八岁直至离世,在克拉科夫度过了人生中的八十多年。一九四五年就读于雅盖隆大学时,她与切斯瓦夫·米沃什成了挚友,并于同年发表第一首诗。如今,克拉科夫正是波兰图书协会的所在地,该协会致力于在波兰国内推广阅读,以及把波兰作家的声音传播到海外。

协会还一手承包了许多波兰作家的译作出版事宜,包括辛波斯卡、米沃什、雷沙德·卡普钦斯基等;此外,它还资助了由珍妮弗·克罗夫特翻译的《云游》英文版。《云游》英文版于二〇一七年获得协会设立的"译中寻获"(Found in

Translation）奖,二〇一八年获得英国布克奖,二〇一九年则被追颁二〇一八年度诺贝尔文学奖(由于当时瑞典文学院的性侵丑闻而推迟一年颁发)。托卡尔丘克获得诺贝尔文学奖后,有超过两千名忠实读者来到位于克拉科夫的出版社门口排队等候签售会。

对于我们的文学之旅来说,《云游》恰恰是一部无比切题的作品——这部小说就算更名为"一百一十六块碎片环游地球"也毫不违和。书中章节长短不一,有些仅有一句之多,有些则横跨三十页的篇幅。其中许多叙事都是从一位旅人的第一视角展开的,这位旅人从不停下脚步,而她的旅行似乎也漫无目的。从开篇起她便对我们坦诚相告:"我的根扎得很浅……我不知要如何生根发芽才好。我身上就不具备那种生物能力。"[20] 她的叙事组成了一本并不连续的旅行日记,其中穿插着各种反思,从行李和无线网络到失序的机场均有提及。譬如在某个机场,她见到了一张广告,在用原文俄文将其记录下来之后,又为我们翻译了它的意思,"移动即现实";紧接着她又颇有冷幽默意味地评论道:"强调一下,这个广告只不过是在描述移动电话而已哦。"

叙述者描述了她在飞机和火车上遇见的各种各样不同的人,让我们得以通过惊鸿一瞥,拼凑出这些人混乱无序的人生。用她自己的话说,她被"所有染脏的、毁坏的、残缺的、破损的"和"任何偏离正常轨迹"的东西所吸引。最后她总结道:"故事自带一种惯有的能量,谁都不能对其施以掌控。只有我这样的人才能和故事相处——缺乏安全感、优柔寡断、易入歧途。天真。"

不过，与我们这样通过八十本书周游世界不同，叙述者在书中说得明明白白，她的旅程与文学朝圣无关。她讽刺地描述道："有人去摩洛哥是因为看过贝托鲁奇的电影，去都柏林是为了乔伊斯。众所周知，有种病叫司汤达综合征：当一个人终于抵达他心目中因文学或艺术作品而结缘的圣地时，他所遭受到的精神冲击如此巨大，导致他一阵虚弱，或是直接昏倒。"而她自己的旅程可不适合胆小鬼：她喜欢参观世界各地的医学博物馆，尤其酷爱观察尸体和人体部位是如何被保存和展示的。如她在第一次描述这种博物馆时所说："我每一次朝圣的目标都是见到另一位朝圣者。只不过在这种情况下，那位朝圣者是四分五裂、身首异处的。"

第三人称叙事穿插在第一人称叙事之间，负责讲述衍生故事。其中一个小故事讨论的即是如何用化学手段保存人体部件。另一个系列则讲述一七九六年，一个女人给神圣罗马帝国皇帝弗朗茨二世写了许多信，哀求他把她被制作成标本保存的非裔父亲的尸体归还给她，让他入土为安——历史上，弗朗茨真的把那具尸体标本收罗进了他的珍宝陈列室。《云游》中一个反复出现的母题，是描写那些生活偏离正轨的人。一个再也无法忍受每日在大陆和小岛间来回、重复同一航线的摆渡人，决定载着一船乘客直接出海；在亚得里亚海岛度假时，一个女人丢下了她的丈夫，带着他们的幼子消失整整两天，然后神秘地再次出现；她丈夫无法接受她对此模棱两可的解释，逐渐陷入了强迫妄想症。《云游》中偶尔会插入地图，但那些地图其实并不能担当起为我们指引方向的职责。譬如，在描写那位寻找失踪妻子和孩子的丈夫时，文中便配了一幅地图。作为读者，乍看之下，很容易以为地图上的地点即是丈夫身处的海岛小镇。但实际上，这张地图描绘的是一八五〇年圣彼得堡的某个角落，上面的水域更不是亚得里亚海，而是涅瓦河。

图12　伪亚得里亚海，圣彼得堡（一八五〇年）

然而，正是这种扑朔迷离、繁复交织的细节，才令我们更加愿意醉心尝试把故事的各个主要部件拼凑起来，沙海淘金般发掘历史与虚构、神话与现实、男人与女人、第一人称与第三人称之间那些千丝万缕的微妙联系。托卡尔丘克作诺贝尔奖演讲时，犀利而动人地讨论了她对文学在社会中之重要性的看法：

> 信息、讨论、影视、书籍、闲言碎语、八卦趣闻都是庞大的织机，而我们日夜不息地在上面编织着如今我们生活的世界。当下，这些织机所拥有的力量是极其强大的——由于互联网的存在，几乎任何人都可以参与到编织的过程中，做任何事：负责任或不负责任，怀着爱或带来

恨，使未来变得更好或者更糟。当故事改变之时，世界也会改变。从这个角度看，世界是由文字所织就的。

她又补充说，自古以来的暴君和独裁者都深谙这个道理，"谁拥有故事、写下故事，谁就能掌控一切"。[21]

托卡尔丘克自己则致力于编织"反故事"，抵抗着宏大叙事的一锤定音，常常涉及作者本人的另一版本。随着《云游》步入尾声，我们也渐渐发现，叙述者在旅途中遇见的人们正是作者自己幻化出的无数个分身。托卡尔丘克自己也是严格的素食主义者和动物权益保护者，不过她远没有叙述者遇见的某个愤怒的角色那么极端——文中的角色发愿要用一生周游世界，写一本《罪恶之书》来批判所有肉食者对动物做出的暴行。《云游》的核心是一篇同样名叫"云游"的小故事，故事中一位俄罗斯女人阿努什卡夜里辗转难眠，因为承担了照顾残疾儿子和患上炮弹休克症的退伍兵丈夫的职责而深感疲惫。"在这世界上，每当夜晚降临，地狱即拉开序幕，"故事是这样开场的，"夜间的大脑正如佩内洛普一般，把白天奋力织造的、由意义和理解编成的锦衣重新拆解。"阿努什卡离开了家，花了好几天时间乘坐莫斯科地铁漫无目的地游荡，成了无家可归的流浪者，最后又重返她家所在的那个荒凉绝望的街区。直到故事结束，我们也不知她是否重又回到了家中。

如果托卡尔丘克是伊萨卡宫殿中的佩内洛普，不断地把碎片化的叙事织为一体，那她同时也是环游世界的奥德修斯，其环绕地中海的旅程在小说最终的地图中得以呈现。在诺贝尔演讲中，托卡尔丘克说：

在我的一生中，我都深深为那些充满相互连接与影响的系统所着迷。平时我们注意不到那些联系的存在，只有当一些令人惊讶的巧合或是命运的交汇出现时，我们才会幡然醒悟，陡然看清《云游》中所提到的那些桥梁、螺栓、插门、接头与节点。我沉醉于联想事实和寻找秩序。根本而言，我认为创作者的大脑是一个集合器，执着地收集着所有细微的碎片，并试图将它们重新黏合在一起，创造出普世合一的真理。[22]

金雪妮 译

第四章

威尼斯—佛罗伦萨：看不见的城市

16
《马可·波罗游记》

———•∞•———

从维斯岛经过亚得里亚海,我们就来到了威尼斯,这里曾诞生过托卡尔丘克作为旅行家的最伟大的先驱人物之一,马可·波罗。威尼斯是很多旅行家的家乡,也是很多旅行家的目的地。在《追忆逝水年华》接近尾声的地方,普鲁斯特笔下的马塞尔来到盖尔芒特家的庄园参加派对。那时他哀愁不已,怀悼着人生中的离别,更因自己无力写作而发愁。当他穿越盖尔芒特庄园院子时,他偶然踩过了两块凹凸不平的铺路砖。由此,他的情绪突然转变了:"正如我昔时尝到小玛德莱娜点心的那一刻一样,所有关于未来的焦虑、关于创造力的自我怀疑全都消失了。几秒前我还在忧虑自己是否有文学天赋、乃至文学的意义本身,现在所有烦恼都神奇地消失了。"[1] 在看到铺路砖的一刻,他不能自控地回想起多年前参观威尼斯圣马可大教堂的快乐经历。此刻对逝去时光的回忆,以及当年因小玛德莱娜点心而忆起的吉光片羽,当两者结合在一起时,他终于了悟,自己应该创造一部宏大的"教堂般的小说"。正如年轻的马塞尔一样，我多年来也一直梦想着游历威尼斯。我向往它的建筑之美，更沉迷于贾科莫·卡萨诺瓦、约翰·罗斯金和普鲁斯特笔下的绮丽描绘。在我游览威尼斯的梦想终于实现前不久，我刚刚在课上教完《追忆逝水年华》。当我沿着圣马可大教堂的洗礼池缓步前进、足下踩着凹凸不平的铺路砖时，霎时间"不能自控地回想起"独属自己的一段回忆：正是在普鲁斯特书中读到上面这一自然段的时刻。

几个世纪以来，威尼斯都是全世界爱好文学与艺术的旅人心目中的圣地；威尼斯人自己也是伟大的旅行家。他们之中最负盛名的自然是旅行商人马可·波罗，他引人入胜的《马可·波罗游记》更是启发了克里斯托弗·哥伦布——哥伦布于一四九二年踏上具有划时代意义的征途时，行囊里正揣着一本《马可·波罗游记》。事实和虚构在此书中错杂交汇。一二七一年，波罗和父亲、叔叔一起穿越丝绸之路抵达了亚洲。在那之后，他在异国的行旅延续了许多年，在彼时统治中国的蒙古皇帝忽必烈汗麾下担当要职。一二九五年，他终于返回威尼斯，带回故国的并没有多少珍宝，却有数不尽的故事。那些故事或许本来会被他带进坟墓的，然而一二九八年，当威尼斯和热那亚爆发冲突时，波罗卷入其中，被关在热那亚监狱。在那里，他遇到了比萨的鲁斯蒂切罗，一位浪漫主义作家。鲁斯蒂切罗慧眼识珠，敏锐地意识到波罗的故事有多么精彩，便说服了波罗把回忆录口述给自己。鲁斯蒂切罗用法语记录下波罗的故事，命名为"世界奇闻录"。这本书的手抄本风靡一时——印刷术还要再过一百五十年才会诞生——并早在一三〇二年就被翻译成了拉丁文。很快，波罗的书就成为地图绘制员的灵感来源。

鲁斯蒂切罗对波罗口述的故事进行了浓墨重彩的润色，甚至在其中加入不少自己的浪漫想象。不过，即便没有鲁斯蒂切罗的修饰，波罗的故事本身也已经融合了谨慎而细致的第一手观察记录、奇闻轶事和基于自身角度出发的想象投射。例如，他在文中强调，当商队第一次抵达中国时，他的父亲和叔叔一致认为忽必烈汗"迫切地想要皈依基督教"。《马可·波罗游记》中，后世写就的那些关于帝国征服的文学作品中一个重要的主题已经初露端倪：最受启蒙影响的土著都在迫切等待着欧洲人降临他们的土地，带给他们文明与真理。然而，波罗同时记录下了忽必烈汗明确拒绝基督教的过程。"你凭什么希望我皈依基督教？"忽必烈这样诘问波罗的父亲，"你看，那些基督徒都无知而愚蠢，他们一事无成，弱小无力。"[2]

波罗对生意的兴趣大于聊天。他从商人视角出发，密切关注着盐运贸易的运作；我们还能通过《马可·波罗游记》了解到中国都城中鸭子的价格（通过砍价，一枚威尼斯格罗特钱币大概能买到六只鸭子）。同时，我们也能读到奇诡的故事，例如来自克什米尔的术士可以操纵倒满美酒的酒壶从宴会桌上冉冉升起，徐徐飞到皇帝的手里。看上去，术士手中会飞的酒壶似乎更符合霍格沃茨魔法学校的宴席——这正是因为 J.K. 罗琳也是漫漫历史长河中在《马可·波罗游记》中发掘灵感的作家之一。塞缪尔·泰勒·柯勒律治在撰写有关上都的浪漫传奇时，采用了波罗的故事作为范本。柯勒律治希望在诗歌中凭空复现忽必烈汗恢弘的乐园行宫，展示一个喷泉莹莹、少女拨动

扬琴的温柔乡,诗人目睹如此映丽之景时也得到了升华:

注意!注意!
他发光的双眸,他飘浮的发丝!
围着他转三圈,
心怀神圣的恐惧,闭上你的双眼,
因为他饱食了蜜露,
渴饮了天国的醇奶。[3]

"天国的醇奶"这一具有超越性力量的意象出现在诗歌的末尾。或许它的本意是作为诗歌原初想象力的一种隐喻,然而同时也具有人类学研究根据:马可·波罗描述了一种可汗每年都会在上都举行的仪式,即把奶洒向风中,作为守护着这片土地和庄稼的神灵的祭品。波罗还将杭州比作天国之城,这里的"天国"并不是指都城在信仰方面的神性,而是指城中的妓女——她们"精擅蜜语和爱抚,能对每一位客人说出最能打动他们个人的情话,到此来感受过温柔乡的外国人则彻底被她们的甜美魅力所吸引,陷入癫狂和忘我之境,永生都忘不了那段艳遇"。由此看来,如普鲁斯特那样"不能自控的回忆"在威尼斯已有相当漫长的历史。

最奇幻的旅途只有深深植根在触手可及的现实中,才能被注入鲜活的生命力:最适合天国的饮料不是什么闻所未闻的精露,而是醇奶。与此同时,旅行文学中所描绘的事实细节又总覆盖着一层经由旅人自身的认知与想象所塑造的滤镜。是约翰·罗斯金的《威尼斯之石》引领着普鲁斯特游历威尼斯;伟大的先驱维吉尔指引着但丁的地狱之旅,而维吉尔自己对于冥界的描写则深受荷马的影响。这一章中,我们将往返于威尼斯和佛罗伦萨之间,在通过想象中的威尼斯马可·波罗国际机场离开意大利之前,感受看不见的城市如何显形,看得见的城市又如何化作"教堂般的小说"、犯罪小说的舞台,抑或但丁笔下最能唤起感官反应的天国幻象。

金雪妮 译

17

但丁《神曲》

----- ∞ -----

我们大概会觉得，只有到了现代，批评家们才把城市和重要的作家对应起来，诸如查尔斯·狄更斯、詹姆斯·乔伊斯，以及奥尔罕·帕慕克。民族诗人是十九世纪的创造物，名流作家则是民族诗人在当代的继承人。然而早在一四五六年，佛罗伦萨画家多梅尼科·迪·米凯利诺就创作了他的湿壁画《〈神曲〉阐明佛罗伦萨》[见彩页图 13]。画中的但丁向他的城市献上他的诗，启蒙城中的公民：不可见的地狱等待着被诅咒者，而炼狱山向上的通道则将引领佛罗伦萨的优秀公民直往天堂。不过，他的画题，我们也可以从手抄本文化的意义上来理解——这种文化此时尚未被约翰内斯·古登堡六七年前刚发明的活字印刷取代。多梅尼科的标题颠覆了文本和插图之间的常规关系：不同于插图阐明手稿（泥金手抄本通过配以画着场景的插图来阐明故事），现在但丁的伟大诗篇阐明了他的城市，使城市为世人所见。多梅尼科的画更是恭维了佛罗伦萨的观众，若我们从

左往右看画中的意象,我们看到的是地狱、炼狱和……佛罗伦萨,它就像天堂般的耶路撒冷,看着整个世界。

阐明(illumination),如同启蒙(enlightenment),是视觉上也是精神上的过程,旅行文学总是有重要的视觉化面向。但丁的世界性影响,很大程度上就来自他超乎寻常的能力,足以让我们看到地狱里那个庞大的地下城市,而后是炼狱山,以及天堂的神圣领域。今天,但丁对地狱的视觉化,占据《但丁地狱》——一款电玩游戏的中心。游戏制作方美国艺电公司邀请了韦恩·巴洛进行设计。巴洛是作家,也是插画家,因奇幻作品《巴洛的地狱》(一九九九年)为世所知。有一位同是但丁和巴洛的崇拜者,在某个游戏网站写到这个组合硕果丰盛:

> 老实说,对细节的关注简直妙极了。墙壁里被幽囚的罪人,当你靠近时听见米诺斯在背景里吼出判决,罪人们在尖叫,卡隆的船舱里有人在呼叫尤利西斯,背景里细节丰满,比如一开始从罪人们的尸体上喷出一个硕大的头颅。尺度简直就是巨大、巨量。如果你读过但丁,并活着看到他的地狱被搬上大屏幕……玩这个游戏,你绝不会失望。[4]

与但丁在视觉上的想象同样重要的,是声音的界域,其间回响着他余音绕耳的诗句,不绝如缕。但丁是在创造一种革命性的新意大利语,无缝衔接朴素实在的语言和卓绝的神学洞见。他的论著《论俗语》就探讨了要创造一种真正的文学意大利语,这本著作用拉丁文写就,大概作于一三〇二年至一三〇五年间,在他开始流亡之后不久。但丁属于归尔甫白党,而白党在佛罗伦萨持续几十年的内斗中失势,随即造成他的流亡。在《论俗语》中,他要赋予意大利语等同于拉丁语的尊严。这个做法有极大的挑战性,不仅因为"俗"语地位低下,而且那时根本没有"意大利语"这回事。当时(现在也一样),有的是过多的各式不同方言——但丁讨论了十四种,没有一种在诗人的耳中是没有缺点的。比如,他声称,要是热那亚人不会用字母 z,他们就没法说话了,"因为 z 构成了他们俗语中最重要的部分,当然,这个字母要发音,如果不用相当粗暴的方式,是发不出来的"。[5](如此说来,我要承认我在上一本书中,用意大利语引用一篇针对《小说的去民族化过程》的批评文章,纯粹是要享受在单独一个词里有四个 z 的乐趣。)

有趣的是,但丁并不认为自己的托斯卡纳方言比其他方言更高明。尽管他宣称"我如此热爱佛罗伦萨,因为爱她才遭受了不公正的流放",他却断言,他的托斯卡纳同胞们"说起话来莫名其妙,因为他们自己的一些诡异之处",比如认为自己的方言是最高雅的。他认为,托斯卡纳人的卓然物外,仅仅在于他们头脑中毒,是"这一疾病最赫赫有名的受害者"。但丁自己的诗歌将创造出他所追求的那种光彩照人的俗语。要欣赏他的诗歌之力量,最好的方法就是直接聆听。[6]

这里我要再增加一个例子来说明但丁在语言上超凡的能力,他能把简单的语言提升后用以表达深厚的情感。在《炼狱篇》结束时,维吉尔不能再指引但丁,因为即使是最有道德的异教徒也无法进入天堂圣地。现在将由但丁失去的早年爱人俾德丽采来带领他进入天堂。当她光彩熠熠地出现在炼狱山的顶峰,但丁被自己心中重燃的爱意彻底压倒了。他转而向维吉尔

求取安慰,却发现他已经离开:

> volsimi a la sinistra col respitto
> col quale il fantolincorre a la mamma
> quando ha paura o quandoelli è afflitto [7]

> 我就满怀着信赖之情转身向左,
> 好像一个小孩奔向他的妈妈一样
> 因为受到了惊吓或是受到了苦楚。①

我不相信在但丁之前还有任何一位诗人能用如此寻常的概念——"小孩"(fantolin),尤其是"妈妈"(mamma),而具有这样严肃的感染力。

失去佛罗伦萨,又失去了维吉尔,但丁却会在新的精神性的意义上,重获他失去的爱人俾德丽采。他将以新的诗歌形式,对维吉尔的《埃涅阿斯纪》作出最伟大的回应,融合整个古典传统及传统在他那个时代的创新。我们所有人都通过阅读但丁来阅读我们自己,就像他在维吉尔那里所做的。但丁在地狱里塞满人物,有的来自古典时代,也有很多他自己过去的朋友和敌人。然而《神曲》并不全然关于他。就在开篇,但丁告诉我们,他迷路了,"Nel mezzo del cammin di *nostra* vita"②——在我们人生的中途。他的百篇歌诗提供了一条故事的长廊,其中

---

① 译文参照朱维基译《神曲》,上海译文出版社2007年版。略有改动。
② 意大利语,在我们人生的中途。

有训诫,也有希望;这些故事还是地标,可以用来规划我们自己的人生之路。

陈婧棱 译

18

乔万尼·薄伽丘《十日谈》

在受到但丁启示的一众作家中,若论最早跟随其步伐且成就最高者,其佛罗伦萨同乡乔万尼·薄伽丘可算作一位。完成《十日谈》之后不久,薄伽丘就创作了一部影响深远的但丁传记。在《十日谈》中,薄伽丘为散文注入的广度与深度,就如但丁为韵文所注入的一般;彼时,黑死病的到来,让本就动荡的政治局势雪上加霜——这一两相叠加的背景组合,与我动笔撰写本篇文字时美利坚"合众"国陷入"不合"的情形实在太过相似。

一三四八年,乔万尼·薄伽丘身居佛罗伦萨,每逢需要之时,他便会领一份估税员的差事来做。他的父亲是一位银行家。薄伽丘放弃子承父业的道路,改行步入法学领域。他真正酷爱的事情其实是写作,彼时已因创作诗歌和散文体爱情传奇而小有名气,其中最引人瞩目的是根据他与那不勒斯一位已婚贵妇的情事写就,且有"第一部心理小说"之称的《菲亚梅塔》

（一三四三年）。小说以主人公菲亚梅塔的第一人称视角展开叙述——在那段风流韵事宣告终结后，她试图厘清自己对这位极富魅力的佛罗伦萨青年的痴迷究竟是怎么一回事。一三四八年薄伽丘三十五岁——这是一三〇〇年时但丁的年龄，后者亦是以这个年龄为背景来创作《神曲》的。与《神曲》中的但丁一样，时年三十五岁的薄伽丘也正处于人生的中途，并且已为新光景的到来做好了准备。

接下来，便是黑死病降临佛罗伦萨。四分之三的城民在这场瘟疫中丧生，其中包括薄伽丘的继母；他的父亲则于次年离世。正是在此时，薄伽丘开始提笔创作《十日谈》。这部杰作与丹尼尔·笛福的《瘟疫年纪事》、阿尔贝·加缪的《鼠疫》一道，成为如今人们试图理解乱世及其怪象时频繁查阅的文本。在《十日谈》的开篇，薄伽丘对这场瘟疫作了一番令人惊惧的描述，字里行间的诸多细节仿佛直接截自《纽约时报》对时下疫情的报道。据薄伽丘所言，从三月到七月，瘟疫在佛罗伦萨夺走了十万人的生命。在当年的佛罗伦萨，瘟疫常常无症状地传播，路面上死尸堆积。许多佛罗伦萨人寄望于祷告，一些人奉行社交隔离，另一些则全然无所顾忌，声称"战胜骇人瘟神的万无一失之法，便是举杯豪饮、纵情享乐……满不在乎地把整桩事情看作一场天大的玩笑"。尽管佛罗伦萨禁止外人入城，瘟疫依旧如野火般蔓延开来，不久，"人间的法度与天国的戒律双双土崩瓦解，不复存在于我们的城市"。[8] 彼时一如眼下，许多富有的市民逃往城外避难："一些人冷酷地认定,瘟疫当前,最最灵验的良药便是逃为上策。在这一观点的驱使下，大量男男女女只顾自家性命、不管他人死活,纷纷弃自己的城市而去。"

然而，穷苦之人无处可逃："他们被困在城中属于自己的那一隅，日复一日数以千计地染病，又由于无人施以援手、予以照顾，终而不可避免地走向了殒命的结局，幸免之人少之又少。"

此番话语固然令人动容，但薄伽丘本人究竟站在哪一方呢？那七位出身名门的女子与那三位出身高贵的男子选择出城前往乡间宅邸避难，走上的正是将他人处境抛至脑后的道路。薄伽丘以一种令人称奇的方式，早早地预见到时下为期两周的隔离期：他让笔下的十位男女在乡间小住了十四日，其间开怀吃喝、轮番讲故事，直到众人一致认为是回家的时候了。或许是因为那时瘟疫已开始消退吧，不过，明确出自这一行人之口的返城动机却是对流言蜚语的忧惧：倘若继续逗留在外，城中人不免会寻思揣度，这七位年轻貌美的女子同三位男士在那奢华舒适的隐居之所究竟在忙于何事。我们的插图画家可能也有同样的质疑：注意画面前景中的两只兔子。

图14 《十日谈》插图（一九〇三年）

薄伽丘表示，尽管他的故事始于"对最近那场瘟疫造成的极大破坏的痛苦回忆"，接踵而至的却并非"眼泪与苦难的滚滚洪流"。对于《十日谈》中容易引发眩晕之感的由悲入喜的情节跳转，薄伽丘也给出了解释。这一解释与但丁《神曲》的开篇遥相呼应——彼时，诗中的但丁发觉自己在一片位于一座陡峭山丘脚下的幽暗森林中迷失了方向。他向"美丽而优雅的女士们"——也就是这本书的读者——作出如下保证："眼下你们所面临的这个凄凉压抑的开篇，就好比挡在行者身前的险峻陡峭、乱石盘踞的山丘，然而一旦翻过此山，那一头便是美不胜收的平原。"他还补充道："请相信，倘若可以得体地沿着另一条不似这般艰险的道路将你们带至我渴望引领你们前去的地方，我一定已经欣然照做了。"

这几行文字固然使人联想起但丁，但薄伽丘的小径通往的却是一个气氛殊异的尘世天堂——在那里，就连凡人有求于天主之事，也尽是关乎肉体之欢愉。在书中的一个故事里（第三天的第三个故事），一位聪明的妇人向一位贪婪的修士施以金钱方面的好处，使对方在毫不知情的情况下沦为自己和情人之间的"传声筒"。这对男女私下里"把那修士的天真蠢笨当作笑料好生挖苦"，一边尽享云雨之欢"直到几近双双坠入极乐之深渊"。讲完这个失之粗鄙的故事后，貌美的菲洛梅娜故作正经地总结道："我祈求天主大发慈悲，速速将类似的好运赐予我以及与我性情相投的其他基督徒。"正如朱迪斯·鲍尔斯·塞拉菲尼-绍利所言，薄伽丘以一部属于自己的极富人情味的"人曲"，接替了但丁写就的《神曲》诗篇。[9]

薄伽丘以一篇跋文结束了这本大部头的故事集。文中，他语带讽刺地驳斥了这些故事可能会招致的出于文学与道德考量的反对之声。他坚称，对"洞、棒、臼、杵、烤面饼、填馅儿"这类人畜无害的字眼的使用毫无不成体统之处，同时指出，在严肃的教会纪事中可以见到远比这更叫人瞠目结舌的丑闻。再者，他所言说的不过是有关人类品行的真相，之所以受到指责，"是由于我在一些地方道出了修士们的真面目。然而我才不在乎呢！"若是有人指责这些故事过于戏谑轻佻，薄伽丘对此倒并无异议："我要向那些从不看重我的女士们保证，我还真不是个持重的人。恰恰相反，我轻得可以漂浮在水面上。"当然，这不大可能是全部的事实。在读完洋洋洒洒八百页关于撒谎行骗之人的故事后，我们应当学会对出自作者本人之口的话也保持警惕——在"薄伽丘否认存在任何严肃的意图"与"薄伽丘坦承引介这本集子时实难做到对瘟疫之可怖闭口不谈"之间，后者无论如何都具有更高的可信度。

事实上，"医理"与"情爱"这两个维度之间存在着深刻的关联。在《十日谈》的序言里，薄伽丘明言自己一度长久地忍受炽烈爱情的煎熬，"炽烈之程度他物无可比拟，自己的痛下决心、旁人的有益规劝皆未能将其压制，堕入险境、丑闻加身的风险亦无法使之动摇"。不过，最终他还是从这种疾病中恢复过来："摆脱一切病痛后，曾经的痛苦之源如今盛满了恒久的喜悦。"换言之，薄伽丘已经产生了抗体。眼下，他已有能力为其他正在承受爱情之苦的人提供帮助，使他们明白"什么事情应该避免，而什么东西理当不懈追求"。薄伽丘为爱所苦时，正是靠着交谈才得以保全性命：

  假使曾有人需要安慰并且如愿得到了它，甚或还从中收获了欢愉，此人便是我……在极度的悲苦中，我有时会从与友人们的惬意闲谈以及从对方巧妙表露出的同情之意里获得许多安慰。若非如此，此刻想必我已不在人世。

  重述那一百个故事使薄伽丘再度获得了对业已失落之物的掌控，这些失物中就包括他的初恋情人菲亚梅塔。薄伽丘安排她在《十日谈》的第五日担任"女王"的角色，而她则命众人在这一天讲述"相爱之人历经磨难终于抵达幸福之境的故事"。同等重要的是，这些故事的艺术架构（即每天十个故事，总共持续两周时间，每日的故事由一个共同的主题串联起来）也向我们暗示了故事本身所具有的疗效。直到为撰写本文作准备时，我才重又记起，这群好友竟然还在他们的马拉松故事会期间安插了两个休息日：对于这场故事会——一如对于所有的谈话疗法，抑或对于任何一项为期十六周的博客发文计划——而言，控制节奏乃是至关重要的。《十日谈》中的一百个故事，兴许是谈话疗法在这个世界上的首次实践。

毛蒙莎 译

19
唐娜·莱昂《从封面来看》

文学朝圣者往往会去寻找他们最喜欢的作家笔下的故事背景。美国犯罪小说家唐娜·莱昂在威尼斯居住了三十多年，以此为背景创作了她最畅销的作品——警官圭多·布鲁内蒂系列。我初识她的小说是在二十多年前，我和妻子在大运河边上租了一间公寓，在那儿发现了她的许多作品。令洛里这位国际法律师大吃一惊的是，她随手翻开的那本小说《威尼斯复仇时刻》，开篇就写到一个国际法律师的死。艺术和生活的交融，总得有个限度吧！尽管如此，唐娜·莱昂对于威尼斯观光客而言，是个极好的向导，因为她观察自己移居的城市兼有局内人与局外人的眼光。正如乔治·佩雷克在《穷尽巴黎某地的尝试》中描绘了巴黎的日常，莱昂向我们展现了不为观光客所见的日常威尼斯，隐藏在光天化日之下，就像爱伦·坡在《失窃的信》里写的那样——布鲁内蒂声称自己读过这篇小说。

莱昂的威尼斯是个适居、生活节奏悠闲的城市。在一篇关于"我的威尼斯"的随笔中,莱昂赞美威尼斯没有汽车。在《从封面来看》(*By Its Cover*)的前半部分,没有人使用任何交通工具;布鲁内蒂只有在特别赶时间时才会坐上警船。布鲁内蒂漫游的这座城市充满了普鲁斯特式的回忆,不同的是,在威尼斯,流动的时光从未逝去:

> 对布鲁内蒂而言,春天是一连串的嗅觉记忆:菜园圣母院旁庭院里的丁香花香、山谷里的百合花香——从马佐尔博岛来的老人每年都在杰苏伊蒂教堂门口的阶梯上贩卖成束的百合……拥挤的水上巴士里,洁净的躯体相互碰触,散发出清新的汗味——闻了一个冬天反复穿的夹克、大衣和许久不洗的毛衫的陈腐味之后,这样的气味让人轻松愉悦。[10]

普鲁斯特难得能通过玛德莱娜点心找回逝去的时光,而布鲁内蒂则可以经常吃到他最爱的食物:每年的第一批软壳蟹和新鲜吞拿鱼意面配酸豆洋葱。一次,为了侦破一起让人头疼的案子,布鲁内蒂很晚才到家。筋疲力尽的他看到妻子为他留了一盘鹌鹑豌豆配烤新鲜土豆,感激地想:"这女人或许是个麻烦,但至少她知道怎么做饭。"

然而,威尼斯面临着威胁。贿赂、腐败、对旧日父权等级的依赖时时处处包围着威尼斯人。官员勒索赌场老板、赌场老板通过行贿来逃税、恋童癖神父从一个教区被暗中转移到另一个教区。布鲁内蒂自己经历了一定程度的向上流动——他交了好运,娶了伯爵夫妇的女儿保拉。但婚后二十年,他的岳父母才开始不情不愿地接受他成为家庭的一员。他的上司酸溜溜地意识到"布鲁内蒂通过婚姻溜进了贵族的行列"。

除了内部威胁，威尼斯也承受着来自外部的威胁。外部威胁如瘟疫肆虐薄伽丘的佛罗伦萨般压倒了威尼斯。这个现代的瘟疫是旅游业。小说开头，布鲁内蒂和一名同事步行前往一所珍本失窃的图书馆。突然他们停下脚步，倒抽了口凉气："这是他们作为人，对非现实、不可能的事物的反应。他们的面前是一艘最新、最大的观光游轮的船尾。巨大的船尾直直地瞪着他们，仿佛在挑衅地让他们作出评论。"莱昂在一篇名为"观光客"的文章中写道：

> 这些不可计数的观光客实实在在地摧毁了上千年来栖居于这片土地的人们所熟悉的生活。当地居民的生活在一年的大部分时间里变得让人难以忍受。商铺倍增——卖面具的、卖塑料贡多拉船的、卖着色纸的、卖披萨片的、卖俗气的小丑帽的、卖冰淇淋的，而除了冰淇淋以外，没有一样东西是当地居民需要的，没有一样是生活在这个星球上的人需要的。[11]

内部矛盾与外部矛盾交织，彼此强化，而地方官员从城市的破败中敛财。布鲁内蒂被大量游船引起的环境恶化激怒了，他想："大多数作出这些决定的人不都是威尼斯人吗？他们难道不是在这座城市出生的吗？他们的孩子不是在学校或大学读书吗？他们开会时没准儿说的是威尼斯方言。"

环境问题在莱昂近年的小说里占据了越来越大的分量，甚至在人物描写中也会出现："她又高又瘦，乍一看，像一只纤瘦的涉水鸟——那种曾经在潟湖十分常见的鸟。和那些鸟的冠羽一样,她的头发也是银灰色……像那些鸟一样,她也有长长的腿和宽宽的黑脚板。"这段诙谐的描写被隐隐的失落感所笼罩——涉水鸟曾经在潟湖如此常见。

在《从封面来看》一书里,所有这些问题在(虚构的)美鲁拉图书馆早期印刷版珍本的损毁中得到了集中体现。旧书的插图被人偷偷撕去——布鲁内蒂将此行为比作强暴。损毁最严重的是乔瓦尼·巴蒂斯塔·拉穆西奥于一五五〇年代出版的六卷本《航海及旅行记》珍本。拉穆西奥是"最伟大的印刷城里最伟大的印刷者"。《航海及旅行记》恰如其分地收录了《马可·波罗游记》的首部评述版和一部威尼斯旅者们的美洲行记集。

内部危机与外部危机被罪犯掺合在一起:罪犯是一个用假身份证件伪装成美国访问学者的意大利人。布鲁内蒂在和妻子保拉谈起这桩毁书案——以及接踵而至、像是写完后追加的谋杀案——时说:"扔弃书就是扔弃记忆。"布鲁内蒂引用了雷·布拉德伯里《华氏 451》中的话,反讽的是,他记不起他引用的确切书名,也记不起作者。保拉补充道:"也是扔弃文化、伦理、多样性,以及一切与你想法相悖的观点。"保拉是位教授,研究亨利·詹姆斯;而《从封面来看》是一部美国女子的《一位女士的画像》。新意大利与老意大利、本地人与外国人、纯真与腐败,在此书中深深地交织在一起。

充满讽刺而又合乎情理的是,莱昂的书如今引发了她在书中批评的问题:读者们蜂拥至威尼斯,只为追寻布鲁内蒂的足迹,并在他工作的警局辖区——或者如果他真的存在的话,在他将要去工作的辖区——自拍。《孤独星球》在向读者推荐一条"布鲁内蒂"旅游线路时这样写道:"如果你是莱昂的粉丝,如果你喜欢她以威尼斯为背景的布鲁内蒂系列推理小说,你一定会爱上这条线路。私人导游将带你探索小说中最具代表性、最让人着迷的场景。"[12]面对这个问题,我们的警官或许也无能为力,但有一位外国游客能帮我们解决,这位游客名为新冠病毒。二〇二〇年六月,在我写这篇文章的当天,《纽约时报》头版刊登了一篇关于威尼斯的文章。标题呢?《想象威尼斯再度人满为患——不是游客,而是意大利人:后疫情时代的愿景》。[13]

我无须多言了。

张燕萍 译

20

卡尔维诺《看不见的城市》

一九七二年出版的《看不见的城市》给始于马可·波罗的这一章加上了一个合适的框架。在他这本奇妙绝伦、无法归类的书里，卡尔维诺想象了波罗和忽必烈汗之间，在皇帝幽暗的花园里的一系列伴随着沉思冥想的对话，在波罗出任（或号称是）这位蒙古皇帝的巡回使臣那几年里。他讲述了他在中国四周访问过的城市，以"城市与符号""城市与眼睛""城市与死者"之类的标题描述它们。这些标题乍一看好像是随意取的，但是仔细看下来，我们就发现了一个精巧的数学序列。总共有十一个标题。每一个标题出现五次，以渐进式的螺旋形顺次覆盖九个章节，其模式是城市与——记忆1，记忆2，欲望1，记忆3，欲望2，符号1，记忆4，欲望3，符号2和轻盈的城市1。马可·波罗和忽必烈汗的对话开启、结束每一章，仿照《一千零一夜》山鲁佐德与山鲁亚尔相互交织的框套故事。

卡尔维诺于一九六七年移居巴黎。他很快就成为我们在乔治·佩雷克的作品中已经遇到过的那个实验性的"乌力波"团体的成员。《看不见的城市》的数学结构是经典的乌力波式的，又极具诗意。每一章是一篇宝石般的散文诗，描绘一座象征性的城市，充满了来自波罗和《一千零一夜》的意象。其中有很多城市公然布满异想天开的场景。有一座城市整个儿由管道和卫生设备构成，早上有仙女在那里洗澡。另一座城市由挂在两座悬崖峭壁之间的一张巨网支撑着："虽然悬在深渊之上，奥塔维亚居民的生活并不比其他城市的更令人不安。他们知道这网还能支撑这么久。"①[14]

瓦尔德拉达城建在湖畔；湖面映照着它，犹如威尼斯投影于湖泊和运河。秘鲁建筑师、插画家卡琳娜·普恩特·弗兰岑据此画下了瓦尔德拉达[见彩页图15]。有趣的是，这幅图看起来有些微变形，瓦尔德拉达画面的下半部分并不确切地对应上半部分，或者这是一个双重镜像：左下部的建筑对应的是右上部，右下部则对应左上部。

波罗告诉忽必烈：

> 瓦尔德拉达的居民知道，他们的一举一动都会立即成为镜子里的动作和形象，具有特别的尊严，这种意识使他们的行为不敢有丝毫疏忽大意。即使恋人赤身裸体，肌肤相亲，缠绕在一起，也会寻求合适的体态，让彼此极尽欢悦，甚至当凶手把刀子插进后颈动脉，越是有成团的血喷

---

① 本节中《看不见的城市》引文参照张宓译《看不见的城市》，译林出版社2006年版。

涌而出，越是会压紧深入肌腱的刀刃——重要的不是他们的交合或凶杀，而是他们的交合或凶杀的形象，在镜子里清晰、冷静。

他总结说："两个瓦尔德拉达相互依存，目光交错，但是彼此并不相爱。"

所有城市都以女人的名字命名，如男人想象的那样，欲望弥漫其中。女人用皮带牵着美洲豹走过街道；一群男人建造一座城市，而激励他们的是同一个梦，梦里有一个逃离他们的裸女；幸运的旅行者会被邀请到宫女们的浴池里嬉戏。我们似乎沉浸在伯顿①式的东方主义幻想之中，但是，奇形怪状的现代元素又开始从这种中世纪景观中冒出来：飞艇、雷达天线、摩天大楼。越来越多的现代性随着这本书的展开而显露，到后来，有些城市直接呈现了当代问题，堪比唐娜·莱昂的生态学重点议题。有一个城市人口过度密集，乃至于所有人都寸步难行；另一个城市快要被压在堆积成山的垃圾下面；到了结尾，纽约和华盛顿（直接点名）融入了单独的一座"连绵的城市"，正如东京、京都和大阪。卡尔维诺的文本穿越了过去和现在、东方和西方、乌托邦和反乌托邦之间的边界，从另一些世界的多重透镜来观察现代世界。正如卡尔维诺后来在讨论此书时说，"看不见的城市（cittàinvisibili）是从无法居住的城市（cittàinvivibili）的内心孕育出来的梦想"，"那些连绵不断、

---

① 即理查德·伯顿爵士（Sir Richard Burton，1821—1890），英国探险家、语言学家、人类学家，因翻译《一千零一夜》闻名。

不成形状的城市还在继续覆盖这个星球"。[15]

卡尔维诺笔下的马可是一个道地的比较文学研究者，他从不孤立地看待一个城市；所有城市都联结在象征和社会意义的链条之中。然而，当忽必烈问他可曾见过一座城市，类似于中国前朝故都京师，他却陷入了沉默。京师之所以著名，是由于"运河上的拱桥，富丽堂皇的宫殿有大理石台阶延伸到水里，熙熙攘攘的轻舟摇着长桨曲折前行，货船在集市广场卸下成筐成篮的蔬菜，还有阳台、平台、穹顶、钟楼，以及灰暗的湖水中青翠碧绿的花园小岛"。任何意大利读者（还有很多外国游客）都会意识到，京师是威尼斯的一个镜像。马可坚持说他从未见过这样的地方，但是忽必烈没放过他，逼问他为何从未说到他的故乡之城。"马可笑了。'你以为我一直在讲给你听的是别的什么地方吗？'"

在欧洲帝国冒险远征的尽头之外，世外桃源和京师不再是异国情调的另一个世界，会有一个阿比西尼亚少女弹奏着德西马琴让旅行者着迷；正如阿比西尼亚（今埃塞俄比亚）不再是法西斯意大利的殖民地。相反，忽必烈的帝国变成了后帝国时代的欧洲的形象："一片无穷无尽、不成形状的废墟"，其典型表现就是威尼斯那些倾斜的钟楼和慢慢下沉的宫殿。

马可心爱的城市在他的记忆中更为迅速地崩溃："记忆中的形象，一旦被词语固定，就消除了，"他告诉可汗，"也许，我害怕我讲到威尼斯，就会一下子失去她。抑或在我讲述其他城市时，我已经在一点点、一点点地失去她。"然而，他的失落，是他的听者的收获。"只有在马可·波罗的叙述中，忽必烈汗才得以从注定要坍塌的城墙和塔楼中，辨识出花饰窗棂图案，它们如此精巧,逃过了白蚁的啃噬。"

就像唐娜·莱昂的威尼斯,卡尔维诺的那些城市也是重写本羊皮书卷,为那些能够辨识精巧图案的花饰窗棂的人,揭示了隐藏着的故事和多层次的含义。威尼斯在下沉,生态系统在败坏,暴力在上升,但是,就像但丁的《神曲》和薄伽丘的《十日谈》,卡尔维诺的小说指给我们一条出路。卡尔维诺的九个章节在篇幅上比薄伽丘《十日谈》的庞大编排更为节制,也安排得更为仔细,它们的有序呈现与它们所描述的混乱世界形成对照。这本书的最后一段直接参照了但丁,波罗对可汗说:

生存者的炼狱是不会出现的;要有的话,那就是早已在这里的,我们每天生活在其中的炼狱,那是由于我们在一起而形成的。逃过劫难的办法有两种。第一种,对很多人来说都很容易:接受炼狱,成为它的一部分,乃至于视若无睹。第二种有风险,要求始终保持惕厉戒惧:在炼狱里寻找并学会辨认非炼狱的人和物,让他们存活下去,给予他们生存空间。

朱生坚 译

第五章

开罗—伊斯坦布尔—马斯喀特：
故事里的故事

21
古埃及的情诗

离开威尼斯,往东旅行三日之后,我们现在来到了开罗——我们在这一章中要访问的三处中东地点的第一处。卡尔维诺在描述他的"死者之城"之一埃乌萨皮亚时,脑海里一定出现了开罗。埃乌萨皮亚的居民热爱生命,逃避牵挂,他们建造了一座像镜子一样复制着地上生活的地下之城。地下之城中配置着"生者所有的行当和职业"——就像我们在埃及墓穴的墙壁上和那些辛勤劳作、为高贵的死者提供"一切美好之物"的人像上所看见的那样。不过,根据卡尔维诺的记载,这种繁忙的艺术化的来世令人喜忧参半:"生者的埃乌萨皮亚又开始模仿它在地下的复制品",而"在这两座城市中,人们已经无法辨别哪一座是生者之城,哪一座是死者之城"。[1]

根据我的经历,开罗完全就是一座双重城市,你在体会了从八条车道的混乱车流中穿梭的濒死经验之后,又可以纵情享受埃及博物馆的宝藏。很多年间,我都觉得埃及就是拥有超凡艺术的永恒之地，我十几岁时在大都会博物馆里就爱上了这种超凡的艺术，当时大都会博物馆离我父亲的教区只有几个街区的距离。于是，我在大学里学的是中古埃及语，而不是阿拉伯语，我对当代埃及文化也知之甚少。不过，等我终于来到开罗，为我在哥伦比亚大学多年的同事爱德华·萨义德作一次纪念演讲时，我既要访问现代景点，也要访问古代景点。我先去探访了城市边上那巨大的塞加拉陵墓和金字塔群，然后找到了那条狭窄、繁忙的梅达格胡同，纳吉布·马哈福兹最好的小说之一就以那里为背景。然后，我到哈里里可汗大市场的费沙维咖啡馆喝茶，马哈福兹曾经在这里一边喝绿茶，一边写作。

图16　上午在胡夫金字塔，下午在费沙维咖啡馆

两个开罗之间有天壤之别，但它们又不可分割地互相交织在一起，而且，不同于卡尔维诺那死亡的埃乌萨皮亚，古老埃及和现代埃及共有的还是它们的活力。古埃及人为来世倾注了这么多精力，因为他们不想让生命终结。那些欧洲的东方学家

们最早挖出放在墓穴里娱乐死者、在来世为他们指路的纸莎草卷轴时，并不总能体会到他们的文化的生动活力。收集所有咒语的书，今天有个悲情的书名，叫"死者之书"，其实，它的名字是 *Sesh en Peret em Herew*，"白昼出行之书"。

墓壁上雕刻的浮雕充满了对尘世生活的回味，创作这些浮雕的艺术家们快乐地捕捉住一个瞬间，将这个瞬间变成了永恒。在一幅来自第五王朝、雕刻于四千五百年前的浮雕中，一名看守和他的看门狒狒抓住了一名想偷粮食的小偷。从小偷头顶上，我们能够看见他对看守的请求："呀！打死你的狒狒！让你的狒狒放开我！"

最初将我吸引到埃及文学的，是几十首幸存的情诗。这些可爱的诗篇，与《圣经》中的《雅歌》遥相呼应，充满了对爱的愉悦的召唤：

> 为什么你必须与你的心互相倾诉？
> 拥抱她是我所有的欲求。
> 只要阿蒙仍在，我就前来寻你，
> 我的衣袂已经高高撩上肩头。[2]

在一首诗中，一名女子告白：

> 我的心铭记着你的爱。
> 我只将鬓发半拢，
> 奔跑着前来看你，
> 忘记我秀发蓬松。

这些诗可能是男性谱写的，但那些以女性口气写就的诗篇，很可能是由女子在宴会上来吟唱的［见彩页图17］。有一首诗中，叙事人在象征着生育和复苏的尼罗河边和她英俊的情人会面：

>我在浅滩上找到我的情人
>他的双脚踏进水流；
>他在那里搭起了盛宴的餐桌
>桌上摆满了美酒。
>他让我脸上泛起红晕
>因为他颀长而又英俊。

众神自己也呵护着情人们在尘世的炽热激情。诗人如是宣称：

>划桨人划着船，我乘着渡船顺流而下，
>怀中拥抱着一丛芦苇。
>我将来到孟菲斯，
>向真理之主普塔祈求：
>今晚，让我拥有我的姑娘！

这些诗篇被汇集成册，并冠以"极乐诗篇"之类的名称，放在墓穴中。显然，如果你没有在古埃及死亡过，你就没有生活过。

除了情诗之外，古埃及文学还包含大量的智慧文学，以及最早写成的散文体小说。其中包括大约公元前两千年的《沉船水手的故事》，这很可能是最早使用嵌套叙事法的小说。一名军官在前往尼罗河探险失败后返回首都，一路上很担心国王会怎么处置他。在故事主体中，他的副官告诉他不要担心，凡事最终总要比预料的好；然后，副官接着讲起他自己在一个神秘的岛上沉船的故事。在那里，他遇见了一条巨蟒，巨蟒告诉这个惊慌失措的水手，"不要害怕，不要害怕，小乖乖，不要脸色苍白。实际上，神明已经允许你生还。他将你带到了这座卡的岛屿，这里无所不有"（从字面上看就是"没有没有的东西"——在小说中，这是一种非常耐人寻味的说法）。为了安慰水手，巨蟒又讲起了它自己关于失和得的故事；这是在一个框架故事下的故事中的故事。然后，巨蟒神奇地修复了水手的船，又让他的船员们死而复活，最后把他们送上返航的路途。但人间的叙述者没有这样的法力，水手的船长并没有从这个乐观的故事中得到安慰，他冲着水手呵斥道："谁会在一只鹅将要被宰的那天早上给它水喝？"所以，我们所知道的最早的框架故事，也是第一个质疑叙事本身的故事。

杜先菊 译

22
《一千零一夜》

世上有一千零一种《一千零一夜》。没有哪两份手稿全然相同,不同的译本之间常常千差万别,而不同的读者对这些故事有着截然不同的读法。自从安托万·加朗(Antoine Galland)出版了他开创性的法语版《一千零一夜》(一七〇四年至一七一七年)译本,成百上千的作家和艺术家都为他们自己的时代,或是出于自己的目的,重新想象了《一千零一夜》,其中有芭蕾舞剧,有绘画,甚至还有科威特的系列漫画。我们中的许多人第一次接触《一千零一夜》——重重删节之后的版本——时还是孩童,而即使在那时,我们也清楚自己正在进入的世界是一个以从未真正存在过的巴格达为中心铺陈展开的魔法世界。不过我在这里想强调的是,《一千零一夜》其实深深地扎根于现实之中,尤其常常是开罗的现实。

《一千零一夜》有一组核心故事,最初是创作于波斯的(因此框架叙事里的人物才会有波斯名字,山鲁亚尔也才会被认定为是一位萨珊国王），但是我们今天读到的《一千零一夜》里的故事主要是两个叙事中心成长而来的：大马士革和开罗。相对较短的流传于叙利亚的多个版本从来就没有试图真正地讲述一千零一个夜晚的故事，"一千零一夜"这一说法只是在虚指"数量庞大"而已。有的人更喜欢这个传统。在侯赛因·哈达维给自己翻译的诺顿版译本所作的序言里，他盛赞自己钟意的十四世纪叙利亚手稿为"幸运的发育不全"的成果。相对地，他对更晚近也更宏大的在开罗流传的《一千零一夜》（见于十八和十九世纪的手稿里）则不屑一顾，说它"结出了大量的毒果，最后几乎要了原稿的命"。[3]

但在如此情况之下，我们谈论"原稿"有何意义呢？或许更好的方式是把每一种翻译都看作许多可能的翻译中的一例，是为新的读者把文本重新镌刻（借用翻译理论家劳伦斯·韦努蒂的话）到新的文化语境中。[4]有些读者和哈达维一样更喜欢直白冷静的《一千零一夜》，其他人则更喜欢能体现《一千零一夜》所孕育的无限生机的译文。正如博尔赫斯在他充满启发意义的《〈一千零一夜〉的译者们》一文里所高明地道破的，这些故事意旨不在于呈现巴格达生活的截面，而是在"改编古代故事以使其符合开罗中产阶级粗鄙甚至低俗的品位"。[5]就像我们在第一章讨论过的《远大前程》多种版本那样，《一千零一夜》不同的译本针对的是不同的读者，提供的也是不同的阅读体验。阅读《一千零一夜》最理想的办法可能是彻底放弃寻找"最佳"的译本，而是在不同的夜晚品味不同的译本。欧阳文津为人人图书馆系列编辑的《一千零一夜》就让这一选择变得可能，因为她选择的故事是来自好几种不同的译本。[6]

好几个世纪以来，许多新的故事和诗歌被加入早期的创作中。好些最著名的故事，包括阿拉丁和阿里巴巴的故事，最早是出现在加朗的版本中，故事来源据说是来自他的叙利亚说故事人哈纳·迪亚卜（Hana Diab）。一个世纪后，著名的英语译者爱德华·莱恩（Edward Lane）一八二〇年代在开罗搜集资料。和他之后的理查德·伯顿爵士一样，莱恩的译本里满是对阿拉伯世界风土人情的描写，让他的读者俨然置身于莱恩自己经历过的场景中。莱恩不光是译者，还是一位画家。在这幅素描里他描绘了驼队进入哈里里可汗大市场的一幕。画中还藏了个小玩笑：那位在画面左侧抽水烟的先生不是旁人，正是身穿土耳其服饰的莱恩自己。我喜欢幻想他画完这幅素描之后，就去当时刚刚开张的费沙维咖啡馆喝茶了。

图18 爱德华·莱恩在哈里里可汗大市场

《一千零一夜》中的很多细节都表明，我们现在读到的这些故事既源自奥斯曼帝国时期的大马士革和开罗，也同样源自萨珊王朝时期的波斯或者阿拔斯王朝时期的巴格达。在著名的

《巴格达脚夫和三位神秘女郎》里,当有位女士为了举办宴席大肆采购各种原料时,她买的东西包括土耳其榅桲、希伯伦蜜桃、大马士革睡莲、阿勒颇葡萄干,还有开罗、土耳其和巴尔干半岛出产的各类甜点——而这些丰沛多样的商品正是身处开罗市场的说故事人的听众们环顾四周就可以见到的。

雇了脚夫来为她搬运她采买的东西的女子邀请他进入自己和两个姐妹共同生活的宅院。在那里他们脱去衣物在喷泉里洗浴,还玩起了暧昧的猜谜游戏,然后一起一边讲故事、吟诵诗歌,一边饮宴。一阵敲门声打断了他们的欢宴:三个游方的苦行僧,他们都瞎了一只眼,来拍门化缘。三姐妹邀请他们进来,条件是僧人们要给她们讲神奇的故事以供消遣,同时不得打听任何与他们无关的事情。接着又响起了一阵敲门声:这次来的非是旁人,正是哈里发哈伦·拉希德,他在自己的宰相和掌刑官的陪同下在巴格达微服出游。他们也被邀请了进来,然后一场讲故事的盛宴就此展开。在纽约大学阿布扎比分校任教的保罗·莱默斯·奥尔塔(Paulo Lemos Horta,《神奇的窃贼》一书的作者,这是一本关于《一千零一夜》的互相竞争的译者们的优秀著作)告诉我,当他在北美教这个故事的时候,他的学生们在意的是诸如脚夫遇到会变成狗的女人,以及苦行僧们会遇见有超自然神力的伊夫利特(伊斯兰教传说中的恶魔),这样的事情是多么匪夷所思。与此相对,他在阿布扎比的阿拉伯学生们则认为许多此类细节都相当说得通,令他们惊诧的是一个完全不同的问题:"三个女人,没有男人,独自生活?这怎么可能?"

之前我把薄伽丘的《十日谈》称之为世界上首次谈话疗法,

然而或许山鲁佐德在薄伽丘之前就这样做了，因为她通过长达三年的故事疗法治好了国王山鲁亚尔嗜杀的狂暴。在叙利亚流传的《一千零一夜》框架故事的结尾，国王赞颂了山鲁佐德的贞洁、智慧和雄辩，他还说"凭她我知晓了忏悔"。而更晚的开罗版本则显而易见有更多的心理活动。"啊，睿智而狡黠的人啊，"山鲁亚尔对她说道，"你告诉了我不少神奇的事，还有许多值得思考之事。我听你讲了一千零一个晚上的故事，现在我的灵魂已改头换面满是欢愉，它带着对生的欲望而跳动。我感谢真主给你的嘴涂上了如此能言的芬芳，给你的额头盖下了智慧的印章！"[8]

《一千零一夜》中这些无比神奇的故事，除了可以用来抚慰人心，也可以用作政治手段。不光如此：在今天作为物质存在的书籍本身也可以有政治意义，正如我们在巴勒斯坦行为艺术家艾米莉·贾西尔（Emily Jacir）创作的一件令人震撼的博物馆装置艺术品里所看到的。她的作品哀伤的灵感来自一九七二年的瓦埃勒·祖埃特（Wael Zuaiter）暗杀事件。祖埃特是一位翻译，同时也是身处罗马的巴勒斯坦社会活动家，他被以色列指控（支持祖埃特的人坚持这完全是个错误）参与了慕尼黑奥运会上发生的屠杀以色列运动员事件。当摩萨德特工暗杀他时，祖埃特正在将《一千零一夜》翻译成意大利语；他被暗杀之后，人们在他身上发现了一本《一千零一夜》——上面有一个贯穿了整本书的弹孔。

这本书被赠予了贾西尔，她的反应则是创作一件艺术作品。首先她定做了一千本空白的书；接着她录下了她开枪击穿每一本书的影像，她用的是和摩萨德同一种型号的手枪。然后她在二〇〇六年的悉尼双年展上搭建了一个艺术装置《一部电影（一场演出）的素材》[见彩页图19]，后来又相继在威尼斯和纽约的惠特尼博物馆展出过，她用一千本带着弹孔的书一排排摆满了一个房间，象征着全世界那些没能讲出来和没能翻译的故事。在这个房间之外，一整面墙都展示着被子弹击穿的那本《一千零一夜》每一页的照片。正如贾西尔在悉尼展览时所说的："我重复了枪击那本书的动作，把它变成一次行为艺术。在《一千零一夜》中，山鲁佐德一夜又一夜地讲述故事是为了活下去。"[9] 贾西尔的装置艺术是对早逝生命的感人纪念，也是《一千零一夜》在今天源源不断的生命力的证言，它借由一位今日的山鲁佐德——艾米莉·贾西尔本人——在新的政治环境里发挥了作用。

肖一之 译

23

纳吉布·马哈福兹《千夜之夜》

生于一九一一年的纳吉布·马哈福兹，在七十年的创作生涯中共写了三十四部小说，三百五十篇短篇小说，几十部电影剧本以及大量的新闻作品。他坚持写作，直至二〇〇六年去世，享年九十四岁，尽管在一九九四年被一对指控他渎神的原教旨主义者刺伤之后，创作数量寥寥无几。作为开罗的终生居民，马哈福兹成了他的国家中对该城市生活最为杰出的记录者。他是一位埃及民族主义者，也是一位艺术上的国际主义者。他的作品既借鉴了不断发展的埃及小说的传统，又显示出他对俄罗斯文学和包括普鲁斯特、乔伊斯和卡夫卡在内的现代主义作家的热爱。对他的暗杀企图是紧随萨尔曼·拉什迪《撒旦诗篇》所激起的巨大争议而产生的，这部作品出版于一九八八年，而正是在同一年，马哈福兹获得了诺贝尔奖。尽管马哈福兹批评了拉什迪对伊斯兰教的描绘，但他亦捍卫了拉什迪的艺术自由权，反对伊朗政府对拉什迪下达的终身追杀裁决，甚至将阿亚

图拉霍梅尼称为恐怖分子。他的立场激起了伊斯兰主义者的愤怒,后者认为马哈福兹写于一九五九年的小说《我们街区的孩子们》将犹太教、基督教和伊斯兰教等同看待,并将世俗科学提升到宗教之上。

在许多年间,马哈福兹在两方面都显得颇为引人注目:他的一些作品由于宗教原因在阿拉伯世界被禁,另一些作品则由于政治原因被禁,首先是因为他对纳赛尔政权的批评,然后是由于他对萨达特与以色列签订的和平条约的支持。在获诺贝尔奖之前,他的作品在阿拉伯世界相对没那么知名,但此后他的著作广为流传。他去世后,为了纪念他,人们计划建立一座博物馆。然而,一系列官僚主义的纠缠,以及二〇一一年革命所引起的混乱,在博物馆最终开幕之前,导致了十多年的延误——对马哈福兹而言,这可能是一个完美的讽刺主题。

马哈福兹所献身的文化与政治事业是奠基于阿拉伯语之上的,阿拉伯语也正是他毕生用功最深的方面。在他的诺贝尔获奖感言中,马哈福兹并没有以感谢他的文学前辈作为开场(就像许多获奖者所做的),也没有表示该奖项实际上是授予他的国家的。相反,他将之归功于阿拉伯语:

> (阿拉伯语)才是真正的获奖者。因此,这意味着它的旋律应是首次飘入您的文化绿洲,文明乐土。我既希望这不会是最后一次,也希望我国的文学创作者们就此能够享有这一荣幸,进入那些在我们这个充满悲痛的世界上播撒喜悦与智慧的芬芳的国际作家的行列,与他们并肩共坐。[10]

马哈福兹的作品涵盖了从古至今的埃及历史，以他早年关于法老时期的小说为开端，到《开罗三部曲》（一九五六年至一九五七年）中的社会现实主义，其后则是一九六〇至一九八〇年代的存在主义和后现代主义元小说。像在他之后的拉什迪和帕慕克一样，他经常需要应对西方现代性对他的文化所施加的压力，尽管他自己并不那么关心笔下人物在东西方之间被撕裂的感受。在诺贝尔演讲中，马哈福兹将自己描绘为两种文化的产儿，但是这两种文化并非东方与西方，而是古埃及与伊斯兰：

> 我是两种文明的儿子。这两种文明在历史的某个阶段，缔结了幸福的婚姻。第一种是有着七千年历史的法老文明，第二种则是有着一千四百年历史的伊斯兰文明。女士们，先生们，这就是我的命运——诞生于这两个文明的膝头之上，吮吸他们的乳汁，被他们的文学和艺术喂养长大。

他将西方文化描绘为在其成型过程中较晚的影响要素："然后，我饮下了您的丰富而迷人的文化的花蜜。从所有这些灵感——以及我自己的焦虑之中，我酝酿出了这些话语。"

马哈福兹可以将政治与哲学观点，前现代遗产与当下生活有机融为一体，这一能力在他写于一九七九年的小说《千夜之夜》中得到了最好的体现。故事从第一千零二天开始，山鲁佐德的父亲，宰相大人焦急地走向王宫，希望知道他的女儿和这个国家最终会迎来怎样的命运。当山鲁亚尔告诉前者，他决定娶山鲁佐德为妻时，宰相不由感到喜出望外。"山鲁佐德讲的故事神奇动人,"他满心欢悦地说,"打开了多个让我沉思、神往的世界。"[11]马哈福兹看似向我们展示了故事的治疗力量。然而,事实证明,山鲁佐德本人的看法却远没有那么积极。当宰相向女儿祝贺她所取得的惊人成就时,他发现她充满苦痛。"我牺牲了我自己。"她悲哀地说,"制止了血流成河。"她继续倾诉道:"我接近他时,嗅到的全是血腥气……多少姑娘无辜惨死在他的手下,多少信徒遭到杀害!王国内幸存下来的都是伪君子。"①

这不是约翰·巴思的故事《敦亚佐德》(The Dunyazadiad,一九七二年)所提供的那种快乐的(同时也是父权制的)幻想。在后者的小说中,与性感美丽的山鲁佐德和她狡黠的姐妹敦亚佐德的邂逅,治愈了作家的中年危机,并恢复了他的文学能力与性能力。在马哈福兹的小说中,山鲁亚尔本人表示山鲁佐德的故事对他而言价值颇为有限。正如他沮丧地告诉宰相的那样:"我觉得难过……山鲁佐德讲给我的故事不是尽谈死亡吗?……一个个民族消亡,征服他们的总是一个克服了所有欲念的人。"宰相意识到,山鲁佐德的故事远远没有治愈,"他的主人只是在表面上改变了"。山鲁亚尔依然是一个暴力的专制君主,他不停地任命一个接一个腐败堕落的亲信,以榨取人民的财富,巩固手中的权力。正如他自己的卫队长所想的那样:"山鲁亚尔国王到底是从哪里调来这些官员的呢?"

马哈福兹指涉当代政治的意图十分明确,我们身处的世界杂糅了中世纪的幻想和当下的现实,其方式堪比卡尔维诺的《看不见的城市》。山鲁亚尔统治着一个非常像开罗的首都,人们

---

① 本节中《千夜之夜》的引文均参照李唯中译《千夜之夜》,人民文学出版社2018年版。

在王子咖啡馆聚会,讨论一天的大事,在这里,我们可以看到一组离奇人物的群像。这些顾客包括药剂师伊卜拉兴,剃头匠阿基尔和他的儿子阿拉丁,脚夫拉吉布及其密友辛巴德——他已经厌倦了这座城市,打算再度扬帆出海。起初,他们都为自己的女儿们幸免于难而感到激动,感谢山鲁佐德和"那些美丽的故事"。然而,故事很快便黯淡了下来。一个魔鬼诱骗商人去进行一场政治暗杀;后者则因他必须执行的任务而感到心烦意乱,夜间在街上乱走。但取代哈伦·拉希德碰上的那些奇妙故事,他遇到了一个十岁的女孩,遂强奸并杀害了她。在王子咖啡馆里,他的朋友药剂师评论道:"如果人们认为魔鬼的存在是难以置信的,那么这个故事就成了一个谜。"甚至商人自己也无法理解他冲动的暴行:"他的灵魂产生了他未曾经验过的野性。"

在这本书中,自始至终,人们试图理解自己,并避免遵循腐败的体系。确实,有一些人做到了,他们拒绝受权力的支配,甚至在必要时接受自己被摧毁的命运。在本书的结尾,山鲁亚尔本人在厌恶中放弃了权力:"他废黜了他自己,当人民已然忘却他过去的罪行之时,他却被自己内心的反抗击败了。他的教育还需要相当可观的一段时间。"在离开他的城市时,他遇到了一个像天使一样的少女,后者询问他的姓名和他的职业。山鲁亚尔回答道:"我是想逃离过去的人。"

《千夜之夜》是关于故事的终极力量及其局限性的非凡沉思。正如山鲁亚尔,我们在讲故事方面所接受的教育,也需要相当可观的一段时间——以埃及为例,需要七千年。

刘云 译

24

奥尔罕·帕慕克《我的名字叫红》

帕慕克之于伊斯坦布尔,正如狄更斯之于伦敦、马哈福兹之于开罗。最能显示作家与城市认同的标志,莫过于一座献给作家生活和时代的博物馆。这类博物馆一般位于作家的住处附近,比如马哈福兹博物馆与魏玛的歌德故居。有时这类博物馆就位于作家曾经住过的居所。还有些时候,作家笔下最为著名的人物则抢了作家的风头。比如柯南·道尔,纪念他的博物馆位于他笔下虚构的地址贝克街221B。都柏林的詹姆斯·乔伊斯博物馆则将作家的生活和他的创作结合了起来,它位于都柏林市郊桑迪科夫的玛蒂洛塔上,这里是《尤利西斯》中斯蒂芬·迪达勒斯的住处,一九〇四年,年轻的乔伊斯也曾在此住过六天之久。凭借他的纯真博物馆,奥尔罕·帕慕克一举超越了以上这些文学博物馆。就在他位于伊斯坦布尔的住处附近,他一边写着一本同名小说,一边真的建造了一间纯真博物馆。在小说中,为了纪念他那失去的爱人,也就是表妹芙颂,主人公凯末尔把自己的家改成了博物馆。他收集与他们一起相处的时光有关的各种各样的日常物品，小说的形式也依照游览家庭博物馆展品的方式。在他开始写作这部小说之初，帕慕克购买了附近一处破败的建筑，十多年间，他一边写作这本书，一边装修这所房子。二〇〇八年，小说出版。二〇一二年，博物馆开业，馆内超现实的橱窗正是小说中八十三个章节的象征[见彩页图20]。

位于顶楼的是凯末尔的阁楼卧室，墙上排列着一页一页的小说手稿。位于底层的是博物馆礼品店，人们在那里可以买到女主人公的蝴蝶耳环的复制品，以及各种语言的帕慕克小说。帕慕克从小接受的是建筑师的训练。在突然转向写作之前，他在整个青年时代都渴望成为一名画家。纯真博物馆把他个性里的这些方面都连接了起来。

帕慕克对艺术的长久痴迷在《我的名字叫红》（一九九八年）中得到了经典表达，这部作品使他成为全球知名的重要作家。小说的背景设定在一五九〇年代，情节的焦点是忠于波斯艺术传统风格的奥斯曼细密画家与试图采用西方透视法的现实主义画家之间的斗争。君士坦丁堡在亚欧之间维持着紧张的平衡，就像伊塔洛·卡尔维诺笔下那悬挂在蛛网上的城市一样。居于中东的过往和西方的未来之间，那里的人们坐在产自印度的地毯之上，享用着经由葡萄牙进口的中国杯子里的茶水。

在这种相互竞争的文化漩涡中，意大利风格的绘画开始取代伊斯兰艺术的伟大传统，因为人们迷上了可以传达个性（一种崭新的西方风格的价值观）的肖像画，不再喜欢体现一种普遍性格和地位特征的绘画风格。传统主义者对此表示反对。一位讲故事的人勾勒出一棵树，这棵树对自己没有被新的写实风格所刻画而感到满意："感谢安拉，我，你们见到的画中这棵谦卑的树，好在不是根据这种企图画出来的。这么说，不是害怕如果我是如此被画出来的话，伊斯坦布尔所有的狗都会以为我是一棵真的树，跑来往我身上撒尿，而是因为：我不想成为一棵树本身，而想成为它的意义。"[12]

历史站在西化的现实主义者一边，然而，如果细密画家只是想变得比他们所羡慕的意大利画家更意大利化，他们将永远不会成功。《我的名字叫红》讲述了在苏丹的细密画家中寻找凶手的故事；凶手被证明是一名西方化了的画家，他杀死了所有反对新风格的竞争对手。然而，在小说的结尾，他意识到他的秘密杰作——一幅按照意大利风格把自己画成苏丹的自画像——完全失败了，那只是对掌握不佳的技巧的笨拙模仿。他坦言："我感觉自己就是魔鬼，不是因为我杀了两个人，而是我画出这样的肖像。我怀疑我之所以杀他们，其实是为了创作这幅画。可是如今，孤独让我感到恐惧。如果一位细密画家在掌握自己的技巧之前就去模仿法兰克大师，那只会让他更像个奴隶。"

这位杀手细密画家最终成了一个被社会抛弃的零余者，挣扎在他永远无法完全融入的两个世界之间。然而《我的名字叫红》内容充盈，在无法实现的浪漫欲望和文化欲望所产生的痛楚的孤独感中，充满了高雅或低俗的喜剧。实际上，帕慕克的小说自身为它所提出的尖锐问题给予了最佳答案：一个充满活力的杂糅体，为当下再现了业已消失的奥斯曼帝国的往昔岁月。正如帕慕克曾经说过的，通过反转数字，将一九五〇年代转变为一五九〇年代，他重新书写了自己的童年。帕慕克运用西方小说的所有技巧，并将它们改造为新的形式；他的小说分为五十九个短章，每一章的标题都宣告了讲话者是谁："我的名字叫黑"，"我，谢库瑞"，"我是一棵树"。这些微型自画像连接在一起,预示了纯真博物馆的八十三个展柜,它们共同构成了一部意义深远的历史小说。

像纳吉布·马哈福兹一样,帕慕克以独立自由的方式对待西方文化及他自己的民族。他写的《马里奥·巴尔加斯·略萨和第三世界文学》一文,读起来就像是帕慕克本人的肖像。他写道:"如果有什么可以区别第三世界文学的话","正是作者对自己的作品远离中心的认识,使得他的艺术——小说的艺术——的历史得到书写,他在作品中对这种距离进行反思"。但这对作家本人并非坏事:

> 这种局外人的感觉,使他得以免于追求独创性的焦虑。要找到自己的声音,他不需要过多地参与同辈、前辈们的竞争。因为他在探究一个新领域,所触及的主题在它自己的文化里还未被提及,而说话的对象也是突然出现的、在它的国家从未见过的独特读者群,这让他的写作有了自己的独创性和真实性。[13]

《我的名字叫红》与马哈福兹的作品有着明显的相似性,包括其中反复出现的咖啡馆场景,当地人聚集在那里讨论事件,讲故事的人在那里细说他的故事。注意到这个相似性后,我向帕慕克询问他对马哈福兹的看法;他回答说他拥有完整的"马哈福兹图书馆"。他说自己喜欢马哈福兹用各种不同的叙述形式写作的方式,"这让他像我一样也变成了某种形式的山鲁佐德",他补充说,"在我生活的这个世界里,你要想活下去,必须变成一个狡猾的山鲁佐德"。[14] 从翻译的角度来说,土耳其语很恰当地让阿拉伯语中的"Scheherazade"重生为"Shehrazat"。

加上波斯诗歌和艺术，此书不断与《一千零一夜》发生共鸣。书中的女主人公谢库瑞就是个山鲁佐德式的人物，她很清楚自己是故事里讲故事的人。正如她告诉我们的："我对你们说话，你们可别惊讶。好多年来，我寻遍父亲书籍中的图画，寻找女人和佳丽的画像。"通常，她所发现的女人总是一脸害羞、腼腆，总是低着头。但其中有一些会大胆地望着读者。谢库瑞说：

> 我一直很好奇她们所看的那个读者究竟是谁……我也想和那些美丽的女人一样，一只眼睛看着书中的世界，一只眼睛望向外面的世界，我也极想和你们这些天晓得从哪个遥远时空欣赏着我的人们说话。我是个迷人而聪明的女子，也很喜欢被你们欣赏。如果偶尔不小心撒了一两个小谎，也只是为了不让你们在我身上得出错误的结论。

《我的名字叫红》探讨了西方化对身份认同和文化记忆的挑战，在此过程中，帕慕克超越了西方化的凶手和传统主义者的树木所感受的非此即彼的选择困境。他同时生活在奥斯曼帝国的往昔，以及后现代的当下，正像他既生活在伊斯坦布尔之内，又生活在伊斯坦布尔之外；他既生活在自己的小说之中，也生活在其外。为了直接表达这种双重身份，小说引入了一个名叫奥尔罕的小男孩，他是谢库瑞的儿子，谢库瑞也是帕慕克母亲的名字。在小说结尾处，谢库瑞把故事传给了儿子，希望他能把它写成插图故事，但她警告我们不要完全相信其中的结果："为了让故事好看并打动人心，没有任何谎言奥尔罕不敢说出口。"

周敏 译

25

约哈·阿尔哈西《天体》

纳吉布·马哈福兹说诺贝尔文学奖与其说是颁给了他个人，不如说是颁给了阿拉伯语，同理，我们也可以说二〇一九年的布克奖颁给了翻译成英语的阿拉伯语——情形也大略如此，因为五万英镑的奖金由《天体》的阿拉伯语原作者约哈·阿尔哈西和英语翻译者玛丽莲·布斯平分。《天体》里的小说人物仍不时有乡村生活的印记，甚至有一些旧时代的影子挥之不去——在阿曼，奴隶制迟至一九七〇年才被废除，还得再过八年，约哈·阿尔哈西才出生。阿尔哈西的小说已被译成二十多种语言。《天体》在过去几年出乎意料地迅速走红，体现了国际性文学大奖对当代世界文学之型构所产生的重要作用。如果直译，它的阿拉伯语书名就是"月亮上的女人们"，在美国版的小说封面上，用来标明它获得布克奖的圆形标识奇怪地贴合了它的阿拉伯语含义——恰如一轮圆月，其运行的轨迹覆盖在阿曼女人身上 [见彩页图21]。

除了奖项本身的价值，《天体》的成功也同样说明了译者对小说最终获奖的重要作用。在二十一世纪初，阿尔哈西和丈夫，还有出世不久的孩子生活在爱丁堡。她已经出版了一部长篇小说和一本短篇小说集，只是阿曼的文学市场很小，为了使自己能找到一份工作，她继续攻读博士学位，研究方向是阿拉伯古典诗歌。她随后在穆斯卡特的加布斯苏丹大学成为一名阿拉伯语文学教授。遗憾的是，用英文撰写学术论文非其所好，亦非所长。在一篇访谈中，阿尔哈西是这样表白的：

> 我需要用流利的英文来写学术论文，但我似乎永远无法做到！事实上，我也从未做到。因此有一天晚上我回到住所，把小孩子哄睡了，就坐在电脑前思考自己的未来——没怎么想关于阿曼的事，但我的确想到用一种不同于英文的语言写作，也想到如何过另一种生活。我太爱阿拉伯语了，我觉得我必须用阿拉伯语来写作。[15]

访谈中，她也说到在异国他乡研究阿拉伯语给了她审视自己文化的"不同视角"。因为想念阿拉伯语的"温暖"，她开始用阿拉伯语写一本新的小说。她把新创作的小说手稿给她的论文导师玛丽莲·布斯看，布斯非常喜欢，还说愿将小说译成英语。为一位年轻的、名不见经传的阿曼女作家找到出版商并不容易，虽然这部小说于二〇一〇年获阿曼最佳年度小说奖，但直到二〇一八年，它的英文版本《天体》才由一家苏格兰的独立小出版商出版。二〇一九年，《天体》在奥尔加·托卡尔丘克的《云游》之后斩获布克奖，一夜成名。

阿尔哈西的小说既有阿拉伯文学的故事中嵌套故事之传统,也有多重叙事视角,这和奥尔罕·帕慕克的叙事手法类似。《天体》共有五十八个短章(帕慕克的《我的名字叫红》有五十九个短章),这些篇章都围绕她的三个姐妹及其家人展开。正如阿拉伯经典文学作品《一千零一夜》中的那篇《巴格达脚夫和三个神秘女郎》中的三姐妹,阿尔哈西笔下的女性也非常强干,只不过她们是当代的阿曼社会里的女性,她们的传奇只存在于她们的想象之中,她们的梦想也少能实现。小说是这样开篇的:"玛雅永远坐在她的胜家牌缝纫机旁做针线活,外面的世界似乎与她无关。"[16]有位在伦敦留学多年后回到阿曼的小伙子,相当帅气,玛雅对他一见倾心,但小伙子根本就不在乎她。玛雅后来极不情愿地接受了包办婚姻,大概是心里有难平之恨,她给女儿取名叫"伦敦"。村子里的女人们都大惑不解:"怎么会有人把女儿叫伦敦呢?这是一个地名呀,那么遥远的一个地方,而且那里信的是基督教。这能不叫人奇怪吗?"玛雅的丈夫很爱她,但当丈夫问玛雅是否也深爱他,玛雅就要奚落他一顿。"你是从哪学来的这种电视剧里才有的话?她问他。也许就是那些该死的卫星天线!你是不是看了太多埃及电影,是不是这些电影让你鬼迷心窍?"

玛雅的两个妹妹的人生也算不上成功。阿斯马出于责任和一位艺术家结婚,艺术家只顾忙自己的事,阿斯马全部的时间精力都用来照顾一大堆孩子。另一妹妹卡兀拉因初恋情人移民加拿大而神形憔悴。卡兀拉拒绝了大批追求者的求婚,心里盼着初恋情人会有一天回来和她结婚。还真怪了,他真回来和卡兀拉结了婚,不过,婚后才两周,他又飞去蒙特利尔和他的加拿大女朋友一起生活。十年后,他的加拿大女友终于将他扫地出门,"他回来了,在一家公司找了份不错的差事,这才开始慢慢了解自己的妻子和孩子们"。后来五个小孩都拉扯大了,卡兀拉坚持离了婚:"过去那些事让她难以释怀。现在生活都按部就班,静如止水……卡兀拉也无欲无求了,所以她不再原谅他。"

与纳吉布·马哈福兹和帕慕克相同,阿尔哈西的文学框架既有世界视野,也富含地方色彩。她小说里的人物经常引用阿拉伯诗人的诗句,从前伊斯兰时代的伊鲁姆·阿尔-卡伊斯到晚近的马哈茂德·达尔维什,但大多数人对这些阿拉伯诗人又知之甚少。譬如三姐妹的父亲禁不住一位放荡不羁的贝都因女人的诱惑,他引用了十世纪的阿拉伯诗人穆塔纳比的诗句,把贝都因女人比作沙漠里的羚羊。他的情人(那位贝都因女人)笑着说:"哦,原来是你的朋友,那位你曾提及的叫穆塔纳比的朋友,是吗?"她并不喜欢这样的比方:"难道我说话像是羚羊在反刍?"

在一些访谈中,阿尔哈西也谈到许多她喜欢的作家对她创作的影响,其中就有马尔克斯、昆德拉、三岛由纪夫、川端康成和契诃夫等。除此之外,阿曼长期受英国殖民,以其为背景,阿尔哈西的小说中还时时浮现一个全球性的英语世界。小说中玛雅的丈夫阿卜杜拉不得不屈从环境,开始学习英语:"在我们自己的国家!我的阿拉伯世界里的国家,我们的餐馆、医院和酒店竟然都公示英语为唯一沟通语言。"后来,玛雅的女儿伦敦长大了,她为自己的未婚夫的一个浪漫举动而激动不已,这时她的朋友翰南用英语回答她:"那又怎样(*So what*)?"再后来，大失所望的伦敦解除了婚约，翰南劝她尽快忘了那位前未婚夫。"伦敦，得了！翰南对她说。生活还要继续，正如艾哈迈德所言，不过就按了个删除键，好吗？为了强调她的观点，翰南用英文再说了一遍，该放手了（Let it go）。"在这里，翰南用的是英语，还夹杂着非常新潮的电脑行话。

阿尔哈西是第一位获得布克奖的阿拉伯作家，也是首位作品被翻译成英语的阿曼女性。她生活在两个世界，她的个人主页（jokha.com）有英语和阿拉伯语两个版本，可以链接到阿尔哈西本人的一些英语资料。个人主页的阿拉伯语版本引用了《天体》中的一句话："Fi algharbat, kama fi alhub, nataearaf ealaa 'anfusina bishakl 'afdal（我们不同，但只要有爱，我们就能更深地了解彼此）"。异化与自由，诗与散文，阿曼及其外广阔的世界，都被织入了阿尔哈西的故事之网中。

南治国 译

第六章

刚果—尼日利亚：（后）殖民相遇

26

约瑟夫·康拉德《黑暗之心》

至少自从马可·波罗的时代起,旅行者就扮演着一个重要的角色,那就是向各个地区的边境之外的广大世界描述这些地区。一部特别有影响力的叙述,无论是真实的还是虚构的著作,既能对远方的读者,也能对该地区本身发生长久的作用,有时会启发后来者,但也会激怒后来的作家,后者也许对于他们的文化有着十分不同的感受,迥异于旅行者呈现给世界的形象。在其诞生与后来被非洲作家接受的历史中,约瑟夫·康拉德最著名的作品揭示了当一个外来者把一个地点放到了世界文学的地图上时,这一作品带来的开放的可能性以及可能随之而来的问题。

一八七四年,十六岁的康拉德离开波兰当上了水手,他先后在法国和英国的商船舰队里作出了一番事业,最终才在一八九〇年代中叶下定决心要当一位作家。在《黑暗之心》里,康拉德织就了一张厚重而迷幻的语言之网,把自己一次沿河历险的亲身经历转变成令人深感不安的叙述，勾勒出帝国主义理想堕入疯狂的过程。康拉德在一八九〇年找了一份刚果河上蒸汽船船长的工作，雇用他的是比利时国王利奥波德二世设立的在强制劳役配合下掠夺刚果自然资源的公司。一八八〇年代，西方列强承认了利奥波德二世对所谓刚果自由邦的控制权，其中记者兼探险家亨利·莫顿·斯坦利的宣传攻势立下了大功，在这之前他就因为在中非洲找到了人们以为已经失踪的利文斯敦医生而闻名。

图 22　斯坦利挽救他的文件

斯坦利在诸如《我是如何找到利文斯敦的》（一八七二年）以及《在最黑暗的非洲》（一八九〇年）之类的畅销书里戏剧化地讲述了他在非洲的冒险，书里附有大量地图，描绘土著武器和袒露双乳的妇女的风土人情版画，以及这位伟大的白人克服种种艰难险阻的戏剧性场面。在这里展示的蚀版画中，他用枪指着一个土著脚夫，威胁他如果把宝贵的文件箱掉到水里，就开枪打死他，而此时湍急的河流却时刻可能把这个脚夫卷走。（"所有人都停下手上的工作，看着他们的这位同行，他同时面对着子弹和洪水的威胁。那个人自己似乎对手枪有最高的崇敬，经过几番拼命努力，成功地把箱子安全送到岸上。"[1]）我们今天很难判断究竟以下哪一种情况更令人震惊：是这一幕真的发生过；还是斯坦利居然要对此吹嘘一番，给了它一整页的插图。

斯坦利担任了利奥波德二世的首席代理人，负责在刚果河沿岸建立贸易站以及和本地的部落头人发展关系。他在《刚果及其自由邦的创立》（一八八五年）这本书里详细地记录了自己作为一位殖民帝国建造者的成功事迹，书里也满是对"刚果国际协会慷慨尊贵的创立者"①[2]的赞誉。这句话出现在着重讨论与象牙贸易土著中间人打交道有多困难的一章里，而象牙贸易则是对刚果进行经济掠夺的重心。一八九九年，康拉德以斯坦利的作品和他自己当蒸汽船长的经历为素材创作了《黑暗之心》。主人公查理·马洛说当他拿到了工作邀约时，有人给他看"一大张闪闪发光的地图，上面涂满了彩虹的七彩……"。他接着说："我要去的地方是黄色的。就在正中的正中。"斯坦利的《在最黑暗的非洲》书后的大幅折页地图上，刚果的确被标为黄色[见彩页图23]。马洛逆流而上，去到地图"正中的正中"[3]，为的是去见神秘的象牙贸易站站长库尔茨先生，结果他发现的却是行将死去的库尔茨，围绕他们的是可怖的野蛮场景和欧洲

---

① 即利奥波德二世。

理想的崩塌。

当我们随着马洛逆流而上时,究竟看到了什么?在这个问题上,这本书的读者们有着尖锐的分歧。我们所见的是真的非洲,还是马洛的存在主义视野中看到的一场灵魂的梦魇?我们所见的是欧洲帝国主义内在的腐败,或者更加暧昧一点,是踏入歧途的帝国主义的缺陷,还是一种如此不加克制的原始主义,以至于康拉德在批判帝国主义的同时,也强化了作为帝国主义理论基础的种族偏见?最后这一观点是钦努阿·阿契贝一九七七年在《一种非洲意象:康拉德的〈黑暗之心〉里的种族主义》一文里发人深省地提出的。阿契贝指责康拉德笔下的非洲仅仅是:

> ……精神斗争的战场,全然没有可以辨认出的人性,而闯入其中的欧洲人要冒巨大的风险。当然,将非洲如此矮化成一个狭隘的欧洲头脑崩溃的布景背后,有着难以置信且扭曲的傲慢。但这甚至还不是最关键的问题。真正的问题在于这种长久以来的态度所培植且还在这个世界上继续培植的对非洲和非洲人的去人性化。那么,问题就在于,一部赞扬了这种去人性化,一部剥夺了一部分人类的人性的小说还能不能被称为一部伟大的艺术品。我的回答是:不,它不能。[4]

阿契贝对读者习惯性地忽视小说文本描写非洲人方式这个问题给出了重要的纠正,在这部小说里,非洲人仅仅为马洛的历险提供了如此可怖的背景。与此同时,阿契贝的批评也反映了一位现实主义小说家对现代主义式含混暧昧的不耐烦。康拉德的写作可以算是一种文学印象主义,强迫我们从马洛的眼中体验非洲,但马洛绝非一位客观的观察者。康拉德在很多地方都削弱了马洛的叙事权威,让人很难不加反思地赞同马洛或者库尔茨经常流露出的种族偏见。

这部中篇小说的关键特征之一就在于康拉德使用了一个非常含混暧昧的框架叙事。故事的开头并不在非洲,而是在游轮内利号上,它停泊在伦敦城外的泰晤士河上。而马洛"不完整的故事"则是由一位神秘的叙述者传达给我们的,他对马洛的描述之下是暗潮汹涌的讽刺和怀疑。随着夜色降临,马洛被包裹在越来越深的黑暗里,然而他错误地告诉自己的听众:"当然你们这些家伙现在可以看明白的东西比我当时多多了。"甚至尽管在他批评库尔茨把象牙当作偶像来崇拜的时候,马洛自己——这位满腹狐疑的叙述者观察到——也摆出了"穿着欧洲服饰讲道的佛陀的姿势,不过手里没捻着莲花罢了"。康拉德在拿自己的主人公做一件非常微妙的事情:马洛在亨弗莱·鲍嘉式的人物这个概念出现之前,就把自己当成了亨弗莱·鲍嘉,但是他似乎陷入自己不再有任何幻想的幻想之中。

在《黑暗之心》中,康拉德微妙地讽刺了马洛自己的帝国主义男子气概。首先是马洛在小说开始不久时的尴尬,他不得不求一位广有人脉的婶婶帮自己找到这份刚果工作(其实康拉德自己也是这么做的):"我,查理·马洛,让女人去跑腿——去帮我找工作。天啊!"而在最后,在库尔茨死后马洛又回到了英国,他拜访了库尔茨的未婚妻向她致哀。当她哀求马洛告诉自己爱人的临终遗言时,马洛看起来再也不像一位知晓真相、不带幻想的胸有成竹的人物了:"我感到一阵寒意攫住了我的心口。'不要。'我含混地说。"不光不像权威的声音,马洛听起来就像个在反抗别人强暴的人。在这样的压力下,马洛再也无法承受坚持自己一贯说真话的标准了:他不仅没有泄露库尔茨真正的遗言——"恐怖啊!恐怖啊!",反而还声称库尔茨在最后时刻脱口而出的是她的名字。从马洛这里打听了她想知道的东西之后,库尔茨的未婚妻——我们一直不知道她的名字——满意地哭了出来,然后打发马洛走了。

康拉德探索自己时代的欧洲对非洲的种族偏见,不是为了像阿契贝一样反抗这类偏见,而是为了显示所谓文明的欧洲自我和非洲他者之间的界限到底有多么脆弱。在故事一开头,康拉德就通过把罗马时代的英国视作当时的非洲来否定帝国主义事业。"而这里也曾经是地球上黑暗的地方之一。"马洛在故事开篇如此说道,当时落日的余晖正扫过伦敦。他描述了一位想象中的古罗马军团士兵沿着泰晤士河上行的悲惨经历。"带着物资,或者命令,或者随便别的什么在这条河上逆流而上。沙洲,沼泽,森林,野蛮人——没有什么适合文明人吃的东西,除了泰晤士河水没有别的可以喝……寒冷,雾气,风暴,疾病,流放还有死亡——死亡在空气里,在水里,在密林里徘徊。他们肯定在这里像虫豸一样成群死去。"英格兰就是"最黑的非洲"的镜像,而当马洛讲故事时,夜幕正在伦敦城上落下。从异乡大陆归来让马洛看到,文明和野蛮在大英帝国的正中心不可分割地绞结在一起的。

肖一之 译

27

钦努阿·阿契贝《瓦解》

作为非洲文学最著名的一部作品,《瓦解》[①]已经被翻译成五十七种语言、售出两千万册。这部小说描绘了在欧洲人到来前伊博族村落乌姆奥菲亚生活中的矛盾和紧张,但一切真正开始土崩瓦解,却是在新教传教士抵达之后。随之而来的宗教冲突招致了欧洲人的镇压,在小说不祥的结尾中,教区行政长官决定把这场冲突记录在他计划要写的一本书里——《下尼日尔地区原始氏族的平定》。很难厘清其中的反殖民主题,但这并不是阅读本书的唯一方法。与之形成鲜明对比的是,我手中兰登书屋一九九四年的版本,竟然能做到在对这本书的介绍中,完全没有提及种族或帝国。小说封面引用纳丁·戈迪默的话,称赞阿契贝"具有辉煌的天赋,热情洋溢,挥洒自如,才华横溢"。而在封底上,我们则被告知:"《瓦解》描绘了一个'强者'的简单故事,他的生活被恐惧和愤怒支配。小说具有令人瞩目的简练风格和微妙的讽刺意味,既展示了独特而丰富的非洲,又彰显了阿契贝对超越时代和地域的人类共同特性的敏锐意识。"

对此书的第三种阅读方式，是语言学层面的。这种理解建立在阿契贝一九六二年发表的论文《非洲作家与英语》的基础之上。在该文中，他论证了使用英语或法语而非较少为人知的本土语言写作的价值："平心而论，在非洲，殖民主义使诸多事物都分崩离析"，但"它确实把直到那时依然自行其是的诸多民族汇集到了一起。它也给了他们一种可以相互交流的语言。如果说未能给他们一首歌的话，那么至少也给了他们一条用来叹息的舌头"。他最后说道："对我来说别无选择。我已经被给予了这种语言，并且我打算使用它。"[5] 同时，他也强调，在这个过程中，需要重新塑造英语。在《瓦解》中，他从内部为非洲社会刻画的肖像，与他创造一种融合了口头传说和谚语的英语散文的计划紧密相连。他将标准英语书面和非洲口语交融在一起，对之后的作家产生了重要影响，正如我们将在索因卡和恩加尔身上看到的那样。

对《瓦解》的阅读，可以融合殖民的、普遍性的以及语言学的不同维度，而作为个体的读者，也会带来额外的视角。就我而言，我不仅作为世界文学的学生和语言的热爱者，同时也以一个更为独特的身份来走近阿契贝的小说——作为圣公会传教士的儿子。《瓦解》的故事发生在一八九〇年代，但是传教士的福音传道事业并未止步于彼时。阿契贝笔下的乡村生活状况，经常与我父亲对一九三〇至一九四〇年代菲律宾伊哥洛特山区人民生活的描述相吻合。

---

① 本文中所涉及的《瓦解》中人名、地名及引文，参照高宗禹译《瓦解》，重庆出版社 2009 年版。

从父亲晚年所写的一份非正式回忆录来看,二十五岁那年从纽约的神学院毕业、远渡太平洋时,他的动机似乎主要并非宗教热忱,更多的是渴望看看这个世界,并逃离他不负责任的父亲和盛气凌人的母亲。这欲望被他"天性中的浪漫气质"加强了,让他对"遥远的地方感到魂牵梦绕"。他提到"在神学院附近停泊的远洋客船的巨大汽笛声",并说"它们在我体内引起了强烈的漫游癖,这一欲望需要实现"。他启程时手捧《圣经》,目光炯炯,兴奋之情在表兄利奥波德·曼尼斯拍下的一张照片上显得活灵活现。曼尼斯是一位才华早现的科学家,也是一位小提琴家,他使用的柯达克罗姆胶片是他还在读高中时发明的。距离美国东海岸七千英里之外,我父亲变成了家族里独一无二的利奥波德和丹穆若什。

三年以后,由双方家庭的共同朋友安排,我的母亲则从西雅图启程,去与我的父亲见面,他们在她抵达后三个星期订婚。一张在邦都拍的照片显示出这对年轻夫妇即将翻开人生新的一页。

父亲在被派往高山省的偏远村庄后,能够流利地使用伊哥洛特语中的一种(这在他那个年代的传教士中是少见的),并且会花费几个小时的时间,与村庄的领导者讨论一切话题,从神学、医药到首要的共同兴趣——天

图 24 年轻的传教士们

气。对我的母亲而言,她在邦都和碧瑶发现了强壮妇女的群体。作为一位有抱负的艺术家,她喜爱把穿着复杂精巧的编织裙子的伊哥洛特妇女画进速写。在这幅水彩画中,三名妇女沿着山路大步向前,一个穿着裙子、露出一条肌肉发达的腿,另一个嘴里叼着烟斗,第三位尽管因为孕期挺着大肚子,却并未受到妨碍。

图 25　高山省妇女们(一九四九年)

在今天,对一个白人读者而言,通过父母的这段历史来进入这部小说,似乎是一个不合时宜甚至在政治上颇为可疑的方式。然而,恰恰是小说的这一维度,最接近阿契贝自己的经历。阿契贝生于一九三〇年——仅仅比我父亲扬帆远航菲律宾的时间早了七年,是一个在教会学校任教的热心皈依者的儿子。在大学里学习了英语和神学之后,他任教于一所福音派学校,那儿离他自己的出生地奥吉迪并不远。就像小说中那样,村民们只允许学校建在一个"凶森林"地区,一个遍布疾病和恶灵的地方。在那里待了几个月后,他移居到拉各斯,在尼日利亚广播电台找了一份工作,为口头播报准备底稿。

阿契贝将自己在真光学校(Merchants of Light School)的经历,投射在了小说中善良的福音传道者布朗先生所建立的传教团体上。与他更为死板的继任者史密斯不同,布朗先生能够容忍当地的习俗,做事都有分寸,尽管他坚持与他认为是原始迷信和部落暴力的事物作斗争。正如我父亲在回忆录中所言,山区部落已然被给予了"我们的文明中不可避免的最糟糕的东西"——他提到了烈酒,以及低地人对他们的剥削——"我们也试图带给他们我们认为是最好的部分"。在菲律宾,就像在尼日利亚一样,教堂、学校和诊所是一起建立起来的。在《瓦解》中,基督教关于普世弟兄情谊的教旨,对那些处在村庄生活边缘的人特别具有吸引力。早期的皈依者包括生育了双胞胎的妇女,双胞胎在传统中被视作是邪恶的,被遗弃在森林中死去。

阿契贝笔下的男主角奥贡喀沃是一个具有悲剧性缺陷的伟人,既是希腊悲剧英雄式的人物,又有着弗洛伊德式的情结:奥贡喀沃对自己懒惰不负责任的父亲感到羞愧,他痴迷于男子气概,并蔑视所有他认为是软弱或女人气的行为。即使在没有受到什么挑衅的情况下,他依然会野蛮殴打他的妻儿。在一个令人震惊的场景中,他参与了对自己养子的处决:"刚才咳嗽的那人跑前两步,举起了砍刀,奥贡喀沃把眼睛望别处。他听到砍杀的声音。酒壶扑通一声落在砂石上打碎了。他听到伊克美弗纳喊着'我的爸爸,他们要杀我了!'向他跑来,奥贡喀沃也怔住了,拔出砍刀来,一下把他砍倒。他怕人家说他软弱。"[6] 这件事在他宠爱的大儿子恩沃依埃的改宗事件中起到决定性作用。恩沃依埃把自己的名字改成了依撒克，并疏远了他的父亲。阿契贝在二〇〇八年的一次访谈中说："这就是奥贡喀沃为他对待女性的方式所付出的代价；他所有的问题，做的所有错事，都可以看作是对女性的冒犯。"[7]

奥贡喀沃对女性的拒绝，在文学和道德方面都产生了影响。他很少注意女人们喜欢讲的故事和谚语。相反，他希望儿子们长大后成为坚强的男人，"鼓励孩子们到他的正屋里来同他坐在一起，他对他们讲述祖先的故事——都是富有男子气概的暴力和流血的故事"。但是他的长子恩沃依埃对此并不那么确定。"恩沃依埃知道男人应当勇敢强悍，但是不知为什么，他却念念不忘他妈妈常常给他讲的那些故事。"母亲的故事为恩沃依埃后来皈依基督教铺平了道路。就阿契贝而言，他的母亲和祖母在他幼时所讲的故事，构成了他日后作为小说家的革命实践的根基，尽管他使用了一种截然不同的口头媒介——广播来磨练他的技巧。

在艺术中和生活中，阿契贝一直在寻求文化和观点之间互补互动的关系。他经常引用一句伊博谚语："不管某物立于何处，必有他物立于其旁。"正如他在一次访谈中所评论的："到达任何地方的道路都不止一条。创造这条谚语的伊博人对此非常坚持——任何事情都不是绝对的。他们反对过度——他们生活在一个二元的世界里。如果有一位上帝，那很好。但也会有其他的神。如果有一种观点，那也很好。还会有第二种观点。"[8]继他开创性的小说之后，第三种、第四种以及更多的观点接踵而来。

刘云 译

28

沃莱·索因卡《死亡与国王的侍从》

一九六一年,在成为非洲首位诺贝尔文学奖得主的四分之一个世纪之前,年轻的沃莱·索因卡参与了广播剧《瓦解》的演出。一年后,他参加了乌干达马凯雷雷大学的一次会议,阿契贝在会上发表了题为"非洲作家与英语"的演讲。索因卡于一九七五年写的《死亡与国王的侍从》①将阿契贝的众多主题呈现在舞台上,并且在一九七〇年代迅速全球化的后殖民世界背景下发展了这些主题。如今,《死亡与国王的侍从》的全球足迹正通过蓬勃发展的媒体世界而日益扩展。二〇二〇年六月,奈飞公司宣布,要拍摄一部根据该剧改编的电影,以及根据一位尼日利亚女作家的首部小说改编的剧集。相关新闻报道引述索因卡的话说,令他特别高兴的是,制片人是一位女性:"即使在走在前面的国家中,创意产业也往往被男性所统治。所以看到女性对此做出质量可靠的强劲挑战,是非常令人激动的。莫·阿卜杜作为影视制片人进入这一领域,尤其振奋人心。为创造有利环境做出的贡献,无论多么小,都会成为个人成就感的一部分。"[9]

像《瓦解》一样,索因卡的戏剧聚焦于一个强有力而同时又具有缺陷的主角身上。他与对当地宗教习俗怀有敌意的殖民政府发生冲突,而他对父权制的痴迷则与周围妇女的观点背道而驰。该剧亦以儿子令人震惊的死亡为枢纽,戏剧性地表现了世代与文化的冲突。然而,《死亡与国王的侍从》融合了许多不同的文学元素,并且是基于真实的事件。一九四六年,约鲁巴的国王逝世之后,他的同伴和顾问,被称为国王侍从的艾雷辛,准备遵循传统自杀,以便在阴世继续陪伴他的国王。当时尼日利亚仍是英国的殖民地,殖民地行政官逮捕了艾雷辛,以防止自杀仪式发生。但这个慈悲的行为却适得其反,艾雷辛的长子替父亲自尽了。

索因卡的一位朋友杜罗·拉迪波此前已经以此为主题写了一部约鲁巴语戏剧,题为 Oba Waja——《国王死了》。这部简短而雄辩的戏剧明确将悲剧归咎于英帝国主义者,他们让艾雷辛无法完成在古老社会与宇宙秩序中所承担的角色。就像艾雷辛用具有性暗示的语言所悲叹的:"欧洲人使我的符咒变得无能衰弱/我的药在葫芦里变质了。"[10]索因卡则发展出一个远为复杂的剧本,借鉴了约鲁巴的传统戏剧,在后者中音乐、歌曲和舞蹈被用以表达作品的大部分含义。索因卡也吸收了希腊悲剧的传统,由活跃的伊亚洛札所领导的一群市场女人充当他的版本中的希腊歌队。在该剧完稿的两年之前,索因卡已出版一

---

① 本节中所涉及的《死亡与国王的侍从》中的地名、人名及对白,参照蔡宜刚译《死亡与国王的侍从》,见《狮子与宝石》,北京燕山出版社 2015 年版。

部欧里庇得斯悲剧的改编本：《酒神的女信徒：圣餐礼》。他的版本大胆地将古希腊悲剧与基督教的牺牲结合在一起：狂喜的酒神女信徒们将国王彭透斯撕为碎片，这形成了基督教圣餐礼的一个变体。

索因卡的艾雷辛与索福克勒斯的俄狄浦斯有诸多共同之处。二者都面临着贯彻祖传范例的需求，而其他角色——索福克勒斯笔下的伊俄卡斯忒，索因卡笔下的地区行政官皮尔金斯——则希望将这些传统贬谪回古代的历史中。然而，在这两部戏剧中，社群的存亡均有赖于英雄的自我牺牲。《死亡与国王的侍从》也以索福克勒斯式的反转和识别作为结尾，对索福克勒斯的借鉴在关于视力与失明的对话中变得完整。当艾雷辛的儿子欧朗弟发现父亲并未像应做的那样成功自杀时，他感到深切的失望。艾雷辛对欧朗弟显而易见的厌恶作出反应，哭喊道："噢，孩子，不要因为看到你的父亲，你就变得视而不见！"[11]在最后一幕，当儿子的尸体被展示给父亲时，儿子对父亲失败的刺目洞悉，与父亲对儿子成功毁灭自己的目睹相互作用，产生加倍的效果。

我们也可以将索因卡与莎士比亚的悲剧相比较。艾雷辛为了在最后一刻缔结婚姻，推迟了自己的自杀，因而未能从尘世的羁绊中解脱出来，这很像李尔王在将王国交给他的三个女儿之后，依然试图掌控为数众多的随从。同样，戏中也能清晰听到哈姆雷特的回声。索因卡的欧朗弟从英格兰的医学院归来——可以看作是哈姆雷特在德国学习哲学的现代等效行为，试图抚平他在家中发现的杀气腾腾的骚乱。正像年轻的哈姆雷特一样，欧朗弟在这一过程中丧失了生命。

索因卡还接受了康拉德笔下非洲和英格兰的重合。在《黑暗之心》中，马洛将刚果河和泰晤士河联结在一起。在索因卡的戏里，市场上的一位女人问道："冲刷这块陆地和冲刷白人陆地的难道不是同一片海洋？"索因卡将故事从它实际发生的一九四六年挪移至第二次世界大战中，从而使文明与野蛮交织的主题更加复杂。当珍对即将发生的艾雷辛的自杀仪式表示震惊与恐惧时，欧朗弟反驳道："那会比大规模的自杀更糟糕吗？皮尔金斯太太，在这场战争中，那些被将军派到战场上的年轻人所做的，你把这种事称作什么？"

像《瓦解》一样，索因卡的剧作描绘了一个在殖民统治下努力维护其传统的社群的悲剧。然而，一九七五年尼日利亚的局势与一九五八年阿契贝创作《瓦解》时的情境大不相同。后者写于尼日利亚独立的风口浪尖上。短命的议会制政府于一九六〇年建立，并在一九六六年的军事政变中被推翻，种族和经济冲突的加剧导致了一九六七年至一九七〇年的尼日利亚一比夫拉内战。索因卡由于协助比夫拉运动而被判入狱两年，其后流亡英国，在那里创作了他的剧本。尽管索因卡把场景设置在殖民时代晚期，但艾雷辛通过召唤传统习俗来满足个人欲望的尝试，与一九七〇年代尼日利亚军事领导人有着明显的可比性——我们在乔治·恩加尔的作品中将看到类似的情景。

在阿契贝呼吁非洲作家重塑英语的基础上，索因卡将英语当作资源和武器。皮尔金斯和他的行政官同事们对非洲下属使用的是生硬的语言，后者经常会说一种克里奥尔化的英语（将"皮尔金斯"先生说成"皮驴金先生"），这一语言标志着他们在殖民等级体系中处于底层地位。但是，在非洲人角色中，索因卡同样玩弄了语言政治。当尼日利亚警官阿姆萨奉命逮捕艾雷辛以阻止其自杀时，市场上的女人拦住了他的去路。在对他进行性嘲弄之后，她们换上了英国口音："真是傲慢！真是无礼！"然后，她们上演了一部短小的剧中剧，扮演自满的殖民者的角色："我有一头相当忠实的阉牛，他的名字叫作阿姆萨"；"从来没听过有说实话的本地人"。与此同时，阿姆萨说起了一种结结巴巴的洋泾浜："我们就底走啰，但是你们憋要说我们莫警告你们。"

然而，即使在为殖民者工作，阿姆萨依然对其文化的传统价值保有根深蒂固的尊重。当皮尔金斯和他的妻子珍为了化装舞会而穿上约鲁巴人的埃冈冈服装［见彩页图26］时，阿姆萨大为惊骇。埃冈冈是死者灵魂的化身，充满了不可思议的力量。阿姆萨恳求皮尔金斯："我求求你，长官，你觉得你该怎么处理那衣服？它属于死的仪式，不是给人类的。"阿姆萨这种迷信"怪力乱神"（mumbo-jumbo）的举止，只博得皮尔金斯的嘲弄。

在这场种族、性别和语言的战争中，珍·皮尔金斯的位置特别有趣。尽管她对经常表现得迟钝的丈夫颇为忠实，但她也做出了诚恳的努力，试图理解到底在发生什么。并且，随着剧情的进展，她逐渐意识到在父权制社会中，作为一位女性，她和土著人间的相似之处。当她和皮尔金斯准备去参加化装舞会时，听到远处传来不祥的鼓声，她向丈夫暗示，他在处理艾雷辛的问题时，可能"并没有发挥你平常的聪明才智——打从一开始就没有"。皮尔金斯回答："不要再说了，老婆大人，把你的衣服穿好。"她用本地仆人的语言回应:"没问题,老板,我这就来了。"

欧朗弟一抵达,便试图帮助珍理解父亲打算自我牺牲的逻辑,但是,在此处,我们看到了她的理解的局限性:"不论你表达的方式多么聪明,"她说,"它仍然是一种野蛮的习俗。说得更糟一些——这是一种封建余毒。"她对这一习俗的指责,从野蛮转为封建,这说明:正如马洛将现代刚果与罗马统治下的不列颠相比,珍也将现代尼日利亚和中世纪的欧洲联系在一起。然而,康拉德从未暗示过这种对非洲不合时宜的观点有任何问题,但全然现代的医学生欧朗弟则向我们展示了,非洲习俗不能与中世纪的野蛮行为混为一谈。在索因卡的作品里,我们看到了文化冲突内蕴的在古代和现代、非洲与西方文化间的深层联系,这是一部植根于地方文化之中的世界文学杰作所呈现的内容。

刘云 译

29

乔治·恩加尔《詹巴蒂斯塔·维科：对非洲话语的强暴》

一九七五年，沃莱·索因卡出版《死亡与国王的侍从》的同一年，刚果小说家和学者乔治·恩加尔在他杰出的中篇小说《詹巴蒂斯塔·维科：对非洲话语的强暴》（下简称《詹巴蒂斯塔·维科》）里也探讨了类似的语言和身份的问题，不过是以讽刺而非悲剧的形式。恩加尔小说里自恋的反英雄，是一位急于在世界舞台上给自己闯下名声的非洲知识分子。维科在一家非洲学研究所工作，这个研究所因为持欧洲中心论的世界主义者和全盘拒绝西方文化的排外的非洲中心主义者之间的分歧而分裂成两个阵营。维科已经挣扎了两年的时间，想要写出一部伟大的非洲小说，这是一部他渴望完成的作品，因为这样他就可以被邀请去巴黎和罗马参加国际会议了。然而，他并没有把时间花在写作上，而是花在了和自己的门徒兼跟班尼埃瑟（Niaiseux，法语意为"傻瓜"）打电话，盘算着怎么算计他的非洲中心主义的同事们，或是提出一种先进的写作理论，再就是想方设法让自己的简历更好看。

维科知道他必须写出一部伟大的作品才能实现成为"非洲文学的拿破仑"[12]这个梦想。但是像阿契贝和索因卡一样，他也清楚要把非洲文化和欧洲文化相融绝非易事。在他四处搜寻灵感的时候，他回忆起了和自己同名的意大利人文主义学者詹巴蒂斯塔·维柯①的《新科学》，在这部一七二五年出版的论著里，维柯声称所有的语言都源自原始人类诗性的呐喊。受此启发，维科意识到他可以把口语性当作自己获得国际声望的捷径，用一种极度实验性的风格来写作："这里是突然的含混，那里又是富有深意的浅显……标点符号？根本就不用了！"

维科的目标近在咫尺，但是灾难突然降临了。非洲中心主义者们在研究所的学院斗争里占了上风，然后他们公开了一系列对他的指责：剽窃；和来访的意大利女权主义者有染；最严重的是，他还要背叛非洲，阴谋把口头文化的神秘所在贩卖给西方人供他们剥削——正是小说副标题所谓的"对非洲话语的强暴"。一群愤怒的部族长老逮捕了维科和尼埃瑟。他们组织了一次走过场的审判，最后判决他们要在中非漫行以重拾自己和本土生活的关联。

作为一部犀利地讽刺了全球化世界中身份问题的作品，《詹巴蒂斯塔·维科》前瞻性地探索了中心城市和处于边缘的前殖民地之间纠缠不清的关联。恩加尔自己的生活轨迹就跨越了全球，他在非洲、欧洲和北美都生活和任教过一段时间。恩加尔

---

① 恩加尔小说主人公的名字拼写为 Viko，而人文主义者维柯的名字拼写为 Vico，译文中分别用维科和维柯以示区分。

一九三三年出生在当时还是比利时殖民地的刚果,然后在刚果独立斗争中成年。他能说法语和一种班图语系的语言,在耶稣会学校里学习了哲学和神学。在一九七五年的一次采访里,恩加尔说他的老师们都有着"博雅而人文的精神。而这在他们的学生身上就发展成了一种勇于反驳、批判和反对从众的精神;在殖民地的天空之下,这非常罕见"。[13] 在以加勒比诗人艾梅·塞泽尔为题撰写博士论文并在瑞士获得博士学位之后,恩加尔于一九六八年回到自己的母校担任法语文学教授,其后又赴卢本巴希大学任教。他在卢本巴希大学的同事之一是小说家兼评论家瓦朗坦-伊夫·穆迪姆贝(Valentin-Yves Mudimbe),两人成了一对互争高下的朋友。在一九七三年至一九七五年的两年间,恩加尔都在国外讲学,而他正是在此时开始创作这部小说,并在回到卢本巴希之后完成。

在恩加尔撰写小说的过程中,维科这个角色越来越表现出了许多穆迪姆贝的个人特征,不光是在外貌上,还包括穆迪姆贝热衷于被自己门徒簇拥这一点。穆迪姆贝自己在两年前也出版了一部广受好评的小说《潮流之间》。这部小说的主人公也受困于非洲文化和西方文化,天主教教义和革命行动之间。然而穆迪姆贝非但没有欣赏恩加尔对类似主题的讽刺处理,反倒认为这本书是对他的人身攻击,他甚至起诉了恩加尔,控告他诽谤。就这样,出乎意料地,恩加尔发现他就像自己小说的主人公一样,成了自己在大学的对头所状告的对象。我们可以说这件事是生活在模仿艺术,不过更准确地说,却是穆迪姆贝在指控恩加尔的艺术过于准确地反映了生活。

一九七〇年代的学术冲突反映的是整个刚果动荡的政治局

势。在一九六〇年去殖民化之后，新近独立的刚果民主共和国的领导层分为坚持西化的一方和非洲中心的民族主义者两个阵营，后者希望与殖民时代彻底决裂，强调非洲的文化身份。在信奉马克思主义的总理帕特里斯·卢蒙巴被比利时和美国中央情报局支持的反对者刺杀之后，刚果陷入了连续数年的混乱之中。一九六五年军队参谋长约瑟夫-德西雷·蒙博托最终攫取了政权，并在此后的三十多年一直掌权。他杀害了很多反对他的人，并为自己和自己的手下谋取了大量财富。蒙博托把刚果改名为扎伊尔并推行"扎伊尔化"，要求他的公民们选择非洲名字来取代他们在出生时所取的欧洲名字。蒙博托自己就弃用了约瑟夫-德西雷这个名字，变成了蒙博托·塞塞·塞科·库库·恩本杜·瓦·扎·邦加（Mobutu Sese Seko Nkukuwa za Banga，大意是"战胜一切的武士，他从一次胜利走向下一次胜利"）。因为这一政策的缘故，在一九七〇年代，恩加尔不再使用自己受洗的教名乔治，而是选择了有象征意味的姆比韦尔·阿·姆潘（Mbwil a Mpang，大意是"来自姆潘的精神领袖"）。

《詹巴蒂斯塔·维科》没有提及任何关于国家政治的内容，但是部落长老走过场的审判以及他们残忍的惩罚都很明显地呼应了扎伊尔政府的行径。然而恩加尔犀利的讽刺也没有放过自己的主人公，他令人捧腹地解剖了维科的虚荣心、自我营销以及变化不定、混为一体的自卑和自大。令人惊讶的是，维科是个值得同情的角色，他体现了在两种不同的文化中各站一只脚的人所感受到的非常真实的矛盾。这些矛盾带来了对风格和内容两者的文学创新。维科对充满口语元素的法语的追寻，回应了阿契贝要求用非洲的方式改造旧殖民者语言的呼声。恩加尔和阿契贝以及索因卡一样,都深深地被本土故事叙述的口头风格和表演模式所吸引,而他的主人公则试图在从众与创新,法国结构主义和部落传说,独立与集权主义之间找到一条出路,把自己的非裔-意大利名字真正地变为自己所有。

翻译是维科扬名于世的策略中的关键元素。正如他告诉尼埃瑟的:

> 今天的学人不知道几种国际语言是混不下去的。要会英语——更别说法语,那都不需要提——西班牙语,俄语,那很好。日语,那更好。中文还要更好十倍,因为未来,未来的关键,在亚洲,尤其是在中国。那些西方人都怕黄祸怕得要死,但是他们又能够抵挡多久呢?他们知道怎么战胜黄热病,怎么阻止它的扩散。但是他们对黄祸束手无策。翻译!这会让我的发表篇目看起来更多。

倒不是说维科自己会日语或者中文,但是他谋划让来访学的同事朱新昌(音)和百久山日立(音)来翻译他的一些文章。他打算在发表时隐去翻译者的名字,好让人觉得是他自己翻译的。因为他毕竟是个马克思主义者,通过这种方式剥削自己同事的劳动是否道德这个问题让维科短暂地挣扎过一阵,但是尼埃瑟向他保证"从义务论的角度来说,这完全不是学术不端",只是同事之间互相帮助。

《詹巴蒂斯塔·维科》深刻地反思了在深陷不平等权利关系的世界里进行艺术创作的危险,在这样的世界里,虚荣、自保和权力欲望扭曲了所有人。正因如此,恩加尔的中篇小说没有给一九七〇和一九八〇年代的去殖民化和后殖民辩论中的任何一方带来慰藉，而且到目前为止它还只有法语版本。我很久以来都在说它应该被翻译成英语，最终我觉得既然我如此号召，我就该自己投入时间。《詹巴蒂斯塔·维科》的英语本和法语本现在正在排印中，将在现代语言协会的"文本与译本"系列出版。这部小说的时代已经到来了。

肖一之 译

30

奇玛曼达·恩戈兹·阿迪契《绕颈之物》

阿迪契出生在尼日利亚东南部的埃努古，距离钦努阿·阿契贝的出生地不远。她到美国上大学，从那时起，她的生活轨迹就一直游走在尼日利亚和美国之间。阿迪契深受阿契贝的影响（这么说也许有点吊诡），但作为一位作家，生活在一个全然全球化的时代，她从女性的视角探讨了一些具有可比性的主题——这些主题可溯源至一九七〇年代中期索因卡和恩加尔的作品。二〇〇九年她出版短篇小说集《绕颈之物》时，只有三十二岁，而那之前，她的两部关于尼日利亚内战的长篇小说——《紫木槿》（*Purple Hibiscus*，二〇〇三年）和《半轮黄日》（*Half of a Yellow Sun*，二〇〇六年）——已被译成了三十种语言。二〇一三年阿迪契的 TED 演讲《我们都是女权主义者》的佳句被知名歌手碧昂丝收进了她的专辑《无暇》。

《绕颈之物》出版不久后，阿迪契发表了题为"单一叙事的危险"的 TED 演讲，目前已有超过两千四百万次的浏览量。

演讲中，她强调了小说为我们提供多重视角的重要性——只要我们能找到不同类型的写作手法。因为父母是教授和大学官员，她很小就开始阅读：

> 我读了一些英国和美国的少儿读物。我也很小就开始写作。大约七岁时，我开始用铅笔写小故事，用彩笔画插图，我写的故事基本上就是我读过的故事那种类型——只是可怜了我的母亲，是我写的呀！她必须得读——我故事中的人物无一例外，都是白皮肤蓝眼睛，他们在雪地里玩耍，他们一起吃苹果；而我呢，一直生活在尼日利亚，没有离开它半步，我的生活中不可能下雪，我们吃的只有芒果。

然而她接触了非洲小说后（她在演讲中提到了阿契贝和用法语写作的卡马拉·拉耶 [Camara Laye]），她觉得她可以写一些别的东西了。"从此，我对文学的看法完全改变了，"她说，"我得写自己熟悉的一切！因此，对非洲作家的发现使我明白，不能只读一种书和这种书所讲述的一种故事。"[14]后来她创作的故事都有多重视角，这些故事可能发生在美国，也可能在尼日利亚，而每个故事在视角上都有根本的转换。

阿迪契的创作揭露现实，但又保持一定的克制。在《绕颈之物》的开篇故事《一号牢房》里，叙述者的哥哥没有讲凶残的狱警在监狱里对他的折磨，这个角色因此而不同寻常："我的风度翩翩的哥哥恩纳玛比亚竟然没有讲他在一号牢房的遭遇。他本可以讲述一个大家都期待的吸睛的故事，然而，他没有。"[15]《绕颈之物》里的故事探讨了做出或不做出某种决定的道德和心理后果，譬如女人如何去处理失意的婚姻，又譬如一名丈夫是否或者应该如何哀悼过世的妻子，因为妻子的鬼魂会在晚上出现并安慰他。又如蒙面警察闯入一位女士的家，搜捕其丈夫，却误杀了她年轻的儿子；她丈夫写了一些批评政府的文章，已经逃去国外；这位丧子的女士正在美国大使馆，希望能得到一份签证去和丈夫团聚；但故事的结局是：这位女士虽然清楚，如果在那位并不太信任她的使馆签证官面前大打悲情丧子牌，她就可以博得信任并获得赴美签证，但她选择不那样做——她决定留在尼日利亚，看护儿子的坟墓。

　　无论从国别政治还是性别政治看，阿迪契的小说都具有强烈的政治色彩。正如她在二〇〇五年的一次采访中所言，"在一个资源原本稀缺的国度，因各种人为因素，个体能获得的资源愈更稀少，生活与政治的关联无处不在。只要你去写它，不可避免地就有了自己的政治立场"。[16] 但她不想读者仅仅从政治角度解读其创作。几年后她曾这么说："无论我写什么，总有评论者能找到所谓的理由，说我实际上在写非洲的政治压迫。也常有人问我：'你是想用这个比喻来影射贵国的政治吗？'但想知道我的真实想法吗？'不，不是的，它就只是一个女人和一个男人的故事。它不是一个关乎血腥的政治压迫的故事。'"[17]

　　《猴跳山》非常尖锐地描述了所谓的白人世界对非洲作家的预设期待。小说中，女主角乌祖娃正在南非一处豪华庄园参加为期两周的作家工作坊。工作坊的主持人是白人男子爱德华。爱德华可以说是小老头了，但这并不妨碍他对工作坊中那些长得漂亮的非洲女作家的各种挑逗。每位参与的非洲作家都得写一个故事，并在各自的小组朗读。当一位津巴布韦的女作家朗读时,爱德华又拿出了他的那套说辞,说她的故事如何不"真实",因为它不够政治化:"你的叙事称得上宏大,故事本身却在发问'那又怎样'?考虑到津巴布韦在穆加贝恐怖统治下发生的一切,你这么写未免太无新意了。"他口口声声说自己并非居高临下,并不是"以一位在牛津受训的非洲学者的身份来评判;他只是一位关注真实非洲的人,没想把西方意识形态凌驾于非洲大地",但实际上,他无时无刻不在彰显其白人身份和欧洲优越感。当乌祖娃分享她的故事,读到一个银行家性诱两个想和他做生意的女人时,爱德华认为这是"难以置信的",他宣称:"这是一种套路式的写作,不是一个真实的人的真实故事。"乌祖娃反驳说,她的故事直接取材于她生活中的人和事。她泪流满面地回到自己的房间,而她的小说也如此结束:"当她走回小屋时,她想知道,在一个故事中,如此结局是否会被认为是可信的。"

阿契贝为《半轮黄日》写了热情洋溢的荐语,称阿迪契是"一位承续古代说书人天赋的新作家"。投桃报李,二〇一〇年阿迪契也为阿契贝的《非洲三部曲》简装版写了导言。但那时阿迪契的写作已和阿契贝有了鲜明的差异。在《猴跳山》中,阿迪契安排两位作家围绕阿契贝的作品进行了争论:"津巴布韦的那位作家说阿契贝的创作有点无聊,缺乏风格;肯尼亚作家认为津巴布韦作家如此评论阿契贝是对其作品的亵渎,还抢走了津巴布韦作家的酒杯,直至她笑着改口说,阿契贝当然是崇高的。"

《绕颈之物》最后一篇是《固执的历史学家》,它巧妙而决绝地改写了阿契贝的《瓦解》。不同于其他故事的当代背景,《固执的历史学家》以主人公恩瓦姆戈巴记忆中的十九世纪末伊博村的生活为开篇。过了些年，她又开始回忆已故丈夫奥比埃里卡——奥比埃里卡是阿契贝小说中奥贡喀沃的密友的名字。乍看仅是巧合，但随着故事的推进，读者就能明白其中的关联。因自己不能生孩子，恩瓦姆戈巴决定给丈夫找第二位妻子。她最好的朋友"立即建言，奥比埃里卡的第二任妻子，非那位奥贡喀沃家族的年轻女子莫属；那女子臀肥且美，聪慧有礼，迥异于如今的年轻女孩——她们满脑无知"。

不久，恩瓦姆戈巴有了一个儿子，阿迪契重返了《瓦解》的一些重大主题，包括儿子皈依基督教，并与家人变得疏远。但不同于奥贡喀沃的超级男性化的世界，阿迪契小说里的村庄有一个强大的妇女会社，该会社阻止了两位表兄弟在她丈夫死后夺走她土地的企图。到最后，她的儿子结了婚，有了一个女儿，恩瓦姆戈巴认为是奥比埃里卡复活了；她给孙女取名为阿法梅芙娜——意思是"我的名字不会消失"。

又过了些年，阿法梅芙娜（洗礼后已改名为格瑞斯了）去看望垂危将逝的恩瓦姆戈巴。格瑞斯带去了一本英国的教科书，其中有一章是《尼日利亚南部原始部落的和平化进程》，这应该是对阿契贝《瓦解》的极致重写。阿契贝的"下尼日尔"在民族解放运动中变为了阿迪契小说中的"南部尼日利亚"，除此之外，原有的男权话语依然没变。然后时间突然翻页，我们得知格瑞斯将是一位获奖的历史教授，她要前往伦敦和巴黎的档案馆，"翻阅档案馆里发霉的资料，想象并重构她祖母所处年代的生活气息，完成她的著作《武力下的和解：尼日利亚南部的历史重述》"。一位尼日利亚女性学者的历史著作取代了新殖民主义教科书，正如阿迪契的《绕颈之物》重写了阿契贝的《瓦解》。

到了故事的最后，也是《绕颈之物》的结尾，回忆被搁在一边，时间又回到当下。孙女格瑞斯正守候在她奄奄一息的祖母身边："但是那一晚，格瑞斯坐在祖母的身边，夜色晦暗，她丝毫没有想什么未来。她只是握着祖母的手，那只因长年制陶而布满老茧的祖母的手。"这正是我们能期待的最完美的阿迪契的文学技巧：是人性的交流，也是女性日常的劳作。

南治国 译

第七章

以色列/巴勒斯坦：异乡异客

31
《摩西五经》

　　帝国征服、殖民统治的问题不仅存在于我们曾探索过的撒哈拉沙漠以南的非洲大陆,在更遥远的北方也有着深远的历史。在过去的四千年中,以色列/巴勒斯坦地区曾遭遇一系列紧张冲突:在当地混居的人口之间,以及当地人和外国势力之间。多年前,我第一次到访耶路撒冷,去位于斯科普斯山的希伯来大学演讲。在乘坐出租车前往学校的路上,我们路过了一片空旷得不同寻常的场地。当我询问司机这里为什么会有这么大的一片空地时,他回答道:"这块土地的每一寸都浸透了血。"此外再没有更多的解释——显然,也并不需要更多的解释了。

　　《圣经》可谓是有史以来最畅销的书。它将以色列/巴勒斯坦地区两三千年前的宗教、文化与政治生活娓娓道来,直至今日,依然为我们带来深切的文学阅读享受——尽管《圣经》的绝大多数作者根本不会把自己的作品称为"文学"。除了《约拿书》等少数文本之外,《圣经》作者们对虚构写作全然不感兴趣；他们创作诗歌仅是为了举行仪式或做出预言，而不是如埃及传统般写下"极乐之歌"为饮宴助兴。然而，《圣经》中的《摩西五经》却源自异彩纷呈、充满诗性活力的叙事传统。除了个别例子之外（一位学者曾形容"《历代志》就如《圣经》叙事的死亡谷"），[1]《摩西五经》的宗教内核往往是通过极具文学色彩的写作手法表达出来的。

《摩西五经》中所呈现的上帝，具有超越性的形象：单一、全知全能、公正又不失慈恕。他用至关重要的宗教规章体现了自己与选民之间的契约，借历史为根基，又用赞美诗、先知的诗歌与引人入胜的叙事手法来装点并加以强化。然而，与那些由庞大帝国政权出产的史诗作品不同，《圣经》中的故事与诗歌无一不透露出反复被入侵、内讧冲突所留下的创伤，异族同化长期以来虎视眈眈的威胁与文化记忆的流失。公元前五九七年，潜伏的种种危机终于达到巅峰：巴比伦王尼布甲尼撒攻陷耶路撒冷，放逐了城内的领袖和大部分子民。《圣经》中许多最伟大的篇章都是巴比伦之囚催生的产物，例如震撼人心的《诗篇》第一百三十七章：

> 在巴比伦河畔
> 我们坐下，想起她
> 想起她，就止不住泪，啊锡安！
> 岸畔的杨柳
> 挂起我们的琴
> 因为监工想听个曲儿
> 那些掳掠我们的人要取乐

> 来，给我们唱一支锡安的歌!
> 啊，沦落于异国，
> 叫我们如何唱耶和华的歌？① [2]

在全诗的高潮句 eik nashir et-shir-Adonai al admath nekhar?（啊，沦落于异国，叫我们如何唱耶和华的歌？）中，nekhar 这个词直译为"异国的"，它与巴比伦入侵的大背景相得益彰——它和阿卡德语中的 nakarum 是同源词，意为"敌人"或"反叛者"。

如果我可以这么形容的话，《圣经》的作者们时常被困在伊拉克和一个软肋之间，那个软肋即是充满诱惑的埃及，"肉欲享乐之地"。《创世记》第三十七至五十章中描写的约瑟的故事堪称《圣经》叙事中的杰作，它展现了埃及对于那些定期前往丰饶的尼罗河三角流域寻找工作机会的移民劳工有着怎样危险而强大的诱惑。在故事的开篇，约瑟的父亲对他无比偏爱，他的几名兄长便心生嫉妒，准备设计谋杀他。正在他们即将动手的时候，来了一支即将前往埃及贩卖香料的商队。这些过路的商旅恰好成为这场家庭冲突的解药：约瑟的兄长们把约瑟卖给了商人们，商人们又把他转手卖给了埃及官员波提法。

埃及与以色列大相径庭：那是一片信仰多神的土地，神庙星罗棋布，魔法无处不在，富饶、安定，有着悠长的历史文化传统与严苛的社会阶级制度。在这样的环境下，一个来自异国的奴隶本该是难以取得什么成功的，然而在耶和华的庇佑之

---

① 本节中《圣经》引文参照冯象译《智慧书》（牛津大学出版社 2008 年版）及冯象译《摩西五经》（牛津大学出版社）。

下，约瑟所向披靡，最终被波提法任命为管家。波提法之妻陷入对约瑟的迷恋，意欲勾引却遭遇拒绝后，她便勃然大怒，声称是约瑟要强暴她。她在指控约瑟的时候，特意强调了他的异国身份："看啊，"她对仆人们说，"我丈夫带回家的那个希伯来人，竟敢侮辱我们！"（《创世记》第三十九章第十四节）实际上，仆人们与约瑟，远比他们与这位高傲自大的主母更加相似；然而，波提法之妻却精明地调动起了同族人之间的同仇敌忾（"侮辱我们"，"l'zahak banu"），以压过仆人们之间可能存在的任何团结意识。

在这个故事中，约瑟可不仅仅是来到了陌生的土地——他同时也身陷于陌生的叙事之中，正如当代文学中到访布拉格的角色很有可能陷入某种卡夫卡式的经历一样。埃及民间传说《两兄弟的故事》[3]恰恰描写了类似的剧情：被拒绝的妻子，以及虚假的指控——故事中的英雄巴塔为兄长阿努比斯工作，当阿努比斯的妻子、他的嫂子邀他成为她的情人时，他断然拒绝，却反被她指控为意欲勾引她的不轨之人。然而，巴塔与约瑟的故事采用了截然不同的方式来表达这一主题。巴塔的故事遵循着童话故事般的逻辑结构，以会说话的神奇动物进行点缀，英雄在旅途中变身成了一头公牛，然后变成了一棵松树。最后，他变成一条碎木刺，让自己的嫂子——当时法老的情人——怀孕，又借此化身成为胎儿，作为下一任法老重生。登上法老之位后，他便处决了嫂子／代母。约瑟的故事则与巴塔的故事形成了鲜明的对比，约瑟靠着卓越的经济管理技巧赢得了法老的信赖，除了上帝赐予的解梦能力之外，他并没有任何可圈可点的魔法，最后他甚至还能宽宏大量地饶恕那些将他贩卖为奴的兄长。

在约瑟的成功背后，涌动着一些暧昧不清的暗流。在经济繁荣的时候，他曾大量囤积粮食，在随之而来的七年饥荒间将这些屯粮发放给挨饿的埃及人，用以交换他们对法老的忠诚侍奉——本质上，这就是将为奴的枷锁套在了每位埃及子民的身上。辉煌大业确实是由移民者完成的①，但这是一场不平等的交易，且移民者自己的后代也享受不到其福利。约瑟一死，"埃及崛起一位新王，对约瑟一无所知"（《出埃及记》第一章第八节），这位新王迅速将所有的希伯来劳工都变成了奴隶。接下来，上帝派来了一位伟大的领袖，摩西，来指引以色列人逃出埃及——日后的非裔美国奴隶也将从这个故事中得到灵感和勇气——然而摩西差点就夭折在故事开始之前。他的母亲将他放入盆中，漂在尼罗河上，使他得以逃脱了残酷的屠杀。之后，他被法老的女儿收养，长大成人，却又因杀死了殴打希伯来奴隶的监工而不得不开始逃亡。他逃离埃及，却并未如我们所料那般返回祖先的故土；他选择在一块位于两国之间的土地定居，阿拉伯半岛的米甸，那里的居民将他看作埃及人。后来，他娶妻生子，为儿子起的名字也恰恰响应了他的个人经历：革舜（Gershon），由词根 ger 衍生而来，意为"异客"——"因为摩西说，'我已是他乡异客了。'"

正在摩西几乎要被异乡永久同化之时，上帝化身为燃烧的荆棘出现在他面前，召唤他，要他带领上帝的子民重获自由。上帝将以色列描述为"流着奶与蜜的地方"，然而与此同时也略带不祥地补充道，那里也是"迦南人、赫提人、亚摩利人、

---

① 原文 The immigrant can get the job done，呼应百老汇音乐剧《汉密尔顿》中的著名唱词"Immigrants, we get the job done（移民者们，我们成就辉煌大业）"。

比利齐人、希未人和耶布斯人居住的土地"。从《圣经》中的约瑟到卡夫卡笔下的约瑟夫·K，但凡是出身自边缘或少数文化的角色，都会时常发现他们成了异乡中的异客——即便当他们身处家中时也是如此。

对于许多以色列人而言，那片应许之地并不能成为他们长久的故乡。公元前一〇四七年，扫罗王统一了希伯来十二支族；然而，到了公元前九三〇年，所罗门王死后，王国再度分裂，形成了北方的以色列王国和南方的犹大王国。公元前七五〇年，亚述人占领了北方王国，将居于那里的十个支族中大部分人都驱逐了，美索不达米亚平原再次经历了一番人口族群迁移。如下图所示，被放逐的人显然过着潦倒的生活——连他们的牛都瘦弱不堪，肋骨根根凸显。

图 27 流亡的以色列人

极具毁灭性的流离失所，成为衬托《出埃及记》第二十八章的底色。文中详细描写了大祭司亚伦去往耶和华面前时圣衣的形制，在红玛瑙上铭刻十二支族的名字，双肩每边点缀六块，"侍立于耶和华面前时，肩上的名字便是蒙恩的纪念"。圣衣上亦要有胸袋，饰有整整四行宝石：

> 第一行红玉、黄玉、绿刚玉；第二行石榴石、蓝宝石、钻石；第三行黄玛瑙、白玛瑙、紫晶；第四行绿玉、红玛瑙、水苍玉。都嵌在金托座里。每块宝石上刻一个以色列儿子的名字，犹如雕印章；十二块宝石恰合十二支族……这样，当亚伦踏进圣所时，他心口的胸袋上刻着以色列十二个儿子的名字，他们便都在耶和华面前了，永获眷念。

《摩西五经》中，仪式与诗歌之间有着密不可分的联系。这段关于圣衣的描写，亦能在《雅歌》的高潮段落中找到呼应：

> 愿我像一颗印章摁在你心口，
> 宛若印章，戴上你的手。
> 因为，爱与死一样猛烈，
> 激情似冥府决绝。[4]

就这样，《雅歌》中的一对恋人确认了对彼此的心意。然而，执笔为亚伦之心印上十二个铭刻于宝石中的名字的祭司，却是在北方王国毁灭两三个世纪后才得以写下《出埃及记》。彼时，他知道，十二支族中的十支已经彻底湮灭于世了。他们在上帝的记忆中永生；而多亏《圣经》的叙事与诗篇，他们也将在我们的记忆中不朽。

金雪妮 译

32

《新约全书》

古代近东的各种文化之间尽管有各种冲突，还是有很多相似之处，包括相近的书写文化。《圣经》中的《雅歌》，与埃及的爱情诗歌、诺亚的故事以及衍生出诺亚故事的美索不达米亚的洪水叙事之间，其书写系统各有不同，却有着互相重合的文学传统。作为辨识其中蕴含的近东身份的索引，我们不妨看看第一人称的"我"，在希伯来语中是 ani，在阿拉伯语中是 ana，在阿卡德语中是 anakum，在埃及语中是 anek。以色列人在巴比伦人、埃及人、亚述人和波斯人一波一波的入侵中成功地保存了自我，但是，耶稣诞生以后，以色列人又面临着一种新的挑战：希腊文化的软实力，而且这种文化得到了日渐扩张的罗马帝国的军事力量的支持。到公元前二世纪，埃及的犹太人需要将《圣经》翻译成希腊文，到耶稣时代，在新建立的罗马帝国的犹太省里，至少在上层阶级中，希腊语的使用人数已经超过了希伯来语和阿拉姆语。

我前往希律大帝公元前三十年代建造的俯瞰死海的宫殿加

堡垒马萨达时，亲身体会到了希腊—罗马文化的诱惑力。公元六六年至七三年第一次犹太—罗马战争期间，罗马军队包围并最终占领了马萨达。在现代以色列，马萨达已经成为抵抗外来统治的象征。但那儿令我印象最为深刻的是希律王的热浴室，用管道将蒸汽输送进来，供他在洗澡的最后阶段享用。我就在这里俯视着死海，几天前，一名前来马萨达的游客死于中暑，而希律王却要桑拿？不过，希律王当然需要桑拿：到他那个时代，罗马已经是独一无二的完美之地。罗马人喜欢在被上帝遗弃的偏远之地修建精致的廊柱和供人洗浴的浴室设施，所及之地甚至包括康拉德在《黑暗之心》开篇回顾的那片偏远而潮湿的英国殖民地。你今天仍然可以访问英国度假城市巴斯的罗马浴室，巴斯的名字就是来自 bath。在希腊—罗马文化的强大压力下，埃及、巴比伦和许多较小文化的文学，及至耶稣时代都已经消失了。它们的写作体系首先被希腊字母、后来又被罗

图 28　从马萨达远眺

马字母所取代，地中海也变成了罗马的内海。

然而，正是这个新近融合的世界，才使得犹太社区内的宗教改革运动得以传播开来；商船和罗马三桨座战船成为传播改革的主要媒介，就像今天的波音747是传播病毒的主要媒介一样。即使在使徒们开始出使外邦之前，他们也可以在新近全球化了的耶路撒冷传播有关他们的新信仰的信息。正如《使徒行传》中所叙述的，"从各国回来的虔诚犹太人，当日都在耶路撒冷过节"，还有越来越多的外族人。上帝使约瑟能用希伯来语和埃及语释梦，但是，在五旬节时，上帝还赋予使徒们可以被所有语言理解的奇迹般的能力：

> 当他们听见门徒在说各国的方言，都大大吃惊，说："真是不可思议了。这些不是加利利人吗？怎么会说起我们的话呢？我们这里有帕提亚人、玛代人、以拦人、美索不达米亚人、犹太人、加帕多人、本都人、小亚细亚人、弗吕家人、旁非利亚人、埃及人、近古利奈的利比亚人、从罗马来的犹太人和改奉犹太教的外族人，还有克里特岛的人、阿拉伯人。我们这么多不同地区的人，都听见他们用我们本地的语言，颂赞上帝的伟大哩！① [5]

就算没有使徒的语言奇迹，《新约全书》的作者们也可以以希腊语为中介，面向整个世界讲话。这个新机会给文学带来了前

---

① 本节中《圣经》引文及诗歌参照国际圣经协会《当代圣经》1996年8月第五版中的译文。

所未有的挑战：如何向全球听众讲述本地故事？对当今的作家来说，这是一个根本性的问题，尤其是如果他们身处外围地区、不能假设其他地方的读者对土耳其或泰国的文学和历史有任何背景知识。《新约全书》是从外围地区为更广阔的世界而写作的最早范例之一。

正是这些不断变化的听众，使得耶稣在十字架上那些令人震惊的遗言逐步被人重写。最早的福音书、大约写于公元五〇年前后的《马可福音》引用了耶稣用阿拉姆语讲出的话语，然后把它翻译成："三点钟的时候，耶稣大声喊着说：'Eloi, eloi, lema sabachthani？'意思是，'我的上帝，我的上帝，为什么离弃我？'"（《马可福音》第十五章第三十四节，新修订标准版）。不久后，马太也随之将此话记下，不过他把"Eloi"改成了希伯来语的形式"Eli"。现代读者经常把这些话当作对生存绝望的呐喊，但传福音的人断然不会认为耶稣会怀疑上帝持续的存在。就在他于客西马尼园被捕之前，耶稣预言了他必死的时刻，他感到悲伤和激动，但只向上帝祈求："如果可以的话，请你把这个苦杯拿去。可是，不要依照我的意思，只要依照你自己的旨意。"（《马太福音》第二十六章第三十九节）耶稣在十字架上说的话究竟是什么意思？马可和马太在记录耶稣在十字架上的遗言时，希望读者认识到，它们是文学意义上的引文，因为耶稣是在引用《诗篇》第二十二篇：

> 我的上帝啊，我的上帝啊，你为什么抛弃我？
> 你为什么不帮助我，
> 　　不听我的哀号呢？

啊我的上帝，我日夜不停地哭泣，

　　　哀求你的帮助，

　　　却没有回应。

传统上，这首赞美诗被解释为祷告，大卫在他的儿子押沙龙企图篡夺王位时，成功地求得了上帝的保护。诗人在表达了他的痛苦之后，立刻祈唤上帝坚定不移的援助：

然而，你是圣洁的，

　　　我祖先的赞美环绕着你的宝座；

他们信靠你，

　　　你也解救了他们。

你听见他们呼救的声音，

　　　就拯救他们；

他们寻求你的帮助，

　　　就不致失望。

由于近东的诗歌往往是以第一行诗而为人所知，我们可以推断出，耶稣是在背诵整个诗篇，在痛苦中安慰自己。从第一行开始，犹太听众便立即会对这一点心领神会，就像今天，如果有人说"小洞不补……"，就知道听的人马上会条件反射地跟进"大洞吃苦"。

《诗篇》不仅有助于耶稣，马太和马可试图了解并有条理地叙述"十字架丑闻"时，《诗篇》对他们也颇有裨益。尤其是马太，他总是试图说明耶稣的生平和教诲是如何印证了《圣经》中的预言，他还补充了一些细节：罗马士兵通过抽签来决定谁得到耶稣的衣物，这是直接从《诗篇》中同一首引用过来的（"他们分我的外衣，为我的里衣拈阄"，《诗篇》第二十二篇第十八节）。福音书有些手稿甚至引用这些文字，声称这些士兵分掉耶稣的衣物，"这样通过先知们说出来的预言便有可能应验"。[6]

很好；那么，《路加福音》呢？耶稣最后的遗言在情感上不再那么烦恼："我将灵魂交托给你。"（《路加福音》第二十三章第四十六节）然而，这种改变并没有压制生存恐惧，而是反映了福音的听众在不断扩大。路加写作比马太大约晚三十年，他的福音选取的角度是写给一个希腊朋友、"最出色的西奥菲洛斯"（Theophilus，爱上帝的人）。路加面向的是犹太人和外邦人的混合听众，他知道，他的外邦人读者不会领会引用《诗篇》第二十二篇的意义。于是，他让耶稣引用了另外一首，其中一行诗句可以脱离上下文，而不至于引起误解：

> 主啊，我在你里面寻求庇荫；
> 　　求你不要让我蒙羞；
> 　　以你的公义拯救我！
> 求你赶快答应我的呼求，
> 　　俯身垂听我微声的恳求！
> 求你做我的磐石，我的堡垒；
> 　　为了荣耀你的名，求你指示引领我。
> 你把我拉出仇敌所设的陷阱，
> 　　因为只有你是我的力量。

>我将灵魂交托给你；
>
>　　信实的上帝，你已经买赎了我。

二十年后，《约翰福音》甚至根本就不去寻找《圣经》中的引文，而只是让耶稣说："成了！"（《约翰福音》第十九章第三十节；人们通常将它翻译为"完成"，可能会错误地暗示该束手就擒了；而耶稣在希腊语中所说的是"Tetelestai"，表明达到了目标，即 telos。）约翰仍然时不时地引用希伯来《圣经》，但仅仅是早期福音书作者引用量的一半，而且，他经常为外邦读者添加解释。他的重点是耶稣的一生和教导对各地所有读者的重要意义。

耶稣只死了一次，但在福音书中，他的死本身以三种不同的方式重生：第一种是对犹太教内部的决定性干预；最后一种，我们可以称之为约翰的普世文学。而在这两极之间，路加在撰写一部立足本地的作品，该作品的结构使之既可以在本地阅读，也可以在外邦阅读——这是当今世界许多作家所追求的解决方案。在《路加福音》及《使徒行传》中，路加叙事的两端，从一端的拿撒勒的耶稣，延伸到另一端的罗马的保罗。在《使徒行传》的结尾处，保罗"在自己所租的房子里住了足足两年"（《使徒行传》第三十八章第三十节），在世界上最伟大的帝国的心脏地带，向所有来者大胆地传扬耶稣的教导。保罗是将基督教转化为世界宗教的关键人物；至于路加，他在为地中海世界的众多读者写作的同时，也写出了第一部可以被称为世界文学的作品。

杜先菊 译

33

D.A. 米沙尼《失踪的档案》

小说《失踪的档案》是这样开篇的：时间将近晚上，阿维·亚伯拉罕侦探相当疲累，这时来了一位女士，说她年少的儿子那天下午放学后就没回家；她请求阿维帮她找到儿子。阿维以为女士担忧过头了，安慰她说，她儿子很可能只是偷偷去看望女友，或是避着她抽大麻去了，并且突然冒出一句："你知道为什么希伯来文学里没有侦探小说吗？"然后继续吐槽：

> 因为我们没有那些种类的犯罪。我们这里没有连环杀手；我们不知道什么是绑架；街上也少有袭击女性的强奸犯。在希伯来世界，如果有什么犯罪，犯案者通常不是邻居，就是叔叔、祖父等身边的人，用不着大费周章就能探明真相，找出罪犯。总之，我们生活里没什么是神秘的。[7]

显然随着故事的推进，米沙尼会让阿维大跌眼镜。

阿维所描述的情形大约是一九八〇年代的阿拉伯世界,米沙尼在那里生活并长大成人。像奇玛曼达·阿迪契一样,米沙尼很早就开始阅读,而且和她一样,他能找到的书——至少是他最喜爱的侦探类书籍——都是英国进口的。他在《希伯来侦探之谜》一文中提到,他八岁就是柯南·道尔迷,十二岁时已读完住家附近公共图书馆里所有的阿加莎·克里斯蒂的小说。"我站在图书馆的书架前,上面几乎没有我没读过的侦探小说,我问自己:现在怎么办?世界上真的没有其他侦探小说可读了吗?"[8]

米沙尼接着说,种族、阶级和民族主义等问题限制了以色列侦探小说的创作,而反映阿以冲突的惊悚和间谍小说大行其道,摩萨德情报局和以色列国家安全局辛贝特则是小说的主角。这些小说里,国内发生的常规罪案由当地警察负责侦查,他们主要是米兹拉希人——中东或北非血统的犹太人;他们的工作似乎不具有国家层面的意义,亦无精彩可言。米沙尼的小说则使这一切得以改观。他笔下的情节跌宕刺激、出人意表,人物情感丰富而深刻,已然是世界侦探小说的一道风景。和唐娜·莱昂一样,米沙尼也是侦探小说这一最为国际化的文学流派的积极分子,通过小说把特拉维夫郊区霍隆——他的小说里最常出现的地方——的生活气息逼真地呈现在读者面前,为此,他也和莱昂一样,受到了文学界的褒扬。

正如我们在《路加福音》中看到的,一部作品在海外传播时,其意义也会发生变化。米沙尼的小说在海外传播过程中,其本土色彩变得更浓郁了,而其国际化也愈加强烈。我们比较一下《失踪的档案》的希伯来语版本与二〇一三年的美国版本就可以感受到这一点［见彩页图29］。希伯来语版《失踪的档案》（*Tik ne'edar*）封面是一位设计特别、非常醒目的背包少年——从细节看，标题的希伯来语也巧妙双关："tik"一词的意思是"包"或"文件"，暗示男孩丢失书包（情节中的一个关键线索）并从此身不由己，卷入谍海。封面设计的重点在于如何去解开谜团，而不关涉本土或国际意味。

相形之下，美国版封面是为国际读者重新设计的：作者名字由德罗尔·米沙尼（Dror Mishani）变为更具英国色彩的"D.A. 米沙尼"（D.A.Mishani），封面上还有全球畅销书"沃兰德探案"系列推理小说的作者亨宁·曼凯尔醒目的推荐语。和封面强调国际化路线不同，美国版的封底又主要针对本土读者。封底顶端的描述告诉读者，小说发生在"特拉维夫安静的郊区"，封底中间的推荐语强调"故事的发生地相当迷人"，最后一句推荐语则称，"读完这些发生在不寻常之地的惊心动魄的神秘事件，读者们正翘首以盼他计划中的续集"。

我第一次对米沙尼感兴趣是在二〇一七年，那时我和我的欧洲同事路易丝·尼尔森（Louise Nilsson）、西奥·德哈恩（Theo D'haen）一起编辑《作为世界文学的犯罪小说》选集。我们收录了当时在密歇根大学读研究生的玛彦·埃坦（Maayan Eitan）的一篇精彩文章，她对所谓的侦探小说具有真正的地方色彩的看法持怀疑态度，认为那只是假象。她还引用了米沙尼的崇拜者，北欧侦探作家亨宁·曼凯尔作品中的一段进行说明：

> 沃兰德离开大楼时，警察局和于斯塔德医院几乎被夜色吞没。已经过了晚上七点。走到克里斯蒂安斯塔德路，

他右转,到了弗里德赫姆街,他再次右拐,然后就消失在夜行者的行列里……他尽可能不去跟随街上行人的步伐,而是一再提醒自己走慢点,再慢点。那是九月初一个令人愉悦的夜晚。他知道,在接下来的几个月里他不会再有这样美好的晚上。[9]

埃坦随后透露,她是和我们开了个玩笑——这段话实际上取自米沙尼的小说。她所要做的只是换掉几个名字（霍隆理工学院换成了于斯塔德医院,菲克曼街变成了克里斯蒂安斯塔德路）,就把一个令人愉快的以色列的五月夜晚变成了斯堪的纳维亚的九月。

埃坦的观察是精准的,我们甚至可以更进一步：有时连名字都不必改换。阿维回忆他小时候生活的社区是如何被改变的,尤其是一些新的国际品牌的连锁店,小说如此描述：

> 内韦·雷米兹和基里亚·沙雷特是他一直生活的两个老旧社区,如今两个社区之间的沙丘没有了——取而代之的是一片公寓楼、一个公共图书馆、一间设计博物馆和一座购物中心——在暗夜里发着光,像是月球上的空间站。在去基里亚·沙雷特的途中,街道左侧闪烁的都是 Zara、Office Depot 和 Cup o'Joe 等商店的霓虹招牌,他打算穿过街道,走进那座购物中心。

然而,地方差异依然存在。就像福音书作者对希伯来《圣经》的引用一样,这样的描述对阿拉伯本土读者的刺激远甚于外国读者。对米沙尼的同胞而言，光是小说里人物的名字就能引发某种米兹拉希移民和犹太复国主义者以色列血统的"萨布拉斯"之间的种族紧张的暗示，譬如读者从沙拉比和曼苏尔这样的阿拉伯语名字就大致知道他们是米兹拉希人。这种差异从一个辛贝特官员对阿维高人一等的招呼语中就能看出："那位官员说话的口吻，就像餐馆老板对最底层的洗碗工说话一样，尽管他的年龄和级别可能都比他小。"即便如此，外国读者对这样的种族间的差异并不会如此敏感。

还有一些地方差异具有强烈的冲击力，甚至在译文里也能感觉到。譬如小说写阿维和他心不在焉的父亲，还有他总是紧张兮兮的犹太母亲的那段滑稽而尴尬的互动：阿维因探案需要，得去布鲁塞尔，途中他接到了母亲的电话（他大概是文学中唯一在探案过程中能接到母亲这类电话的侦探），母亲说她已经查看了比利时的天气预报，是下雨天，要他把自己裹严实一些，以免淋湿。更令人郁闷的是，失踪男孩的母亲原来是一个被虐待的妻子，在她所处的环境中，她几乎没有什么其他的选择："她看上去一脸茫然。她不习惯做决定，也不习惯坚持什么。'我不知道他是否出事了，'她说，'但他不会像这样消失的。'"后来，当情况变得更糟，"她的呜咽声变弱，非常压抑，时断时续，像被关在门外的狗一直试图进屋而发出的那种声音"。

《失踪的档案》兼具地方色彩和世界因素，孰多孰少难存定断，不同的读者会有不同程度的感受。熟悉以色列背景的读者会感受到更多的地方色彩，而其他读者则可能更多关注米沙尼犯罪小说的世界因素。谈到这一点，我最喜欢的是阿维作为主人公的第二部小说《暴力可能性》（*A Possibility of Violence*）

的开篇:他和他的斯洛文尼亚裔、比利时籍女友玛丽安卡坐在布鲁塞尔公园的长椅上,他放下手里的"一本鲍里斯·阿库宁的小说"[10],想稍作休息,这时一个精神失常的女人走过来和他们搭讪。阿维没有意识到,他那时完全沉浸于鲍里斯·阿库宁《冬日皇后》开场的那一幕(《冬日皇后》是鲍里斯·阿库宁以夏洛克式英雄叶拉斯特·彼得罗维奇·范多林为主角的系列作品的第一部)。

阿维还以为自己在阿加莎·克里斯蒂笔下的比利时大侦探赫尔克里·波洛家中——他认为波洛的案子常常出错;但他忘了自己刚刚来到阿库宁的出生地沙皇俄国。这时,正如《失踪的档案》的引言——摘自狄德罗的《宿命论者雅克和他的主人》原文,未加翻译:"Comment s'étaient-ils rencontrés? Par hasard, comme tout le monde(他们是怎么碰见的?像所有的人一样,是萍水相逢)"。事实上,这一切绝非偶然,而是作者的精心安排,正如米沙尼将以色列侦探小说完完全全地放进世界文学宽广无边的框架之中。

南治国 译

34
埃米尔·哈比比《悲观的乐观主义者赛义德的秘密生活》

如果说德罗尔·米沙尼笔下的米兹拉希人在以色列过着二等公民的生活，那么巴勒斯坦人的境遇就更为糟糕了。即便是巴勒斯坦的基督教徒也不例外，正如我们今天说到的这位作家。埃米尔·哈比比一九二一年出生于海法一个信仰基督教的阿拉伯家庭，当时正值英国殖民统治，他后来成为一名记者，从一九四〇年代中期开始，他编辑一份著名的左翼报纸《统一报》。自一九三〇年代以来，无论是阿拉伯人还是犹太人，对英国统治的抵抗都日渐增长。联合国在一九四七年颁布巴以分治决议案之后，内战爆发，最终以色列在一九四八年五月十四日单方面宣布建国。阿拉伯各国联军在次日入侵以色列。他们本来预期速战速决，但双方苦战一年之后，阿拉伯一方在一九四九年战败。在此期间，阿拉伯语称之为"Nakba"（浩劫）的这段岁月，七十多万巴勒斯坦人流离失所。

接下来的三年中，同等数量的犹太移民迁入新成立的以色列国,而留在以色列境内的巴勒斯坦人在以色列统治下坚持居留下来。哈比比在此期间继续从事新闻业,并参加更多政治活动。他是以色列共产党的联合发起人,后来在一九九一年有些党员反对戈尔巴乔夫在苏联进行的改革时,他脱离该党。他尖锐批评以色列关于巴勒斯坦的政策,但主张两国和平共存。他担任以色列国家议会议员长达二十年之久,直到一九七二年退出政坛,全心投入写作。一九七四年,他出版了杰作《悲观的乐观主义者赛义德的秘密生活》。在一九九〇年代初期,他同时获得巴解组织和以色列颁发的文学奖。针对有关他接受以色列奖金的批评,他写道:"奖项与奖项之间的对话,胜过石头和子弹之间的对话。"

和许多后殖民作家一样,哈比比的作品融合了欧洲和当地的文化传统。他作品中的反英雄是一个典型的阿拉伯骗子,作者讲述他的故事所采用的框架来自伏尔泰的《老实人》。在第一次中东战争(一九四八年至一九四九年)之后,赛义德替以色列警察局当密探,监视巴勒斯坦人中的共产党。他希望能在故乡海法继续生活下去,好有朝一日与他的相好玉阿达在此团聚,玉阿达被迫离开以色列,但她的名字的意思是:"会回来的。"赛义德最后和另一个女人结了婚,生下一个儿子。在一系列悲惨又搞笑的故事之后,他的儿子成了一名抵抗战士,最后被杀害。赛义德开始相信外星人在跟他取得联络,最后他在一座英国监狱改成的精神病院里写下自己这个故事。在小说结尾,赛义德不见了;他或许已经死了,或许躲藏在亚柯[①]城下的古代

[①] Acre,《圣经》中古地名,大约位于今天的海法。

墓穴中，或许被他的外星朋友们接到了外太空。

赛义德全家人都是"Pessoptimist"（悲观的乐观主义者），这个名字对于他们的丰富人生而言，可谓实至名归。这一家人世代有着红杏出墙和变节附逆的传统，老婆们给男人戴绿帽子，男人们则都为中东地区的独裁者们效力，这中间也包括以色列政府。赛义德自豪地说："第一个被以色列政府任命为上加利利地区蒲公英与西洋菜销售委员会主任的阿拉伯人，就是我们家族的人。"他这样说时，丝毫不提这位亲戚是为一丁点儿利益就出卖了自己的尊严。他此后继续奋斗，不是为着有价值的正义事业，而是"为了也获得下加利利地区的销售权，但终未成功"。[11]

赛义德枚举他家人悲观的乐观主义，其中一例是他母亲在他一个兄弟死于工业事故时说的话，其中不自觉间呼应了伏尔泰笔下的潘格罗士①："她声嘶力竭地说：'这跟别的死法相比，是最好的了！'"她的新寡的儿媳妇愤怒地问她，还有什么别的死法会更糟糕，她的婆婆平静地说："我的乖媳妇，比如你要是在他还活着的时候就跟人跑了。"赛义德干巴巴地补充说："要知道，我妈对我们的家族历史了如指掌。"不久后，这年轻的寡妇果真跟人跑了，但那人却是不育的。"我妈听说了以后，又说了一遍她常说的那句话：'咱们不该赞美上帝吗？'"赛义德总结道："所以我们是乐观主义者，还是悲观主义者？到底是啥？"

---

① Pangloss，伏尔泰《老实人》中的人物，代表一种彻底的乐观主义，口头禅是：在所有的好生活中，这是最好的。

小说有一整章用来探讨"老实人和赛义德之间惊人的相似"。在他的外星人朋友批评他模仿老实人之后,他反驳说:"别为此责怪我。要怪,就怪我们的生活自从伏尔泰的年代以来一点儿都没变过,只除了黄金国埃尔多拉多真的在这个星球上出现了。"——这种潘格罗士的乐观思维方式,与犹太复国主义天真地如出一辙。哈比比的讽刺对谁都没放过。伏尔泰把自己看成是理性的声音和主宰,老实人是一个高贵的天真汉,赛义德则既纯洁又堕落。一九四八年,作为附庸以色列政府的巴勒斯坦工会的头头,他窃取了那些逃离海法的阿拉伯人遗弃的财物,但在这之前,遗弃财物监管会对那些人去楼空的家庭已经洗劫过一遍,而新成立的阿拉伯城镇领导层也曾染指这些财产。到了一九六七年六日战争之后,赛义德看到穷困潦倒的人们变卖婚礼用的碗盘,售价一个英镑一套,大发悲观的乐观主义之情,说:"世道真是越来越好了,这些过去免费拿的东西,现在能卖一英镑了。"

整部小说中,抵抗的冲动和为了求生而不得不妥协的念头错综交合。与以色列合作的巴勒斯坦人,都成为以色列奉行的"彻底、完全抹去民族记忆"计划的帮凶,这个主题在哈比比的小说中得到详细表达。于是,一九四八年战后,在占领军接管的一间教室里,黑板变成了乒乓球台。然而,以色列及附庸其上的巴勒斯坦人,还不是哈比比唯一的讽刺对象。小说中也对那些足迹遍布中东地区的阿拉伯领袖作出畅快淋漓的批评,这些领袖把巴勒斯坦人禁锢在难民营中,在人民中间煽动针对以色列的怒火,以此遮掩他们自己的独裁和贪婪。这也就难怪在赛义德善于妥协的家庭中,有些成员散布在"那些未被占领的阿拉伯国家",包括一个在叙利亚的上尉,一个在伊拉克的少校,一个在黎巴嫩的中校,还有一个亲戚"专门为各国君主点烟"。

我们之后会讲到《老实人》,在其中我们会看到,伏尔泰对宗教教义大加讽刺,对自己所属贵族阶级的批评则如微风拂面。相比之下,哈比比笔下,有权力的阿拉伯人和以色列人都想尽办法维持现状,虽然倒霉的主人公赛义德会让我们产生同情,但他描写的没有权力的人们也一样会堕落腐败。伏尔泰笔下的女主人公居内贡为了生存不惜放下身段,但她虽然一生辛苦,却保持了贵族姿态和人格完整。赛义德选择的生活手段则更为不堪,同时体现出懦弱和凶残。他的儿子最后反抗了赛义德的被动懦弱,虽然他尚未成功就已牺牲,但他指出了唯一的希望,即为了最后胜利而不断抗争——哈比比认为,有思想的阿拉伯人和犹太人都应该参加这场旨在推翻现状的斗争。赛义德也希望有朝一日局势会变好,但是只有人们放弃附逆和子弹的方式,找到更好的道路才能真正做到。他们需要一起努力,在新的共识基础上重建社会,而赛义德是不会参加这种建设的。故事结尾,赛义德像一个苦行僧那样坐在高高的柱子上——显然那是一根电视天线——想象着祖先和爱人们聚集在下面,玉阿达抬脸向上看,宣称:"乌云过后,太阳就又出来了。"

宋明炜 译

35

马哈茂德·达尔维什《蝴蝶的重负》

在爱德华·萨义德的书里,我第一次遇到马哈茂德·达尔维什动人的诗篇。在萨义德的诸多著作中,我个人最喜爱的是《最后的天空之后》(*After the Last Sky*,一九八六年),他把一个流亡者对故土的回忆,编织进法国摄影师吉恩·莫尔拍摄的巴勒斯坦人日常生活的照片里。萨义德这本书的题目取自达尔维什的诗《大地正向我们关闭》("The Earth Is Closing on Us"),那时诗人正流亡于贝鲁特,在诗里他问道:

> 最后的边境之后我们要去往哪里?
> 最后的天空之后鸟儿要飞向哪里?
> 最后的呼吸之后植物要在哪里安眠?[12]

一位加拿大艺术家弗雷达·格特曼有感于这些诗句,将它们放进自己二〇〇八年创作的拼贴作品中[见彩页图30]。格特曼对诗句的运用产生了奇妙的多重涵义。诗歌的开篇出现在画的底端，如果我们从那里开始往上读图，就会看到巴勒斯坦难民在一九四八年的浩劫中逐渐淡去的身影。但以这样的方向，三句诘问的诗行的顺序是错的。它们应该从上往下阅读。在这种情况下，诗歌让流离失所的巴勒斯坦人逐渐聚焦在视野之中。

在场与缺席一直交织在达尔维什的作品中，直到他的最后一本书《缺席的在场》（*Fī Hadrat al-Ghiyāb*），这本书在他二〇〇八年去世的前两年出版。这是一本格言、散文诗和小品文交替出现的选集，他在其中回忆了许多离散与流亡的经历。从他七岁开始，也就是一九四八年，以色列军队便入侵了他的村庄，他们一家人乘夜色逃往黎巴嫩：

> 那时除了光与声音我们没有别的敌人。那个夜晚除了幸运我们没有同盟。充满恐惧的软弱声音训斥着你：别咳嗽，孩子，咳嗽通向死亡的终点！别划亮火柴，爸爸，你微弱火光的一闪将引来一串子弹……当一束远光出现，你要装成一株灌木或者一块小石头，屏住呼吸，以免那恶意的光听到你。[13]

一年后，达尔维什一家从黎巴嫩返回，但以色列人毁掉了他们的村庄，他们只好停留在亚柯，新以色列的边境线内。去国离乡把他们变成了那个矛盾的类别——"在场的缺席者"（present-absentees）中的一员，他们要一直证明自己回返家乡的权利。一九六〇年代，达尔维什开始发表具有强烈政治色彩的诗歌。他反复被捕入狱，直到流亡海外。后来他在莫斯科、开罗、贝鲁特、突尼斯和巴黎生活。一九九五年,为了与好友埃米尔·哈比比一起拍摄关于哈比比生平的电影,他返回祖国,却只赶上了哈比比的葬礼。自此之后,他来往于安曼、约旦与河西岸的拉姆安拉。

巴勒斯坦人的艰难挣扎对达尔维什的创作有不可磨灭的意义,与此同等重要的是保持与世界诗歌的对话。达尔维什最初便致力于探究诗性的语言。他在《缺席的在场》中这样叙述自己的童年:"你热爱诗歌,那个字母 Nūn 带你走进一个白夜,激发出诗的节奏……没有诗人,就没有一个部落的胜利,没有在爱中失败,就没有诗人的胜利。"他接着说,"你将进入那些未知的房间,因为在舍赫拉查达无尽的夜晚,一个故事通往另一个。在一个与你的生活截然不同的魔法世界里,你成为故事的一部分……词语即存在。对这个游戏你将如此着迷并置身其中。"但他又有些疑惑,"词语怎么才能创造足够的空间来拥抱这个世界?"

达尔维什在诗歌的瀑布中拥抱这个世界。他的诗多达三十余卷,但还没有英文版的完整诗集。《不幸的是,那曾是天堂》(*Unfortunately, It Was Paradise*,二〇一三年)是一部收集了他从一九八〇到一九九〇年代诗歌的精彩选本,《蝴蝶的重负》(*The Butterfly's Burden*)则将他一九九八年到二〇〇三年的三部短诗卷结集成一册。因此,如果要对达尔维什的创作有更全面的了解,我们需要去寻找散落在各个国家的书籍、杂志和报纸里的文章。在《蝴蝶的重负》的晚期诗歌里有这样一首《你将被遗忘,好像你从未存在》,达尔维什写道:"我是回声的君王。我唯一的王冠是边缘。"[14]

达尔维什晚期的诗歌往往构成早期诗歌的回声。《蝴蝶的重负》这个标题取自一首一九九八年的诗，而它最初来自一九七七年的一首诗中的一句。达尔维什也常常回应他喜爱的诗人，无论过去的还是当代的。他二〇〇三年的诗集《别为你所做的道歉》(*Don't Apologize for What You've Done*，《蝴蝶的重负》中的第三部分）就有双重题词，来自一位九世纪的叙利亚诗人和一位二十世纪的西班牙现代主义诗人：

> 心灵的感应，或是命运的感应：
> 你并不是你
> 　　故乡也不是故乡
> 　　　　——阿布·塔玛姆（Abu Tammam）

> 而现在，我不是我
> 　　房子不是我的房子
> 　　　　——费德里科·加西亚·洛尔迦（Federico García Lorca）

达尔维什把这些平行的诗句描述为"心有灵犀，或是有缘的心电反应"。达尔维什与他的巴勒斯坦友人们有着更为密切的对话。法德瓦·图坎（Fadwa Tuqan，一九一七年至二〇〇三年）写下《在荒野中面对失去》("Face Lost in the Wilderness")，她表达了一种深深的矛盾感，面对记忆的危险吸引力——关于那失落的国度或失去的爱人，也许两者都有：

> 不！别让我回忆。爱的记忆
> 黑暗，梦笼罩着阴云：
> 爱是失落的幽灵
> 在一个荒野之夜。
> 朋友，那个夜晚谋杀了月亮。
> 在我的心镜里你无处躲藏，
> 只有我的祖国那破损的脸庞。
> 她的脸，可爱又受伤，
> 她的珍贵的脸庞……[15]

在《一个巴勒斯坦人伤口的日记：献给法德瓦·图坎的鲁拜集》（"Diary of a Palestinian Wound: Rubaiyat for Fadwa Tuqan"）里，达尔维什这样回应她：

> 我们尽可以不去回忆因为迦密山在我们身体里
> 加利利的青草生长在我们的睫毛上。
> 不要说：我盼望我们奔向它像河流一样 /
> 不要这样说。
> 我们存在于祖国的血肉里，它在我们身体里。
> ……
> 把全部的死亡留给我，哦姐姐
> 把全部的流浪留给我。
> 看！在它灾难的上空，我把它编织进一颗星星。[16]

达尔维什也和他三十年的老友爱德华·萨义德对话。在《关于流亡的省思》一文中，萨义德这样描述流亡：

> 不可治愈的裂痕，在一个人与他的故土之间，在自我与真正的家园之间：本质的悲伤不可跨越。尽管在一段流亡生活的文学与历史叙述中，包含着英雄的、浪漫的、光荣的，甚至胜利的片段，那也不过是为了克服被疏离的巨大悲伤所必须做的努力。流亡的成就永远被侵蚀着，因为某些事物被留在那里，永远失去了。[17]

二〇〇三年，六十七岁的萨义德因白血病病逝，达尔维什为他创作了一首哀歌，书写着流亡的痛苦和自由：

> 外面的世界是流亡，
> 流亡是内在的世界。
> 在两者之间的你呢？
> ……
> 自由地穿行于文化间
> 寻找人类本质的人
> 也许为所有人找到一处栖身之地。[18]

有一段他在二〇〇四年朗诵这首哀歌的视频，他的双手和声音一样优雅。[19]

达尔维什把他的哀歌题名为"对位法"（"Tabiq"），以怀念萨义德"对位"式的批判思维，那种从不满足于单一的或固定的推理方式。这首诗本身就是对位的，融合了哀歌与访谈——他和萨义德互相提出充满挑战的问题。萨义德既被描述成一个知识分子反抗精神的英雄化身("他像最后的史诗英雄／维护着特洛伊的权利／去继续讲述"),又是一个在纽约和常春藤大学享受日常快乐的人:

> 纽约。爱德华在一个懒洋洋的黎明
> 醒来。他弹着
> 莫扎特。
> 绕着学校的网球场
> 跑步。
> 让思想旅行,穿越
> 边境,
> 跨过障碍。他读《纽约时报》。
>
> 写下愤怒的评论。咒骂一个东方学专家
> 引领大众到一个东方女人
> 内心脆弱的地方。他淋浴。选一件
> 优雅的西装。喝一杯
> 白咖啡。冲着黎明大喊:
> 别闲逛。[20]

诗歌这样结束:

> 再见,
> 再见,痛苦之诗。[21]

二〇一三年，我儿子彼得大学毕业后去约旦教书，他让一位马赛克艺术家把这首诗中的一句镶嵌在石头上，作为给我的礼物："他让思想作穿越边境的旅行。"这是对爱德华·萨义德和马哈茂德·达尔维什的生活与创作的完美描述——对我们的文学之旅也是这样。

图 31 "他让思想作穿越边境的旅行。"

周思　译

第八章

德黑兰—设拉子：荒漠玫瑰

36

玛赞·莎塔碧《我在伊朗长大》

一直到我和妻子洛里二〇一一年去伊朗之前，我一向觉得自己是个对美国新闻媒体有足够警惕的读者。如我们所预料的，在伊朗，人们还精心保存着伊斯兰革命时期留下的"美国去死"口号，还有很多阿亚图拉霍梅尼的肖像，其中一幅画里他正在祝福一片风中飘洒的花瓣，花瓣象征的是在和伊拉克的战争中牺牲的烈士们的英灵。但是我们之前并没有预计到伊朗中产阶级早就非常习惯于将西方文化和中东文化融为一体了。我之前无意间不加反思地接受了"什叶派"就等同于一种尤其严苛（甚至"极端"）的伊斯兰教这个观点。于是当我发现很多伊朗人可以非常灵活地安排自己的宗教生活之时，我大为惊讶。比如说，他们决定每日的五次礼拜可以分成三组来完成，这样就更容易把它们融入日常生活的节奏之中。而虔诚的宗教信仰与积极参与当代世界文化之间并非水火不容。

甚至伊斯兰革命本身都融入了与时俱进的品牌信息意识，正如我们在去设拉子的路上，在德黑兰机场的一条横幅标语上所发现的。① 在按照要求牢记要把伊斯兰革命和伊玛目霍梅尼的名字联系在一起之后，我们接着度过了美好的一天，也享受了一段绝妙的旅程。

图 32　伊斯兰革命的品牌宣传

　　伊朗的这些复杂性都在玛赞·莎塔碧的畅销书《我在伊朗长大》②里有绝妙的阐发。这本书最初是以四卷本的形式于二〇〇〇年至二〇〇一年以法语出版，然后在二〇〇三年至二〇〇四年出版了英语译本，之后又翻译成其他好几种语言。二〇〇七年，莎塔碧以自己的书为底本，自编自导将其改编成一部获奖的动画电影。[1] 正如莎塔碧在这本书的前言里所写的，自从一九七九年伊斯兰革命以来：

---

　　①　照片中标语中部的英文不太标准，直译是"没有伊玛目霍梅尼的名字，这场革命在世界任何地方都是不被承认的"，右下英文为"旅途愉快"。
　　②　原书名为 Persepolis，直译为"波斯波利斯"，指的是阿契美尼德王朝的都城。此处书名遵从商务印书馆 2010 版的中译本。

第八章　德黑兰—设拉子：荒漠玫瑰

> 当这个古老而伟大的文明被人提及之时，大多数时候，它是和极端主义、狂热主义和恐怖主义联系在一起的。作为一个生命的一半多都是在伊朗度过的伊朗人，我清楚这个形象和真相相去甚远。这就是为什么写作《我在伊朗长大》对我如此重要。我相信一整个国家不应该因为几个极端分子的错误而横遭指责。我也不希望那些为了守护自由而在监狱里失去了生命的伊朗人，那些在与伊拉克的战争中死去的伊朗人，那些在一个个专制政权下承受苦难的伊朗人，还有那些不得不离开家人逃离故土的伊朗人被人遗忘。人可以原谅，但是人不应该遗忘。[2]

《我在伊朗长大》探讨了语言和图像暧昧的力量，这样的力量可以保存不应被忘却的记忆，但也可以扭曲甚至压抑记忆。这本书既是一本自传，也是记录伊斯兰革命及其影响的一粒时间胶囊，还是对当今世界文化复杂性的一次思索。莎塔碧讲述了自己世俗化家族的历史，她的家人反对过巴列维王朝，也反对之后取代它的专制的伊斯兰共和国。在两伊战争期间，当德黑兰遭受空袭之时，玛赞的父母把年仅十四岁的她送去奥地利念书，她在那里挣扎着融入当地的生活，却渐渐开始大量吸毒，甚至一度流浪街头。她在十八岁回到伊朗，进入大学学习平面设计，有过一段短暂而不如意的婚姻，最后在四年后永远离开了伊朗。在这本书的最后一幅画里，玛赞告别了她充满希望的父母和泪流满面的外婆。在这幅画的下方，她写道："我后来只再见过她一次，在一九九五年三月的伊朗新年期间。她在一九九六年一月四日去世了……自由是有代价的……"

和普里莫·莱维以及保罗·策兰一样，莎塔碧也正视了语言在创伤面前的局限，而在她的书里，她同时探索了图像语言和文字语言的局限。当她的一位玩伴在一次空袭中丧生之时，玛赞发现了自己朋友的胳膊——上面还戴着她最喜欢的绿松石手镯——从她家的废墟下露了出来。我们看到玛赞惊恐的反应，然后整幅画面陷入一片漆黑。

图33 玛赞遭遇了死亡

波斯波利斯是阿契美尼德王朝在公元前六到前四世纪举行典礼的都城，因其典雅的浮雕而闻名于世。一代代的游客都在波斯波利斯遗址上留下了自己的印记。当我去那里参观时，我吃惊地发现了一则刻字涂鸦，上面写的是"斯坦利　纽约先驱报　一八七〇"。这正是康拉德的死对头亨利·莫顿·斯坦利在自豪地给自己的雇主《纽约先驱报》打广告。不久之后该报社就派他踏上了去非洲搜救利文斯敦医生的著名征途。

莎塔碧在自己书的标题里召唤古波斯文化，可能是种本质化的姿态，但是在整本书里，她一直在讽刺伊朗特殊主义，还嘲讽了政治和宗教领袖试图用古代的荣光或现代的牺牲之类的修辞，遮掩他们自私政策的企图。《我在伊朗长大》里唯一一处描绘了波斯波利斯的地方是在描述礼萨沙·巴列维国王如何在一九七一年利用这个遗址来为自己增光添彩，当时他组织了一次盛大的庆典来纪念居鲁士大帝在此定都两千五百周年。

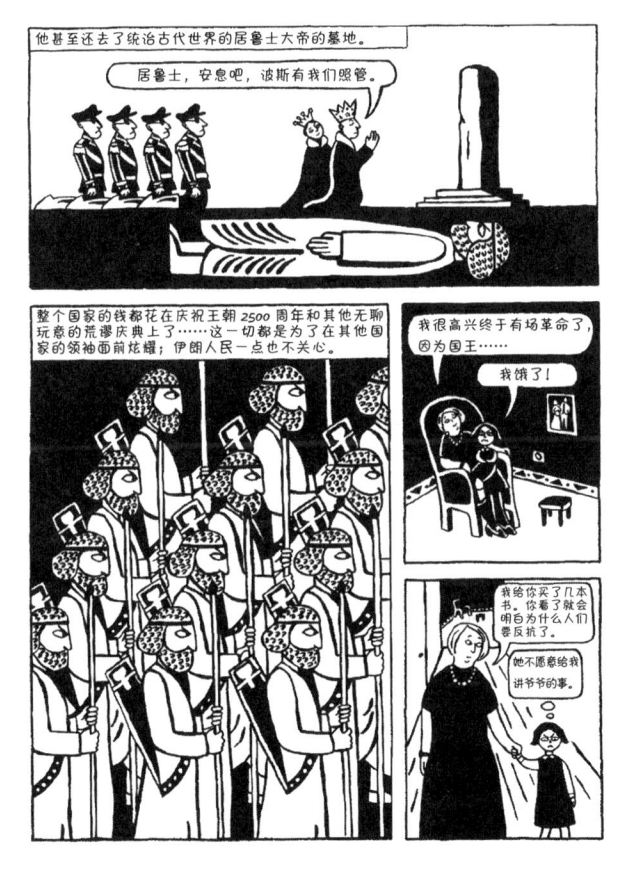

图 34 《我在伊朗长大》中的波斯波利斯

就像奥尔罕·帕慕克笔下的许多角色一样,《我在伊朗长大》里的玛赞发现自己痛苦地夹在两种文化之间。从奥地利回到德黑兰之后,她陷入了抑郁,甚至想自杀:"我的灾难可以用一句话来总结:我什么都不是。我在伊朗是西方人,在西方又成了伊朗人。我没有身份。我甚至不知道为什么我还活着。"然而在玛赞经历这一切苦难时,她保持了自己永不屈服的叛逆个性。同时她有种冷面自嘲的幽默感,这种幽默感给她的书带来了很多喜剧性的场面,减轻了无休无止的战争和压迫带来的悲剧。玛赞去探望了一位童年玩伴,他在两伊战争前线受伤归来已成重度残疾,他们的对话一直磕磕绊绊的,直到她的朋友讲了一个让人忍俊不禁的黄笑话。笑声让他们找回了交流的能力。

玛赞的反叛源自她的父母、她的祖母以及她对一位被霍梅尼政府处决的挚爱的叔叔的缅怀。当玛赞还是一个小女孩的时候,玛赞的叔叔给她讲述了自己被伊朗国王政府囚禁多年的故事,鼓励她要铭记一切:"我们家族的记忆一定不能丢了,哪怕对你来说很难,哪怕你完全不理解它。"穿着睡衣盘腿坐在她叔叔身旁的椅子里,玛赞回答:"不用担心,我永远不会忘记的。"《我在伊朗长大》是非同寻常的铭刻个人和文化记忆的努力。不过鉴于它高度个人化的形式,它当然不能(它也没有如此宣称)全面反映伊朗的历史和文化。比如,几乎毫无例外,我们在这本书里遇到的伊朗人不是理想主义的左派就是蛮横的伊斯兰极端分子。我们要看到的下一本书将对莎塔碧这种当代的、世俗的身份探究有很好的补益,那就是法里德·丁·阿塔尔写于十二世纪的《鸟儿大会》,书里融入的苏非神秘主义为阿塔尔提供了追寻和批判自己文化及其意识形态的基础。

肖一之 译

37

法里德·丁·阿塔尔《鸟儿大会》

——∞——

阿塔尔的《鸟儿大会》是关于精神探索和精神完善的最伟大的叙事作品之一，它与但丁的《神曲》和薄伽丘的《十日谈》都有相似之处，就是将神秘的寓言与朴实的、常常带有戏剧色彩的叙事结合在一起。它也和《一千零一夜》的框架故事相似——《一千零一夜》的波斯语原著，比阿塔尔这部十二世纪末的杰作要早两个世纪。所有这些作品都在一个框架内，用一系列历史轶事和荒诞不经的故事寓教于乐。阿塔尔和比他晚一个世纪的但丁，或者今天的玛赞·莎塔碧一样，在帝国征服和内部纷争之际创作他的诗篇。

莎士比亚《暴风雨》中的普洛斯彼罗说过一句众所周知的话："我们都是梦中的人物，我们的一生是在酣睡之中。"[3] 阿塔尔也把我们卑微的一生描述为一个微不足道的虚幻梦境，但我们可以补充一点：他自己的生活因为外族入侵而更加痛苦。他出生在德黑兰以东四百英里处的内沙布尔，其时内沙布尔已经成为从中国到黎凡特的丝绸之路上的重要城市，对来自东方和西方的入侵者而言都是诱人的战利品。一一五四年，阿塔尔大约九岁时，内沙布尔被乌古斯土耳其人攻陷，当这座城市在一二二一年被成吉思汗摧毁时，阿塔尔也不幸丧生。

在《鸟儿大会》的结语中，阿塔尔用自己的名字，或者更确切地说，用他的笔名讲话。"Attar"的本意是从事草药生意的人，包括药材和香料——用它来形容一部既具有指导意义又令人愉悦的作品，还是非常恰当的。他将自己描述为一种来自失败的社会环境中的内心流亡者：

> 我是阿塔尔，一个买卖药材的人，但
> 我自己的心和任何浑浊的染料一样黑暗，
> 我独自为那些世人伤怀
> 他们无论何事都没有盐分和意念。
> 我铺开巾幔，泪眼滂沱
> 浸湿了我的面饼；
> 我烹煮的是我的心，我很幸运
> 加百列时不时是我的客人，
> 既然天使在与我一同进餐，我又如何
> 能够与每一个愚人同吃共饮？

为避免其中的政治指涉不够明确，阿塔尔接着写道：

> 感谢上帝，我说，我不与
> 毫无价值的骗子来往，也不登朝廷；

> 为何像这样出卖我的心灵？为何
> 赞美某个愚笨的蠢货又伟大又聪明？
> 我不吃暴君之食，我也从未
> 将书籍的题词贱卖成黄金。

与但丁被迎进地狱边境的诗人圈子不无相似之处，他宣告："我的先行者迎候着我，那我／为什么要寻找那些自我中心、空洞的人？"[4]

在正文中，阿塔尔将一群寻找一名领头鸟、为他们的生活带来某种秩序的散漫鸟群拟人化，对一个政治上和道德上都已经破产的社会发起批判。鸟群中一只明智的戴胜鸟知道这样一个精神向导，即一种名为"西莫格"（Simorgh）的神鸟，戴胜鸟建议群鸟都去寻找西莫格。他们的旅程将包括七个艰难的阶段，从最初的追求之谷，到达热爱、认知、禁欲、团结、敬畏、困惑，最终达到万事皆空的寂灭境界。戴胜鸟对群鸟说："在那里，你悬浮空中，一动不动，直到你被吸引——冲动不是你的——／一滴水吸摄进没有海岸的海洋之中。"

戴胜鸟那些只长着鸟脑子的笨朋友们热情地同意这一计划，但又一个接一个地开始满腹狐疑。阿塔尔巧妙地根据不同鸟类的外观、栖息地、鸣唱或诗意，将每一个发话者与各自的理由联系在一起。夜莺不忍离开他的玫瑰和恋人们。鸭子只喜欢在溪流中蹒跚而行，万万不想冒险闯入沙漠，而环佩叮当的鹧鸪只热衷于宝石。鹰过于看重自己的朝臣身份："当我接近国王时，我的尊敬／正确地恪守着既定的法则。"具有讽刺意味的是，鹰正是被他乐于服侍的国王所蒙蔽："我的眼睛被蒙住，我看不见，/ 但是我骄傲地栖息在我的宗主的手腕上。"

这首诗的大部分内容阐释着关于尘世的牵挂的主题，这些尘世的牵挂，使得这些鸟儿无法出发。为了回应他们源源不断的忧虑和反对，戴胜鸟使用了各种策略——逻辑、道德教义和一个个故事，例如《马哈茂德国王和公共浴场中的鹳鸟》，在这个故事中，一个地位卑微的浴室仆从对国王表现出极大的盛情，但拒绝晋升到宫廷。他这样对国王说："如果您不是国王，您可能会非常幸福，阁下；/ 我很高兴为这把大火添薪加柴——/ 我不比您卑微，也不比您高贵，您看……/ 和您相比，我是万事皆空的寂灭，陛下。"像许多故事一样，这个故事有两个层面的功用：从世俗的角度来看，它显示了崇高的对财富和权力的摒弃；而在精神层面上，国王可以代表上帝，浴室仆从则代表世间所有凡人，谦卑地承认我们在神灵面前是微不足道的。

鹳鸟的答复有可能表示他对现状感到满意，但在别处燃烧的木头则表明，那些为特权人士带来快乐的人，其实在承受着痛苦：

芬芳的木头在燃烧，它的芳香
让人带着迷蒙的满足轻声叹息。
有人对它说："你的叹息意味着狂喜；
想想木头吧，它的叹息意味着痛惜。"

在整首诗中，正是苏非教派的托钵僧们舍弃了世界和它的种种诱惑。普通人认为他们疯了，但苏非派人士心平气和地接受了世俗成功的空虚，以及万物的终极统一。神圣的光芒是如此明亮，以至于我们阴影般的自我，会像阳光下的阴影一样消融，甚至先知本人也在引领着通向所有自我全部灭绝的道路。按照伊斯兰教的传统，穆罕默德一夜之间从麦加旅行到耶路撒冷，然后骑着带翅膀的神兽布拉克升上了天堂。根据阿塔尔的诠释，这种肉体的升腾本身也消散了：

> 首先舍弃自我，然后准备
> 跃上布拉克，并升腾空中；
> 饮下那一杯寂灭；披挂上
> 象征着遗忘的披风——
> 你的马镫是虚无；缺席的一定是
> 那匹骏马，将你载入虚空。
> 摧毁身体，装饰你的视线
> 用最无聊，最黑暗的夜晚的碎屑。
> 首先舍弃自己，然后舍弃这舍弃，
> 然后，从所有舍弃的一切中全身撤离。

最后，戴胜鸟终于说服群鸟踏上征途，这个过程只用了一页就描述完了：真正的搏斗不是旅行本身，而是鼓足勇气开始行程。出发的有十万只鸟，只有三十只在艰苦的旅程中幸存下来。最终，他们找到了神鸟西莫格。他们本以为神鸟看起来会是一个辉煌的超凡脱俗的存在，就像波斯细密画中通常描绘的那样［见彩页图35］。

但令他们震惊的是，这个奇特的异国情调的生物，看起来就像他们自己：

> 他们凝视着，终于敢于理解
> 他们就是神鸟，是旅程的终结。

神鸟解释说："我是放置在你眼前的一面镜子，/ 所有来到我的辉煌之前的人都看到了 / 他们自己，他们自己独一无二的真实。"如今他揭示了一个双关语，这个双关语启发了整首诗的灵感：在波斯语中，分拆成两个词的"西莫格"（si morgh）的意思是"三十只鸟"。他接着说，如果群鸟中有四十或五十只到达目的地，那么，他们也会碰到四十个或五十个由他化身的形状。现在，他们重估"他们的生活，他们的行动，一个接一个启程"，他们的灵魂摆脱了过去的所有野心和劣行。

在《追忆逝水年华》的结尾，普鲁斯特将他的小说描述为一种光学仪器，读者可以通过它观察自己。在阿塔尔超凡脱俗的关于尘世的杰作中，所有的历史，所有的故事，《古兰经》和我们正在阅读的诗篇，都变成了一屋明镜，或者更妙的是，一个带镜子的圆顶。抬起头来往上望去，我们能够看到在里面多次折射的自己，那位将自己的心灵烹煮成诗歌的诗人在引导着我们。

杜先菊 译

38

《爱的面孔：哈菲兹与设拉子诗人》

在伊朗，就像中东其他地方一样，诗歌是传统上最受人喜爱的文学样式；而且古典诗歌直到今天还保持着活跃的生命力。位于波斯波利斯西南四十英里的设拉子城长期以来都是诗歌创作中心，现如今人们依然喜欢在黄昏时分，漫步于设拉子最著名的诗人哈菲兹的墓园四周。当洛里和我从德黑兰前往设拉子，我们的东道主，设拉子大学的阿里瑞札·阿努什拉瓦尼在一个傍晚带我们去了那儿，同行的是他的儿媳，一位物理学家，她开始背诵她所记得的哈菲兹的诗句。

哈菲兹是最早为西方所知的波斯诗人之一，歌德为了多少领略一点原汁原味，学习了波斯语。后来他还写诗题献给哈菲兹，最终都收录于他的《西东合集》，其中的诗歌特色在于采用了哈菲兹的主题，关于生活乐趣的高雅享受。因此，在某一首诗里，诗人的手指游走于他爱人华美的发丝之间，最后如此作结："哈菲兹，如你当日所为；/ 我们也重效故伎。"[5]

歌德与这位伟大的先行者（他亲密地以"你"相称，而不是正式的"您"）建立了一场跨越生死的对话，从而参与了几个世纪之前的饶有趣味的诗歌会谈，那是诗城设拉子的诗人们乐此不疲的活动。我们可以从迪克·戴维斯的选本《爱的面孔：哈菲兹与设拉子诗人》（*Faces of Love: Hafez and the Poets of Shiraz*）中体会这种诗歌环境。此书包括一篇长达七十五页的全面的导言，连同哈菲兹和另外两位同时代诗人的诗歌光芒四射的英译，一位是贾汉·马利克·哈图（Jahan Malek Khatun），一位重要的女诗人，在当时颇为罕见；另一位是欧贝德-伊·扎卡尼（Obayd-e Zakani），他没有哈菲兹那么复杂，以直率的色情主题著称，别具一格。

这些诗人互相较量，在剧烈动荡的环境中写作。他们开始引人瞩目是在阿布·埃沙格统治时期，他是各种艺术——以及设拉子的葡萄园——的庇护者，当政于一三四三年至一三五三年间。他被军阀穆巴拉兹·阿丁驱逐，后者把没有杀掉的诗人流放出去，禁止音乐表演，关闭了城里的很多酒馆，那里曾经是众人聚集之地，他们喝酒、交谈、朗诵，与年轻俊美的侍酒者调情（或更甚）。五年后，穆巴拉兹的儿子休迦把他父亲弄瞎并关押起来，自己登上了王位。酒馆重新开张，诗人们回来了。

在他有生之年，哈菲兹已经成为波斯最著名的诗人，从那时以来，他的诗集《诗颂集》衍生出了不计其数装饰精美的手抄本，充满漂亮的书法和诗歌团体的生活场景图［见彩页图36］。

我们这里要说到的三位诗人都把设拉子及其花园说成是尘世间的天堂。哈菲兹写道："带着设拉子花园芳香的微风／那是你所需要的指引你的向导。"[6]贾汉也是如此：

> 春天来到设拉子，快乐无与伦比：
> 坐在溪边，饮酒、亲吻、敲鼓、吹笛，
> 弹奏起鲁特琴与竖琴，交相呼应；
> 还有那好人儿在此，设拉子真叫人欢喜。

在被穆巴拉兹放逐期间，欧贝德悲叹城市的沦陷：

> 设拉子的美酒今在何处，快来浇灭心中悲苦，
> 聪明俊俏的少年郎，也不来安慰我们的孤独；
> 倘若明日将去往天堂，没有美酒，没有欢乐，
> 犹如今日的设拉子，上帝的天堂也将变成地狱。

设拉子诗人们看重以美酒助兴的情谊，与宗教仪式等量齐观，甚或就当它是某种形式的宗教仪式：

> 苦行者渴望饮水于科萨的清泉，
> 栖息于天堂的绿荫，
> 哈菲兹却渴望美酒；这两者之间
> 就等待着上帝判定。

我们感觉得到，哈菲兹期望上帝赞许他的选择。相较之下，贾汉说出她的欲望，就非常坦率："这些衣裳嫉妒我们共枕而卧／丢开它们，你我无拘无束，相拥相抱！"

这些诗人最喜爱的诗歌形式是"嘎扎勒"（ghazal），由一系列松散相连的对句组成（有时被翻译为四行诗），通常被比作串在项链上的珍珠：

> 哈菲兹，如今你写下你的诗，
> 你串起的珍珠是你的嘉言；
> 甜蜜歌唱吧，天堂赞誉你的诗
> 如同普勒阿得斯的项链。

一首嘎扎勒的每一组对句都以同一个词结尾，那是这首诗的主题，以韵脚引导至此。这种结构在戴维斯对贾汉另一首诗的翻译中得到了充分的呈现：

> 快快来吧，与我同坐，共度今宵，
> 你且思量我心中痛苦，如何安顿今宵；
>
> 你的脸庞如此美丽，化解我的忧伤，
> 就像月光消除幽暗，照亮今宵；
>
> 不要仿效时光无情，倏然远逝，
> 请善待我这异乡人，抚慰今宵。

这首诗的结尾：

> 倘若在片刻之间，我在梦中与你相会，

> 我将品尝全世界的欢乐,就在今宵。

嘎扎勒诗人通常会在诗的结尾提到他们自己的名字:在这里,贾汉照例用了双关语,她的名字的意思就是"世界"。

尽管按照传统习俗,她有两个丈夫,却很难确定,她是不是真有恋人。她很有可能只是在显示她玩弄常用比喻的手段,而不是坦承她的阅历。毕竟,并不是所有人都乐意看到一个女人竞技于诗坛。归于欧贝德名下的一首诗对她的诗作照字面解读,无礼戏谑她的名字的含义:

> 我的主啊,这世界是个无信的娼妓,
> 你是否耻于听闻这娼妓的声誉?
> 去吧,另外挑选一个女人,就连上帝
> 也无法让贾汉感觉到羞辱。

在他的另一首诗里,一个女人的生殖器成了艺术的赞助者:

> 屄赞叹曰:此屌甚伟!
> 双卵并垂,我心悦慕;
> 长驱直入,彻头彻尾,
> 顺遂我意,唯此好物。

哈菲兹和贾汉从不这样粗鲁,但是他们当然也有同样的兴趣。我们之前看到法里德·丁·阿塔尔把他的心烹煮进了诗篇,而贾汉的心里有另一道菜:

> 风趣的朋友们在沙漠边野餐,
> 铃鼓、竖琴、鲁特琴,如此甘甜,
> 要是我的爱人,前来驻留片刻,
> 我要用身上的火焰炙烤他的心肝。

也许,这里的"肝"表示身上的某个部位,贾汉略为节制,没有指明。

在《古兰经》里,上帝的一个名字是"朋友",与此呼应,设拉子诗人们颂扬深厚友谊的道德品性,而哈菲兹反复嘲笑那些严厉的宗教信徒,他们并未践行他们的说教:"就算说教者也许不喜欢听我提起,/他绝不是一个穆斯林,既然他是个伪君子。"设拉子城里以穆斯林为主,也有犹太教和基督教人口,哈菲兹认为他们也能到达上帝那儿。"每个人都向往朋友,"他在一首诗里说,"每座房屋都充满了爱,/清真寺和犹太会堂完全相同。"在酒和爱之中,哈菲兹发现了自我的解体,就像阿塔尔在苏非派里发现的那样:

> 在爱与被爱者之间,
> 　　没有什么区隔障碍,
> 哈菲兹,你自己也要
> 　　把自我的面纱揭开。

或者,像他在另一首诗的结尾所言:

> 没有人像哈菲兹那样，
> 　　揭开思想的面纱，
> 　用犀利的笔锋，逐句逐行
> 　　梳理语词的鬈发。

梳理语词的鬈发，也就是永无休止地把玩他们共同的主题和形象——夜莺、玫瑰、流溢的美酒和眼泪——设拉子的诗人们在凡俗生活的沙漠中开辟了一个诗歌的花园。

朱生坚　译

39

迦利布《荒漠玫瑰》

波斯嘎扎勒抒情诗起源于阿拉伯颂诗或颂歌，十六世纪莫卧儿征服北印度，嘎扎勒诗歌也随之传播到更远的东方。波斯语仍是莫卧儿王朝时代最尊显的文学语言，而迦利布是中古后嘎扎勒诗歌最重要的创作者，同时用波斯语和乌尔都语（Urdu）创作。迦利布原名米尔扎·阿萨杜拉·贝格·汗，生于一七九七年，是移居印度的土耳其贵族的后裔；十一岁时，他已显示出早熟的诗才，不久便用笔名迦利布（Ghalib，"胜利"之意）写作。迦利布相当自负，甚至显出狂傲。他得到了当时社会显达的支持，其中就有莫卧儿王朝的皇帝巴哈杜尔·沙阿，但迦利布像哈菲兹一样，对政治权力和所谓的宗教正统持怀疑态度。巴哈杜尔在自己的诗歌老师死后——这位先生的写诗才情显然不及迦利布——才有点勉强地任命迦利布为德里的宫廷诗人。

迦利布常用诗歌来表达自己政治立场或宗教观念，多模棱两可，甚至前后矛盾；即便是他在世的时候，人们也弄不清楚他的真实想法。因此，在一首诗中，他宣称："天堂乃虚妄，我知道／此乃迦利布最得意的一个狂想。"[7] 在另一首诗中，他刚表达了自己的虔诚，马上画风突变："我信仰伟大的神，我相信必须打破一切陈规：／现有的教派全得消溃，真的宗教方能浴火重生。"有人希望他把诗写得浅显易懂，对此，迦利布也不予理睬。在一首诗里，他说："我不得不写那些苦难的，否则我就难以写作。"在给朋友的信中，迦利布说："我让诗句环环相扣，意义叠加。"他还引用哈菲兹的话为自己辩护："但'每句诗都对应着某个时间，而每个时间的节点都呼应着某个地方。'这些精微之处只可凭直觉感知，无法言喻。"[8]

即便他的诗被人朗诵，这些诗表达的仍可能只是静默——他自己也难以判定这静默是源于他的内心，抑或源自他周遭的世界：

> 要么这世界是静默中的迷幻之城，或者
> 我是迷失在言说与倾听之间的陌生人。[9]

某种意义上，迦利布是莫卧儿时代的现代主义者，他擅长借用传统，却又能"赋传统以新意"（埃兹拉·庞德如是说）。先是在他的嘎扎勒诗歌中，之后在他的诗集里，我们都能找到这种现代主义诗风："迦利布，我想我们已瞥见那条迷错之路。／有了它，我们散页般的世界才能串在一起。"[10] 迦利布采用了许多我们在设拉子诗人的作品中才能读到的意象和比喻。爱情的悲伤让他泣血洒泪，他只好在诗歌、友谊和美酒中找寻慰藉。但他对待一些经典、传统的比喻的意蕴又常常模棱两可："她的眉毛鞠了一躬，天哪，谁能弄懂；／她的眼眸是利箭吗？还是摄

魂的某种……"[11]他也会让一些非常现代的元素入诗:

> 你我缘分,恰如密码锁:
> 锁定那一刻,注定了分别。[12]

  嘎扎勒诗歌通常是松散序列的对句,人们常把它比作随性串起的珍珠项链。对句和上下文更多的是以共同的韵律相关联,而在直接叙述或主题延展方面倒相对松散。或者正如弗朗西斯·普里切特(Frances Pritchett)和欧文·康沃尔(Owen Cornwall)所言:"从听众的角度来看,嘎扎勒就像盒装的巧克力,那些盒子看起来区别不大,但除非你亲尝了,才能具体感知盒里的巧克力是奶油味、坚果味,还是酒心巧克力。"在如此设定的结构下,我们来看一位,或一群诗人是如何创作嘎扎勒诗歌的,这是一件很有趣的事。传统上,对句的第二行与第一行的关系应相当明晰(尽管有时也出乎意料),但迦利布创作时更喜欢让它们之间的关联愈加深刻隐晦。正如他的一位朋友所写,因为迦利布"尽可能避免通行的法则,不愿人云亦云,他更喜欢独创一种前所未闻的对句风格,由此造成读者的理解障碍也在所不惜"。阿德里安娜·里奇(Adrienne Rich)在翻译迦利布的另一首诗时,巧妙引用了兰波极为知名却不符合语法的短语"我是另一个"(Je est un autre):

> 我是我的另一个,今年的玫瑰啊花非花,
> 触及之处皆为虚空,这感触该不是另一朵玫瑰。[13]

迦利布还有一首诗——是他最美的诗之一——据说创作的起因是一位让人伤心欲绝的女子,诗人的伤感和那位女子奇妙交融:

> 我唱不出歌之舒缓,亦奏不出乐之激昂,
> 我只发一种声音,简简单单表达我的心伤。
>
> 你长长的鬓发,你坐在你鬓发的浓荫里,
> 我该不该远望,看远处更暗黑的远方。[14]

在另一首诗里,他有这样的诗句:

> 我在我在的地方活着,
> 我得不到一丝消息,哪怕是关于我自己。[15]

迦利布的嘎扎勒诗歌行文流畅,语带讽刺,已逐渐赢得了世界级的声誉。最近,他的诗更是通过互联网传遍全球——哥伦比亚大学的弗朗西斯·普里切特创建了一个名为"荒漠玫瑰"(*A Desertful of Roses*)的绝佳网站来推介迦利布。[16] 普里切特在页面上介绍了她创办这个网站的原因。一九九九年,她开始编写一套关于迦利布的三卷本的学术研究和评论集;不久就发生了"911"事件,她决定让世界上更多的人了解这位有着世界影响的莫卧儿王朝时代的诗人。她坚持不懈地改进和完善网站,如今这个网站已是关于迦利布及其诗歌研究的庞大资料库。读者可以在网站上读到迦利布全部两百三十四首嘎扎勒诗歌,不仅有原始的阿拉伯-波斯语原文,还根据发音转录成罗马字

母和印地语文字。每首诗都有逐字逐句直译的英文版本，并提供一些相关的朗诵或其他表演的链接。

在名为"关于嘎扎勒"的页面中，普里切特介绍说，"从严肃的文学性角度看，翻译这些诗歌注定非常之难"，"基本上是不可能的"。即便如此，她本人始终无法抗拒内心翻译迦利布的冲动；她和欧文·康沃尔出了一本非常可贵的迦利布作品选集《迦利布诗倍选》（二〇一七年）。她还从过去百余年间出版的各种书籍中搜集了迦利布两首最有名的嘎扎勒抒情诗的不同英语翻译，每首诗都有大约五十种译文。许多译者名不见经传，但最好的译者还是能曲尽其妙。譬如第一百一十一首的翻译，译者阿德里安娜·里奇和W.S.默温的译文就各有各的精彩。里奇保留原诗的形式，译文也是一组对句：

少数面孔，而非全部，回归玫瑰或郁金香；
还有多少为尘土掩埋，不为人知！
（Not all, only a few, return as the rose or the tulip; what faces there must be still veiled by the dust!）

默温的英译则没有保留原诗对句的形式，把每一句扩展为一小节，且不用标点符号：

在四处的玫瑰或郁金香上
有一些脸孔
很少
但想想尘土之下那许多的脸孔
不为人知

> (Here and there in a rose or a tulip
> a few of the faces
> only a few
> but think of those that the dust
> keeps to itself)

普里切特的重点是引导我们去阅读原作,她并没有为迦利布的其他诗歌提供英文的诗体译文,但不管你买了迦利布哪种诗集,网站提供的逐字直译的英文译文和丰富的注释都能帮助你去读懂并鉴赏迦利布的诗。手头没有迦利布的任何纸质诗集?没关系,你完全可以长达数小时"迷失"在"荒漠玫瑰"中,沉醉不知归路。"荒漠玫瑰"洋溢着普里切特对迦利布及其生活的世界的热爱。出版一种纸本的迦利布诗集,大概能吸引几百位读者去翻阅,而"荒漠玫瑰"网站每周的浏览量就超过一万四千次——每十六个月就有一百万次!

也许一如普鲁斯特和马拉美的创作能激励当时的法国人民,迦利布诗歌里的破碎镜子也许能让当下的我们看到苦难之外的光与希望,因为他将整个世界都纳入了诗中。正如他在一首诗的结尾所言(既是写给他自己,也是写给他的读者们;或者只是写给作为读者的他自己):

> 你须振作,迦利布,定有玄机,
> 驱走阴霾,生活中藏有惊喜。[17]

南治国 译

40

阿迦·沙希德·阿里《今夜请叫我以实玛利》

克什米尔裔美国诗人阿迦·沙希德·阿里（Agha Shahid Ali，一九四九年至二〇〇一年）是当代嘎扎勒诗歌创作的主要实践者。阿里出生于斯利那加，后前往德里上大学，一九七六年搬至美国，在宾夕法尼亚州立大学获得英语博士学位，在亚利桑那大学获得艺术硕士学位。随后，他开始教授一系列创意写作课程，在二〇〇〇年调至犹他大学前，还负责主持马萨诸塞大学阿默斯特分校的创意写作艺术硕士课程。即便考虑到其从小在印度接受教育，对于一位在美国执教的战后英语诗人而言，选中嘎扎勒这种诗歌形式仍属出人意料之举。爱德华·萨义德在一九八三年的《世俗批评》（"Secular Criticism"）一文中颂扬了自由选择的新式"从属关系"，与之相对的则是被盲目接受的对于旧式"亲嗣关系"的假定。[18]根据萨义德的这种区分，我们可将嘎扎勒诗歌视作文学亲嗣关系中的一个经典案例：在以莫卧儿帝国为终点并且包含其在内的一连串文化—政治霸权的庇护支持下，嘎扎勒诗歌先是从阿拉伯语传入波斯语，而后又扩至乌尔都语。然而，沙希德·阿里却做出了一种积极的从属性选择，竭力在当时盛行于艺术硕士课程的高度个人主义、不问政治、形式自由的诗歌中为嘎扎勒挤占一席空间，以使这种经典形式在英语中重新焕发生机。沙希德·阿里不仅是嘎扎勒诗歌的实践者，也是这种诗歌形式的推广者：诗集《迷人的不统一》（*Ravishing Disunities*）汇集了他从众多当代诗人那里征集而来的嘎扎勒诗歌——若无此举，那些人多半会把固定的格律与用韵扫进维多利亚的历史垃圾堆。[19]

沙希德·阿里在一个纯世俗家庭中长大，但他创作的嘎扎勒诗歌中萦绕着《古兰经》以及波斯与阿拉伯的文学传统，而这些都是用他不曾掌握的语言写成的。尽管我们已经看到，迪克·戴维斯在翻译设拉子诗人的作品时，有时的确成功做到了始终将译出的对句引向同韵词，但是，嘎扎勒诗歌的译者们通常还是会对在传递诗歌含义的同时还得保住全诗的单韵架构感到绝望。沙希德·阿里直接用英语进行创作，因此在创建单韵架构方面没有任何困难，但是出于对整体效果的考虑，有时他会颇具策略性地预先写出所有的同韵词。他以一首题为"阿拉伯语"（"Arabic"）的嘎扎勒诗歌，对一门自己不会讲的语言及其所传达的历史展开了深思：

世间仅存的失落之语，便是阿拉伯语。
有人将以上诸词向我吐露，然而并非用阿拉伯语。

祖先们啊，你们在家族的墓地里为我留下一方土——

缘何，我必须在你们的眼眸中寻找阿拉伯语的祷文？[20]

此处，阿里为我们呈上的是一首被"解构"了的嘎扎勒诗歌：没有押韵①，甚或不具备任何固定的格律，仿佛是从一首业已失传的原作翻译而来——借用诗中的说法，它已失却了那"失落之语"。

阿拉伯语和波斯语的这种"缺席的在场"（马哈茂德·达尔维什可能会如此表述）在阿里的作品中随处可见，他则充分调动这两门语言，对眼下最为关注的问题作出回应。由来已久的克什米尔冲突在他的许多作品——尤其是《半英寸的喜马拉雅》（*The Half-inch Himalayas*，一九八七年）和《没有邮局的国家》（*The Country Without a Post Office*，一九九七年）这两本诗集——中都占据着重要地位。他的最后一本诗集《今夜请叫我以实玛利》（*Call Me Ishmael Tonight*）在他去世后于二〇〇三年出版，里面充满对第一次海湾战争及巴以冲突的指涉；它直面个体与政治层面上有关战争、信仰和人之必死的终极现实——罹患脑部肿瘤的阿里，是在五十二岁垂死之际完成了这部诗集。

---

① 嘎扎勒诗歌由若干组内容上相互独立或半独立的对句构成。在开篇第一组对句中，两行诗皆以同一个词或短语（即前文所称的"关键词"）收尾，两行中紧挨着关键词的那个词需押韵——也就是说，在上引第一组对句，即"The only language of loss left in the world is Arabic. / These words were said to me in a language not Arabic."中，处于"is"和"not"这两个位置上的词本该押韵。从第二组对句开始，每组对句的第二行都得以那个关键词收尾，位于关键词前的那个词需与第一组对句中的押韵词同韵——也就是说，在上引第二组对句，即"Ancestors, you've left me a plot in the family graveyard — / Why must I look, in your eyes, for prayers in Arabic?"中，处于最后一个"in"这个位置上的词本该与前述两个位置上的词押韵；后文所引《今夜》中的"gazelle""farewell""Ishmael"便做到了与该诗开篇第一组对句中的"spell""expel"押韵。

如果说阿拉伯语是当今世间"仅存的失落之语",那么,这可部分归因于希伯来语在以色列的复兴。因犹太民族大流散而在很长一段时期里沦为失落之语的希伯来语,现今再度成为一门活的语言,而且持有一种霸权力量,将周边的阿拉伯语转化为巴勒斯坦人用以记载自身失落之物的工具。然而,用来书写《古兰经》的语言——《古兰经》通常被认为是无法翻译的——却并未因其闭塞而导致自身的神圣历史被抹除:这段历史,交织掩映在古典诗歌的转义修辞中。《阿拉伯语》一诗继续写道:

> 纵使衣衫撕裂,玛吉努仍在为莱拉哭泣。
> 噢,他发疯般喊出的阿拉伯语,乃是大漠之癫狂。
>
> 谁会听从以实玛利?即便此刻他仍在呐喊:
> 亚伯拉罕,扔掉你的匕首,用阿拉伯语诵一首赞美诗。
>
> 马哈茂德·达尔维什从流亡中向世人书写:
> 你们都将在转瞬即逝的阿拉伯语词间消逝。

通过颇具讽刺意味地对"以实玛利"的希伯来语起源(意指"上帝听见")加以玩味,这首诗重写了它所回顾的那段历史:它让以实玛利以呐喊反对暴力之循环,而代表着这种暴力循环的,则是上帝向亚伯拉罕下达的那道不可思议的指令——用以实玛利的弟弟以撒来献祭。继而,阿里又将自己的失去阿拉伯语与达尔维什的流亡异国他乡相提并论。

在阿里的诗行间,《古兰经》仍握有先知般的预言能力。在

第二章经文里，《古兰经》为叛教者定下了严酷的命运；在《阿拉伯语》一诗中，这一命运眼下已由带有政治动机的现代暴力加以兑现——不论是透过如雨点般落向伊拉克的炮弹，还是透过加西亚·洛尔迦在西班牙内战期间的遇害，我们都能窥见这种暴力：

> 《古兰经》预言了一场人与石之火。
> 噢，眼下一切皆已成真，一如阿拉伯语中所言。
>
> 洛尔迦死后，他们让阳台的门开着①，只见得——
> 他的盖绥达②诗行，在地平线上编成了阿拉伯语的绳结。

失落之物还扩展至一座毁于一九四八年的巴勒斯坦村庄——在此之前，犹太复国主义组织斯特恩帮屠杀了那里的居民："代尔亚辛曾经为人居住，而今只能见到密林重重——／那座村庄，被夷为平地；阿拉伯语，失落无迹。"在所有这些失物的包围之下，收束全诗的两组对句通过援引以色列伟大诗人耶胡达·阿米亥（Yehuda Amichai）的诗行，建立起一种跨越语言与文化的诗意关联：

> 噢阿米亥，我一如你，也曾见过美丽女子的衣裙，
> 以及用死亡、希伯来语和阿拉伯语撰写的余下一切。
>
> 他们向我打听"沙希德"的含义——

---

① 洛尔迦在《告别》（"Farewell"）一诗中写道："如果我死了，让阳台的门开着。"
② 一种阿拉伯语传统诗歌形式，常以颂赞或悲悼为主题。

> 听着：在波斯语中意为"爱人"，在阿拉伯语中意为"见证者"。

就像哈菲兹和迦利布的诗作那样，沙希德的嘎扎勒诗歌也削弱了宗教史与世俗史之间、政治书写与美学艺术之间、古典传统与现代传统之间，以及——就沙希德而言——旧世界与新世界之间的任何清晰界限。《今夜请叫我以实玛利》的诗集标题取自集中收录的倒数第二首诗《今夜》，该诗的最末几行将伊斯兰传统与麦尔维尔所著《白鲸》的著名开篇融为一体：

> 狩猎已告结束，我听见，召唤祈祷的信号
> 一点点地没入今夜受伤瞪羚的呼号。
>
> 那些与我争夺汝爱的对手们——你竟悉数将其邀请？
> 这纯粹是侮辱，这不是今夜的告别。
>
> 而我，沙希德，只我一人逃出，前来知会于汝——
> 上帝在我的臂弯里啜泣。今夜请叫我以实玛利。

紧随此诗，整本诗集以一首题为"存在过"（Existed）的动人诗歌作结。该诗仅由单独一组对句构成：

> 若你离去，谁将证明我曾呐喊？
> 告诉我，在世间有我之前，我是何模样。

这首诗虽简短,却能以若干种方式进行解读。"你"和"我"分别指谁?——单就这一点,便可有不同的阐释。就像在迦利布或苏非派诗人鲁米(Rumi)的诗作中那样,被致意的对象可能是那个"爱人"(the Beloved),其身份可以是上帝,抑或某位尘世间的情人。或许只有上帝能告诉我们,在我们存在之前,我们是什么模样;若非如此,诗人便是在那位情人身上发现了自我。不过,也许沙希德·阿里是在对我们(也就是他的读者们)言说:倘若我们在合上他的书之后便将他忘却,他的呐喊就将永远消失。从另一个方面来看,也许这是读者在向诗人说话,乞求他不要停下将我们的呐喊化作诗行的脚步。然而,这场诗人与上帝,或是与其爱人,或是与其读者之间的对话,同样也有可能是一场发生在诗人和这首诗本身之间的对话。在此种情况下,"你"和"我"一样也能互换位置:可以是诗人在恳请他的诗歌不要将他抛弃,又或者,末了,是这首诗在请求垂死的诗人不要永远地离去。阅读这样一首诗的唯一方法便是不断重读,细品其投射在诗人之"我"、诗歌之"我"以及我们自身之"我"之上的多重映像。

图37 阿迦·沙希德·阿里

若你离去,谁将证明我曾呐喊?

告诉我,在世间有我之前,我是何模样。

毛蒙莎 译

第九章

加尔各答：重写帝国

41

拉迪亚德·吉卜林《吉姆》

━━━━━•◦∞◦•━━━━━

曾经它只是印度东海岸的一个小贸易村，卡利卡达（英国人管这里叫"Calcutta"，加尔各答）先成了英属东印度公司贸易活动的中心，然后成了英帝国在印度的都城。为了反映身份的变化，这座城市在二〇〇一年又改名为"Kolkata"。即使当这座城市的名字还使用英式拼写和读法的时候，不同背景的作家也在用不同的方式描写它。我们首先要读到的是来自两位诺贝尔文学奖得主吉卜林和泰戈尔对印度截然不同的描绘。尽管他们多有不同，两位作家都将印度视作一个完整的世界，或者更恰当地说，是重叠、交叉而散乱的众多世界。

吉卜林一八六五年出生在孟买（旧拼法为"Bombay"，它现在改名为"Mumbai"），一直到他六岁被送回英国接受教育之前，照料他的大多是说印地语的保姆。他十六岁时又回到了印度，找了一份给拉合尔的《军民日报》当新闻记者的工作，他父亲当时已经成了拉合尔博物馆的馆长。当他们需要填版面的时候，吉卜林的编辑们很乐意发表这位年轻记者写的诗歌和短篇小说。二十一岁时，吉卜林出版了第一部诗集《歌谣》（一八八六年），两年后出版了《山间小故事集》，后来陆续出版另外四部短篇小说集。吉卜林写作的目标读者就是他笔下描写的那些人，故而他早期作品的特色就是那些他认为自己的读者应当能够辨认出的地方方言和场景：读者无需有人向他们解释"在佩里提小吃一餐"的小说人物们，是刚刚在英属印度的夏都西姆拉的一家高级酒店里享用了午餐。

不过吉卜林已经开始同时用本地人和外来者的视角写作了，在他一八八一年回到印度之后，更是用一种"从英国归来者"的眼光打量自己的童年旧游之地。随着他的作品在海外流行开来，对吉卜林而言，把自己的本地知识翻译成远方读者们能读懂的内容只是再多走一步而已。一八八九年，《山间小故事集》在拉合尔以及加尔各答出版仅一年之后，又在纽约、爱丁堡重新出版，并在德国翻译出版。很快它还会被翻译成其他更多的语言，但是因为英语在英帝国内外的巨大影响，吉卜林甚至不需要翻译就成为一位全球作家。一八九〇年，《山间小故事集》在印度、英国和美国有多个版本出版，吉卜林的作品也开始在南非、澳大利亚以及更远的地方畅销。那一年吉卜林二十五岁。

吉卜林完全算得上是第一个真正意义上的全球作家，就是说他是第一个几乎从写作生涯一开始就是为全球读者写作的人。他很快就精通了如何把注解甚至翻译嵌套进自己的故事里，尤其是在一八八九年永远离开印度之后。他先是在伦敦生活，又去了美国的佛蒙特州，最后还是永久定居在了英国。他的小说《吉姆》（一九〇一年）一开篇就是在他父亲的博物馆门口发生的生动一幕，这一幕让海外读者从政治上和语言上都对故事背景有所了解：

> 他公然违背市政府命令，分开腿坐在大炮赞姆-赞玛身上，这尊大炮架在砖砌的炮座上，正对着老阿贾布-格尔——奇迹屋，本地土人就是这么称呼拉合尔博物馆的。谁控制了赞姆-赞玛，意思是"喷火的巨龙"，谁就控制了旁遮普。这尊青铜巨炮从来都是征服者首先要到手的战利品。
>
> 吉姆这么做自然是有理由的——他刚把拉拉·迪纳纳斯的儿子从炮耳上端下去了——因为英国人控制着旁遮普，而吉姆就是个英国人。[1]

仅仅在开篇几页之内，吉卜林又给出了一连串印地语词（jadoo 魔法，faquirs 托钵僧，ghi 酥油，parhari 山民，等等），有时是在括号里给出翻译，有时是用英语解释，还有时是通过精心安排的上下文来暗示它们的意思。

在整部小说中，吉卜林创造了众多契机来为我们解释当地风俗。吉姆一会儿是一个知识丰富的本地人，我们可以通过他的双眼了解印度；一会儿又是一个爱尔兰裔英国外来者，需要有人为他解释说明——也就是为我们解释说明。站在青春期门槛上的他，既是一个熟悉自己国家的孩子，也是一个成人世界里的新人，需要有人来教导他政治阴谋的手段。这本小说中，吉姆大多数时候都陪在一位年老的西藏喇嘛身边，喇嘛精通如何解释古老的东方智慧,却常常对印度习俗摸不着头脑,这时就轮到吉姆来为他解释了。

然而对一切更摸不着头脑的,还是这个故事里出现的众多欧洲人,不光有英国人,还有他们的对头,法国和俄国的间谍们,他们都是为了控制印度次大陆而展开的"大博弈"①的玩家。在吉卜林的小说里,"大博弈"最有趣的参与者是哈里尔·昌德尔·慕克吉,一位"巴布",也就是英国殖民政府的印度裔雇员。吉卜林之前在《发生了什么》("What Happened")这首诗里用过这个名字,这是一首在戏谑下隐藏着焦虑的早期诗作,讲的是允许受信任的土著摆谱的危险。"哈里尔·昌德尔·慕克吉,博巴扎的骄傲,/ 本地出版社老板,还是'出庭大律西'",他被授予了携带武器的权利,但是这个权利很快就扩散到了不那么体面的人手上:

> 但是印度政府永远急着让大家都满意,
> 也把许可发到了这些可怕的人手里——
> 亚·穆罕默德·尤素福赛,杀人偷盗全不怕,
> 比卡内尔来的钦布·辛格,还有比尔人坦提亚;
> 马里族头人杀人汗,锡克人乔瓦尔·辛格,
> 旁遮普贾特人努比·巴克什,阿卜杜·哈克·拉菲克——
> 他是个瓦哈比;最后还有小博·赫拉乌

---

① The Great Game,指英帝国和沙俄为了争夺中亚控制权展开的战略角逐,这个词正是因为被吉卜林用在《吉姆》中而广为人知。

> 他也把法令的便宜占，施耐德步枪手里握。[2]

施耐德步枪是最新式的精准射击步枪。很快慕克吉就失踪了，很明显是因为有人图谋他的武器而杀害了他。这首诗的结尾是：

> 慕克吉的下场到底怎么样？问问穆罕默德·亚
> 他在博巴扎忙着把湿婆的神牛来逗。
> 找安静的努比·巴克什问吧——去问大地和海洋
> ——去问印度国民议会议员吧——只要别问我就行！

正如他的早期作品里常见的，吉卜林默认他的读者们都熟悉他笔下的印度地方风光（这里的博巴扎是加尔各答中部的一条大道），而且吉卜林和他在印度的英国同胞一样，对一切叛乱可能重现的苗头感到紧张。一八五七年印度"兵变"引发的叛乱几乎夺走了英国对印度的控制。这首诗里他对印度的种族和文化多样性的关注，只是被用来暗示这个国家过于多元，这里的土著太不可信任，所以不能把印度交给一个印度人占多数的国民议会来管理。这一机构当时刚成立不久，是为了让印度人在政治事务中有提出意见的机会。

十五年之后，《吉姆》里的哈里尔·昌德尔·慕克吉则是一个复杂得多的人物。如果吉姆是我们进入印度社会的民族志导游，那么哈里尔则真的会抓住每一个机会进行民族志观察，而他最大的野心就是成为英国皇家学会会员。鉴于他殖民地人的身份，这个梦想是不现实甚至荒谬的。然而吉卜林不但没有像在自己的早期诗歌里那样嘲讽哈里尔的虚荣,还让这个不可能的梦想成为哈里尔和英国间谍头目克雷顿上校之间的纽带。克雷顿也在给皇家学院寄自己的论文,因为"在他内心深处同样伏着在自己的名字后写上'F.R.S.'①的野心……于是克雷顿微笑了一下,对哈里尔巴布更有好感了,他被和自己同样的欲望打动了"。

哈里尔巴布的民族志技能——就像吉卜林自己的新闻记者的眼睛——让他能够看透不论是印度人还是欧洲人的行事方法和动机,而他也非常擅长在欧洲人面前掩盖自己的动机,假装自己是个不幸的东方人。在小说的一处关键情节里,他骗过了两个外国间谍,假装成一个醉酒的英国暴政的受害者:"他变得相当地恨国,用极其没有敬意的词来谈论政府,说政府把白人的教育强加在了他头上,却忘了发给他白人的薪水。他嘟嘟哝哝地说着被压迫被冤枉的故事,一直说得眼泪为了他的祖国所受的苦难从他脸颊上流淌下来。"接着他跌跌撞撞地走开,"边走边唱着下孟加拉的恋爱小调"(这个"下"是巧妙的一笔),然后瘫倒在一个湿漉漉的树桩子上。那些外国间谍完全被他的表演瞒过了:

"这个家伙绝对是个怪人,"两个外国人里个子高点的那个说,"他就是维也纳导游的噩梦。"

"他象征着转型中的小印度——东方和西方的畸形杂交产物,"那个俄国人回答说,"只有我们才能对付东方人。"

---

① 皇家学会会员的首字母缩写。

吉卜林常常只被人记得是那个写了《白人的责任》①的诗人，但他在这里稳稳地站在了文化杂融主义的一边，这比杂融性成为霍米·巴巴后殖民理论的核心要素要早了好几十年。这样的杂融性只会在那个因为自己的成见而被骗的傲慢的俄国间谍眼里显得畸形。

虽然英语世界里许多后辈作家通常有充分理由反对吉卜林的政治观念，但他们都需要感谢吉卜林，因为他们的写作很多时候是在深化或者破坏吉卜林的语言策略，而他正是依靠这样的语言策略将许多不同的英语类型融合成一种也许最好称之为"吉卜林语"的独特语言。对许多外国读者而言，可以说是吉卜林发明了印度，正如奥斯卡·王尔德认为是狄更斯和透纳发明了伦敦一样。在吉卜林发表《吉姆》六年之后，他被授予诺贝尔文学奖，颁奖词里赞扬了他的"观察力，独创的想象力，阳刚的观念，以及他令人惊叹的叙事才能，这一切都是这位世界著名作家笔下造物的特色"。[3] 又过了六年，诺贝尔文学奖颁发给罗宾德拉纳特·泰戈尔，他可不是吉卜林的观念的拥趸，不论它们有多阳刚。在《家庭与世界》里，泰戈尔就把自己的祖国，这里的人民和这个国家所需要的东西描绘成了一幅截然不同的图景。

肖一之 译

---

① White Man's Burden，全名为《白人的责任：美国与菲律宾群岛》，是吉卜林写的一首宣扬帝国主义的著名诗作，诗里要求欧美殖民者负起白人的责任，把文明传播到世界各地。

42

罗宾德拉纳特·泰戈尔《家庭与世界》

在谈泰戈尔的《家庭与世界》之前，我们有必要从印度和世界视角来审视一下泰戈尔的自我认知的复杂性。一九一三年泰戈尔意外地获得诺贝尔文学奖，是第一位获此殊荣的亚洲作家。仅仅三年后，他出版了长篇小说《家庭与世界》，但小说中毫不回避印度，尤其是孟加拉的社会和政治问题。他的获奖有几分侥幸。《吉檀迦利》是用孟加拉语创作的哲理诗，泰戈尔对其英文翻译非常不满，因此决定自己来翻译：

就是这股生命的泉水，日夜流穿我的血管，也流穿过世界，又应节地跳舞。

就是这同一的生命，从大地的尘土里快乐地伸出无数片的芳草，迸发出繁花密叶的波纹。

就是这同一的生命，在潮汐里摇动着生和死的大海的摇篮。

> 我觉得我的四肢因受着生命世界的爱抚而光荣。我的骄傲,是因为时代的脉搏,此刻在我血液中跳动。①[4]

一九一二年到访英国时,泰戈尔把《吉檀迦利》译文手稿给叶芝看,叶芝热情洋溢地替他写了一篇序言,称他是诗人,也是先知。虽然泰戈尔自己的英文译文算不上经典,但当时的读者还是为之着迷。第二年,泰戈尔获诺贝尔文学奖。这让他大吃一惊,又因这种大惊小怪而有些恼怒。如果说吉卜林当时已把自己打造成了印度在世界上的代言人,那么可以说泰戈尔有点后来居上——泰戈尔是以本土印度人的身份为印度代言。泰戈尔开始多次在世界各地旅行,与各国作家、艺术家和政要频繁会见——从美国的阿尔伯特·爱因斯坦,到布宜诺斯艾利斯的朋友(曾经也是情人)西尔维娜·奥坎波(Sylvina Ocampo),她是当代很有影响力的杂志《南方》(*Sur*)的创办人。

《家庭与世界》出版几个月后,泰戈尔开始了他的第一次环球旅行。他访问了日本,之后前往美国,面向广大听众发表演讲,然后乘船前往欧洲,从欧洲返回印度。在《纽约时报》的访谈文章《与罗宾德拉纳特·泰戈尔爵士的谈话》中,他不仅被推崇为印度文学新潮的代表,而且被视作整个东方思想的化身,正如副标题所言,"一位孟加拉诗人,诺贝尔文学奖获得者,此刻在这个国家,阐述他的诗歌信条并解释东方人对文学的态度"。[5]当时采访泰戈尔的记者是乔伊斯·基尔默(Joyce Kilmer),他自己是个有才华的诗人,可惜今天大家提起他,

---

① 此段诗参照冰心译《吉檀迦利》,人民文学出版社1990年版。

能想起的就只有那句常被戏谑的诗:"我想我永远也不会看到一首/像树一样可爱的诗。"基尔默注意到泰戈尔的诗与惠特曼的《草叶集》之间的相似性,并形容他长得像惠特曼,"但更为精致"。泰戈尔优雅的精神气质从下面的一幅速写画像中可见一斑,这幅作品是我的伯祖母海伦在泰戈尔途经纽约时创作的,当时她还是个初出茅庐的画家。

图38 海伦·丹穆若什·蒂文所绘泰戈尔肖像

《家庭与世界》于一九一五年五月开始连载,到一九一六年二月结束,然后以修订版的形式出书。也是在这段时期,泰戈尔开始走向国际舞台,并成为国际知名文学大家。《家庭与世界》关注的是印度的现代化进程及其对印度传统生活的影响。这种影响既有破坏,又具创新,无论从社会层面还是个人层面而言,都巨大而深刻。小说围绕三个主要人物展开论争:谨慎进取的贵族地主尼基尔,他躁动不安的妻子毗玛拉和充满政治激情及煽动力的山谛普。山谛普让毗玛拉加入斯瓦德希运动的新事业——抵制英国货,支持印度制造,这样可以让印度摆脱英国的控制,为日后的独立奠定经济基础。他称赞毗玛拉是女神,因为她能从单调的家庭生活中走出来并成为斯瓦德希运动的代言人;而尼基尔虽然看到毗玛拉的转变,但他不想有什么改变,并强迫毗玛拉继续做一位传统意义上的妻子。

尼基尔常被视为泰戈尔的化身，在小说里他有时会直接把泰戈尔发表过的政论文章里的词句用来和山谛普辩论。而毗玛拉的心理活动才是故事的中心：她总在纠结，要不要接受山谛普在政治和情感上的诱惑？如果要，多大程度上接受他的诱惑？愿不愿成为山谛普的情人？该不该从家庭出走投入外面的世界？有时甚至在一幢楼里还要问自己可不可以从那些划定给女性的区域走去所谓的公众空间。从这个意义上说，毗玛拉身上也有泰戈尔的影子——忠实于家庭，但清楚地知道需要改变，因为她即将走向更广阔的世界。

和毗玛拉一样，泰戈尔当时也刚接触并开始对斯瓦德希运动产生兴趣。一开始他支持这场运动，但随着很多参与者变得越来越暴力，泰戈尔对这场运动也越来越失望。他与甘地结为密友，并成为甘地非暴力独立运动的忠实拥护者，那是后来的事；在一九一〇年代，他时常尖锐批评坚持印度人应该购买印度制造的商品的狭隘的民族主义者，也对那些烧毁了穆斯林商人库存的从英国进口的廉价商品而使得穆斯林商人变得赤贫的行径表示愤慨。在小说的后半部分，一个愤怒的穆斯林暴徒袭击了一个信仰印度教的富有地主的庄园，山谛普支持任何可以进一步提升他所在的印度教政党利益的机会。尼基尔则明确反对："为什么穆苏尔曼人会有可能被用作对付我们的工具？难道不是我们的偏狭使他们变成这样的吗？"[6]泰戈尔的小说最初因为缺乏对争取国家独立所需的决定性行动的支持而受到批评，但现在看来，他在诊断排外的民族主义的危险性方面具有先见之明，这种民族主义至今仍在加剧印度教教徒和穆斯林之间的紧张关系。

《家庭与世界》反映了那个时代的政治斗争，也描述了尼基尔和毗玛拉在一个自由而危险的新世界里重新思考婚姻作为纽带和人生期望的种种挣扎。泰戈尔的三位主人公都有双重的甚至是分裂的人格，小说的叙事也是多声部的：通过自传性的叙述或日记的形式，毗玛拉、尼基尔和山谛普的声音轮番登场，每个声音各自讲述，而整体上作者的声音几乎缺席。因此，这部小说在形式上与芥川龙之介一九二二年的小说《竹林中》（黑泽明电影《罗生门》的蓝本）有形式上的相似——《竹林中》就是通过多位见证者在审判中的证词来串起整个故事；它也像威廉·福克纳的《我弥留之际》（一九三〇年）中多个讲故事的人的"众声喧哗"。然而，泰戈尔首先是一位诗人，诗歌贯穿了整部小说。

这些诗歌的音乐性自不待言，小说中人物的散文表述也充满音乐性。我们最好不要用对托尔斯泰或泰戈尔的孟加拉语前辈作家般吉姆·钱德拉·查特吉（Bankim Chandra Chatterjee）的期待来阅读《家庭与世界》，而是把它视为介于《薄伽梵歌》的哲学对话和罗伯特·勃朗宁的戏剧性独白之间的一种文体。小说中有几次提到了《薄伽梵歌》（山谛普经常为达目的而歪曲其意），在关键时刻，山谛普也引用了勃朗宁《克里斯蒂娜》的开头一节——一个被奴役的男人对一个有权势的女人说话，就像他和毗玛拉说话。事实是令人惊讶的，山谛普竟然曾试图将勃朗宁的诗歌翻译成孟加拉语，他告诉尼基尔和毗玛拉："我真的一度以为自己快要成为一名诗人了，但上苍很仁慈，把我从灾难中救了出来。"因此，即使是山谛普身上，也有泰戈尔的影子——如果泰戈尔没有成为诗人而是成为政治家,他也许真的和山谛普有些共同之处。

这大略就是泰戈尔创作《家庭与世界》的文学背景,但我突然有了一种全新的发现,在此之前我也许是不可能注意到的:《家庭与世界》是一部关于传染病的小说。《十日谈》里,薄伽丘将爱情的狂热与摧毁佛罗伦萨的瘟疫联系在一起,泰戈尔则将政治和浪漫的激情同传染病的种种意象联系在一起。山谛普的忠实追随者散布谎言"就像苍蝇带着瘟疫病菌一样",无论是在政治上还是在激情上,毗玛拉觉得自己已经"被他们的兴奋传染了",正如尼基尔所感叹的,"多么可怕的瘟疫般的罪恶已经从异国进入了我们的国家"。相反,好的刺激也能如病毒般传播,小说快结束时,山谛普告诉尼基尔,"贵公司的传染病使我变得诚实"——尽管只是在一定程度上。在山谛普和毗玛拉的身体里,就如同在政治体制里,有不同的传染病在争斗。

对于泰戈尔而言,正如在波斯诗歌传统中,只有诗歌可以治愈我们分裂的灵魂。在海伦伯祖母为他画肖像之前不久,泰戈尔接受了《纽约时报》的专访,他是这么说的:"诗人的妙用不在于为人们指出方向,也不是去解读他周围的人;诗人的妙用在于表达他生活中如音乐一般丰富且充盈的真理。"

南治国 译

43

萨尔曼·拉什迪《东方，西方》

泰戈尔一九一六年所描绘的宗派冲突在一九四七年印度独立之际愈演愈烈，印巴分治给国家带来创伤，印度分裂为印地语主导的印度自治领和穆斯林为主的巴基斯坦自治领（后者现在已经又分裂为巴基斯坦和孟加拉）。在汹涌的暴力浪潮中，数千万人因宗教信仰划界，流离失所。萨尔曼·拉什迪生逢此乱世，他的许多作品也笼罩在其绵长影响中。在他最著名的小说《午夜之子》（一九八一年）里，他笔下的叙述者兼主人公萨利姆·西奈正是在一九四七年八月十五日印度独立日午夜一小时中出生的一千零一位"午夜之子"之一（拉什迪本人则生于两个月前）。萨利姆是孟买一位穷苦的印度教单身母亲的孩子，却在出生时和一个富裕的穆斯林家庭的孩子互相调换，由此获得了本属于他人的荣华富贵，而后者则成了街头罪犯以及萨利姆的宿敌。

从《一千零一夜》到《印度之行》到宝莱坞电影，拉什迪芜杂繁复的小说《午夜之子》把玩一切、包罗万象，但在本文中，我将聚焦于拉什迪在《东方，西方》（一九九四年）中对他的各种主题的提炼，这部出色的短篇集将我们完全引向当下的全球化时代。书中三篇列在"东方"这个总题目下的故事发生在印度，三篇以"西方"为总目的故事设定在欧洲，另外三篇以"东方，西方"为总目的故事则涉及两个大陆间的来回往复。通观全书，拉什迪巧妙地融合了现实主义和幻想。"东方"目下的《先知的头发》描写了一个似乎纯属幻想的故事：装有先知穆罕默德的胡须的小瓶子被人从斯利那加的哈兹拉特巴清真寺偷走了，引发了一场巨大的动乱，而得到了这个小瓶子的放债人哈什姆的生活也因此天翻地覆。"好像受到这个不该得到的圣物的影响"[7]，他忽然变得极端虔信，并且开始不可自持地向他的家人直陈刺耳的真相，导致了严重的后果。圣物的出现带来的唯一好处，是哈什姆那眼盲的妻子奇迹般地重见光明。

这个故事的魔幻现实主义基于非常具体的现实。装有先知的头发的小瓶确实曾在一九六三年十二月二十六日被人从哈兹拉特巴清真寺偷走。随后，大规模的游行示威遍布整个地区，一个名为"人民行动委员会"的小组被组织起来以寻回圣物，并在几天后找到了圣物。这个看似不起眼的事件凸显了克什米尔的穆斯林的一种意识，即他们的文化正处于作为多数派的印度教的围困之中。人民行动委员会后来变成了查谟和克什米尔解放阵线，后者掀起了以独立而统一的克什米尔为目标的武装斗争。

这篇小说在国家政治上的潜台词更与它在个人层面上的涵义叠加在了一起。拉什迪一九八八年的小说《撒旦诗篇》招致了来自穆斯林的抗议,他们被小说对先知及其妻子们的不敬描写所触怒。伊朗的霍梅尼颁布教令判处拉什迪死刑,并为处死拉什迪者悬以重赏。《东方,西方》正是拉什迪躲在英国期间,在警方保护下创作的,其中多篇小说都间接反映了他的状况。在《先知的头发》里,放债人哈什姆——就像小说家拉什迪一样——是一个收藏癖,从蝴蝶到茶壶到洗澡玩具,他收集各种东西。哈什姆误以为他可以把那个小瓶子当成和其他东西一样的审美物件:"我自然不是看上了它的宗教价值,"他对自己说,"我是个世俗的人,在我眼里,它纯粹是一个罕见而炫美的世俗物件。"而很快,他就在自己和家人付出了代价之后意识到,他无法将形式与内容、美丽与意义分开鉴赏。在个人与政治的双重语境中,《先知的头发》是一把双刃剑,既指向作者自说自话的世俗主义,又指向原教旨主义者们自以为是的怒气。

《东方,西方》最后一部分的核心故事《契科夫和祖鲁》("Chekov and Zulu")[1],在标题中就铭刻了一种双重性。不过这个故事完全没有涉及俄罗斯人或南非人。相反,标题中的两个人物是英国秘密情报部门的印度员工——就像是吉卜林笔下的哈里尔巴布[2]的现代版本。他们喜欢幻想自己是《星际迷航》中的人物,尽管他们把日本人苏鲁(Sulu)的名字给改了:"对一个被有些人视为野人的人,对一个可疑的凶手,对一个可能的叛徒而言,"契科夫说,"祖鲁是一个更好的名字。"而当祖

---

[1] 其中第一个名字是《星际迷航》中的人物名称,与俄国作家契诃夫相差一个字母。
[2] 指吉卜林小说《吉姆》中的人物哈里尔·昌德尔·慕克吉,"巴布"Babu 原用作对男性的敬称,在英国统治时期,巴布被用于指称在殖民政府工作的印度本土官僚。

鲁潜入锡克分裂主义团体内遭遇紧要关头时，他给契科夫发去的紧急讯号是："把我传送上去。"①

此前，在英迪拉·甘地于一九八四年被她的一位锡克族保镖刺杀后不久，祖鲁因在伯明翰从事卧底工作而销声匿迹。故事一开场，印度大楼②派契科夫去位于伦敦郊区的祖鲁家调查。契科夫和"祖鲁夫人"的交谈呈现了一出印式英语对话的喜剧杰作，但它同时也暴露出一种嫌疑，即她的丈夫卷入了与其锡克同胞们之间的隐秘交易：

> "这地儿盖得真特么不错啊，祖鲁女士，哇哦。装修得也精致，真的，我得说。这么多装饰玻璃！祖鲁这货一定是挣得太多了，绝对比咱多，这机灵狗。"
>
> "不不这咋可能？代理副官拿的票子肯定比安全主任多多了。"

英语和印地语的语法与词汇的随意混合将读者置入人物的二元文化生活中。

这两位好友在读书时就取了这些绰号，把自己当成《星际迷航》中的跨国舰队的成员："勇敢的外交官们，我们常年的任务，是去探索新的世界和新的文明。"③可是这个世界既不平坦也不平等。契科夫和祖鲁不是因为看了电视原剧才成为星际

---

① Beam me up，《星际迷航》中的著名台词，最初源于柯克船长指示工程师史考提操作传送系统将其传送回企业号上。
② 指印度驻英高级专员公署所在地。
③ 模仿《星际迷航》开场导语中的一句："它的五年任务，是去探索这未知的新世界，找寻新的生命与新文明，勇踏前人未至之境。"

迷的:"没有电视可以看这个,你知道。"契科夫回忆说。无法看到原剧的他们是因为读到了"一些廉价的小说改编"才成为粉丝的。重要的是,他们进入了杜恩公学,这是一座英式精英学校,始建于英国殖民印度的末期,专门培养未来的印度政治家和行政官员。正如拉什迪的印度读者所知道的,这所学校最出名的毕业生正是英迪拉·甘地的两个儿子桑贾伊·甘地和拉吉夫·甘地。

在他们成年后,这两位好友在英国和印度之间往返穿梭,从事政治和间谍工作。在故事末尾,契科夫陷入了英印两国政府间的一起合谋镇压中,两者都在利用恐怖主义的威胁来清除异己,而他也在一次泰米尔分裂主义者刺杀拉吉夫·甘地的爆炸中身亡。在弥留之际,契科夫借用"进出口"的术语来表达自己对全球恐怖主义四处散播的思考:

> 因为时间已经停止,契科夫得以进行一系列个人观察。"这些泰米尔革命者不是从英国回来的。"他注意到。"所以,终究,我们学会了在本地生产这些东西,不再需要进口了。那个餐桌上的话头一下子完蛋了,可以说。"或者不那么枯燥地说:"悲剧不是人怎么死的,"他想,"而是人怎么活着。"

而此时,因为忿忿于印度政府以恐怖威胁为借口镇压锡克人,祖鲁已经从政府辞职,定居孟买,开了两家私人安保公司。他把公司叫作"祖鲁之盾"和"祖鲁之矛",这两个名字是在向南非的祖鲁人直接表达敬意,后者不仅反抗荷兰定居者,后来又和英国人斗争。因此，在祖鲁的二元文化的孟买，未来幻想和帝国历史——《星际迷航》和牛车大迁徙——走到了一起。

与吉卜林和泰戈尔一样，拉什迪也同时为本土读者和全球读者写作，但对他来说，即便是"本土"这样的词也显得暧昧不明。在因《午夜之子》暴得大名后的一九八二年，拉什迪写下了《想象的本邦》（"Imaginary Homelands"）这篇优美而具反思性的文章，其中他写到他在多年之后重返孟买，并试图在小说中重建他的早年时光——尽管他知道自己的回忆是破碎、游移而不确定的。在一个引人共鸣的句子里他写道："印度作家常常带着内疚回望印度。"他说，"我们的身份既是多元的，又有局限性。有时候我们感到自己横跨两种文化，另一些时候又觉得两头不靠。"然而他认为，带着由此而来的所有张力，这种双重身份将是作家的丰饶土壤："如果说文学的任务有一部分是要去找到进入现实的全新角度，那么我们的距离，我们旷远的地理视野，将再次为我们提供这些角度。"[8]

康凌 译

44
迦梨陀娑《沙恭达罗》

第一位获得世界声誉的印度作家，是四至五世纪时的伟大诗人、剧作家迦梨陀娑。他的剧本《沙恭达罗》一七八九年在加尔各答由语言学先驱威廉·琼斯爵士（Sir William Jones）译出。琼斯有英语和威尔士语的双语背景，又掌握了希腊语、拉丁语、波斯语和阿拉伯语，其时他不过二十余岁，有时以"牛津的琼斯"为笔名写作。被派往加尔各答后，他成为殖民地最高法院的一名法官，而在司法职责之外，每当有空便沉浸在梵文的学习中。他很快意识到许多欧洲语言和梵文之间的共同特征——梵文作为语言"有令人惊叹的结构，比希腊文更完美，比拉丁语更丰富，比两者也都更精致"，这一令人难忘的宣言，出自他给孟买亚洲学会作的讲演《第三届年会陈述》，该学会于一七八四年由他创建。

琼斯的翻译大获成功。一七九一年，他的译本又有了法语和德语的译本。歌德为之着迷，在写给剧中女主角的一首诗中宣称：

> 你是否年华初升时的繁花，亦是退场时的硕果？
> 神魂为你迷醉而就擒、得你宴飨而饱足，
> 你是否以你之名即结合大地与天堂？
> 哦，沙恭达罗，我说出你的名字，便说尽一切。

与索福克勒斯的《俄狄浦斯王》无有不同，迦梨陀娑的《沙恭达罗》讲述的是一个伟大的君主需要与他犯下的一个罪行斗争，而这个罪行发生在他已经遗忘的过去。迦梨陀娑所戏剧化的，是一个被传承下来的故事，来自史诗传统，具体而言就是印度史诗《摩诃婆罗多》。国王豆扇陀在森林里打猎，无意中到了一处隐修林，瞥见了美艳照人的沙恭达罗，她是一位苦行圣人抚养的孤儿。豆扇陀立时爱上了她，当沙恭达罗见到这位威严的国王，他的深情也获得了回馈。两人于是私下结合。豆扇陀给了沙恭达罗他的印戒，而后便回宫，承诺随即会派人接她前往，成为他的正妻。很明显，他需要一些时间来为她的到来做准备，沙恭达罗将要取代他当时的正妻，后者却无疑有强有力的支持者。

但在国王能带沙恭达罗回宫之前，麻烦出现了，一位易怒的仙人达罗婆娑因沙恭达罗没有向他恭敬行礼而大怒（她的脑子不知在何处梦游，想她的爱人）。他发出诅咒，对她的心不在焉报以法旨，说国王豆扇陀将忘记她。因为沙恭达罗的伴侣们乞求他解除这一诅咒，达罗婆娑略示慈悲，容许豆扇陀在见到他的印戒后会回想起他的爱情。然而，沙恭达罗一路去往国

王宫廷，途中在一条河中沐浴时，印戒从她的手指上滑走了。于是，当她被带到豆扇陀的面前时，国王困惑不已，坚称不记得曾经见过她，更不可能娶她。沙恭达罗已经因为他们林中几日的相处而怀孕，她此时万念俱灰，要恢复他的记忆，却束手无策。收养她的家庭也不相信她的故事，将她赶走。天女们把她带到喜马拉雅的一处天堂，她在那里生下了他们的儿子，并开始抚养他。

当然，并没有什么是真正失去的。一个渔民捡到了印戒，他被带去向国王解释是如何得到的。而看到印戒，豆扇陀立刻记起了一切，他渴望重获沙恭达罗，但他不知道天神们把她带去了哪里。事情在几年后终于重回正轨，众神之首因陀罗要求豆扇陀降服一支恶魔的军队，在他完成后，因陀罗为回报豆扇陀，让他飞到了喜马拉雅山巅沙恭达罗的居所，他们愉快地团聚，豆扇陀也第一次见到了他的儿子和继承人。全剧终了时，一家人幸福地登上因陀罗的车驾，行将飞回家中。

尽管《沙恭达罗》在形式上是喜剧而非悲剧，它和《俄狄浦斯王》一样是一部心理剧。如同俄狄浦斯，豆扇陀深受自己无法意识到的记忆的困扰，也挣扎着要弄明白一个不可思议的故事：他遇见并娶到了世界上最美丽的女子，却在区区几天里忘了她。在他回宫之后、沙恭达罗出现之前，失忆的豆扇陀听见他妻妾中的一人在唱一曲遗弃之歌，他发现自己深受震撼。"为什么这歌的歌词会让我心潮涌动？"他问自己，"我没有与任何我爱的人分离。"他心有所动，在诗中表达自己的困惑：

目见世所罕见的美人

> 耳听悦人的声音
> 甚至幸福的男人
> 也变得不安,无以解释……
> 也许他记得,
> 纵使不知道为何,
> 另一世的爱情
> 深深埋葬于他生命中。

西格蒙德·弗洛伊德利用俄狄浦斯的故事来说明潜意识欲望的作用,这里豆扇陀同样被一个徘徊于他意识之下的记忆所困扰。

在第七幕的快乐结局之前,是整整三幕的烦扰、困惑和心碎。第四幕,沙恭达罗和她在隐修林的伴侣们忧心忡忡,没有豆扇陀派来的信使来邀她入宫,最后,她的养父甘婆决定送她走。第五幕,沙恭达罗和伴侣们深为震撼,因为豆扇陀冷静地拒绝承认这段婚姻。"苦修者们,"困惑的国王对她的引导者说,"即使我苦思冥想,也不记得曾经与这个女子结亲。我如何能接受一个显然怀孕的女人,而我怀疑我并非她怀孕的缘由?"沙恭达罗又羞又悔,不能自已,遗憾曾爱上这看似不忠的人。直到剧本的最后一幕,她都困于一个悲剧性的处境,被指责在甘婆隐修林圣地发生不法的性行为,就如同俄狄浦斯被社会所驱逐。

戏剧主要是一个视觉的媒介,正如其后诸多深思的戏剧家,迦梨陀娑把媒介的特质运用到他的主题中。《沙恭达罗》里,所见反映洞见。整部剧中,人们观察彼此的所作所为,还不时对"看"这个动作本身作出评论,当豆扇陀乘坐因陀罗的车驾飞过天空,这一行程不是通过特效向观众传达,而是通过国王和他的车夫讨论他们向下所见到的各种奇观。在第三幕,想要更多地了解沙恭达罗,豆扇陀追踪她的足迹,如同某个被爱击倒的福尔摩斯,分析看到的证据:

> 我看见新鲜的足印
> 在林中空地的白沙上,
> 脚跟处被深深地压下
> 是丰满臀部的摇摆所为,
> 我且从树枝间看去。

他接着描述他(而非观众)所能看到的:沙恭达罗的两个女伴用荷花乳液按摩她的乳房,来试图治愈她的相思,她们认为她这是中暑了。豆扇陀见此情状,欢喜万分,"我的眼睛,"他宣称,"受到了赐福!"

> "画眉草的边刺
> 刺痛了我的脚,"
> 女孩说,也不解释
> 走了几步远
> 接着,她装着去解开
> 她的树皮裙,想借用树枝
> 树枝却并没有用
> 她羞怯地看向我。

如同俄狄浦斯，豆扇陀自负于自己的洞察和全知；他在失忆的魔咒下拒绝了沙恭达罗，而当他意识到自己悲剧性的错误，他也必须承受其中的痛苦。之所以有此意识，正是因为看到了渔民拿来的印戒——这个时刻，是重识和反转的组合。亚里士多德在《诗学》中盛赞这些因素的配合，他特地挑出《俄狄浦斯王》中的这一组合来作为戏剧艺术的高峰。

　　《沙恭达罗》在现代印度的影响绵延不绝。它被翻译为诸多印度语言，并有多种改编，包括罗宾德拉纳特·泰戈尔的侄子阿班尼德拉纳·泰戈尔（Abanindranath Tagore）的孟加拉语剧本。罗宾德拉纳特·泰戈尔本人也有多篇诗歌和散文题献给迦梨陀娑。电影版本也不断产生，比如泰卢固语版本等。从吉卜林到泰戈尔，再到茱帕·拉希里（Jhumpa Lahiri），古典梵文文化在今天的印度依然生命力旺健。

陈婧棱 译

45

茱帕·拉希里《疾病解说者》

印度文学自拉什迪或诺布等流亡者和移民开始的全球化，在移民子女一代的作品中达到了一个新阶段。这些移民子女们隔了一代之后回望他们父母的故国，接受了他们生活中一个与他们生长的国度迥然不同的"祖国"的存在。茱帕·拉希里在她一九九九年获普利策奖的小说集《疾病解说者》中，生动地表达了他们关注的主题。拉希里的父母从印度移民到英国，她一九六七年出生在伦敦，但她两岁时，她父亲在罗得岛找到了一份大学图书馆员的工作，于是举家迁到了罗得岛。之前几代移民通常和他们的祖国联系不多，但拉希里的母亲希望她感觉到与她在印度的大家庭的联系。拉希里成长的那些年，他们经常前往印度孟加拉省，因而她的经历是与故土绵延不断的联系，只不过隔着一些距离。

像拉什迪的《东方，西方》一样，拉希里的《疾病解说者》中也收录了九篇小说，有的以印度为背景，其他的则在美国；

但在篇章比例上明显有变化：九篇中只有三篇是在印度发生的故事。她笔下的角色通常已在美国永久定居，往往是移民的子女，而非第一代移民。但他们的生活在某种程度上依然有着暂时性和不确定性，我们在本书第一篇小说《临时事件》中能看出这个特点。这个故事写的是一对年轻夫妇，修芭和她的丈夫舒库玛。他们分别在亚利桑那和新罕布什尔长大，然后在马萨诸塞州剑桥市一群孟加拉诗人的朗诵会上相遇，他们在朗诵会上都觉得兴味索然，因为跟不上那些诗人们的书面孟加拉语。

拉希里通过敏锐的观察得来许多细节，用这些细节描写修芭和舒库玛的双重文化生活，比如他们的储藏室里，就有印度佐料和意大利面混放在一起。拉希里在波士顿大学拿到了文艺复兴戏剧的博士学位，这篇小说读起来几乎就像一出独幕剧，在这对夫妇公寓的室内舞台上发生，他们在努力克服失去第一个孩子的忧伤，这个孩子几个月前刚生下来就死了。他们未曾表达出的情感，在小区连续停电的几天中，在蜡烛光下膨胀起来——篇名"临时事件"，指的就是停电，尽管到了故事结尾，他们的婚姻看起来说不定也只是一桩临时事件。

标题被用作书名的故事《疾病解说者》，写的是来自新泽西的一对夫妇拉兹和蜜娜·达斯，以及他们特别美国化的第三代移民子女：蒂娜、罗尼和鲍比。他们一家在印度度假，游览科纳拉克太阳神庙，这个神庙以它的色情雕塑而著称。

他们跟随一位导游卡帕西先生（只有姓，没有名）参观这个景点，卡帕西先生给人当导游来补贴他在医生办公室工作的收入。他懂得多种语言，在医生办公室里担任一名"疾病解说者"，为诊所的医生和很多说古吉拉特语的病人进行翻译，因

图 39　科纳拉克太阳神庙

为医生不懂古吉拉特语。他们参观景点时，我们能看出，卡帕西先生面对着兴味索然的拉兹和很有吸引力但又有些自我中心的蜜娜有些不自在，觉得他们没有管好自己的孩子，这些孩子抱怨不停，竟然还对自己的父母直呼其名。他们压根儿都不怎么看神庙那些精致繁复的雕塑；拉兹说它们"酷"[9]，蜜娜说它们"爽"。卡帕西先生拿不准这些词究竟是什么意思，当然，他觉得应该是肯定性的反应。不过，当他给蜜娜指出一些细节时，他开始重新看待这些雕塑："尽管卡帕西先生来过神庙无数次，就在他看着那些上身赤裸的女人时，他才刚刚意识到，他从来没有看见过自己的妻子赤身裸体。"

拉兹带着孩子走开了，卡帕西发现自己和蜜娜单独在一起；他突然觉得和她很亲近，想象着和她建立永久的通信联系。出乎意料的是,蜜娜可能是受了他们正在观看的艳情雕像的触动,向他忏悔了一件事:鲍比不是她丈夫的儿子,而是她和他一位来访的旁遮普朋友发生一夜情的结晶。卡帕西觉得蜜娜想让他解说她婚姻中的疾病,他想象着,如果她决定将这件事告诉拉兹,他会在中间充当调和人。但是,当他试图摸清她的感觉时,他的努力起了反作用:

> 他决定从最明显的问题开始,直奔问题的核心,所以他问道:"达斯太太,你所感到的,真的是痛苦吗,还是心有愧疚?"
>
> 她转过头来,眼含怒意,抹着粉红色珠光口红的双唇上厚厚地积了一层芥末油。她张嘴要说什么,可是她朝卡帕西先生怒目而视之际,似乎突然意识到什么特别的事情,于是停下不说了。他彻底溃败了;他这才明白,原来在那一刹那间,他甚至根本就不值得她好好侮辱一番。

卡帕西先生幻想的书信联系根本就不会发生。

《疾病解说者》中的大部分小说是有关第二代移民的,但在最后一篇《第三块大陆,最后的家园》中,拉希里以小说的形式记录了她父母的移民经历。小说是以一个孟加拉年轻男子的第一人称叙述的,他从加尔各答移民到伦敦上大学,最后又到了剑桥,在麻省理工学院当图书管理员。他描绘自己如何适应不同寻常的经历,就像第一篇小说一样,经常与食品和日常生活有关:"那时候,我还从来没有吃过牛肉呢。即使连买牛奶这样简单的小事我都没有体验过:在伦敦,奶瓶是会每天早上送到我们门口的。"

来美国之前,他的父母为他安排了婚姻,小说开头时,他正紧张地期待他的妻子玛拉到来,这时他们还没有发生夫妻关系。他原在一位年迈的女士克罗夫特夫人家里租了一个房间,但为了迎接玛拉到来,他搬进了一套小公寓,然后她在那里笨拙地开始安顿下来。他们最初在一起的那几个星期很紧张,叙事者发现自己很难对她有真正的感情。他们的婚姻看上去会走向失败,直到他带她去拜访克罗夫特夫人,克罗夫特夫人宣布玛拉是"一位完美的女士!"。克罗夫特夫人使用这种老派说法,是因为她年事已高;她已经一百多岁了。她并不觉得玛拉与当代美国格格不入,而是通过自己的青春年代和玛拉萌生了共同的联系,或许是从玛拉的装束中感受到了英属印度残留的回声。叙述者说:"我总是这么想,从克罗夫特夫人客厅里的那一刻起,我和玛拉之间的距离就开始慢慢缩小了。"

我们可以将《疾病解说者》看作是对拉什迪的《东方,西方》的回应,甚至是对它的批判。魔幻现实主义被家常现实主义所替代,表达的方式也是低调的流畅,而不是宝莱坞式的华丽奔放。叙述者和克罗夫特夫人之间多次重复的话题是不久前刚刚发生的一九六九年美国第一次登月:"我读到过,宇航员降落在静海的边缘,这是人类文明史上旅行最远的一次。"我们听到的不是《星际迷航》中"无畏的外交宇航员"在奇异的星球上与外星人遭遇,我们听到的是真正的宇航员,在真正的月亮上登陆。这次划时代的旅行,被用来和叙述者与他妻子的旅行进行比较:"像我一样,玛拉也是远离家园,不知道她将要去向何方,也不知道将会发现什么,唯一的原因,就是她要成为我的妻子。"

小说结尾时,这对夫妇有个儿子在上哈佛大学。"任何时候,他感到沮丧,我都会告诉他,如果我能在三块大陆上生存下来,他就没有征服不了的困难。那些宇航员成了永远的英雄,他们在月亮上只不过待了几个小时,而我在这个新的世界生活了将近三十年。"描绘马萨诸塞州剑桥市这个地球村里可以探索的张力和机会,不需要暗杀、奇妙的古迹和口吐莲花的妙语。就像拉希里在小说最后一段,也是全书的最后一段中所说:"有时我仍然会为我走过的每一里路、吃过的每一餐饭、认识的每一个人、睡过的每一个房间而感到迷惑不解。这一切尽可以显得平平常常,然而总有一些时候,它们是超乎我想象的奇迹。"

杜先菊 译

第十章

上海—北京：西行旅途

46

吴承恩《西游记》

从印度东行至中国,我们以一部从中国西游到印度的小说开场。《西游记》源自七世纪的僧人玄奘的真实游历,他在中亚和印度游学了十七年。六四五年,玄奘终于携佛经六百余部回到中国,并以余生时光,与同行高僧一道从事梵文经书的翻译和注疏。奉唐王之命,玄奘法师著成《大唐西域记》一书,记下他的旷世之旅。约千年之后,此书被改编为四大名著之一的《西游记》。

这部出版于一五九二年的鸿篇巨制的作者,通常被认为是明代一位叫吴承恩的下层官吏。在吴氏笔下,玄奘法师(一般称为"三藏",意指他所带回的佛经的三种类别)与大慈大悲的观世音菩萨给他安排的四位古怪同伴一起完成了这趟旅程:包括一个改过自新的河妖、一只人形猪、一匹龙变的马,以及最重要的,一只贫嘴而顽劣的猴子,孙悟空。这些人一道,组成了某种"求经使者团"[①]。在长达百回的故事中,从飞禽走兽到悍匪流寇到妖魔鬼怪,他们克服了九九八十一难,终于到达印度,从如来本人处获赐真经。

历史上的玄奘是一位云游僧人,他无视出国禁令,冒险前往印度,而吴承恩则为之添上了儒学要旨。他把唐三藏塑造成了一位忠君之士,正是唐王派他去求取真经。此著开头和结尾的章节将这个故事置入了十六世纪关于帝国统治和官僚制之发展的政治关怀之中。此外,作为全书主要内容的八十一难里,也加上了炼丹、修仙等民间道教中的常见内容。如果说玄奘投身于文本分析和精微的哲学论辩,那么吴承恩的叙事则反映了一种对世界的道家的理解:世界在根本上是一种精神造物,其意义应当以超越言语的冥想和精神训练的方式来把握。在故事中,唐三藏和孙悟空曾就《心经》这部重要梵文文本的正确阐释发生过一次争论:"猴头!怎又说我不曾解得!你解得么?"孙悟空坚持自己能解,却又不发一言。而当八戒和沙僧嘲笑他的无言以对时,唐三藏却斥责他们。"休要乱说,"他说,"悟空解得是无言语文字,乃是真解。"[1]

小说写道,如来本人曾见中国地界上,"贪淫乐祸,多杀多争,正所谓口舌凶场,是非恶海。我今有三藏真经,可以劝人为善。"因此,他启示中国的皇帝派一位云游僧人去取他的"三藏"真经。"法一藏,谈天;论一藏,说地;经一藏,度鬼;三藏共计三十五部,该一万五千一百四十四卷,乃是修真之径,正善之门。"

对于《西游记》的读者而言的一个基本问题,是去认知这一宗教宇宙论与人类世界的社会政治地理之间的关系。本书的两位主要的英文译者,阿瑟·韦利和余国藩,采取了截然不同

---

① Fellowship of the Sutras,名称模仿《魔戒》第一部标题 *Fellowship of the Ring*,《护戒使者团》。

的方法。余国藩的四卷本是全译本,包含了七百四十五首叙评诗。在他长达百页的导言中,余国藩细述宗教和哲学背景,以将此著理解为一部宗教自修的寓言。准此,孙悟空代表了"心猿"这一佛教概念,它的躁动不安必须被平复与启悟。

相比之下,阿瑟·韦利在他一九四三年的译本中对原著做了改编(就像他早先对《源氏物语》所做的那样,我们在下一章中将会谈到)。他删掉了几乎所有的诗歌,并大大缩减了原文,只聚焦在活蹦乱跳无法无天的孙悟空身上,甚至给他的译本取名为《猴》(Monkey)。在韦利的译本里,小说前七章详述了孙悟空的神奇起源(他出生在石头里),并描绘了他如何在炼丹术的神力以及他自己的毫毛分身术(可化成千百猴军一同进攻)的加持下,几乎要成功攻占乃至统治天界。玉皇大帝试图许以小官收买孙悟空,但他并不满意。在天庭试图收服他时,他的话听上去像是一位强大的叛军首领,正在测试人间的皇权的底线。"你犯了十恶之罪。"玉帝帐下一位愤怒的官吏斥责孙悟空,"你罪上加罪,岂不知之?""实有!实有!"孙悟空淡定地回答道,"但如今你怎么?"[2]

官僚制甚至支配着地府。在孙悟空被人领去幽冥界时,他要求冥王属下官吏在生死簿上找到他的名字,却发现他不属于任何一类:"那判官不敢怠慢,便到司房里,捧出五六簿文书并十类簿子,逐一查看。裸虫、毛虫、羽虫、昆虫、鳞介之属,俱无他名。又看到猴属之类,原来这猴似人相,不入人名。"最终孙悟空在另一个簿子上找到了自己的名字,"天产石猴",寿数三百四十二岁。但孙悟空认定自己已与天同寿,便放手划去了自己及其麾下猴群的名字。冥府官员吓得不敢违抗。

神秘主义与政治现实双线并行贯穿全书。在故事高潮处，唐三藏一行终于到达寻觅已久的印度灵山。在那里，如来佛祖亲命二位侍从将他们引至藏经阁挑选佛经，"教他传流东土，永注洪恩。"大功告成之际，唐僧却忽视了向侍从们行贿，而后者为了报复，便给唐僧打包了重重的一捆假经书。在回东土的路上，唐僧惊讶地发现经书全都是无字空本。他哭着叹道："似这般无字的空本，取去何用？怎么敢见唐王！"他们匆匆返回灵山，却见如来笑着答道，他早知发生何事，并表示侍者做的是对的，因为"白本者，乃无字真经，倒也是好的"。不过他也退一步说道："因你那东土众生，愚迷不悟，只可以此传之耳。"①语言和知觉抵达了自身的边界，就像在阿塔尔的《鸟儿大会》里那样，对启蒙的追寻穿越了迷惘与空无的疆界。

不论是阿瑟·韦利以猴子为中心的简本还是余国藩芜杂的百回本，《西游记》都是一部杰作，一部世界文学和世外文学的伟大作品。如果要在欧洲文学里达到类似的效果，我们可能要把但丁的《神曲》百篇和《堂吉诃德》合并在一起，后者也是关于可笑的历险的长篇故事，并同样以一位理想主义的主人和他的粗俗侍从为中心。塞万提斯于一六〇五年出版了《堂吉诃德》第一卷，这只比吴承恩的大作出现的一五九二年晚了没几年。尽管这两位伟大的作家不可能听说过对方，但他们笔下的英雄，堂吉诃德和唐三藏，以及二者身边的桑丘·潘沙和孙悟空，可能会如但丁所说的那样，"在我们人生的中途"，并肩走上一段长路。

康凌 译

---

① 即有字真经。

47

鲁迅《阿Q正传》及其他小说

吴承恩戏剧性地呈现了玄奘大师的"西游记",而中国现代文学的重要人物之一鲁迅,却在一场东游记中找到了他的人生方向——他去了日本,在那里学习日语,并于一九〇四年开始学医。他改变了方向,因为有个教授得意洋洋地给学生放映日俄战争的图片,其中有一个日本士兵,在日军占领下的中国东北,正要把一个中国探子斩首,周围有一群中国人木然地看着。周围同学的鼓掌欢呼震动了鲁迅,他决定弃医从文。他在第一部小说集《呐喊》的自序里写道:"凡是愚弱的国民,即使体格如何健全,如何茁壮,也只能做毫无意义的示众的材料和看客,病死多少是不必以为不幸的。所以我们的第一要著,是在改变他们的精神,而善于改变精神的是,我那时以为当然要推文艺。"[3]

鲁迅对于构建儒家传统毫无兴趣,相反,他和同时代的很多改革者都感到需要将其清除;为了激励人心,他转向世界文学。一九〇七年，他和弟弟周作人在东京创办文学杂志《新生》，着重翻译西方文学；杂志的名称让人想起但丁的《新生》（*Vita Nuova*）。但《新生》未及出版即已夭折。这就是鲁迅在《呐喊》自序里讽刺地说到的，"我们的并未产生的《新生》的结局"。

  尽管有这一场失败，兄弟俩回国之后，还是为各种杂志做了大量工作。最值得注意的是，他们密切参与了《新青年》，中国"新文化"运动最重要的杂志。它最初于一九一五年发行于当时的上海法租界，当时封面上印出的有两个刊名："青年"和"La Jeunesse"。次年，刊物改名"新青年"，表达现代化的决心。编者的目标包括介绍新的文学样式，比如西方风格的短篇小说，他们试图提升普通人使用的白话文，代替传统雅文学写作所使用的程式化的文言文。他们发表新诗和小说，翻译各种作品，从《马赛曲》到奥斯卡·王尔德，随意穿插中文和拉丁文字。

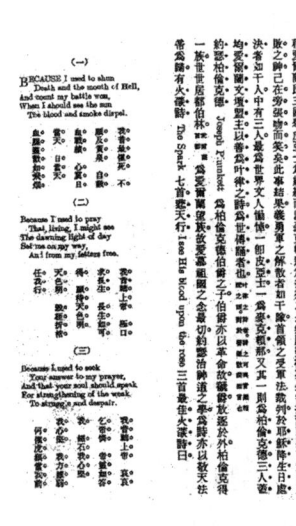

图40 《新青年》杂志

《新青年》采用的中西方文字交互使用，也出现在鲁迅最著名的作品《阿Q正传》（一九二一年至一九二二年）的开头。在小说的序里，鲁迅对《新青年》正在发动的文化革命表达了喜剧性的致敬。他声称，阿Q一定曾有一个正式的中文名字，叫阿Quei，但是无据可查了。"孔子曰，'名不正则言不顺'，"他宣称，但是"我又不知道阿Q的名字是怎么写的"。他问了一位茂才先生，后者批评《新青年》用罗马字母，"所以国粹沦亡，无可查考了"。这让鲁迅别无选择，"只好用了'洋字'，照英国流行的拼法写他为阿Quei，略作阿Q。这近于盲从《新青年》，自己也很抱歉"。他还说："我所聊以自慰的，是还有一个'阿'字非常正确。"

阿Q磕磕碰碰过完一生，与此同时，革命性的变化席卷了他的村庄。革命者与地方官员合作，服务于他们自己的利益，与泰戈尔的《家庭与世界》中的方式相似。小说的结尾，阿Q因为他并未犯下的抢劫案而被处以死刑；地方法官需要有人来承担罪责。作为一个中国版的"老实人"，阿Q对自己的死反应平静："他以为人生天地之间，大约本来有时要抓进抓出……有时虽然着急，有时却也泰然；他意思之间，似乎人生天地间，大约本来又是也未免要杀头的。"

鲁迅最初探究革命与反动、理智与疯狂之间的微妙界限，是在他最早的小说《狂人日记》（一九一八年）中。这篇小说大致仿照果戈理的《狂人日记》，它以尖锐的社会讽刺、杂乱的形式，以及对白话散文的运用——证明确实可以用白话文写成具有高度文学价值的强有力的作品——震惊、激励了读者。它真正的主题是人们拒绝与过去决裂。鲁迅笔下的狂人相信他村子里的人要杀了他、吃了他；他感到，自从"廿年以前，把古久先生的陈年流水簿子，踹了一脚"，那以后他们就开始谋算他。

小说开头有一则序言，以冷静的文言写成，混杂着鲁迅在学医期间吸收的现代医学术语。然而，细读之下，这则序言破坏了一个"迫害狂"的客观案例"以供医家研究"的清晰性。叙述者一开头告诉我们，他是如何发现这部日记的：

> 某君昆仲，今隐其名，皆余昔日在中学校时良友；分隔多年，消息渐阙。日前偶闻其一大病；适归故乡，迂道往访，则仅晤一人，言病者其弟也。劳君远道来视，然已早愈，赴某地候补矣。因大笑，出示日记二册。

这听起来顺理成章，但是鲁迅为什么引入狂人的兄长，而他又为什么不把他们的名字告诉我们？这里关键的一句是"仅晤一人，言病者其弟也"。这位叙述者确定能分辨这兄弟俩吗？我们真的能够确定我们碰到的是神志正常的兄弟而不是狂人本人吗？当这位未详其名的兄弟亲手交付日记的时候，那是一种什么样的大笑？

如果叙述者遇到的是狂人，那么，他的哥哥又怎么样了呢？这本日记的结尾是著名的宣言："没有吃过人的孩子,或者还有？救救孩子……"也许，这位狂人在写下这些绝望的言辞之后又恢复了理智，经过了严峻的考验，现在是一位优雅、正直的公民。然而，另一种情形也同样是有可能的：他的兄弟确实是要谋杀他、吃他，而他先发制人。在造访这家人时，我们这位头脑冷静的叙述者认为他生活在一个科学、理性的世界里，但是他本人有可能就要变成一道点心了。

在《呐喊》自序中，鲁迅说，他写小说是回应一位朋友的约稿，那位朋友来找他给《新青年》写稿。一开始他拒绝了。他说：

> 假如一间铁屋子，是绝无窗户而万难破毁的，里面有许多熟睡的人们，不久都要闷死了，然而是从昏睡中入死灭，并不感到就死的悲哀。现在你大嚷起来，惊起了较为清醒的几个人，使这不幸的少数者来受无可挽救的临终的苦楚，你倒以为对得起他们么？

他的朋友回答："然而几个人既然起来，你不能说决没有毁坏这铁屋的希望。"鲁迅让步了："是的，我虽然自有我的确信，然而说到希望，却是不能抹杀的。"但是他依然怀疑自己压倒一切的悲观情绪只会让他的读者灰心丧气："至于自己，却也并不愿将自以为苦的寂寞，再来传染给也如我那年青时候似的正做着好梦的青年。"鲁迅弃医从文，希望治愈他的国民的灵魂，但是现在他害怕他的小说会扩散他们正待医治的疾病。然而，从鲁迅的绝望与希望之间的内在斗争中孕育而成的《狂人日记》开启了一场文学革命。我们将在下一节中看到，一代人之后，张爱玲在卷入一场全球战争的新时代里的中国推进鲁迅的白话文革命。

朱生坚 译

48

张爱玲《倾城之恋》

张爱玲是现代中国最重要的作家之一，也是中国文学界最有世界性的人物之一。事实上，她在美国度过后半生，一九六〇年成为美国公民。她一九二〇年出生于上海，那是中国最国际化的都市，从十九世纪中期起就有英、法、美等国的租界。她母亲的教育有一部分在英国完成，她尽管裹小脚，却能在阿尔卑斯山滑雪；她后来和吸食鸦片成瘾又不忠的丈夫离婚了。张爱玲能说一口流利的英文，她在上海的圣玛利亚中学读书，那是有国际视野的中国上层阶级青睐的一所学校。她热衷于阅读爱德华时代的小说（赫伯特·乔治·威尔斯和毛姆是她最钟爱的两位作家），但她也同样被《红楼梦》和其他中国经典小说吸引。一九三九年，她考取伦敦大学并获全额奖学金，但抗日战争的爆发使她无法前往英国开始学业。于是她转至香港大学，后来回到上海，在那儿，她在二十出头的年纪里就迅速成为一位有名望的作家。

她和文人胡兰成结婚，胡在日伪政府里任职。没过几年，由于胡兰成几次三番出轨，张爱玲和胡兰成离婚了。性爱和政治上的双重背叛，对于张爱玲来说不仅是一个文学主题，她后来用了许多年写作、反复修改一篇有自传色彩的中篇小说《色，戒》。中国台湾导演李安在二〇〇七年根据这部小说拍摄了一部剧情紧张（并有情色元素）的电影。

图41 张爱玲在香港

从一开始写作，张爱玲就显示出对复杂生活的敏锐观察能力，她笔下的上海陷于各种相反力量的角逐，展示出传统与现代、没落的家长制与新生的女权主义、亚洲和欧洲文化的冲突和交融。她在一九四〇年代初的孤岛时期写的小说，避免表达明显的政治倾向，但战时场景一直出现在作品的背景之中。在小说《封锁》中，当士兵因为未曾透露的原因封锁街道时，一个男人和一个女人被困在一辆电车上，他们之间立即形成了一种稍纵即逝的情感纽带。那个男人给家里的太太买了一些包子，包在报纸里：

> 一部分的报纸粘住了包子，他谨慎地把报纸撕了下来，包子上印了铅字，字都是反的，像镜子里映出来的，然而他有这耐心，低下头去逐个认了出来："讣告……申请……华股动态……隆重登场候教……"都是得用的字眼儿，不知道为什么转载到包子上，就带点开玩笑性质。[4]

48 张爱玲《倾城之恋》

附近一个医科学生在修改一张人体骨骼的图画,有的乘客误以为他画的是"现在兴的这些立体派,印象派"。另一个旁观者,看到他在细细填写每一根骨头、神经、筋络的名字,于是断定:"中国画的影响。现在的西洋画也时兴题字了,倒真是'东风西渐'!"

那个在包子上读出字来的商人遇到的年轻女子是吴翠远,她就不会认错医科学生的图画。她在大学里读的是英文,如今在母校教书——"一个二十来岁的女孩子在大学里教书!打破了女子职业的新纪录。"虽然她有引以为荣的事业上的成功,翠远感到在生活中格格不入,觉得孤独,她的人生就像迷失在层层叠叠的翻译中:"生命像《圣经》,从希伯来文译成希腊文,从希腊文译成拉丁文,从拉丁文译成英文,从英文译成国语。翠远读它的时候,国语又在她脑子里译成了上海话。那未免有点隔膜。"对她那正经、压抑的家庭,她想要反抗,因此半推半就地同意做那个商人的情妇,但是当电车重新开动,那个人退回到自己惯常的正经形象里,他们之间的调情无果而终,"封锁期间的一切,等于没有发生。整个的上海打了个盹,做了个不近情理的梦"。

在张爱玲的重要作品中,战时政治明显地被翻译到两性政治中。在她写于一九四三年的《倾城之恋》中,主人公白流苏是一位经济拮据的年轻女子,她和一位富有的花花公子范柳原,进行了超长时间的一系列前哨战。军事战略的隐喻在作品中频频出现,如一位媒人为了给流苏和她的妹妹一起物色合适的丈夫,采取"双管齐下"的战术。这之后,范柳原把流苏带到香港,在华丽的浅水湾旅馆订下邻近的两个房间,这个旅馆的(英文)

名字在故事的语境中恰如其分。① 但范柳原仍迟迟不进攻，显然是为了让她早日不战而降，他便不必做出任何承诺。"她总是提心吊胆，怕他突然摘下假面具，对她做冷不防的袭击，然而一天又一天的过去了，他维持着他的君子风度，她如临大敌，结果毫无动静。"她也谨守战线，绕着圈子和他发生一系列的口头比武。有一次，范柳原说他最珍视的是好女人的老实，流苏瞟了他一眼，回嘴说："你最高明的理想是一个冰清玉洁而又富于挑逗性的女人……你要我在旁人面前做一个好女人，在你面前做一个坏女人。"柳原回答说他不明白。流苏把自己的话反转过来："你要我对别人坏，独独对你好。"柳原糊涂了，抱怨道：

"怎么又颠倒过来了？越发把人家搞糊涂了！"
他又沉吟了一会道："你这话不对。"
流苏笑道："哦，你懂了。"

他们最终坠入情网，但柳原虽然在香港山上给她租了一间屋，却仍是不肯做出承诺。这时到了一九四一年十二月七日，他们不知道的是，日本刚刚突袭珍珠港，第二天，日本开始轰炸香港，更大的毁灭就要到来。"一到晚上，在那死的城市里……只是一条虚无的气，真空的桥梁，通入黑暗，通入虚空的虚空。这里是什么都完了。"故事这一惊人的转折，让柳原和流苏终成眷属。就像吴承恩笔下的孙悟空那样，他们也了悟到"空"，但用的是更为伤感的方式。张爱玲写道："他们把彼此看得透明透亮。仅

---

① "双管其下"英文 two-flanked attack 有"两翼夹击"之意，"浅水湾"英文 Repulse Bay Hotel 有"用于防守的海湾"的意思。

仅是一刹那的彻底的谅解，然而这一刹那够他们在一起和谐地活个十年八年。"——最后一笔带出张爱玲特有的讽刺。

张爱玲将鲁迅开拓的白话文文学发展到尽善尽美的地步，尽管她不认为文学有能力去"救救孩子"和启发一代代的新青年。流苏担心自己华年已逝，她对自己说：

> 你年轻么？不要紧，过两年就老了，这里，青春是不希罕的。他们有的是青春——孩子一个个的被生出来，新的明亮的眼睛，新的红嫩的嘴，新的智慧。一年又一年的磨下来，眼睛钝了，人钝了，下一代又生出来了。这一代便被吸收到朱红洒金的辉煌的背景里去，一点一点的淡金便是从前的人的怯怯的眼睛。

在小说结尾，流苏点上一盘蚊香，叙述者说："香港的陷落成全了她。但是在这不可理喻的世界里，谁知道什么是因，什么是果？"或者我们可以说，就像哈比比笔下那个悲观的乐观主义者赛义德那样，谁能分得出乐观和悲观呢？在帝国、家庭、两性频频交战的这个世界上，流苏镇定自若地活下来，这一点上她和伏尔泰笔下的居内贡不无相似之处："流苏并不觉得她在历史上的地位有什么微妙之点。她只是笑吟吟的站起身来，将蚊香盘踢到桌子底下去。"居内贡懂得那笑容的含义，明代小说中那些女主人公们也懂得。正如叙述者说的那样，"传奇里的倾国倾城的人大抵如此"。

宋明炜 译

49
莫言《生死疲劳》

管谟业出生于一个农民家庭,一九六六年,他十一岁。辍学后的十年,他种过地,也进过工厂,最后参加了解放军。在部队里他开始写作,起了笔名"莫言",反讽地遵从父亲不让他在外流露心声的教导。成长于中国社会主义现实主义环境的莫言,从此开始更广泛的阅读。他对鲁迅的作品和《西游记》等古典白话小说产生了浓厚的兴趣,同时逐渐熟悉西方小说家。在二〇一二年的诺贝尔奖获奖演说中,他说:

> 在创建我的文学领地"高密东北乡"的过程中,美国的威廉·福克纳和哥伦比亚的加西亚·马尔克斯给了我重要启发。我对他们的阅读并不认真,但他们开天辟地的豪迈精神激励了我,使我明白了一个作家必须要有一块属于自己的地方……尽管我没有很好地去读他们的书,但只读过几页,我就明白了他们干了什么,也明白了他们是怎样干

的，随即我也就明白了我该干什么和我该怎样干。[5]

莫言二〇〇六年的长篇小说《生死疲劳》正是基于所有这些文学资源写成的，他编织了一部中国从一九五〇年到二〇〇〇年的史诗。

故事从一九五〇年代的农业合作化运动写到特殊年代，再到当代全球化之下中国的繁荣胜景。小说的主要叙述者是西门闹，正如开篇第一句所说的那样，他的故事要从一九五〇年一月一日开始讲起（这与萨尔曼·拉什迪的《午夜之子》有异曲同工之处，那部小说里写了一千零一个孩子在一九四七年印度独立时出生）。作为一个富有而不问政治的地主，他在一九四九年被枪毙了。他的魂魄到了阴曹地府，对自己被不公正地处决而愤愤不平，竭力要求回到阳间。阎王勉强答应了他的要求。但当西门闹回到他的村子，却惊讶地发现自己重生为一头驴。这头驴慢慢长大，为西门闹从前的长工蓝脸干活。随着叙事向前进展，西门闹反复死去又重生，下一世是一头牛，然后是一头猪，一条狗，一只猴子，最后他终于变成了一个人类的婴儿，在午夜降生，"此刻正是新世纪的也是新千年的灿烂礼花照亮了高密县城的时候"。[6]

这一系列转世不免让我们想到《西游记》里唐三藏的徒弟们。在第一章里，当西门闹被押送到他的村子准备重生时，"我们还与一支踩高跷的队伍相遇，他们扮演着唐僧取经的故事，扮孙猴子、猪八戒的都是村子里的熟人"。整部小说中，西门闹都觉得阎王没能主持正义，总是无理地判他一世世转生成动物。但他最后理解了阎王一直计划着他最终的救赎，就像《西游记》里的唐三藏悟到空无一字的经卷才是最好的。在彻底抛却仇恨之前,西门闹只能转世成动物;只有那样他才能最终变成世纪婴儿,而故事也可以在小说的结尾真正开始。

西门闹轮回了几十年,历经各个年代的不公与迫害。他以一种鲁迅笔下的阿Q那样无知又惊奇的眼光观察着这一切。然而现在,他不仅仅会被枪决一次。西门闹的动物化身被饥饿的村民们吃掉,接着又在一次暴乱中被活活烧死,然后被淹死,又忠诚地与蓝脸一同自杀,最后一次被一个嫉妒的丈夫枪杀。而蓝脸是一个顽固的个人主义者,村子里唯一一个拒绝加入农业合作社的农民。他想方设法坚持了许多年,西门闹转世后的多种化身都帮助他,直到他最后自杀。在这个过程中,我们看到了进步修辞背后的现实世界。

图42 机耕队

第二个叙述者是蓝脸的儿子蓝解放,他的母亲曾是西门闹的姨太太。西门闹死后不久,她就改嫁了蓝脸。蓝解放成为村子里的掌权者,这与西门闹的命运截然相反,也与小说第三个人物完全不同,那就是具有作者身份的莫言本人。莫言在讽刺的氛围之中,被所有熟人嘲笑。西门闹评价道:"莫言是歪门邪道之才……他相貌奇丑,行为古怪,经常说一些让人摸不着头脑的鬼话,是个千人厌、万人嫌的角色。连他自家的人也认为这孩子是个傻瓜。"不过村民们对他充满警惕,因为"莫言那小子也不能不写,从他那些臭名昭著的书里,西门屯的每个人,都能找到自己的影子"。这里我们似乎看到詹姆斯·乔伊斯在《尤利西斯》中重建都柏林的雄心,也听到《芬尼根的守灵夜》的遥远回声。乔伊斯用诸多替身,比如"笔者闪"对低俗生活进行讽刺性描写。而《生死疲劳》以西门闹宣告"我的故事,从一九五〇年一月一日那天讲起"结束,由此带我们回到开篇第一句。这就像乔伊斯在《芬尼根的守灵夜》中著名的写法。当莫言写作他的小说时,乔伊斯正被译介到中国。

不过,相比于后现代主义,莫言笔下的轮回在本质上更接近佛教。他把五次重生糅合进中国一九四九年之后数十年的历史之中。小说中有一个章节讲述了村民们因为在收获季节被指派去大炼钢铁而失去了他们的粮食。在小说的最后,繁荣——和宝马车——来到了村里,人们计划着把西门屯建成一个文化旅游村,建一个高尔夫球场,一个娱乐城,还有一个赌场。因扩建被征地的农民将成为演员,向游客们表演这个村子的历史。

莫言用非凡的小说巧妙地走钢丝,一部分由他的不懂(或所谓"不懂")政治的动物叙述者来完成。他选择的是从体制内部进行讽刺性批判。像鲁迅和张爱玲一样，他戏剧化地处理了混乱时期政治浪潮翻涌对生存的挑战。而且，他的小说呼吁结束仇恨，向不同的观点敞开——其中一个敞开的例子就是他运用了多种互文，既有中国的也有外国的。正如西门闹在发现自己第三次重生时所说："我作为一头猪却只有半岁，正是青春年华、黄金岁月。莫道轮回苦，轮回也有轮回的好处。"

周思 译

50
北岛《时间的玫瑰》

就像莫言笔下的主人公西门闹的真人版一样,北岛在他的一生中经历了多次重生。一九四九年,赵振开出生于北京的中产阶级家庭,童年结束后,他当了红卫兵,却对革命产生了幻灭之感,这让他踏上了辉煌的诗歌旅程,开始以北岛("北方的岛屿",意味着一种独立或隔绝)为笔名写作。旅居国外多年后,他于五十多岁时回国,在香港任教。然而他的转型却还远未结束,由于中风,他四年不能说话;在此期间,他把自己重塑成了视觉艺术家;完全恢复后,他再次成为一位诗人。西门闹也许真感到了生死疲劳,但北岛还没有。

在他成为作家的第一个阶段,北岛加入了一个致力于复兴诗歌的年轻诗人群体,他们以新的方式承继鲁迅及其新文化运动同僚们在一九一〇和一九二〇年代发起的白话文运动。北岛也从西方诗人那里得到灵感,不是模仿他们(有时他会被这样指责),而是像他们那样,从中国诗歌内部"更新",运用令人惊异的并置和语域转换，创作高度自由的无序诗句。当时一些文化权威对这些时常晦涩难懂的实验心存疑虑，把这个群体称为"朦胧诗人"。

一九七〇年代中期，有关民主化的讨论升温，北岛创作于一九七六年的诗歌《回答》名噪一时。这首诗充满"朦胧的"多义性，似乎无法构成连贯的逻辑：

> 冰川纪过去了，
> 为什么到处都是冰凌？
> 好望角发现了，
> 为什么死海里千帆相竞？[7]

一个正统文化官员会怎么理解这些诗句呢？像迦利布那样，北岛显然也觉得写不复杂的诗十分困难。这样的诗句不太像欧洲自由体诗歌，而更像哈菲兹或迦利布的一些更具讽刺性的对句的双倍叠加。不过大家都可以看出诗人挑战了对教条的忠诚信奉，尽管他还是用模棱两可的语言表达着自己的不相信：

> 我不相信天是蓝的，
> 我不相信雷的回声；
> 我不相信梦是假的，
> 我不相信死无报应。

北岛并不那么相信诗歌可以改变世界。他的诗歌《诗艺》的开头是这样的：

> 我所从属的那所巨大的房舍
> 只剩下桌子，周围
> 是无边的沼泽地
> 明月从不同角度照亮我
> 骨骼松脆的梦依然立在
> 远方，如尚未拆除的脚手架
> 还有白纸上泥泞的足印

也许我们已经不再被囚禁在鲁迅的铁屋子里，但这个房舍却被一片沼泽包围，我们拥有的唯一的白纸被泥泞的足印踩踏——除非这些足印是我们读过的文字？

一九八〇年代早期，北岛开始蜚声海外，他第一次出国旅行。但他并不认为世界诗歌可以提供任何巨大的庇护，那仍然在国内缺乏重大影响。就像他在《语言》一诗中写道：

> 许多种语言
> 在这世界飞行
> 语言的产生
> 并不能增加或减轻
> 人类沉默的痛苦 [8]

然而，不久之后，他就被迫开始在这世界飞行。接下来的十七年间，他生活在欧洲和美国，他的许多诗作都书写着旅居国外的体验。就像他在《路歌》中所写："在无端旅途的终点 / 夜转动所有的金钥匙／没有门开向你。"这些诗句中的"你"或许就是诗人自己，不过接下来这个所指就变成了国家："我径直走向你／你展开的历史折扇／合上是孤独的歌。"诗的结尾写道："日落封存帝国／大地之书翻到此刻。"[9]

旅居国外意味着多重丧失，包括他婚姻的解体，但这也让他与世界各地的诗人们有更深广的联系。二〇〇二年，在马哈茂德·达尔维什的邀请下，他作为国际作家议会代表团的一员前往巴勒斯坦，代表团里还有诺奖获得者沃莱·索因卡和若泽·萨拉马戈。在散文集《蓝房子》（二〇〇〇年）里，北岛深情地刻画了他的一些诗人朋友，包括艾伦·金斯堡、奥克塔维奥·帕斯和加里·斯奈德（"加里有一张令人难忘的脸。深深的皱纹基本上是纵向的"）。[10] 在献给瑞典诗人托马斯·特朗斯特罗姆的一首诗里，北岛称赞朋友的话，同样可以用在他自己身上："和无头的天使跳舞时／你保持住了平衡。"[11]

二〇〇一年北岛短暂回国，探望他重病的父亲。他在这次旅程中写下了一首题为《黑色地图》的诗：

> 我回来了——归程
> 总是比迷途长
> 长于一生
>
> ……
>
> 父亲生命之火如豆
> 我是他的回声 [12]

有一段北岛在二〇一一年朗诵《时间的玫瑰》中诗歌的视频，他的译者艾略特·温伯格（Eliot Weinberger）朗诵了译文。他们从《黑色地图》开始，到诗集题目那首《时间的玫瑰》结束。[13]

二〇〇六年，北岛得以回国定居香港，在香港大学担任教授，再次结婚并有了一个儿子。他的人生似乎终于落定，但二〇一二年他遭遇了一次中风，四年的时间里，他组织语言都非常困难。那段时间他转向绘画，却发现很难画平滑的直线，所以他发展出一种自己的风格，用成千上万的墨点在纸上创造出富有余味的书法般的风景。如他在《墨点的启示》一文中所写的，就这些画而言，"在创作过程中，全部是由墨点构成——聚散、依附、多变而流动"。他补充说："显而易见，我的诗歌元素尤其是隐喻，与墨点非常接近，但媒介不同，往往难以互相辨认。在某种意义上，墨点远在文字以前，尚未命名而已。"[14]

图 43　北岛《此刻》

就像他的艺术作品一样,北岛的诗歌呈现出诗人迈克尔·帕尔默(Michael Palmer)所说的"一首诗具有复杂的环绕和交叉,骤然的并置和断裂,随机自由的舞步"。[15] 包含了他诸多旧作和新作的诗集《时间的玫瑰》,以书名中这首诗结束,我把它整首抄录于此。如果它每段四行变成两行的对句,我们会立刻把它看作一首嘎扎勒诗歌,在沙希德·阿里重写哈菲兹与迦利布的传统中,我们看着北岛的一生,像他的诗作和书法式画作一样,在消失中呈现:

当守门人沉睡
你和风暴一起转身
拥抱中老去的是
时间的玫瑰

当鸟路界定天空
你回望那落日
消失中呈现的是
时间的玫瑰

当刀在水中折弯
你踏笛声过桥
密谋中哭喊的是
时间的玫瑰

当笔画出地平线

你被东方之锣惊醒
回声中开放的是
时间的玫瑰

镜中永远是此刻
此刻通向重生之门
那门开向大海
时间的玫瑰

周思 译

第十一章

东京—京都:东方之西方

51

樋口一叶《春叶影下》

　　一八七二年,樋口一叶出生于东京的一户小康人家,在父亲经商失败、罹患疾病之前,她得到出色的古典教育。在她十七岁那年,父亲去世。当时她已经显露出古典诗歌方面的早慧,并已立志成为作家,把本名"夏子"换成诗意的笔名"一叶"。然而,写诗无法帮她养活自己,在父亲死后,她和母亲及妹妹只能在东京妓馆区边上以针织缝纫为业勉强度日。二十岁时,樋口一叶开始创作小说,接连在《都之花》(早年有人将其描述为"一种轻文学期刊"[1])等新兴杂志上发表了一系列短篇作品,一篇比一篇优秀,她的创作渐入佳境。

　　一八九六年,年仅二十四岁的她死于肺结核,此前那少得可怜的几年里,她的声名飞快增长。当时,她已经被视为同代人中最杰出的女作家了。这里我将集中讨论她的作品中我最喜欢的一篇——《岔路》。这篇小说收入罗伯特·丹利翻译的《春

图44 低等级艺伎展览,东京,一八九〇年代

叶影下》,和这部集子中其他几篇小说一样,都密切关注着女性和青少年的生活——后者作为日本的"新青年",正在充满变动和不安的时代里挣扎着寻找自己的道路。

《都之花》这类刊物的兴起是技术革新的结果。日本自雕版时期以来,就有漫长的印刷出版传统,然而西方出版社的引入则推动出版业向更为广阔的受众拓展。因此,大日本印刷株式会社于一八七六年成立,意在满足"公司创始人以活字印刷提升人们的知识和文化水平的热切期盼"(如公司主页所说)。[2]一大批报纸期刊发展起来,为樋口一叶这样没有显赫背景的作家提供了重要的商业平台,他们得以借助新的出版方式来获得收入和大量读者。

樋口一叶主要与日本作家对话,从平安时代的紫式部到十七世纪的井原西鹤再到她的同代人，然而从一开始，她的作品就被同时放在世界文学和日本传统两者中来理解。这一点清楚地体现在森鸥外一八九六年为她的小说《青梅竹马》所写的热情的评论中。"《青梅竹马》的出色之处在于，"他写道，"其中的人物绝非我们在易卜生或左拉那里常常遇到的那种野兽般的生物，所谓自然主义者们常竭力模仿后者的技巧。樋口一叶的人物是真实的、具有人性的个体，我们可以与之同哭同笑。"他总结道："我毫不迟疑地将真正的诗人这样的称号赠予她。"[3]森鸥外在德国度过了几年成长时光，他也是发展西化日本小说方面的前沿人物，但值得注意的是，在称赞《青梅竹马》时，他赠予樋口一叶的称号是"真正的诗人"，而非"真正的小说家"。在日本文学等级观念中，诗歌依旧处于顶峰，森鸥外在樋口一叶处发现的，是一种以诗性的语言来处理具体现实的罕见才华。

如森鸥外的评论所示，易卜生正风靡一时。樋口一叶同年写下的令人心碎的小说《岔路》，对易卜生在《玩偶之家》之类作品中涉及的主题做出了拓展。和易卜生笔下的娜拉一样，樋口一叶的女主人公阿京也在一个性别和阶级关系板滞而不公的世界里谋求生路。和父殁之后的樋口一叶及其母亲、妹妹一样，阿京一开始也试图靠针织缝纫度日，但后来放弃了对独立的追求，做了别人的妾室。和易卜生笔下的娜拉一样，阿京身边也有一个不愿谅解她的男性（此处是一位青少年，阿吉）在观察她，他无法接受他喜爱的朋友如此堕落。这个故事呈现了一处短暂却具有转折意味的时刻，好比乔伊斯式的"顿悟"时刻，其中，阿吉意识到了他和他的雇主以及和阿京之间所建立起的那种准家庭关系的脆弱。我们对阿京的丈夫——或曰主子——所知甚少，但情感关系已然被简化为一种经济交易。阿吉由此认识到了成人两性关系的腐朽，就如同亨利·詹姆斯的小说《梅奇知道什么》中的年轻女主人公所经历的一样——比《岔路》晚一年，詹姆斯的小说在一本美国的"小杂志"《小册子》（The Chap-Book）上开始连载。

樋口一叶以朴素的叙事技巧展现了一个既陷入瘫痪又处于激变中的世界。这种状况正浓缩在阿吉的经历中。他是孤儿，举目无亲，而阿京则成了他在这个瞬息万变的世界上唯一的依靠。在故事末尾，他失去了这个港湾。"这一切都毫无意义"，他悲伤地说，"这是什么样的生活！有友好的人，但他们后来就消失了，总是那些我喜欢的人。"这里没有突如其来的大团圆，甚至没有烂俗言情剧里的为情而死，也不为我们提供易卜生式的道德说教和对社会变革的鼓吹。小说中最接近道德结论的部分——"男孩子决不放弃他对清白的看法"——听上去也像是说说而已，令人难以辨别它是要让我们称赞阿吉的道德坚定，还是为他的不成熟而遗憾。小说以两人间一段黯淡的对话结尾：

"谁也不想做那种事情啊。但我已经打定主意了，你改变不了的。"

他含着眼泪盯着她。

"把你的手从我身上拿开吧，阿京。"

《岔路》的悲剧性，在于这里并没有上演宏大的悲剧，也没有流行情感戏码可以借来让事情变得好看些。阿吉曾是一个无家可归的街头艺人，直到一位善良的老妇把他领回了家。然而他口中的这位"老婆婆"也不是什么神仙救星。她在她的伞店里拼命使唤他，几乎把他当作家里的一个奴隶。但即使是她，也已经在故事开始前两年去世了，伞店的新东家则几乎容不下他。阿吉在阿京那里找到了一个替代性的家庭。"你就像我姐姐一样，"他对她说，并问道，"你确定没有弟弟吗？"而阿京是独生女，她自己也没有家人可以依靠。阿京无法回应阿吉对家庭关系的玄想，便期盼着某种奇迹出现。她问道："你身上有什么证明身世的东西吗？一个带着名字的饰品之类的？总有点类似的东西吧。"在通俗小说或木偶戏里，这样一种饰品将揭开阿吉的身世（一般是尊贵的），而他也将能回到他失去的家庭。但他和阿京生错了时代。

事实上，他们生错了文类。他们的故事绝非阿京在《都之花》之类的杂志上会读到的那种有着大团圆结局的消闲故事，也不是阿吉过去在街上表演的那种通俗戏本。阿京和阿吉所身处的，是十九世纪现实主义的现代世界——甚至是十九世纪末的现代主义世界，正与在易卜生处依旧清晰可见的那种直截判断和道德确定性渐行渐远。丹利曾写到樋口一叶"隐晦简省的风格"，而这正是当时西方作家正在试验的一种特质。在樋口一叶写下她的作品三年之后，康拉德的《黑暗之心》中无名的叙述者告诉他的听众，马洛的未完成的故事的意义"不是像内核一样在里边，而是在外边，包裹着故事，故事照亮意义，就像火光照亮迷雾"。[4] 樋口一叶的主要作品也是如此。

在成功卖出第一篇小说后，樋口一叶在日记里记下了她回家报告消息时的场景:"看,妈妈,《都之花》发了我的第一篇小说,给了我十块钱!"她妹妹宣布"现在你是职业作家了",并补充道:"谁知道呢,或许你会变得非常有名,然后某天你的头像会被印到日本的纸币上!"樋口一叶笑着告诉妹妹不要想太多——"日本的钞票上印一个女人的头像?"[5]自二〇〇四年开始,樋口一叶被印在五千日元面值的纸币上——一次真正的诗性正义的实践。她是第三位获此殊荣的女性,之前的两位是神功皇后和樋口一叶最喜欢的作家——紫式部,我们接下来的主角。

康凌 译

52

紫式部《源氏物语》

对樋口一叶而言,紫式部不仅是最伟大的日本女作家前辈,而且她同样是从诗人转为小说家的。今天,紫式部的经典之作从许多层面上向我们提出挑战,首先一点,总共五十四回的书里穿插了近八百首诗。阿瑟·韦利于一九二〇年代首次将《源氏物语》译成了英文。他删掉了大部分诗歌,并将残存的那些改成了散文形式,使得《源氏物语》更像欧洲小说,或者可以说,更像给成年人看的某种复杂童话。从他为自己译本的扉页挑选的题词,就很容易看出他的意图——该题词不是源自日本,而是从夏尔·佩罗的《灰姑娘》里挑出来的。他引用的还是法语版("是你吗,我的王子?"她对他说,"你让我等了好久!")。[6]这里,灰姑娘的英俊王子被紫式部的"光华公子"源氏代替了。这句引言着重强调女主人公的冷静自持,用的是非日语化的直截了当的口气。

在韦利的时代之后,又有三部《源氏物语》英语全译本：爱德华·塞登斯蒂克（Edward Seidensticker）一九七六年版（我在此文中引用的版本），罗亚尔·泰勒（Royall Tyler）二〇〇一年版，以及丹尼斯·沃什伯恩（Dennis Washburn）二〇一六年版。三个译本都充分强调了紫式部的诗。诗在前现代日本的崇高地位对她的小说创作有重大影响。她的故事源于诗情画意的瞬间；而对现代小说的基本要素，诸如角色的发展，或情节需要有明确的开头、中间和结尾等，她并不是特别在意。她的主人公源氏和小新娘若紫（紫式部自己的笔名就取自她），到书的三分之二处就去世了，接下来又开始了一系列新的下一代人物故事。有人猜测，后面的章节可能是他人之笔，但大多数论者相信是同一个作者在更深的层面上回顾主题。故事进行到第五十四回时，大体可算有一个结局，但完全不是西方小说的读者可以预料的结尾。紫式部可能曾打算哪天把这个故事继续写下去，但看不出"小说式"的高潮尾声会是她计划中不可或缺的部分。

　　紫式部用诗的语言来表现人物和行动。人物通常不是用名字，而是用不断变换的别号加以区分。这些别号往往来自他们引用或创作的诗词。"紫"根本就不是正式的名字，而是一种薰衣草植物，在描写源氏众多情爱关系的其中几首诗里跟紫藤一起出现。事实上，"紫"第一次出现时，是指源氏的初恋情人，他父亲的配偶藤壶皇后；这个别号后来才转给了藤壶的侄女，故事的女主人公。即使是"源氏"，也仅指"（源）姓的继承者"，是天皇赐给自己的这个私生子的。简言之，源氏只是其中一子，一个被承认但被排除在皇室之外的儿子。紫式部把她的主要人物都描写得非常生动，但这些人物同时代表了一代接一代的重复模式中的基本特点，在故事中表达友情、渴望、勾心斗角和梦想的诗意瞬间。

紫式部写作所采用并将之革新的体裁被称为"物语"。物语是散文长篇叙事体，场景通常设在过去，内容涉及浪漫情感。物语不仅要与最高形式的诗歌竞争，还要与介于诗歌和散文体小说之间的历史文献竞争。再者，同行的中国作家威望更高，日本作家相比之下黯然失色。正如在中世纪欧洲的拉丁语，上流社会的男人都要学习并用汉语写作；对女人则无此要求，她们也不需要用汉语来培养写作才能。口语化的物语因此在女人中很流行，但就像现在的"小妞文学"（chick lit）一样，这些作品被当成道德价值乏善可陈的轻松娱乐之作。紫式部在自己写的故事里明确地驳斥了这些观点。在第二十五回《萤》里，我们得知，梅雨季节中，源氏府第的女人们爱读带插图的浪漫故事打发时间。源氏垂临年轻养女，"那个最爱读书"的玉鬘的房间，环顾四周：

> 源氏不禁注意到到处都堆满了图画和书籍。"真麻烦啊！"他有天说，"女人好像生来就甘愿受骗似的。她们明明知道这许多的老故事里，几乎没有一丝真相可言，却沉迷不悟，被各种零零碎碎的内容戏弄，还一一抄写下来，当此梅雨时节，头发潮乎乎的凌乱不堪，却浑然不知。"

但刚发表完这一大段温和的性别歧视论调，他又加以补充，接下来说："我也必须承认，在这些胡编乱造的故事中，我确实能找到真实情感，故事发展也说得过去。"他又再次调整立场，重拾对故事"真实性"的批评,来抵消这番肯定,"我猜这些裹脚布肯定是经常撒谎的人编的。"玉鬘把砚台推开——她也开始写故事了吗?——给出了一个绝妙的回答:"我明白了,"她反驳道,"这肯定是某个爱撒谎的人的观点。"[7]

接下来是一大篇半调情半讨论,颇具讽刺意味地,把关于小说的谎言是否蕴藏真相与源氏的花心勾引行径作了反衬。最终源氏作出让步:"我应该想象现实生活跟小说是一样的。我们都是人,我们都有自己的方式。"他承认即使自己的幼女也可以读这些故事,而后花了"大量的时间挑选他认为合适的浪漫故事"——在此过程中无疑也好好享受了一番——"然后下令把这些书誊抄出来并加上插图"。这一幕道尽了紫式部写作时所面临并反抗的文学环境,不亚于我们从一部小说艺术的专著里能学到的东西。

源氏和他生活中的女人们,都试图在父权制度下的宫廷社会中,尝试生活的各种可能。那里的墙是纸糊的,人人都在旁人的视野里,受尽闲言碎语[见彩页图45]。清少纳言是紫式部的同代人,她的日记《枕草子》可为这本书描绘的宫廷生活提供最好的背景。她这样描述一个理想情人在破晓时的举止:

> 一个好情人在黎明时分的表现会与其他时候一样优雅。他依依不舍地起床,表情沮丧。女人催促道:"快点啊,朋友,天快亮了。你不想让人在这里碰上你啊。"他深深地叹口气,好像在说离别是多么痛苦。站起来后,他并不赶紧系好裤子,而是靠近女人,窃窃私语尚未说完的话。然后,他拉起细格子窗,两位恋人在拉门边相依相偎,

他告诉她，自己多么惧怕即将开始的这一天，他不能跟她在一起了。然后，转身而去。女人目睹他离开，离别的那一刻成了最扣人心弦的回忆。是啊，对男人的依恋，在很大程度上，取决于他告别时的优雅。[8]

紫氏部的故事强调人的激情和天生丽质，但又融入了一切人间欢娱都会转瞬即逝的佛教情怀，无论是鱼水之欢，还是世俗成功；无论是圆月下的乐声，还是风吹帘开，得窥陌路佳人，与她诗词唱和。紫姬过世后，源氏翻阅她的旧束：

> 尽管已经过去了很多年，但墨新如昔，似乎注定能保存千年。但这些信是给他的，而他已经不要再读了。便命两三个亲信的侍女，就在自己面前当场毁弃。逝者的墨迹总能感动我们，而这些并不是普通的信件。泪水模糊了他的双眼，滴落下去，与墨水混在一起，最后，他已无法看清写的是什么……为了止住似乎有些夸张肆意的泪水，源氏翻出一封格外情意绵绵的短束，在空白处写下：
> 人去留遗迹，珍藏亦枉然；不如随物主，化作大空烟。①

与自己的平生挚爱交换过千百封诗信之后，源氏忍不住又给她写了这一封，却再也不会收到唱答了。

紫姬弥留之际，皇后来探望她。"看着眼前这两人，竟是美得各有千秋，源氏唯愿自己能与她们如此共处千年。当然了，

---

① 诗句译法参照丰子恺译《源氏物语》，人民文学出版社 2015 年版。

时间不会遂人愿。这正是最深刻、最悲哀的真理。"生活中"时"与愿违,但艺术不会。从公元一〇〇〇年左右到一〇一二年去世之前,紫式部创作了她的伟大作品;千年之后,光源氏的整个世界早已荡然无存,而《源氏物语》仍然源远流长。

陈红 译

53

松尾芭蕉《奥之细道》

松尾芭蕉和紫式部一样,是世界文学中最著名的日本古代作家。十九世纪以降,世界各地的读者都被他的俳句的简素、幽玄之美所打动,庞德与欧洲的意象主义者们受到了他的强烈影响,譬如那首著名的关于池塘青蛙的俳句:

> 古池——
> 青蛙跳进水里的声音①[9]

在诗文和美术中,芭蕉都借由对青蛙和鱼之类的生物的仔细观察,来练习忘我之道。在友人所绘的一幅风景画上,芭蕉题了一首俳句[见彩页图46]。诗和画一道,无声中静静地描绘出瀑布的轰鸣。而恰在此诗中,"被遗忘的"自我隐隐地在风景之中窥见了自身:

簌簌落落地

棣棠花纷纷飘散

瀑布落水声[10]

棣棠静默，坠落而被流水冲走，成为生命无常的意象。

在日本以外，芭蕉尤其常被视为一位孤独的隐者，在小屋外的芭蕉树（他笔名的来源）下闲坐。然而，这种看法忽视了芭蕉的社会交往和他对连歌活动的深切投入，他对连歌比俳句更喜欢。他的很多俳句作品本身的灵感就来自周游日本时所见的风景以及与他人的交往，他将它们记录在一系列诗歌游记里（他发明了"俳文"这个词来指代这类作品）。相较于避世沉思，他的行旅所表达的更多的是一种深层的不安。正如他在《奥之细道》开篇所说："不知何如，余心迷于步行神，痴魔狂乱；情诱于道祖神，无计奈何。"②[11]

和《源氏物语》一样，芭蕉的游记也构造了诗与文的美妙融合。他抛下江户（今东京）的舒适生活，重归自然，并为自己的诗作注入新生——同时，他也在试探自己的忍耐极限，不顾自身安危，寻觅世界的朝露之美。生死大限是芭蕉游记中的永恒关注。他想象自己死于流寇或疲劳，在时空飞逝间穿行而过，正如《奥之细道》的知名开头所言：

月日者百代之过客，

---

① 本诗采用周作人译文。

② 本节中《奥之细道》引文参照郑民钦译《奥州小道》（现代出版社 2020 年版）及郑清茂译《奥之细道》（北京联合出版公司 2019 年版）并做改动。

来往之年亦旅人也。

　　有浮其生涯于舟上……或执其马鞭以迎老者。日日行役而以旅次为家。

　　古人亦多有死于羁旅者。不知始于何年，余亦为吹逐片云之风所诱，而浪迹海滨。

他的另一篇游记《野曝纪行》起首的俳句便确认了自己死于道中的坚定意志。

　　余身将野曝
　　秋风袭人透心寒①

在这里，芭蕉的脆弱心灵无法抵御秋风，却化成一支竹笛，奏起风中的忧郁旋律。

　　芭蕉将他的诗歌呈现为对个体经验的表达，但他的作品常常具有社会性。他的游记反映出在一个动荡浊世中对安宁的追寻，诗人总是在此世中沉浮，尽管他试图将其抛却。引人注目的是，正当他准备开始《野曝纪行》中的旅程时，他遇到了一个弃婴："行至富士川边，见一幼儿，约三岁，于岸边哀哀哭泣，当为双亲所弃。熬度世事之艰，或如抛入湍流之中，均生机渺茫，人命如朝露。"他自问："然汝缘何遭此一劫？缘何为父所厌，为母所恶？"他总结道，这个孩子不当背负的悲惨命运"乃

---

① 本节中《野曝纪行》引文参照郑民钦译《奥州小道》（现代出版社 2020 年版）并做改动。

天数所定,惟汝当哭其运乖命蹇。我将前行,留汝在此"。

乍看之下,芭蕉似乎在回应这一惊人遭遇时,选择以超尘脱世加以回避。但仔细审视我们便会发现芭蕉反应的复杂性。一开始,他将这幅场景比诸自然,孩童之脆弱,正如"小草秋风,若非今夜凋零,便于明日枯萎"。随后,他的诗性观察引发了充满同情的实际回应:这一场景太过悲惨,他"欲从衣袖中取食物尽与之"。然后便出现了第三重反应——一首俳句:

> 诗人听得猿声悲
> 只今此景堪何叹
> 弃儿秋风啼?

有趣的是,这里的俳句形式本身似乎受到了压力:常见的五七五调被换成了少有的七七五调。和他在其他地方所作的一样,芭蕉将自己的经验对应于诗歌史上的类似回应,而这里指的是李白写于九百年前的一首游记诗。① 相较于对此情景给出自己的判断,芭蕉追问"古诗人"看到这个孩子将会作何反应。这一问题既将芭蕉与更久远的传统连接了起来,又使他超越了这一传统:由于他对贫苦的关注,也由于他在前后散文书写中强化的现实主义。

不过,芭蕉并未基于他的最初反应,即弃儿与风中小草的比较,来创作俳句。这一意象或许是俳句写作的完美基础,但显然它并不足够。归根到底,芭蕉所经历的是一个极度"非诗

---

① 据郑民钦注,此处指涉的实为杜甫的"听猿实下三声泪"句。

性"的时刻,一个极少甚至从未被唐诗或芭蕉的日本前辈诗人所记录的场景。芭蕉没有躲进关于花草的诗艺构思,而是先停下来把自己所有的食物给了孩子,他的微薄日用将他和这个贫儿隐隐地连结在了一起。在此之后,他才开始诗歌创作,并在其中提出了那个没有回答——或许无法回答的——问题,即当李白遭遇如此非诗性的主题时,他会如何写作。

诗歌创作的持续过程并不发生在幽居之中,而是在一个不断扩大的循环里:早先的诗人启发了芭蕉的旅程,他在途中写下新的诗作,将其与他遇见的诗人交换,其中也包括他在行旅中收下的新弟子。新一代的诗人则将在未来以芭蕉的作品为基础来写作。关于芭蕉的创作过程,一个极佳的例子来自《奥之细道》,当时他刚过白河关,进入北方地界。他写道:

> 于须贺川驿站,访等穷,应邀留居四五日。问及"过白河关有何佳作?",答曰:"长途困顿,身心俱疲,况风景夺魄,怀古断肠,难成妙思。"然过关竟无一句,不能无憾,乃吟一句:

> 风流第一步
> 插秧时节起歌声
> 奥之细道上

他将这首诗的创作呈现为对景色的深刻的个人反应,但他的反应之中介是一个社会关系网络。是主人的友好探问,推动他克服自己的疲惫,将零散的思绪连缀成诗。而这首诗反过来又开启了一轮与友人合作的诗歌创作:"此为发句,继有胁句、第三句,终成三卷。"[12]此外,芭蕉并非简单地对白河关的景色或妇人插秧时的民谣作出回应。如他所言,他在关上时正"怀古断肠"。在他的旅程中,他的思绪常常集中于早先的诗人,揣度他们对他所见到的景色的回应,或是他们对日本或中国的类似景色的回应。正如白根治夫关于这一场景所写的:"这里的白河关几乎完全存在于旅人的想象中,作为一种诗学连锁的圆环。"[13]

  作为一种长期为日本独有的诗歌形式,俳句现已成为遍及世界的诗歌类型,而这正在很大程度上要归功于芭蕉。现在已经出现了美国俳句社,而他们出版的刊物名称恰是"蛙池"。芭蕉甚至出现在二〇〇二年的一集动画《辛普森一家》里,其中,新晋美国桂冠诗人罗伯特·品斯基(由他本人以卡通形象出演)读了一首赞美芭蕉的俳句。这让观众中躁动的芭蕉粉们大喜过望——他们把芭蕉的名字用红色涂在胸前,甚至连 Bashō 里字母 ō 上的那个横杠也没忘记。这是适合于今日之芭蕉的短暂不朽:十五个像素的声名。

康凌 译

54
三岛由纪夫《丰饶之海》

∞

三岛由纪夫是日本最伟大、最古怪的作家之一，他的事业如流星闪过天空。他是一位小说家、剧作家、诗人、演员、电影导演，在他于一九七〇年导演那场惨烈的自杀仪式、四十五岁死于华年之前，他写作了三十多本小说和五十篇剧作。作为一名右翼民族主义者，他私募民兵，想要启蒙国民来抵抗日本日益增长的西方化倾向，让天皇重新执掌政治权力。他急于改变日本文化的方向，也日益厌恶年岁增长的感觉。他约见日本陆上自卫队东部总监，到达总监部之后，他与四名追随者关闭房门，将总监捆绑在椅子上。然后三岛在阳台上向院子里的自卫队士兵发表演讲，鼓动他们参与他的行动，发动一次军事政变。事情正如他预料的那样，演讲并没有说服那些愤怒的听众，他回到房间里，切腹自杀，并指挥随从做介错人，砍下他的头颅。

在那天的早些时候，他完成了自己一生最重要的作品，写下最后一句话，结束了《丰饶之海》四部曲。这部巨作由四部小说构成：《春雪》《奔马》《晓寺》《天人五衰》。这个四部曲的标题具有反讽效果，以月球上一个区域命名。四部曲跨越从一九一二年到一九七五年的半个世纪，主人公是松枝清显，他在第一部结尾就死去了，此后重生三次，其中一次化身为泰国公主金让。这次重生给三岛以机会，让他可以探索自己复杂的性意识，以及广阔丰饶的亚洲。在将前现代的亚洲历史融入全球现代性景观方面，《丰饶之海》几乎可以算是一部百科全书。在写作这一系列小说期间，三岛造访印度和泰国，他与印度总理英迪拉·甘地探讨农业发展问题，并参观庙宇和探访河边火葬仪式。同样重要的是，他也从小说塑造的世界、日本以及西方文学的资源中汲取大量灵感。在这方面，我们可以看到他的两个主要的互文文本：紫式部和普鲁斯特的作品。

在《春雪》中，三岛通过对《源氏物语》作出尖锐的重构，讽刺了日本生活的新旧制度。平安朝的文学和社会遗产体现在正在消极中衰朽的绫仓家族身上，小说的女主人公聪子就是绫仓家的孩子。明治维新后的西方化时代，则体现在清显的父亲，愚钝的松枝侯爵身上，对这个人物的塑造充满讽刺。三岛的致命之处，是他对复兴明治维新之前光明的日本形象有着过度的幻想，但他对绫仓的刻画则表明，根本不可能重建已逝的传统。结果，三岛在古老的亚洲和现代西方文化之间，建立了复杂的三角关系。

三岛笔下的清显是一个反英雄，他就是一个没有生活目的的源氏；他第一次和聪子做爱，就是在一幅绘有《源氏物语》图样的屏风后面——很可能是那种六扇屏风，上面装饰的都是紫式部小说中的意象。但是清显对聪子一直没有感觉，直到他经历了一个微妙的时刻，开始回忆往事。他总是延迟向聪子求婚，直到他得知聪子与天皇的第三子治典王殿下订婚。清显没有为此伤心欲绝，反而隐隐对这结果感到满意。他把儿时与聪子习字时写的卷轴拿出来，这时他突然记起当年因为赢得平安朝的棋牌游戏获得皇后恩赐的菊花点心：

> 赢了双六棋，领受皇后御赐的模压点心，幼小的牙齿咬下去，齿边入口即化的菊花瓣益发显得红艳，随后是白菊冰冷而具有雕塑感的棱角，在舌尖融化时如同甘甜的泥泞般扩散的味道……数量众多的黑暗的房间，来自京都的宫廷式秋草图样的屏风，以及沉静的夜色，聪子黑发的阴影下轻微的哈欠——飘散着寂寞的雅致的一切，全部真切地从记忆里涌了上来。
>
> 清显感觉自己的身体正一点一点地滑向他甚至不敢直视的一个观念。
>
> 清显的内心，响起高音喇叭般的响声。
> "我爱聪子。"① [14]

当菊花点心在清显的舌尖上融化时，它变成了普鲁斯特著名的玛德莱娜点心在日本的化身。而普鲁斯特已经用日本的词语形容过这种感受，将其比作在一碗清水中伸展开花的折纸，这时

---

① 本节中《春雪》引文参照邹波译《春雪》，上海译文出版社2022年版。

"整个贡布雷和它周围的景色,一切的一切,形态缤纷,具体而微,大街小巷和花园,全都从我的茶杯里浮现了出来"。① [15]

菊花点心不仅引出清显失落的儿时记忆:他还由此进入一个充满普鲁斯特欲望的新宇宙。他意识到正因为聪子已经遥不可及,她才最终变成欲望的对象,正如我们在斯万和奥黛特那备受折磨的爱情,或马塞尔与艾伯丁的恋爱中看到的那样。正当清显意识到那点心引导他重获过去的时间,这种力量给他带来压力,"这么一想,他那浮游不定的肉感,无疑在持续地、默默寻求这种强大观念的支撑。为了找到适合自己的任务,花费了多少时间啊"。他追寻着聪子,与她开始一段隐秘却致命的恋情。

后来发生的却不是对普鲁斯特的简单模仿;对于三岛而言,那不会好过清显那粗俗的父亲所代表的愚蠢的西化。普鲁斯特只是作为导体,让故事回到紫式部的世界,但用新颖的现代主义方式呈现出来。小说自始至终,清显总是做神秘的梦,但这些梦不像在普鲁斯特或弗洛伊德笔下那样,提供他们赖以追忆往事的路径。清显的梦没有揭示被压抑的过去的记忆,而是提前透露出他未来的重生,小说接下来的几卷正是描写这些轮回。清显的梦所揭示的,可算是追忆还未发生的事情,虽然他和我们都还不知道那是什么。

在四部曲中,是清显的好朋友本多繁邦在观察着清显和他轮回转世的化身。本多最终发现了转世的模式,当清显最后一个化身在《天人五衰》中死去之后,本多得以了解轮回最终是

---

① 引文参照周克希译《追寻逝去的时光》,人民文学出版社 2021 年版。

没有任何意义的。本多去拜访已经削发为尼、八十三岁的聪子，却发现她对早年与清显的恋爱已经毫无记忆了。她问本多："您真的在这世上见到过清显这个人吗？而且，我和您过去的的确确在这世上见过面吗？"这部最具普鲁斯特风格的日本小说没有让本多回到重现的时光，而是抵达一个"既无记忆又别无他物的地方"[16]。这就是本多在小说最后时刻的思想，小说至此结束："庭院沐浴着夏日无尽的阳光，悄无声息。"① 三岛在一九七〇年十一月二十五日写下这句话，这也是三岛在手稿上标示结束全书的日期，就在这一天，他出去进行了一场轰轰烈烈的自杀仪式。

虽然本多觉得自己来到了"既无记忆又别无他物的地方"，我们也可以说这个普鲁斯特式的漫长绕行，让我们来到一个特定的文学地点，即松尾芭蕉喜爱探访和描写的"诗歌地点"在小说上的对应物。事实上，三岛的小说把我们带到了《源氏物语》的结尾。聪子宣称她不记得与清显的爱情，这里映照出紫式部那部杰作的结尾——或没有结尾的结尾。《源氏物语》最后的女主人公浮舟，逃离了源氏的孙子匂宫及他名义上的儿子薰之君设下的陷阱。浮舟藏于一间寺庙，声称记忆全失，隐藏了自己的身世，她坚持要削发为尼。

紫式部未完成的叙事，在薰之君密谋要把浮舟抢回来的时候结束了。我们不知道她是否能成功从这个世界上逃离。但三岛让聪子做到了浮舟未曾做到的事，她成功地放弃了世界。她

---

① 本节中《天人五衰》引文参照林少华译《天人五衰》，上海译文出版社 2014 年版。

告诉本多:"记忆这玩意儿,原本就和变形眼镜差不多,既可以看取远处不可能看到的东西,又可以把它拉得近在眼前。"本多吃惊了,吞吞吐吐地说:

> "可是,假如清显压根儿就不存在……那么,阿勋不存在,金让也不存在……说不定,就连这个我……"
>
> 住持的眼睛第一次略微用力地盯住本多:
>
> "那也是因心而异罢了。"

三岛将佛教转入存在主义甚至虚无主义的方向。他利用普鲁斯特,借新词重现平安朝的世界,与此同时,他利用紫式部将普鲁斯特也解构了。这双重努力让三岛免于依赖这其中任何一种传统,虽然他从西方和日本古典传统都汲取了灵感。正是古代和现代、亚洲和欧洲传统的不可调和,成就了三岛对世界文学最大的贡献。

宋明炜 译

55

詹姆斯·梅里尔《离别之思》

我们的日本之行就以美国诗人詹姆斯·梅里尔的诗体游记《离别之思》(*Prose of Departure*，一九八六年）作结，看看他如何在当代语境下把松尾芭蕉的俳句文体发扬光大。梅里尔是他同代作家中最具创造力的诗人之一，曾获普利策奖、博林根诗歌奖，并两次获得国家图书奖。他喜欢采用传统的诗歌形式，如十四行诗和十九行诗，诗风诙谐，也多讽刺。《离别之思》有二十页，串起他游踪的就是穿插其间的一组俳句。梅里尔非常妥帖地用俳句记述了他的日本之旅。游记由一系列短章组成，每个短章的篇幅为一到两页，其中包括一两首他创作的俳句。芭蕉认为肉体不过是稍纵即逝的美和沉思默想的暂寄之所，梅里尔则完全继承了芭蕉的衣钵。

例如，在《笈之小文》(*Records of a Travel-Worn Satchel*）的开篇，芭蕉强调了衰朽的皮囊正是他诗思之温床：

> 在我的这个由一百块骨头和九个孔构成的凡俗皮囊里，有一种东西叫被风吹走的精灵——它也许该有更好的名字——它很像一块极薄的丝绢，稍有风动就裂断，随风飘走。几年前我皮囊里的这东西就开始写诗。[17]

在一九八〇年代艾滋病肆虐的阴影下，梅里尔创作了《离别之思》。因染艾滋病，梅里尔的许多朋友都在走向死亡；虽未明说，他应该也是病患之一。他的开场小引让人想到芭蕉把人生喻为一次旅程的主题，但带有嘲讽。他和情人即将启程赴日本，这是一场他们筹划已久的旅行。这时他们接到好友保罗的电话——保罗正在明尼苏达州的梅奥诊所接受癌症治疗。梅里尔对这家诊所的描述是"庞大、复杂，如远洋游轮"，里面大多是老年夫妇。这个小引结尾是两首俳句，也是游记里最早出现的两首俳句：

> 保罗独自一人，严格地说他还没有开始"航行"。他在等候，等游轮的广播的严厉播报："送客者请赶紧上岸！"他也许已经感觉到，全部乘客和那帮太过年轻又吊儿郎当的船员所有的活动空间就只有这艘游轮——他们全在一艘船上，心里藏着相同的恐惧，但他们又能看见彼此：

海上，是他们
不修边幅的长者
多为日本人

上船，太匆匆

旅行！写下！——他们

蜜月顺风终[18]

梅里尔的表达"非常日语"，甚至像俳句一样使用了一个"剪切词"（cutting word），这里用破折号标记——"写下！"他用英语来写俳句，还采用了日本俳句的韵节。

梅里尔和他的情人还是启程去了日本。没有留下来帮助保罗，他们都有些内疚，但这内疚和芭蕉在《野曝纪行》开篇所表达的懊悔有所不同——芭蕉见到一个被遗弃的哭泣的小孩，但不得不离开他继续赶路，这让他非常后悔。在接下来的短章里，梅里尔记叙了一个现代却诗意的地方：东京青山灵园。在那里，他们找寻的是现代同性恋小说家三岛由纪夫之坟，而非那些古代诗人之冢。三岛由纪夫据说是"安葬在一条小路上，樱花盛开"。遗憾的是他们没能找到他的坟墓，他们看到的只是在坟地里野餐的人们——黄昏里有"几个幽灵在聚会"，听着收音机。

在第三短章中，梅里尔描述了一个名为"唐纳德社区"的地方，也就是美国电影家唐纳德·里奇生活的社区。里奇从一九四七年起就一直生活在这里，他也是数十本书的作者。里奇经常接待外国游客，带着他们游日本；不久前，他还接待了法国作家玛格丽特·尤瑟纳尔，她也是三岛由纪夫的追随者。《离别之思》是献给三岛由纪夫的，如果我们把离别理解为早前离开美国来到日本，离别也是之后离开日本去异地，那么我们就可以把《离别之思》里的诗作视为时间跨度更大的别离诗。

　　同样，这种别离或告别也可以类似于芭蕉作品中的旅程，某种程度上是对现实生活的告别。梅里尔垂危的朋友保罗的原型是大卫·卡尔斯通（David Kalstone），一位文艺复兴时期和当代诗歌的研究专家。卡尔斯通还有一个研究课题，把梅里尔列为美国最重要的诗人之一。一九八六年六月，卡尔斯通逝世，他的死与艾滋病也有关联；同年十二月，梅里尔在《纽约书评》上发表了《离别之思》。然而梅里尔的传记作家兰登·哈默（Langdon Hammer）报道，卡尔斯通从未在梅奥诊所接受过治疗。相反，梅里尔是通过回忆他自己在梅奥诊所的治疗经历，再结合卡尔斯通的情形，杜撰了"保罗"这一角色。哈默说，梅里尔的日本之行"和芭蕉一样，是一个不断自我迷失的旅程"[19]。

　　梅里尔和朋友参观了唐纳德·里奇在东京的公寓，发现里奇既是唯美主义者，也是苦行僧："就两个很小的房间，摆置着实用的壁龛，一切井井有条。他所拥有的就是你所看到的：一些书，还有一些唱片。他一直不缺情人，但这些情人也是他的朋友，朋友不占空间。现在，晚上他会画画。"在下一个短章里，梅里尔描述自己用创作俳句来排遣忧愁：

　　　　保罗在地球的另一边，但坏消息不断传来……我需要某种精神上的逃避，让我可以在一些很坏的情形下能够得到排遣。于是用英文创作俳句就派上了用场：

　　　　抬眼他处望

>有当地缪斯瞠眸
>
>无神,暗无光

——目光凝滞,音节嘀哒,直到她眨眼,如浪决堤……如果每一次旅行都可以是一个微缩的小道具,那么在这次旅行中,就把我微缩成一束花。我追求的是内心的平静,一如禅宗里的射手,闭上眼也能瞄准箭靶。

唐纳德·里奇陪着他的客人游览京都和大阪,在那里他们观看了一场人形净琉璃表演,是为爱殉情的悲剧。女主角拒绝放弃她的爱而被斩首,她的头被放进一个匣子,并送到河的对岸——正是这条河把她和他的心上人隔开——她的心上人收到匣子就自尽了。在俳句中,梅里尔预见了保罗的死,并想象自己坐在船上把他的骨灰撒入河里:

>永别了保罗
>
>倾你骨灰入峡湾
>
>小匣子,如墨

梅里尔通过 sound 一词(既可指峡湾,也有声音之意)巧妙地将现实和诗意串在了一起:梅里尔和他的同伴将在长岛峡湾(Long Island Sound)撒下保罗的骨灰,但他也以俳句的静默无声留下他们倾撒保罗骨灰的记忆。

与芭蕉的游记一样,梅里尔在《离别之思》里看似是亲临其境的叙述,实则为他回国后才开始的创作(或至少是他回国后才写完的)。一九八八年出版的《里面的房间》(*The Inner Room*)也写到了大卫·卡尔斯通的死。这本书里也收录了《离别之思》。《里面的房间》书中的倒数第二首诗写了倾撒骨灰的场景,描述的应该是真实场景,而不像之前卡尔斯通在世时对其死后的想象:"彼得攥浮标,/我倾匣子于波下,/万事随浪漂。"《里面的房间》以一首短诗结尾,诗中一滴水"被一阵极风吹成/六角冰雪花"——雪花,很快融化,变成"鸟的一瞥,一片银杏叶,或者由铅成金"。

在梅里尔和芭蕉的诗里,过去的存在是一个永恒的主题——通过对死亡的书写,过去成了记忆和欲望的焦点。在《里面的房间》中,还有一首题为《死去的中心》("Dead Center")的十九行诗(收在《离别之思》之前),它确实处在整部选集的中心。这首诗是这样开始的:

> 今夜我凝神自省
> 提笔,以代码发送波纹的心事
> 并记下这黑水如何焚烧旧时的星星

诗人的沉思带他回到过去:

> 要不干脆就回奶奶家吧!我年已整十
> 尘飞舞,看不见路上我父母的敞篷车
> 坠下——我的笔,还有冥想中的亲情

在《死去的中心》的结尾,我们读到重症室里的那个人已经呼

吸困难——也许是大卫·卡尔斯通,也许是保罗,也可能是梅里尔自己——然后笔锋一转,又回到了开始:

> 一口气接一口气,O——氧气,O——救星
> 这是什么先兆?谁能告知
> 请记下这黑水如何焚烧旧时的星星

> 纵跃,记忆,超级马术师,
> 穿过重重火圈,绕场负重行
> 冥想之外,落笔有情
> 记下这黑水,去焚烧旧时的星星

图47 詹姆斯·梅里尔,一九七三年

记忆跳回了过去,这在很大程度上呼应了弗拉基米尔·纳博科夫的回忆录《说吧,记忆》。十九行诗的结尾与开头一节几乎

相同，但有一个看似细小、却极为关键的不同：末句行间多了一个逗号——原本的陈述性声明，一变而为诗意的指令。就这样，虽然芭蕉病弱的身躯及其生活的时代消失已久，日本前现代文学依然存在，给诗人和读者以灵感与挑战：

记下这黑水，去焚烧旧时的星星。

图48　詹姆斯·梅里尔，一九九〇年代早期

南治国　译

第十二章

巴西—哥伦比亚：乌托邦，恶托邦，异托邦

56

托马斯·莫尔《乌托邦》

虽然菲莱亚斯·福格从日本登船航向了旧金山,但我们的行程将继续去到他没有踏足的地方,我们会追随着有人给最早的欧洲探险家之一亚美利哥·韦斯普奇(Amerigo Vespucci)虚构的航线,前往南美洲。在一四九九年到一五〇二年间探索过巴西沿海地区之后,韦斯普奇(或是有人以他的名义)出版了自己的探险记录,书名大胆地定为"Mundus Novus"①。这个书名向世人宣布,哥伦布十年前意外登陆发现的并不是亚洲的海岸,而是一个彻头彻尾的"新世界"。一五〇七年,地图学家马丁·瓦尔德泽米勒则将这整块大陆命名为"亚美利加"②以纪念韦斯普奇。世界地图,以及世界文学的地图,从此永远改变了。

据年轻的英国律师托马斯·莫尔所言,韦斯普奇的一位船员拉斐尔·希斯拉德在巴西上了岸,然后朝内陆进发。最终他横穿巴西到达了太平洋一侧的海岸,在那里,他在叫做乌托邦(Utopia)的岛屿上发现了一个独特的社会。一五一五年,希斯拉德回到安特卫普，给一群朋友讲述了自己的发现，其中就有当时正从英国来访的客人托马斯·莫尔。莫尔的《乌托邦》（一五一六年）是一种新的世界文学的代表，因为它是在莫尔的时代反映令人头晕目眩的世界版图扩张的第一部主要文学作品。此时全欧洲的人都要在一个新世界里找到自己的位置，这个世界真实的大小是他们的父母一代全然不知的。在流行的想象中，韦斯普奇以及和他一样的探险家们是在开拓一片处女地，在那里衰老的欧洲"旧世界"可以依靠与新世界的相遇重获新生。在扬·范·德·斯特雷特的《韦斯普奇唤醒亚美利加》（一五八九年）

图49　西奥多·加勒所绘《韦斯普奇唤醒亚美利加》（一六〇〇年），晚于扬·范·德·斯特雷特同名作品

---

① 拉丁文，新世界。
② 即America，是亚美利哥（Amerigo）拉丁化之后的阴性形式。欧洲习惯将国家视作女性，故而此处使用阴性形式。

一画中，由宗教和科学武装的韦斯普奇（他一手持十字架，一手持六分仪）正在搭讪一位顺从的巴西处女，他马上要把她从背景中一群正在烧烤敌人大腿的食人族手中解救出来。

以关于新世界的早期幻想为基础，莫尔的《乌托邦》为世界带来了"乌托邦式"（utopian）这个形容词，还催生了乌托邦小说这一整个文类。夏尔·傅立叶的《爱欲新世界》（*Le nouveau monde amoureux*，一八一六年）里的情欲天堂——那里性别平等，人们可以多夫多妻甚至"群婚"，社会主义者威廉·莫里斯的《乌有乡消息》（一八九〇年），以及玛格丽特·阿特伍德黑暗的反乌托邦小说《使女的故事》和《证言》都属于这个文类。至于当莫尔在构想一个社会平等、财产共有以及宗教自由的理想社会之时，他是否是认真的，这还没有定论。乌托邦在希腊文里的意思是"不存在之地"，而据称是莫尔消息源头的希斯罗德，他的名字在希腊文里则是"说瞎话的人"。连著名的批评家 C.S. 刘易斯都提议，应该把《乌托邦》看作一部奇幻的游戏之作。然而，也许更好的办法是将莫尔构想的世界视作哲学家米歇尔·福柯所说的异托邦（heterotopia）之一例：一个世界中的世界，一个可以暴露出深陷危机中社会的矛盾所在的异质空间。

莫尔构想的乌托邦是一剂治疗社会疾病的猛药。《乌托邦》一书大部分都是在构想如何解决贵族的——莫尔时代社会顶端百分之一的人——炫耀性消费问题，以及供养贵族的农民的极度贫困问题。正因如此，在乌托邦，人人都必须工作，但一日只需工作六个小时，而且人人都必须轮流参与耕作。从贫穷和过度劳作中解放出来之后，乌托邦人是为了愉悦而活——理性的愉悦，但仍然无疑是愉悦。整个社区的人会聚集在庞大的宴会厅里，享受丰盛的宴席和有趣的对谈。乌托邦人热爱知识，而且天生擅长学习希腊文，其实他们自己的字母就很像希腊文。音乐在乌托邦也很流行，就如莫尔家里的情形一样。莫尔结过两次婚，他教会了自己两任妻子弹奏乐器。乌托邦的婚姻不只是务实的经济决策。未婚夫妻们会被允许裸体相见，以此保证婚姻有肉体吸引的基础。

既是"不存在之地"也是一个极好的地方（乌托邦在希腊文里也可以解作 eu-topos，"美好的地方"），乌托邦就是地上天堂，由选举出来的官员治理，他们就是柏拉图的哲人王的民主化版本。然而这个新世界社会并不是一个新纪元公社。固定的阶层带来了秩序，让每个人都清楚自己在生活里的位置和目的。孩子听命于父母，妻子听命于丈夫，儿子还要继承父亲的职业，就像莫尔自己一样。最无人问津的工作则由奴隶完成。有的奴隶是被判刑的罪犯，而其他奴隶——这是个惊人的帝国主义幻想——则是志愿者，他们自愿来岛上追求比自己过去在大陆上更好的生活。

然而蛇似乎已经进入了天堂。这些罪犯被抓起来变成奴隶之前，他们打算做什么？有的罪犯无疑是由普通的贪婪所驱动的，但莫尔的整个叙事里有一股潜流，一直在担心另一个问题：分裂势力可能会出现，然后撕裂这个岛国。不久之前，英国才从漫长的玫瑰战争里走出来，战争的结果是亨利七世建立了都铎王朝，他是个贪婪而遭人厌的君王。但他的儿子，一五〇九年十七岁即位的亨利八世，则是个更有希望的君主——他可以流利地说四种语言，擅长演奏乐器，还热爱书籍和思想——可断言这位年轻的国王能团结整个王国还为时过早。而在欧洲大陆越演越烈的宗教分歧背景之下,这个任务会变得更加困难。新教是文艺复兴人文主义强调自由探索和个人道德的自然结果,可对莫尔这样忠诚的天主教徒而言,越来越多的新教教派只会是异端言论和内战的混乱渊薮。乌托邦人尤其反对的就是狂热。当希斯罗德的同伴之一开始"带着热情而非理智"来宣传基督教之时,他就遭到了逮捕并被判流放,"罪名不是藐视乌托邦人的信仰,而是破坏公共秩序"。[1]

在乌托邦的宴会厅里发号施令时,官员们会确保每一个人都一直在他们的视野里。这点意外地预言了奥威尔的反乌托邦小说《一九八四》:老大哥会一直监视你。在整个乌托邦,摄护格朗特们消除了任何让人有机会私下聚会、谋划阴谋和策划不轨的可能:人们很难在城市和城市之间流动,禁止开设酒馆,而且岛上任何地方都没有真正的私人时间或私人空间。就算莫尔宣称乌托邦人都很高兴能生活在最好的政体下,或者他强调"每个人都应该可以自由选择自己的宗教信仰",他也用一个让人后背发冷的理由驱逐了无神论者,或者任何不愿意相信死后永生的人(最有可能是犹太人)。"任何拒绝承认这一点的人都会被乌托邦人认定为人类的叛徒,因为他将自己灵魂的渴望下降到了动物尸体的水平。他们更加不会承认这样的人是一位公民,因为他们认为除非一个人是受到恐惧的遏制,否则他是不会遵守他们的法律或者习俗的。"乌托邦人宣称,只有害怕死后会遭到惩罚的人才能控制自己的欲望,过上有道德的生活。最终支配乌托邦理性、欢快的社群社会的还是恐惧。

在《乌托邦》出版之后的几年里,莫尔自己的恐惧也变成了现实。他的朋友兼恩主亨利八世和罗马断绝关系,成立了英国国教,亨利八世的目的部分是为了和阿拉贡的凯瑟琳离婚,好迎娶自己的情人安妮·博林;部分也是为了通过把教会的地产分配给自己宠信的贵族来更好地稳固自己的权力。震惊之下,莫尔辞去了自己的大法官职位,试图远离宫廷。他甚至在自己的教区教堂里为自己预订了一块墓碑,碑上的长篇铭文宣称他在忠心地服侍了自己最爱的君王多年之后,想要退休,把残年用在研究和祈祷上。这块有前瞻性的墓碑谁都没能骗住:莫尔拒绝参加安妮·博林的加冕礼,也拒绝承认亨利八世作为英国国教之主的身份。他的名声过于显赫,就算只是沉默回避也是不被允许的。莫尔被捕,然后被多次审讯。当审讯他的人无法骗他说出叛国言论之时,他被定了伪证罪。

乌托邦离英国远得不能再远了。尽管侍奉了国王二十年,莫尔还是在一五三五年七月被斩首。和乌托邦人不同,莫尔并不害怕在死亡之后等待自己的是什么,他甚至在登上行刑台时还和自己的刽子手开玩笑("我恳求你,军官先生,把我安全地送上去。至于我怎么下来,到时候就让我自己想办法吧"[2])。莫尔的墓碑上有给国王的间谍看的政治暗示,不过铭文的结尾却落在更为私人的话题上,提及了要埋葬在他身边的女人们:他的妻子乔安,在给莫尔生了四个孩子之后二十三岁就去世了;还有他的第二任妻子艾丽丝,莫尔在乔安死后不到一个月就娶了她。虽然耶稣宣布了天堂里不会有婚姻,莫尔还是希望并非如此,这个念头是他在铭文的最后一段里透露的,也许连傅立叶这样的空想自由至上主义者都会赞同莫尔的这段话:

> 这里长眠的是我托马斯·莫尔的爱妻乔安,我自己和我妻艾丽丝也预定要葬于此墓中;乔安与我缔结姻缘,在我年轻之时为我诞下三女一男,艾丽丝则善待我先妻所生儿女(这是后母中罕见的美德),任何人对自己的亲生儿女也不过如此了。乔安曾与我幸福地生活,艾丽丝现在则和我幸福地共同生活,甚难决断究竟是亡妻还是现妻于我更为亲密。设如命运与宗教可以允许,我们三人本可以惬意地缔结婚姻共同生活。可我恳求上帝,这座坟墓和天堂可以让我们永在一起。死亡可以赐予我们在世时无法得到之物。[3]

和艾丽丝还有乔安一起,莫尔在死后终于可以踏上乌托邦的海岸了。

肖一之 译

57

伏尔泰《老实人，或乐观主义》

托马斯·莫尔爵士创作《乌托邦》是在欧洲与西半球接触之初，而到一七五九年伏尔泰撰写《老实人》时，南北美洲已经在欧洲的牢牢掌控之下，"旧大陆"与"新大陆"正逐渐深深地交织在一起。跟莫尔一样，伏尔泰的主要兴趣是把南美作为批评自身文化的背景，但现在他的笔下巴西场景可以取材于更为广泛和现实的探险与殖民文献。

踏着拉斐尔·希斯拉德的足迹，伏尔泰笔下无限乐观的年轻人老实人与他更务实的情人居内贡闯入了巴西。他们是从里斯本逃出来的，因为老实人鲁莽中杀死了葡萄牙的大法官和犹太银行家，这两人此前轮流霸占居内贡。老实人希望找到一个比腐败并饱受战争蹂躏的欧洲更美好的世界，但到了布宜诺斯艾利斯后，居内贡遭到总督骚扰，老实人因谋杀大法官而被追捕。他在混血儿仆人加刚菩的陪伴下逃进内陆。伏尔泰没去过南美，但根据从探险文学里刨出来的细节，能把那儿描写得有血有肉，比如对一个鸟舍的描述:"老实人立即被领进一处绿叶繁茂的花园之角,四周由玉色和金色大理石的精美柱廊环绕,鹦鹉、天堂鸟、蜂鸟、珍珠鸡等各种最珍稀的鸟儿在鸟笼中嬉戏。"[4]

在巴西,老实人遇到了高贵的野蛮人。他们就像是从米歇尔·德·蒙田的散文《论食人族》(一五八〇年)里走出来的。蒙田在鲁昂遇见过一群巴西图皮南巴人:在文章中,蒙田描绘他们被所看到的欧洲社会的不平等吓坏了;他因此认识到食人族对敌人的消费仪式,其实比欧洲军队不分青红皂白的残酷行径还光彩一些。这些原住民还促使伏尔泰削弱了基督教的虔诚。老实人和加刚菩穿上耶稣会士的外套,逃脱了一群耶稣会士的追逐后,却又被食人族的一个小部落抓住,并要被吃掉。老实人抗议他们违背了基督教伦理,但这么讲毫无效果。加刚菩透露说自己也是耶稣会的敌人,那些会士就该被吃掉,这才使他们心软下来。加刚菩说:"先生们,你们今天想吃个耶稣会士是吧?好主意……虽然我们欧洲人并不行使吃自己邻居的权利,但那只是因为我们发现在别处找好吃的更容易。"食人者们为找到这些反耶稣会的盟友而兴高采烈,就把他们释放了。

他们继续深入内陆,来到了黄金国埃尔多拉多。关于埃尔多拉多的传说激发了一系列现实生活中的探险,最著名的有沃尔特·罗利爵士,他从圭亚那出发,顺奥里诺科河而下,去寻找这处黄金国,那里的街道撒满珠宝。我从我的艺术家兼探险家伯祖母海伦那里继承了一幅十七世纪的荷兰地图,感兴趣的探访者可以从中找到埃尔多拉多的位置,它位于辽阔的(但可悲的是,并不存在的)帕里梅湖西北边缘。

老实人和加刚菩到达埃尔多拉多时,看到大街上的精美珠宝

图50 标示出埃尔多拉多的亚马孙地图（一六四七年）

被孩子们当作玩具。跟莫尔的乌托邦一样，这个原始又高尚的城邦不需要律师、法院或铺张的宗教场所。欧洲游人常常针对这些机构的缺失而议论纷纷并大肆夸张，有时是表示赞赏，但更多的是为了论证其征服与让人皈依入教计划的合理性，正如我们从康拉德和阿契贝的书里读到的。一五七〇年，一位葡萄牙史学家宣称，巴西原住民"没有信仰，没有法律，没有国王"，因为他们不能发"F""L"或"R"这三个音。① [5] 这很可能是玩笑。

伏尔泰笔下的埃尔多拉多倒是有国王的，但这位国王反对专制，而且妙语连珠，这很让老实人惊讶，因为他讲的确实很好笑。② 套用亚马孙战士的经典神话，国王的侍卫由二十位强壮（但依然优雅）的女人组成。相较于对原始美德的通常描绘，伏尔泰的乌托邦的最大特色在于埃尔多拉多是一个高科技天堂。那儿的工程技术比欧洲更发达，老实人很欣赏"科学殿堂，

---

① 这三个辅音分别是葡萄牙语中"信仰""法律"和"王权"的第一个字母。
② 这是对应第一章里，"（男爵）无论讲什么故事，大家都哈哈大笑"。老实人因此以为大人物都没有真正的幽默感。

他在里面看到一个长达两千英尺的画廊,摆满了研究数学和物理学的仪器"。如果说莫尔的乌托邦是人文主义的天堂,那么伏尔泰的就是一个启蒙运动的理想。然而老实人很快就决定离开:"如果我们留在这里,就跟其他人毫无区别。"他建议带走一些驮满黄金和珠宝的绵羊,这样"我们就比所有的国王加起来还富有"。几乎到了最后,老实人才想起来并补充说,一旦成为世界首富,他就肯定能把居内贡找回来了。

埃尔多拉多的高级工程师们架起一套精巧的系统,使他们能翻越把埃尔多拉多与外面世界隔绝开来的悬崖,然后他们便出发了。他们到达的下一站是苏里南,这是伏尔泰向阿芙拉·贝恩的《奥鲁诺克》(一六八八年)致敬。《奥鲁诺克》讲的是当地一次失败的奴隶起义的悲剧故事。在苏里南,老实人和加刚菩碰到一个严重伤残的黑奴。他平静地解释说:"如果我们在工作的糖厂里被磨子碾去了一根手指,他们就会砍下我们的手;如果我们想逃跑,他们就会砍下我们的腿:我两样事儿都碰上了。我们付了这代价,你们欧洲人才有糖吃。"[1]

早期旅行记录中常见的一个主题是,欧洲探险家在遥远的地方,惊讶地发现一个懂得他的语言的人,这个被语言联系到一起的瞬间,使得他有可能与当地人交流并得到帮助。伏尔泰为这类场景提供了一个讽刺性的版本。仍在欧洲时,老实人和居内贡遇到一个平生累遭不幸的老妇人(她本是教皇和公主的女儿),她被摩洛哥海盗绑架,跟语言不通的人生活在一起,当这些海盗又被来争夺战利品和俘虏的对手袭击时,情况变得

---

[1] 本节中部分引文参照博雷译《老实人》,上海译文出版社 2017 年版。

图 51 "我们付了这代价,你们欧洲人才有糖吃。"

更糟。目睹母亲被强奸并被肢解后,她昏迷过去,醒来后却发现她的同胞,一个意大利俘虏正想要强奸她,他边呻吟边用意大利语叹道:"啊,没有睾丸是多么不幸啊!"这位老妇人并没有被激怒,反而说她"听到自己的母语而惊喜交加"。

伏尔泰故事中的女人们尤其具有适应能力,使得她们能熬过各种不幸遭遇而得以幸存。后来,当老实人犯法而不得不逃跑时(他在仓促之中杀掉了葡萄牙的大法官和一个犹太银行家,他们逼居内贡成为共享的情妇),他担心居内贡独自一人怎么办。务实的加刚菩回答说:"由她去吧,女人家自有本领。"加刚菩建议去巴拉圭,在那里老实人可以靠训练当地部队掌握最新的欧洲军事技术来致富(这是伏尔泰的又一个讽刺)。

伏尔泰用他的世界舞台来破坏读者对自己的社会状况的满足感,那种满足感是"在所有可能的世界中最好的",但他不是激进的相对主义者,也不对其他文化本身感兴趣。老实人、居内贡和同伴们发现,人性在哪里都差不多,虽然这并不是一个让人欣慰的发现。总而言之,加刚菩在巴西时对老实人说:"你看见了,这一半地球并不比那一半更好。"显然,乌托邦里也没有乌托邦。

回到欧洲后,老实人问一位老哲学家马丁,他是否认为"人自古以来就像今天一样相互残杀?是否他们从来就是骗子、叛徒、忘恩负义的人、盗贼、懦弱之身、偷鸡摸狗之徒、懦夫、背后捅刀子的人、贪吃的人、酒鬼、吝啬鬼、往上爬的人、杀人犯、诽谤之徒、狂热分子、伪君子和傻瓜?"

> 马丁说:"你相信老鹰抓到鸽子后,总是会吃掉的吗?"
> 老实人说:"那当然啊。"
> 马丁说:"好啊,如果老鹰历来如此,那你为什么认为人已经变了?"

终于团聚之后,老实人和居内贡在土耳其的周边地区定居下来,决定专心过日子。故事以"我们应当耕种我们的园地"这个名句结尾。正如但丁的《神曲》始于我们人生的中途,这是一种社会的而非个人的责任:"我们应当耕种我们的园地。"南美之旅使老实人和居内贡获得了一种普世人性的哲学意识,同时对欧洲先天优越的幻想也有所批评。虽然更广阔的世界并没有为名利、财富或征服提供无尽的机会,但它确实为冒险和重塑自我提供了无限的可能。正如加刚菩对老实人所言:"这边不得意,就上那边去。何况广广眼界,干点儿新鲜事,不也挺好的?"

陈红 译

58

马查多·德·阿西斯《布拉斯·库巴斯死后的回忆》

并不是每一个到达巴西的人,都乐于去发现新事物,做做新鲜事。从十六世纪开始,直到一八八八年巴西终于成为西半球最后一个取消奴隶制的国家为止,有将近五百万奴隶从欧洲被贩运到巴西。经过几个世纪的异族通婚——以及强奸和同居,除了其他种族混杂之外,有将近一半人口划入黑白混血儿(混杂了欧洲和非洲血统)。一种社会阶层体系逐渐发展起来,并非基于种族,而是肤色;浅肤色的混血儿比深肤色的混血儿有更多的社会流动的可能性。

马查多·德·阿西斯就是这样一个混血儿。尽管如此,还是令人难以置信,一个混血的房屋油漆工和一个来自亚速尔群岛的洗衣女工的儿子,会出人头地,成为那个世纪最重要的巴西作家,并成为巴西文学院院长。马查多十岁时,他母亲去世了。他父亲迁移到东北部的外省城市圣克里斯托旺,在那里再婚。马查多的继母设法把他弄进一个女子学校插班,她在那里做蜡烛,但是他没受过几年正规教育。在青少年时期,他跟一个混血印刷工交上了朋友,在这位朋友发行的一份地方报纸上发表了最早的诗歌,当时他十五岁。在十九岁之前,他做过排字工、校对员和兼职记者,勉强度日;很多时候,他一天只能吃一顿。然而,他有学习的激情,有远大抱负,要成为一名作家。一个面包师朋友晚上教他法语,一个地方政客教他英语(后来他自学了德语和希腊语);他所遇见的记者和作家鼓励他写作。到了二十五岁,我们已然看到,马查多成了一位自信的年轻绅士——至少在照相馆里是这样的。

图52 年轻时及中年时的马查多·德·阿西斯

在现实中,成功缓缓来临。忍受着口吃和间发性的癫痫病的折磨,马查多在工作之余不断写作,先是作为记者,后来在低微的政府岗位。最初两卷诗歌的读者寥寥无几,他写的戏剧则没有上演。最后他转向写小说。他的作品中灌注着当时流行的浪漫主义,受到大众欢迎,却不被批评家看好。他成功地过上了幸福的婚姻生活（不顾岳父岳母的反对，他们不想有一个混血儿女婿），但是一直没有孩子。到了四十岁，马查多似乎命中注定，将在一段边缘化的文学生涯之后被人遗忘。他那一大把络腮胡子似乎成了一个面具或盾牌。

就在这时，他把他的小心谨慎连同浪漫主义都远远抛开，写出了《布拉斯·库巴斯死后的回忆》（一八八一年）。政治家、小说家弗朗索瓦-勒内·德·夏布多里昂曾经安排他的《墓中回忆录》在他死后于一八四八年出版，而布拉斯·库巴斯更胜一筹，竟然在死后"写作"他的回忆录。出版于一八八一年的《布拉斯·库巴斯死后的回忆》在当时几部野心勃勃、创意新颖的小说中首屈一指，到了一八八〇年代后期，马查多已被认为是巴西第一流的小说家。一八九六年，他成为巴西文学院的创始成员，并担任院长，直到一九〇八年去世。在他的葬礼上，一大群仰慕者抬着他的灵柩走出了学院大门。他的出生地距学院不超过一两英里，但他走过了一段非凡的人生。

马查多实际上并未指望这部不合常规的小说会成功，它回溯一个多世纪之前的《项狄传》的讽刺性的嬉戏，同时也预示着很久之后的元文体实验，比如奥尔罕·帕慕克的《我的名字叫红》——它同样始于叙述者之死。在序言中，布拉斯·库巴斯怀疑他的回忆录会不会有任何心怀同情的读者；他把此书题献给第一位（也许仅有一位）读者，或许也可以说是他的第一位买主：

谨以这些死后的回忆，作为怀旧的纪念
献给

> 最先啃噬我的冰冷的尸骸的
> 蠕虫[6]

由此，我们已然领略到了这本书独特的黑色幽默。

有鉴于马查多努力把自己造就为一位作家，获得社会地位，这无疑与之不相符：布拉斯把他的书描述成一场糟糕的混合婚姻的产物，实际上是一个文学混血儿："说实话，问题在于这是一部散乱的作品，在这里，我，布拉斯·库巴斯，采用了斯特恩或德梅斯特的自由形式。我不太确定，但是我可能在其中加上了几笔焦躁不安的悲观情绪。这是有可能的。一个死人的作品。我以欢乐之笔和忧郁之墨写作，不难预见，从这样的婚姻中会出来什么样的结果。"在我决定把马查多的小说纳入这本书之后，我重读这部小说，读到这些话，不无震惊地认识到，它们让人想起《项狄传》和德梅斯特的《在自己房间里的旅行》——这一次八十本书环游地球的双重灵感。马查多甚至把他的小说形容为一场远行。在第四版的序言中，他评述了德梅斯特在他房间里旅行，而斯特恩在国外的土地上旅行（见《穿越法国和意大利的伤感旅程》）。"至于布拉斯·库巴斯，"他总结说，"可以说，他在生命本身之中旅行。"

这本书的结尾进一步把它与我们眼下的课题联系起来。经过一系列罗曼蒂克的厄运和社交失败之后，布拉斯终于安顿下来，跟一位可爱的姑娘多娜·欧热尼亚订了婚，但她死于一场流行病。以一种项狄风格的方式，她的死以单独一段的一章作了预告，那一章叫"间奏曲"：

在生与死之间有什么？一座短桥。然而，要是我不插入这一章，读者可能会受到极大的震动。从一幅肖像画跳到一篇墓志铭，可能是一个真实而平常的行为。可是读者只是想在这本书里找个庇护所来逃避生活。我不是说这是我的想法。我是说，这里有一丁点儿真实，而形式则至少是生动的。我再说一遍，这不是我的想法。

下一章只有多娜·欧热尼亚的墓志铭：

此处长眠着

多娜·欧热尼亚·达玛塞娜·德·布利托

她死于十九岁

为她祈祷！

接下来的一章如此开头："墓志铭道尽一切。它更胜于我来对你们讲述她的病，她的死，她家人的哀伤，以及葬礼。我们知道，她死了，这就够了。我可以补充一点，那是在黄热病第一次传播期间。"与其说布拉斯把流行病当作一个悲剧，不如说是一件烦心事。他说："我感到有些悲伤，为这场流行病的盲目无情，它肆意吞噬生命，也带走了将要成为我妻子的年轻女士；我不能理解流行病的用处，更不能理解这特别的死亡。"现在他求助于另一种十八世纪的模式，来处理他的这场损失，这种模式我们刚刚碰到过：伏尔泰的《老实人》。

在整部小说中，布拉斯的陪衬是一个追求私利的哲学家金卡斯·博尔巴，他会在对你宣讲人道主义美德的同时偷你的手表，是一个结合了佛教、尼采和社会达尔文主义的荒诞的混合体。就在流行病开始肆虐之前，博尔巴推出了一部大部头著作，他在其中论证，痛苦是一种幻觉，战争和饥荒是对单调乏味的一种调剂。人类的目标是统治地球，"它就是为我们享乐而创造的，包括那些星星、微风、枣椰树、大黄。他合上书，对我说，潘格罗士可不像伏尔泰描绘的那样愚蠢"。关于多娜·欧热尼亚之死，金卡斯·博尔巴让布拉斯确信：

> 流行病对于物种是有用的，即便它对某一部分个体而言是灾难性的。它让我看到，无论现状看起来可能多么可怕，还是有非常重要的好处：最大数量的人活了下来。他甚至问我，在普遍的哀悼之中，我是否也曾感到秘密的快乐，因为逃出了瘟疫的魔爪；但是这个问题太没意义了，没有得到答复。

至少，博尔巴未能宣称，能让这场流行病在巴西停下来的最佳选择是饮用漂白剂。

作为在道德上折衷妥协的老实人，布拉斯·库巴斯论述了一个投身于进步和人类自我实现的父权制的蓄奴社会的矛盾。在结束回忆时，他感到解脱：他没有孩子，所以，他没有增添人类的悲惨痛苦的总数。如今我们不妨把他视为鲁迅的阿Q、哈比比的悲观的乐观主义者赛义德、帕慕克的高雅先生在文学上的继父。在"自由体"（free-form）小说中，如在生活中一般，马查多·德·阿西斯走出了自己的路，就像约塞米蒂国家公园的自由攀爬者，越过了巴西社会的裂缝和断层。通过笔下这位已故而又不朽的主人公的生命之旅构成的忧郁的喜剧,马查多给我们留下了显然并非乌托邦的巴西的一张无可比拟的地图。

朱生坚 译

59

克拉丽丝·李斯佩克朵《家庭纽带》

克拉丽丝·李斯佩克朵变成巴西现代作家中的偶像人物，这应该比马查多·德·阿西斯的成就更不可思议。首先，她不是巴西人。一九二〇年，她出生在乌克兰，原名查娅·品查索芙娃·李斯佩克朵。她刚出生没多久，她的父母为了躲避一场反犹屠杀，避难来到巴西——她母亲在屠杀中遭到奸污，传染上性病，后来因此而去世，那时克拉丽丝才九岁。后来她父亲在巴西北方的里丝夫做一个沿街叫卖的商贩，在她长到十几岁时，他们搬到里约热内卢。父亲鼓励她追求自己的理想，做一个作家，那也是他本人从未实现的理想。她在十九岁那年发表第一篇小说，不久后她的父亲就去世了。

李斯佩克朵考上了法学院，但从未想过要做律师。像马查多一样，她成为一名记者，开始写作。在二十三岁那年，她的第一部长篇小说《濒临狂野的心》（一九四三年）获奖，让她一举成名。这部小说的标题取自乔伊斯的《一个青年艺术家的肖像》，当时乔伊斯小说大量使用的内心独白手法在巴西文学中还闻所未闻。她那时已经嫁给一个法学院学生，他后来当了外交官，从一九四四年开始他们旅居国外，先后住在欧洲和美国。由于日渐厌倦做一个外交官夫人的生活，李斯佩克朵在一九五九年结束婚姻，带着两个年幼的儿子回到里约热内卢。第二年，她出版了一部精彩的短篇小说集《家庭纽带》。

出版社在书里加了一则短序说："我们非常高兴向读者大众宣布克拉丽丝·李斯佩克朵已经重返巴西文坛。"[7] 其实在她旅居国外时，也一直不断出版小说，但现在终于重归故里。从那时起，李斯佩克朵越来越认同里约热内卢，而她的读者也越来越认同她，直接称呼她的名字"克拉丽丝"。今天你可以走一条路线，游览"克拉丽丝的里约"，可以和她那眺望科巴卡巴纳海滩的雕塑合影[见彩页图53]。二〇一八年，她九十八岁冥诞那天，谷歌在主页上刊登了她的肖像，这充分说明了她的国际声望。一年半之前，谷歌也把同一殊荣给了马查多·德·阿西斯。

即便她的小说故事都发生在巴西境内，但由于李斯佩克朵有外国血统，又多年旅居国外，她是巴西本土作家之中最具世界性的一位。例如，她的伟大祖先卡夫卡的魂灵，就附身在她那篇由五部分组成的神秘故事《第五个故事》的背景之上。这篇小说收入《家庭纽带》之后的一本小说集中，书名颇有讽刺意味地题为"外籍军团"（一九六四年）。这两本小说集都收入《小说全集》，全集由她的传记作家本杰明·莫泽（Benjamin Moser）在二〇一五年编辑出版，译者卡特里娜·多德森（Katrina Dodson）凭借此书获得笔会翻译奖。在《第五个故事》中，卡夫卡笔下的格里高尔·萨姆沙化身为一整个蟑螂大军，入侵叙述者的公寓，一到晚上就在管道里行军。叙述者纠结半天，不知该如何讲述自己如库尔兹那样灭绝这些小畜生的企图，她最终用石膏粉把它们谋杀了，它们摄取石膏粉之后，肚子变硬，最终一命呜呼。小说这样开头："这篇小说可以叫'塑像们'。另一个可以选用的题目是'谋杀'。也可以题名'这样杀死一只蟑螂'。于是我要讲至少三个故事，都是真的，它们彼此之间并不矛盾。要是给我一千零一个夜晚，哪怕只有一个故事，我也能把它变成一千零一个故事。"[8]

我们的谋杀犯山鲁佐德把那些有毒的美食安置好后，第二天早上来到厨房，发现"许多塑像随处可见，全都僵硬了"。她意识到"我是庞贝末日天亮后的第一个目击者"。在故事的其他版本中，她变成了拒认耶稣的圣彼得，成了一个女巫，然后是一个魔神："从我冰冷的、人类的高度，我俯看一个世界的毁灭。"最后，我们得到了——随即又被拒绝了——标题所期许的第五个故事："第五个故事题为'莱布尼茨与波利尼西亚的超验之爱'，故事这样开始：'我在抱怨蟑螂。'"

莱布尼茨就是伏尔泰写《老实人》来加以嘲弄的那位哲学家。巴西是伏尔泰针对莱布尼茨《神义论》的最终归谬论证，证明上帝确实造出"所有可能的世界中最好的世界"，但现在里约的现实生活又将乌托邦愿景放逐到了波利尼西亚群岛。故事形成一个自我折叠，回到最初的故事，叙述者开始向她的邻居抱怨蟑螂。我们陷入一个博尔赫斯式的莫比乌斯环，不是在特隆或巴别图书馆①，而是在日常生活中。

---

① 均为博尔赫斯小说中的虚构地点。

《家庭纽带》里具有关键意义的一则故事《生日快乐》中,一位八十九岁的祖母坐在餐桌旁等待生日蛋糕端上来,她心酸地想起她生下的那些争吵不休的子女、孙辈、曾孙辈。她的后代身处于他们难以消化的不同文化之中。房间里装饰着许多气球,气球的一面写着葡萄牙语"Feliz + Aniversário"(生日快乐),另一面用英语写着"Happy Birthday"。他们想要对祖母唱生日歌,但"因为他们没有事先彩排,有的人用葡萄牙语唱,有的用英语唱。他们接着想要改过来,那些用英语唱的改成了用葡萄牙语唱,那些用葡萄牙语唱的改成用英语轻轻地吟唱"。祖母为这些不肖子孙生气,她觉得他们都不能真正享受快乐,也一事无成。祖母心想,"像她这样坚强的人怎么会生下这些蠢物,全都四体不勤,面有忧色"。唯一破例的是七岁的小孙子罗德里戈:"她唯一的心肝宝贝,罗德里戈,看他那小脸多么孔武有力。"出于不屑,她突然令人震惊地向地板上吐唾沫。

在虚情假意、争吵不休的兄弟姒娌中间,只有两个人物内心充满真情:祖母和罗德里戈的母亲,考狄莉娅。旋风一般的生日晚宴上,考狄莉娅特别渴望她的婆婆能说点什么,她在希望有无之间,想要听到祖母说:"你们必须知道。你们必须知道。人生太短暂。人生太短暂。"但她的希望还是落空了:"考狄莉娅恐惧地看着她。这是最后一次,她再也不会这样做了——罗德里戈,过生日的姑娘的宝贝孙子,小手握在考狄莉娅的手里,握在那个愧疚、迷惘、绝望的母亲的手里,她又一次回头望着、哀求着老人给她指引,让这满腹哀愁的妇人能抓住最后的机会,活下去。"乔伊斯的《尤利西斯》的主人公斯蒂芬·迪达勒斯正在变成哈姆雷特;李斯佩克朵则重写《李尔王》,将人物的性别和代际颠倒过来。在这里，不是考狄莉娅拒绝说出年迈的李尔王渴求的爱的语句；相反，是老祖母在媳妇的苦苦哀求面前保持沉默。

但为什么考狄莉娅要如此愧疚、迷惘、绝望？故事里没说，但正如我们在鲁迅《狂人日记》里遇到的情景，我们或许有迹可循，能拼凑出故事的大概。或许当祖母向家人暴怒时说的话，比她原来想的还要符合实情："你们都被魔鬼附体了，你们这群懦夫，乌龟，婊子！"或许家里面唯一有男子气概的罗德里戈不是她的亲孙子。愧疚的考狄莉娅现在想要跟着孩子的亲生父亲一走了之，或者跟一位新欢私奔，想要抓住最后的机会，活下去。

有意思的是，小说的英译者卡特里娜·多德森并没有看出这个隐藏的故事线索，结果她把关键的一句翻译错了。她翻译成：沉默的祖母"无可救药地最后一次爱她那不幸的儿媳"，告诉她人生太短暂。但在葡萄牙语原文中，并不是祖母无可救药地爱着考狄莉娅，而是儿媳她最后一次爱着。[9]

克拉丽丝·李斯佩克朵是最心明眼亮的观察者，也是文字最精准的作家，她与里约热内卢的关系既亲密又疏离。诚如巴西诗人莱多·伊沃（Lêdo Ivo）所说："她的散文中的外国味道是我们文学史中最了不起的地方，甚至是整个葡萄牙语的历史中最精彩的。"[10] 无论通过葡萄牙语还是众多的翻译，李斯佩克朵的作品给我们一系列谜一样的启悟，让我们尽己所能地将其翻译到我们自己的艰辛人生中。

宋明炜 译

60

加夫列尔·加西亚·马尔克斯《百年孤独》

拉丁美洲有史以来最著名的小说《百年孤独》（一九六七年）提供了从南美到墨西哥的一个恰当的过渡——尤其是因为加西亚·马尔克斯于一九六一年定居于墨西哥城，并在这里写下他这部伟大的小说。我们可以越过奥里诺科河，在想象中抵达他所虚构的马孔多，这条河构成了巴西和哥伦比亚的边界，尽管后者从未在小说里提到；这部关于马孔多百年沉浮的长篇小说，集中于布恩迪亚家族七代人的故事，重述了拉丁美洲的探索、建国、政治动荡及其艰难进入现代的整个历史。

加西亚·马尔克斯经常承认他得益于威廉·福克纳的约克纳帕塔法镇编年史，但是马孔多也同样继承了黄金国和新世界乌托邦。加西亚·马尔克斯在他的诺贝尔奖演讲《拉丁美洲的孤独》（一九八二年）中澄清了这个血统。他说，那些令人难以置信的素材经常出现于早期探险者的冷静的记述，他还说，"黄金国，我们如此热衷于寻求的虚幻的土地，多年来出现在不计其数的地图上,依照绘图者的幻想,不断变换地点和形状"。他承认,这个地方长久以来的历史毋宁说是反乌托邦而不是乌托邦,但他最终对写作者发出激动人心的召唤,去展望新的、更好的乌托邦:

> 在像今天这样一个日子里,我的师父威廉·福克纳说:"我拒绝接受人类末日。"如果我还没有充分认识到,三十二年前他拒绝接受的巨大灾难,从人类诞生以来,如今第一次在科学技术上而言,已经成为一个平常的可能性,我就不配站在这个他曾经站过的位置。这个令人惊惧的现实,在整个人类历史上曾经只是一个乌托邦,而面对这个现实,我们这些创造寓言故事的人,愿意相信一切皆有可能的人,感到有权相信:投身于创造与之相反的乌托邦,还为时未晚。那是一种全新的、席卷一切的生活方式的乌托邦,在那里,没有人会有能力决定让别人如何死去,爱是真实的,幸福是可能的;在那里,注定要遭受百年孤独的族群,将会最终而且永远享有大地上的另一种机遇。[11]

与伏尔泰的黄金国一样,马孔多以一道几乎无法翻越的山脉与外界分隔开来。这个城镇的建立者何塞·阿尔卡蒂奥·布恩迪亚带领一群杂七杂八的追随者,翻山越岭,寻找一个出海口;当他们发现被沼泽地挡住了去路,就在此安顿下来。与其说是一个乌托邦,倒更像是一个含混不清的异托邦,马孔多成了一个不稳定的自由之地,脱离于遥远的腐败的政府,在这里,似乎不可能发生的事件都是家常便饭。

《百年孤独》分享了马查多·德·阿西斯的《布拉斯·库巴斯死后的回忆》对于拉丁美洲政治和人类关系的黑色幽默视角，但是，马查多以回望伏尔泰和斯特恩来构建他的小说的"自由形式"，而加西亚·马尔克斯则吸收他自己同时代的作家。马孔多可以想象成通过卡夫卡的眼睛所看到的福克纳的世界，又由博尔赫斯的一面奇妙的镜子折射出来。事实上，加西亚·马尔克斯正是在他的一个大学朋友给他一本博尔赫斯翻译的卡夫卡《变形记》之后，决定成为一个作家：

> 第一句话就差点让我从床上掉下来。我惊呆了。这句话写道："一天早上，格里高尔·萨姆沙从不安的睡梦中醒来，他发现自己在床上变成了一只巨大的甲虫……"当我读到这句话的时候，我对我自己说，我还从来没有想过有人可以这样写作。要是早知道呢，我很久以前就开始写作了。因此，我立刻开始写起了短篇小说。[12]

就像卡夫卡那样，加西亚·马尔克斯不动声色地叙述稀奇古怪的事件。到访的吉卜赛人在飞毯上飘过，人们的幽灵经常不断回到家里，而某个人死于她一百四十五岁生日之后。在小说中的标志性的离奇时刻之一，容光焕发、光彩夺目的美人儿蕾梅黛丝有一天在折床单的时候飞到了天空中，"挥手告别，身边鼓荡放光的床单和她一起冉冉上升，和她一起离开金龟子和大丽花的空间，和她一起穿过下午四点结束时的空间，和她一起永远消失在连飞得最高的回忆之鸟也无法企及的高邈空间"。

尽管"外乡人"怀疑这个故事是一个幌子，掩盖了某个更为正常的事情（她跟情人私奔了？），她的家人却把她的超升视为一个神圣恩典的象征。蕾梅黛丝的弟媳费尔南达嫉妒她的成就，但她最大的遗憾纯粹而实际："很长一段时期内都在恳求上帝归还那些床单。"[13]

《百年孤独》以一种精力丰沛的铺张浪费的方式描绘日常生活。故事中偶尔出现的"魔幻"因素实际上还不如对基本的现实事件的提升来得显眼。奥雷里亚诺·布恩迪亚上校不仅发起了一场反对中央政府的叛乱；他还发动了三十二场内战，全部失败；最终，他的自由党同盟被保守派主导的政府职位收买，把他放弃了。在他反叛的那些年里，他可不仅生下了一两个私生子；他有不少于十七个私生子，遍布各地，全都起名奥雷里亚诺。而当一场大暴雨开了头，它可不止持续一个星期，抑或如《圣经》里的四十个日夜，而是下了超常精确的"四年十一个月零两天"。但我们不会对这场无休无止的倾盆大雨感到惊奇，因为我们早已体验了一场布恩迪亚洪水，从建立者何塞·奥雷里亚诺到他的名叫奥雷里亚诺和何塞·阿尔卡蒂奥的儿子们，再到他们的名叫奥雷里亚诺·何塞和阿尔卡蒂奥的儿子们，然后是阿尔卡蒂奥的名叫何塞·阿尔卡蒂奥和奥雷里亚诺·塞贡多和奥雷里亚诺·塞贡多的儿子们，还有他的儿子何塞·阿尔卡蒂奥，以及第六代的奥雷里亚诺·巴比伦尼亚，他既是短命的最后一个奥雷里亚诺的堂兄，也是他父亲。

太多相似名字的人物在书页里泛滥，更进一步，经常以闪回和快进搞乱叙述，加西亚·马尔克斯挑战我们，能否记住在几十页甚或上百页之前所看到的人物和细节。他的小说是一座巨大的记忆宫殿，但它由不断移动的镜子大厅构成，并且随着小说的进展，整个建筑开始分崩离析。个人的和群体的记忆同样一直处于威胁之中，无论是来自疾病、年老、政治压迫，或者是人类生存的短暂易逝。

就像薄伽丘的《十日谈》和泰戈尔的《家庭与世界》，加西亚·马尔克斯的小说在一定程度上是一场瘟疫叙事（他在二十年后的《霍乱时期的爱情》中回到了这一主题）。别具一格的是，这里的瘟疫不是一种，而是很多种。吉卜赛人梅尔基亚德斯"经历了危害人类的各种疾病和灾难幸存下来。他在波斯得过蜀黍红斑病，在马来群岛患上坏血病，在亚历山大生过麻风病，在日本染上脚气病，在马达加斯加患过腺鼠疫，在西西里碰上地震，在麦哲伦海峡遭遇重大海难"——我们简直可以说，八十场瘟疫环游地球。马孔多很快就遭受了一场不眠症之苦，人们开始忘记各种东西的名字。奥雷里亚诺·布恩迪亚很快就解决了这个问题，给各种东西贴上标签，但是后来人们开始无法想起这些词表示什么意思。在整部小说中，布恩迪亚们被"孤独的梅毒"所折磨，它经常把他们彼此隔离开来，尽管它同样也能激发不可遏制的乱伦的激情；就像在薄伽丘和泰戈尔的书里，人们感染了爱的瘟疫。

在这本书的中心是一场创伤性事件，它发生在一九二八年的哥伦比亚，政府军队屠杀了一千多名香蕉种植工人，他们举行罢工，希望从美国联合果品公司争取适当的劳动条件。在小说里，政府用火车偷偷运走尸体，坚持说没有发生大屠杀，而人们很快就忘记了他们曾经有朋友和亲戚失踪。在小说结尾，仅存的几个布恩迪亚不为居民所知，他们甚至不记得他们的创始家族曾存在过。然后，当奥雷里亚诺·巴比伦尼亚破解了梅尔基亚德斯写在羊皮卷上的手稿，它预言了整个故事，包括他破译出最后一页、飓风来临的时刻；就在那一刻，一场大风把马孔多从这个世界上抹去。

在政治动乱和家族冲突的沧海横流之中，经常是女人把布恩迪亚家族维系在一起。最早的何塞·阿尔卡蒂奥死去多年之后，他的不屈不挠的妻子（和堂妹）乌尔苏拉操持她的孩子、孙辈、曾孙辈、曾曾孙辈的生活。当她活过第一百个年头，就像克拉丽丝·李斯佩克朵笔下的老祖母，她为后代的生育能力衰退而闷闷不乐。在小说后半部分，当她死去，"家里陷入荒废状态，连果断坚定、雷厉风行的阿玛兰妲·乌尔苏拉也没法扭转"，那是她的曾曾孙女。就像伏尔泰笔下的居内贡一样，这些女人是完美的幸存者，而在结尾，如《老实人》结尾所言，阿玛兰妲·乌尔苏拉尽其所能照料她的花园。掌管起衰败的家园之后，她使玫瑰复活，在扶栏上的花盆里栽下欧洲蕨、牛至和秋海棠。她的丈夫前往比利时治下的刚果（有康拉德的库尔兹的影子）开办企业，抛下了她，阿玛兰妲·乌尔苏拉做了她的侄子奥雷里亚诺·巴比伦尼亚的情人，他曾经远远地爱慕着她。

> 在那个连飞鸟也厌弃，长久的扬尘与酷热令人呼吸艰难的马孔多，奥雷里亚诺和阿玛兰妲·乌尔苏拉被爱情、被孤独、被爱情的孤独幽禁在因红蚂蚁疯狂啃噬的轰响而难以入睡的家里，他们是唯一幸福的生灵，世上再没有比他们更幸福的人……一旦有机会在家中独处，他们便彻底

沉浸在迟来的爱情狂潮中。①

马塞尔·普鲁斯特把他的小说《追忆逝水年华》视为一种光学仪器，当我们随着他的主人公的探索，恢复他早已失去的记忆，就能用它看到我们自身内部。通过把世界、把世界文学纳入他自己的史诗般的小说篇章之中，加西亚·马尔克斯建构了一个光学仪器，我们可以由此越过我们自身看到外界，恢复整个文化的记忆。

朱生坚 译

---

① 引文参照范晔译《百年孤独》，南海出版公司2011年版。

第十三章

墨西哥—危地马拉：教皇的吹箭筒

61
阿兹特克贵族诗歌

现在,我们调头向北,去往墨西哥和危地马拉。在当地,各种原住民文化长期以来都是主要的文化势力,这使得欧洲人的后裔和当地土著社群都在两个国家继续显著地存在。大概有九百万人口说的是诸多原住民语言的一种,其中主要是纳瓦特尔语,或者二十一种玛雅语言的一种,常常混着很多西班牙语单词。宗教上和文化上,墨西哥和危地马拉,也一样参差复杂。三十年前,我在墨西哥城边缘的露天市场上买了一个引人注目的面具[见彩页图54]。面具上刻画了一个女人,好像一个好莱坞小明星,不过这是因为她头上的角,角上装饰有四种颜色的丝带,代表神圣的四方。我问卖家这面具画的是谁,他回答"Esa es La Malinche"(那是马林切)——西班牙征服者埃尔南·科尔特斯的翻译和情人;他们的儿子马丁,是在南半球出生的最早的混血儿之一。在当地的描绘中,她的皮肤常常被加上粉色调,象征着令她背叛自己人民的激情;在这个面具上,艺术家更进一步，把她弄成了一个蓝眼睛的外国佬。

科尔特斯在一五一九年到一五二一年间征服了阿兹特克帝国之后，于一五二五年派了一个使节前往罗马觐见教皇克雷芒七世。有了克雷芒的支持，他可以进而对殖民地"Nueva España"（新西班牙）发动灵魂上的征服，由此巩固他在马德里的政治地位。为了激起教皇的兴趣，科尔特斯奉上了当地的装饰羽毛作品作为礼物，随附数位阿兹特克贵族，他们作为王室，代表两千万已经时机成熟、有待皈依真信的灵魂。科尔特斯背运的是，圣座——朱利亚诺·德·美第奇的私生子——对那些羽毛没什么感觉。克雷芒正耗在意大利的权力斗争之中，没时间应付来自世界另一端充满异域风情的访客。不过，这些不受欢迎的客人中，有一位诗人用纳瓦特尔语作了一首讽刺诗，记下了这次遭遇：

> 朋友们，柳盾兵们，瞧那教皇，
> 他代表上帝，代他发言。
> 教皇在上帝的垫子上，坐在那里，代他发言。
> 是谁斜倚在一把黄金的座椅上？看！是教皇。
> 他有孔雀蓝的吹箭筒，他在世间射击。
> 好像这是真的，他有十字架和金杖，它们在世间闪闪发光。
> 我在罗马悲伤，看到他的肉身，他就是圣彼得罗，圣保巴罗！
> 好像他们从四面被抓捕：
> 你让他们进入了那个黄金的庇护所，它闪闪发光。

> 好像教皇之家绘满黄金的蝴蝶，它喜气洋洋。[1]

教皇可能并没有坐在一块垫子上，并从一个孔雀蓝的吹箭筒里射击，但这是诗人向故土的听众表达教皇权力的方式。诗人继续总结圣彼得和圣保罗继承人真正的兴趣："他说了：我要什么？金子！每个人都把头低下！向着无上至尊叫唤（Call out to Tiox in excelsis）！"此处，三种语言在四个单词间摩肩接踵。挤在纳瓦特尔语 tlamataque（向……叫唤）和拉丁语 in excelsis（无上至尊）之间，看上去是个外国词的 Tiox 不过是西班牙人说的神，诗人给予"Dios"（神）的近似体。世界文学常常就是诸世界在冲突之中的产物。

一百五十来首纳瓦特尔语诗歌从十六世纪幸存下来。它们独辟蹊径，让我们进入阿兹特克人和他们（常常并不情愿的）同盟者们的精神世界，帮助我们理解这种对西班牙入侵者而言截然不同的异质文化。科尔特斯的士兵贝尔纳尔·迪亚斯·德尔·卡西蒂略晚年回忆说："当我们看到那么多城市和村庄建在水上，还有陆地上的伟大城镇……我们中的一些士兵甚至问，我们是不是在做梦。我如今用这个方式写下来，没有什么可以惊叹的，因为有那么多事需要认真思考，那些我们做的事情，都是闻所未闻，甚至梦中也不曾出现——那些我见过的，我却不知道该如何描述。"[2] 正如卡尔德隆·德·拉·巴尔卡后来用于题名他最著名的戏剧，*La vida es sueño*——《人生如梦》。

信仰多神的、食人的阿兹特克人，在诸多方面都迥异于他们目瞪口呆的来访者，但他们的诗人也常常谈到人生如梦：

托奇维齐（Tochihuitzin）曾如是说，
科约乌基（Coyolchiuqui）曾如是说：
我们来这里就是为了睡觉，我们来这里就是为了做梦；
不是真的，不是真的，说我们来世上是为了生活。[3]

精妙的审美弥散于他们的很多诗歌，并为人生的无常感所浸润：

朋友们，享乐吧！
让我们的手臂拥抱彼此的肩膀。
我们活着，我们的世界鲜花盛开。
一旦离去，就不再享有漫布的鲜花和歌声，
在此处予生者的宅院中。[4]

但是，阿兹特克和欧洲人之间也有共同之处：他们也是积极的帝国主义者，通过征服、更换同盟者以及对反抗的野蛮镇压，扩土开疆。这些事迹也为他们的诗人所歌颂，诗人们还好似互相争风头，来创作出甚或更惊人的意象，连结美和残忍："虎豹之花绽放，／屠刀下绽放的花朵，在田野上如此鲜美。"战争甚至变成了女孩子们一种怪诞丑陋的野餐："起来，姐妹们，我们走！让我们去寻找花朵……这里，它们在这里！烈焰之花，盾牌之花！令人向往、可喜怡人的战争之花！"

阿兹特克精妙而残忍的世界，在西班牙人的征服下天翻地覆。语言和书写，与来复枪和战袍一样是征服的重要工具，就如我们在十六世纪的画作上看到埃尔南·科尔特斯接受阿兹特克统治者的投降[见彩页图55]。这幅特拉斯卡拉（Tlaxcalan）画作展示出，老爷似的科尔特斯，有点不可思议地戴着羽毛皇冠的装饰，马林切站在他的身后充当翻译，投降的是特拉斯卡拉仇恨的敌人莫西卡（Mexica，即今天我们通常所知的阿兹特克人）。站在她身后的是胡安·德·阿圭拉（Juan de Aguilar），手上抱着一只鹰，象征着他的名字（Aquilar的原意是"鹰巢"）。胡安是一个西班牙人，几年前在尤卡坦登陆，然后留下来，学会了玛雅语。马林切精通纳瓦特尔语和玛雅语，能为胡安翻译阿兹特克的宣言，然后胡安再翻译成西班牙语，告知科尔特斯。从一开始，在新世界相互沟通就是一件复杂的事，而书写经常使之变得更加暧昧含混。画上的标注说明"Yc poliuhque mexiica"（莫西卡在这里投降）。当地的艺术家把新的罗马字母几乎全写对了，只有"poliuhque"的第一个u上下颠倒，看上去像是字母n。

西班牙人的当地同盟者很快就明白了，战胜蒙特祖马会让他们付出多大代价。被迫劳役的艰辛，加上天花的剧烈影响，到了世纪末，墨西哥当地人口已减少百分之九十。从征服中幸存下来的诗人再也不可能庆祝他们首领的胜利，或者称颂帝国财富带来的美学上的愉悦。相反，诗歌成为反抗的工具。有一首诗就肯定了诗歌能巩固阿兹特克领袖的力量，甚至是在西班牙人为了找到隐匿的藏金处而施以酷刑折磨的时候："然而镇静的是莫特尔基修和特拉科特辛（Motelchiuh and Tlacotzin），当他们被带走。在阿卡奇南科（Acachinanco）用歌声守卫自己，当他们上路，被送去科约阿坎（Coyahaucan）的火堆。"

尽管西班牙人烧了几乎所有找得到的当地图书，口头传统却更难根除。在征服带来的所有破坏之外，西班牙人也给他们带来了一种强有力的技术——罗马字母，这对于我们今天尚能读到的早期宫廷诗歌，对于这些诗歌的幸存，会在后来证明具有非常关键的作用。十六世纪的神父贝纳迪诺·德·萨阿贡（Bernardino de Sahagún）为了更好地理解他要去传道的当地人，辑集了多卷本双语民族志百科全书《新西班牙诸事总史》。困扰于当地歌舞的持续不绝，他还用纳瓦特尔语写作了一整卷赞美诗。在前言里，他提到当地人虔诚地出席弥撒，"但其他场合——大部分场合——他们坚持倒行逆施，在家里或宫中唱那些旧的小曲（这种情况让人怀疑他们对基督教信仰的诚意）"。[5] 他用当地人熟悉的概念写作赞美诗，试图赢得他们：基督是植在"马利亚子宫中的绿咬鹃的羽毛"，当地的鸣禽如黄鹂和咬鹃则在庆祝他的出生。但这卷作品很快就成为禁书，教会权威甚至不愿意提供这一点基础来沟通当地传统。它在几个世纪里被遗忘殆尽。

萨阿贡反对诗歌的努力，唯一长久的结果是他所收集的当地诗歌，当然他辑集这个丰富的宝库，是作为自己写作的材料库。它们被保存在两本手抄本《新西班牙爵爷歌集》（*The Romances de los señores de la Nueva España*）和《墨西哥之歌》（*The Cantares Mexicanos*）之中，为今人所知。《墨西哥之歌》有一个优秀的双语版本，由约翰·比尔赫斯特（John Bierhorst）编辑，另有选集见于米格·列农-波提拉（Miguel León-Portilla）和厄尔·萧里斯（Earl Shorris）编辑的文集《国王的语言》（*In the Language of Kings*）。透过这些诗歌，我们可以从内部看到阿兹特克的世界，想象蒙特祖马，不是作为一个精力旺盛却被击败的人物，而是他本人作为一个诗人，在他不朽的歌诗中保存他失去的世界：

> 蒙特祖马，你，天之造物，
> 你放歌于墨西哥，于特诺奇蒂特兰，
> 此处，鹰群被灭之地，
> 屹立你的臂镯之家，闪闪发光——
> 我们父神之居所。
> 那里贵胄们获得盛名与尊荣：
> 铃铛四散，尘土与爵爷金光熠熠。[6]

强烈感受到人生的须臾，又坚信他们诗歌具有的超越性，阿兹特克的宫廷诗人们必然会感激这种诗的反讽：他们的诗歌能够留存至今，恰恰是萨阿贡欲图扑灭的结果。

陈婧裬 译

62

《波波尔·乌》：玛雅人的创世之书

和阿兹特克人一样，居于尤卡坦半岛、恰帕斯和现在的危地马拉地区的玛雅人也发明了复杂的象形文字书写系统，他们用这种文字来勒石刻字，还在处理过的鹿皮和树皮纸上写出了成千上万本书。在西班牙征服之后的几十年里，西班牙人没收焚毁了他们能找到的几乎每一本本地书籍，他们认为这些书描绘的是魔鬼。只有为数不多的几本书幸存至今。最重要的玛雅文本《波波尔·乌》，也叫"议会之书"，它之所以能幸存，全赖危地马拉高地基切城的一位或一群抄写员，他们在一五五○年代早期某个时候用新的罗马字母重写了这份用象形文字写成的文本。当时已经是科尔特斯无情的副手佩德罗·德·阿尔瓦拉多征服危地马拉三十多年之后了。正如马丁·普克纳所论："为了保存他们自己的文学，他们必须放弃自己宝贵的书写系统，改用敌人的武器。"[7] 这些作者们没有直说玛雅象形文版本的《波波尔·乌》到底是被藏起来了还是已经被毁了。就算它当时真的还存在，后来也佚失了。

一七〇一年，有位名叫弗朗西斯科·希梅内斯（Francisco Ximénez）的西班牙修士居住在基切人领地，偶然发现了罗马字母书写的《波波尔·乌》。希梅内斯抄写了一份并配上了对照的西班牙语翻译。在被人遗忘很久之后，希梅内斯的西班牙语译本在十九世纪中叶两度被译成欧洲语言，此后又有了好几种英语译本。尤其值得注意的是德尼斯·特德洛克（Dennis Tedlock）在一九八五年完成的优美的"异化"（"foreignizing"）译本，以求传达原文的风格意境，比如对开篇创造世界的描写："此即一切的记述，就在此处：此时一切尚在颤动，此时一切尚在低语，颤动，一切尚在叹息，尚在低鸣，天空之下还是一片空寂。此后出现了最初的文字，最初的言辞。"[8]二〇〇七年，艾伦·克里斯坦森又出了一版译文，不像前者那般诗意，但附加了数百条阐释性注释，非常清晰可读。[9]他和特德洛克在翻译时都咨询了玛雅萨满。虽然这些萨满从来没有见过《波波尔·乌》的文本，但他们仍在使用许多书中提及的概念和仪式。

《波波尔·乌》既是神话传说也是历史记录。它讲述的是天神和海神如何联手创造了大地、地上的植物和动物，还有天上的星辰和太阳。众神四度尝试造人：一次造出了猴子，它们不能祈祷也不能说话；一次造出了会消融的泥土生物；一次造出了不会祈祷的木头人，最后还被众神毁灭了。在书的结尾，众神终于在第四次尝试时成功了，用玉米造出了人。在描述最后一次造人之前，《波波尔·乌》的主要部分讲述了一系列神圣的英雄们在人间和在冥界希巴尔巴（Xibalba，和纳瓦特尔语一样,在当时源自西班牙文的书写系统中,X 都发作"sh"音)的历险。

大部分的故事是关于两对双生子神灵的事迹,他们在人间和冥界的英勇历险让世界成了对人类更安全的地方。跟随老一代的双生子英雄和他们下一代的冒险脚步,故事不停地在时间和空间中跳跃,英雄们机智地战胜了一个又一个邪恶的妖怪,比如"七金刚鹦鹉"和他的儿子们,厄斯奎克①和一个形似鳄鱼、唤作兹帕纳的怪物。最后,下一代的双生子英雄乌纳普和斯巴兰克依靠妙计和精湛的技艺在神圣的玛雅球赛里击败了冥界的统治者"一死"和"七死"。玛雅神庙建筑里一直都包括了进行这项比赛的球场,比赛在两队武士之间进行,最后失败一方的队员将被献祭给神灵。球赛快结束时,斯巴兰克让冥界众神大吃一惊,他献祭了乌纳普,又施魔法让他复活。冥界众神对这个表演兴奋不已,要求两位英雄把他们也杀掉。双生子英雄照办了,但拒绝让他们重生,除非冥界众神同意节制自己的行为。他们必须能够接受焚香和动物祭品,而不是一直要求人祭;并且只能处置作恶的人。接着《波波尔·乌》详细描述了最初的八个人是如何从玉米中被创造出来的——为四个神圣的方位各创造了一对亚当和夏娃。

《波波尔·乌》经常被看作不受历史影响的神话叙事,然而即便它是在西班牙征服仅仅三十年之后被写成的,它已经在和基督教传统对话了,这一传统是与字母一起传授给《波波尔·乌》的书写者的。从一开始,这本书的书写者就提及了他们当时所

---

① 原文 earthquake,即地震。

处的状况："在此我们将铭刻，在此我们将植入古老的经文，它是基切人之国的基切城所行的一切的可能及源头……现在我们将在宣扬基督教上帝的布道声中写下这一切，在现在的基督国度。"舶来的罗马字母表这一书写技术使得玛雅抄写员们能够赋予他们用象形文字写成的"议会之书"更新鲜或许也更饱满的形象。尽管他们宣称这本书已经佚失了（"再也没有任何地方可以见到它了"），但当他们在重述这些故事时，似乎也在参考这本书："原书和古代经文尚存，但阅读钻研经文之人不得不将脸藏起来。"

象形文字版本的书似乎基本上是占卜的辅助，描绘了太阳、月亮和行星运行的轨迹，夹有对神灵事迹的简短记述，据信正是这些神迹塑造了天体的秩序。因此，用字母写就的《波波尔·乌》与其象形文字的前身相比是要饱满得多的文学作品。与此同时，书写《波波尔·乌》的人对文化记忆丧失的忧惧也深深地影响了这本书，威胁他们文化记忆的正是"在现在的基督国度"给他们带来了字母表的入侵。《波波尔·乌》的第二部分主要记录的是基切人的先祖从尤卡坦半岛东部的图兰迁移到危地马拉新家的历程。先祖们一边向西搬迁，一边哀叹失去了自己的家园，把故土的失落描述成语言的失落："'呜呼！我们把自己的语言丢了。我们是怎么做到的？我们迷失了。我们是在哪里被骗了？我们来图兰时只有一种语言，我们也只有一个故乡和源头。我们没有做好。'所有的部落在大树和矮树下说。"后来的一次远征寻回了他们的圣文，有了圣文他们才能在新的家园扎下根来。

这场先祖的迁徙之旅不仅仅是由本土的文化记忆塑造的，

同时也依靠了《圣经》中的元素。因此,基切人的先祖是分开了加勒比海的海水才到达了他们的新家园:"不清楚他们是如何跨过了海洋。他们穿过海洋就像那里没有海一样。他们就是踩在石头上跨过海洋的,堆叠在沙滩里的石头。他们还给这些石头起了个名字:石排,起垄的沙地则是他们给自己从大海中穿过的地方起的名字。就在海水分开的地方,他们走了过去。"这段描述包含了两种截然不同的跨海方式,通过石桥或是分开海水。石桥非常可能是最初的方法,就像石排这个地名所反映的一样,而第二种方法则是改编自摩西分开红海的故事。

如此辨认出源自《圣经》的材料可能看起来有点牵强,不过我们可以找到一处明确引用这一《圣经》历史的地方,那是在另一份相关的文献《托托尼卡潘之主的所有权》(*Title of the Lords of Totonicapán*)里。《托托尼卡潘之主的所有权》于一五五四年写成,很可能是由写成字母版《波波尔·乌》的同一个人或者同一批人完成。在这一文献中,托托尼卡潘的本土贵族记录了自己的历史,用以证明他们有正当理由继续拥有自己的土地,抵制西班牙人夺走土地的企图。当西班牙征服者见到中美洲庞大的神庙金字塔时,他们不敢相信原住民居然能够建造出如此宏伟的建筑。主要的玛雅城市和神庙建筑大约在公元九〇〇年前后都被废弃了,明显是由于战争、人口过剩和随之而来的环境恶化问题。见到这些古老文明的遗迹之后,西班牙人想起了埃及的金字塔,他们猜测原住民可能是失踪的古以色列人部落——这是个一直有人提及的观点,并在十九世纪成为摩门教教义的一部分。下图中是墨西哥南部恰帕斯州帕伦克的两座玛雅神庙,这可能是我所见过的最有神圣感的地方。

图 56　位于帕伦克的神庙

　　托托尼卡潘的领主们很明显知道西班牙人的这个观点，于是对此加以利用。他们如此描述自己的祖先是如何在他们文化中的英雄巴兰姆-奎泽带领下跨过加勒比海的："当他们到达海边时，巴兰姆-奎泽向海伸杖，水便分开一条道，然后又合上，因为这是伟大的上帝的意愿，因为他们是亚伯拉罕和雅各的儿子。"[10] 从压迫他们的人的圣书里借用了一页，托托尼卡潘的领主们宣传他们对自己土地的所有权是西班牙人自己的上帝赐予他们的。《波波尔·乌》是前征服时代玛雅神话和信仰的最伟大的集成，同时也是对西班牙征服本身带来的挑战最决绝的反击。

肖一之　译

63

胡安娜·伊内斯修女《作品选》

在疫情之中,我们对流行病的主题颇为敏感,从薄伽丘的《十日谈》的框架故事到泰戈尔和加西亚·马尔克斯对传染病的隐喻。然而,胡安娜修女是我们所讨论的第一位(我们希望是仅有一位)实际死于流行病的作者。一六九五年,瘟疫横扫墨西哥,当时她大约四十七岁;她在修道院照料众姐妹,后来就去世了。到那时为止,她已有三十年之久的文学生涯。她的诗集在墨西哥和西班牙发行了大量版本,她死后不久,一部全集在马德里出版。在那里,这位著名作家被形容为"墨西哥凤凰""第十位缪斯"——古代九位女神的传人——以及"美洲女诗人"。[11] 她年仅八岁时就开始写诗,九岁精通拉丁文,后来还学了纳瓦特尔语。此外,她对科学有浓厚的兴趣,包括化学、天文学和光学。在她的自传式作品《回复费洛蒂修女》(*Response to Sor Filotea*)中,她说,即使她的院长试图禁止她阅读世俗书籍,她还是不断进行观察和推演,包括在做饭时。"要我说,倘若亚里士多德做过饭,他会写出更多著作。"[12]

殖民地"新西班牙"由一系列总督以西班牙国王的名义治理。十六岁时,年轻的胡安娜·拉米雷兹·德·阿斯布赫成了总督府的侍女,类似紫式部在平安时代的日本的位置。她与几位总督及其夫人关系亲密,他们很快意识到了她惊人的天赋,起初是作为诗人,后来是剧作者。她的早期诗作就显示出一种引人注目的风格,含有古典学识和对周围世界尖锐的、讽刺性的观察,如我们从这首讽刺短诗中所见:

> 你说,莱奥诺,为了美丽,
> 你愿意放弃手掌;
> 而贞操的价值更高,
> 为此你以脸面作抵。

胡安娜是非婚出生的,在另一首短诗里,她驳斥"一个傲慢的男人",因为他轻视她的出身:"你的母亲宽大仁慈 / 使你成为众人之后, / 让你可以从中选取 / 最适合你的那一位。"

以较为严肃的笔调,她写了数百首广受赞誉的十四行诗和"十行诗"(décimas,十行一节的诗),描写宫廷和爱情。有几首爱情诗是写给几位女性的,我们无从知晓她是否真的坠入爱河,抑或只是采用以男性为主体的彼特拉克式传统(她甚至给她常用的接受者起了一个诗意的名字"劳拉")。无论如何,这些诗常常玩弄一种精致微妙的游戏,既有所坦白,又有所隐瞒:

> 我爱慕莉西，却从未想象
> 莉西回报我这份爱，
> 要是我以为她的美丽触手可及，
> 我就冒犯了她的尊荣和我的心。
> 无所意愿正是我的心愿。

关于"劳拉"的早逝，她如此写道："让我孤独的竖琴也随你而去，/它曾为你共鸣，为你哀伤哭泣；/再让这些难看的笔画，变成/我忧伤的笔流下的黑色泪滴。"

胡安娜喜欢宫廷里的生活，但是由于缺少家庭资源，她只有两种体面的选择：婚姻，或者修道院。在《回复费洛蒂修女》中，她说："想到我对婚姻生活的彻头彻尾的厌恶，修道院是我所能做出的最不那么不搭调而又最荣耀的选择。"她在十九岁时戴上了修女头巾，改名为胡安娜·伊内斯·德·拉·克鲁兹修女，尽管她担心例行规矩"限制我学习的自由，或者，群体生活的嘈杂会干扰我的书本的安宁平静"。最终她还是得到了一个自己的房间，收集了几千册图书和一批科学仪器。她在世时的画像没有流传下来，但是一七五〇年的一幅由后人绘制的画像很好地反映了她的性格和环境［见彩页图57］。

在修道院，她继续她多产的创作，包括很多颂扬圣母玛利亚的赞美诗。她开始尝试写作在宗教节日演出的戏剧，还创作"维兰契科牧歌"（villancico），这种歌曲伴随着舞蹈（一种地方舞蹈形式 tocotín）一起演出。她还延续了一个世纪之前以贝纳迪诺·德·萨阿贡为先锋的改良主义实践，她以纳瓦特尔语写作了一些完整的诗歌，而她的某些维兰契科牧歌则把纳瓦特尔语混杂在西班牙语之中。一位阿兹特克歌手推出了一首《西班牙和墨西哥的混合舞曲》(Tocotín mestizo de Español y Mejicano)，如此宣称：

Los Padres bendito	至福的神父
tiene un Redentor	有一位救世主；
amonicneltoca	若不知晓上帝
quimati no Dios.	信仰归于虚无。
Sólo Dios Piltzintli	唯有圣子上帝
del Cielo bajó,	从天上降临大地，
y nuestro tlatlácol	我们的罪孽
nos lo perdonó.	由他得以谅解。[13]

在她的戏剧《神圣那喀索斯》(*The Divine Narcissus*)中，耶稣的生活寓言式地呈现于传统的那喀索斯形象的死亡与再生。这种基督教和传统的融合由一个序幕引入，它上演了自己特有的基督教—墨西哥的融合。一个阿兹特克贵族（"西方"）和他妻子（"亚美利加"）得知，他们称为"种子之神"的雨神特拉洛克不是别人，正是耶稣基督。引人注目的是，在序幕中，一个头脑狭窄的批评者（"玉米"）质疑，写一出戏，用那喀索斯的故事来描绘基督，这样的做法是否恰当。对于这种批评，一个代表宗教信仰、思想健全的人物回答：

你说你从未见过
在此处创造之物

在彼处得以运用？
如此写作并非一时兴起
或者只是逢场作戏，
而是由于应有的俯首服从，顺从
在希望渺茫之中努力。

随着胡安娜修女声名渐长，对她的作品之正当性的异议也随之而起，一六九一年，普埃布拉主教——以费洛蒂修女（Filotea，"爱上帝者"）的笔名写作——发表了一封信，严厉告诫他的"姐妹"须把自己限囿于宗教书籍和主题。胡安娜修女假装不知道她的批评者的真实身份，写了一则极为出色的"回复"，她在其中描述了自己得自神授的对于学习的迷恋，她自己或其他任何人都不可遏制。至于尘世的虚荣，她断言，她的写作所获得的名声，给她的烦恼多于快乐，更因为"就在这些欢呼喝彩的鲜花丛中，我数都数不过来的竞争和压制的蛇蝎也起来了"。凭着无懈可击的逻辑，采用《圣经》、教父和古典哲学中的例子，她坚称女性有权利获得各种知识。在几乎不可能让恼怒的主教欣赏的修辞语步中，她甚至直接把自己跟基督相比："在这个世界上，一个聪明的头脑被人嘲笑还不够，它一定还要受伤害和虐待：一个充满珍贵智慧的脑袋就别指望什么桂冠，除了荆棘编成的之外。"

胡安娜修女也许赢了这场战役，却输掉了整个战斗。一六九四年，支持者和毁谤者之间经过一系列激烈争论，她接到命令：卖掉她的书籍和科学仪器，重温宗教誓言。她照章奉行，用她的血签署了一份宣言。一年之后，瘟疫把她带到了圣母圣子那里，从他们那里，胡安娜修女可以期望比她从普埃布拉主教处得到的更温暖的接待。

然而，在她身后，她留下了那个世纪里的美洲知识分子个人创作的最为广泛的作品。我们不妨以她最长也最具野心的诗中的几行来作结，这首诗名为"梦"（或"第一个梦"；她原本可能还想要写续篇）。在她的梦中，她的灵魂从床上升起，抵达上苍，试图领悟宇宙。这首诗的核心是对学习之悦乐的真诚召唤，随着她的灵魂"上升／她先自己投入一种／然后是另一种才能"——

> 直到最后她看到
> 荣耀的顶点，
> 不畏艰险的热忱甜蜜的结果，
> （苦苦耕耘，果实令人愉悦
> 就算她长久辛劳，也微不足道）
> 她踩着英勇的步伐，向着
> 那高贵的眉头飞扬的顶峰。

她的有限的头脑绝不可能真正理解只有上帝才能知晓的一切，然而，她也不能一直停留在梦中。她渐渐醒来，在早于普鲁斯特的马塞尔两个世纪之前，她把她的意象比作一盏神奇的吊灯短暂的投影。那些幽灵从头脑逃逸，她说，"它们变形为转瞬即逝的轻烟和风"，"像一盏神奇的吊灯呈现各式各样／乔装粉饰的形象在白墙上，以光线／更以阴影衬托，在颤栗的沉思中／保持着知性的眼光要求的距离"。然后，到最后几行，太阳升

起来了:

> 当太阳的金色光芒普照我们
> 这个半球,公正而有序,
> 让一切事物光彩可见,
> 恢复它们的所有生机,
> 更为确定的光明让这个世界
> 清晰呈现,我醒来了。

朱生坚 译

64

米盖尔·安赫尔·阿斯图里亚斯《总统先生》

墨西哥和危地马拉现存的本土文化对克里奥尔作家（欧洲后裔）的文学创作产生了重大影响。危地马拉诺贝尔文学奖得主小说家、剧作家和外交官米盖尔·安赫尔·阿斯图里亚斯就是一例，他将玛雅文化与巴黎融会贯通。阿斯图里亚斯一八九九年出生于危地马拉城，小时候听他的危地马拉保姆讲了不少本土神话和传说，因而对本土文化极为着迷。念高中时，他完成了一篇故事的初稿，这故事就是他后来的成名作的雏形。阿斯图里亚斯的父亲是位法官，他宣判了一项裁决，得罪了当时的总统——独裁者曼努埃尔·埃斯特拉达·卡布雷拉，因此失去了工作；而卡布雷拉则成了阿斯图里亚斯小说中偏执、独裁的"总统先生"的原型。

阿斯图里亚斯参加了一九二〇年那场反对埃斯特拉达·卡布雷拉的起义，并与人联手创立了一个进步政党。一九二三年他获得法学学位，他的毕业论文探讨了印第安人的各种问题，也获了奖。毕业后,阿斯图里亚斯前往欧洲深造。在巴黎,他对传统玛雅文化和当代政治的双重兴趣得到了充分的发挥。他在索邦大学学习民族志,师从玛雅宗教专家乔治·雷诺,他帮助雷诺做好准备将《波波尔·乌》译成法语;之后他自己又将法语版本译成西班牙语。同时,他与安德烈·布列东及其超现实主义圈子的不少人成为朋友。他创作了一系列关于玛雅人生活的故事,一九三〇年结集出版处女作《危地马拉传说》。在为法文版所写的序言中,诗人保罗·瓦莱里把这些故事赞为"梦之诗"。[14] 阿斯图里亚斯通常被视为拉丁美洲魔幻现实主义的先驱,这些故事也反映了他在巴黎蒙帕纳斯的波希米亚生活——他把蒙帕纳斯称为巴黎市区里的"神奇世界"[15]。

埃斯特拉达·卡布雷拉于一九二〇年被迫下台,他的继任者都是他的共事者,也都是和他一样的独裁者;阿斯图里亚斯的巴黎求学生涯无异于长年的流放。一九三二年他完成了《总统先生》的创作,次年返回危地马拉时希望能将其出版,但一九三一年掌权的危地马拉总统豪尔赫·乌维科认为这部小说会对其执政产生负面影响,因此下令禁止该书出版。一九四六年,危地马拉的第一位民选总统阿雷瓦洛上台,《总统先生》才得以出版。三年后,阿斯图里亚斯出版了另一部重要著作《玉米人》,其书名让人想起了《波波尔·乌》里最后一次造人的方式。

《总统先生》主要描写生活在城里的克里奥尔人,较少写到乡村的玛雅土著。尽管如此,阿斯图里亚斯以超现实主义的手法描写在铁掌、铁蹄或不具名的独裁总统管治下的危地马拉人民的生活,本土色彩与传统的影子依然随处可见。在小说的开场，一群无家可归的乞丐正前往市区大教堂，教堂的门廊就是他们晚上的栖身之所。"除了贫穷，他们没有任何共同之处，他们聚集在我们的主（上帝）的门廊里，睡在一起"[16]——西班牙原文是"el Portal del Señor"，即"上帝的门廊"，这让人联想到像神一样高高在上却又是恶魔般的"总统先生"（西班牙文是 Señor Presidente），极具嘲讽意味。随着他们的到来，大教堂的钟声召唤人们进行晚间祈祷，让人想起乔伊斯的《尤利西斯》里《塞壬的歌声》一章中阿斯图里亚斯极为欣赏的音乐性的开场白。"发光吧，发出明矾之光，鲁兹贝尔，发出你腐朽之光！晚祷的钟声如耳鸣般在耳际回荡，在这白天和黑夜交替，阴暗与光明更迭的时刻，这声音听起来使人更加觉得压抑。发光吧，发出明矾之光，鲁兹贝尔，发出你腐朽之光！发光，发光，发出明矾之光……明矾……发光……"①（弗兰西斯·派特里奇 [Frances Partridge] 译为："砰，绽放，明矾明亮，明矾石的明光……！"）[17]

乞丐群里有一个叫苍蝇的无腿盲人、"一个被称为寡妇的低贱黑白混血儿"，还有一位绰号为"佩莱莱"（Pelele，派特里奇将它译为"笨蛋"或"小丑"）的"白痴"。一位上校路过，他以言语侮辱"佩莱莱"死去的母亲，以此取乐，乞丐一怒之下杀了上校，然后逃匿。这一时冲动造成的暴力引发了系列悲剧，总统和他狡猾的追随者意识到可以利用这次谋杀展开政治迫害，智取并摧毁他们的对手。他们马上开始努力"圈定"

---

① 本节中《总统先生》部分引文参照黄志良、刘静言译《总统先生》，上海译文出版社 2013 年版。

对手中是谁谋杀了上校。

阿斯图里亚斯笔下的反英雄——米盖尔·卡拉·德·安赫尔（Miguel Cara de Ángel，也称"天使的面孔"）是著名律师，也是总统顾问，在寻找罪犯的过程中逐渐陷入圈套。"美丽，却像撒旦般邪恶"，安赫尔的脸在小说里是一个负面形象，阿斯图里亚斯故意让安赫尔卷入政治争斗，让他自以为既可过上舒适生活，又能纠正总统的某些严重过激的行为。安赫尔被安排去密告一位退休将军，说总统已决定逮捕他。没想到安赫尔对将军的女儿卡米拉心生情愫；总统给了安赫尔和卡米拉祝福，他们结婚了，卡米拉不久就怀孕了。但那时总统已被说服，认为安赫尔与这位退休将军有勾结，后者已设法出逃海外，并打算入侵危地马拉。

阿斯图里亚斯讲故事的方式，由乔伊斯式变得越来越像卡夫卡了。正如总统的一个追随者，那位军法官，对一位善意的女仆说："什么时候你才能明白不该给人以希望？在我家里，每一个人，连那只猫在内，头一桩应该懂得的事，就是不要给任何人以任何希望。"安赫尔的处境变得越来越糟糕，这时他梦见自己在暴风雨中出席卡米拉的葬礼，梦里有很多可能在萨尔瓦多·达利的画作中才会出现的超现实主义图像：

> 狂风呼啸，吹袭着一匹马的肋骨，发出了小提琴的声音……为卡米拉送殡的行列正在走过……她的眼睛在黑色车马的河流卷起的泡沫中随波漂浮……死海里长出了眼睛！……那是她的碧绿的眼睛……为什么马夫们要在黑暗中挥动白手套呢？……殡车后面，一堆孩子的骸骨在唱着：

"月亮呀月亮,请把无花果尝一尝,果皮扔在湖面上!"……白骨都睁圆了眼睛……为什么日常生活还在继续?……为什么电车还在行驶?……为什么不是所有的人都死光了?

梦境的高潮,完全变成了现代版的《波波尔·乌》:双生子英雄乌纳普和斯巴兰克在冥界玩耍他们的头颅,他们的才智甚至战胜了冥界之神:"那些穿红裤子的人正在表演耍脑袋……把自己的脑袋摘下,抛到空中,落下来时却没有去接……原来这两排人的双手已被反绑起来,只好呆呆地站着不动,于是一颗颗脑袋滚落到他们前面的地上,摔得粉碎。'总算醒过来了',安赫尔想,'多可怕的噩梦啊!谢天谢地,它们不是真的。'"

当然,他错了。婚后安赫尔的确得以逃离片刻,和卡米拉在乡下度过短暂而诗意的田园生活。他和她一起在小溪里洗澡,"卡米拉穿着薄薄的罩衫,他能感觉到卡米拉的胴体,就像人们隔着嫩叶就能感受到丝滑、温润的玉米粒一样"。但当他们返回首都,总统要求安赫尔出任危地马拉驻华盛顿的大使,驳斥华盛顿诋毁危地马拉政权的谎言。由于害怕被陷害,安赫尔试图拒绝这份工作,但总统坚持派他前去。

安赫尔正要离开总统办公室,突然"开始意识到冥界时钟的转动,显示他一分一秒地逼近死期"。这时他看到"一个小个子男人,没有耳朵,面如干果,舌头在两颊之间伸出来,额上有刺,肚脐附近缠着一根羊毛绳,上面挂着武士的头颅和葫芦叶"。这显然是火神托依尔,他在向人类发出献祭的命令。"经历了这番莫名其妙的幻象,安赫尔和总统道别。"下意识里,他知道自己命数已定,一切尽在总统的残酷掌控之中。卡米拉则生了一个儿子,她给儿子取名为米盖尔。"小米盖尔在乡下长大,是十足的乡里人。卡米拉再也没有踏进城里一步。"

阿斯图里亚斯的创作完美结合了欧洲超现实主义和南美洲的玛雅神话,他的小说《总统先生》也因此具有难以言说的魅力,是拉丁美洲反独裁类小说的第一部重要作品。一九六七年,阿斯图里亚斯因《玉米人》《总统先生》,以及描写香蕉种植园主剥削印第安人的三部曲获得诺贝尔文学奖。阿斯图里亚斯当时还是危地马拉的驻法国大使。他人生的最后几年在马德里度过,死后被安葬在巴黎拉雪兹神父公墓(跟马塞尔·普鲁斯特在一块儿,离格特鲁德·施泰因也不远)。墓碑上刻有他的肖像,显然是玛雅浮雕的风格。在文学生涯之始,是阿斯图里亚斯将巴黎的超现实主义引入了危地马拉文学;死后,也是他,把危地马拉的传统因子带进了巴黎拉雪兹神父公墓。

图 58 玛雅浮雕风格的阿斯图里亚斯

南治国 译

65

罗萨里奥·卡斯特利亚诺斯《哀歌》

作为墨西哥女性写作的先锋,罗萨里奥·卡斯特利亚诺斯不仅是位多产的诗人、小说家,还出版了墨西哥第一本女性主义文集。她成长于墨西哥恰帕斯州,靠近危地马拉边界,当地大部分居民都是玛雅人。像危地马拉小说家阿斯图里亚斯那样,她对当地文化也产生了深入而持久的兴趣。自孩童时代起,她就决心成为一名作家。在二十世纪中期的墨西哥,对她这样一个家境平平的女孩来说,这种冀望实属渺茫。她十七岁时父母过世,其后她不仅设法读完了大学,还在国家原住民研究所找到了工作,负责撰写教育性质的木偶剧,用于在恰帕斯的集市上演出。与此同时,她也在不断精进自己的写作,包括对原住民和女性议题的报道。如同埃琳娜·波尼亚托夫斯卡(Elena Ponitowska)所说:"在她之前,除了胡安娜·伊内斯·德·拉·克鲁兹修女,没有女性像她那样全身心投入自己的使命。"[18]

卡斯特利亚诺斯的女性主义自觉意识很早就萌发了。她最早的记忆之一就是她的某个阿姨向她母亲预言,说她母亲会有两个孩子夭折。卡斯特利亚诺斯的母亲惊慌失措地哭喊道:"可别死男孩啊!"卡斯特利亚诺斯的孤独感伴随她整个人生,她其后写道,于她而言,连父母的离世似乎都再自然不过:"整个青春期,我都只有自己的想象为伴,所以对我来说,哪天突然被遗留在世上成为孤儿,也是符合逻辑的。"她又说,"至于陪伴,我其实从来不需要另一个人在身边。"就像胡安娜修女,真正陪伴她的只有书籍,尽管她在三十多岁时结过婚,还有个儿子,但这段婚姻最终破裂了。

她童年时,家境还很殷实,但一九三〇年代末,改革派总统拉萨罗·卡德纳斯推行了土地改革和农民解放纲领,她们家大部分的财产都被没收了。此后,她们搬去了墨西哥城。卡斯特利亚诺斯在她出版于一九六二年的小说《哀歌》中重回了那个痛苦动荡的年代。小说直接讲述那次土地改革,但对于那些竭尽所能,只求自己的咖啡和可可种植园不落入玛雅人之手的小镇居民毫无同情之意。那些索西族玛雅人在先祖的土地上像奴隶一样地劳作。

小说情节发生在一个以圣克里斯托瓦尔-德拉斯卡萨斯为原型的小城及其周边地区。因其鹅卵石街道和铁艺阳台,圣克里斯托瓦尔被政府选入"神奇小镇计划"。但就在这个神奇的城市之外,大片贫困的农村地区被神圣而神秘的副指挥官马科斯领导的萨帕塔主义国民解放军控制着。《哀歌》取材于十九世纪农民起义及其在一九三〇年代的延续。富足的西班牙后裔拉迪诺人掌控着这个城市,他们是毫无羞愧的种族主义者,歧视那些印第安仆人和在他们农场工作的农民。小说开始于"喜好印第安女孩"、富有的拉迪诺人莱昂纳多·希福恩特斯强奸了一个索西族姑娘（可能十四岁，但她自己也不是很清楚）。如同小说《总统先生》开头上校被谋杀一样，这个暴力事件也造成了一系列长远的后果。一个叫多明戈的男孩由此出生。在基督徒自我牺牲和玛雅活人献祭的诡异合力下，他的死将小说推向了高潮。这是个困难的、自我否定的融合，与之一同呈现的，是显而易见的非魔幻现实。

小镇居民对"外人"深怀疑虑，所有从外地来到恰帕斯州的都是"外人"，他们总想改变原有的秩序。两个理想主义的年轻人受到了惨痛的教训。新到任的曼努尔神父试着在他的教区里树立真正的信仰、切实的道德。在收到教区居民连篇累牍的投诉后，主教将他流放到了边远乡村的岗位作为惩罚。而在世俗这边，民用工程师费尔南多·乌略亚和妻子一起搬到了镇上。他是中央政府派来的，要在土地重新分配计划实施之前调查当地土地情况。结局对乌略亚和土著人来说是灾难性的，他们正跃跃欲试地准备起义，直接抢占土地，最终被拉迪诺人恶毒地镇压了。瘟疫叙事再次粉墨登场，但这次并非真有瘟疫，而是为了掩盖真相。起义被镇压后，恰帕斯州长前来了解情况时，惊觉"一些重要的小镇被废弃了，像是瘟疫肆虐过一样"。他的当地代理人回答说："这些都是毁于传染病暴发，总督大人。但这可怪不得我们，都怪他们平时太脏。"

阿斯图里亚斯的《总统先生》大量关注那些政治斗争中的男性，卡斯特利亚诺斯却对被裹挟进这场混乱的社会各阶层的女性给予了更多关注，既包括了被凌辱的索西族女孩、把她送给希福恩特斯的老鸨、希福恩特斯冷冰冰的老婆，以及他们的女儿伊多琳纳。她的孤独、与家人的疏远更甚于作者卡斯特利亚诺斯。她装残疾,经年躺在床上,以避免和人接触。尽管镇上女人间各种蜚短流长,团结一致的时刻也时有出现。伊多琳纳被她的索西族护士特里莎悉心照顾着,而她最终也被费尔南多·乌略亚的妻子朱莉亚劝服,不再装瘫痪。朱莉亚看穿了伊多琳纳的手段,尽管她拒绝家人接近,却希望成为关注的焦点。

位于故事中心的是个复杂角色,本地巫医卡特琳娜·迪亚兹·普皮加。她日益确信自己在某个山洞里发现的一堆圣石就是隐匿已久的玛雅众神。人们蜂拥来到她的洞穴,敬畏于她陷入迷幻状态时吐露的那些预言。在这个过程中,卡特琳娜不仅控制了村民,甚至还控制了洞穴里的石像:

> 她已经能和它们(石像)平起平坐了……是啊,它们能看穿时间的五脏六腑,如果它们把世界捏在指间,完全可以让一切荒废。但如果没有卡特琳娜,不通过她来具现,不经由她来翻译,它们又算什么呢?不过再一次陷入无形无声罢了。

与此同时,朱莉亚·乌略亚却没能在小镇的女人中交到任何朋友,这些女人觉得她粗鄙低下。她越来越无聊,也越来越躁动,在一段长长的调情之后,她成了希福恩特斯的情妇,而这甚至都没能引起她丈夫的嫉妒(她恶毒地推断,是费尔南多帮莱昂纳多铺的床)。当助理暗示有什么事不对劲时,费尔南多说:

> 我没法带她出来,因为我老不在家,而且在雷阿尔城也没什么事可做。一周上不了两场电影,去影院也超不过两次。你要去了,就得忍受一直在放映的老电影,你又完全不感兴趣,它不停卡壳,声效也很糟糕,以致你完全不知道它在演什么,看台上的人还向下面乐队席吐口水,粗鲁地点评,向其他人发泄不满。

《哀歌》栩栩如生地描绘了陈腐守旧的社会里,等级序列上各个阶层妇女同样面对的机遇限制,并讽刺了男性一边将自己装扮成高尚的传统捍卫者,一边扼杀所有改革的本事。在更主要的第三个维度上,小说展示了索西族人民反抗压迫,哪怕竭力维持生计时遭遇持续打压。小说《哀歌》中史诗般的扫视和极具差异的各个角色,让它成为墨西哥多面向现实最传神的画像之一。

正如这本书的英文标题所暗示的那样,哀歌是小说的基调,但其西班牙语标题则更明确:"黑暗之屋"是圣周(基督复活前一周)下午的一项仪式,纪念即将发生在圣周五的耶稣死亡和葬礼。卡斯特利亚诺斯在其天主教意味的标题下写了一段引言,这段话却来自一个完全不同的信仰源起——《波波尔·乌》:

> 当你的荣光不再伟大;
> 当你的巨力不复存在
> ——虽然没有太多理由去崇敬——
> 一段时间内,你的血仍将胜利……

所有黎明的孩子，黎明的后代们，
将不会属于你的人民；
只有那些喋喋不休的人才会向你袒露一切。

那些被伤害的人、战争中的人、悲惨的人们，
由你这个罪魁祸首
来为其哭泣。

禹磊 译

第十四章

安的列斯群岛：史诗记忆的断片

66

德里克·沃尔科特《奥麦罗斯》

我们现在来到了"安的列斯群岛：史诗记忆的断片"，正如一九九二年德里克·沃尔科特（Derek Walcott）为诺贝尔奖演说所作的标题，此外我们还将去往加勒比以外的岛屿。岛屿通常会产生一种与众不同的写作模式，其根植于作家在当下的存在感：与更广阔的世界隔离（isolated）和绝缘（insulated）——两个词都源自拉丁文中的"岛屿"（insula）。尤其是沃尔科特、乔伊斯和简·里斯这类生于殖民岛屿的作家，他们会觉得需要创造一门语言，以适应所处岛屿质朴的物质环境、浓厚的地域色彩，远离世界政治、历史和文化的都市中心。立足于岛屿的作家，经常以或近或远的其他岛屿为参照，来确定自身的方位。在这一章中，我们将从沃尔科特开始，到他的两个灵感来源，即乔伊斯和简·里斯，再到玛格丽特·阿特伍德在乔伊斯重写荷马基础上的女性主义重写，最后以朱迪丝·莎兰斯基对世界各地偏远岛屿的图绘作结。

沃尔科特一九三〇年出生在圣卢西亚岛的小城卡斯特里，年仅一岁时父亲便撒手人寰，留下母亲一人抚养他和同胞兄弟，全家仰仗母亲身兼裁缝和教师的收入。沃尔科特混有英国、荷兰和非洲的血统，在岛上卫理公会的少数派社区长大成人。岛上百分之九十五的人口说的是源自法语和非洲语的安的列斯克里奥尔语，而卫理公会学校为该岛提供了英语方向的教育。在诺贝尔文学奖的获奖演说中，沃尔科特就机遇而非剥夺的方面，描述了自己的成长经历：

> 作家发现自己目击一种初露端倪的文化的明朗早晨一枝一叶地逐渐形成时，会产生欣喜的力量，为自己适逢其时的好运庆幸。这正是人们，特别是住在海边的人们为什么喜欢向初升的太阳顶礼膜拜的原因。然后"安的列斯"那个名词像激滟的水面那样泛起涟漪，树叶、棕榈叶和禽鸟的声息便成了一种清新的方言土语的声音。侥幸的话，具有个人特色的词汇，诗如其人的格律，溶入那声音之后，躯体便像一个行走的、苏醒的岛屿似的活动起来。① [1]

沃尔科特像马查多·德·阿西斯和胡安娜修女一样坚决而早熟，十四岁时他就在当地报纸上发表了诗歌的处女作。四年后，他说服母亲凑齐了刊印第一部诗集的费用。诗集以预言诗《序曲》开篇，这首诗宣告了他将成为一名世界作家的鸿鹄之志：

---

① 此段引文参照王永年译文。

> 我，双腿沿昼色交叠，观望
> 浓云斑斓的拳头聚集在
> 我这低伏的岛屿，粗犷的地形上空。
>
> 同时，分割地平线的汽船证实
> 我们已迷失；
> 仅仅被发现
> 在旅游手册里，在热切的望远镜后面；
> 被发现在蓝色眼睛的反映中——
> 那些眼睛只熟悉城市，以为我们在此很幸福。①

当时游轮业已开始入侵加勒比群岛。望着蓝眼睛的游客打量着自己，十八岁的沃尔科特感到自己的诗句"必须等到我学会／在准确的抑扬格诗律中苦吟之后／才公开"。[2]（傅浩 译）最后两行诗尤为优雅，因其恰恰不是用精准的抑扬格写下的。

尽管沃尔科特时刻警惕自己切勿过早地闻达于世，他还是把薄薄一卷书稿寄给了《加勒比季刊》的编辑，这本新杂志的总社位于特立尼达。杂志社重印了他的诗作《黄色墓地》，该诗描述了他为父亲上坟的往事。编辑增加了一页长的"给这首诗的读者的注释"，在开头承认了"不熟悉英语诗歌发展的读者，可能会觉得这首诗很难"。然而，他们显然很乐意展示一位年轻的加勒比黑人诗人，他能与伦敦和纽约的任何人一样，写下

---

① 本节中引用诗歌参照傅浩译《德瑞克·沃尔科特诗选》（河北教育出版社 2004 年版）、鸿楷译《德里克·沃尔科特诗集：1948—2013》（河南大学出版社 2020 年版）及杨铁军译《奥麦罗斯》（广西人民出版社 2022 年版）。

既新潮又富于挑战的诗。在概述了这首诗的主题和技巧后,他们总结道,细心的读者会发现自己的"同情心得以发挥,对人性的认识也加深了",并且"将感觉到与另一个最正直、最敏感的西印度群岛人心意相通"。[3] 这对一个来自小岛的青年而言,可是极高的赞扬!沃尔科特的国际文学生涯就此拉开序幕。

在《序曲》中,我们已能见到一些沃尔科特惯用的主题:在他受外国势力侵略的"低伏"的岛屿上,蓝眼睛的游客乘着游轮;古典传统那模糊不清的转世(游客如荷马描述的奥德修斯那般"熟悉城市");以及他与诗的使命和语言之间的斗争。这首诗以对但丁的招魂作结:《神曲》始于"在我生命旅程的中途"一句,当时但丁被一只象征着欲望的豹子拦住去路;而沃尔科特在此诗的结尾写道"在我生命旅程的中途,/ 哦,我如何遇见了你,我的 / 半推半就、目光迟滞的豹子。"

沃尔科特在《起源》一诗中写道,他在为自己的岛屿和自身寻找一种新的语言:"用尖牙利齿咬碎辅音的苦杏仁,/ 根据波浪的卷曲塑形新的唇音。"和他已故的父亲一样,沃尔科特是一位才华横溢的画家,用自己手绘的水彩画来装点自己的书封[见彩页图59]。他曾说过:"水彩在热带是一种极难运用的媒介。它或多或少是一种温和的媒介……热带那不可思议的蓝——那样一种蓝色的热度——几乎不可能在水彩画中加以表现。"他回忆起曾遇见一位德国游客,宣称自己无法作画,只因"那儿太绿了"。[4] 正如在一九六二年《群岛》一诗中所言,他试图写出——

犹如清爽的沙，晴朗的日光，
清凉如卷起的水波，平白
如一杯岛上的淡水。[5]

（鸿楷 译）

当然，没有人能凭空创造一首诗。一九八六年接受《巴黎评论》的采访时，沃尔科特指出：

> 我们被剥夺的事实，恰好成了我们的幸运。发明一个迄今为止没有被定义过的世界，是莫大的快乐……我这一代西印度群岛作家，有幸对这些地方和人民做了第一次抒写，感到了一种强有力的喜悦，同时留下这样的遗产，也就是，认识到好的写作也是能够被完成的——通过一个本地的笛福、狄更斯、理查生。[6]

（杨铁军 译）

值得注意的是，他所提及的是三位小说家，而非任何诗人——当我们将某位作家描述为"诗人"或"小说家"时，作家却很少如我们所想的那样受到文类的约束。

在诗歌《火山》（一九七六年）中，沃尔科特沉思着自己年轻时阅读另两位小说家康拉德和乔伊斯的经历，然后停下来思考，乔伊斯是死于苏黎世还是的里雅斯特。他最后决定，这无所谓：乔伊斯是一个传奇，"正如或说康拉德已死、《胜利》/具有反讽意味的风行谣传一样"[7]——此处所指是康拉德一九一五年的小说《胜利：一个岛屿故事》。沃尔科特在此处使用了转义修辞,都城传来乔伊斯过世的消息,对身处边缘殖民地的他来说,也只是姗姗来迟。紧接着他一语双关地将自己和一对近海油井联系起来,它们是跨国公司为从海底开采资源而搭建的:

> 从这悬崖上的海滨房屋看去,
> 在夜的地平线边缘上,
> 从此刻直到黎明
> 有两点来自数英里之外海上的
> 桅杆上的光亮;它们就像
> 《胜利》结尾处的
> 雪茄的闪光
> 和火山的闪光。[8]
>
> (傅浩 译)

他感受到一种诱惑,想要放弃写作,而成为伟大前辈们的理想读者;但他并没有放弃写作,而是从这冲突中创作出一首动人的诗歌。

沃尔科特并不需要离开加勒比才能成为一个世界作家。他起初是在特立尼达确立了自己诗人和剧作家的地位,然后在诺贝尔奖演说中,他将混合了非洲、亚洲和欧洲文化传统的特立尼达描述成世界的一个缩影,"它的人间百态应该比乔伊斯笔下的都柏林更使人激动"。在出版《奥麦罗斯》两年后,沃尔科特获得诺贝尔奖,这部作品以故乡的岛屿为背景,但他的足迹还遍布更广阔多元的世界,从非洲到欧洲再到北美。这个书名唤醒了一个活生生的荷马形象，而非作为古代的经典。沃尔科特在诗中反复出现，居于波士顿的希腊女友告诉他"奥麦罗斯"（Omeros）是荷马在现代希腊语中的发音。当沃尔科特一念出这个名字，他立刻将其翻译成克里奥尔语：

> 我念，奥麦罗斯，
> "奥"，是海螺吹响的声音，"麦"，在我们
> 安的列斯的土话里，既是母亲，也是大海，
> "罗斯"，一段白骨，粉碎的白浪，呲啦
> 一声撕开领子，摊在蕾丝刺绣的海岸。
> "奥麦罗斯"，是干树叶嚓嚓嚓的声音，
> 是海浪退潮时撞击岩穴的咚咚的闷响。
> 我嘴里咀嚼这名字。[9]
>
> （杨铁军 译）

在诗与小说的杂糅中，沃尔科特将安的列斯群岛与希腊列岛和乔伊斯的爱尔兰对立起来。他笔下的主角是名为赫克托和阿喀琉的渔民，为了美人海伦的爱而战，海伦成了女佣的名字，其本身就有了反讽的地方意味：圣卢西亚在十九世纪是维系英法贸易往来之地，成了众所周知的"西印度群岛的海伦"。两人的争斗被一对爱尔兰移民夫妇看在眼里，他们是退休后移居岛上的普朗科特少校和他的妻子毛德。在小说的后半部分，沃尔科特访问了都柏林，詹姆斯·乔伊斯亲自领他游历此地。

在从波士顿归家的途中，他遇到了父亲的鬼魂，赋予了他诗歌的使命，这一幕令人联想到了《埃涅阿斯纪》中埃涅阿斯

在冥界与父亲相会的场景。他的父亲带他去了卡斯特里港,向他展示了年轻时的幻象,他将看到契约在身的妇人们,"那些历史上更早的海伦",她们的步态"因均衡而健美",把重达百磅的煤袋搬上蒸汽船。他将肉身和诗意的"双脚"[1]联系在了一起,如此教导他的儿子:

> 俯身接受你的重担,哆嗦的双脚站牢,
> 就像历史中的她们,沿着煤梯往上爬,
> 光着脚,一步一步,合于祖先的韵律。
> (杨铁军 译)

"你的使命,"他总结道,"就是现在你有机会,给那些脚一个声音。"

傅越 译

---

[1] 原文 feet,兼有"双脚"与"音步"之意。

67

詹姆斯·乔伊斯《尤利西斯》

德里克·沃尔科特的《奥麦罗斯》中的爱情冲突是以《伊利亚特》为蓝本营造的，但这部长诗的爱尔兰主人公普伦基特一家所体现的却是《奥德赛》的故事。普伦基特少校是"那身着卡其军装的尤利西斯"，而他的妻子则和珀涅罗珀一样成年累月地缝制一床巨大的衾被。她在被子上绣以鸟类图案，"让那盲眼的鸟儿唱起歌来"（这里沃尔科特一语双关暗指荷马这位盲眼的吟游诗人）。沃尔科特本人也走入诗歌，化身其中的一个人物，发现故事最后令人哀伤的反转：茉德的被子最后没有盖在她公公的灵柩上，而是盖在了她本人的灵柩上。（"我参加了，也缺席了／我塑造的人物的葬礼。"）他意识到"有一个忒勒玛科斯变幻着的影子／在我的身体里，在他缺席的战争里。一个帝国的内疚／被缝在茉德那华衾的一方图案中"。

普伦基特或许是一个身穿卡其军装的"尤利西斯"，但"尤利西斯"并不是荷马的希腊英雄的名字；出现在维吉尔、但丁以及乔伊斯的《尤利西斯》里的是一个拉丁化了的尤利西斯，摩莉·布卢姆是一个不忠贞的珀涅罗珀，乔伊斯的第二自我斯蒂芬·迪达勒斯则取代了忒勒玛科斯。沃尔科特与忒勒玛科斯的共鸣，使他与乔伊斯版本的青年时代的自我联系了起来。斯蒂芬与茉德的鸟图被有一些关联，他把自己视作飞逃失败的伊卡洛斯，被不情愿地带回了鸡窝般的现实："神话中的工匠。似鹰一样的人。你飞走了。飞去哪了？纽黑文到迪耶普，下等舱乘客。往返巴黎。凤头麦鸡。凤头麦鸡。父亲，救我啊。被海水打湿，栽下去，翻滚着。凤头麦鸡你是。成了凤头麦鸡。"① [10]

在《奥麦罗斯》最后，沃尔科特造访了爱尔兰，他试图在那里寻找"我们时代的奥麦罗斯，光芒依旧的大师／此地真正的男高音"。他哼着毛德过去常在钢琴上弹奏的爱尔兰小调，接着忽然看到乔伊斯就站在"死者"旁边，② 当毛德弹奏着一台酒吧的钢琴，引领他们唱歌。他视乔伊斯为"独眼的尤利西斯"，"看邮船／奋力驶过那海岬，波光嶙峋的尾波如钥匙"。③ 这里沃尔科特将我们从《都柏林人》的最后一个故事带向《芬尼根的守灵夜》，他让半盲的乔伊斯如同尤利西斯一样起死回生，回到他人生后三十年从未到访的岛屿。

乔伊斯在一九〇四年同诺拉·巴纳克尔逃离爱尔兰后，在的里雅斯特落脚，并在那里从事英语第二语言教学。一九〇七年，乔伊斯发表了题为"爱尔兰，圣贤之岛"的公共演说。他

---

① 本节中《尤利西斯》引文参照萧乾、文洁若译《尤利西斯》，译林出版社 2010 年版。略有改动。

② 此处隐指乔伊斯《都柏林人》中的短篇小说《死者》中的场景，达尔西在晚宴的最后独自唱起了一首古老的爱尔兰歌谣。

③ 诗歌引文参照杨铁军译《奥麦罗斯》，广西人民出版社 2022 年版。

在演说中强调，爱尔兰语自腓尼基语演变而来，由"商业与航行的始祖"北上时带来。通过强调爱尔兰文化的古典性，乔伊斯宣称"爱尔兰民族之所以坚持发展自己的文化，与其说是一个年轻国家想要借此在欧洲各国中脱颖而出，毋宁说是一个古老国家需要为它的古老文明更换新形式"。[11] 对乔伊斯来说，爱尔兰文明的独特之处在于其民族的杂糅性特点："我们难道没有发现在爱尔兰，丹麦人、费尔伯格人、来自西班牙的米利西亚人、诺曼征服者和盎格鲁-撒克逊定居者已经聚合为一个新的整体？我们可以说这种聚合是在一个当地神祇的影响下发生的。"乔伊斯期盼着爱尔兰最终脱离英格兰的统治获得独立（他也希望爱尔兰脱离罗马天主教的统治），在演讲结尾，乔伊斯再次回到希腊世界的问题，他问道："这个国家注定有一天会恢复它北希腊的古老身份吗？"

在《尤利西斯》的开头几页，斯蒂芬令人讨厌的室友勃克·穆利根说斯蒂芬的名字是"荒唐的名字，一个古希腊人的名字！"。他望向都柏林海湾，戏仿性地把阿尔杰侬·史文朋（Algernon Swinburne）的维多利亚抒情诗翻译为荷马式属性词："——上帝啊！他轻轻地说。是不是阿尔杰把大海呼作：一个伟大可爱的母亲？鼻涕青的大海。使人睾丸紧缩的大海。到葡萄紫的大海上去。喂，迪达勒斯，那些希腊人！我必须得教教你。读海这个字你要读原语。Thalatta! Thalatta! 她是我们伟大可爱的母亲。"讽刺的是，穆利根没有意识到"原语"绝不是一种单一的语言，而是一系列方言的聚集体："暗酒色的大海"在荷马的爱奥尼亚方言中读作"thalassa"，而非色诺芬的阿提卡希腊语的读法"thalatta"。乔伊斯的希腊和他的爱尔兰或沃尔科特的安的列斯群岛一样，拥有的都是杂糅性的文化。

就像我们在罗萨里奥·卡斯特利亚诺斯的恰帕斯州那里看到的，孤立的共同体为保护自己的文化，常常对外来者持有深重的怀疑。利奥波德·布卢姆和摩莉·布卢姆在某种程度上都像荒漠山岛（Mount Desert Island，我的出生地）的居民所说的那样是"远方来客"——这个词同样可以指来自班格尔或柏林的人。尽管布卢姆是都柏林人，但他是匈牙利移民的儿子，而摩莉在直布罗陀长大，她的母亲是西班牙人（或许是犹太人或摩尔人）的后代。乔伊斯的都柏林人忽视或抗拒这种杂糅性，坚守一个有关他们岛屿民族纯洁性的幻象。在第二章，校长迪希先生称爱尔兰是"唯一一个没有迫害过犹太人的国家"——原因很简单，"她从来不允许犹太人进入"。利奥波德·布卢姆身上就体现了迪希先生这种对周围的民族多样性的无视，尽管他本人就是一个杂糅性个体。尽管他周围的每一个人都认为他是一个犹太人，他自己也这样认为，但我们先是发现他早餐吃煎制的猪肾，后来发现只有他的父亲是犹太人，他的母亲则不是，按照犹太法他不能算作犹太人。除此以外，他实际上还受了洗礼。他的犹太教信仰毫不坚定，因为他连割礼都未曾受过。

在的里雅斯特演说中，乔伊斯强调了爱尔兰的古凯尔特文明，然而他意识到爱尔兰早已经受了从挪威人到英格兰人的几个世纪的侵略。爱尔兰语在乔伊斯的都柏林的状况和阿拉瓦克语在沃尔科特的圣卢西亚的状况一样荒凉。一位英格兰民族志学者造访爱尔兰，同斯蒂芬和穆利根一起住在圆形炮塔里，他自信地用爱尔兰语向一位年迈的送牛奶女工打招呼，却发现她以为自己在说法语。"太丢人了，我不会说这种语言，"当他纠正她以后，她坦言，"知道的人告诉我那是一种伟大的语言。"盖尔语在爱尔兰西部乡村以外的地方消失了，乔伊斯的都柏林人被困在英国英语的僵硬陌生与他们爱尔兰土腔的生动鲜活之间。布卢姆和斯蒂芬都不会说爱尔兰英语，这是他们作为外来者的标志，尽管斯蒂芬（以及乔伊斯本人）可以准确地记录爱尔兰人物的对话，就像沃尔科特可以用克里奥尔化的英文再现他的人物的安的列斯克里奥尔语，尽管他以书写极具文学性的英语而闻名。

跟沃尔科特一样，乔伊斯试图为了自己的目的重新发明英语。他告诉他的出版商，他以一种"审慎的吝啬之风格"来写《都柏林人》，所谓"吝啬"似乎是指他不肯在句子里多加一个赘余的形容词。[12] 到写《尤利西斯》的时候，他进而使用一种更加洋洋洒洒有时甚至是具有幻象性的语言，这种语言在《芬尼根的守灵夜》中得到了最充分的体现。乔伊斯的替身"笔者闪"以他创造语言的基本权利换得一场由"曾经流行的［双关语／葡萄干面包］、捣碎的［语录／土豆］和乱七八糟的［词／红豆汤］"组成的盛宴。[13] 一个迷惑的声音问道："我们在说英［语／地］（landage 是 land 与 language 的混合）还是在［说／喷］（sprakin 是 spray 与 speak 的混合）［德语／欢乐］海（Djoytsch 是 Deutsch 与 Joy 的混合）？"① 爱尔兰两者兼具：海洋中的一方

---

① 英文原为：Are we speachind' anglaslandage or are you sprakin sea Djoytsch？此处方括号中的词是乔伊斯在《芬尼根的守灵夜》中自创的词，词义糅合了语言和食物两种语义，译文参照戴从容译《芬尼根的守灵夜》，上海人民出版社 2013 年版。有改动。

陆地。

尽管乔伊斯的语言纷繁复杂，但他有时会在一些关键时刻回归到一种极为简练的语言。譬如，最有名的是小说结尾处摩莉的自说自话，"是的我说是的我会的是的"。除了这些单音节的词汇外，我还想提及一个词"我们"，这个词在书中两次以单词成段的方式呈现出来。在第七章，布卢姆正在一家卖广告的报纸的办公室里，试图为一个广告客户安排广告宣传。像往常一样，他被一再忽视或推到一边，但接着编辑同意了："如果他想要一个补白的话，红毛穆雷耳朵上夹着一支钢笔，认真地说，我们可以给他一个。"当布卢姆离开以后，我们读到布卢姆有一个未曾说出的反应，单独成段：

  我们。

一百页以后，斯蒂芬正跟他的一个妹妹说话，得知她们为了买食物，趁他不在家时当掉了他大部分的书籍，因为他们的父亲所赚的钱全用来喝酒了。"我们只能这么做。"他的妹妹说。斯蒂芬痛苦地觉得他们都被这个衰落的家庭拖累着：

  她会使我同她一道淹死的，连眼睛带头发。又长又软的海藻头发缠绕着我，缠绕着我的心、我的灵魂。咸绿的死亡。
  我们。
  内心的苛责。内心受到苛责。
  苦恼！苦恼！

"我们"一词的两次出现将斯蒂芬和布卢姆的内心思想连在了一起,但它们有着相反的内涵:布卢姆是在感恩,这一次他被纳入了这个集体名词之中;而斯蒂芬却是感到束缚,因他那快要被淹死的妹妹正拖拽着他。我们可以说,这两个由一个单音节词构成的段落凸显出来,就像是波浪翻滚的[德语/欢乐]海(sea of Djoytsch)中的两座孤岛。

高卫泉 译

68

简·里斯《藻海无边》

乔伊斯的《尤利西斯》为德里克·沃尔科特提供了以小说方式重写经典作品的最终灵感，而在简·里斯身上，沃尔科特找到了一个离家乡更近的榜样。发表于一九八一年的诗作《简·里斯》，是沃尔科特那主要由男性个体构成的万神殿中少有的颂赞女性的诗歌。在这首诗中，简早年在多米尼克岛上拍摄的一张照片引发了诗人的幽思，该岛是圣卢西亚岛以北第二个岛屿，一八九〇年简就出生在那里。在这张照片的深褐色调中，所有人物"都像被上了色／来自一个世纪之外"，其中里斯的脸看起来就像"一个狂热的孩子／有点恶魔样的天使"。他沉浸在无声的图像中，想象着"下午的水泥砂轮／慢慢转动，锐化着她的感觉，／下面的海湾像卡拉卢一样碧绿，海藻在其中游弋"。这首诗的结尾处，她凝视着一支蜡烛，"她的右手与简·爱联姻，／预见到她白色的婚裙／将会成为白色的纸张。"[14]

一九六〇年代重写简·爱的故事时，里斯已经结了三次婚，没有一次是幸福的。她住在英格兰西南部的一个村庄，寂寥无名。那是一个"无聊的地方"，她有一次写道，"在那儿连喝酒都让人打不起精神"。[15] 她从一九三九年以后连一本书也没出版过。如同玛格丽特·杜拉斯，里斯在人生过半时，也打算重访自己那业已消失的在殖民地岛屿上度过的青春年华。里斯早年有一张照片非常经典，与年轻的杜拉斯颇为相似；而当她七十六岁出版《藻海无边》，重新被世人关注之时，她晚年的照片则可以诠释杜拉斯在《情人》开头所描写的那副"被毁坏"的容颜。

图 60　简·里斯，青年与暮年

我们从里斯的回忆录《请微笑》（*Smile Please*）[16] 中得知，里斯在《藻海无边》中重构了她在多米尼克岛上的青春岁月。但她重写青春的方式与杜拉斯虚构的"自画像"，或她本人早期的长篇和短篇小说都不一样，那些小说出版于一九二〇年代和一九三〇年代，当时她在巴黎和伦敦漂泊，是一个无根的女人，书写着那些同样在巴黎和伦敦漂泊的无根女人的故事。而在《藻海无边》中，简将自己的经历转译在伯莎·安托瓦内特·科斯韦那未曾被讲述的故事里，后者正是夏洛蒂·勃朗特笔下的反英雄罗切斯特先生从牙买加带回来的克里奥尔混血妻子。简·爱受聘在罗切斯特府上做他女儿的家庭教师，却深受"阁楼上的疯女人"的哭喊的搅扰。罗切斯特告诉她，那些哭喊来自精神失常的仆人格蕾丝·普尔，而实际上，普尔正在照顾伯莎。罗切斯特不顾一切地爱上了简，在他就要冒着重婚风险跟简结婚的时候，伯莎的真实身份被揭开了。简离开了罗切斯特，她以为自己会一去不返，但一年后又路过那里，禁不住走进庄园。她吃惊地发现，房子已经化为废墟。后来她得知，在她走后不久，伯莎就放火烧了那房子，烧死了自己，也烧瞎了罗切斯特。故事有一个幸福的结局：简又遇到了眼瞎腿瘸的罗切斯特，并与他和好如初。正如她在最后一章开头那句著名的话："读者啊，我和他结了婚。"[17]

里斯编造出伯莎在加勒比海生活的故事，并将自己的经历加到笔下的女主人公身上——现在她的名字是安托瓦内特·科斯韦。小说过半的时候，随着他们关系的恶化，她的丈夫突然开始称呼她为"伯莎"——她将不仅被转置到另一个国家，更被转置到了别人的小说之中。就连安托瓦内特／伯莎的名字变换也是作者自己的人生经历中的回响：里斯出生时的名字是艾拉·管道琳·里斯·威廉斯，屡次改名之后，在福特·马多克斯·福特的建议下，她将简·里斯定为笔名。她跟福特在一九二五年有一段（当然是不快乐的）情事。至于罗切斯特，实际上，他的名字在小说中并没有出现，部分原因是里斯希望这部小说能够独立存在，或许也是因为他确实身份不明。他的父亲和叔叔设好了计谋，让他迎娶一位没有父亲但财力雄厚的牙买加姑娘，由此可以在经济上占尽优势。但他对以这种方式与殖民地捆绑深感不满。岛上那时刚废除了奴隶制,但他和安托瓦内特实际上都被亲戚们给出卖了。

小说的第一部分和最后一部分都是从安托瓦内特的视角叙述的,先是在牙买加,她被囚在那个"纸盒世界"的阁楼上;[18]中间部分主要是从罗切斯特的视角叙述的,这个人正处在精神崩溃的边缘,他看似无情,却并非毫无同情心。但从很多方面来说,牙买加才是《藻海无边》的中心人物。她的地貌和复杂的种族构成,更加剧了安托瓦内特与她的新婚丈夫之间的不和,他们甚至缺乏起码的相互理解。奴隶解放对岛上种植园主的命运影响颇大。丈夫去世后,安托瓦内特的母亲挣扎着继续维持庄园,但庄园还是逐渐衰败了。小说的第一部分由安托瓦内特讲述,她说:

> 我们的花园又大又美,就像《圣经》里的那个花园一样——那里生长着生命树。但它荒芜了。小径上杂草丛生,一股败花的味道和鲜花的味道混在一起。桫椤长得像森林里的野生桫椤一样高,桫椤下面,光线绿油油的。兰花盛开着,够也够不着,也不知为什么,碰也碰不得。

她在这个茂盛的伊甸园感到安全,她的丈夫却与那"极端的绿色"格格不入,他发现这篇风景"不仅荒芜,还充满威胁"。在院子里游逛时,他想起"有一次我跌倒在一段木头上,上面爬满了白蚁。怎么才能找到真相呢?我想啊想,却怎么也想不明白……石头房子的废墟就在这里,在这废墟的周围,玫瑰树长得很高,令人难以置信。废墟后面是一棵结满了果子的野橘子树,树上的叶子深绿深绿的"。

这是沃尔科特喜欢在他的绘画中描绘的加勒比海壮观的色

彩，但就连热带的日落也让罗切斯特受不了。在他准备迫使安托瓦内特与他一起离开牙买加时，他回忆道：

> 我讨厌这里的大山小山，讨厌这里的河流和雨水。不论什么颜色的日落，我都讨厌，我讨厌它的美丽，它的魔力，以及它那我永远不会明白的秘密。我讨厌它的冷漠和残酷，那正是它可爱的一部分。最重要的是我讨厌它。因为她属于魔法和可爱。她令我饥渴，令我终生饥渴，渴慕在我寻到之前所失去的一切。

他永远不会明白的秘密是多方面的：岛上的秘密生活，岛上人们的心理，最重要的是，安托瓦内特家族世袭疯病的谣言到底是真还是假，还有她早期与混血表弟之间轻慢的性行为。安托瓦内特的同父异母兄弟（如果他能算是同父异母兄弟的话）丹尼尔·科斯韦给他写了一封恶毒的信，告诉他这一切。正如丹尼尔谈到可以证明自己所言不虚的奴仆女孩艾米丽时所说的："她了解，她也了解我。她属于这个岛。"

这个越来越烦恼的英国年轻人清楚，自己不属于这个岛；但是他并不清楚，安托瓦内特是否也不属于这里。对于像丹尼尔和艾米丽这样的非裔加勒比海人来说，即使在岛上世代相传之后，欧洲裔的克里奥尔人仍然"来自远方"。在艾米丽喃喃诉说了罗切斯特无法理解的"方言"之后，安托瓦内特告诉他："那是一首关于白蟑螂的歌。那就是我。他们就是这么称呼我们的，他们在非洲的自己人把他们卖给奴隶贩子之前，我们就已经生活在这里了……因此，在你们之间，我常常不明白我是谁，我的国家在哪里，我属于哪里，以及我为什么会出生。"

就像在卡斯特利亚诺斯的《哀歌》中一样，一位当地的治疗师试图帮助解决这种情况。在安托瓦内特的恳切请求下，她为罗切斯特准备了一剂春药，但效果事与愿违，因为药水让他感到恶心，还让他觉得自己比以往任何时候都受人摆布。他想，"她本不必对我做那样的事。我发誓，她不需要那么做"。

里斯的标题中的藻海由洋流汇合而成，那里生长着大片的马尾藻，时有传言船只在此被困，难以逃脱。一九三〇年代早期，我的伯祖母海伦在著名自然学家威廉·比伯于百慕大海岸进行的研究考察中担任科学插图师。此行的任务包括研究马尾藻海洋的水生生物，在他描写这次旅途的书《并非如此：水之陆》（*Nonsuch: Land of Water*）里就有一幅她画的插图，一条鱼隐藏在一段马尾藻中[见彩页图61]。比伯评论说："毫无疑问，最早的马尾藻被风暴从西印度群岛的岩石和礁石上撕扯下来，并被风和洋流卷到了二百五十万平方英里的巨大的死亡中心"。[19]

值得一提的是，加勒比海并没有藻海，北大西洋才有。倘若当时里斯选择一个狄更斯式的标题，她可能会把她的小说命名为"双岛记"，因为安托瓦内特和罗切斯特深陷于牙买加和英国之间的漩涡之中。当安托瓦内特将英格兰描述为"一个寒冷、黑暗的梦"时，恼怒的罗切斯特回答："那恰恰是你那美丽的岛屿在我眼中的样子！完全不真实，就像一个梦。"但克里斯托芬这样问安托瓦内特："英格兰……你以为真有这个地方？"里斯的小说将最具帝国气质的岛屿与它在加勒比海的他者，完美地联系在一起，为莫尔的乌托邦写出了一个最引人注目的现代版本，一个完美之地和乌有之乡复杂纠缠的地方。

周敏 译

69

玛格丽特·阿特伍德《珀涅罗珀记》

詹姆斯·乔伊斯和德里克·沃尔科特分别把《奥德赛》搬到了都柏林和圣卢西亚,玛格丽特·阿特伍德却把《珀涅罗珀记》的发生地设定在了奥德修斯自己的伊萨卡岛上。和《藻海无边》一样,有两个叙述声音重新讲述了《奥德赛》的故事;珀涅罗珀讲述自己在伊萨卡岛上生活的刻薄、自我开脱的叙事不停被"歌舞线"("The Chorus Line")所演唱的歌曲打断。唱歌的是十二名侍女的鬼魂,她们正是在史诗的高潮,在奥德修斯和忒勒玛科斯屠戮了不请自来向珀涅罗珀求婚的人之后捆起来吊死的那些为求婚人侍寝的侍女。简·里斯把安托瓦内特小时候生活的生机勃勃的牙买加和她被囚禁的余生所在的冷暗的英国做了对比,阿特伍德则直接把自己的叙述者置于冥界之中。在那里,珀涅罗珀和她的侍女们讲述着各自的故事,她们也直面或回避着那些和她们一起永久幽闭在冥界的其他鬼魂人物。

小说一开始,阿特伍德就先幽默地解构了死后生活的美妙：

> 当然还有一片一片的日光兰。如果你想的话，你可以去花丛里散步。花丛里倒是挺亮的，还有人在跳没劲的舞，不过那个地方实际上没有听起来那么好——长满日光兰的原野听着有种诗意的韵律。但是你想想。日光兰，日光兰，日光兰……我会希望至少有几朵风信子，或者撒点番红花也不是太高的要求吧？就算我们这里从来没有春天，也没有别的季节。你真的会忍不住想到底是谁设计了这个地方。[20]

原来，天堂并非天堂。

伊萨卡就更不是了，"一块到处是羊的石头"。在珀涅罗珀十五岁嫁给奥德修斯之前，她成长在大陆上富庶的宫廷里，十五岁嫁给了奥德修斯。她去伊萨卡的航程"又长又吓人，还让人恶心"。等她到了岛上，她发现"伊萨卡的确不是天堂。这里经常刮风，常常又多雨又冷。这里的贵族和我原来认识的贵族一比破落多了，而这个宫殿，虽然够用，但也不是那种会让你觉得宽敞的"。但她和自己的新婚丈夫在一起很快乐（开始的时候），而且"慢慢地习惯了这个地方"。

二〇〇五年出版的《珀涅罗珀记》是雄心勃勃的苏格兰书系"神话"系列的第一本中篇小说，这个系列邀请著名作家"用当代和令人难忘的方式"重述古代的故事。这个系列里其他的书还包括菲利普·普尔曼重构的耶稣的一生，以色列作家大卫·格罗斯曼写的参孙的故事，以及我们读过的作家奥尔加·托卡尔丘克讲述的苏美尔女神伊南娜的传说。因为把故事设定在死后永恒的世界，阿特伍德得以将古代和现代世界合为一体。珀涅罗珀很清楚人间的新发展（"我对灯泡的发明很感兴趣"），她也完全是用当代人的口吻在说话。她会说自己的婆婆"冰冷得能把太阳神赫利俄斯的卵蛋都冻掉"。

阿特伍德把荷马史诗改写成了各种当代文类，包括一份庭审记录和一位人类学家的讲座记录，他在讲座中分析了十二侍女如何对应了黄道十二宫（这里我们可以看到她一九八五年反乌托邦小说《使女的故事》结尾的学术会议的影子）。就和《尤利西斯》开篇的勃克·穆利根一样，珀涅罗珀用的都是明显不符合史诗气质的比喻：谈起她的婚姻，她说："我像块肉一样被送了出去……就像一根镀金的血肠。"接着她又用经典的阿特伍德式讽刺："可能那个比喻让你会觉得太粗鄙了。那让我补充一下，肉在我们这里是非常宝贝的东西——贵族会吃很多，肉，肉，肉，而且他们就会烤着吃；我们的时代还不是高级料理的时代。"

《珀涅罗珀记》将忏悔式回忆录和小妞文学的元素融为一体，尤其是相貌平平的珀涅罗珀和她妖艳自恋的表亲海伦之间的较量。珀涅罗珀管海伦叫"长腿的毒药"。海伦最擅长的则是阴阳怪气放肆的奚落："我觉得奥德修斯会是个非常合适我们小鸭子的丈夫……她可以帮他放羊。她和奥德修斯多配啊。他俩都是小短腿。"在自己偷笑的侍女面前遭到了侮辱，珀涅罗珀说："我难受得不得了。我没觉得我的腿有那么短。"

小说的情感重心是来自被杀死的侍女组成的"歌舞线"的一连串打断。在后记里，阿特伍德将侍女合唱队描述成"致敬古希腊戏剧中对类似合唱的使用",可即使在这里,她也是在将古代和当代的模式融为一体。当她将侍女们称作"歌舞线"时,她其实就是在暗指从一九七五年到一九九〇年上演了整整十五年的百老汇歌舞剧《歌舞线上》。这出剧还在一九八五年被改编成了院线大片。在《歌舞线上》里,十七位积极的年轻演员(男女都有)必须在一位严苛的导演面前展示自己的才能,争夺机会入选最后有八位歌手/舞者的合唱队。巧合的是,就在《歌舞线上》的原班人马为一九七六年的托尼奖表演时,一位主持人无意中指出了这出戏和荷马史诗的共同之处。操着戏剧化的腔调,他宣布无论演员们是经验丰富的老戏骨,还是初登舞台的新人,"所有人都被舞台感动了,他们一定要来到纽约,想要在百老汇闯出个名头。这个故事已经很久了,这样的奥德赛,它还会继续下去!"[21]

在写完《珀涅罗珀记》之后,阿特伍德还真的又创作了一个舞台版本,它于二〇〇七年分别在渥太华的国家艺术中心和英国斯特拉福德由皇家莎士比亚剧团首演。在小说和舞台剧版本里,阿特伍德都赋予了她的"歌舞线"阴郁的氛围,明显比百老汇的"追梦奥德赛"要阴沉得多。正如侍女们在第一首歌里唱的:

> 我们是侍女
> 被你杀死那些
> 被你欺骗那些
> 我们在空中舞动着
> 我们的光脚抽搐着

这不公平

侍女们在冥界里追着奥德修斯不放，他不得不一次次逃回人间，在那里重生为各种各样的人，包括一位法国将军，一个婆罗洲岛上的猎头族，一位电影明星和一个广告商（也许是在暗指利奥波德·布卢姆？）不过就像珀涅罗珀告诉我们的一样："从来都没有好结果，要不是自杀，要不是事故，要不是战死或者遇刺，然后他就又回到了这里。"

侍女们追着奥德修斯不放，但她们躲避着珀涅罗珀，尽管她一直在努力重获她们的友谊。随着故事的展开，我们越来越清楚当年正是珀涅罗珀无心地导致这些侍女遭遇了不幸，因为正是她鼓励她们去为自己的求婚人侍寝，好借此打听他们的计划。此外还有一个更黑暗的可能性。珀涅罗珀清楚她的侍女们正在散布谣言，说她这些年来对远在他乡的奥德修斯也不是那么忠贞；也许，她设计陷害她们被处死，这样她们就没有时间把这个消息告诉奥德修斯了。

小说一开始就暗示了珀涅罗珀对自己侍女的沉默敌意，当时侍女们正在用珀涅罗珀马上要在偏远的伊萨卡和奥德修斯结婚这件事开黄腔，说她也许会醒来时发现和他的牲口一起睡在床上："一只大公羊！我打赌我们的小鸭子会喜欢的。她马上就会开始咩咩叫了。"珀涅罗珀说："我尴尬极了。我听不懂那种下流的笑话，那时候还听不懂，于是我不明白她们到底为什么在笑，但我知道她们是在嘲笑我。可我没有办法让她们停下来。"等奥德修斯回到伊萨卡时，她终于找到了办法。

在《珀涅罗珀记》里，最后说了算的是侍女合唱队。最后一章的题目是"我们走在你背后,一首情歌",在这一章里她们向奥德修斯喊话:"唷嘿!无名之人先生!幻觉大师先生!戏法大师先生,小偷和骗子的孙子!……我们也在这里,这些没有名字的人。"她们只有数字而没有名字:"我们有十二个人。十二个如满月的屁股,十二张甜美的小嘴,二十四个羽绒枕一样软的奶子,最棒的是,还有二十四只抽搐的脚!"她们散文情歌的结尾是:"我们在这里好好伺候你。我们永远不会离开你。我们会像影子一样紧跟着你,像胶水一样柔软又无情。站成一排的美丽侍女。"然后是结尾的"献辞",开头是:

> 我们没有声音
> 我们没有名字
> 我们没有选择
> 我们有一张脸
> 一张同样的脸

在《奥麦罗斯》里,沃尔科特父亲的鬼魂让他看到了契约女工背着巨大的煤包在蒸汽船跳板上苦苦前进的画面,他告诉自己的儿子,他的使命就是"你现在有机会,给这些脚一个声音"。在《珀涅罗珀记》里,在三千年的沉默之后,玛格丽特·阿特伍德为侍女们抽搐的脚找回了声音。

肖一之 译

70

朱迪丝·莎兰斯基《岛屿书》

正如我们本章中所见，扎根岛屿的作家经常与异域的岛屿建立联系，奇想般地跨越时空的鸿沟。朱迪丝·莎兰斯基的《岛屿书》（二〇〇九年）甚至名副其实地绘制了一整部岛屿的地图集，每幅地图都在对开页上给出了简明扼要的描述——实质上是一首散文诗。每一座岛屿的地名录都置顶了一段时间轴，以及一组到其他偏远之地的距离，连同显示该岛方位的半球形缩略图。莎兰斯基细致地将每座岛屿按1:125000的比例绘制，这使得一些岛屿满满占尽大尺寸的页面，而另一些迷失在了一片蓝色的汪洋之中。

无论是在整体规划，还是其表露无遗的哀愁，《岛屿书》都与卡尔维诺的《看不见的城市》有着许多共通之处，尽管莎兰斯基指给我们的是未寻访的岛屿，而非看不见的城市。正如书名的副标题所言，这些是"我从未，也永远不会涉足的五十座岛屿"。莎兰斯基在前言中说"这些小块的陆地变成了微缩景观世界"[22]，而她的散文诗又是微型史诗，通常参照了她在柏林图书馆里发现的文献，充盈着诗人小说家的眼光。

这本书的前言以"天堂是岛，地狱也是"为标题。莎兰斯基书写了遥远岛屿的双重性，也即人们通常认为的"乌托邦实验的完美假想地"（这令我们想到了托马斯·莫尔的乌托邦），以及"人间天堂"。正如她所言，"人类在船上宣告革命爆发，在岛屿上建立乌托邦。总觉得有些什么不同于当下以及此处——这确实是一种给人带来安慰的信仰"。然而一旦他们真的登上了岛，探险家往往发现这些伊甸园是那么的贫瘠和荒凉。莎兰斯基被如此荒芜的岛屿和岛上揭开的传说所吸引，尽管她偶尔会唤起岛屿经历中乐园的一面。对于南太平洋上的普卡普卡岛，她描述了一个美国移民罗伯特·迪恩·福瑞斯比坐在小商店游廊里的场景：

> 突然，有位女邻居朝他跑来，全身赤裸着，湿漉漉的，因为刚游完泳的关系，她的头发粘在黄棕色的皮肤上。她跑得上气不接下气，胸脯上下起伏着，急切地向他讨要一小瓶水。福瑞斯比赶紧把她想要的东西递给她。接着，她消失在暮色之中，可他仍久久地注视着那远去的背影，少有地激动不已。尽管已经在这里生活了多年，可他还是不能习惯这里赤身裸体的习俗。在这一点上，他还完完全全是那个来自克利夫兰的小伙子，无法设想盛行此地的宽松道德。

莎兰斯基如此冷淡地结束了她的叙述："这类事情上，普卡普卡岛比克利夫兰还是要开化一些，福瑞斯比想道。接着，他熄灭了游廊中的灯。"

莎兰斯基此处依据的出版资源，显然是福瑞斯比的《普卡普卡岛之书：南海环礁上的独行商》(*The Book of Puka-Puka: A Lone Trader on a South Sea Atoll*，一九二九年)。他和妻子恩格托科鲁拉育有五个孩子；他们的女儿弗洛伦丝是第一位成为作家的波利尼西亚女性。她的处女作是用混杂了普卡普卡语、拉罗汤加语和英语的文字写下的，之后由他父亲翻译，讲述了他们一家在南太平洋上的生活。一九四八年，在她年满十五岁时，这部作品被麦克米伦出版社刊印成书；近七十年后依然长销不衰，她于二〇一六年出版了第二版。在书中，她描述了用棕榈叶笔在成捆的海滩卷心菜叶上写下她的第一个故事，她饶有兴趣地提及了一名新教传教士的偶然来访，他因当地的裸露风俗而倍感窘迫，弗洛伦丝说："如果他有法子，他会让我们穿得像是隆冬时的爱斯基摩人一样。"[23] 下图的照片上便是自豪

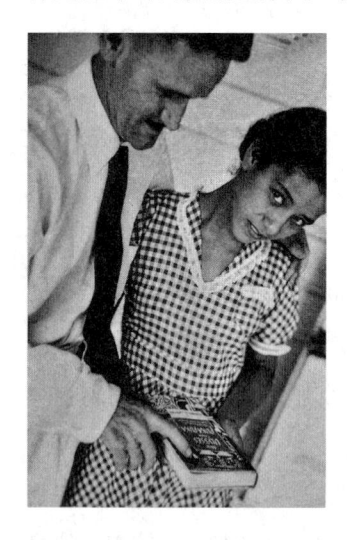

图 62　弗洛伦丝与父亲福瑞斯比

的父亲和这位崭露头角的作家。

值得注意的是，该书的标题与我们本章的"奥德赛"主题相关：《普卡普卡岛的尤利西斯小姐》（*Miss Ulysses from Puka-Puka*）。"当我想起过去，"她写道，"我常认为自己可以说是尤利西斯小姐，漂泊于爱琴海上的一座又一座岛屿……我发现自己会用荷马的故事来解释某些事。"像她之后的德里克·沃尔科特一样，她在南海环礁上找到了属于自己的卡吕普索女神，吃忘忧花的洛托法戈伊人，以及海妖塞壬。你真的无法编造出这些东西，莎兰斯基也没有。莎兰斯基未提及《普卡普卡岛的尤利西斯小姐》，甚至没有提及福瑞斯比的书，反而是她的离奇且富有暗示性的评论能吸引你去探索一座岛屿，无论是否超越了她选择展示给我们的条目和片段。

皮特凯恩岛就是个很好的例子，该岛因皇家海军"邦蒂号"上的哗变事件而出名，船上水手把布莱船长弃置于小舟上任其漂流，之后于一七九〇年定居于该岛。莎兰斯基首先描述了岛上自我保护式的与世隔绝（"再没有比这座岛更好的隐蔽处了，

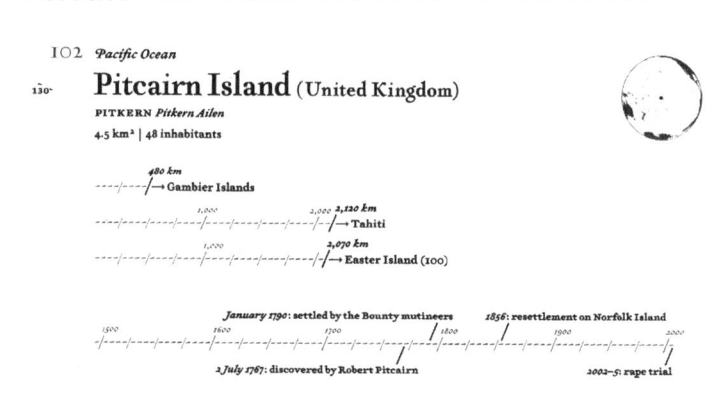

图 63　皮特凯恩岛的时间轴

它远离海上贸易通道,海军部的地图上标错了它的位置"),其方位的缩略图显示了皮特凯恩岛是海水世界中的一个小点,在太平洋的边缘环绕下,几乎见不到地表的大陆。

然而莎兰斯基并没有告诉我们多少关于叛乱水手们早期定居地的事情,她转而描述马龙·白兰度拍摄《叛舰喋血记》时在岛上的客居生活。她作为总结的叙述是:"闪亮的帷幕从两边落下。史上耗资最贵的电影完结了。而历史仍将继续。"这需要敏锐的读者来辨别未完成的故事可能如何展开,但是如果你仔细观察了皮特凯恩岛的时间轴,你将见到令人震惊的最后一条:"二〇〇二年至二〇〇五年,性侵犯案件审理。"

莎兰斯基对此次审判只字未提。当时岛上大多数精壮男子都被判数次强暴未成年少女,他们的辩护是作为叛变者的后裔,他们不受英国法律的管制,且他们一直认为十二岁已是性同意年龄。从新西兰召集而来的陪审团没有被说服,部分原因是一些受害者年龄更小,其中还有五岁女童。莎兰斯基在她的介绍中提到了这个故事,但她并没有将其放入条目中,只保留了时间轴上的一条痕迹。因此,《岛屿书》暗示了我们可以在书页以外继续探索,莎兰斯基极不完整的描述反而与她的岛屿世界相配,陆地的碎片造就了残缺的传说。

在前言里,莎兰斯基说道:"在这个没有尽头的地球的边缘,并不存在什么尚未被破坏的伊甸乐园。恰恰相反,远道而来的人类在岛屿上变成了怪物。而怪物正是被人类不畏艰辛的发现之旅挤出了地图之外。"但她还补充:

> 这些恐怖的事件恰恰拥有着最大限度的文学潜能,成

为岛屿上完美的事发现场。在大面积的陆地上，现实的荒谬迷失在那将一切都相对化的广袤无垠之中，而在岛屿上，现实的荒谬却明晰地显现出来。岛屿是一个剧场式的空间，这里发生的一切几乎都在不可抗拒地浓缩为故事、乌有之地的室内戏剧、以及文学的素材。这些故事的特色乃是诗与真的不可分割，现实被架空，幻想照进现实。

位于智利沿岸的鲁滨孙-克鲁索岛很好地阐明了这种转变。一七〇四年至一七〇八年，名为亚历山大·赛尔扣克的苏格兰海盗搁浅在了当时的马斯地岛（Isla Más a Tierra，指"离陆地更近之岛"，以便与更远的邻岛区分）。他出版了自己的冒险故事，丹尼尔·笛福以此作为他的开创性小说《鲁滨孙漂流记》的蓝本。"海盗赛尔扣克摇身一变，成为农场主克鲁索，总是不知疲倦地梦想着出发去远方，而一旦到达目的地，又深切盼望着回到故乡。"如今这座岛屿已被重新命名，以此纪念笛福的虚构版本，而非历史上的赛尔扣克。

笛福的小说催生了整个"鲁滨孙"题材，最著名的是约翰·维斯的《海角一乐园》（一八一二年），主人公的名字甚至不叫鲁滨孙，然而，他可以说是瑞士的鲁滨孙。这个名字不断地给一座座岛屿增光添彩。几年前，我在瓜德罗普岛举办的非洲侨民大会上做了一次关于德里克·沃尔科特的演讲。皮特尔角港沿海岸向下四英里就是戈齐尔小岛。正如线上版《加勒比杂志》所说，戈齐尔小岛提供了"瓜德罗普岛的一片岛屿绿洲"，从瓜德罗普岛的"大陆"逃离。[24] 每一座荒岛，似乎也需要拥有属于自己的荒岛。

这座小岛因它的酒吧"小鲁滨孙"而成为拥趸们的热门景点，其克里奥尔语的名字既吸引了《鲁滨孙漂流记》的英语读者，又吸引了约翰·维斯笔下鲁滨孙的欧洲崇拜者，以及可能对朗姆酒的兴趣要甚于文学联想的当地人。正如一位猫途鹰网站上的评论者用克里奥尔语做的点评，小鲁滨孙酒吧提供了"很棒的一餐，酒也很纯正。环境优美，受到了很好的欢迎。氛围宁静，轻松自在，我们推荐这家"①。[25]

与我们当下主题最密切相关的是莎兰斯基对波塞雄岛的叙述："一九六二年，首次来这座岛考察的法国人，以他们国家最伟大的科幻作家为岛上最北面的山命名。现在，领地岛上一座险峻的高峰和遥远的月球背面一座环形山——在他小说的奇幻之旅中轻而易举就到达的两个地方——都以儒勒·凡尔纳命名。"她警告说："凡尔纳笔下的那座神秘岛离这里还很远，它在太平洋不知名的某处——这里可不是什么鲁滨孙玩漂流的地方。"但话说回来，莎兰斯基甚至没有离开柏林就把我们带往那里——可谓"五十座岛屿环游地球"。她显然对凡尔纳怀着一种特殊的亲切感，把他的小说描述为"宅在家里做的白日梦，留守家乡之人的地图册"。至少当下没有比这更好的旅行方式了。轻松自在②。

傅越 译

---

① 原文为克里奥尔语，词汇近似法语的某种变体。
② 此处戏仿了前文猫途鹰网站上的克里奥尔语评论"no stwess"（"no stress"的变体）。

第十五章

巴尔港：荒漠山岛的世界

71

罗伯特·麦克洛斯基《缅因的早晨》①

━━━⋄∞⋄━━━

我就出生在缅因州的荒漠山岛上，长久以来，这里早不是荒漠了。一六〇四年法国探险家萨缪尔·德·尚普兰远道而来并给它起了现在这个名字，在那之前，阿伯纳克族印第安人已经在这个岛上生存至少六千年了。他当时想的名字并不是荒漠岛，当时触动他的是岛上高山上那些光秃秃的花岗岩山巅，因而将其命名为"荒山之岛"——满是荒山的小岛。跟沃尔科特的圣卢西亚岛一样，我们这块地方曾一度在英法两个帝国和他们的语言之间摇摆，直到一七六三年，英国最终将缅因合并进了"新英格兰"。就像沃尔科特对我们当地庭院的称呼一样，这个名字如果有点走音，"荒漠山（Mount Desert）"的发音就成了"甜点山（Mount Dessert）"，对小男孩来说倒是个好名字。

到十八世纪，缅因沿海地区逐渐住满了渔民和小农户，大都没什么文化。直到很晚近的时期，描写这片区域的作品多出自"外地"人，从亨利·戴维·梭罗(《缅因森林》，一八六四年)、小说家理查德·拉索到环保主义者海伦·斯科特·聂尔宁夫妇(我们熟知的缅因本地作家斯蒂芬·金到一九六〇年代后期才开始出版作品)。从十九世纪后期开始，小岛吸引了一帮"乡居客"，一些家境宽裕的波士顿、纽约、费城人，逃离他们酷暑难耐的都市，坐着轮船来到这里。最开始是租当地人的房子，逐渐变成专门修造的木瓦顶的"村居"。

世纪之交时的早期乡居客中就有我的曾祖父富兰克·丹穆若什和他兄弟，指挥家沃特。他们在荒漠山岛度过夏天，因为纽约音乐剧都停演了，音乐艺术学院也没课了。这个学院(就是今天的茱莉亚音乐学院)是富兰克创立的。我父亲很珍视那些海豹湾"祖父小屋"里的夏日回忆，当他和我妈妈在菲律宾待了十二年，刚回到美国时，就在岛上的缅因第一教区住下了。尽管在我十岁后我们就搬去了曼哈顿，荒漠山岛仍在我身上留下了深深的印记，现在我也像祖辈一样，每个夏天都带家人回到这里。

在我出生前的几个月，罗伯特·麦克洛斯基出版了《缅因的早晨》[①](*One Morning in Maine*)。在我能自己看书之前，妈妈会读给我听。在我们那个亲英派家庭里，大部分童书都是英国作家写的，有毕翠克丝·波特、伊迪丝·内斯比特、肯尼斯·格雷厄姆，还有 A.A. 米尔恩，但在《缅因的早晨》里，我能读到自己身处的现实，被一种理想化现实主义的笔触描绘出来。麦克洛斯基一九一四年出生于俄亥俄州，后来去了纽约，成了

---

① 又译"海边的早晨"。

一名插画师，他很快开始写书，并自己画插图。《缅因的早晨》和更早的获奖作品《赛尔的蓝莓》(*Blueberries for Sal*) 中的故事就发生在麦克洛斯基的夏季度假屋及其左近。他的房子在小鹿岛海岸边一个六英亩的小岛上，离巴尔港直线距离差不多十五英里。作为一个极度注重隐私的人，麦克洛斯基显然需要一个比小鹿岛（冬季居民有三百人，夏天稍多一点）更偏僻的地方，他们一家就是这个斯科特岛上的唯一居民。

在《缅因的早晨》中，麦克洛斯基和两个女儿，小赛尔和她刚学会走路的妹妹简，一起开着小艇出发，开过海湾去买东西。目的地是俯瞰着巴克斯港南布鲁克斯维尔村。在麦克洛斯基生动的图画里，这个村子就是一个无所不备的小世界，这里有港口，有教堂，还有康登两兄弟的杂货铺和车库。赛尔早上刷牙时发现一颗牙快掉了，这件事差点耽误她和父亲、妹妹的探险。"她用舌头扭了扭那颗牙，又用手指扭了扭，'噢，天呐！'赛尔暗想，'这不可能！'"[1]

她父母保证说，她还是能一起去，她还可以把那颗掉的牙收好，然后悄悄许个愿。她先和爸爸一起去海滩上捡蛤蜊，结果牙掉在泥地里找不到了。机智的赛尔找到了一根鸟的羽毛，决定就用它来许

图64　赛尔松动的牙齿

愿。当他们准备出发去巴克斯港时，爸爸发现小艇尾挂的引擎没法启动了，他们只能用桨划过海湾。这样一来，把引擎拖到杂货铺里，请康登先生给换个火花塞也成了他的任务之一。就在杂货铺，赛尔得到了一个圆筒冰淇淋，而这恰好实现了她的秘密心愿。三人小队开着小艇回了家，准备吃午饭。

也许你会说，不是多了不起的故事，但如同上百万的孩子（和家长们）所发现的那样，麦克洛斯基有着对日常对话非常敏锐的耳朵，和一双能捕捉家庭情境的热切的眼睛。这本书展示的是赛尔和爸爸都克服了意料之外的阻碍，并戏剧化了赛尔的自我逐步浮现的过程，这个自我将足以掌控她的世界。那颗不幸脱落的牙齿，则象征了即将到来的成熟。在故事的结尾，她的妹妹央求再吃一个圆筒冰淇淋，赛尔劝诫道："傻瓜！"赛尔大声说，"我们的愿望已经用完啦。"她意识到自己已经长大了，也就像个大人那样说，"而且，简，两个圆筒冰淇淋会让你坏了胃口。等我们到家，午饭还要吃蛤蜊浓汤呢！"

文学总给我们以在想象中转换身份的快乐，我能毫不费力地把自己想象成彼得兔、小熊维尼，或者一个像赛尔这样的小姑娘。这样一个贴近日常家庭的故事，有一种特别的吸引力。当奇玛曼达·阿迪契在她从小读的英国小说之外，终于发现尼日利亚本土故事时，也能感受到这样的喜悦。麦克洛斯基作品的魔力还和他的插图密不可分，值得花几个小时细细品读。闹腾的小娃娃简一直在探索她的世界，不仅爬上了堆着的轮胎，还研究了拿到的火花塞。在一张图里，一只小猫在凳子下往上瞪着她，到下一页，小猫紧接着跑到了她旁边，第三页里，小猫偷偷窥视她，到第四页，简最终离开杂货铺的时候，小猫又很失望地目送她。

麦克洛斯基极其精准地呈现场景，但在页码转换时，视角上常有一些非常有意思的转换，有时候感觉事物被神秘地变形或挪动了。右下角的螺帽和螺栓后来怎么样了呢？堆着的木箱子怎么从四层变成了三层？另一些细节则让故事更完整：接下来一页，我们会看到康登先生扔在地上的一个箱子，是装新火花塞的，而在左边，赛尔正把旧火花塞递给简。这些插画如此引人入胜，以至于到了二十一世纪初，最新一任康登先生[①]还会把旧火花塞当礼物送给到访的书友们。正如他告诉记者的那样："大家走的时候都很开心。"[2]

麦克洛斯基巧妙地用印象派那样多变的线条和阴影来引导我们的视线。在最后一幕，小艇上的三个主角被锐利的线条勾

图 65　巴克斯港

[①] 缅因州曾有一家按麦克洛斯基插画复制的康登家杂货铺，营业至 2013 年。

勒出来（与其他的画一样，麦克洛斯基喜欢用小视角来表现自己），与此同时，左侧的阴影就淡一点，线条也更模糊。在坡道上，有个用类似日本漫画风格勾勒的形象，向下注视着小艇，摆出了一个M.C.埃舍尔作品中人物的姿态。

  我出生在这个岛上，我父亲度过了他最美好夏天的地方，这样美好的关联延伸到书籍上，尤其是童书。我最初的读物，从《彼得兔》到《柳林风声》都是我父母甚至可能祖父母们喜爱的书，这绝非巧合。《缅因的早晨》是在我出生后不久才出版的，但我手头的这本，朋友送给我大女儿黛安娜的，是她的一岁生日礼物。若干年后，她引用的第一个文学典故也是出自这本书。当时大概是赛尔的年纪，她能自己阅读这本书了，但还是很喜欢听我来读给妹妹和弟弟听。我们在布鲁克林的某个早晨，她对着浴室的镜子检查一颗掉落的牙齿。"噢，天呐！赛尔暗想。"她带着害羞的笑惊呼起来，在"赛尔暗想"这句压低了声音，模仿我读这段时候的样子。她明白自己的牙已经真的掉下来了，所以就没把这句话说完（"这不可能！"）。但她把自己想象成了麦克洛斯基作品里的女主角，已经准备好接管巴克斯港和那之外的整个世界了。

禹磊 译

72
萨拉·奥恩·朱厄特《尖枞之乡》

对缅因州沿海的传统生活的描绘,要说最入木三分,当属萨拉·奥恩·朱厄特的小说。朱厄特出生于缅因州南部的南贝里克镇,是个早熟而多产的作家。她十九岁时就在《大西洋月刊》上发表了第一篇重要短篇小说,此后持续不断地创作了大量的长篇及短篇小说,直到一九〇二年遭遇交通事故,基本上终结了其写作生涯。在一八八〇至一八九〇年代,她成为当时美国最重要的地域性作家之一。大都市纽约和波士顿长久以来一直是美国文学表达的主要对象,当时美国作家发起了书写美国其他地区风土人情的运动,朱厄特也成为该运动的一分子。她成年后一直和妹妹生活在南贝里克,并经常前往波士顿。她和波士顿的文人们关系亲密,其中就有亨利·詹姆斯,詹姆斯曾称她为"一个同道中人,一个才华横溢、百折不挠的女性"。[3]

朱厄特和另一位作家安妮·亚当斯·菲尔兹(Annie Adams Fields)多年保持亲密关系(或被称为"波士顿婚姻"),菲尔兹的丈夫有一家名为"蒂克纳和菲尔兹"的出版社，是当时美国最好的文学出版社之一。菲尔兹的丈夫于一八八一年去世后，菲尔兹和朱厄特一起在南贝里克度夏，在波士顿过冬，并多次赴欧洲旅游。下面照片中是两人在菲尔兹宽敞的会客厅里（保持着足够的社交距离），她们经常在这个客厅招待作家、艺术家和演员。

图 66　菲尔兹和朱厄特在波士顿家中

朱厄特的代表作《尖枞之乡》（一八九六年），从一个度夏游客的视角书写。这一手法让她能够为外地人描绘缅因州的生活，对外地人来说，她的小说人物几乎和吉卜林的印度故事中的人物一样陌生。而吉卜林也非常欣赏她的作品，他曾经在一封信中称赞她的小说比大部分男人写的小说拥有"更多的活力"，并解释说，"活力不是喋喋不休，而是力量和矜持"，当然我们或许会想知道朱厄特对此作何想法。[4]

朱厄特的第一人称叙述者是一个作家，在邓尼特镇租了一个房间。一九九四年美国图书馆文库出版朱厄特这一卷，有论者称邓尼特镇是"一个虚构的镇子，凡是去过缅因州阿卡迪亚国家公园或荒漠山岛地区的人，都能认出这个小镇"[5]。叙述者来到这里，是为了排除干扰，安静写作。不幸的是，这个房子有一个缺点，"完全缺乏私密性"。她的房东托德夫人说起话来滔滔不绝，是一个草药师，很多镇子里的居民都是她的顾客，相比镇子里的男医生，人们更愿意相信她的医术。由于需要一个安静的环境，或一个在邓尼特镇独属于她的空间，叙述者租住了村里的单间校舍，校舍在夏天几个月闲置着，租金是每周五十美分。她在这里思考并记录她从托德夫人和其他居民那里听到的故事，这些故事要么讲述他们的生活，要么讲述那些偏远的孤立小岛上的人们的生活。

朱迪丝·莎兰斯基的后现代小说《岛屿书》出版之后，我们重读《尖枞之乡》，就会惊讶地发现两部著作有诸多共同点，尽管两者间隔了一个多世纪。朱厄特的这部作品没有真正的情节，只有叙述者抵达和夏末离去所形成的框架故事。框架之内的十九个短篇故事之间联系松散，这些故事篇幅短小，而且经常没有结局，这和莎兰斯基对其荒僻岛屿的冥想如出一辙。朱厄特描绘那些在贫瘠土地上的胸无城府的人，这块贫瘠的土地不仅是对她作家能力的挑战，也是对她小说人物的生活能力的挑战。在谈到一个女人决定去一个孤立小岛独自生活时，托德夫人说："暴风雨一起，盐雾几乎能够弥漫到整个岛屿。不，这是一个极小的地方，无法构成一个人的整个世界。"

但不管怎样，"堆壳岛"稀疏的风景为一个隐居者提供了一个完整的世界，包括（如同在麦克洛斯基的小岛上一样）"位于岛屿南边的一个避风的小海湾,海湾一端在低潮时会露出一段滩涂,滩涂上生长着上好的蛤蜊",还有一间小屋,这是她父亲修建的,为了在挖蛤蜊的时候住:"他以前每次在这里住几天,将他所拥有的一只单桅帆船停泊在那里,挖出蛤蜊,装满帆船,朝上驶往波特兰。他们说商贩们往往给他一个特价,因为这里的蛤蜊太有名了。"在这里,我们能看出朱厄特非常忠实地转述托德夫人的话。格特鲁德·施泰因或许不以为然,觉得蛤蜊只是蛤蜊,但托德夫人强调这些蛤蜊非凡的品质,以及好品质带来的好价格,这可是真正的实惠。还有,虽然一个外地人会认为波特兰在荒山地区下方的东北方向的海岸线上,但这个女人的父亲却"朝上驶往波特兰",因为他必须逆着恒风行驶,这也是为什么缅因州海岸常常被称为"下行的东方"(Down East)。

在后面的几篇小说中,朱厄特又回到邓尼特镇。在《威廉的婚事》一篇中,朱厄特讲述了描写她所选人物时遇到的挑战,因为这些人物对很多东西都缄口不言。她的叙述者再次厌倦了"大城镇匆忙的生活,她必须随时放下自己想做的事情,去从事那些最无聊的活动",因此她在第二个夏天回到邓尼特。"海岸依然是一幅冬天的光景,"她观察道,"已经进入五月很久了,但海岸处处都显得寒冷荒凉。"她回去和托德夫人同住,但她"有一种奇怪的陌生感",就像一只寄居蟹,"待在冰凉的新壳里":"我觉得自己似乎终究失去了对那种平静生活的掌握。"慢慢地,她开始一鳞半爪地了解在秋天和冬天发生的事情,包括住在岛上的托德夫人那过于腼腆的哥哥威廉出人意料的婚事,他的未婚妻住在大陆,但她很少得到完整的故事。现在她直接对读者说话，或许是在回应那些抱怨《尖枞之乡》缺乏矛盾冲突的评论者：

> 要讲述发生在新英格兰的大事是非常困难的：表达总是微不足道，百感交集时刻的片言只语，一旦落在纸上，就会显得苍白无力。阅读时，必须在文外设想太多的激荡人心的感情；当我在早饭时分从我的房间出来的时候，碰见了托德夫人，她对我说："这样的天气会让威廉跟着她；这是他们快活的一天！"我感觉内心充满了某种东西，我必须将这种东西传达给阅读这页冰冷文字的铁石心肠的读者。这些文字是写给那些有自己的邓尼特的人们：他们要么和作者友好地分享这个邓尼特，或者拥有别的邓尼特。

在《尖枞之乡》的整个夏天，叙述者将通过蛛丝马迹发现的托德夫人的爱情故事东拼西凑起来。情场失意之后，她和当地一个更加容易到手的男孩结了婚，但婚后不久男孩就在暴风雨中淹死了；当时岸上的人能够看到他的船正在沉没。托德夫人带着叙述者去采集药用薄荷的时候，突然说出她尘封已久的情感：

> "对我们来说，这只是一场梦，"托德夫人说道，"当他没了的时候，我其实是知道的，我是知道的"——她喃喃自语，似乎在忏悔——"在他出海之前，我就知道了。在我见到内森之前，我的心就已经不是我的了，但他非常爱我，而且让我真的很开心，他死得太早了，来不及知道

我们长期一起生活会是什么样子。爱是很奇怪的东西……但当我一边坐下来开始采集薄荷，一边听他说话的时候，我总是会想起另外一个人。"

我们所得到的，只是隐藏故事或隐藏创伤的浮光掠影，但对叙述者来说，对朱厄特为之写作的读者来说，这已经足够了。

夏天即将结束，叙述者想："曾经一度，我都不知道去哪里散步；而现在这里有很多开心的事情去做，或再做一遍，就好像我在伦敦一样。"但终于，她说，她必须"回到那个我担心自己已经成为一个陌生人的地方"。家乡与异乡颠倒逆转。托德夫人不愿意看到她离开，刻意地出发去采集草药，我们的叙述者最后一次看到她是在远处，"她身上有一种奇怪的镇定和神秘的气质"，她弯腰去采摘什么，"或许是她喜欢的薄荷"。然后叙述者就看不见她了，她登上了将带她离开的小沿海轮船。

早些时候，托德夫人结束对她失去的爱和短暂婚姻的描述时，叙述者说："她把目光从我身上挪开，立刻起身，然后去做自己的事情。她坚韧不屈的身体里，有一种孤独和寂寞。她或许是底比斯平原上形单影只的安提戈涅……这个乡下女人的内心是绝对而古老的悲伤。"当弗洛伦丝·福瑞斯比在南太平洋上航行时，她把自己看作尤利西斯小姐，而萨拉·奥恩·朱厄特则成了她北大西洋群岛的索福克勒斯。

陈广兴 译

73

玛格丽特·尤瑟纳尔《哈德良回忆录》

与萨拉·奥恩·朱厄特虚构的叙述者，以及现实中的罗伯特·麦克洛斯基一样，玛格丽特·尤瑟纳尔最初也是以夏季旅居者身份来到荒漠山地区的。但在其最著名的小说《哈德良回忆录》完成时，她已搬到荒漠山岛定居了。这部小说于一九五一年在法国出版，英文版在一九五四年推出，由她的长期伴侣格雷斯·弗里克（Grace Frick）悉心翻译。她们的家"小乐园"（Petite Plaisance）位于东北港，现在是个博物馆，里面几千本藏书都贴着她们的藏书票，图案是她俩的手放在同一本书上，象征着共同拥有。《哈德良回忆录》风靡全球，让尤瑟纳尔成为那个时代最著名的法国作家之一。

一九八〇年，她被推选进入法兰西学术院，是这个崇高组织里三百五十年以来第一位女性院士。除了女性身份，她在法兰西学术院还创下了其他纪录，因为在被推选为院士时，她已经移居美国四十年了，并在一九四七年成为美国公民。她在一九三〇年代先锋派艺术圈里的成功源于早期的系列小说，但她觉得自己被巴黎文学圈束缚住了。对于选择定居美国，她后来说："这不是美国和法国的比较，（移居）意味着去尝试一个去掉所有边界的世界。"[6]

就像简·里斯的《藻海无边》一样，尤瑟纳尔的小说在诞生前，作者也经历了长长的沉寂。在一篇小说的后记中，她用一个短句形容自己一九四〇年代的思想状态："陷入一种是作家却不能写作的绝望。"[7] 一九四八年，她收到一大箱二战前离开法国时留在那里的旧文件，然后发现一些纸的开头写着"我亲爱的马可"。她有点纳闷，以为这是写给谁的信，然后想起来这是一篇作品的开头，她琢磨了很久的作品，但在一九三八年停笔了。正如她在后记中说的那样："那一刻我就知道，无论如何，这本书必须重新开始写了。"

正因此时与巴黎拉开距离，让尤瑟纳尔能将她的欧洲经验转化到更遥远的古罗马世界。谈及她为小说所做的研究，她说："为了发现最简单的和最具普遍性文学趣味的事物，你必须深入到主题最边远的角落。"同样，荒漠山岛就是世界上一个"最边远的角落"，而她和格雷斯·弗里克在东北港的生活就极为质朴，住的不是那种豪奢的木瓦"村舍"，而是一间法式农居［见彩页图67］。

《哈德良回忆录》是想象力和同理心的一次非凡实践，小说以罗马皇帝的口吻写成。身患重病的哈德良在撰写回忆录，来评定自己的一生，也是对他的继承者，未来的哲学家皇帝马可·奥勒留的指导。为了这本书，尤瑟纳尔对公元二世纪罗马进行了深入研究，但欧洲的世界大战危机也同样塑造了她对古罗马的想象。如她在后记中所说，最初吸引她的是作为诗人的哈德良，经过二战，她发现哈德良功绩的核心是其在一个动荡不安的时代维持了帝国的统一。她补充说，是战争导致的这种位移"极为关键，也是为了迫使我不但要跨越我和哈德良之间的时空，更要跨越自己和真我之间的距离"。

哈德良孤寂的沉思反映出荒漠山岛的隔绝。小说第二页，哈德良谈及即将到来的死亡："像一个在爱琴海群岛间航行的旅客，看到向着黑夜升腾起的白雾一点点地遮蔽海岸，我依稀看到死亡的轮廓。"在后记中，尤瑟纳尔描述了她写完这本书的那天：

> 那是一九五〇年十二月二十六日晚上，荒漠山岛上冰冷刺骨，像极地一样寂静。大西洋海岸边的我竭力让自己出现在公元一三八年的巴亚古城，在酷热的七月，感受着疲惫又沉重的四肢上薄布的重量，聆听依稀送来的海浪声。这声音也传到另一个人耳朵里，但他在凝神听着耳边的低语，那是逐渐靠近的死亡的声音。我试着去记录他咽下的最后一口水、最后的阵痛、脑海里最后的图景。此时，就是这位皇帝的最后时刻。

"大西洋海岸"极地一般的小岛，这样的景象里有一丝自我夸张的小说化，而这也让她在美国的新家听上去像朱迪丝·莎兰斯基笔下荒无人烟的北极荒原。其实她住的岛有座短桥和大陆相连，而且岛上六个小镇的常年居民也差不多有几千人。但在缅因的冬天，这儿的寂静一定是深邃而发人深省的。

尤瑟纳尔和弗里克常离岛在美国四处游历，美国广袤的气息让尤瑟纳尔大为赞赏。"我要是你,我一定先搭顺风车去圣安东尼奥或者旧金山,"她给朋友写信说,"要了解这个伟大的国家需要时间,如此广阔,如此神秘。"[8]虽有选择性,但她对美国文化产生了深刻的兴趣,她在南部收集了美国黑人的灵歌,择优翻译出一卷,以"江水深沉,河水幽暗"(*Fleuve profond, sombre rivière*)之名于一九六四年出版。尤瑟纳尔的美国经历丰富了她对哈德良幅员辽阔帝国的思考,也让她小说的主角对少数族群,比如古罗马犹地亚的犹太人,产生了令人深思的宽容态度。哈德良说出了"我喜爱外国事物,我喜欢跟外邦人打交道",她甚至让他用新世界旅行来形容学习希腊文:"当我还是孩子时,试着在石碑上捕捉这种字符的特征,在我面前展开的是一个新世界和伟大的旅程。"

在《哈德良回忆录》的后记中,尤瑟纳尔记录了一九四九年,她坐在去新墨西哥州的火车上,在长途旅行中重拾昔日放弃的小说所带给她的巨大快乐。

> 把自己关在车厢隔间里,像在埃及古墓里的一个斗室。从纽约到芝加哥,我写作到深夜。接下来的一整天,我都在芝加哥车站的餐厅等那趟被暴风雪耽搁的列车。然后在圣达菲公司的观光列车上,我又写到拂晓时分,周围黑色的是科罗拉多山脉的尖坡,头顶是永恒的星空。所以出于单纯的冲动,这部关于食物、爱、睡眠和对人类的认识的小说写成了。我几乎想不到再有这样充满激情的白天和清醒的夜晚了。

除了将自己转换到古罗马,尤瑟纳尔还将自己的性别身份置换进了小说核心的爱情故事里。哈德良炙烈地爱慕着心爱的安提诺斯，安提诺斯却在埃及自杀了。美国版的《哈德良回忆录》中收录了许多雕塑照片，都是哈德良为纪念安提诺斯而塑立的。这些雕像于静默中评说着那些情感，内敛的哈德良对此只暗示道："我们那时都不明智，我和这个男孩一样。"安提诺斯非常惧怕变老，哈德良最终意识到："他一定早早许诺自己，在第一丝衰老迹象出现时，甚至在这之前，就结束生命。"在这里尤瑟纳尔几乎预见到了二十年后三岛由纪夫的自杀。想必她对两者的关联性也印象深刻，以至于写了一整本书——《三岛由纪夫：或空的幻景》（一九八〇年），来思考他的生平和死亡。

在《追忆逝水年华》中，普鲁斯特说，小说就像是个公墓，里面都是作者生活里的人，尽管名字都被隐去了。当哈德良谈及安提诺斯之死时，尤瑟纳尔采用了普鲁斯特的意象，他说："绝大多数人的记忆就是个荒废的公墓，他不再珍爱的人在此被掩埋、湮没、默默无闻。"为了让自己逝去的爱人免于这样的结局，哈德良在地中海各地为安提诺斯设立神庙，并建造了一整座埃及城市——安提诺奥坡里斯，来纪念他。尤瑟纳尔的小说则让哈德良和安提诺斯的名字不朽，而透过安提诺斯，我们又能一窥尤瑟纳尔在后记里仅用"G..."或"G.F."称呼的爱侣。尤瑟纳尔说本应该将这本书献给她，"在一部作品前面加上个人题词不是不合适吗，所以我在前面尽力隐去了个人印记"。

她接着写了一段感人的话给"G.F."，在结尾处形容说："她给了我们理想中的自由，但又敦促着我们成为完整的自己。客人与伴侣（Hospes Comesque）。"最后的拉丁文来自哈德良的一首诗，也是这部小说的引言。在诗里，他形容自己温柔、漂泊的灵魂是身体的"客人与伴侣"。二十五年后，尤瑟纳尔将这两个词刻在了墓碑上，位于格雷斯·弗里克名字的下方。来荒漠山的游客能看到这块石碑，旁边是几年后尤瑟纳尔为自己准备的

图68　格雷斯·弗里克，"客人与伴侣"

墓地。她们的墓在两棵枝叶交错的白桦树下，就位于岛上的布鲁克塞德公墓，离我写下今天这篇文章的地方不过数英里。

在《在斯旺家那边》的开头，马塞尔回忆他逝去的童年：

> 于我来说，这样的时光一去不复返了。但就在不久前，如果我侧耳倾听，还是能听到我当年在父亲面前竭力忍着，等跟母亲单独相处时才敢爆发的哭泣声。实际上，这些哭泣声一直在回荡，只是现在我周遭的生活比较沉寂，我才再次听到它，就像修道院的钟声，白天被市井的喧嚣掩盖，人们以为它再也不会响起，但在万籁俱寂的夜晚，才会再次彻响天际。[9]

在美国的新生活让玛格丽特·尤瑟纳尔清晰回望，精彩再现了那些逝去的过往——古罗马，以及战前的巴黎。就像普鲁斯特那间软木贴面的书房一样，她也打造了自己的空间，在那个"极地一样寂静"的荒漠山岛。

禹磊　译

74

休·洛夫廷《杜立特医生历险记》

我在巴尔港的年月里,通往广阔世界的大门,主要是杰瑟普纪念图书馆,从我们居住的教区长住宅穿过荒山街就到了图书馆。我和图书馆员斯特普尔思小姐成了朋友,她后来迷迷糊糊地变成了斯特普尔思夫人,因为她嫁给了一名同姓的男子,到我九岁时,我每周都会抱着一摞书回家。没有哪本书能够像休·洛夫廷的杜立特医生的冒险故事那样引起我的兴趣。

这位好心的医生居住在沼泽泥塘镇,看起来是个地道的英国人,但他的创造者前往美国时,甚至比玛格丽特·尤瑟纳尔去美国时还要年轻。洛夫廷一八八六年出生于伦敦以西的一个小镇,父母亲是爱尔兰天主教后裔。他学过工程学,曾经在加拿大、非洲和古巴从事土木工程师的工作,后于一九一二年前往纽约开始新的记者生涯。一战开始,他于一九一六年回到英国应征入伍,加入爱尔兰卫队。他在弗兰德和法国担任中尉,想寻找一些合适的内容,写信告诉自己在纽约的小孩。他看到受伤的马在前线受到极为糟糕的对待,就开始想象,如果有一个兽医能够和他的动物病人进行交谈,那该多有助于治疗,于是杜立特医生应运而生。战后,洛夫廷和家人移居康涅狄格州,他在那里将战争中写给孩子的信件扩写为一本书。《杜立特医生的故事》于一九二〇年在纽约出版,立刻大获成功;两年后在英国出版时,附上了英国作家休·沃尔波尔热情洋溢的前言,称赞洛夫廷写出了"《爱丽丝漫游奇境》之后第一部真正的儿童文学经典"。

约翰·杜立特是一个家庭医生,有一天他会说话的鹦鹉波利尼西亚告诉他,动物的语言大部分都是非口头的,之后他的职业产生了重大转折。例如,她说,狗"几乎总是用鼻子来提问",并解释说,他的狗这样扭动鼻子的时候,意思是"难道你看不见雨已经停了吗?"。洛夫廷告诉我们:"一段时间以后,在鹦鹉的帮助下,杜立特医生对动物的语言已经相当娴熟,已经可以和它们亲自交谈,并理解它们所说的一切。然后他彻底放弃了为人看病的职业。"[10] 小说没有给出更充分的解释,但小说如饥似渴的读者非常乐意去阅读这一不可能的前提引发的众多冒险。

洛夫廷除了赋予他的主人公超自然的语言天赋之外,还将他自己躁动不安的性格赋予他。杜立特一年中有一半的时间经常在遥远的地域度过,往往是为了学习一门新动物(或鱼类或昆虫)的语言。在此过程中,他总是不出所料地卷入一些刺激的冒险之中,包括沉船、海盗、部落战争和遗失的文明等。杜立特用一个独特的方法决定旅行的目的地:他随机翻开地图集,合上眼睛,用铅笔戳一页地图。铅笔所指,就是他前进的方向,只有一条规则,他绝不去曾经去过的地方——这条规则让他经常要用铅笔戳好几次。

一九二二年的《杜立特医生历险记》接近四百页的篇幅,包含了很多冒险故事,配有众多洛夫廷绘制的活泼生动的线画插图。这些故事以蜘蛛猴岛——一座浮岛——上的战争达到高潮,在这场战争中,杜立特率领波普西皮托尔的军队打败了邪恶的敌人口袋扎歌德拉格(Bag-jagderags)。感恩戴德的波普西皮托尔人拥戴他登基做了国王,加冕为永·多想想国王(King Jong Thinkalot),他们把他铭记在绘图史书里,就像我们看到的该著的扉页插画一样[见彩页图69]。

这部书的叙述者是汤米·斯塔宾斯,如果说杜立特是福尔摩斯的话,那么斯塔宾斯就是对其奉若神明的华生。叙述者汤米是个老人,他回想起九岁时候的冒险经历,以及如何成为杜立特医生的学徒。当我在八九岁阅读这本书的时候,当然非常享受通过汤米的眼睛观看故事,但真正的快乐在于医生和他五花八门的家庭成员之间自然而然的交往。这些家庭成员包括管家鸭子挞挞(Dab-dab),她总是对屋子里的泥巴脚印火冒三丈;万事通鹦鹉波利尼西亚,她在一百八十三年的鸟生中看透了这个世界;还有迷人的小猪哄哄(Gub-gub)。在《杜立特医生的邮局》中,哄哄艳羡医生总是能够收到大量的信件,渴望自己也能够拥有一个笔友,于是他开始给自己寄匿名信。其他人很想知道事情的真相,但结果发现这些"信"里装着香蕉皮。哄哄解释说,他觉得他应该收到他能够享用的信件。

这么多年过去了,重读此书,发现有很多内容不大妥当。医生有一个伙伴是非洲王子,名叫棒破(Bumpo),他在牛津上学,出来度假。他很喜欢阅读西塞罗，但认为西塞罗的儿子就在他的学校工作。棒破身穿裁剪精良的西服，但坚持赤脚走路（"今天早晨我一出四边形就把鞋子扔过了墙"），[11]他讲一口非洲版的吉卜林式的英语，在一九二二年读这样的内容或许比今天更加有趣。这个系列作品的当前版本实际上是修订版，在洛夫廷儿子的同意下，删除了一些修饰语和插图，甚至发生在非洲的一些故事全部被移除。

而且，该书的主要冒险故事的属性模糊不清，这是一个寻找一个伟大的美国印第安博物学家长箭的历程，杜立特非常想和长箭交流思想。杜立特最终在蜘蛛猴岛上找到了他。当时的场景会让人想起斯坦利发现自己找到了利文斯敦医生的情形。长箭和棒破加入杜立特的队伍，一起保卫波普西皮托尔王国，抵抗邪恶的口袋扎歌德拉格，他们的胜利成为人们歌颂的主题：

> 红皮肤强壮黑皮肤猛
> 口袋扎歌德拉格战兢兢
> 但他们最称赞白皮肤人，"哇！
> 他将敌人扔了一把又一把！"

洛夫廷的故事介乎于帝国幻想和滑稽模仿之间。感恩戴德的波普西皮托尔人坚持要杜立特加冕为王，而礼貌的杜立特不好意思拒绝。他为岛屿带去了和平和秩序，但他为中断科学工作而深感懊恼。他真的很想启程去学习贝壳类动物的语言，王冠也对他抓捕蝴蝶构成障碍——他抓蝴蝶不是为了将其杀死，而是为了与其交谈。在本书的结尾，他和汤米以及他们的动物成员们搭乘一只巨大的海螺前往英格兰的家,让波普西皮托尔人自我管理。

应该如何理解这种帝国冒险故事?洛夫廷从一战战场归来时,已经是一个坚定的和平主义者,加上他的爱尔兰天主教背景,他可能永远都不会成为大英帝国的忠实拥趸——这或许也是他移民美国的原因。在杜立特短暂的统治时期,他对岛上的社会进行了民主化改良,并与口袋扎歌德拉格缔结了合约;"和大多数合约不同",汤米说,这个合约"以前和现在都被严格遵守——甚至直到今天"。《杜立特医生历险记》呼吁在种族之间和物种之间建立和谐共栖的关系,虽然并不是每个年幼的读者都能从杜立特在南太平洋的历险中领悟到这层意思。

就我而言,这部著作持久的魅力在于其夸张的语言多样性,这一特点还延伸到写作模式上。在一个重要时刻,长箭和杜立特交谈时,用的是一系列刻在甲虫背上的象形文字,该著的扉页插画描绘了这一事件。洛夫廷关于抵御口袋扎歌德拉格战争的插图也让我深感兴趣,但原因并非勇士们不可战胜的力量(三

The Terrible Three
From an Indian rock-engraving found on Hawks'-Head Mountain, Spidermonkey Island

图 70 战斗中的杜立特医生

74 休·洛夫廷《杜立特医生历险记》

勇士中就包括矮胖的医生，富有喜感），而是玛雅人一般的图形和象形文字。

甚至现在，我基本上还是在追随洛夫廷笔下精通多种语言、永不停下脚步的主人公的足迹，虽然我从未成功地像他那样熟练掌握马、老鹰和巨型蜗牛的语言。杜立特从来也不知道戳在地图上的铅笔将他带向何处，但同样，任何作者都无法知道他们的著作将会把读者带向何处。

陈广兴 译

75
E.B. 怀特《精灵鼠小弟》

一九五二年,就在罗伯特·麦克洛斯基出版《缅因的早晨》的同一年,E.B. 怀特出版了《夏洛的网》,有史以来最畅销的美国儿童文学读物。这两部作品不光在时间上接近,在空间上也一样。怀特的灵感来自一只在他农场谷仓里织网的蜘蛛,而他家位于缅因州的北布鲁克林,和荒漠山岛就隔着蓝山海湾相望,离麦克洛斯基家只有几英里远。和麦克洛斯基一样,怀特夏天在缅因,冬天在纽约。自一九二五年《纽约客》创刊以来,他就一直在纽约给《纽约客》当专职撰稿人。一九七七年,怀特写道,很多年来"我在缅因州和纽约之间来回穿梭,出于一些当时看似很有说服力的原因"。此时怀特已经定居缅因了,于是他的最后一句是:"我终于安定下来了。"[12]

怀特在《纽约客》上发表了许多幽默散文,还写了诸如《性是必要的吗》(*Is Sex Necessary?* 这是他和詹姆斯·瑟伯合写的戏仿性心理指南的滑稽作品)等很多本书,但他出名还是因为他写的儿童读物。和休·洛夫廷一样，怀特的故事也是围绕会说话的动物展开。说起夏洛，她本人也是位作家。她在自己的网上织出了"了不起""谦卑"和"好猪"，从而拯救了自己的朋友小猪威尔伯，使他免遭被屠宰的命运。这个惹眼的奇迹把威尔伯变成了人们排队参观的名猪，救了他一命，也让他的小主人弗恩很高兴。弗恩就是准备把威尔伯养肥了吃肉的农夫的女儿。

怀特的上一本童书《精灵鼠小弟》对我有特殊的意义，当时是我第一次发现自己要面对不确定的未来。离我十岁生日还有几周时，我父亲决定接受一个曼哈顿的教区的召唤，一贯急性子的他决定四月就搬家，就在感恩节之后，但仍然是在学年的中间。新生活会是什么样的？当我最喜欢的图书管理员斯特普尔思夫人（曾经的斯特普尔思小姐）向我保证纽约也会有图书馆时，我反对说："可他们不会知道我是大卫了"——这个回答启发了《巴尔港日报》上的一篇社论，这篇社论赞扬了小镇生活的好处。我觉得自己就像一只要被抛进巨大都市的教堂里的小耗子——仅仅是曼哈顿的人口就比整个缅因州都多了，于是读到一只在大都市历险时永远能想出办法的小老鼠人的故事，对我来说是极大的安慰。

纽约人总是喜欢认为自己的城市，还有他们自己，都是非同一般地大；怀特的奇思则是通过一位非同一般地小的年轻主人公的所见所闻来展现这种气质。"真相就是，这个婴儿不论怎么看都非常像只老鼠。他只有大概两英寸高，他还长着和老鼠一样的尖鼻子，老鼠的尾巴，老鼠的胡须，还有和老鼠一样温顺、害羞的举止。"[13]怀特自己害羞是出了名的，常常为了躲避不熟悉的来客，顺着他《纽约客》办公室窗外的防火梯逃走。但在斯图尔特身上，他塑造了一个迷人、自信得多的自我，正如加思·威廉姆斯出色地在插画里描绘的一样。

图 71　小斯图尔特，风流倜傥

虽然斯图尔特的父母和哥哥都因为他的大小和长相大吃了一惊，但他们很快就适应了。他母亲给他做了好几套衣服，包括一套小水手服，而他父亲则用四个木衣夹和一个香烟盒给他做了一张舒服的床。与此同时，小斯图尔特很快就掌控了他身边的大世界。他在早上洗漱时会扛着一把小锤子来砸开水龙头；在早上散步时，心中"满是对生活的喜悦和对狗的恐惧"，他会像水手攀爬帆船索具一样爬上消防栓，用自己的小望远镜警戒可能出现的危险。

我对斯图尔特的认同感在我们搬到纽约之后有增无减。我发现我家离中央公园里开凿出来供人放模型船的池子只有几个街区远。我自己也在那放过模型船。斯图尔特最惊险的冒险就发生在这个池塘里。当时他报名担任了一艘模型游船"莉莉安·B. 沃姆拉斯"号的舵手，和一艘属于一个"胖胖的，一脸不开心的十二岁"男孩的模型船比赛，这个男孩分不清风暴（squall）和鱿鱼（squid），也分不清艏三角帆（jib）和讽刺的话（jibe），还穿着"一件蓝色的哔叽外套，打着一条溅上了橙汁的白领带"。男孩邋遢的衣着当然比不上总是衣装齐整的斯图尔特。即便一阵突然的风暴把两艘船都缠到了一个湿漉漉的纸袋子里，斯图尔特还是赢得了最后的胜利。

　　这场胜利之后没多久，这本书就变得忧郁起来。斯图尔特很快和马加洛成了好朋友，她是一只成了他家一分子的小鸟，直到她发现家里的猫想要吃掉她，于是在一天晚上飞走了。心碎的斯图尔特开着一辆小小的模型车一路向北去找她。路上发生了很多滑稽的事，比如有次斯图尔特当了一天代课老师。他上课的准备是换上"一件黑白芝麻呢外套，一条旧条纹裤，一个温莎领结和一副眼镜"，然后走进教室。"两只手各握住一边的外套翻领，让自己看起来像个教授一样"——这是一个我推荐的技巧——他很快地测试了一下学生的各科知识，就带着他们开始自由讨论生活中什么才是重要的；答案包括一段音乐，浇巧克力酱的冰激凌和"昏暗的下午结束时的一道阳光"。他制定了禁止偷东西和禁止欺负人的规则，然后就让高兴的孩子们下课了。

　　斯图尔特重新开始向北的旅程，问自己见到的每一个人有没有见过马加洛（"棕色，胸口有一道黄毛"），但他承认"我估计从现在开始，我要一直向北走到我生命的尽头"。在《精灵鼠小弟》最后一幅插画里，我们必须仔细地看才能找到斯图尔特的小模型车，在起伏的山岭间直直向前。

图 72　一路向北

在《精灵鼠小弟》出版四年之前，怀特给一本美国幽默文学选写了前言，在其中他注意到幽默作家常常被描述成"心碎的小丑"。他继续写道：

> 我想，更准确的是，每个人的生活里都贯穿着一道深藏其下的忧郁脉络。也许和别人相比，幽默作家对它更敏感，他们会主动且积极地对抗这道忧郁。幽默作家是由麻烦育肥的。他们总是会让麻烦有价值。他们心怀好意地挣扎，快乐地承受痛苦，因为他们知道在甜美的彼岸，这是

对他们有用的。[14]

斯图尔特遇到的最后一个人是一个电话修理工,他说比起一直朝北走到生命的尽头,"人还可能遇到更糟糕的事情"。他说"沿着一条断掉的电话线一直往北走,我遇到过一些很神奇的地方",其中有沼泽地,那里"乌龟等在原木上,不过并没有在等什么特别的东西",还有"古老的果园,它们已经老到忘记农舍在哪里了"。他警告斯图尔特,这些北方之地"离这里还有很远——别忘了这点。再说一个在找东西的人是不会走得很快的"。斯图尔特同意他的话,在书的最后几句话里,他重新回到了路上。"他朝前打量着伸向远方的大地,看起来还有很远的路。但天空是明亮的,他不知怎么觉得自己是在朝着正确的方向前进。"在斯图尔特斯多葛式乐观的精神鼓舞之下,我可以用同样的态度来对待自己一无所知的南方目的地。

肖一之 译

第十六章

纽约：移民的大都市

76

马德琳·英格《时间的折皱》

还在缅因州时,我已开始通过书籍来体验更广阔的世界了,但在我们搬到纽约后不久,我才第一次遇到了专业的全职作家:她是我父亲的教友富兰克林夫人,但更为人所知的是她的笔名:马德琳·英格。在我们抵达的数月之前,她已出版了《时间的折皱》,并把样书分发给朋友的孩子们;我告诉她我有多么喜爱这部作品,以至于读了两遍,她为此感到欣慰。当我和哥哥汤姆开始去一所规模不大的圣公会教区学校念书时,我和她的交情有了进一步发展,她的孩子也在那里上学,她会定期教授我们创意写作课程。

生于纽约的马德琳·英格·坎普是一个害羞而笨拙的女孩,她不太擅长人际交往,在学业方面也很挣扎,这令她见多识广且富有才干的双亲困惑不已(她的母亲是钢琴家,而父亲是海外通讯记者)。这些经历直接被她写进梅格·莫瑞这个人物,这位女主人公抱有强烈的自我怀疑,但又不屈不挠。她在写作事业上经历了整整十年的挫折,最终《时间的折皱》大放异彩,一举获得一九六三年的纽伯瑞儿童文学奖,并从那时起成了常年的畅销书。英格在她二十多岁时就已出版了三部自传小说,塑造的都是与家庭和学校格格不入的笨女孩。起初卖得还不错,但后续的作品销量不佳,英格努力地寻求属于自己的写作之路,却一次又一次被拒稿。一九五八年,在她四十岁生日之时,英格再次收到了退稿信,她决心彻底放弃写作。但随后她意识到,在她做出决定的同时,就已有了计划,去创作一个关于选择的故事。她回到了自己的书桌前,决定写作一部容纳了所有私人趣味的小说,无论这样的组合多么怪异,抑或可能滞销。

她这部新创作的手稿似乎注定要比过去十年的写作失败得更彻底。这部小说突出的元素几乎从未被组合进同一部小说:科幻小说(通过"超时空挪移"进行的太空旅行)、纯粹的幻想(体现于三位天使般的女巫:啥太太、谁太太和哪太太),以及青少年现实主义(梅格的母校里刻薄的女孩,她对左右逢源的运动健将凯文·欧基夫情窦初开,确信他对于自己来说有多么遥不可及)。在这些维度以外还要加上对大众文化的政治批评,以及根深蒂固的基督教神学,随后你就得到了一份严重滞销的手稿。她被三十家出版社拒稿,最后她把手稿给了约翰·法拉,这位教民来自复活教堂,恰如其名,英格的创作生涯也得以重生了。

在获得纽伯瑞奖后,英格为《纽约时报》的书评专栏写了一篇文章,她在文中讨论了幻想对于年轻人写作的价值:

> 对一个孩子提出大人所不及的要求通常是可行的……孩子往往能理解让成年人都感到困惑的科学概念。这是因为他可以通过跳跃的想象力来理解,而这是一知半解、自以为是的大人所排斥的……孩子会以开放的心态来对待它,许多成人却会合上一本打开的书。这就是许多作家怀有重要且难以言传之事时,转而求助于幻想(孩子声称属于自己的东西)的原因之一。[1]

这一点在本书的示意图中得到了很好的展示,当啥太太(Mrs. Whatsit)解释超时空挪移的概念时,她让梅格、凯文和梅格的弟弟查尔斯·华莱士想象一只小虫子,试图穿过谁太太(Mrs. Who)手中的长袍(图示为直线);如果她合上双手,蚂蚁可以立即从一只手爬到另一只手上。五岁的查尔斯·华莱士是三个孩子中最小的,他凭直觉就能理解。当梅格为她的困难叹息着"我想我真是个白痴"时,啥太太回答:"那是因为你把空间只想成了三维……我们是在五维空间中旅行。梅格,这是你能理解的。不要害怕,试试看吧。"[2]

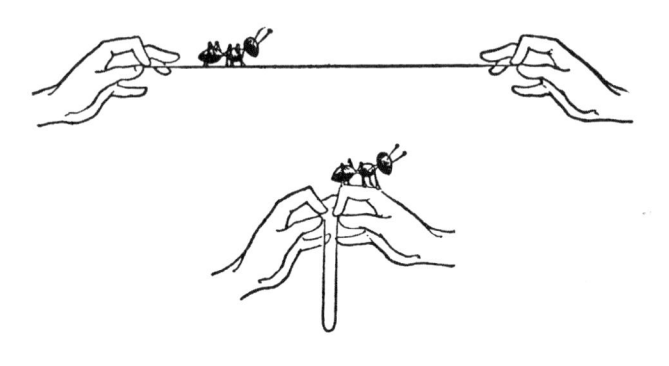

图 73　啥太太解释超时空挪移

示意图解释了结果,却并没有真正告诉我们任何潜在的科学知识。但是英格相信她的年轻读者能接受这一概念,无须理解整个过程,就像休·洛夫廷用一句话就能告诉我们的:"一段时间以后,在鹦鹉的帮助下,杜立特医生对动物的语言已经相当娴熟",或如托尔金能唤起魔戒的神秘之力,这是中洲世界不证自明的真理。

在三女巫的帮助下,少年们闯进了外太空,以营救梅格和查尔斯·华莱士的父亲,这位物理学家一直做着超时空挪移的实验,被困在了邪恶的卡马卓兹星。从那里,"它"(IT)无形且跳动的大脑把黑暗散布到了宇宙中的大部分区域,与其展开无畏抗争的是光之力量。在卡马卓兹星上,人们的生活受到严格的管制:爸爸们都在同一时间从一模一样的房子里出门上班,孩子们在同一时间以相同的节奏玩跳绳和拍球。小查尔斯·华莱士的意识被"它"占据了,他向梅格解释:"卡马卓兹星上的个人被消解了。卡马卓兹星全体心智合一,也就是'它'。这就是为什么所有人都这么快乐,这么有效率。"

在一本我买来请英格为我女儿伊娃题词的二手书中(书店里的新书已经卖光了),我发现了一位热诚的读者所作的大量批注,她对这几行内容写下了饱含愤怒的评论:"好吧,现在很清楚了:'它'=社会主义/共产主义。可拉倒吧疯子英格。"这个观点就过于狭隘了。卡马卓兹星比赫胥黎的《美丽新世界》和奥威尔的《一九八四》中的反乌托邦世界要好一些,后两部作品对无论资本主义还是社会主义的大众文化都加以批评。卡马卓兹星的郊区生活则接近于其他批评家对美国的批判,如马尔库塞著述的《单向度的人》。甚至罗伯特·麦克洛斯基也在他的《霍默·普赖斯》（一九四五年）中描绘了一个相似的城镇，在这个城镇中，森特堡的人们在一模一样的预制房屋的分区中迷失了方向。

事实证明，对某些读者来说，英格的基督教思想更具有挑战性。原教旨主义者抵制这本书，他们甚至因该书将女巫塑造成了主要角色而将其严禁，或许他们并没有看到啥太太、谁太太和哪太太是如何构成了女性版的三位一体；啥太太甚至被称为"圣灵"。一些坚定的宗派主义者也反对英格笔下基督教的普遍主义。她认为每个为光明之力对抗着黑暗的人都是精神领袖，在书中的关键段落中，这些人不仅有耶稣和圣方济各，还包括了莎士比亚、贝多芬、居里夫人、爱因斯坦，甚至有甘地和佛陀。

小说中政治批评和宗教的半影都基于梅格与家庭关系的动态变化，尤其是她魅力四射但消失不见的父亲，以及聪明异常却可能患有自闭症的弟弟查尔斯·华莱士。这个名字的名和姓分别取自英格的父亲查尔斯·坎普和公公华莱士·富兰克林，英格也把这部小说献给了他们。她父亲的肺部在一战时期因芥子毒气而损害健康，在英格的整个青年时代，他都为健康而斗争；他在英格上大学时就去世了。《时间的折皱》中，梅格不得不接受这样的事实，即使她最终找到了父亲，他也无法让一切好转起来。正如她在故事的最后意识到的，当"它"的力量看似已大获全胜之时，"她的爸爸并不算救了她"。事实上，他几乎不像是个大人，正如他对凯文说的："我们一无所知……我们像是玩火药的孩子。我们狂奔着投身于此般境地，在……之前"。他还没说完就被打断了，可能是想说"在我们知道自己在做什么之前",但他也可能是指"在此之前"。玩火药意味着疯狂地投入到世界大战,随即就是核竞赛,在英格出版这部小说后的第二年,正当古巴导弹危机期间,这一点让全世界濒临毁灭。

小说最后是梅格力挽狂澜,勇敢地独闯回卡马卓兹星,将查尔斯·华莱士从"它"的魔掌中解救出来。啥太太暗示只有梅格有能力与她的弟弟交流,她先是拒绝("我不能去!"梅格哭喊着,"我办不到!你们知道我办不到!"),但最终接受了任务——就像弗罗多决定带着至尊魔戒前往魔多的末日山一样。与直觉相反的是,使梅格在追寻中获得成功的与其说是她的优点,不如说是她的缺点,即啥太太告诉她从一开始就需要的。"她最大的缺点是什么?"梅格扪心自问。"愤怒、没耐心,还有固执。对,现在就是要靠她的缺点来救自己。"马德琳·英格展现了自己固执的一面,她并没有被十年来的拒稿给压倒,她将幻想、科学和基督教精神融合在一起,与自己孤独而难堪的童年达成了和解,让她消失的父亲重返人间。

傅越 译

77

索尔·斯坦伯格《迷宫》

———— •—•∞•—• ————

二战后的数十年里，对纽约生活的描绘，恐怕没有哪个作家或艺术家能比索尔·斯坦伯格更加充分。他最有名的作品是已成经典的《纽约客》杂志封面插画《从第九大街看到的世界》，图中的新泽西州仅仅是哈得孙河另一边的狭窄的一条。极度压缩的远处出现几个为数不多的西部城市，地平线上我们可以瞥见中国、日本和西伯利亚。但这幅图仅仅是他描绘纽约的数十张作品之一。纽约混乱无序的活力令斯坦伯格心醉神迷，他最富感染力的画作中，就有一些表现纽约的街头生活，例如对格林尼治村的布里克街的描绘，该图同样是为《纽约客》绘制的封面插画［见彩页图74］。

我将他列入这本书，是因为他虽然是一个视觉艺术家，但几乎可以当成作家来看。他在惠特尼美术馆一个大型回顾展的编目中曾说："艺术家（我心目中的艺术家、诗人、画家、作曲家等都是小说家）研究所有其他生命，来理解这个世界，或者来理解自己,然后才能回归自身,而且只能短暂而迟钝地回归自身。"他紧接着用嘲讽的口吻说,"这就是为什么艺术家总是滞后的(甚至智障的)。"[3]

斯坦伯格一九一四年出生于罗马尼亚东南部的一个城市,是当地作为少数族裔的犹太人的孩子,在布加勒斯特长大,父亲是印刷工、书籍装订工和有图案装饰的纸箱生产商(这些纸箱上的装饰画成为他儿子后来在艺术作品中喜欢使用的元素)。斯坦伯格在布加勒斯特大学学习哲学和文学,一九三三年前往米兰学习建筑,并为一家当地幽默报纸创作漫画。一九四一年他逃离了法西斯意大利,途经圣多明各,命悬一线却有惊无险地到达美国。他开始在美国顶尖杂志上发表画作,二战中入伍海军,战后和《纽约客》关系紧密,为其创作十多幅封面插画和大量的漫画。

黑色墨水线条为他提供了一种自然的形式,一根简单的线条能够无穷无尽地改变自己,让他为之陶醉。他的第一本画册以自己的服役经历为基础,一语双关地命名为"前线后线"(*All in Line*,一九四五年)。正如他在惠特尼美术馆编目中所说:"我在童年结束之后依然在画画,而且在延续和完善孩童画,没有因为传统的专业培训而中断,像我这样的人为数甚少。我的画作中的连续不断的线条始于我的童年时期,或许是我尚未识字时的一种写作方式。"《迷宫》开头是长达七页的画面,这幅画的原作长达三十三英尺,是斯坦伯格为一九五四年米兰三年展上的"儿童迷宫"展墙特意放大创作的,画上的一条直线变换成一系列令人目眩的错视画,从威尼斯运河变为晾衣绳上的衣服,然后变成了铁路桥,又变为纽约的建筑、埃及的沙漠,如此等等。

纽约是斯坦伯格一生的家和基地，也是他无数次周游世界的出发地，他的全球旅行都记录在他的各种画册里。他从未失去作为移民的自我感觉——他的一本画册被命名为"护照"——虚假的文件、橡皮图章和难以理喻的官样人物出现在他的多幅画作中。他总是精神焕发、眼光犀利地回到收养他的城市。在关于纽约街道的一幅画中，他以诙谐的手法呈现了96街能看见铁轨的地方，公园大道的繁华骤然变为东哈莱姆的贫穷。图中左边的小女孩看起来几乎一模一样，却具有机智的准确性，斯坦伯格将96街画得胖了些，表明这是一条两倍宽度的双向街道。

图75 索尔·斯坦伯格《无题》（一九六八年），纸面，墨水，14×23，耶鲁大学贝内克珍本与手稿图书馆。一九六八年十二月七日首发于《纽约客》。

我在一九六八年见到斯坦伯格，那是在他出版《迷宫》好几年之后。当时我已经画了很长时间的复杂迷宫。我是通过我九年级英语老师玛吉·斯塔茨的牵线搭桥认识他的。我曾经给过斯塔茨小姐一张迷宫，她将其拿给斯坦伯格看，她在当老师之前就职于《纽约客》，在那里认识了斯坦伯格。他提议和我交换画作，所以我给他绘制了一张迷宫，而他给我一张仪态庄严的选美皇后的漫画，她的腰带上写着"北达科他州"；她头顶的气泡表明她正在梦想自己州的首府俾斯麦。当玛吉·斯塔茨带我去见他时，我有幸目睹过几次他热衷于经营自我形象的事例。他给我看了一本毕加索的画册，上面有一段热情洋溢的话据说来自毕加索本人，但实则出自斯坦伯格自己。他将此书留在咖啡桌上，使得来访者可以看见它；当事后发表的文章称毕加索对斯坦伯格的作品欣赏有加时，斯坦伯格非常高兴——"这是真的"，他对我们强调。他还描述他如何带着剧作家欧仁·尤内斯库逛纽约，他们一起假装尤内斯库不懂英语，需要斯坦伯格给他翻译。

我最喜欢的斯坦伯格的图画是《迷宫》的两张环衬［见彩页图76、图77］。前环衬是艾森豪威尔时代美国自我形象的绝妙的讽刺画，画中挣脱锁链的"繁荣"站在金字塔尖，左右分别是圣诞老人和西格蒙德·弗洛伊德，底下是一系列自相矛盾的成对概念（艺术与工业，罪恶与美德，劳动与休闲），用各种滑稽的方式搭配在一起。纪念碑的底座上，"追求幸福"在咬自己的尾巴，山姆大叔和汤姆大叔在相互问候致意。

在书末的后环衬中，美利坚扬帆起航，驶往梦想中的未来，在大海上，"真理"被"神话"，"为什么"被实用主义的"如何做"用鲨鱼般的牙齿撕咬吞噬。民主党和共和党作为两支相互竞争的棒球队出现，而一个美国印第安人象征自由，一个学者代表商业，一个兄弟会的男子代表秩序，这一切都充满讽刺意味。上方的天空中，是马克思、弗洛伊德、乔伊斯、美国鹰和儒勒·凡尔纳（在这幅画的另一版本中，这艘船实际上被命名为"儒勒·凡尔纳号"）。[4] 斯坦伯格对儒勒·凡尔纳的钟爱非常贴切，因为他的图画带我们走遍纽约、周游世界，它们共同构成了它们时代伟大的美国小说之一。

陈广兴 译

78

詹姆斯·鲍德温《土生子札记》

像纽约这样巨大的都市，是任何一个单一的写作视角所无法囊括的。自从欧·亨利发表题为"四百万"（*The Four Million*，一九〇八年）的纽约短篇小说集以来，纽约的规模已经翻了一番；他的小说集的标题是对一个记者的直接回应，此人宣称纽约市只有四百人值得结交。（"在这四百人之外，"他断言，"你将见到要么在舞厅很不自在的人，要么让别人很不自在的人。"）[5] 在这四百人中，没人曾在哈莱姆居住过。之前在讨论索尔·斯坦伯格时，我指出斯坦伯格准确地描绘了双倍宽度的 96 街，但关于分界线以北的贫穷街区，他并未告知我们一个事实：居住在那里的女孩们很可能是拉美裔或黑人。想要了解这个纽约，我们需要去阅读一些其他作家，比如皮尔·托马斯，他的回忆录《卑劣街区》从一个波多黎各移民中的"黑肤"小孩的视角，对东哈莱姆进行了复杂的描绘。他浅肤色的邻居瞧不起他，而他自己的父母拒绝接受其祖先的非洲血统。

那个时代没有哪个作家比鲍德温对纽约作出更明晰和深入的描绘。作为牧师的小孩,我对詹姆斯·鲍德温的《土生子札记》抱有独特的兴趣,标题被用作书名的这篇文章描述了他和父亲之间的复杂关系,他的父亲是哈莱姆的一个浸礼会牧师。鲍德温在一九五五年发表这本文集时,年仅三十一岁;到了一九六八年我购买此书时,该书已入选班坦图书"现代经典"目录。此文的开头是对个人不幸和社会混乱的令人印象深刻的描写:

> 一九四三年七月二十九日,我父亲死了。同一天,几小时后,他最后一个孩子出生了。一个月以前,当我们全身心等待这两件事情的时候,底特律发生了本世纪最血腥的种族骚乱之一。我父亲葬礼结束几小时后,当他静穆地躺在举办葬礼的教堂里时,哈莱姆爆发了种族骚乱。八月三日的早晨,我开车送父亲前往墓地,穿过一地的碎玻璃。[6]

似乎这些尚不足以令人焦头烂额,他又说:"我父亲葬礼那天,是我的十九岁生日。"然后他不带感情地评价:"当一个人策划庆祝生日的时候,自然不会想到会和一场葬礼进行竞争。"

鲍德温当时已经和父亲关系疏远多年了。他当时生活在格林威治村,努力成为一个作家,在艺术家的圈子里活动;马龙·白兰度当时是一个满怀抱负的演员,是他的室友,也是一生的挚友。至于父亲,鲍德温说他"肯定是我见过的最充满怨恨的人;但必须承认他身上隐藏着某种东西,赋予他巨大的能量,甚至是令人无法抗拒的人格魅力"。

随着文章的展开，鲍德温探索了父亲的怨恨的根源，也描述了自己在新泽西一家餐馆近乎灾难性的情绪失控，就在这家餐馆，一个满怀歉意的女服务员告诉他"我们这里不给黑人提供服务"。当时他刚刚被一家工厂解雇，该工厂的大部分工人都来自南部，他在厂里徒劳地和赤裸裸的、他在曼哈顿时并未遇到过的种族歧视进行过抗争。他陡然怒火上升，将一个水壶扔向这个女服务员，然后转身逃跑；他身后迅速聚集了一大帮人追赶他，试图报复，他险些无法逃脱。那天晚上，他说："我无法接受两个事实，两者都同样难以通过想象去把握，一个事实是我很可能已被杀死。但另外一个事实是我已经准备好去杀人。我虽然看得不是很清楚，但我的确已经明白：我的生命，我真正的生命，危在旦夕，不是由于别人会做什么，而是由于我内心的仇恨。"像鲍德温其他作品一样，这篇文章剖析了在社会不公的受害者内心导致仇恨的众多因素，他认为这种仇恨对受害者本人的危害，远大于对仇恨目标的危害，贫民窟商店门面被打碎的玻璃窗户，对那些享受特权的个人和机构没有丝毫影响。

导致鲍德温和家人以及和美国文化之隔阂的，还有一个原因，即他在十几岁时认识到自己是同性恋。同他之前的格特鲁德·施泰因和朱娜·巴恩斯一样，他在二十四岁时移居巴黎，寻找一个更加自由的环境，最终永久定居法国。虽然人们总是将鲍德温置于纯粹的美国背景下解读，但如果我们将其视为一个世界文学作家，新的视角就会出现；当他作为一个在域外生活的美国人时，他获得了作家的自我意识。《土生子札记》最后四篇文章的背景都在法国。其中第一篇《塞纳河上的邂逅：黑色遇见褐色》讲述他作为黑人和作为美国人的双重身份。在巴黎，富有同情心的法国人对他屈尊俯就，这些法国人"认为所有的黑人都来自美国，他们俯仰吹号，舞步细碎，其实都已遍体鳞伤，深藏用语言无法表达的痛苦，法兰西共和国所有的荣耀叠加在一起也无法将其治愈"。他也认识了一些来自法国前殖民地的非洲学生，意识到他和他们迥然不同："他们彼此面对，黑人和非洲人，隔着三百年的鸿沟。"渐渐地，他在疏离和漂泊中找到了自己身上的美国性的精髓，在他移居法国之前从未意识到过。

图 78　鲍德温在巴黎

在这篇文章的末尾，他写道，终有一天，美国侨民会回家，他预测："时间最终带给美国人的，将是他们自己的身份。正是在这样一段危机四伏的旅途中，在这同一只船里，美国黑人将与自己和解，将与他之前成千上万缄口结舌的黑人和解。"鲍德温本人经常回美国，但没在美国定居。一九六一年，他在纽约接受采访时说"我从未想过回到这个国家",但他又说:"我是一个美国作家。我书写我的祖国。我必须回来印证我对它的感受,结果却是这样:再一次被刺痛,再一次看到它,再一次容忍它,再一次与它和解。现在我想,在我的有生之年,我只能做一个跨大西洋的通勤者了。"[7] 他和他的伴侣伯纳德·哈塞尔最终定居在法国南部一个小镇,在那里接待了众多的朋友和其他艺术家、音乐家和作家,迈尔斯·戴维斯和妮娜·西蒙经常来这里短居,翻译了他的戏剧《阿门角》(The Amen Corner)的玛格丽特·尤瑟纳尔也常来常往。

鲍德温是在法国书写长篇、短篇小说和戏剧的,这些作品经常拉开距离审视他的美国经验,正好和尤瑟纳尔的做法相反。他在《土生子札记》的序言中说,一个有创造力的作家,想要"穿透社会动荡的表面,探寻其根源","他绝对需要与这些事件拉开一定的距离,这个距离必须能够让他获得清晰的视野,这样在他以任何有意义的方式展望未来之前,他必须能够充分回首过往"。

在他经常被收入选集的短篇小说《桑尼的布鲁斯》[8]中,我们能够看到鲍德温的非洲—美国—法国的写作中富有创造力的双重身份(或三重身份)。当时爵士乐在巴黎已经火了很长时间。让-保罗·萨特在他一九三八年的小说《恶心》中,利用爵士乐为备受折磨的主人公洛根丁带来最终的、暂时的平静,这段描写成为人们喜爱爵士乐的著名的文学表述:

> 现在,萨克斯管传来一首乐曲。我有点自惭形秽。刚刚经历了微不足道的痛苦,一种经常性的痛苦。萨克斯管

在演奏四个音符。这四个音符出现了,又消失了,似乎在说:你就像我们一样,有节奏地痛苦。好吧!……我感觉有东西在挨着我轻轻摩擦,我一动也不敢动,生怕它会离我而去。这是我久已忘记的一样东西:一种快乐。黑人女子在唱歌。你能为自己的存在找到理由吗?或许有一点点?[9]

与萨特的小说一样,鲍德温的小说通过音乐达到一种存在主义的拯救,用爵士乐让作曲家兼钢琴家桑尼和他刻板的哥哥和解。但鲍德温将桑尼的布鲁斯置于非裔美国人和纽约的复杂背景之下,从而在寓意上远超萨特。

鲍德温一直是个举足轻重的人物,拉乌尔·佩克(Raoul Peck)在其二〇一六年的杰出的纪录片《我不是你的黑鬼》(*I Am Not Your Negro*)中对此作了强调。但今天看鲍德温,甚至比二〇一六年看鲍德温更加贴合现实。我一直念念不忘《土生子札记》开篇的碎玻璃,但我忘了造成这些碎玻璃的直接原因。在他父亲的葬礼之后,当鲍德温在市中心"绝望地庆祝我的生日"时,他说,一家哈莱姆旅馆里一个黑人士兵和一个白人警察同时对一个黑人女孩(鲍德温说,是一个妓女)产生兴趣,为之打起架来。打架的结果是,警察朝士兵开枪射击,经过流言和错误信息的放大,这则新闻导致了这次种族暴乱。鲍德温这篇一九五五年的文章,在一个可以展开反思的远距离上,对过去发生在美国的事件进行异常明晰的描述,他似乎在跟今天美国报纸上几乎每天都在刊出的类似报道直接进行对话。

陈广兴 译

79

索尔·贝娄《雨王汉德森》

跟巴黎一样,纽约也一直是作家心目中的圣地。云集于此的众多美国出版社,让很多作家来到纽约追寻文学梦。甚至很多外地作家会定期造访。一九六九年,就是在他的一次定期造访时,我认识了索尔·贝娄,彼时距离他获诺贝尔奖还有七年。贝娄的声望在晚年日渐衰落,部分因为他的文化观点转向保守主义(当年的托洛茨基主义青年发生了一个巨大转变),部分因为他的存在现实主义写作模式被托马斯·品钦为代表的后现代作家和加夫列尔·加西亚·马尔克斯的魔幻现实主义所取代了。但在一九六〇年代,他正处于声望的顶峰,其影响力也超出了文学圈。一九六七年,歌手兼创作人琼尼·米歇尔在飞机上读到了《雨王汉德森》,汉德森飞往非洲时的感受打动了她。"我想象着云下的景象,正如孩童时我想象着云上的景象。从前的人根本无法像我们一样畅想云上云下,想到这点,我们应该能很平静地接受死亡了。"[10] 这段话启发了米歇尔写出其最著名的歌曲《此刻，云的两边》（Both Sides, Now），在歌里，云的幻象掩盖了爱和生活的幻象。碧昂斯创作时曾取材于奇玛曼达·阿迪契的作品，而数十年前，琼尼·米歇尔就从索尔·贝娄的作品中取材了。

贝娄那次来纽约和出版作品或推广活动有关，但还有个浪漫的原因，他当时和玛格丽特·斯达茨在一起，他正想娶她做第四任贝娄夫人（最终有五任）。他们曾订婚过一段时间，后来玛格丽特改变了主意。她给贝娄看了一篇我写的日记，然后在一个星期六的早上，约我去跟贝娄见面。当时我给日记取名叫《当今世界的大卫·佩皮斯》，向塞缪尔·佩皮斯伟大的作品《佩皮斯日记》致敬，贝娄则建议我更广泛阅读那段时期的作品。正因为他，还有我哥哥，当时正开始作十八世纪研究的利奥，我才读到了菲尔丁、笛福、理查生和斯摩莱特。他还慷慨地为我的日志写了一些夸赞的评语，"警告"说我可能会成为一名作家。

作家约翰·波德霍雷茨形容贝娄，"呼吸的是书和思想，就像我们其他人呼吸着空气一样。"[11] 他是读着陀思妥耶夫斯基、福楼拜等十九世纪伟大作家的作品长大的。他不仅被源于现代西班牙早期的流浪汉小说传统所吸引，还喜爱十八世纪的书信体小说和讽刺作品。所以他让我去读斯摩莱特并非巧合，不是每个人书单里都有斯摩莱特，但他的《汉弗莱·克林克历险记》是复调书信体创作的伟大试验之一。就在我与他见面的五年前，贝娄已经获得了国家图书奖，获奖作品《赫索格》（一九六四年）还上了热卖图书榜，这本书的大部分都以杂乱无章的书信形式呈现，全是贝娄笔下无休无止的，牢骚满腹又糊里糊涂的主人公写给各色想象中的收信人的信。说是想象的收信人是因为赫索格从来没真的把这些长信发给老朋友、老情人和前妻们，而那些写给尼采、上帝之类的信，他想发也发不出去。

贝娄上一本小说《雨王汉德森》（一九五九年）最有可能的模本是十八世纪的作品《老实人》，在《雨王汉德森》里，非洲取代了伏尔泰想象中的巴西，在这里，主人公遭遇一个全然非西方的文明，和当地哲学家一样的国王进行讨论，并逐渐理解自己的世界。故事主要发生在汉德森和遗世独立的部落瓦瑞瑞之间。如同对伏尔泰笔下黄金国的再现，瓦瑞瑞就藏在群山中，与世隔绝，而国王达福甚至有一支"亚马孙女武士"组成的侍卫队。和伏尔泰一样，贝娄从未踏足过他笔下的异域世界，但他的知识却不仅来自那些旅行者的故事。他曾在西北大学和威斯康星大学学习人类学，所以他的小说有扎实详细的人类学基础。《雨王汉德森》中很多部落习俗，以及其中一些段落，都直接取自麦尔维尔·赫斯科维茨（Melville Herskovits）的《东非的牛情结》（*The Cattle Complex in East Africa*，一九二六年），贝娄还在作者的指导下完成了自己的毕业论文。

一般认为，贝娄是个典型的芝加哥小说家，但创作《雨王汉德森》时，他住在纽约。他的主人公尤金·汉德森莫名其妙地在他康涅狄格州的庄园里开了养猪场。养猪场并不在纽约市，他却去纽约市57街找一个"叫哈珀以的匈牙利老头"修小提琴。贝娄笔下的纽约满是像他一样的移民。汉德森甚至用自己的身体来标记纽约："我的脸就像是个终点站，就像中央车站，我是说——高高的鼻子张大的嘴，可以直达鼻腔，而眼睛就像隧道。"当他跑到非洲去寻找自我时，仍然用纽约的参照物来给自己定位。所以当听到国王达福的声音里带有一点低沉的嗡嗡声时，"让我想起了闷热夜晚纽约16街发电站的声音"。

对于自己的突然出走，汉德森最好的解释就是："我心里有种骚动，一个声音总在那儿喊，我想要！我想要！我想要！这个声音每天下午都会响起。"在非洲，汉德森先在和平的阿诺维生活过，然后搬去了好战的瓦瑞瑞。列举两个性格上截然对立的部落，是亨利·莫顿·斯坦利之徒叙述的资源。亨利的任务是平抚或消灭那些战士，以及掠夺和平的部落。钦努阿·阿契贝在康拉德的《黑暗之心》中所发现的一些冒犯性的老旧帝国修辞，据说贝娄在小说中也沿用了。但汉德森没能建立起帝国式的控制。有一些章节讲述了汉德森在阿诺维部落里的时光，小说在此转向我们八十天旅程中最后一次瘟疫叙事。因为缺水，牛纷纷渴死，漫长的干旱还在继续，而非同寻常的是，因为来了一群青蛙，村寨为干旱准备的蓄水塘却被废弃了。正如汉德森跟村民们说的："我相信自己非常明白遭受一场瘟疫是怎样的痛苦，也很同情他们。然后我意识到，他们只能把眼泪当面包来度日，我希望自己不会成为他们的麻烦。"

出于同情，汉德森无法抗拒作为白种男性的使命，挺身而出去帮忙解决当地人的问题。他有了个鲁莽的计划，制作了一个小炸弹，扔到蓄水塘里，想炸死那些青蛙。结果是蓄水塘被炸破，水都流光了。尴尬的汉德森就此离开了。然后他来到了瓦瑞瑞的地盘，在这里他搬动了一个沉重的雕像，之前部落里从未有人能举起来。当他搬起雕像之后，天上神奇地下起了雨，于是他短暂地成为圣戈（Songo），或者叫"雨王"。其实他这个胜利是被国王达福的敌人安排好的,他们想除掉国王,然后让这个他们能掌控的,无知的外人来继承王位。

国王达福交游广泛、熟习药理,英语也很流利,在这些事件发生之前,汉德森已经很依赖于他。就像休·洛夫廷笔下的棒破王子一样,达福说着一口过于精细的英语("我估计你非常强壮。噢,太强壮")。但贝娄不是在取笑达福,他将国王的话作为神谕,富于广泛阅读后获得的哲理。("詹姆士的《心理学》是本非常吸引人的书",他顺道对汉德森评价说)。达福对整个人类,尤其对汉德森这个人,有非常深入的见解。

"你阐释了很多东西,"他说,"对我来说,你是一个阐释道理的宝藏。我不会责备你的外貌。我只是从你的体格中看到了世界。在我对医学的学习里,这是对我来说最具魅力的部分,我曾独自对各种体型做过透彻的研究,形成了整套分类系统,比如有,痛苦型、贪食型、固执型……狂笑型、书呆子型、好斗反击者型,啊,汉德森-圣戈,多少种类型啊,数也数不清!"

渐渐地,达福听起来越来越像贝娄在纽约的精神科医生:"想象力虽然闭塞,却是强力而原初的,它成就了你……你是各种暴烈力量的非凡融合。"在他养狮子的地窖里,达福给汉德森安排了一系列艰难而危险的任务,迫使汉德森脱光了去连接自己内心的野兽。这听起来像是个诡异的东方主义幻想,但实际上,贝娄曾接受过莱克学派医生的心理辅导,有两年时间,医生都要求他在心理辅导中全身赤裸,而小说正是对这段经历的戏仿和强化。尽管这些心理辅导让人恼火，但和贝娄一样，汉德森也开始对自己有了新的认知，并能在回到家后让生活重回正轨。不再无止境地去"成长"了，他决定："且看当下！打破灵魂的沉睡。醒来吧，美国！让专家们瞠目结舌。"贝娄的非洲是从纽约化身而出的，是纽约的倒影——一个也许能将美国惊醒的翻转镜像。

贝娄把《雨王汉德森》称作他最爱的作品，还说相较于笔下的其他角色，他在汉德森身上倾注了最多的自我。这样的判断似乎有些出人意料，毕竟像莫斯·赫索格和萨姆勒先生那样的角色展现出更直接的相似之处。但就像笔下的非洲，贝娄用反转的方式来创造了他的主人公：他自己是个来自加拿大的穷犹太移民，父亲是个没什么文化的私酒贩子。而汉德森是个美国白人新教徒，还是个百万富翁，写了好几本书，住在从父亲那里继承的康涅狄格农场；贝娄虽然瘦小，但灵活英俊，而汉德森是个高大丑陋、力量惊人的摔跤手。康涅狄格农场里水美猪肥，而他去到了旱灾肆虐的东非草原，牛都渴死了。通过将纽约、康涅狄格转换为想象中的非洲，将自己转化成形体、文化的对立面，贝娄找到了能把自己和国家看得更清楚的距离。他在巴黎待了几年之后回到美国，在巴黎，他和詹姆斯·鲍德温成了朋友。回到美国后，他已经准备好开始新的创作了。正如他心目中的达福："在离家这么远的地方竟能遇上这样一个人物。是啊，旅行是值得推荐的。相信我吧，世界就是一个意识。旅行是思维上的游历。"

禹磊 译

80

J.R.R. 托尔金《魔戒》

当我们在第八十本书中返回英国,旅程也抵达了终点。对于本计划来说,《魔戒》似乎是不二之选。这有几个原因:作为对一场史诗般的探索历程——"去而复返"(there and back again,回应了《霍比特人》的副标题)引人入胜的叙述;作为一本与书籍(以及手稿、故事和传说)密切相关的书;作为二十世纪以来,乃至可能是有史以来最受欢迎的小说,《魔戒》至今已有一亿五千万的销量;作为一部诞生自一战的创伤,完稿于二战之后的作品;还有,在我个人来说,陪伴了我整个青春期的那些书里面,它是众书中我最珍视的那本,并且随着我重新阅读和讲授这本书,它不断地展现出新的维度。

就像莫尔的乌托邦和索尔·贝娄笔下的非洲一样,托尔金的中洲是一个完全虚构的领域,与我们自身的世界密不可分。托尔金没有像《时间的折皱》那样展示女巫闯入我们的日常世界,而是采取了相反的策略:他创造了一个由想象的生物组成的广阔世界，居于其中的人类只是众多种族中的一员。托尔金的绝妙创想之一是把他的主人公设定为霍比特人，他们优游自在，不受限制，长着毛茸茸的双脚，跑遍了每一个王国。他们看起来就像英国人一样。然而霍比特人根本不是人类，在他们偏安一隅的故乡伊利雅德之外，他们必须在更广阔的世界里一路前行。托尔金的想象力使他能为每一种中洲生命的秩序，赋予生动的个性。白袍萨鲁曼悲剧性地堕入力量的诱惑，呈现出与抵抗魔戒诱惑力的灰袍甘道夫截然不同的轨迹，他们的同伴褐袍瑞达加斯特则展示了天真被轻信所蒙蔽的危险。树人的族长树胡最后想尽办法理解霍比特人的思想，后者的生命是以数十年而非数个世纪来计算的，甚至树人之间尚且存在差异，正如我们在没有耐心的"快枝"身上看到的，他总是在树胡提完问题前就来不及抢答，从而赢得了这个诨名。

像休·洛夫廷、马德琳·英格以及他们之前的刘易斯·卡罗尔一样，托尔金在《霍比特人》一书中仰仗的也是孩子轻而易举的入幻能力：一旦鹦鹉教会医生所有的动物语言，抑或爱丽丝跳进了兔子洞，他们便进入了幻想王国。但托尔金为《魔戒》还给自己设置了与众不同的任务：他要让笔下的幻想世界对成人来说也是可信的，如今托尔金的作品置身于《贝奥武甫》和《高文爵士与绿衣骑士》这些曾为托尔金珍视、编辑和讲授的古典文学之列。托尔金的小说扎根于他一生经历的三重世界：一位饱受接连的世界大战折磨的国家公民，一名天主教徒，以及研究中世纪语言和文学的学者。

三部曲以一场划时代的世界之战为中心，尽管托尔金总是不那么令人信服地否认他的故事与二战存在什么联系，但他确实承认其与一战的创伤经历有关。他于一九一六年参加了索姆河战役,战争结束时,几乎所有的挚友都死在了战壕里。一九一七年退役被遣返回英国后,托尔金开始构思自己恢弘的幻想世界,着手于一部标题引起共鸣的手稿:《失落的传说》(The Book of Lost Tales)。刚铎和魔多之间的死亡沼泽,呼应了佛兰德斯的杀戮战场,在彼得·杰克逊的电影版中,半兽人是带有某种东方色彩的恐怖电影生物,托尔金笔下的半兽人要更复杂,也更写实。尽管他们粗鲁而暴力,听着却像是战壕中的士兵,被无能的指挥官成群地逼上战场送死。当魔戒大战的形势开始逆转,有半兽人冲着同伙咆哮起来:"这是谁的错啊?……可不是我的。那是上头老大的命令。"他的同伙也按捺不住了:

> "啊!"那追踪者说,"他们脑袋有问题了,这才是最大的麻烦。如果我听说的没错,有些老大也很快就要挂了:高塔被攻击,你的几百个同胞被杀光,囚犯逃了出来。如果你们士兵都这个样子,难怪我们打仗只有坏消息!"
> "谁说有坏消息?"士兵大喊道。
> "啊!谁说没有?"① [12]

塑形于托尔金的战时经历,《魔戒》也是一部宗教感强烈的作品,尽管没有《时间的折皱》那么明显。托尔金并没有试图把他的天主教义直接移植到他的世界里,然而你真的随便丢一块精灵

---

① 本节中《魔戒》部分引文参照朱学恒译《魔戒》,上海译文出版社 2024 年版。

兰巴斯都能砸中一个基督形象：忧伤之子①亚拉冈，死而复生由灰袍转为白袍的甘道夫，以及准备为拯救世界而选择自我牺牲的少年佛罗多。最关键的是，成就佛罗多的，是他能抵御住权力高高在上的诱惑，以及当咕鲁试图谋害他以偷回在《霍比特人》中输给比尔博的魔戒时，佛罗多体现出的慈悲心肠。当甘道夫告诉他索伦的爪牙如今正在夏尔搜寻魔戒之时，这个主题就已有了最初的预兆。

> "这太恐怖了！"佛罗多大喊，"比我之前从你的暗示和警告中所猜测的要糟糕太多了。喔，甘道夫，我最好的朋友！我该怎么办？我现在真的觉得害怕了，我能怎么办？比尔博当时没有趁机杀死这家伙真是太可惜了！"
>
> "可惜？正是对性命的怜惜阻止了他下手。怜惜和同情，非绝对必要不妄动杀机。佛罗多，而这也给他带来了善报。他能够在邪恶的影响下未受大害，最后还得以侥幸脱离，这都是因为他拥有魔戒的动念起自此：怜悯。"[13]

甘道夫是一个基督形象的智者，也是跨种族的（interspecies）——我差点想说跨宗派的（interdenominational）——魔戒同盟的领袖，但他也是其创造者的一幅隐晦的自画像。至关重要的是，通过破译米那斯提力斯皇家图书馆中被遗忘已久的文献，甘道夫揭开了比尔博的魔戒由来之谜。正如他在同盟成立的爱隆会

---

① 忧伤之子（the man of sorrows），即耶稣，典出《圣经·以赛亚书》53:3。

议上所述，图书馆保存的"许多资料如今几乎无人能懂，连博学大师可能都束手无策，因为其中所记载的语言对近人而言已经晦涩难明"。在那里，甘道夫发现了一卷被遗忘的书卷，向他揭示了魔戒是如何落入咕鲁手中的失落历史。我真好奇，他为什么没有再多待几年，没准就能准备一部评述版了。

托尔金对中洲世界的创造始于语言和文字。我们在扉页上就能看出这一点的体现，标题上方有一行卢恩文，下方则是托尔金独创的精灵语文字。在三部曲包罗万象的附录中提供了大有助益的表格，如果你借用了表格破译出了这些铭文，你会发现这几行文字根本不是中洲的语言，而是经过音译转换的英语："《魔戒》，由 J.R.R. 托尔金译自《西境红皮书》，此中讲述了霍比特人所见的魔戒之战和王者归来的历史。"所以这本书实质上是一部史书的译本，它是由托尔金的原创人物比尔博·巴金斯写下的。在书的第一章，比尔博告诉甘道夫自己将离开夏尔去寻找"一个让我可以把书写完的地方。我已经想到了一个好结局：从此以后，他就过着幸福快乐的日子"。甘道夫哈哈大笑着回应道："不过，不管这书怎么结束，都不会有人想看的。"比尔博反驳说佛罗多已经读过了。后来佛罗多不得不向比尔博提供有关正在发生的传奇故事的所有信息，最后他甚至要亲手写完《西境红皮书》。所以佛罗多既是本书的第一个读者，又是它的最终作者。

在《乌托邦》中，托马斯·莫尔为他"另外的世界"提供了一部历史、一幅地图，甚至还有一页用以展示乌托邦的字母表。托尔金也为我们提供了地图和字母表；一九六六年的英国版附有一幅双色地图，由他儿子克里斯托弗所绘，作为书末折页可以打开来，在设计上就像亨利·莫顿·斯坦利这样的维多利亚时代旅行者游记里附带的那种。

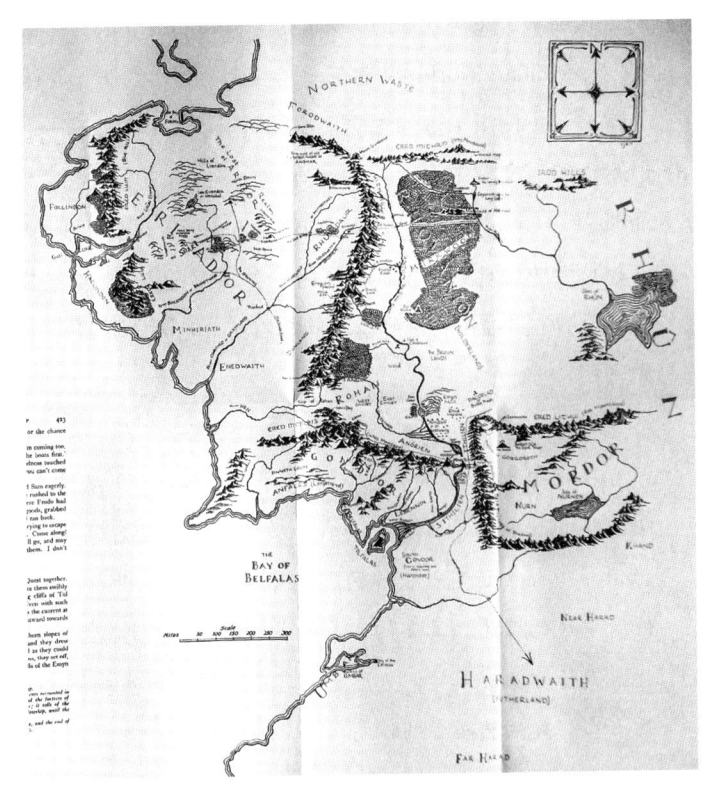

图79 克里斯托弗·托尔金所绘虚构世界"中洲"地图

然而，托尔金在小说的书页以外创造了整个世界，这一点他远远超过了莫尔（很可能还超过了从前往后的任何作家）。托马斯·莫尔没法用乌托邦的语言展开谈话来救自己的命，而托尔金却在真正意义上发明了精灵语，一门并不存在但又功能齐全的语言。在《隐秘的怪癖》一文中，托尔金把精灵语形容为"在私密性和尤其害羞的个人主义"[14]方面引人入胜到了无止境的程度——这是一门除他之外没人会说的语言。他将三部曲建基于他耗费几十年编写的海量存稿中,因此他能以纯粹逼真的方式描摹全然实现了的"次创造"(sub-creation)或"次生世界"(secondary world)。他在一九三九年开始创作《魔戒》时在一次演讲中使用了这些术语,那实质上该是一份宣言——《论仙境奇谭》。文章中他反驳了柯勒律治的浪漫主义观念"自愿悬置怀疑"(willing suspension of disbelief),翁贝托·埃科曾在《悠游小说林》中将其描述为读者和作者达成的必要协议。①[15]托尔金对虚构约定有着不同的看法。他认为所谓的"自愿悬置怀疑"——

> 在我看来,这并非对所发生之事的有效描述。实质上,编故事的人展示了自己是一名成功的"次创造者"(sub-creator)。他创造了一个你的思想可进入的次生世界。其中他所讲述的皆为"真实的";它符合那个世界的规律。因此,无论你身处何处,只要居于其中,你就愿意相信这一切。当怀疑油然而生的瞬间,咒语被打破了;魔法,或者说艺术,便就此失去了效用。[16]

在托尔金看来,只有当作家有失水准之时,我们才需要将自己的怀疑悬置起来,"这是我们迁就游戏和假扮时使用的托辞"。托尔金不想让我们对制造玩具的矮人报以会意一笑,转而把他的书和青少年小说并排放于书架上,或者在毫无严肃情感和道

---

① 埃科说:"我们接受虚构约定,然后假装书中所述都曾真的发生过。"

德参与的情况下贸然往下读。他致力于创造一个完全可信的世界，尽管不像拜伦或乔伊斯那样，试图与上帝的创造相媲美：因此，中洲世界是一种次创造，不要与我们自身混淆起来。在中洲世界里，像亚拉冈和波罗莫这般"真实"的人和半真实的人（霍比特人）结交到了一起，还有"真实"的童话人物（精灵、矮人、巫师），以及完全是捏造的生物（半兽人、树人、戒灵）。这些角色共筑起了一个世界，我们可以异想天开地进入其中，而不会忘了自己是在一个虚构的故事世界里，它将唤醒并引导我们的道德共情。

最终，邪恶自作自受，但千钧一发之际，还需要佛罗多和他的同伴山姆·詹吉的勇气和毅力，才能走完这决定性的旅程，进入魔多的黑暗中心，致使咕鲁恰好坠入魔戒毁灭的深渊。在此书的第二章《过往黯影》中，焦虑的佛罗多说："我但愿这事不要发生在我的时代。""我也一样，"甘道夫说，"天下适逢其会的苍生都作此想，但这由不得他们做主。我们必须决定的，只是对面临的时代作出何种应对。"[17]

傅越 译

尾声
第八十一本书

于是，我们终于又回到了改良俱乐部，凡尔纳小说开始的地方，时间也正好到点。这一计划的讨论开始于开场白中的《八十天环游地球》，当然计划的名字也来自这本书，考虑到这一点，你尽可以抗议我已经超出八十本的限制。但是，并不尽然，情况并不比菲莱亚斯·福格的更过分：他因为最后一刻延误，怕什么来什么，打赌失败，到达伦敦时是八点五十分，比他应该在俱乐部出现的时间晚了五分钟。他索性掉头回家，第二天一天都在拆行李。然而，那天晚上，路路通买了份报纸，震惊地发现这天居然还是约定的日子。事实是，既然他们是从东到西环绕地球，在跨越国际日期变更线时，就多捞到了一天。而我这里，开场白中，我把热气球包括在福格和路路通的各种交通工具中。但是，凡尔纳的小说里并没有热气球。热气球是一九五六年电影版本的导演所添加的，以求利用它带来的全景效果；这是我早年看的电影。如果说凡尔纳为一条子午线所救，我则为一个媒体所救。

那么，我们从这里出发，又可以去哪里？既然在脑海中回到了改良俱乐部装饰亮眼的图书馆，我们或许可以从他们的书架上再选一本。一八八四年，改良俱乐部出版六百五十页的图书目录，列出藏书七万五千册。其中许多是有关社会、政治问题的，这也符合俱乐部的性质，其一八三六年成立时是为绅士们提供一个抽烟、打牌、讨论有关政府改良问题的场所。但他们的文学书目也是选择精良。

一个不错的选择是，继续阅读一位已经抓住我们眼球的作者。要是读了《老实人》的译本，现在想读一读法语原版，俱乐部有作者六十二卷本的《作品总集》，我们可以拿起一卷坐进一把扶手椅中。这一总集出版于一七七五年到一七九〇年间，它给我们提供了各种继续阅读伏尔泰的可能性，这位多产作家的作品涵盖了讽刺诗到奠基性的历史研究《路易十四时代》，再到一整卷与俄罗斯的叶卡捷琳娜二世"以及几位君主"的通信集；《老实人》也显示出品味如何随时间而变化，它被收在第三十一卷，《哲学小说》中——地位远远低于显赫一时的史诗《亨利亚德》和他那九卷现今已被遗忘的剧作。

或者，就转向我九年级时改变我人生的作品，斯特恩的《项狄传》，俱乐部有他的十卷本作品全集，这本书占了其中四卷。我们接着可以读斯特恩悦人心脾的《穿越法国和意大利的伤感旅程》（我就是在读了《项狄传》之后读的），也许——也许并不——继续读他的布道集。我们也可以跟随斯特恩，去读他心仪的作家，塞万提斯和拉伯雷（后者在这个图书馆里既有法语原版，也有早年厄克特［Urquhart］的译本，即斯特恩所读的版本）。再接着，我们可以借鉴一下杜立特医生漫不经心戳中新目标的方式，闭上眼睛感受房间里的旅行，也许会偶遇十九世纪法国改良派作家埃德蒙·阿伯（Edmond About）——俱乐部里有他的十部小说；也可能遇见维吉尔的作品，无论是拉丁文原文还是英文译文。

目光放到改良俱乐部的图书馆之外，我自己的倾向大概是回到某一本我原来希望包括在这八十本之中的书。有很多作品，因为我最终选择了其他地点或者同一地点的其他作品而被挤走了：也许是《吉尔伽美什史诗》，安娜·阿赫玛托娃的诗歌，伟大的印尼作家普拉姆迪亚·阿南达·杜尔（Pramoedya Ananta Toer）的《布鲁四重奏》（*Buru Quartet*）。要衡量一本书的伟大程度，有一个尺度是它可以在新一轮的阅读，甚或再新一轮的阅读中，越来越伟大。不过，新的可能性总是存在，我们可以去探索朱迪丝·莎兰斯基也未曾见识的偏远岛屿，尽管与她不同，我要选的是我最终想要读的——陀思妥耶夫斯基《双重人格》，穆齐尔《没有个性的人》，乔治·艾略特《弗洛斯河上的磨坊》，谷崎润一郎《细雪》，所有这些都在我的书架上多年，在默默的责备中，等待它们的机会。

我们也可以读一读在此讨论过的当代作家们的近期作品，如玛格丽特·阿特伍德获得布克奖的恶托邦小说《证言》（二〇一九年）——作为三十年前精彩之至的《使女的故事》的续作，它甚至更好，这在文学史上也是罕见的例子。唐娜·莱昂有一整个新系列的侦探小说，接续讲述侦探布鲁内蒂的故事，包括了标题就摄人的《尘世的欲望》（*Transient Desires*），D.A.米沙尼也有惊心动魄的《三》（*Three*），并非续作，故事的中心从阿维·亚伯拉罕转到一位女侦探。或者继续探索瘟疫的主题，我们可以读到奥尔罕·帕慕克的《瘟疫之夜》（二〇二一年），其颇有先见之明地把故事的背景设定在奥斯曼时代的一次瘟疫爆发。

回到伦敦，我们可以进而阅读那些反映全球化的作品，这在《达洛卫夫人》中就已初见端倪。塞缪尔·瑟尔文（Samuel Selvon）的《孤独的伦敦人》（*The Lonely Londoners*，一九五四年）从加勒比移民的视角，对战后伦敦进行关键性的描绘；在英联邦它现在也有了"企鹅现代经典"版本。更晚近有安德烈娅·利维的《小岛》（*Small Island*，二〇〇四年）回顾了她父亲的移民经历。我们接下来也可以阅读特立尼达的诺贝尔奖获得者V.S. 奈保尔；他的作品常常是阴郁的（德里克·沃尔科特曾在诗里讥之为"V.S. 黄昏"[V. S. Nightfall]），但他的回忆录《寻找中心》（*Finding the Centre*）优美动人，写出了一位年轻作家的种种挣扎，在流离失所中，于旧帝国的中心找寻自我，找寻自身写作的重中之重。我们也可以转向另一位诺贝尔奖得主石黑一雄，或者小说家、电影导演哈尼夫·库雷西（Hanif Khureishi），还可以是扎迪·史密斯（Zadie Smith），她的小说《白牙》（*White Teeth*，二〇〇〇年）围绕着一个类似史密斯自己的家庭（母亲是牙买加人，父亲是英格兰人），讲述他们和来自孟加拉的伊克巴尔家，以及有部分犹太血统的夏尔芬家之间的交往。即使在伦敦，我们现在离布鲁姆斯伯里也有一大段距离了。

不论选择何种方向，我们永远无法止步于第八十本。凡尔纳不满足于把他的主人公仅仅送去环球旅行，还把他们送去月球，送到海底两万里以下。在古代，据说不知疲惫的奥德修斯后来再次离开伊萨卡,这次不是海上航行,而是相反走陆路,直到他最终寻得一处,那里无人知晓船桨何为［见彩页图80］。新的文学目的地不胜枚举。当世界以各种方式分崩离析,而疫情的余震将长久地伴随我们,也许更好的选择是,在看顾自己的园地、在自己房间里周游世界的同时,尽可能去探寻、联结,那些对所有人都重要的事情。

陈婧裱 译

致　谢

这本书受惠于许多书，许多人。斯塔兹小姐，现在是麦琪·斯塔兹·西蒙斯女士了，她出现在本书中，就如童话中的麦琪仙女一般，圆满地赋予我三个礼物（起初是一本书，然后她让我知道了两个叫索尔的人，一个索尔的画，和另一个索尔的文字）。在过去许多年间，洛里·菲思乐·丹穆若什和我分享了许多书籍和许多旅行。我在导论中讲到那次改变我们一生的演出《陪审团的裁决》，在那之后，我们几乎去过了本书涉及的所有地点（伦敦，巴黎，波兰，意大利，开罗，伊斯坦布尔，以色列，伊朗，印度，中国，日本，南美，墨西哥和加勒比海）。我们在游历中各自追求的兴趣，在比较文学和国际法中有所交叠。与此同时，我们在纽约，以及夏天在缅因州的荒漠山岛上，养育了三个子女——他们都是读书狂。我在荒漠山岛写成了这本书的大部分。我在成长过程中，常与弟弟汤姆交换书看，而我们的哥哥利奥早就是我的榜样，他关于文学的写作清晰、有力。

说起这本书的直接缘起，我还要提到伦敦鹈鹕出版公司的劳拉·斯蒂克尼女士，正是她在几年前问我能否为普通读者写一本关于世界文学的书。从那以后，她对我的支持毫不动摇，而与她合作也是一件莫大的乐事。现在我们还和她的美国同事，企鹅公司的弗吉尼亚·史密斯合作。我也非常感谢我的经纪人，埃里奇·西蒙诺夫，他的口才与实力都让这本书以最佳条件被出版社接受。

《八十本书环游地球》最初精美的网络版，是由斯马兰达·莫勒鲁什设计的。全世界各地随着我的日更一直点评和提问的读者，让我受益匪浅。特别是如下几位反复给予我精妙的启示：拉纳·阿提夫（RaNa Atef）、丹尼尔·贝哈尔（Daniel Behar）、露丝·陈（Lux Chen）、安娜玛丽·费舍尔（Annemarie Fischer）、西蒙·各布尔（Szymon Gebur）、露西·何（Lucy He）、阿仕米塔·卡什纳比什（Ashmita Khashnabish）、塔德兹·罗泽维兹（Tadeusz Różewicz）、弗兰克·王（Frank Wang）、劳拉·威廉姆（Laura Wilhelm）、提欧多-斯蒂芬·佐泽库（Teodor-Ștefan Zotescu）。我也从我任教的哈佛比较文学系和世界文学研究所的同事们那里获得反馈，尤其是以下几位：路易斯·吉荣-尼格荣（Luis Girón-Negrón）、马丁·普彻纳（Martin Puchner）、布鲁斯·罗宾斯（Bruce Robbins）、马滋·罗森达尔·托姆森（Mads Rosendahl Thomsen）、嘉林·提翰诺夫（Galin Tihanov）、戴丽雅·恩古蕊努（Delia Ungureanu）、索尔·查瑞特（Saul Zaritt）和张隆溪。在与彼得·达维德哈齐（Péter Dávidházi）在布达佩斯的一次难忘的谈话中，我从私人和文学遗产的角度接近奥斯维辛的方式得以成形。

网络版也受益于众多译者：麦克·雅库布（Michael

Yacoub）和他在开罗的同事们翻译了阿拉伯语版；住在韦尔斯利的宋明炜组织了许多合作者，翻译了中文版；安娜玛丽·费舍尔翻译到德语；格里格塔·康斯坦丁（Georgeta Constantin）和莫妮卡·多布瑞司库（Monica Dobrescu）翻译到罗马尼亚语；维思尼加·克里斯蒂克（Višnja Krstić）翻译到塞尔维亚语；曼努埃尔·阿祖何·阿拉莫（Manuel Azuaje Alamo）翻译到西班牙语；德尼兹·龚多甘·伊布丽思姆（Deniz Gundogan Ibrisim）和她的同事们翻译了土耳其语版；乌拉哈·沃泽宇柯（Olha Voznyuk）则翻译了乌克兰语版。我感谢马雅·埃坦（Maayan Eitan）介绍我认识米沙尼，感谢莫尼拉·何贾依加（Mounira Hejaiej）让我认识了约哈·阿尔哈西，感谢塔瑞克·埃尔-阿瑞斯（Tarek El-Ariss）介绍我认识艾米莉·贾西尔（Emily Jacir），感谢张燕萍让我和北岛建立了联系。我感谢克莱尔·裴丽格里（Claire Péligry）对书稿的编辑。无论在最初博客连载时，还是后来《八十本书环游地球》本身成为一本书的过程中，我妻子洛里认真且带着锐利的编辑眼光通读了所有博客和整部书稿。此书最后成稿很大程度上受益于她对整个计划从头至尾的参与。

我的岳母，吉恩·鲍尔·菲思乐，是第一个在战后获得波兰签证的美国人，她所拍摄的奥斯维辛集中营的大门，在第三章中用作插图。在此书完成之际，她因病走到生命尽头，但即便在那时，九十五岁高龄的吉恩仍期待着再坐一趟飞机，或无论如何展开一场新的阅读之旅。

本书一些章节最初曾出现在我本人的学术著作中，如《什么是世界文学?》（二〇〇三年），《如何阅读世界文学》（二〇〇九年，二〇一七年）和《比较文学：全球化时代的文学研究》（二〇二〇年）。有些内容来自我多年的课程；有些内容让我重读许多年前读过的作家；而有时候，一个地点引起的主题，让我去读我一直想读的书。这对我而言既是当下的发现之旅，也是重温过去的经历。

我需要特别致敬我的伯祖母海伦·丹穆若什·蒂文。这本书中有她的两幅画。她出生于一八九三年，是她成长于其中的那个音乐世界与我之间的生命纽带（她记得马勒来家里吃晚饭的情景），她给我许多启迪，她既是艺术家和作家，也是世界旅行家，一个讲故事的高手，她分享的记忆中的朋友有阿米利亚·埃尔哈特、宋美龄和 E.B. 怀特。她在七十五岁时梦见蝙蝠侠来到她的窗口，让她写一本关于蝙蝠的书，这是她最后一次写书的灵感。一九三〇年代的一张报纸简报上有她在加勒比海度假的照片，她戴着潜水头盔探头到甲板之外，在水下画鱼，为的是获得准确的色彩。她告诉我，她把画笔系在画板上，防止它们被海水冲走。我把这本书献给记忆中的她：愿她永远不会安于止息。

宋明炜 译

插 图

图 1　《阿比西尼亚皇帝及其随扈》（The Emperor of Abyssinia and his Suite），《每日镜报》，1910 年 2 月 16 日。版权所有：伦敦国家肖像画廊。

图 2　查尔斯·狄更斯（Charles Dickens），《远大前程》（Great Expectations），巴尔的摩：企鹅英文图书馆，1965 年；伦敦：企鹅经典，1996 年。

图 3　弗吉尼亚·伍尔夫（Virginia Woolf），《达洛卫夫人》（Mrs. Dalloway），纽约：哈考特·布雷斯·乔万诺维奇出版公司，1981 年；阿诺德·贝内特（Arnold Bennett），《莱斯曼台阶》（Riceyman Steps），伦敦：企鹅出版社，1991 年。

图 4　亨利·拉兹莫（Henri Raczymow），《追忆马塞尔·普鲁斯特的巴黎》（Le Paris retrouvé de Marcel Proust），巴黎：帕里格拉姆出版社，2005 年。

图 5　朱娜·巴恩斯（Djuna Barnes），格特鲁德·施泰因及詹姆斯·乔伊斯肖像。朱娜·巴恩斯档案，马里兰大学图书馆特藏和大学档案馆。

图 6　玛格丽特·杜拉斯（Marguerite Duras），《情人》（The Lover），纽约：哈珀与罗出版公司，1985 年；让-雅克·阿诺和贝努瓦·巴比耶，《情人：让-雅克·阿诺执导的电影》（L'Amant: Un film de Jean-Jacques Annaud），巴黎：格拉塞出版社，1992 年。

图 7　美西螈，沃伦摄影工作室（Warren Photographic）；由艾迪·凯利（Eddie Kelly）拍摄的豪尔赫·路易斯·博尔赫斯肖像，《爱尔兰时报》，1982 年。

图 8　《悼念——利奥波德·丹穆若什》（In Memoriam—Leopold Damrosch），《泼克》杂志，纽约，1885 年。

图 9　波兹南老城区，大卫·丹穆若什摄，2013 年。

图 10　奥斯维辛大门，吉恩·鲍尔·菲思乐（Jean Bauer Fisler）摄，1948 年。

图 11　安塞姆·基弗（Anselm Kiefer），《致保罗·策兰：灰烬之花》（Für Paul Celan: Aschenblüme），2006 年，局部。拉斐尔·盖亚德（Raphael Gaillarde）摄，盖蒂图片库（Gamma-Rapho via Getty Images）。

图 12　圣彼得堡地图（1850 年），收录于奥尔加·托卡尔丘克（Olga Tokarczuk），《云

游》(*Flights*),纽约:里弗黑德出版社,2018 年,第 37 页。

图 13　多梅尼科·迪·米凯利诺(Domenico di Michelino),《〈神曲〉阐明佛罗伦萨》(*La commedia illumina Firenze*),约 1465 年。来自尼戴图片库 / 阿拉米图片库(Niday Picture Library/Alamy Stock Photo)。

图 14　路易斯·夏龙(Louis Chalon),为《十日谈》(*The Decameron*)绘制的插图,伦敦:A.H. 布伦出版社,1903 年。

图 15　卡琳娜·普恩特·弗兰岑(Karina Puente Frantzen),《瓦尔德拉达城》(*Valdrada City*)。版权所有:卡琳娜·普恩特·弗兰岑。

图 16　金字塔墓穴坡道;开罗费沙维咖啡馆。大卫·丹穆若什摄,2005 年。

图 17　埃及乐师,底比斯杰塞尔卡雷塞内布陵墓(Djeserkareseneb),约公元前 1400 年,1921—1922 年复制。纽约大都会艺术博物馆,罗杰斯基金,1930 年。

图 18　爱德华·威廉·莱恩(Edward William Lane),出自《书写埃及:埃及和努比亚游记》(*Description of Egypt: Notes and Views in Egypt and Nubia*),1831 年;开罗:开罗美国大学出版社,2000 年。哈佛大学图书馆。

图 19　艾米莉·贾西尔(Emily Jacir),《一部电影(一场演出)的素材》(*Materials for a Film [Performance]*),2008 年。由艾米莉·贾西尔提供。

图 20　奥尔罕·帕慕克(Orhan Pamuk)在伊斯坦布尔"纯真博物馆"内的照片,阿里·贝蒂尔(Ali Betil)摄。版权所有:纯真基金会-穆苏米耶·瓦克菲。由奥尔罕·帕慕克提供。

图 21　约哈·阿尔哈西(Jokha Alharthi),《天体》(*Celestial Bodies*),纽约:坎特博尔特,2019 年。

图 22　"小心,你要是弄掉那个箱子,我一枪打死你!"亨利·莫顿·斯坦利(Henry Morton Stanley),《我是如何找到利文斯敦的:中非之旅、历险和发现》(*How I Found Livingstone: Travels, Adventures and Discoveries in Central Africa*),纽约:斯克里布纳和阿姆斯特朗出版公司,1872 年,第 642 页。

图 23　埃明·帕夏救援远征的非洲地图。亨利·莫顿·斯坦利,出自《在最黑暗的非洲,或赤道总督埃明的探索、营救和撤退》(*In Darkest Africa: or the Quest, Rescue, and Retreat of Emin, Governor of Equatoria*),纽约:斯克里布纳出版公司,1890 年,第 1 卷的袖珍插页。

图 24　伊丽莎白·哈蒙德和利奥波德·丹穆若什(Elizabeth Hammond and Leopold Damrosch)在工作室的照片,菲律宾邦都,1940 年。

图 25　伊丽莎白·哈蒙德·丹穆若什(Elizabeth Hammond Damrosch),《山区妇女》(*Mountain Province Women*),约 1949 年。

图 26　二十世纪早期至中叶约鲁巴人的埃冈冈面具舞蹈服装。亚拉巴马伯明翰艺术博物馆馆藏;匿名者捐赠。

图 27　墙面浮雕,亚述尼尼微的辛那赫里布(Sennacherib)西南宫殿,公元前约 700 年(局部)。大英博物馆。

图 28　从马萨达远眺死海。大卫·丹穆若什摄,2014 年。

图 29　德罗尔·米沙尼(Dror Mishani),《失踪的档案》(*Tik ne'edar*),耶路撒冷:

凯特图书，2011 年；《失踪的档案》(The Missing File)，纽约：哈珀-柯林斯出版社，2013 年。

图 30　弗雷达·格特曼（Freda Guttman），《大地正向我们关闭》(The Earth Is Closing on Us: The Nakba)。版权所有：弗雷达·格特曼。

图 31　阿里·埃萨（Ali Essa），马哈茂德·达尔维什（Mahmoud Darwish）的诗句马赛克："他让思想作穿越边境的旅行。"约旦马达巴，2014 年。

图 32　德黑兰机场标语。洛里·菲思乐·丹穆若什（Lori Fisler Damrosch）摄，2011 年。

图 33　玛赞·莎塔碧（Marjane Satrapi），《我在伊朗长大》(The Complete Persepolis)，纽约：潘西恩出版社，2004 年，第 142 页。

图 34　玛赞·莎塔碧，《我在伊朗长大》，第 28 页。

图 35　《扎勒被一支商队发现》(Zal is Sighted by a Caravan)。归属于阿卜杜勒·阿齐兹，伊朗大布里士，约 1525 年。史密森学会阿瑟·M. 萨克勒美术馆，华盛顿：艺术与历史收藏，LTS1995.2.46（局部）。

图 36　左：赞美苏丹哈桑·阿里·沙阿（Sultan Hasan'Ali Shah）的诗歌和哈菲兹（Hafiz）的诗句，诗集中的一页。右：《诗人与酒馆里的饮者交谈》，出自哈菲兹《诗颂集》，第 116 页，约 1550 年。哈佛艺术博物馆 / 阿瑟·M. 萨克勒博物馆，约翰·戈勒（John Goelet）捐赠。版权所有：哈佛学院。

图 37　斯泰西·奇斯（Stacey Chase），阿迦·沙希德·阿里肖像照片。版权所有：斯泰西·奇斯，1990 年。

图 38　海伦·丹穆若什·蒂文（Helen Damrosch Tee-Van），罗宾德拉纳特·泰戈尔肖像画，1916 年。本书作者收藏。

图 39　科纳拉克太阳神庙上的雕像，印度奥里萨邦，13 世纪。维尔纳·弗曼档案 / 纽约艺术资源图库。

图 40　《新青年》杂志，封面和样页，1916 年。哈佛大学哈佛燕京图书馆。

图 41　张爱玲，香港，1954 年（摄影师不详）。

图 42　《机耕队》（1965 年）。斯特凡·R. 兰茨伯格 / 私人收藏。国际社会历史研究所（阿姆斯特丹），见 https://chineseposters.net。

图 43　北岛，《此刻》（2013 年）。由北岛提供。

图 44　东京吉原区的低等级艺伎，1890 年代。Pump Park 收藏 / 明治昭和时代。

图 45　《源氏物语》第五章插图中的年轻的紫（紫姬），17 世纪中期。哈佛艺术博物馆 / 阿瑟·M. 萨克勒博物馆，查尔斯·帕克（Charles Parker）捐赠。版权所有：哈佛学院。

图 46　森川许六绘，松尾芭蕉题词（1693 年）。天理大学天理图书馆。图片艺术收藏 / 阿拉米图片库。

图 47　詹姆斯·梅里尔（James Merrill），1973 年，版权所有：吉尔·克雷门茨（Jill Krementz）。

图 48　詹姆斯·梅里尔，约 1992 年（摄影师不详）。詹姆斯·梅里尔档案，华盛顿大学图书馆朱利安·爱迪生特藏部。

图 49　西奥多·加勒（Theodore Galle），模仿扬·范·德·斯特雷特（Jan Van der Straet），画作《韦斯普奇唤醒亚美利加》（*Vespucci Awakening America*），约 1600 年代初。休斯敦萨拉·坎贝尔·布拉弗基金会。

图 50　约翰内斯·詹森尼乌斯（Johannes Janssonius），《圭亚那或亚马孙区域》（*Guiana sive Amazonum regio*），阿姆斯特丹，1647 年。本书作者收藏。

图 51　让-米歇尔·莫罗（Jean-Michel Moreau）为伏尔泰的《老实人》（*Candide*）绘制的插图，1787 年。

图 52　左：1864 年的马查多·德·阿西斯肖像（摄影师不详），里约热内卢国家图书馆馆藏。右：若阿基姆·因斯利·帕切科（Joaquim Insley Pacheco）绘制的 1884 年马查多肖像，吉尔贝托·费雷斯收藏 / 莫雷拉·萨利斯学院（Instituto Moreira Salles）。

图 53　里约热内卢科巴卡巴纳的克拉丽丝·李斯佩克朵雕像，西蒙·迈尔（Simon Mayer）摄，奥多比图片库。

图 54　马林切面具，墨西哥格雷罗州，约 1980 年。本书作者收藏。

图 55　阿兹特克的投降，《特拉斯卡拉画作》（*Lienza de Tlaxcala*），16 世纪。刊载于《致敬克里斯托弗·哥伦布：墨西哥古物》（1892 年）。大英博物馆，科学照片库。

图 56　墨西哥恰帕斯州帕伦克神庙。大卫·丹穆若什摄，1983 年。

图 57　安德烈斯·德·伊斯拉斯（Andrés de Islas），索尔·胡安娜·伊内斯·德·拉·克鲁兹肖像，1772 年。马德里美洲博物馆。

图 58　米盖尔·安赫尔·阿斯图里亚斯（Miguel Ángel Asturias），墓碑和肖像。墓碑照片由何塞·安东尼奥·莱奥尼·德·莱昂教授提供；肖像来自联合国教科文组织。

图 59　德里克·沃尔科特，《奥麦罗斯》（*Omeros*），纽约：法勒、斯特劳斯和吉劳克斯出版社，1990 年；《蒂耶波洛的猎犬》（*Tiepolo's Hound*），纽约：法勒、斯特劳斯和吉劳克斯出版社，2000 年。

图 60　年轻时的简·里斯肖像（布里奇曼图片库），以及伊丽莎白·弗里兰（Elizabeth Vreeland）于 1976 年绘制的肖像，收录于《简·里斯，请微笑：一部未完成的自传》（*Jean Rhys, Smile Please: An Unfinished Autobiography*），纽约：哈珀与罗出版公司，1979 年。

图 61　海伦·丹穆若什·蒂文（Helen Damrosch Tee-Van），《隐藏在马尾藻中的鱼》。出自威廉·比伯（William Beebe）的《并非如此：水之陆》（*Nonsuch: Land of Water*），纽约：布鲁尔、沃伦和普特南出版社，1932 年，第 97 页。

图 62　弗洛伦丝和罗伯特·迪恩·福瑞斯比在欣赏她的书，出自布兰登·奥斯瓦尔德（Brandon Oswald）的著作《南海的月光先生：罗伯特·迪恩·福瑞斯比的非凡生活》（*Mr. Moonlight of the South Seas: The Extraordinary Life of Robert Dean Frisbie*），加利福尼亚州纽波特比奇：码头帆船出版社，第 2 版，2017 年，第 126 页；《普卡普卡岛的尤利西斯小姐：南海商人女儿的自传》（*Miss Ulysses of Puka-Puka: The Autobiography of a South Sea Trader's Daughter*），加利福尼亚州纽波特比奇：码头帆船出版社，第 2 版，2016 年。

图 63　朱迪丝·莎兰斯基（Judith Schalansky），《岛屿书》（*Atlas of Remote Islands: Fifty Islands I Have Never Set Foot On and Never Will*），伦敦和纽约：企鹅出版社，2010 年，第 102 页。

图 64　罗伯特·麦克洛斯基（Robert McCloskey），《缅因的早晨》（*One Morning in Maine*），纽约：维京出版社，1952 年，第 10 页。

图 65　罗伯特·麦克洛斯基，《缅因的早晨》，第 62 — 63 页。

图 66　安妮·菲尔兹和萨拉·奥恩·朱厄特的照片，出自 M.A. 德·沃尔夫·豪（De Wolfe Howe），《一位女主人的回忆：卓越友情编年史，主要选自詹姆斯·T. 菲尔兹夫人的日记》（*Memories of a Hostess: A Chronicle of Eminent Friendships, Drawn Chiefly from the Diaries of Mrs. James T. Fields*），波士顿：大西洋月刊出版社，1922 年，第 349 页。

图 67　1979 年，玛格丽特·尤瑟纳尔在她的"小乐园"厨房里。让-皮埃尔·拉方（Jean-Pierre Laffont）摄。版权所有：让-皮埃尔·拉方。

图 68　格雷斯·弗里克的墓碑，位于缅因州萨姆斯维尔的布鲁克塞德公墓。大卫·丹穆若什摄，2020 年。

图 69　《杜立特医生历险记》（*The Voyages of Doctor Dolittle*）的扉页，休·洛夫廷（Hugh Lofting）著，费城：利普平科特出版社，1922 年、1950 年版。

图 70　《杜立特医生历险记》中的"三勇士"，第 279 页。

图 71　E.B. 怀特（E. B. White），《精灵鼠小弟》（*Stuart Little*），纽约：哈珀兄弟出版社，1945 年，第 1 页。

图 72　E.B. 怀特，《精灵鼠小弟》，第 130 页。

图 73　马德琳·英格（Madeleine L'Engle），《时间的折皱》（*A Wrinkle in Time*），纽约：法勒、斯特劳斯和吉劳克斯出版社，1962 年，第 76 页。

图 74　索尔·斯坦伯格（Saul Steinberg），《布里克街》（*Bleecker Street*），1970 年。版权所有：纽约索尔·斯坦伯格基金会／艺术家版权协会（ARS）。

图 75　索尔·斯坦伯格，《无题》（*Untitled*），1968 年。版权所有：纽约索尔·斯坦伯格基金会／艺术家版权协会（ARS）。

图 76　索尔·斯坦伯格，《繁荣（追求幸福）》（*Prosperity [The Pursuit of Happiness]*），1958 — 1959 年。版权所有：纽约索尔·斯坦伯格基金会／艺术家版权协会（ARS）。

图 77　索尔·斯坦伯格（Saul Steinberg），《国家之船》（*Ship of State*），1959 年。版权所有：纽约索尔·斯坦伯格基金会／艺术家版权协会（ARS）。

图 78　1972 年，詹姆斯·鲍德温（James Baldwin）在巴黎。苏菲·巴苏尔斯（Sophie Bassouls）摄，盖蒂图片库。

图 79　克里斯托弗·J.R. 托尔金（Christopher J. R. Tolkien），中洲世界地图。出自 J.R.R. 托尔金（J. R. R. Tolkien），《魔戒：护戒同盟》（*The Fellowship of the Ring*）的衬页，伦敦：艾伦与昂温出版社，第 2 版，1966 年。

图 80　乔治奥·德·基里科（Giorgio de Chirico），《尤利西斯的归来》（*The Return of Ulysses*），1968 年。纽约艺术家版权协会（ARS）。

授权使用文献

阿迦·沙希德·阿里（Agha Shahid Ali）：收录于《今夜请叫我以实玛利》（*Call Me Ishmael Tonight: A Book of Ghazals*）的诗歌《阿拉伯语》（"Arabic"）、《今夜》（"Tonight"）和《存在过》（"Existed"），纽约：诺顿出版公司，2003 年。

法里德·丁·阿塔尔（Farid ud-Din Attar）：《鸟儿大会》（*The Conference of the Birds*），伦敦：企鹅出版社，2011 年。翻译版权：阿夫卡姆·达尔班迪和迪克·戴维斯，1984 年。

阿兹特克诗歌：《墨西哥坎塔雷斯：阿兹特克之歌》（*Cantares Mexicanos: Songs of the Aztecs*），约翰·比尔霍斯特（John Bierhorst）编译，斯坦福：斯坦福大学出版社，1985 年。

松尾芭蕉（Matsuo Bashō）：《奥之细道》（*The Narrow Road to the Deep North: And Other Travel Sketches*），伦敦：企鹅经典，1967 年。翻译版权：汤浅信之（Nobuyuki Yuasa）。

北岛（Bei Dao）：收录于《八月梦游者》（*The August Sleepwalker*）的诗歌《语言》（"Language"），版权所有：北岛，1988 年。翻译版权：Bonnie S. McDougall，1988 年、1990 年。由新方向出版公司授权重印。

北岛：收录于《时间的玫瑰》（*The Rose of Time*）的诗歌《回答》（"The Answer"）、《黑色地图》（"Black Map"）、《时间的玫瑰》（"The Rose of Time"）、《诗艺》（"The Art of Poetry"）和《路之歌》（"Road Song"），版权所有：赵振开，2010 年。翻译版权：艾略特·韦恩伯格、邦妮·S.麦克杜格尔、陈迈平，1988、1990 年。由新方向出版公司授权重印。

保罗·策兰（Paul Celan）：《诗歌和散文选》（*Selected Poems and Prose*），约翰·费尔斯汀纳（John Felstiner）译，纽约：诺顿出版公司，2001 年。

马哈茂德·达尔维什（Mahmoud Darwish）：《蝴蝶的重负》（*The Butterfly's Burden*），费迪·乔达（Fady Joudah）译，华盛顿州汤森港：科珀峡谷出版社，2007 年。

马哈茂德·达尔维什：《一个巴勒斯坦人伤口的日记：献给法德瓦·图坎的鲁拜集》

("Diary of a Palestinian Wound: Rubaiyat for FadwaTuqan"),刊登于《巴勒斯坦-以色列杂志》(*Palestine-Israel Journal*),见 https://www.arabicnadwah.com/arabicpoetry/darwish。

迪克·戴维斯(Dick Davis)编译,《爱的面孔:哈菲兹与设拉子诗人》(*Faces of Love: Hafez and the Poets of Shiraz*),伦敦:企鹅出版社,2013年。版权所有:马奇出版社,2012年。

索尔·胡安娜·伊内斯·德·拉·克鲁兹(Sor Juana Inés de la Cruz):《作品选》(*Selected Works*),安娜·莫雷(Anna More)编辑,伊迪丝·格罗斯曼(Edith Grossman)翻译,纽约:诺顿出版公司,2016年。

埃及爱情诗:W.K.辛普森(W. K. Simpson)编译,《古埃及文学》(*The Literature of Ancient Egypt*),纽黑文:耶鲁大学出版社,1972年。版权所有:耶鲁大学出版社。

詹姆斯·梅里尔(James Merrill):收录于《詹姆斯·梅里尔诗集》(*Collected Poems by James Merrill*)的诗歌《死去的中心》("Dead Center")和《离别之思》("Prose of Departure"),版权所有:华盛顿大学詹姆斯·梅里尔文学档案,2001年。由阿尔弗雷德·A.克诺夫授权使用,企鹅兰登书屋旗下克诺夫道布尔戴出版集团授权。保留所有权利。

切斯瓦夫·米沃什(Czesław Miłosz):收录于《米沃什诗选和晚年诗集:1931—2004》(*Selected and Last Poems: 1931-2004*)的《诗的六篇演讲辞》("Six Lectures in Verse")节选、《和妻子雅妮娜诀别》("On Parting with my wife")、《九十岁的诗人在他的书上签名》("A Ninety-year-old poet signing his books")、《天堂》("Heavenly"),版权所有:切斯瓦夫·米沃什遗产,1988、1991、1995、2001、2004、2006年。由哈珀-柯林斯出版社和安德鲁代理公司授权使用。

切斯瓦夫·米沃什:收录于《新的诗选:1931—2001》(*New and Collected Poems: 1931-2001*)的《诗论》("A Treatise on Poetry")和《兹杰霍夫斯基》("Zdziechowski"),版权所有:切斯瓦夫·米沃什版税公司,1988、1991、1995、2001年。由哈珀-柯林斯出版社和安德鲁代理公司授权使用。

德里克·沃尔科特(Derek Walcott):收录于《诗集1948—1984》(*Collected Poems 1948-1984*)的《序曲》("Prelude")、《群岛》("Islands")、《火山》("Volcano")和《简·里斯》("Jean Rhys"),版权所有:德里克·沃尔科特,1986年。由法勒、斯特劳斯和吉劳克斯出版社授权使用,保留所有权利。

德里克·沃尔科特:收录于《奥麦罗斯》(*Omeros*)的片段,版权所有:德里克·沃尔科特,1990年。由法勒、斯特劳斯和吉劳克斯出版社授权使用,保留所有权利。

注 释

导论：起航

[1] 劳伦斯·斯特恩（Laurence Sterne），《绅士特里斯舛·项狄的生平与见解》（*The Life and Opinions of Tristram Shandy, Gentleman*），伦敦：企鹅出版社，2003 年，第 173 页。

[2] 萨米耶·德梅斯特（Xavier de Maistre），《在自己房间里的旅行》（*Voyage Around My Room*），斯蒂芬·萨塔雷利（Stephen Sartarelli）译，纽约：新方向出版社，1994 年。

[3] 阿普列尤斯（Apuleius），《变形记》（*Metamorphoses*），J. 亚瑟·汉森（J. Arthur Hanson）编译，马萨诸塞州剑桥：哈佛大学出版社，2 卷本，1989 年，1996 年。《金驴记》（*The Golden Ass*），P.G. 沃尔什（P. G. Walsh）编译，牛津：牛津大学出版社，1994 年，第 3 页。

第一章　伦敦：发明一座城市

[1] 弗吉尼亚·伍尔夫（Virginia Woolf），《达洛卫夫人》（*Mrs. Dalloway*），纽约：哈考特·布雷斯·乔万诺维奇出版公司，1981 年，第 4 页。

[2] 安·马丁（Ann Martin），《天空的梦游：英国汽车工业与两次世界大战》（"Sky Haunting: The British Motor-Car Industry and the World Wars"），收录于《弗吉尼亚·伍尔夫书写世界》（*Virginia Woolf Writing the World*），帕梅拉·L. 考吉（Pamela L. Caughie）和戴安娜·斯旺森（Diana Swanson）编辑，南卡罗来纳克莱姆森：克莱姆森大学出版社，2015 年，第 52 页。

[3] 约瑟夫·康拉德（Joseph Conrad），《黑暗之心》（*Heart of Darkness*），罗斯·C. 默芬（Ross C. Murfin）编辑，波士顿：贝德福德·圣马丁出版社，2011 年，第 20 页。

[4]　弗吉尼亚·伍尔夫，《俄国人的观点》("The Russian Point of View")，收录于《普通读者》第一系列（*The Common Reader, First Series*），安德鲁·麦克内利（Andrew McNellie）编辑，纽约：哈考特出版社，2002年，第182页。

[5]　弗吉尼亚·伍尔夫，写给罗杰·弗赖（Roger Fry）的信，引自《事情发生的问题：弗吉尼亚·伍尔夫的信，1912—1922》（*The Question of Things Happening: The Letters of Virginia Woolf, 1912-1922*），奈杰尔·尼科尔森（Nigel Nicolson）和乔安妮·特劳特曼（Joanne Trautmann）编辑，伦敦：霍加斯出版社，1976年，第565页。

[6]　伍尔夫，《当代的观感》("How It Strikes a Contemporary")，收录于《普通读者》，第234页。

[7]　弗吉尼亚·伍尔夫写给利顿·斯特拉奇（Lytton Strachey）的信，引自迈克尔·霍尔罗伊德（Michael Holroyd）的《利顿·斯特拉奇》（*Lytton Strachey*），伦敦：海尼曼出版社，1968年，第2卷，第368页。

[8]　弗吉尼亚·伍尔夫，《一间自己的房间》（*A Room of One's Own*），纽约：哈考特·布雷斯·乔万诺维奇出版公司，1989年，第100页。

[9]　弗吉尼亚·伍尔夫，《大卫·科波菲尔》（"David Copperfield"），收录于《瞬间和其他散文》(*The Moment and Other Essays*)，纽约：哈考特出版社，1948年，第78页。

[10]　奥斯卡·王尔德（Oscar Wilde），《谎言的衰朽》("The Decay of Lying")，收录于《意图》（*Intentions*），纽约：布伦塔诺出版社，1905年，第41页。

[11]　转引自艾达·莱弗森（Ada Leverson），《奥斯卡·王尔德给斯芬克斯的信》（*Letters to the Sphinx from Oscar Wilde*），伦敦：达克沃斯出版社，1930年，第42页。

[12]　查尔斯·狄更斯（Charles Dickens），《远大前程》（*Great Expectations*），伦敦：企鹅出版社，2005年，第3页。

[13]　弗吉尼亚·伍尔夫，《贝内特先生与布朗夫人》（"Mr. Bennett and Mrs. Brown"），收录于《船长的临终病榻及其他散文》（*The Captain's Death Bed and Other Essays*），纽约：哈考特-布雷斯出版社，1950年，第103页。

[14]　阿瑟·柯南·道尔（Arthur Conan Doyle），《福尔摩斯探案全集》（*The Complete Sherlock Holmes*），纽约花园市：双日出版社，2卷，1930年，第1卷，第19—20页。

[15]　帕特里克·J. 莱昂斯（Patrick J. Lyons），《苏门答腊巨鼠，活蹦乱跳》("The Giant Rat of Sumatra, Alive and Well")，载于《纽约时报》，2007年12月17日。见 https://thelede.blogs.nytimes.com/2007/12/17/the-giant-rat-of-sumatra-alive-and-well/ 。

[16]　P.G. 伍德豪斯（P. G. Wodehouse），《伍德豪斯自述》（*Wodehouse on Wodehouse*），伦敦：企鹅出版社，1981年，第313页。

[17]　P.G. 伍德豪斯，阿瑟·柯南·道尔的《四签名》(*The Sign of the Four*)导言，纽约：巴兰坦出版社，1985年，第 iii 页。

[18] P.G. 伍德豪斯，《吉夫斯与封建精神》(*Jeeves and the Feudal Spirit*)，纽约：哈珀与罗出版公司，1954 年，第 6 页。

[19] P.G. 伍德豪斯，《继续干，吉夫斯》(*Carry On, Jeeves*)，哈蒙兹沃思：企鹅出版社，1977 年，第 30 页。

[20] P.G. 伍德豪斯，《新鲜事儿》(*Something Fresh*)，伦敦：企鹅出版社，1979 年；《新奇事儿》(*Something New*)，纽约：巴兰坦出版社，1972 年，第 14—15 页。

[21] P.G. 伍德豪斯，《夏日闪电》(*Summer Lightning*)，纽约：诺顿出版公司，2012 年，第 5 页。

[22] P.G. 伍德豪斯，《新鲜事儿》，第 7 页。

[23] P.G. 伍德豪斯，《卡斯伯特的敲击声》("The Clicking of Cuthbert")，收录于《伍德豪斯精选》(*The Most of P. G. Wodehouse*)，纽约：西蒙与舒斯特出版公司，1960 年，第 394 页。

[24] 弗吉尼亚·伍尔夫，《视角的改变：弗吉尼亚·伍尔夫的信函，1923—1928》(*A Change of Perspective: The Letters of Virginia Woolf 1923-1928*)，奈杰尔·尼科尔森和乔安妮·特劳特曼编辑，伦敦：霍加斯出版社，1977 年，第 100—101 页。

[25] 阿诺德·贝内特（Arnold Bennett），《小说正在腐化吗》(" Is the Novel Decaying？")，收录于阿诺德·贝内特《〈作者的手艺〉及其他评论》(*The Author's Craft and Other Critical Writings of Arnold Bennett*)，林肯：内布拉斯加大学出版社，1968 年，第 88 页。

[26] 伍尔夫，《贝内特先生与布朗夫人》，收录于《船长的临终病榻及其他散文》，第 105 页。

[27] 阿诺德·贝内特，《日记》(*Journals*)，纽曼·弗拉华（Newman Flower）编辑，伦敦：卡塞尔出版社，1932 年，第 1 卷，第 68 页。

第二章 巴黎：作家的乐园

[1] 马塞尔·普鲁斯特（Marcel Proust），《去斯旺家那边》(*Swann's Way*)(《追忆逝水年华》第一卷)，C.K. 斯科特·蒙克里夫（C. K. Scott Moncrieff）和特伦斯·基尔马丁（Terence Kilmartin）译，D.J. 恩赖特（D. J. Enright）修订，纽约：现代图书馆，1992 年，第 60—61 页。

[2] 见 https://parisinstitute.org/quarantine-quill/ 。

[3] 马塞尔·普鲁斯特，《驳圣伯夫》(Contre Sainte-Beuve)，收录于《马塞尔·普鲁斯特论艺术与文学》(*Marcel Proust on Art and Literature*)，西尔维娅·汤森德·沃纳（Sylvia Townsend Warner）译，纽约：卡罗尔与格拉夫出版社，1997 年，第 19 页。

[4] 马塞尔·普鲁斯特，《重现的时光》(*Time Regained*，《追忆逝水年华》第六卷)，安德烈亚斯·梅尔(Andreas Mayor)和特伦斯·基尔马丁译，D.J.恩赖特修订，纽约：现代图书馆，1993 年，第 261 页。

[5] 朱娜·巴恩斯（Djuna Barnes），《夜林》(*Nightwood*)，纽约：新方向出版社，

[6] 玛格丽特·杜拉斯（Marguerite Duras），《情人》（The Lover），芭芭拉·布雷（Barbara Bray）译，纽约：哈珀与罗出版公司，1986年，第3页。

[7] 玛格丽特·杜拉斯，《战时笔记，1943—1949》（Wartime Writings 1943-1949），索菲·博加特（Sophie Bogaert）和奥利维尔·科佩（Olivier Corpet）编辑，琳达·科弗代尔（Linda Coverdale）译，纽约：新出版社，2009年，第16页。

[8] 《阿根廷作家胡里奥·科塔萨尔的文学经典〈跳房子〉出版五十周年》（"Les cinquante ans de 'Marelle,' livre culte de l'Argentin Julio Cortázar"），《世界报》，2013年5月10日。

[9] 胡里奥·科塔萨尔（Julio Cortázar），《美西螈》（Axolotl），收录于《游戏的终结》（The End of the Game and Other Stories），保罗·布莱克本（Paul Blackburn）译，纽约：哈珀与罗出版公司，1967年，第9页。

[10] 莱纳·马利亚·里尔克（Rainer Maria Rilke），《新诗》（Neue Gedichte），1907年，链接：https://de.wikisource.org/wiki/Der_Panther。由本书作者译至英文。

[11] 豪尔赫·路易斯·博尔赫斯（Jorge Luis Borges），《〈吉诃德〉的作者皮埃尔·梅纳尔》（"Pierre Menard, Author of the Quixote"），收录于《虚构集》（Collected Fictions），亚历山大·赫利（Alexander Hurley）译，纽约：维京出版社，1998年，第91页。

[12] 豪尔赫·路易斯·博尔赫斯，《博尔赫斯与我》（"Borges and I"），收录于《虚构集》，第324页。

[13] 乔治·佩雷克（Georges Perec），《访谈与演讲》（Entretiens et conférences），多米尼克·贝尔特里（Dominique Bertelli）和米雷伊·里比埃尔（Mireille Ribière）编辑，南特：约瑟夫·K出版社，2003年，第1卷，第49页。

[14] 大卫·贝洛斯（David Bellos），《乔治·佩雷克：文字人生》（Georges Perec: A Life in Words），伦敦：哈维尔出版社，1999年，第360页。

[15] 乔治·佩雷克，《W或童年回忆》（W, or The Memory of Childhood），大卫·贝洛斯译，波士顿：戈丁出版社，1988年，第iii页。

第三章　克拉科夫：奥斯维辛之后

[1] 普里莫·莱维（Primo Levi），《这是不是个人》（If This Is a Man），斯图尔特·伍尔夫（Stuart Woolf）译，纽约：猎户座出版社，1959年，第134页。

[2] 普里莫·莱维，《被淹没和被拯救的》（The Drowned and the Saved），雷蒙德·罗森塔尔（Raymond Rosenthal）译，纽约：西蒙与舒斯特出版公司，1988年，第124—126页。

[3] 普里莫·莱维，《元素周期表》（The Periodic Table），雷蒙德·罗森塔尔译，纽约：朔肯出版社，1984年，第97页。

[4] 弗朗茨·卡夫卡（Franz Kafka），《日记，1910—1923》（Diaries, 1910-

1923），约瑟夫·克雷希（Joseph Kresch）和马丁·格林伯格（Martin Greenburg）译，纽约：朔肯出版社，1948年，1976年，第447页。
[5]　瓦尔特·本雅明（Walter Benjamin），《讲故事的人》（The Storyteller），汉娜·阿伦特（Hannah Arendt）编辑，哈里·佐恩（Harry Zohn）译，纽约：哈考特、布雷斯和沃尔德出版社，1968年，第94页。
[6]　弗朗茨·卡夫卡，《变形记及其他故事》（The Metamorphosis and Other Stories），迈克尔·霍夫曼（Michael Hofmann）译，伦敦：企鹅出版社，2008年，第87页。
[7]　弗朗茨·卡夫卡1921年写给马克斯·布罗德（Max Brod）的信，引自《卡夫卡重要作品选》（The Basic Kafka），纽约：口袋书店，1979年，第292页。
[8]　伊恩·汤姆森（Ian Thomson），《普里莫·莱维的伦理学》("The Ethics of Primo Levi")，《泰晤士报文学副刊》，2016年6月17日。
[9]　保罗·策兰（Paul Celan），《诗歌和散文选》（Selected Poems and Prose），约翰·费尔斯汀纳（John Felstiner）译，纽约：诺顿出版公司，2001年，第30—33页。
[10]　保罗·策兰和奈莉·萨克斯（Paul Celan and Nelly Sachs），《通信集》（Correspondence），芭芭拉·维德曼（Barbara Wiedemann）编辑，克里斯托弗·克拉克（Christopher Clark）译，纽约哈得孙河畔：绵羊草地出版社，1995年，第14页。
[11]　保罗·策兰，《诗歌和散文选》，第405页。
[12]　切斯瓦夫·米沃什（Czesław Miłosz），《米沃什诗选和晚年诗集：1931—2004》（Selected and Last Poems 1931-2004），切斯瓦夫·米沃什等（Czesław Miłosz et al.）译，纽约：哈珀-柯林斯出版社，2011年，第204页。
[13]　切斯瓦夫·米沃什，《新的诗选：1931—2001》（New and Collected Poems 1931-2001），切斯瓦夫·米沃什等（Czesław Miłosz et al.）译，伦敦：企鹅出版社，2006年，第715页。
[14]　切斯瓦夫·米沃什，《米沃什诗选和晚年诗集：1931—2004》，第212页。
[15]　切斯瓦夫·米沃什，《新的诗选：1931—2001》，第111页。
[16]　切斯瓦夫·米沃什，《米沃什诗选和晚年诗集：1931—2004》，第208页。
[17]　同上，第275—276页。
[18]　切斯瓦夫·米沃什，《新的诗选：1931—2001》，第716页。
[19]　切斯瓦夫·米沃什，《米沃什诗选和晚年诗集：1931—2004》，第317页。
[20]　奥尔加·托卡尔丘克（Olga Tokarczuk），《云游》（Flights），詹妮弗·克罗夫特（Jennifer Croft）译，纽约：里弗黑德出版社，2018年，第7页。
[21]　奥尔加·托卡尔丘克，《温柔的叙述者》("The Tender Narrator")，见https://www.nobelprize.org/prizes/literature/2018/tokarczuk/lecture/。
[22]　奥尔加·托卡尔丘克，《温柔的叙述者》。

第四章　威尼斯—佛罗伦萨：看不见的城市

[1]　马塞尔·普鲁斯特，《重现的时光》，第 256 页。

[2]　马可·波罗（Marco Polo），《马可·波罗游记》（*The Travels*），罗纳德·莱瑟姆（Ronald Latham）译，哈蒙兹沃思：企鹅出版社，1958 年，第 119—20 页。

[3]　塞缪尔·泰勒·柯勒律治（Samuel Taylor Coleridge），《忽必烈大汗：或梦中之幻境；片段》（"Kubla Khan: Or, A Vision in a Dream; A Fragment"），收入《诗歌全集》（*The Complete Poems*），威廉·基奇（William Keach）编辑，伦敦：企鹅出版社，1997 年，第 252 页。

[4]　萨米坎特（Sammycat）的评论，2010 年 2 月 9 日，见 http://www.amazon.com/Dantes-Inferno-Divine-Playstation-3/dp/B001NX6GBK。

[5]　但丁·阿利吉耶里（Dante Alighieri），《论俗语》（*De vulgari eloquentia*），史蒂芬·博特里尔译，剑桥：剑桥大学出版社，2008 年，第 33 页。

[6]　一个很好的例子是演员罗伯托·贝尼尼（Roberto Benigni）朗诵《地狱篇》（*Inferno*）第一首的演示，参见他的朗诵视频及意大利和英文字幕：https://www.youtube.com/watch?v=dIPuo9oYTew。

[7]　但丁·阿利吉耶里，《神曲》（*The Divine Comedy*），意大利文原文，约翰·D. 辛克莱尔（John D. Sinclair）翻译并附注，纽约：牛津大学出版社，1979 年，第 2 卷，第 394 页。

[8]　乔万尼·薄伽丘（Giovanni Boccaccio），《十日谈》（*The Decameron*），G.H. 麦威廉（G. H. McWilliam）译，哈蒙兹沃思：企鹅出版社，1972 年，第 52 页。

[9]　朱迪斯·鲍尔斯·塞拉菲尼-绍利（Judith Powers Serafini-Sauli），《乔万尼·薄伽丘》（*Giovanni Boccaccio*），纽约：特韦恩出版社，1982 年，第 84 页。

[10]　唐娜·莱昂（Donna Leon），《从封面来看》（*By Its Cover*），纽约：格罗夫出版社，2014 年，第 69—70 页。

[11]　唐娜·莱昂，《〈我的威尼斯〉及其他散文》（*My Venice and Other Essays*），纽约：格罗夫出版社，2013 年，第 49 页。

[12]　《追随布鲁内蒂警官的脚步进行一场个人之旅》（Private Tour on the Footsteps of Commissario Brunetti），见 https://www.lonelyplanet.com/italy/venice/activities/in-the-footsteps-of-commissario-brunetti-by-donna-leon/a/pa-act/v-263230P23/360029。

[13]　杰森·霍洛维茨（Jason Horowitz），《想象威尼斯再度人满为患》（Picture Venice Bustling Again），《纽约时报》，2020 年 6 月 3 日，A1。

[14]　伊塔洛·卡尔维诺（Italo Calvino），《看不见的城市》（*Invisible Cities*），威廉·韦弗（William Weaver）译，圣迭戈：哈考特-布雷斯出版社，1974 年，第 75 页。

[15]　伊塔洛·卡尔维诺，《看不见的城市》前言，米兰：蒙达多利出版社，1993 年，第 ix 页。

第五章　开罗—伊斯坦布尔—马斯喀特：故事里的故事

[1] 伊塔洛·卡尔维诺，《看不见的城市》，第 110 页。
[2] W.K. 辛普森（W. K. Simpson）的译文（有少量修改），见《古埃及文学》(*The Literature of Ancient Egypt*)，辛普森编辑，纽黑文：耶鲁大学出版社，1972 年，第 324 页。
[3] 《一千零一夜》(*The Arabian Nights*)，侯赛因·哈达维（Husain Haddawy）编译，纽约：诺顿出版公司，1990 年，第 xii 页。
[4] 劳伦斯·韦努蒂（Lawrence Venuti）在他的论文集《翻译改变一切：理论与实践》(*Translation Changes Everything: Theory and Practice*)，纽约：劳特利奇出版社，2013 年）中提供了多个关于这一主题的例子。
[5] 豪尔赫·路易斯·博尔赫斯，《非虚构作品集》(*Selected Non-fictions*)，埃略特·韦恩伯格（Eliot Weinberger）编辑，埃斯特·艾伦（Esther Allen）译，伦敦和纽约：企鹅出版社，1999 年，96 页。
[6] 《一千零一夜》(*The Arabian Nights*)，欧阳文津（Wen-chin Ouyang）编辑，伦敦：常人图书馆，2014 年。
[7] 《一千零一夜的故事》(*Tales from The Thousand and One Nights*)，N.J. 达乌德（N. J. Dawood）译，哈蒙兹沃思：企鹅出版社，修订版，1973 年，第 406 页。
[8] 《一千零一夜》(*The Book of the Thousand Nights and One Night*)，波维斯·马瑟（Powys Mather）译，纽约：圣马丁出版社，4 卷本，1972 年，第 4 卷，第 532 页。
[9] 艾米莉·贾西尔（Emily Jacir），《缺场 / 在场 / 审查》(*Absence/Presence/Censorship*)，见 https://herbalpertawards.org/artist/absencepresencecensorship。
[10] 见 https://www.nobelprize.org/prizes/literature/1988/mahfouz/lecture/。
[11] 纳吉布·马哈福兹（Naguib Mahfouz），《千夜之夜》(*Arabian Nights and Days*)，丹尼斯·约翰逊·戴维斯（Denys Johnson Davies）译，开罗：美国开罗大学出版社，1995 年，第 2 页。
[12] 奥尔罕·帕慕克（Orhan Pamuk），《我的名字叫红》(*My Name Is Red*)，埃尔达格·M. 格克纳尔（Erdağ M. Göknar）译，纽约：维塔奇书局，2001 年，第 51 页。
[13] 奥尔罕·帕慕克，《其他色彩：散文与一篇小说》(*Other Colors: Essays and a Story*)，莫琳·弗里利（Maureen Freely）译，纽约：克诺夫出版社，2007 年，第 168—169 页。
[14] 帕慕克与本书作者的电邮交流，2020 年 6 月 20 日。
[15] 艾达·埃德马里亚姆（Aida Edemariam）对约哈·阿尔哈西（Jokha Alharthi）的采访，《卫报》，2019 年 7 月 8 日。见 https://www.theguardian.com/books/2019/jul/08/jokha-alharthi-a-lot-of-women-are-really-strong-even-though-they-are-slaves。

[16]　约哈·阿尔哈西,《天体》(Celestial Bodies),玛丽莲·布斯(Marilyn Booth)译,纽约:坎特博尔特,2019年,第1—2页。

第六章　刚果—尼日利亚:(后)殖民相遇

[1]　亨利·莫顿·斯坦利(Henry Morton Stanley),《我是如何找到利文斯敦的:中非之旅、历险和发现》(How I Found Livingstone: Travels, Adventures and Discoveries in Central Africa),纽约:斯克里布纳和阿姆斯特朗出版公司,1872年,第642页。

[2]　亨利·莫顿·斯坦利,《刚果及其自由邦的创立:一段工作和探险的故事》(The Congo and the Founding of Its Free State: A Story of Work and Exploration),纽约:哈珀兄弟出版社,1885年,第386页。

[3]　约瑟夫·康拉德,《黑暗之心》,罗斯·C.默芬(Ross C. Murfin)编辑,波士顿:贝德福德·圣马丁出版社,2011年,第25页。

[4]　钦努阿·阿契贝(Chinua Achebe),《一种非洲意象:康拉德的〈黑暗之心〉里的种族主义》("An Image of Africa: Racism in Conrad's Heart of Darkness"),《马萨诸塞评论》,1977年第18卷第4期,第794页。

[5]　钦努阿·阿契贝,《非洲作家与英语》("The African Writer and the English Language"),收录于《创世记之晨仍未到来》(Morning Yet on Creation Day),纽约:锚出版社,1976年,第82页。

[6]　钦努阿·阿契贝,《瓦解》(Things Fall Apart),伦敦:企鹅出版社,2001年,第61页。

[7]　鲍勃·汤普森(Bob Thompson),《事情并未瓦解》("Things Fall into Place"),《华盛顿邮报》,2008年3月9日。见 https://www.washingtonpost.com/wp-dyn/content/article/2008/03/07/AR2008030700987.html。

[8]　比尔·莫耶斯(Bill Moyers)1988年9月29日对钦努阿·阿契贝的采访,见 https://billmoyers.com/content/chinua-achebe/。

[9]　见 https://medium.com/@bookoclock/netflix-partners-with-mo-abudu-to-adapt-books-by-shoneyin-and-soyinka-1a535a47728a。

[10]　杜罗·拉迪波(Duro Ladipo),《国王死了》("Oba Waja"),收录于沃莱·索因卡(Wole Soyinka),《死亡与国王的侍从》(Death and the King's Horseman),西蒙·吉坎迪(Simon Gikandi)编辑,纽约:诺顿出版公司,2003年,第81页。

[11]　沃莱·索因卡,《死亡与国王的侍从》,第49页。

[12]　姆比韦尔·阿·姆潘·恩加尔(Mbwil a M. Ngal),《詹巴蒂斯塔·维科:对非洲话语的强暴》(Giambatista Viko, ou, Le viol du discours africain),巴黎:埃策尔出版社,1984年,第39页。乔治·恩加尔(Georges Ngal),《詹巴蒂斯塔·维科:对非洲话语的强暴》(Georges Ngal, Giambatista Viko, or The

Rape of African Discourse），大卫·丹穆若什（David Damrosch）编译，纽约：现代语言协会，2022 年。

[13] 乔治·恩加尔，《原汁原味和文学》（*Authenticité et littérature*），巴黎：哈马坦出版社，2009 年，第 2 卷，第 197 页。

[14] 见 https://www.ted.com/talks/chimamanda_ngozi_adichie_the_danger_of_a_single_story#t-5372。

[15] 奇玛曼达·恩戈兹·阿迪契（Chimamanda Ngozi Adichie），《绕颈之物》（*The Thing Around Your Neck*），纽约：锚出版社，2009 年，第 21 页。

[16] 达里亚·通卡（Daria Tunca）对奇玛曼达·恩戈兹·阿迪契的采访，2005 年，见 http://www.cerep.ulg.ac.be/adichie/cnainterviews.html。

[17] 奇玛曼达·恩戈兹·阿迪契，《与詹姆斯·穆斯蒂奇的谈话》（"Conversation with James Mustich"），《巴恩斯-诺布尔书评》，2009 年 6 月 29 日，见 http://www.barnesandnoble.com/review/chimamanda-ngozi-adichie。

第七章 以色列 / 巴勒斯坦：异乡异客

[1] 莫顿·史密斯（Morton Smith），《旧约研究的现状》（"The Present State of Old Testament Studies"），《圣经文学杂志》（*Journal of Biblical Literature*），1969 年，第 29 页。

[2] 《诗篇 137:1-4》（*Psalm 137:1-4*），修订标准版（Revised Standard Version），纽约：牛津大学出版社，1971 年。

[3] 《两兄弟的故事》（"The Tale of the Two Brothers"），爱德华·F. 文特（Edward F. Wente）译，收录于《古埃及文学》（*The Literature of Ancient Egypt*），威廉·凯利·辛普森（William Kelly Simpson）编辑，纽黑文：耶鲁大学出版社，第 3 版，2003 年，第 80—90 页。

[4] 《雅歌》（*The Song of Songs*），新修订标准版（New Revised Standard Version），纽约：牛津大学出版社，1989 年，8:6。

[5] 《使徒行传》2:5-11，新修订标准版。

[6] 《马太福音》27:35 注解，新修订标准版。

[7] 德罗尔·米沙尼（D. A. Mishani），《失踪的档案》（*The Missing File*），史蒂文·科恩（Steven Cohen）译，纽约：波旁街图书，2013 年，第 4 页。

[8] 见 https://www.jewishbookcouncil.org/pb-daily/d-a-mishani-and-the-mystery-of-the-hebrew-detective。

[9] 玛彦·埃坦（Maayan Eitan），《失踪的文学：德罗尔·米沙尼与以色列犯罪小说案件》（"A Missing Literature: Dror Mishani and the Case of Israeli Crime Fiction"），收录于《作为世界文学的犯罪小说》（*Crime Fiction as World Literature*），路易丝·尼尔森（Louise Nilsson）、大卫·丹穆若什和西奥·德哈恩（Theo D'haen）编辑，纽约：布鲁姆斯伯里学术出版社，2017 年，第 181 页。

[10] 德罗尔·米沙尼,《暴力可能性》(*A Possibility of Violence*),托德·哈萨克-洛伊(Todd Hasak-Lowy)译,纽约:哈珀出版社,2014年,第3页。
[11] 埃米尔·哈比比(Emile Habiby),《悲观的乐观主义者赛义德的秘密生活》(*The Secret Life of Saeed the Pessoptimist*),萨尔玛·卡德拉·贾尤斯(Salma Khadra Jayyusi)和特雷弗·勒加西克(Trevor LeGassick)译,纽约:英特林克出版社 Interlink Books,2002年,第9页。
[12] 马哈茂德·达尔维什(Mahmoud Darwish),《不幸的是,那曾是天堂》(*Unfortunately, It Was Paradise*),穆尼尔·阿卡什(Munir Akash)和卡罗琳·福歇(Carolyn Forché)编选,与西南·安图恩(Sinan Antoon)和阿米拉·埃尔-泽因(Amira El-Zein)合作,伯克利:加利福尼亚大学出版社,2013年,第9页。
[13] 马哈茂德·达尔维什,《缺席的在场》(*In the Presence of Absence*),西南·安图恩译,纽约布鲁克林:群岛图书,2011年,第42页。
[14] 马哈茂德·达尔维什,《蝴蝶的重负》(*The Butterfly's Burden*),费迪·乔达(Fady Joudah)译,华盛顿州汤森港:科珀峡谷出版社,2007年,第235页。
[15] 法德瓦·图坎(Fadwa Tuqan),《在荒野中面对失去》("Face Lost in the Wilderness"),《巴勒斯坦-以色列杂志》,第2卷第2期,1995年,见 https://www.pij.org/articles/663/face-lost-in-the-wilderness。
[16] 马哈茂德·达尔维什,《诗选》(*Selected Poems*),伊恩·韦德(Ian Wedde)和法瓦兹·图坎(Fawwaz Tuqan)译,柴郡:Carcanet 出版社,1973年,第82页。
[17] 爱德华·W. 萨义德(Edward W. Said),《关于流亡的省思》("Reflections on Exile"),收录于《关于流亡的省思及其他散文》(*Reflections on Exile and Other Essays*),马萨诸塞州剑桥:哈佛大学出版社,2002年,第137页。
[18] 马哈茂德·达尔维什,《对位法》("Counterpoint"),莫娜·安尼斯(Mona Anis)译,发表于《金字塔周刊》(*Al-Ahram Weekly*),2004年9月30日至10月6日。重印于《文化批评》(*Cultural Critique*),2007年秋季,第177—178页。
[19] 马哈茂德·达尔维什朗读,见 https://www.youtube.com/watch?time_continue=683&v=G-Cxxg-D2TQ&feature=emb_title。
[20] 《对位法》,第176页。
[21] 同上,第182页。

第八章　德黑兰—设拉子:荒漠玫瑰

[1] 《我在伊朗长大》(*Persepolis*),文森·帕罗诺(Vincent Paronnaud)和马尔贾妮·萨特拉皮(Marjane Satrapi)导演,2.4.7. 电影公司,2007年。预告片非常富于诗意,见 https://www.youtube.com/watch?v=3PXHeKuBzPY。
[2] 玛赞·莎塔碧(Marjane Satrapi),《我在伊朗长大》(*The Complete*

[3] 威廉·莎士比亚,《暴风雨》(*The Tempest*),伦敦:企鹅出版社,2015年,4.1.1887-9。

[4] 法里德·丁·阿塔尔(Farid ud-Din Attar),《鸟儿大会》(*The Conference of the Birds*),阿夫卡姆·达尔班迪(Afkham Darbandi)和迪克·戴维斯(Dick Davis)译,伦敦和纽约:企鹅出版社,修订版,2011年,第254页。

[5] 约翰·沃尔夫冈·冯·歌德(Johann Wolfgang von Goethe),《西东合集》(*West-Eastern Divan*),埃里克·奥姆斯比(Eric Ormsby)编译,伦敦:京科出版社,2019年,第76页。

[6] 哈菲兹、哈图、扎卡尼(Hafez, Khatun, Zakani),《爱的面孔:哈菲兹与设拉子诗人》(*Faces of Love: Hafez and the Poets of Shiraz*),迪克·戴维斯(Dick Davis)译,纽约:企鹅出版社,2013年,第104页。

[7] 迦利布(Ghalib),《雷电该降临迦利布》(*Lightning Should Have Fallen on Ghalib*),罗伯特·布莱(Robert Bly)和苏尼尔·达塔(Sunil Datta)译,纽约:埃科出版社,1999年,第22页。

[8] 引自《迦利布诗信选》(*Ghalib: Selected Poems and Letters*),弗朗西斯·W. 普里切特(Frances W. Pritchett)和欧文·T.A. 康沃尔(Owen T. A. Cornwall)编译,纽约:哥伦比亚大学出版社,2017年,第111页。

[9] 同上,第24页。

[10] 同上,第26页,其中第一行改编自《雷电该降临迦利布》,第110页。

[11] 《雷电该降临迦利布》,第34页。

[12] 《迦利布诗信选》,第29页。

[13] 迦利布,《嘎扎勒 第二十六首》(Ghazal XXVI),阿德里安娜·里奇(Adrienne Rich)译,《哈得孙评论》,1969—1970年,第22卷第4期,第622页。

[14] 《迦利布诗信选》,第33页(第一组对句);第二组对句来自阿德里安娜·里奇(Adrienne Rich)对该诗的自由但富有表现力的翻译,《哈得孙评论》,1969—1970年,第22卷第4期,第619页。

[15] 《迦利布诗信选》,第42页。

[16] 弗朗西斯·W. 普里切特(Frances W. Pritchett),《荒漠玫瑰:米尔扎·阿萨杜拉·汗·"迦利布"的乌尔都诗歌》(*A Desertful of Roses: The Urdu Ghazals of Mirza Asadullah Khan Ghalib*),见 http://www.columbia.edu/itc/mealac/pritchett/00ghalib/。

[17] 《迦利布诗信选》,第67页。

[18] 爱德华·W. 萨义德,《世俗批评》("Secular Criticism"),收录于《世界、文本和评论家》(*The World, the Text, and the Critic*),马萨诸塞州剑桥:哈佛大学出版社,1983年,第1—30页。

[19] 《迷人的不统一:英语中真正的嘎扎勒诗歌》(*Ravishing Disunities: Real Ghazals in English*),阿迦·沙希德·阿里(Agha Shahid Ali)编辑,康涅狄

格州米德尔敦：卫斯理大学出版社，2000年。
[20] 阿迦·沙希德·阿里，《今夜请叫我以实玛利》（*Call Me Ishmael Tonight: A Book of Ghazals*），纽约：诺顿出版公司，2003年，第24页。

第九章　加尔各答：重写帝国

[1] 拉迪亚德·吉卜林（Rudyard Kipling），《吉姆：权威文本、背景、评论》（*Kim: Authoritative Text, Backgrounds, Criticism*），佐赫雷·T.沙利文（Zohreh T. Sullivan）编辑，纽约：诺顿出版公司，2002年，第9页。
[2] 拉迪亚德·吉卜林，《诗歌全集：最终版》（*Complete Verse: Definitive Edition*），纽约：锚出版社，1989年，第14页。
[3] 见 https://www.nobelprize.org/prizes/literature/1907/summary/。
[4] 罗宾德拉纳特·泰戈尔（Rabindranath Tagore），《吉檀迦利》（*Gitanjali*），见 http://www.gutenberg.org/cache/epub/7164/pg7164-images.html。
[5] 乔伊斯·基尔默（Joyce Kilmer），《与罗宾德拉纳特·泰戈尔爵士的谈话》（"A Talk with Sir Rabindranath Tagore"），《纽约时报》，1916年10月29日。
[6] 罗宾德拉纳特·泰戈尔，《家庭与世界》（*The Home and the World*），苏伦德拉纳特·泰戈尔（Surendranath Tagore）译，伦敦：企鹅出版社，2005年，第162页。
[7] 萨尔曼·拉什迪（Salman Rushdie），《东方，西方》（*East, West*），伦敦：维塔奇书局，1995年，第45页。
[8] 萨尔曼·拉什迪，《想象的本邦》（"Imaginary Homelands"），收录于《想象的本邦：1981—1991年的随笔与评论》（*Imaginary Homelands: Essays and Criticism 1981-1991*），伦敦：企鹅出版社，修订版，1992年，第17页。
[9] 茱帕·拉希里(Jhumpa Lahiri)，《疾病解说者》(*Interpreter of Maladies*)，波士顿：霍顿-米夫林出版社，1999年，第57页。

第十章　上海—北京：西行旅途

[1] 吴承恩(Wu Cheng'en)，《西游记》(*The Journey to the West*)，余国藩(Anthony C. Yu)编译，芝加哥：芝加哥大学出版社，4卷，修订版，2012年，第4卷，第265页。
[2] 吴承恩，《西游记》(*Monkey*)，阿瑟·韦利（Arthur Waley）译，纽约：格罗夫出版社，1984年，第60页。
[3] 鲁迅（Lu Xun），《阿Q正传及其他中国故事》（*The Real Story of Ah-Q and Other Tales of China: The Complete Fiction of Lu Xun*），朱莉娅·洛维尔（Julia Lovell）译，伦敦和纽约：企鹅出版社，2009年，第17页。
[4] 张爱玲（Eileen Chang），《倾城之恋》（*Love in a Fallen City*），卡伦·S.金斯伯里（Karen S. Kingsbury）译，纽约：纽约书评出版社；伦敦：企鹅出版

社，2007 年，第 239 页。
- [5] 莫言（Mo Yan），《讲故事的人》(*Storytellers*)，https://www.nobelprize.org/prizes/literature/2012/yan/25452-mo-yan-nobel-lecture-2012。
- [6] 莫言，《生死疲劳》(*Life and Death Are Wearing Me Out*)，霍华德·戈德布拉特（Howard Goldblatt）译，纽约：阿卡德出版社，2012 年，第 539 页。
- [7] 北岛（Bei Dao），《时间的玫瑰：新诗选集》(*The Rose of Time: New and Selected Poems*)，艾略特·韦恩伯格（Eliot Weinberger）编辑，陈彦冰等（Yanbing Chen et al.）译，纽约：新方向出版社，2009 年，第 7 页。
- [8] 北岛，《八月的梦游者：诗选》("*The August Sleepwalker: Poetry*")，邦妮·S.麦克杜格尔（Bonnie S. McDougall）译，纽约：新方向出版社，1988 年，第 121 页。
- [9] 北岛，《时间的玫瑰：新诗选集》，第 577 页。
- [10] 北岛，《蓝房子》(*Blue House*)，泰德·休特斯（Ted Huters）和明凤英（Feng-ying Ming）译，马萨诸塞州布鲁克林：泽菲尔出版社，2000 年，第 26 页。
- [11] 北岛，《时间的玫瑰：新诗选集》，第 99 页。
- [12] 同上，第 253 页。
- [13] 北岛在纽约第 92 街 Y 演讲，见 https://www.youtube.com/watch?v=0XA3hBPBOOU。
- [14] 北岛，《墨点的启示》("The Ink Point's Revelations")，卢卡斯·克莱因（Lucas Klein）译，发表于《今天》，2018 年夏季，第 118 号，第 242 页。
- [15] 迈克尔·帕尔默（Michael Palmer）为北岛《在天涯：1991—1996 年诗选》(*At the Sky's Edge: Poems 1991-1996*)所作前言，纽约：新方向出版社，1996 年，第 xi 页。

第十一章　东京—京都，东方以西

- [1] 沃尔特·德宁（Walter Dening），《日本现代文学》("Japanese Modern Literature")，收录于《东方学家第 9 届国际大会论文集》(*Transactions of the 9th International Congress of Orientalists*)，E. 德尔马·摩根（E. Delmar Morgan）编辑，伦敦：国际东方学家大会，1893 年，第 2 卷，第 662 页。
- [2] 见 http://www.dnp.co.jp/eng/corporate/history01.html。
- [3] 转引自罗伯特·赖恩斯·丹利（Robert Lyons Danly），《春叶影下：樋口一叶传》(*In the Shade of Spring Leaves: The Life of Higuchi Ichiyō, with Nine of Her Best Stories*)，纽约：诺顿出版公司，新版，1992 年，第 148 页。
- [4] 康拉德，《黑暗之心》，第 9 页。
- [5] 丽·木村（Rei Kimura），《一叶笔记》(*A Note from Ichiyo*)，凤凰城：布克斯芒果出版社，2017 年，第 83 页。
- [6] 紫式部（Lady Murasaki），《源氏物语》(*The Tale of Genji*)，阿瑟·韦利（Arthur Waley）译，伦敦：艾伦与昂温出版社，1935 年，扉页。

[7]　紫式部,《源氏物语》,爱德华·G.塞登斯蒂克(Edward G. Seidensticker)译,纽约:兰登书屋,2卷,1976年,第1卷,第437页。

[8]　清少纳言(Sei Shōnagon),《枕草子》(*The Pillow Book*),伊凡·莫里斯(Ivan Morris)编译,纽约:哥伦比亚大学出版社;伦敦:企鹅出版社,1967年,第49页。

[9]　这是这首俳句的三十种翻译之一,见 http://www.bopsecrets.org/gateway/passages/basho-frog.htm。

[10]　植田真(Makoto Ueda)的翻译,与森川许六(Morikawa Kyoriku)所绘瀑布画作一起出现,见 https://basho-yamadera.com/en/yamadera/horohoro/。

[11]　松尾芭蕉(Matsuo Bashō),《奥之细道》(*The Narrow Road to the Deep North: And Other Travel Sketches*),汤浅信之(Nobuyuki Yuasa)译,伦敦和纽约:企鹅出版社,1966年,第97页。

[12]　同上,第106—107页,部分内容摘自白根治夫(Haruo Shirane)在《早期现代日本文学文选》(*Early Modern Japanese Literature: An Anthology*)中的翻译(纽约:哥伦比亚大学出版社,2002年),再版于大卫·丹穆若什等人编辑的《朗文世界文学选集》(*The Longman Anthology of World Literature*),纽约:皮尔逊·朗文,6卷,2009年,第4卷,第417页。

[13]　同上,第4卷,第410页。

[14]　三岛由纪夫(Yukio Mishima),《春雪》(*Spring Snow*),迈克尔·加拉格尔(Michael Gallagher)译,纽约:维塔奇书局,1990年,第178页。

[15]　马塞尔·普鲁斯特,《去斯旺家那边》,第64—65页。

[16]　三岛由纪夫,《天人五衰》(*The Decay of the Angel*),爱德华·G.塞登斯蒂克译,纽约:克诺夫出版社,1974年,第247页。

[17]　松尾芭蕉,《奥之细道》,第71页。

[18]　詹姆斯·梅里尔(James Merrill),《里面的房间》(*The Inner Room*),纽约:克诺夫出版社,1988年,第53页。

[19]　兰登·哈默(Langdon Hammer),《詹姆斯·梅里尔:生活与艺术》(*James Merrill: Life and Art*),纽约:克诺夫出版社,2015年,第699页。

第十二章　巴西—哥伦比亚:乌托邦,恶托邦,异托邦

[1]　托马斯·莫尔(Thomas More),《乌托邦》(*Utopia*),多米尼克·贝克-史密斯(Dominic Baker-Smith)译,伦敦:企鹅出版社,2012年,第108—109页。

[2]　伊丽莎白·M.诺尔斯(Elizabeth M. Knowles),《牛津引文词典》(*The Oxford Dictionary of Quotations*),牛津:牛津大学出版社,1999年,第531页。

[3]　莫尔的墓志铭的拉丁原文和这份1557年的翻译,参见 https://thomasmorestudies.org/wp-content/uploads/2020/08/TM_Epitaph-1.pdf。

[4]　弗朗索瓦-玛丽·阿鲁埃特·德·伏尔泰(François-Marie Arouet de Voltaire),

《老实人,或曰乐观主义》(Candide, or Optimism),尼古拉斯·克朗克(Nicholas Cronk)编辑,罗伯特·M.亚当斯(Robert M. Adams)译,纽约:诺顿出版公司,第3版,2016年,第30—31页。

[5] 佩罗·德·马加利亚斯·迪·甘达沃(Pêro de Magalhães de Gândavo),《巴西土地论》(Tratado da Terra do Brasil),圣保罗:贝洛奥里藏特,1980年,第124页。

[6] 乔阿奎姆·玛丽亚·马查多·德·阿西斯(Joaquim Maria Machado de Assis),《布拉斯·库巴斯死后的回忆》(The Posthumous Memoirs of Brás Cubas),弗洛拉·汤姆森·德沃(Flora Thomson DeVeaux)译,纽约:企鹅出版社,2020年,第xli页。

[7] 克拉丽丝·李斯佩克朵(Clarice Lispector),《家庭纽带》(Laços de Família)第一版编注,圣保罗:保罗·德·阿泽韦多出版社,第2版,1961年,第5页。

[8] 克拉丽丝·李斯佩克朵,《短篇小说全集》(The Complete Stories),卡特里娜·多德森(Katrina Dodson)译,纽约:新方向出版社,2015年,第309页。

[9] 克拉丽丝·李斯佩克朵,《家庭纽带》,第75页。

[10] 本杰明·莫泽(Benjamin Moser),《为何生于此世:克拉丽丝·李斯佩克朵传》(Why This World: A Biography of Clarice Lispector),牛津:牛津大学出版社,2009年,第126页。

[11] 加夫列尔·加西亚·马尔克斯(Gabriel García Márquez),《拉丁美洲的孤独》(The Solitude of Latin America),见https://www.nobelprize.org/prizes/literature/1982/marquez/lecture。

[12] 加夫列尔·加西亚·马尔克斯和彼得·H.斯通(Peter H. Stone),《小说的艺术第69号》("The Art of Fiction No.69"),《巴黎评论》,1981年,第82期,见https://www.theparisreview.org/interviews/3196/the-art-of-fiction-no-69-gabriel-garcia-marquez。

[13] 加夫列尔·加西亚·马尔克斯,《百年孤独》(One Hundred Years of Solitude),格雷戈里·拉巴萨(Gregory Rabassa)译,纽约:哈珀与罗出版公司,1970年,第236页。

第十三章 墨西哥—危地马拉:教皇的吹箭筒

[1] 《墨西哥坎塔雷斯:阿兹特克之歌》(Cantares Mexicanos: Songs of the Aztecs),约翰·比尔霍斯特(John Bierhorst)编译,斯坦福:斯坦福大学出版社,1985年,第335—337页。

[2] 贝尔纳尔·迪亚斯·德尔·卡西蒂略(Bernal Díaz del Castillo),《新西班牙的征服》(The Conquest of New Spain),J.M.科恩(J. M. Cohen)译,哈蒙兹沃思:企鹅出版社,1963年,第214页。

[3] 《墨西哥坎塔雷斯》(Cantares Mexicanos),第14v页,该译文引自米格尔·莱昂-波尔蒂亚(Miguel León-Portilla)的《阿兹特克思想与文化:古代纳

瓦特尔人思维研究》(*Aztec Thought and Culture: A Study of the Ancient Nahuatl Mind*),杰克·埃莫里·戴维斯(Jack Emory Davis)译,诺曼：俄克拉何马大学出版社,1963 年,第 73 页。

[4] 米格尔·莱昂-波尔蒂亚(Miguel León-Portilla)和厄尔·肖里斯(Earl Shorris)等,《诸王之语：中美洲文学选集——哥伦布发现美洲之前至今》(*In the Language of Kings: An Anthology of Mesoamerican Literature—Pre-Columbian to the Present*),纽约：诺顿出版公司,2001 年,第 84 页。

[5] 贝纳迪诺·德·萨阿贡(Bernardino de Sahagún),《基督颂歌》(*Psalmodia Christiana*),亚瑟·J.O. 安德森(Arthur J. O. Anderson)译,盐湖城：犹他大学出版社,1993 年,第 7 页。

[6] 《墨西哥坎塔雷斯：阿兹特克之歌》,第 361 页。

[7] 马丁·普克纳(Martin Puchner),《书写的世界：故事塑造人、历史和文明的力量》(*The Written World: The Power of Stories to Shape People, History, Civilization*),纽约：兰登书屋,2017 年,第 183 页。

[8] 《波波尔·乌：玛雅人的创世之书》(*Popol Vuh: The Mayan Book of the Dawn of Life*),丹尼斯·泰德洛克(Dennis Tedlock)编译,纽约：触石出版社,1985 年,第 72 页。

[9] 《波波尔·乌：玛雅圣书》(*Popol Vuh: The Sacred Book of the Maya*),艾伦·克里斯坦森(Allen Christenson)编译,诺曼：俄克拉何马大学出版社,2007 年。

[10] 《卡克奇克尔年鉴；托托尼卡潘之主的所有权》(*The Annals of the Cakchiquels; Title of the Lords of Totonicapán*),阿德里安·雷西诺斯等(Adrian Recinos et al.)译,诺曼：俄克拉何马大学出版社,1953 年,第 170 页。

[11] 《墨西哥凤凰：索尔·胡安娜·伊内斯·德·拉·克鲁兹的声誉与遗作,美洲第十位缪斯,美洲诗人》(*Fama y obras posthumas del Fénix de México, Decima Musa, Poetista Americana, Sor Juana Inés de la Cruz*),马德里：曼努埃尔·鲁伊斯·德·穆尔加,1700 年。

[12] 索尔·胡安娜·伊内斯·德·拉·克鲁兹(Sor Juana Inés de la Cruz),《作品选》(*Selected Works*),安娜·莫尔(Anna More)编辑,伊迪丝·格罗斯曼(Edith Grossman)译,纽约：诺顿出版公司,2016 年,第 110 页。

[13] 引自娜塔莉·安德伯格(Natalie Underberg),《索尔·胡安娜的圣诞颂歌：背景、性别和文体》(*Sor Juana's Villancicos: Context, Gender, and Genre*),《西方民间传说》,2001 年第 60 卷第 4 期,第 307 页；我对纳瓦特尔词汇进行了翻译。

[14] 路易斯·莱阿尔(Luis Leal),《米格尔·安格尔·阿斯图里亚斯的神话与社会现实》("Myth and Social Realism in Miguel Angel Asturias"),《比较文学研究》,1968 年第 5 卷第 3 期,第 239 页。

[15] 朱塞佩·贝利尼(Giuseppe Bellini),《阿斯图里亚斯与巴黎的魔幻世界》("Asturias y el mundo mágico de Paris"),第 20 页,见 https://www.biblioteca.org.ar/libros/134465.pdf。

［16］ 米盖尔·安赫尔·阿斯图里亚斯（Miguel Ángel Asturias），《总统先生》（The President），弗兰西斯·派特里奇（Frances Partridge）译，伦敦：高兰兹出版社，1963 年，第 7 页。

［17］ 阿斯图里亚斯，《总统先生》（El Señor Presidente），马德里：卡特德拉出版社，1997 年，第 43 页；阿斯图里亚斯，《总统先生》（The President），第 7 页。后面的引文来自英文版。

［18］ 罗萨里奥·卡斯特利亚诺斯（Rosario Castellanos），《哀歌》（The Book of Lamentations），埃斯特·艾伦（Esther Allen）译，纽约和伦敦：企鹅出版社，1998 年，第 ix 页。

第十四章 安的列斯群岛：史诗记忆的断片

［1］ 德里克·沃尔科特（Derek Walcott），《安的列斯群岛：史诗记忆的断片》（"The Antilles: Fragments of Epic Memory"），见 https://www.nobelprize.org/prizes/literature/1992/walcott/lecture/。

［2］ 德里克·沃尔科特，《诗集 1948—1984》（Collected Poems 1948-1984），纽约：法勒、斯特劳斯和吉劳克斯出版社，1986 年，第 3 页。

［3］ 安德鲁·皮尔斯（Andrew Pearse），《给这首诗的读者的注释》（"A Note for the Reader of the Poem"），《加勒比季刊》，1949 年第 1 卷第 1 期，第 38—39 页。

［4］ 大卫·蒙特内格罗（David Montenegro），《对德里克·沃尔科特的访谈》（An Interview with Derek Walcott），《党派评论》，1990 年第 52 卷第 2 期，第 203 页。

［5］ 德里克·沃尔科特，《诗集 1948—1984》，第 52 页。

［6］ 爱德华·赫希（Edward Hirsch），《德里克·沃尔科特：诗歌艺术 37》（"Derek Walcott: The Art of Poetry 37"），《巴黎评论》，1986 年冬季，第 101 期，见 https://www.theparisreview.org/interviews/2719/the-art-of-poetry-no-37-derek-walcott。

［7］ 德里克·沃尔科特，《诗集 1948—1984》，第 324 页。

［8］ 同上。

［9］ 德里克·沃尔科特，《奥麦罗斯》（Omeros），纽约：法勒、斯特劳斯和吉劳克斯出版社，1990 年，第 14 页。

［10］ 詹姆斯·乔伊斯（James Joyce），《尤利西斯》（Ulysses），汉斯·瓦尔特·加布勒（Hans Walter Gabler）编辑，纽约：兰登书屋，1986 年，第 173 页。

［11］ 詹姆斯·乔伊斯，《爱尔兰，圣贤之岛》（Ireland, Land of Saints and Sages），埃尔斯沃思·梅森（Ellsworth Mason）和理查德·埃尔曼（Richard Ellmann）编辑，纽约：维京出版社，1959 年，第 155 页。

［12］ 詹姆斯·乔伊斯，《詹姆斯·乔伊斯书信精选》（Selected Letters of James Joyce），理查德·埃尔曼编辑，纽约：维京出版社，1975 年，第 83 页。

［13］ 詹姆斯·乔伊斯，《芬尼根的守灵夜》（Finnegans Wake），伦敦：企鹅出版社，

1999 年，第 183 页。

［14］ 德里克·沃尔科特，《诗集 1948—1984》，第 427—429 页。

［15］ 转引自朱莉娅·罗切斯特（Julia Rochester），《〈藻海无边〉的影响》（"On the Influence of *Wide Sargasso Sea*"），见 https://www.penguin.co.uk/articles/2016/julia-rochester-on-the-influence-of-wide-sargasso-sea.html。

［16］ 简·里斯（Jean Rhys），《请微笑：一部未完成的自传》（*Smile Please: An Unfinished Autobiography*），伦敦：企鹅出版社，2016 年。

［17］ 夏洛蒂·勃朗特（Charlotte Brontë），《简·爱》（*Jane Eyre*），纽约：新美国图书馆，1982 年，第 452 页。

［18］ 简·里斯，《藻海无边》（*Wide Sargasso Sea*），纽约：诺顿出版公司，1966 年，第 181 页。

［19］ 威廉·比伯（William Beebe），《并非如此：水之陆》（*Nonsuch: Land of Water*），纽约：布鲁尔、沃伦和普特南出版社，1932 年，第 190 页。

［20］ 玛格丽特·阿特伍德（Margaret Atwood），《珀涅罗珀记》（*The Penelopiad*），爱丁堡：坎农格特出版社，2005 年，第 15—16 页。

［21］ 《〈歌舞线上〉获 1976 年托尼奖》（*A Chorus Line 1976 Tony Awards*），见 https://www.youtube.com/watch?v=htLGQ3CDODY。

［22］ 朱迪丝·莎兰斯基（Judith Schalansky），《岛屿书》（*Atlas of Remote Islands: Fifty Islands I Have Never Set Foot On and Never Will*），克里斯汀·洛（Christine Lo）译，伦敦和纽约：企鹅，2010 年，第 19 页。

［23］ 弗洛伦丝（约翰尼）·福瑞斯比［Florence (Johnny) Frisbie］，《普卡普卡岛的尤利西斯小姐：南海商人之女的自传》（*Miss Ulysses from Puka-Puka: The Autobiography of a South Sea Trader's Daughter*），第 2 版，加利福尼亚州纽波特比奇：码头帆船出版社，2016 年，第 36 页。

［24］ 见 https://www.caribjournal.com/2013/01/13/an-island-oasis-in-guadeloupe/。

［25］ 见 https://fr.tripadvisor.ch/ShowUserReviews-g644387-d6419076-r637470971-Ti_Robinson-Le_Gosier_Grande_Terre_Island_Guadeloupe.html。

第十五章　巴尔港：荒漠山岛的世界

［1］ 罗伯特·麦克洛斯基（Robert McCloskey），《缅因的早晨》（*One Morning in Maine*），纽约：维京出版社，1952 年，第 10 页。

［2］ 里奇·休伊特（Rich Hewitt），《合上关于康登家杂货铺的书》（"Closing the Book on Condon's Garage"），《邦戈每日新闻》，2007 年 7 月 12 日。

［3］ 萨拉·奥恩·朱厄特（Sarah Orne Jewett），《尖枞之乡》（*The Country of the Pointed Firs and Other Stories*），彼得·巴拉姆（Peter Balaam）撰写后记，纽约：塞奇纳特出版社，2009 年，第 236 页。

[4] 盖伊·雷诺兹（Guy Reynolds），《跨大西洋虚拟沙龙：凯瑟和英国》（"The Transatlantic Virtual Salon: Cather and the British"），《小说研究》，2013 年第 45 卷第 3 期，第 358 页。

[5] 朱迪丝·邓福德（Judith Dunford），《缅因的方式》（The Ways of Maine），《芝加哥论坛报》，1994 年 3 月 27 日。

[6] 若西安·萨维涅奥（Josyane Savigneau），《玛格丽特·尤瑟纳尔：创造一生》（Marguerite Yourcenar: Inventing a Life），琼·E. 霍华德（Joan E. Howard）译，芝加哥：芝加哥大学出版社，1993 年，第 197 页。

[7] 玛格丽特·尤瑟纳尔（Margaret Yourcenar），《哈德良回忆录》（Memoirs of Hadrian），格雷丝·弗里克（Grace Frick）译，纽约：法勒、斯特劳斯和吉劳克斯出版社，1954 年，第 323 页。

[8] 若西安·萨维涅奥，《玛格丽特·尤瑟纳尔：创造一生》，第 197 页。

[9] 马塞尔·普鲁斯特，《在斯旺家那边》，第 49—50 页。

[10] 休·洛夫廷（Hugh Lofting），《杜立特医生的故事》（The Story of Doctor Dolittle），纽约：弗雷德里克·斯托克斯，1920 年，第 11 页。

[11] 休·洛夫廷，《杜立特医生历险记》（The Voyages of Doctor Dolittle），费城：利普平科特出版社，1950 年，第 150 页。

[12] E.B. 怀特（E. B. White），《E.B. 怀特散文集》（Essays of E. B. White），纽约：哈珀与罗出版公司，1977 年，第 ix 页。

[13] E.B. 怀特，《精灵鼠小弟》（Stuart Little），纽约：哈珀-柯林斯出版社，1973 年，第 1—2 页。

[14] E.B. 怀特，《E.B. 怀特散文集》，第 243—244 页。

第十六章　纽约：移民的大都市

[1] 马德琳·英格（Madeleine L'Engle），《怎么讲故事？》（"How's One to Tell?"），《纽约时报图书评论》，1963 年 5 月 12 日，BR24。

[2] 马德琳·英格，《时间的折皱》（A Wrinkle in Time），纽约：法勒·斯特劳斯与吉劳克斯出版社，1962 年，第 76 页。

[3] 索尔·斯坦伯格(Saul Steinberg)和哈罗德·罗森伯格(Harold Rosenberg)，《索尔·斯坦伯格》（Saul Steinberg），纽约：克诺夫出版社，与惠特尼美国艺术博物馆合作，1978 年，第 243 页。

[4] 收藏于印第安纳大学布卢明顿分校的埃斯凯纳齐艺术博物馆（Eskenazi Museum of Art）。

[5] 转引自雷内-萨默斯（Reneé Somers），《艾迪丝·华顿：空间活动家和分析家》（Edith Wharton as Spatial Activist and Analyst），伦敦：劳特利奇出版社，2013 年，第 27 页。

[6] 詹姆斯·鲍德温(James Baldwin)，《土生子札记》（Notes of a Native Son），纽约：班坦图书公司，1968 年，第 71 页。

[7] 引自《来自鲍德温之家的故事：国内外的家》（"Stories from Chez Baldwin: At Home and Abroad"），美国非洲裔历史和文化国家博物馆，见 https://nmaahc.si.edu/blog/series/stories-chez-baldwin。

[8] 詹姆斯·鲍德温，《桑尼的布鲁斯》（"Sonny's Blues"），收录于《去见那个人》（*Going to Meet the Man*），纽约：维塔奇书局，1995 年；另见《〈桑尼的布鲁斯〉和其他故事》（*Sonny's Blues and Other Stories*），伦敦：企鹅出版社，1957 年。

[9] 让-保罗·萨特（Jean-Paul Sartre），《恶心》（*Nausea*），劳埃德·亚历山大（Lloyd Alexander）译，纽约：新方向出版社，1964 年，第 174、177 页。

[10] 索尔·贝娄（Saul Bellow），《雨王汉德森》（*Henderson the Rain King*），纽约：维京出版社，1959 年，第 46 页。

[11] 约翰·波德霍雷茨（John Podhoretz），《索尔·贝娄：一个新保守派的故事》（"Saul Bellow, A Neocon's Tale"），《泰晤士报》（伦敦），2005 年 4 月 10 日，见 https://www.thetimes.co.uk/article/saul-bellow-a-neocons-tale-8v0rtgj67b7。

[12] J.R.R. 托尔金（J. R. R. Tolkien），《王者归来》（*The Return of the King*），《魔戒》三卷之三，伦敦：艾伦与昂温出版社，第二版，1966 年，第 202 页。

[13] J.R.R. 托尔金，《魔戒：护戒同盟》（*The Fellowship of the Ring*），《魔戒》三卷之一，第 68—69 页。

[14] J.R.R. 托尔金，《隐秘的怪癖》（"A Secret Vice"），收录于《〈怪物与评论家〉及其他随笔》（*The Monsters and the Critics and Other Essays*），波士顿：霍顿-米夫林出版社，1983 年，第 213 页。

[15] 翁贝托·埃科（Umberto Eco），《悠游小说林》（*Six Walks in the Fictional Woods*），马萨诸塞州剑桥：哈佛大学出版社，1994 年，第 78 页。

[16] J.R.R. 托尔金，《论仙境奇谭》（"On Fairy-stories"），收录于《树与叶》（*Tree and Leaf*），伦敦：艾伦和昂温出版社，1964 年。重印于托尔金，《怪物与评论家》（*The Monsters and the Critics*），第 109—161 页，第 132 页。

[17] J.R.R. 托尔金，《魔戒：护戒同盟》，第 60 页。

David Damrosch
AROUND THE WORLD IN 80 BOOKS

Copyright © 2021 by David Damrosch
All rights reserved

图字：09-2022-0629 号

图书在版编目（CIP）数据

八十本书环游地球 /（美）大卫·丹穆若什（David Damrosch）著；宋明炜等译. —上海：上海译文出版社，2024.5（2024.5重印）
书名原文：Around the World in 80 Books
ISBN 978-7-5327-9462-1

Ⅰ.①八… Ⅱ.①大… ②宋… Ⅲ.①世界文学—文学欣赏 Ⅳ.① I106

中国国家版本馆 CIP 数据核字（2024）第 053099 号

八十本书环游地球	David Damrosch	出版统筹 赵武平
Around the World	［美］大卫·丹穆若什 著	策划编辑 陈飞雪
in 80 Books	宋明炜等 译	责任编辑 邹滢
		装帧设计 山川 张擎天

上海译文出版社有限公司出版、发行
网址：www.yiwen.com.cn
201101　上海市闵行区号景路 159 弄 B 座
上海景条印刷有限公司印刷

开本 890×1240　1/32　印张 18　插页 18　字数 270,000
2024 年 5 月第 1 版　2024 年 5 月第 2 次印刷

ISBN 978-7-5327-9462-1/I·5919
定价：118.00 元

本书中文简体字专有出版权归本社独家所有，未经本社同意不得转载、摘编或复制
如有质量问题，请与承印厂质量科联系，T：021-59815621